尊王攘夷

管仲

方机动 著

郑州大学出版社

目　录

第一章　鲍山五杰

一阵迅急的阴风从长廊之下呼啸而过，悄无声息之中，戈矛雪亮，人影憧憧。正是拂晓前夕，一轮白月将沉，众人睡梦正酣。

楚国东郊，山脚下一片茂密的丛林里，坐落着一座壮观的楚王行宫。白日里，楚殇王熊黵在这里放逐鹰犬，射猎狐兔，十分酣畅；至夜幕降临，便又开始安排酒宴，大肆烧烤，美美地一顿痛饮，好不快活！——不想此时此刻，未待天亮，行宫内外便被一群黑色武士骤然偷袭，仿佛只一眨眼的工夫，行宫守卫便个个倒在血泊之中，几无幸免者。几朵阴云幽幽飘来，遮住了最后的月光，整个行宫被笼罩在一片黑影之中。

内寝中的楚殇王顿感燥热，浑身湿透，一个冷战，猝然而醒。楚殇王从榻上坐起，正想问一声外面发生了什么，大门就被轰然撞开了。阴寒刺骨的怪风扑面而来，但见眼前黑压压一片武士打着火把，操着兵器，正如狼似虎地注视着他。为首一人分外刺眼——青春年少，高大俊朗，手提长剑，趾高气扬，只仰头狂笑不止——乃是楚殇王的亲弟弟熊恽！

楚殇王大惊，转瞬间便又强装镇定，厉声喝道："熊恽！你焉敢杀你王兄！"

"王兄杀弟在前！我有何不敢！"熊恽镇定更胜，大步踏前，揪住楚殇王胸襟，二话不说，一剑就捅入。随着几声惨叫，仅仅在位四年的楚殇王熊黵命终。而不几日后，熊恽便带甲挥戈，入主郢都，继位称王，是为楚成王。

却说春秋时期南方有一位绝代佳人，名叫息妫，她本是陈庄公之女，后嫁与息国国君为夫人，此后便被称为息夫人。息夫人美若天仙，德才兼备，只因目如秋水，脸似桃花，又加之出生那日，山野之间桃花遍开，故有“桃花夫人”之誉。后来楚文王因贪其美色，不惜发动灭息之战，息夫人无奈又被迫嫁与楚文王。入楚国后，息夫人倒是甚得楚文王宠爱，三年之间为楚文王连生二子：长子熊囏，次子熊恽。之后楚文王逝世，熊囏继位，是为楚殇王。不过这个楚殇王嫉贤妒能，不能容人，只因弟弟熊恽才智过人，威望日高，竟要将之杀之以绝后患。熊恽不得已，便只身逃到了随国。再后，熊恽便依靠随国为援，出其不意，夜袭行宫，到底将楚殇王诛杀，自己做了楚王。乱世美人泪，骨肉乱江山，其中是非功过，难以评说。楚成王少年即位，难操权柄，国事尽决于大臣子元之手。那子元乃楚文王之弟，官居令尹要职，乃当时楚国第一权臣。自从楚文王去后，子元又垂涎嫂嫂美色，千般蛊惑，万般引诱，公然欺辱息夫人。此败坏人伦之举，国中多有怨言。然而子元不知收敛，变本加厉，飞扬跋扈，诛杀异己，祸乱朝纲。天作孽犹可恕，自作孽不可活，终于，楚成王联合国中斗氏一族，再使雷霆手段，出其不意，痛下杀手，终于将子元彻底铲除。子元之乱平息，权柄尽归成王，楚国由此开启了一个崭新时代。而息夫人历经息君亡国、楚王专宠、二子相杀、子元之乱后，无限感慨，一夕顿悟，从此断绝红尘，隐居深宫，不问世事；以至于后来芳华落尽，不知所终，只留下了一个关于桃花夫人的凄凉故事绵绵不绝，传唱至今。如今湖北仍有一个“桃花夫人庙”，便是凭吊息夫人的名胜之一。

这日，楚成王早朝，众臣列班。楚成王道：“周室东迁，诸侯并起，天下唯强权者得之，以至于今日齐侯为霸，胜于天子。想我先祖武王在世之时，兵锋所指，所向披靡，灭权伐随，威服数国，遂僭号称王，为汉东霸主。后先父文王继位，迁都于郢，灭申伐邓，俘蔡侯，囚息侯，北上征讨郑国，‘以观中国之政’。楚国霸业历两世艰辛，虽然东出北进，割据称雄，然而仅是一方小霸，不足以言天下。本王追慕先祖遗志，誓要北上中原，与齐侯一争高下！”

满堂喝彩，此起彼伏，皆言要辅佐我王，成就霸业。只听得楚成王又道：“霸业之本，乃在人才。子元死后，国中令尹之职一直缺着。申公斗班平息子元之乱，功不可没,又出身斗氏望族,可堪大用!我欲拜斗班为令尹……”

“我王!”斗班忙一躬身,辞道,“我王心中所谋,非黄非弦[①],非周非郑,乃是方伯之强,齐!——齐用管仲,方得以国富兵强,为天下霸。臣非管仲之流,自知难以辅佐我王,我王欲革故鼎新,北上中原,非用一人不可!”

众人皆怔住,楚成王道:“卿但直言,何人?”

“非斗穀於菟不可!”斗班慨然,接着道,“斗穀於菟其才不可限量,乃今日之楚国,一人耳!其父斗伯比,乃是楚武王之令尹,亦是我大楚开国以来第一位令尹,斗穀於菟深得斗伯比真传,颇具其父之风,真堪我王大用!”

旁边一位白发苍苍的黑衣大夫干咳一声,道:“臣记得武王之时,曾传下一则谶语:‘北有虎,南有虎。虎令尹,霸王辅。五十年后,汉水斗虎。’以今日之时事论之,北虎令尹,必是那齐侯之相管仲,这南虎嘛——斗穀於菟正乃虎乳之子,非他乃谁?‘虎令尹,霸王辅’,正应了今日申公之语。以此谶语来看,能抗北虎管仲者,非斗穀於菟不可!”

众皆附和。时斗穀於菟受命正在巡视权县,未临朝堂。楚成王思忖片刻,遂大喜道:“斗穀於菟其人,本王也早有所闻,今日众卿如此说,足见其人不虚。本王准申公所奏,即拜斗穀於菟为令尹!”

众臣连连称贺。但见楚成王眉头微微一皱,又忽然道:“齐侯用管仲,号为仲父,今寡人拜斗穀於菟为令尹,再呼其名,有失其尊。当以字称之,称子文也!”——古时之人,有名有字。《礼记·檀弓》曰:“幼名,冠字。”名乃是婴儿出生三月之后由父母取的所谓“本名”,而字则是男子二十加冠礼后、女子十五及笄礼后,又取的所谓“表字”。名意味着血统本源,字意味着社会属性;名以正体,字以表德;名多用于自己谦称,而字多用于他人尊称。斗穀於菟,姓斗,名穀於菟,表字子文。只因初生之时曾被遗弃于云梦泽中,有雌虎以乳养之,故取名穀於菟——楚地乡音,乳称之为“穀”,虎称之为“於菟”。楚成王之意,以“虎乳”称呼自己的令尹,俗而不雅,有失其尊,所以庄重宣告,从今以后,必须以其字子文来称呼之!

---

① 黄、弦皆南方小国。

翌日，斗穀於菟返回郢都，官拜令尹。此后，斗穀於菟之名悄然隐去，世人皆尊称其为斗子文。时周惠王十三年，公元前664年事。

斗子文做了令尹之后，首倡一策："国家之祸，皆由君弱臣强所致。凡百官采邑，皆以半纳还公家。"斗子文率先垂范，言出必行，先将自家斗氏家族的封地采邑的一半收入上缴国家。所有楚国官员见了，皆不敢不从，于是此策得行，楚国国库瞬时充盈。斗子文又提拔重用斗班、斗廉、斗章、屈完等一班文武贤良，效法齐国新政，发展经济，治兵强武，楚国由此大治。同时，多年前斗子文与屈完私访齐国汶阳关时，早就萌生的要在郢都西北、东北一线修建楚长城的想法也得以落地实施——后来这段楚长城，被取名为"方城"。

斗子文官拜令尹的同年，鲁国国中也发生了一件大事——一代名将曹刿突然谋反，要废掉鲁庄公而改立新君，只是谋事不密，反被鲁庄公镇压。失败后，曹刿潜逃出鲁，幸未被缉捕诛杀。曹刿乃是纯粹的鲁国人，爱国甚于爱己，面对齐桓称霸、鲁国日衰的危局，曹刿有意效法齐国，变法以革故，强兵以鼎新，无奈鲁乃周公之国，礼法根基最深，要想推行新政，谈何容易？——国君鲁庄公第一个便不答应。不久，随着齐女哀姜婚鲁一事，曹刿蓦然发现，鲁庄公因为贪图美色，婚前"如齐观社"，婚时又用玉帛为礼，此皆是违背礼制之举。曹刿苦苦相劝，鲁庄公置若罔闻。当守之礼，国君乱之；不当守之礼，国君矢志不移！绝望之余，曹刿以为乱世当用重典，便萌生了发动政变，取而代之，然后另立新君，推行新政的想法……孰料，终究以失败而告终。关于曹刿逃出鲁国后的去向，有说逃去莒城的，也有说逃亡燕国的，也有说隐居济水的，莫衷一是，不知所终。

楚、鲁这两个消息一前一后传入临淄，管仲与鲍叔牙不由聚谈，感慨万千。管、鲍当年落魄江湖之时，曾偶遇三个豪杰朋友：第一个是宋国的萧大兴，第二个是楚国的斗子文，第三个就是鲁国的曹刿。如今管仲做了齐相，成就霸业，功盖寰宇；鲍叔牙官拜齐国大谏之官，又居上卿之尊；萧大兴成为萧国开国君主，斗子文也官拜楚国令尹；唯有那曹刿忽然间落了个谋反的千古骂名，不知躲到哪里去了。鲍叔牙叹道："曹刿中正不阿，精于兵战，为何会叛国谋反？"

管仲道："曹刿并非谋反，乃是图强，因图强不得不为之，只是偏激太过，唉……"言罢也一声叹。

鲍叔牙问其中缘故，管仲接着道："方今天下大乱，弱肉强食，不进则退，有识之士无不心存强国图霸之念，然欲强国，必革除旧弊，推行新法。夷吾如是，曹刿亦如是。只是夷吾幸而得遇齐侯，曹刿不幸难遇明主。曹刿之败，非人之败，乃国之败，不亦悲乎！"

"乃国之败……此言何意？"鲍叔牙疑惑不解。

"昔时武王伐纣，开创周朝，大封诸侯。太公姜尚因功受封于齐国，周公姬旦则受封于鲁国。当是时，太公早早赴任，而周公因在镐京主政，难以分身，于是遣其子伯禽赴鲁就国。太公至齐，因其俗，简其礼，举人才，求实务，短短五个月后，便报政于周公。但整整三年后，鲁国伯禽方来报政。周公惊问为何来得如此之迟，伯禽答道：'变其俗，革其礼，丧三年然后除之，故迟。'周公于是慨叹道：'后世其北面事齐矣！'——齐鲁之政，迥然有异：齐国务实，因势而变，尊贤而尚功；鲁国务虚，死守礼法而不敢变，此乃腐朽之道。所以故，曹刿必败，此乃鲁国之败！而我所以可成，实乃是齐国可成！世人皆言管仲成就齐国，殊不知，是齐国成就了管仲啊。"管仲说完，眼睛里似乎潜藏着泪光。

鲍叔牙恍然大悟，呆了半晌，又道："如萧大兴与斗子文，又若何？"

"萧大兴处身宋国，此乃殷商后裔之国，文化发达，繁缛甚多，虽不及鲁，而与鲁国近之；兼之处四战之地，无险可守，此国难有大作为。萧大兴虽有其志而不得其地，今做了附庸小国之君，也是乱世烽烟，不幸中之万幸了。至于斗子文……"管仲略一思忖，又道："楚国广袤，远大于齐国。斗氏之才，也足可与你我相抗，如今又做了楚国令尹，如鱼得水，如龙得云，其前途庶难预料。然而，楚国自称蛮夷，僭号称王，其逐鹿中原之志，自楚武王以来，始终勃勃如初！我料斗子文辅佐楚王，必欲与齐国争霸！齐楚之间，必有一场龙争虎斗！"

鲍叔牙陡然间喜上眉梢，乐道："如此说来，鲍某为二位击鼓抚琴之日不远矣！只是不知……是击鼓呢，还是抚瑟呢？"

管仲也会心一笑："击鼓抚瑟，悉听尊便。"——"击鼓抚琴"之说，乃是那年管、鲍南下贩卖黄吕之时，两人不幸被囚于楚营之中。后来因为楚巫“北有虎，南有虎。虎令尹，霸王辅。五十年后，汉水斗虎”的谶语，楚武王认定管仲就是北虎，要杀之以除后患。多亏当时的斗子文营救，两人才得以脱险。分别之时，斗子文问管仲道，若是几十年后双方果有一战，该当如何。管仲道愿以和解斗，化干戈为玉帛；斗子文道愿疆场对峙，一决雌雄；而鲍叔牙则笑道：“果真那一日来时，若战，则鲍叔牙亲为击鼓；若和，则鲍叔牙亲为抚瑟！不负今日朋友之情！”

往事如昨，历历在目，然几十年光阴一晃而逝，管仲与鲍叔牙皆是早生华发，年逾六旬了。而那刚刚做了令尹的斗子文可谓正当盛年，龙精虎猛！述及这段往事，管仲、鲍叔牙仿佛又回到了那段青春岁月，恍见青林山下，虎饮泉边，喷涌而出的水珠成千上万哗啦啦地散落下来，林间的叶子在阳光下闪烁着亮光，微烟薄雾，扑朔迷离，如同少女清澈而多情的眸子！在那儿，三个年轻人不期而遇，一见如故，侃侃而谈，意气风发，那山那水那人皆洋溢着春风里万物竞发的勃勃生机与青春神采，真好！

临淄城西二百里外，有一座小山，名叫鲍山。山脚下有一座石城，名叫鲍城，这里乃是鲍叔牙封地食邑的所在。鲍山乃是泰山余脉一路北上，至此平原之地结起的一处小凸山，山高不足两百米，方圆约有五百亩。鲍山山势较缓，便于通行，至顶却突兀忽起，怪石巍峨，杂乱无章，若鬼若兽，令人战栗。山间万木参天，藤萝密布，中有碧湖，溪流潺潺，虽也多有猛兽虫蛇，终究十分清幽秀丽。这里原是蛮荒之地，本地居民甚少，至鲍叔牙受封此地以来，渐渐人烟稠密，才开始热闹起来。

当年拥立桓公继位、举荐管仲为相，鲍叔牙立了首功。齐桓公帐下“一相五杰”之中，又以鲍叔牙年齿最高，最具长兄风范，可谓德高望重，是齐国朝野举足轻重的中流砥柱。此等人物坐镇鲍城，兼之又秉性刚直，爱民如子，鲍城如何不会兴旺起来？数年以来，鲍叔牙将封地治理得风调雨顺，井井有条，从未发生过什么令人遗憾之事。

却说这年夏秋之交，某日正午时分，鲍城里一农妇季氏右臂挎一竹篮，左手挽着六岁的儿子，匆匆忙忙要到城外的田地里给公婆丈夫送饭。两人出了西门，径直向前，走至一片小树林边，小儿子顽劣，挣脱了季氏的手，要去折一棵老柳树的枝条。不想祸从天降，这当儿，大树后面忽然窜出一只猛虎，张开大口就将孩子叼了去！季氏大惊，顾不得许多，冲过去就要打虎救儿，结果几声惨叫，母子二人皆丧命虎口。当时路上渺无人迹，那林子里又都是几百年的老树，遮蔽甚严，于是仿佛什么都不曾发生似的。

须臾，又有农夫王三，大约这几日受了风寒，正耕作时顿感浑身发冷，于是辞了家人，独自一人从农田返回城中休息。经过这片林子，忽然里面传来古怪响动，似是猎犬啃骨，野猪刨食，但似乎又都不是……王三十分惊诧，驻了脚，先是看见被打翻了的竹篮边上有腿脚被拖动的痕迹；王三愈加好奇，然后拨开老树枝条，战战兢兢地向里走了几步——那一瞬间，王三就瞧见，大小不等两只老虎横卧在草丛里正吃人，鲜血淋漓，惨不忍睹。王三恍惚还看见一个女人的头颅及长发，残缺不全的分明是一个孩子的躯体，还有撕扯破碎的带血的衣裳……王三被惊吓得发疯一般，忙拔腿就跑。一边跑一边大喊“虎”，这一惊一乍不当紧，顿时浑身汗透，那风寒之症转眼就好了。

王三跑到西门，忙禀明守城官兵。片刻间，西门守官领着十几个大兵，带着长戈、大戟、弓箭、斧头、绳索等物，在王三的引领下，急匆匆就赶过来——那是一对凶猛的母子虎，见这许多人来，吐出骨头，掉头就向林子深处跑去。众人呼喊着就追，二虎受惊，奔跑更急。然而在老树横生的林子里，人又岂能跑得过虎？不一会儿，穿出树林，但见老虎向鲍山上逃去，几个影子一闪，就不见踪迹了。

官兵不得已先返回城中，上报了此件凶事。鲍叔牙大怒，先是安葬季氏母子二人，又抚恤了季氏一家，然后派兵入山猎虎。二十余名武士受命上山，昼夜巡捕了十几天，一无所获，不得已下山回城复命。谁知，仅一天后，又在鲍山脚下发现一具被虎吃了的樵夫尸首。这下糟了，这两只老虎似乎成了精，盘踞鲍山，死盯鲍城，人来了便躲起，人去了便行凶，神出鬼没，瘟疫一般！以致鲍山转眼间化作一座死亡之山，附近以山为生的村民、樵夫、猎户等再也不敢上山了。鲍叔牙气得连连拍案，却又无可奈何。

此事闹得满城风雨，不想就引出几个小英雄来。

管仲拜相后，娶得高氏雪儿为妻，高夫人为管仲共生得二女一子：长女管黛，已嫁与国子三子为妻；幼女管青，尚且待字闺中；中间是儿子管颖，目下刚满十八岁。另有二媵：冰儿为管仲连生二子，梦姑也生得一子一女。夫人与媵妾共育有子女七个，加上认养的义子、公孙猿唯一的儿子公孙黑子，管仲共有后嗣八人（其中儿子有五），也可谓人丁兴旺，其中管颖最得管仲与高夫人喜爱，所寄厚望也最高。老朋友鲍叔牙则有子四人，分别是长子鲍庄、次子鲍安、三子鲍敬、四子鲍石。鲍庄与鲍安年长，皆已成家立业，鲍庄还做了齐国大夫。鲍敬年二十二岁，尚未成家。而幼子鲍石年方十八，与管颖同庚，论生月，仅大管颖三个月。

年轻之时，管鲍之交便是一段佳话，至今流传。如今已近暮年，两家又增了几许美谈——却说鲍夫人一生未得女儿，甚是遗憾，管、鲍两家走动最多，渐渐地，鲍夫人对管家小女儿管青越发喜爱，正好鲍家三子也尚未娶妻，于是一拍即合，两家就先给鲍敬与管青订了婚约，只待管青成年后便办。如此一桩美事，管仲与鲍叔牙每每提及，皆乐得合不拢嘴。此仅其一，其二——两家幼子管颖与鲍石同年而生，又拜得同一师傅，一同学习成长，友情自是非比寻常。管颖聪慧类管仲，鲍石义气类鲍叔，皆有其父之风，日子久了，竟在临淄城中博了个“小管鲍”的美名。其名或有过誉之嫌，然而“老管鲍”哥俩看到“小管鲍”，便是直直看到了自己美妙的过去，也看到了令人欣慰的将来，可谓薪火相传，江流不尽，别提心里那个美了！鲍叔牙一旦怒不可遏之时，鲍夫人只要顺口提一句鲍敬与管青，或者管颖与鲍石，鲍叔牙便立马心花怒放，雨过天晴。而管仲操劳国事，忧思难安之时，高夫人也便如是讲一段敬、青、颖、石之间的趣事，管仲就乐呵呵笑个没完，所有愁云立时烟消云散。

那管颖论容貌，更像其母高夫人，男长坤相，刚中带柔；其身形颇似管仲，高大俊朗，玉树临风。好史书，精射御，好谋多断，胆子奇大，自幼以来便常惹是生非，成年后更是好冒险，敢挑战，不畏艰难。这几日，管颖忽然听到鲍山出了猛虎的消息，立时心痒难耐，豪气横生，自以为擒此虎者，舍我其谁！当下便决定上鲍山。

管颖与鲍石交厚，二人常常如影随形，于是他先静悄悄踅到鲍家，来找鲍石商议。鲍石其人，浓眉大眼，目光如炬，身形高瘦但食量惊人，日常一餐可食肉十斤，钢筋铁骨,勇猛过人。鲍石读书不求甚解,最烦《诗》,而最喜戟,一张大戟被其舞得虎虎生威,国中无人能敌,王子城父赞其为后辈中第一猛将！时鲍石正在后院中赤裸上身,练习武艺。管颖进来,嘿嘿一笑,揶揄道:“鲍兄身手,自是无人可敌,不知可以敌虎吗?”

鲍石哈哈大笑,高声道:“恨不能与虎一搏!”

“好个蠢货!”管颖立时变色,激道,“你家封地有两只猛虎为祸,官民众等皆无可奈何,你身为封地公子,不去捉虎,只在家里卖乖!”

鲍石被窘得满面通红,急道:“你……你敢小看我！哪里有虎,我怎的不知?”

“鲍城西门发现两只猛虎食人,后来二虎窜入鲍山,又伤人命,官兵围猎而不得,已成地方一害！此事传得沸沸扬扬,你如何不知?”

“啊——”鲍石忽然眼放亮光,“原来如此,呵呵呵呵,走！杀那虎去!”

“这就对了！走——”管颖顿时又皱住眉头,若有所思道,“只是,你我两家皆管束甚严,似这等涉险之事,家中如何肯放我们前去?”

鲍石一怔,转眼就乐了:“此等小事,岂能难住管兄？哎呀,我的好兄弟,你就别绕了,具体怎么办,我听你的!”

管颖嘿嘿一笑,环视四周无人,附在鲍石耳边,悄悄道:“只需向你我父母言道——小管鲍明日结伴到牛山游猎,我料双亲大人必应。然后我们人不知鬼不觉,出了南门,转头向西,直奔鲍山,待捉了那虎再回便可。”

鲍石哈哈一笑:“也罢,明日就明日。”

管颖又道:“虎有二只,单凭你我,犹嫌不足,可唤上公孙伯雪、姬甫二兄弟,还有公孙黑子同去,合我们五人之力,必可万无一失!”公孙伯雪乃是大司行公孙隰朋的长子,最好读书,通晓礼仪,一派儒雅气象。姬甫为大司马王子城父的幼子,喜好排兵、布阵、城防、攻守,甚得其父真传,朝中有大夫见了此子,曾笑而评道:“临淄城父后继有人矣!”管颖、鲍石、公孙伯雪、姬甫四人年龄相当,常在一起游玩,彼此都较投缘。至于公孙黑子乃是布衣野民出身,不识诗书。几年前,其父公孙猿为救管仲而死后,管仲便将公孙黑子认作义子,留在身边,平日里与管颖同吃同住,同学诗书,视为己出。只是公孙黑子对读书实在没有兴趣,击剑练武倒是一把好手,管仲也便因材施教,有意栽培。而管颖也颇具豪杰之风,没有尊卑贵贱之别,待公孙黑子若手足一般——于是乎,又加上后来的公孙黑子,五个系出名门、各怀绝技的少年才俊有缘相聚,时常同出同入,若五英之会,羡煞旁人,成为临淄城里一道亮丽的风景线。

当下鲍石接着道:“公孙伯雪与姬甫,一呼便至,自然可行。只是公孙黑子……这黑子好是好,就是对管叔叔言听计从,不敢有丝毫造次。我怕……他不知道还好,一旦知道必然告诉管叔,我等恐难以脱身了。”

“呵呵呵呵……”管颖狡黠一笑,道,“我自有办法。”

管颖辞了鲍石,又先后见了公孙伯雪与姬甫二人,三言两语谈妥,相约明日同行。之后又回到府中,左右寻公孙黑子不着。正纳闷间,却见黑子正将一堆竹简搬向书屋之中。管颖尾随了来,待黑子将竹简于案上放好,便一把拽住黑子胳膊,正色道:“黑子,数年朝夕相处,你我是不是好兄弟?”

黑子大惊失色,一本正经道:“某乃商山野人,幸蒙不弃,管相待我如子,公子视我为弟,某感大恩,万死不辞!何来此问?”

此语颇令人感动,管颖点头,道:“我有一事请兄弟相助。但我有言在先:黑子若助我便助我,如不愿助我,必发誓保密,勿令我父母知晓!”

黑子一听,就认定管颖又要做出顽劣之举,微笑道:“公子又要儿戏之!”

“你看本公子是在儿戏吗?!”管颖板着脸,严肃道。

黑子恍觉事关重大,慨然道:“就依公子,请讲。”

管颖道:“鲍山猛虎之事,想必你已知晓。无他,我欲以明日牛山游猎为名而出府,会同鲍石、公孙伯雪、姬甫及黑子兄弟,我们同上鲍山,擒杀二虎,为一方百姓除害。我知兄弟出身商山,自幼之时便随父在山间走动,捕杀野兽功夫,自是胜我等一筹。今诚心相邀,请助我等一臂之力!”

黑子一听,大惊失色,望着管颖,默默不语……瞧了半天,见管颖神色,自是主意已定,绝不退缩,便启口道:“虎者,百兽之王,凶险异常。我斗胆相劝,愿公子打消此念!”

“无须多言!你只管保密便可!”管颖霍然而怒,转头就要离去。

“公子!”黑子猛追一步,也厉声道,“我尚有一言:倘若公子铁心已定,黑子誓必追随!我公孙家两世受恩于管,黑子必保公子无恙!”

管颖得意地笑了——他料定黑子必应!管颖心中早有盘算,此次鲍山之行,其实公孙黑子才是五人当中至关重要的第一人选!

次日晨后,管颖与公孙黑子前后而至,向管仲及高夫人禀明,要到牛山狩猎,二人也没多想,满口就应了。鲍石、公孙伯雪、姬甫也如是向各自父母说,皆无异议。就这样,临淄南门外,五人终于聚齐,彼此拱手致意,便掉转车辕,转而向西驰去。管颖、鲍石、公孙黑子同乘一车,公孙伯雪与姬甫又乘一车,车上除了刀剑、弓矢、戈矛、一些吃食和酒之外,另有一支铁叉——此乃公孙黑子特意准备的古怪之物。几个公子热热闹闹、嘻嘻哈哈,打着呼哨向前飞驰。只有公孙黑子默不作声,只静静地挽着辔绳,似专心驾车,又似心不在焉,神思早在九霄云外了。

距离鲍山不远处,有几户农家,因为担心马匹为虎所食,几人便将车马暂寄存在那里。公孙伯雪乃是一个白面书生,管颖欲将他留下来,待打了猛虎后,再行会合。公孙伯雪道:“弃犯险之友,而独享安逸之居,是不义也!”鲍石便喝一声:“好!”五个人顿生悲壮之感,当下决定同生共死,于是纷纷背上所带兵刃器具,辞了农家,结伴一步一步向鲍山行去。

时已正午,天气颇嫌燥热,这些公子小哥为一种豪情激荡着,盘坡转径,大步流星,洒着热汗直登山去。皆以为走着走着,就会忽然一阵狐兔狂奔,群鸟惊飞,接着松树背后两只吊睛白额猛虎就窜出,然后五人使出翻江倒海的功夫,三下五除二就解决了。不想连行了两个多时辰,连一茎虎须也不曾见得,几人不免泄气。鲍石焦躁得一口气射了三只野兔,姬甫也挥剑斩杀了一条拦路的毒蛇。又走了一阵儿,顺着似路非路、蜿蜒曲折的碎石野径,穿出一片密林后,眼前豁然开朗,已渐至山顶。这里地势较为平坦,满眼乱石峥嵘,又有一些苍老的古树点缀其间。管颖有些懊恼,道:“寻遍鲍山,只是不见一丝一毫的虎踪,如之奈何?”

公孙黑子道:“无须再行,静等便可。虎性昼伏夜出,白日里自然难觅踪影。”又举目环视四周,接着道:“此山不甚大,山顶有动,山下也可知。待夜里我等散发出血肉之气,寅时前后,猛虎必来。”

几人听后又是一振。公孙黑子又瞻前顾后,左右巡查,见一株高耸的松树下,有七八块平地隆起、高低错落的大石头,有趣的是,这几块石头鬼斧神工般聚合,天然凹进去一个“洞”,正好可以供三四个人藏身。公孙黑子从四周砍来一些树枝藤蔓,将那洞口遮住,便成了一个隐蔽的石室小屋。公孙黑子道:“可如此行事——待天黑后,管公子伏身树上,以箭待虎;鲍公子、公孙公子、姬公子各携兵器,藏身洞中,以候虎来;我则卧于这大青石上,以身诱虎。”

几人皆赞一声“妙”,当下席地而坐,聚在一起吃了些干肉鲜果,饮了些溪水糙酒,然后就躺在树荫下休养精神,专待黑夜来临。

一轮满月冉冉升起,天地静穆起来,整座鲍山如同罩着一件朦胧而柔亮的白纱,然而山谷里、树影下、背光的山石边上,却是异常黢黑,总觉得那黑暗里潜藏了一对绿莹莹的兽眼,舔着舌头的白牙,隐藏在肉垫里的锋利的爪子,抑或是猛然间就蹿出一条水桶般粗细的冷森森、光滑滑的白蛇来,令人浮想联翩,不寒而栗。管颍抱着弓箭,斜靠在松树半腰一条大枝杈上,眼睛滴溜溜转着,不断瞧着下面——但见公孙黑子枕着铁叉,正仰卧在大青石上,双腿伸在月光下,上半身隐匿在树影里。四周窸窸窣窣的虫鸣之声此起彼伏,叫得管颍心里七上八下,忐忑难安。白日里看到的一片乱石,此刻在月光下仿佛一个个大小不一的坟包,令人不忍再看第二眼。而鲍石、公孙伯雪、姬甫三人躲在石屋里,不知怎么样了。——公孙伯雪、姬甫两人各倚在石壁上假寐,耳朵却高度警惕,心里不停揣摩一旦虎来如何一二三地应对。鲍石困在这里憋闷得很,又不能出去,于是独自多饮了两碗酒,又不敢再饮,怀里揣着一条大戟竟迷迷糊糊睡着了。

明月不停向西滑去,夜色越来越深,山间越来越静,五个少年也越来越困。管颍顿感眼帘沉重,难以支撑,勉强眨了几眨,终于合上休息了一下。

一阵山风吹来,松枝的影子在公孙黑子脸上摇了几摇,似乎哪里传来几声仿佛是老鼠的惊恐的叫声,又伴随着软软的、沉沉的、带着血腥气味的脚步声。公孙黑子霍一下就睁开眼睛,一个鲤鱼打挺,操着铁叉就立起。公孙黑子大叫“管颍”,话音未落，一声啸声地动山摇，浓密的松树丛中忽一下就跃出两只虎来——月光下，二虎并出，血口白牙，目若鬼灯，恐怖异常。皆是吊睛白额，虎躯凛凛，只是其中一只小了一点，其身子也显得瘦了一些。这是一只成年恶虎带着自己的幼虎被人逼入鲍山，也算虎落平阳，连日来饥饿乏食，无奈只好一起出来找吃的了。公孙黑子暗忖道："怪哉！虎性独行，此刻为何逢到二虎结伴？"管颍在树上一望见那虎，大为惊骇，陡然汗出，平日里只觉得百兽之王不过尔尔，此刻一看真物，脑子里"嗡"一下只一个字——大！真实的老虎居然有如此庞大的身躯，通体散发出一种如此令人恐惧的力量，实在匪夷所思。管颍身子颤抖了一下，忙抽出一支长箭，就要搭弓。

下面石屋里也不停躁动，鲍石、公孙伯雪、姬甫三人也抄了武器悄悄围上来。

这当儿，一虎吼着就向黑子扑来，黑子来不及想，下意识猛向后一个躲闪，那虎扑空了，坠落地上。另一只虎接着又扑，黑子瞧得准，举起铁叉候着，那虎的咽喉正好冲着那叉，眼看就要一叉封喉，不想那虎一个摆尾，竟悄然避开，但是一头却向那株松树撞去。管颍的弓箭尚未拉开，便被撞得从树上坠落下来。管颍的箭囊被甩出老远，身子摔得生疼，手里只握着一张空空的弓。

两只老虎互相倚臀，如二人靠背立着，应该是许久未进食，饥渴难耐；本以为只是摄取黑子一人，一跃便得，不想刹那间竟被五个人团团围住。但见黑子举着铁叉，管颍拿着弓，鲍石手操一柄大戟，姬甫端着一条长矛，公孙伯雪则双手握着一柄铜剑。

除了黑子，几个少年皆没有见过如此阵势，白日里的胆气无端消了三分，心中不由打起鼓来。鲍石咬着嘴唇，青筋暴起，大喊一声"杀"，第一个就向虎冲去。于是乱作一团。鲍石发现大戟抡起来伤人容易，杀虎太难，因虎较矮且奔跑极快，似乎有一戟眼看着就要刺入虎背，但却离奇般地落空了。几个回合过去，渐渐招架不住，鲍石的心突突突突跳得更快了。姬甫亦有同感，平日里娴熟得如同手臂延伸的矛，在这里似乎毫无效用，连刺不中，自己胸前的衣服还被虎爪撕破了。最惨的是公孙伯雪，几人中唯他武功最差，根本近虎不得，还被那头最为凶狠的大虎踏在爪下，眼看着虎口白牙就要向自己的颐下咬去，公孙伯雪的三魂七魄早被吓得飞走了，好在黑子一叉刺来，那虎不得不跳过去躲开，公孙伯雪这才虎口余生，三魂七魄就又晃晃悠悠回来了。公孙伯雪被黑子扶起，浑身不住哆嗦，眼泪不由就落下。

几人围攻期间，管颍却快步跑到一旁，捡起遗落的箭囊，背在肩上。趁着这个空隙，他已将整个战局瞧了个明白：自己及其他三公子皆非老虎对手，如此周旋十分危险；只有黑子深谙虎性，所用铁叉也最应手；尤其公孙伯雪胆气已丧，稍有不慎便会第一个命丧虎口。管颍瞟一眼周遭，好在这块地方月下敞亮，又多有乱石便于藏身。管颍大呼道："都到石头后面躲一躲！"

管颍又呼道："伯雪兄勿惊！合我五人之力，必杀二虎！"

管颍再呼道："此二虎凶猛异常，不可力敌，只可智取！"深夜里，管颍的呼喊声异常洪亮，仿佛山上到处都有回响，又似乎一呼之间，草木皆兵。几个人莫名都生起了转败为胜的信心。

五人同时撤入石头后面，这让那正占上风的二虎忽然不知所措，彼此瞧了瞧，这边走三步，那边踅两步，进也不是，退也不是。管颍其快如风，跳到黑子身边，悄声道："二虎凶猛，先取其一，我观小虎弱于大虎，可以先取之。合我的箭，你的叉，如何？"

黑子与管颍四目相对，微微一笑："正合我意！"

"鲍兄！你们三人缠住大虎，我与黑子先将小虎干掉！"管颍冲对面的鲍石喊道。

"诺！"

明晃晃的月光下，但见管颍从黑影里缓缓而出，冲着那小虎，一边吼吼叫着引诱着，一边瞄了个准儿，就挽弓。那小虎大怒，拖着长长的尾巴，一跃腾起，张开大口就飞扑过来。管颍聚精会神，眼睛要冒出刀来，强装镇定之下，嗖地射出一支箭，而后屈身就地上打了一个滚儿去——箭射中了老虎后腹！此犹嫌不足，更待后续接踵而来。却说管颍躲去后，又有公孙黑子蹬着前后腿，做一个前躬身，将铁叉举过头顶，正恭恭敬敬候着。只听一声惨叫，几道热血射到黑子脸上和胸前，然后就被一种冲击的力量带着摔倒了。待黑子又起身，见叉子直直插在小虎的咽喉上，那虎正痛苦残喘，不能动弹。黑子霍然立起，拔出叉子就又连捅两下，那虎不动了。

这边，一见幼虎死了，那头大虎顿时咆哮起来，也不知怎的用虎头冲、用前爪扑、用尾巴甩，就早将公孙伯雪、姬甫二人掀翻在地。鲍石的大戟因为误打在石头上被折为两截，索性随手扔了，竟骑上虎背，抡起拳头要打虎脑——岂料那虎只背上一抖，鲍石便被甩出老远，脑门正撞在铜戟杆上，血流如注。

大虎恶狠狠地又向趴在地上的鲍石奔去。这时忽然一声破风响，管颍又一支箭发出，但很遗憾却只射在虎臀上。那虎顿时疼得连连长啸，在原地踅摸了一圈，见情形不对，居然撒腿就逃窜了。这一下惹得鲍石火起，操了半截铜戟，大吼一声就追。鲍石腿脚十分灵便，黑子也自幼在山间攀缘行走，于是两人并肩在前，紧追不舍；后面管颍、姬甫、公孙伯雪三人也是各自提着兵刃，快步奔来。

那虎越过一片乱石岗，钻入黑松林中，眼看着就要逃下山去。管颍眼疾手快，连发三箭，终于第三箭深深穿入老虎后腿，那虎一个踉跄，就满头栽倒在一块大青石下。虎惨痛着尚未爬起，鲍石追过来，一戟就捅入老虎柔软的腹中。那虎挣扎几下，将鲍石反扑在地后，就又踉跄逃去，怎奈两处箭伤，如何得行，未几步，便匍匐卧倒在地。

一阵飞快的脚步声传来。月光下的草丛里，老虎又吼，回首望向亮堂堂的后面，却见是鲍石的戟、公孙黑子的叉、管颍的箭、姬甫的矛、公孙伯雪的剑齐刷刷袭来。但听得最后一次声嘶力竭的虎啸响起，一切就都复归平静了。

五个少年顿时软了下来，都坐在虎边的荒草里，此刻才发现毕生气力都用尽了，从没有这么疲惫过。五人都瞧着那头横卧月下、气若游丝、立时将绝的百兽之王，不约而同哈哈大笑起来，深夜里响彻鲍山。但笑着笑着，就不由自主又都抽泣起来，公孙伯雪更是忍不住，就号啕大哭了。二虎终于被打死了，但是方才的人兽之战，惊心动魄，余悸犹在，五个人刹那间都接受了一次从未经过的绝地求生之洗礼，这是在钟鸣鼎食的临淄城中永远感受不到的！自这一刻起，五个人的胆气就真正立起来了，五个少年一夜之间便长大了，五个风华正茂的生命便紧紧融合在一起了。

管颍等皆不语，只等着。公孙伯雪终于痛痛快快地哭完，忽用衣袖拭了脸庞，陡然立起，慨然道："鲍山打虎，我等五人生死与共，此乃天作之缘！如蒙不弃，公孙伯雪愿与四位仁兄歃血而拜，结为生死之交！"

"正有此意！"管颍等四人不约而同，齐齐脱口道。

公孙伯雪从前面的石屋中取出一缶酒、几块干肉、几个果子，回到这里胡乱摆在一块石头上。摆好，公孙伯雪又挺剑刺入那虎的咽喉，趁着余温接了虎血灌入酒缶中。空山寂寥，明月朗照，石头边上的野草仿佛毛茸茸的白花，轻轻荡着。五个少年对月而拜，听公孙伯雪主礼，道："白月为证，鲍山为证，今我五人——姬甫、公孙伯雪、鲍石、管颍、公孙黑子，意气相投、情同手足，于此鲍山之上，结为知己之朋、生死之友，此生祸福与共，荣辱与共，肝胆相照，永不相负！"

言毕，姬甫为长，公孙伯雪老二，鲍石第三，管颍为四，公孙黑子居末，皆以兄弟相称，彼此郑重行揖相见。之后，自兄及弟，一口一口，一圈一圈，轮流喝那虎血酒，直至喝个精光。也不知到了什么时辰，五人皆生醉意，或倒在石板上，或倒在草丛里，或倒在虎背上，大梦一沉，酣然睡去。

几缕阳光从枝叶间洒下来，青松滴翠，晨风微凉。公孙伯雪第一个醒来，见身边兄弟们依旧睡得香，便不忍打扰，独自起身，找了溪水洗了脸，整理好衣冠，就独自下山去了。

公孙伯雪赶到昨天寄存车马的那几户农家，宣扬了五人击杀二虎的壮举，众皆喝彩不已。于是满眼男男女女的百姓随着公孙伯雪，赶着那两辆马车，一同上鲍山运虎。另有一个青壮男子撒开步子，跑着到鲍城之中报信去。

时鲍叔牙不在封邑，正在临淄城中处理国务，鲍城守邑之官得报后，一面派出官兵前往鲍山，迎接打虎英雄；一面又派信使驾上一辆轻便的青铜轺车，到临淄城中报与鲍叔牙知道。而鲍叔牙接到消息，一顿嗔骂后，欣喜若狂，又听闻几位公子似乎也都有小伤，就忐忑难安，当下二话不说，独自升车，就直向鲍城方向驰去。临行之前，又遣人向管仲、王子城父、公孙隰朋报信去。

整座鲍城沸腾了！自封邑建城以来，还没有如此热闹过。小小的南门外，早已被围得水泄不通，有官人有平民，有男女有老幼，有城居有野居，人们纷纷拥过来，摩肩接踵，层层叠叠，都争先恐后要看那山中二虎与打虎五杰。众人都笑着瞧那横在青铜车里的两头虎尸，不停啧啧赞道："好虎！"有人不停伸手摸着虎皮，调笑道："比那官家的貂裘要好！"又都免不得将那五个少年英豪仔仔细细、上上下下瞧个通透，又七嘴八舌地指指点点：三个白一点，两个黑一点；四个高一点，一个低一点；啊，这个我认得，便是咱鲍城里的四公子；咦，这个背负长弓，英姿勃发，该是咱们管相之子管颍吧……

五人依着兄弟次序，姬甫为首，继之公孙伯雪、鲍石、管颍、公孙黑子，列成一排，雄赳赳，气昂昂，皆是满面春风，喜气洋洋，在众人的簇拥中，一步一步走入城中去。几人衣衫都有破损，猛虎爪痕，一望可知。姬甫的玉冠是歪着的，公孙黑子脸上血迹并未洗净，而鲍石与公孙伯雪的身上，老虎的血斑接二连三。即便如此，也没有丝毫的狼狈之状，反而更显英豪气象！

接风庆功的酒宴早已摆好！鲍城中心广场，早已赶到的鲍叔牙乐呵呵接住几位后辈，迎入席中。又将早就备好的两大车好酒搬来，非但席间上酒，也向四周前来的百姓们赐酒，盖凡在场之人，不论尊卑出处，皆请满饮。又将那两头老虎洗剥干净，支起两口大锅，要炖了虎肉与众同享。两张虎皮悬于西门之上，于是整个鲍城的百姓无不欢呼雀跃，如过大节一般。

广场上，有两个白花花的百岁老人捧着一缶当地百姓用鲍山野果酿造的粗糙果酒，从人群中挪步走出来，恭敬献上，道："我等皆百岁老人，受乡民之托献上此酒，一贺虎患消除，二贺后生可畏，三贺天佑鲍城！"

鲍叔牙笑吟吟接了，令赐座。一老翁道："不忙不忙，可否满足乡人之愿，让老夫向鲍卿及五位公子，各敬酒一爵如何？"

鲍叔牙惊道："岂可！岂不折杀我等后辈！"

"不妨不妨，老夫幸甚！"说着便斟满一爵，献与鲍叔牙。鲍叔牙接了，道："恕晚辈无礼，权将此酒献与鲍城土地！"言讫，举爵过头顶，深情一拜，将酒轻轻洒在地上。

老翁又一爵酒献与姬甫，姬甫道："除恶虎也好，诛乱贼也罢，守我乡土，保家卫国，此姬甫之志！愿不负前辈今日之酒！"举头尽饮。

又一爵酒献与公孙伯雪，公孙伯雪道："后辈汗颜，诚惶诚恐，唯愿长者康健，福寿绵绵。"将酒端平饮了，而后躬身还了一礼。

又一爵酒献与鲍石。鲍石接了便仰头豪饮，饮毕，意犹未尽道："此酸甜之弱酒，何足为饮？"老翁又要倒酒，却见鲍石从其手中将缶夺走，一口气就喝掉半缶。

老翁笑得眼睛眯成一条缝,乐道:“鲍公子海量。”

又一爵酒献与管颍,管颍道:“鲍山二虎何足道,东夷西戎南蛮北狄,此皆欲噬我华夏之恶虎,我誓除之!”说完,不慌不乱饮了。

又一爵酒献与公孙黑子,黑子接了,并无言语,只躬身行了一礼,便一饮而尽。

又过了许久,虎肉炖熟,鲍叔牙下令分肉,广场上黑压压的众人每个都有幸得到一块虎肉。再后又不断有人来,没肉了便分着啃虎骨、喝肉汤。一时群情高涨,喜乐异常。

虎肉正吃得高兴,却见一溜儿烟尘忽然飘来,管仲与王子城父也专程赶来了!——今日此来,非为国事而来,乃是专为父子私事而来。公孙隰朋出使鲁国未归,很遗憾就少了他一个。

鲍城百姓一见管相与大司马到了,又是一片惊喜欢呼。一番寒暄,与民同乐,然后管仲将姬甫等五人聚拢一处,详细盘问夜间打虎细况。公孙黑子之外,那四个人意气风发,神采飞扬,都争先恐后而言。说到最深处,竟乐极生悲,慷慨悲壮,姬甫、公孙伯雪两人无声落泪。

管仲却大喜,命斟酒,一一敬几个后辈。

王子城父大乐,不由大赞道:“齐国将相之才,尽在此间!”

继之入席,又一番酣畅。管仲、鲍叔牙、王子城父三人瞧着五个少壮,实在欢喜得紧,便倡议再同饮一爵。姬甫、公孙伯雪、鲍石、管颍、公孙黑子也慌忙起身举爵,三老五少,豪情激荡,白须黑发,相得益彰,管仲慨然道:“今日之喜,非为二虎,唯在五杰!我齐国霸业,后继有人矣!”说完,难遏兴奋,仰头一阵开怀大笑。众人随之皆笑,举爵共饮,甘之如饴呀。

于是,“鲍山五杰”之名随风飘转,不胫而走,刹那间就传遍了整个齐国。

翌日,齐桓公也惊喜交加,兴奋异常,于宫中设宴,专意召见“鲍山五杰”,赞不绝口。宴后,并赐五杰每人一把铜剑、两块玉佩、一套甲衣。

这一年,姬甫二十一岁,公孙伯雪十九岁,鲍石十八岁,管颍十八岁,公孙黑子仅有十六岁,都是少年英豪。而除姬甫之外,其余四人皆尚未加冠。

第二章　降鲁梁国

“仲父真神人也!”齐桓公惊得瞠目结舌。

西风猎猎,旌旗飘飘。齐桓公、管仲、公孙隰朋等各自乘坐青铜大车,在一片甲兵簇拥下,威风凛凛立在鲁梁城下,依着约定,正在等待两国之间的一场隆重之礼。须臾,鲁梁城门大开,幽暗的门洞里,但见鲁梁国君第一个晃晃悠悠走了出来。此君上衣半脱,袒露左臂,双手反缚于背后,同时还牵着一只肥美的白羊;嘴里衔着一块玉,眉头紧锁,垂头丧气,正满脸哀怨地走出来,仿佛一个活死人。鲁梁君出了城,又见其身后先是一拨大夫身穿白色孝衣,时称为“衰”;腰间又都系着麻绳,时称为“绖”,个个都低着头,只随着慢慢走着——“衰绖”乃是丧葬之服。再后是一群士人,也是一身白,共抬着一口黑色棺材,也尾随而来,神情更为沮丧和无奈。整个城门之前白花花的,分明是丧葬之礼,但又不完全像。

鲁梁君将至齐桓公车前,便嗵的一声跪下,身后那羊被绳子一拽,发出一阵儿咩咩叫声。齐桓公与管仲对了一下眼神,便下了车,大步行至鲁梁君面前,身后公孙隰朋并几个贴身随从也跟着。齐桓公先将鲁梁君口中所衔之玉璧拔出,继之转到其身后将绳索解了,令一国之君去缚;然后又将那羊牵了,转而递给身后随从之人。这当儿,鲁梁君后面有一个满身衰绖的官员匆匆跑来,用托盘载着国书、户籍、图册、玺印等物，跪地捧献，齐桓公也接了。再之后，齐桓公带着众人继续向后面走，来到那口黑棺之前，将那棺材也接了；几个齐人随从将那口棺向前又抬了几步，便弃在地上，一把火烧了。

望着浓烟升腾而起，鲁梁君热泪盈眶，七分感激又暗藏三分伤心，然后心一横，就又重重地向齐桓公行了一礼。

“国君面缚、衔璧、肉袒牵羊，大夫衰绖、士舆榇”，此乃鲁梁国向齐国请求受降之礼。周朝之时，君主死后口中含玉，乃是丧葬仪中所谓的“饭含”。鲁梁君口衔玉璧，表示自己已是死去之人；双手后缚、袒露左臂乃是投降请罪之意；牵了一羊，表示愿意臣服、任凭宰割；而后面大夫衰绖，士人抬棺，乃是表示国君已死，正为国君行葬礼事。此受降之礼，接近于国君的“假死”礼，意味着一个邦国的消亡。而齐桓公取出玉璧、焚烧棺木，乃是表达此君死而复生、可以不死之意，表示接纳投降，允许其继续为君、延续祭祀等。比之斩尽杀绝的兴亡交替，这种饱含温情的受降之礼自是十分难得、值得称赞的仁善之举，所以鲁梁君才会因感激而落下眼泪。

鲁梁国本是夹杂在齐、鲁之间的一个独立的子爵诸侯国，自此后，则成为齐国的附庸之国。

却说收复鲁梁国，源自三年之前的那个秋天。这鲁梁国虽不大，但国中山地纵横，地势险要，易守难攻，得此天然地利，鲁梁国今日亲齐，明日附鲁，在两个大国之间始终摇摆不定，这让霸主齐桓公异常恼火。齐国伐卫之时，鲁梁国不知为何，又与楚国暗缔盟约，此举令齐桓公彻底爆发，铁了心要举兵灭之。于是在一个秋凉之夜，齐桓公急召管仲入宫，商议出兵鲁梁之事。

管仲手里拎着一只装满简牍的竹箱来了，也带着鲍叔牙一起前来。时夜风微凉，树影婆娑，整个齐宫沉浸在一片肃静之中。管鲍二人自宫门入，径直前行，来到一处大院落外，隔着墙壁，便早听见里面噼噼啪啪木柴爆裂的声响。再一抬头，就瞧见庭中一缕火起，火光夹杂着青烟，悠悠摇曳着向夜空中升去。此非失火，乃是齐桓公首创的“庭燎之礼”，意在“庭燎求贤”——“燎”，最初指“燎祭”，乃是“柴祭天也”，积柴燔燎而使烟气上升于天，以达到人和神灵之间沟通的目的。“燎祭”自商至周皆有，那是于宗庙之中举行的一种隆重而庄严的祭祀之礼。后来到了齐桓霸业之时，齐桓公深感人才难得，求贤若渴，从古之"燎祭"中受到启发，将其地点由宗庙移至中庭，点燃火把木柴，昭告上苍，以广招天下贤才，此即所谓"庭燎求贤"。

不过，自从求贤之火燃起来后，只见烟火而不见贤才，将近一年，并无一人应召前来。齐桓公大为迷惑不解，十分泄气。至某日忽来一人，五旬上下，葛布粗衣，两眼闪亮，神清气爽，只背着一只竹筒，满身草莽之气，自称"东野鄙人"。齐桓公问："有何贤能之术？"那人答："九九算术。"齐桓公笑了，道："九九之术亦可应庭燎之召？"——心中暗暗不屑道："九九算术，齐国小儿能者也颇多！"那人正色道："我非以九九小术应召而来，乃是以庭燎之道觐献国君。国君设庭燎经期一年，却未得一才而至，何以故？国君，天下之贤君；君之臣，如管仲、鲍叔牙、王子城父、宁戚之流，皆一流贤臣，此所谓高才吓人，不可比拟，故天下俊杰纷纷裹步。九九算术，薄能小技，倘若国君尚能待之以礼，那那些贤于九九算术的人会怎么样呢？泰山不避砾石，江海不辞小流，所以成其大也。《诗》曰：'先民有言，询于刍荛。'博谋也！"齐桓公恍然大悟，当下便将东野鄙人留在宫中，并授予算术之官。结果仅一个月后，四方贤才闻风而动，纷纷云集临淄，齐国陡然之间人才倍增，成一时盛况。

管仲携着鲍叔牙，绕过熊熊的庭火，一时不禁为齐桓公礼贤下士、敢于用人的心智与胸怀钦佩不已。火影缭绕之中，阶上高堂愈增巍峨，两人腰间悬挂的玉佩也发出悦耳之鸣。管仲一时也来了兴致，边走边高声吟道：

> 夜如何其？夜未央。庭燎之光。君子至止，鸾声将将。
> 夜如何其？夜未艾。庭燎晣晣。君子至止，鸾声哕哕。
> …………

"仲父与鲍师傅来了！"齐桓公应声而出，乐呵呵将两人接入堂中。三人分宾主落席坐定，竖貂匆匆而至，于每人面前悄悄地献上了一盏蜜水。

齐桓公道："寡人心思，仲父与鲍师傅尽知。鲁梁，乃我齐国后方之患，我欲出兵灭之，何计可行？"

鲍叔牙道:“鲁梁之于齐,如田边之粟米,又如蜂身之尾螫,此国不降,终究为患!倘若灭之,又多不妥,尚须从长计议。”

“此也是寡人昼夜顾虑所在,故请二位师傅为我一决。”齐桓公道。

管仲微微一笑,捻着颐下几茎长须,道:“臣有一策,不需要一兵一车,必令鲁梁国俯首称臣而降!既可拔掉这支蜇刺之患,又可保唇齿相依之全。”

齐桓公满脸惊愕,难以置信:“仲父有何妙计?”

“管相之谋,百不失一!”鲍叔牙眯着眼睛笑,满脸坚信不疑。

管仲道:“我闻国君庭燎求贤,曾得一东野鄙人,精于九九算术。烦请召来为我一算。”

齐桓公“嗯”了一声。在侧的竖貂心领神会,忙去召唤。

须臾,东野鄙人背着竹筒来了,齐桓公令其入席。

管仲将来时所带的箱子打开,里面是七八卷竹简文书,推至东野鄙人面前,道:“此乃是相府文库之中关于鲁梁国的所有资料,先生请阅,然后烦请为我一算。”

“岂敢!管相但有吩咐,自当尽力。”东野鄙人说着,便将卷轴打开,速阅起来。文书虽有七八卷,但字数并不甚多,都是搜罗而来的鲁梁概况,其中关于种种数据,委实不少。

半晌后,管仲道:“先生为我一算,鲁梁国中人口共计多少?士人、农人、工人、商人各是多少?土地共计多少?公田是多少?私田是多少?”

东野鄙人不慌不忙将背后竹筒打开,里面全是长长短短的干硬的筮草,此筮草非是占卜之用,而是他计算的辅助工具。东野鄙人在自己膝前铺开一块白色的葛布,将筮草依着长短之序,均匀地排了七排。右上角又放了一块石墨、一支竹笔、几片木简。

东野鄙人开始算起。筮草在葛布上不停地上下移动,令人眼花缭乱。片刻后,便清晰地回道鲁梁国人口、土地详细之数目。管仲听了,点了点头。

管仲又道:“先生为我二算,鲁梁国一年之中,田地产粮多少?国库存粮多少?一户之家可产粮几何?存粮几何?倘若此国一年绝收,甚或是两年、三年绝收,此国可以撑持年月几何?”

东野鄙人继续频繁移动筮草，又不停翻看那些文书，偶尔也挺笔写上几个数字，不久便将这些问题一一详细回复。

管仲接着道："先生为我三算，鲁梁之国，绨业为最。且看此国目前织绨之人多少？一年出绨多少？倘若此国全民皆事绨业，一年又可出绨多少？"

东野鄙人又开始埋头算去，而管仲只悠悠饮着蜜水，若无其事。齐桓公与鲍叔牙面面相觑，不知管仲计算这些，到底是何用途，只好耐心等着。

终于，东野鄙人将最后一根筮草定住，然后将鲁梁绨业之数一一报出。管仲听了十分开心地笑，然后转头问鲍叔牙："鲍兄，如今市面上一匹绨是何许价格？"

鲍叔牙不知绨的价格对于今夜所议大事意味着什么，只如实将价格报出，脸上满满都是茫然与疑惑。

此时，管仲跪在案前，将右肘于铜灯之前支起，竟然不停地掐起指头来。显然，管仲也开始算！只是不知是否也是九九之算，所算是人？是地？是粮？是绨？齐桓公突然觉得十分有趣好玩儿，望着灯火前管仲伸缩连连、变幻莫测的手指，竟忍俊不禁，失声笑起。

管仲突然将手指定住，眼睛一亮，望着齐桓公，道："臣之策，名曰绨服鲁梁。十八个月后，鲁梁国中内乱丛生，不能自已；待三十六个月后，鲁梁国君必来请降！"

齐桓公笑容戛然而止，顿时大惊失色："仲父算术，如此之妙？小白请教：何为绨服鲁梁？"

管仲道："非臣欺瞒，此策非秘而不宣方可奏效，倘若稍有泄露，事必败矣。"

齐桓公一听，惊而又惊，疑而复疑，不由瞧向鲍叔牙。鲍叔牙却笑道："管相谋划，神出鬼没，国君勿疑，只待三年后静候佳音便可。"

"小白岂疑仲父？小白自然最信仲父！只是……只是……"齐桓公忽然语无伦次，不知所以，竟然不由自主地叹一口气，又笑起来。

管仲嘿嘿一笑，道："烽烟不起，刀兵不见，直教一国之君肉袒牵羊，自来纳国称臣。三年为期，国君且看。"

言毕，管仲、鲍叔牙、齐桓公三人同时大笑，只是齐桓公笑得狐疑，鲍叔牙笑得知趣，唯管仲笑得坦然。而那一片筮草旁边，东野鄙人却是惊得满头冷汗，他虽不知堂堂相国此番计策究竟如何，但从那一连串计算出的数字里，他却感受到了一股可怕的阴寒的飓风骤然袭来！那飓风，排山倒海，无坚不摧，一个国家哗啦啦般就如厦倾倒了！

绨，当时丝织物的一种。用蚕丝做经，棉线做纬，一般平纹织就，质地比绸厚实，表面较绸粗糙，但平滑而有光泽，多用于制作袍子、冬被、厚毡、书卷套子等。当时齐之丝织业海内第一，有“齐国冠带衣履甲天下”之说，不过在齐国毗邻的一角，小小的鲁梁国里，其国人祖祖辈辈皆以织绨为生，也是颇有名气。

这日早朝，齐桓公一反常态，穿了一件绣着云水纹的墨色绨袍临朝，对着满朝文武，先开心乐道：“此乃鲁梁国之绨所制作的袍子，寡人十分喜欢！天气凉了，也赐诸大夫每人一件。”——此有心无意、随口一说的一时笑谈，转眼间就在临淄城中掀起一场风浪。齐桓公乃是华夏的方伯，更是齐国百姓心中的英雄和偶像，当年只因为一时兴起而穿了一件紫衣，便引动国中百姓竞相追随，以至于发生了满城皆紫、紫气东来的盛况！此次可谓旧事重提，如法炮制——“欲降鲁梁国，第一件事便是先请国君穿绨服！”管仲如是说，齐桓公也便如是做了。结果如同当年紫衣之事，君有偏好，国人争相仿之的盛况再度上演。再加上齐桓公令宫中如竖貂、易牙等人故意推波助澜，于是绨这个东西忽然间就贵如金玉，无限风光。一时间，临淄城中绨价猛涨，供不应求。

齐市上的绨很快被横扫一空！这下，齐国所有织绨者简直要疯狂了，铆足了劲儿昼夜赶工，都想着要大发一笔了。谁知，天刚亮便接到一个来自宫中的严令：齐国之绨品相太差，严禁生产，所需之绨，皆需仰仗鲁梁国产。此可谓晴天一雳，无数人馋得直流口水，又无可奈何。此令自然也出自管仲的主意，齐桓公也是茫然不解，忧道：“如此这般，财富尽将流入他国，于齐何益？”管仲笑道：“他国也不过齐之府库，暂存而已！国君放心，这些财富终将流回。”

鲁梁国中，以绨业为生之流，几占国人三四成，绨于鲁梁，举足轻重。齐国用绨量极大而自家又难以产出，于是鲁梁之绨便源源不断流入。鲁梁之人由此骤发横财，人人乐得合不拢嘴，官库税收也如水潮涌，瞬时猛增。国君鲁梁子闻得此事，无限感慨："不想齐侯一己之好，竟能给我国带来如此收益！"

一大夫道："齐国丝织天下闻名，唯有这绨远远不及我国，所以我们的绨才会得此横行东方的机会！鲁梁之绨，真天下绝品！"

又一大夫道："我乃小邦，齐乃大国，此种发财的机会稍纵即逝，可奖励、督促手工业者昼夜开工，赚他个盆满钵满！"

"甚是！"另有一大夫也附和道，"百年难遇！先赚了齐国之财，继之扩充军事，再联合鲁国和楚国，共抗齐国！"

鲁梁子大乐，笑道："加强城中巡视，以使百姓安心织绨。令甲兵及守官在国境线上设立驿站，大开方便之门，便于两国交易。"

……临淄城中，管仲高坐，轻捻长须，眉头紧锁，沉思半晌，唤来国叔牛，道："速出公告，遍告鲁梁商贾：能为齐国供绨一千匹者，赐黄金三百斤；供绨一万匹者，赐黄金三千斤。"

国叔牛挺笔记了，但写得心惊胆战，如此天价，唯恐出错，抬头以难以确认的语气又重复一遍："供绨一千匹者，赐黄金三百斤？供绨一万匹者，赐黄金三千斤？……"管仲道："无误，去吧。"

国叔牛去后，管仲又唤来鲍叔牙，道："可令鲁梁国中鲍氏商社，力促两国绨业交易，并密切关注鲁梁国中一切动静。"

鲍叔牙道："诺。我速知会季牙去办。"

鲁梁城中，最为奢华雅致的一家酒肆，鲍季牙被一个仆从引着向楼上单间走去。房门一打开，一个颇显尊贵的大夫笑吟吟迎了出来——乃是鲁梁子最为器重的心腹之臣，名叫石臼。

鲍叔牙被齐桓公拜为上卿后，鲍氏兄弟便也搬来齐国定居，鲍仲牙、鲍季牙二人依旧以商为业。自是今非昔比了，鲍氏商社遍地开花，鲍季牙还成了天下最大的盐商。此番受兄长鲍叔牙及管相委托，鲍季牙顿感事关重大，于是放下一切俗务，专到鲁梁国中一行。

石臼大夫与鲍季牙彼此拱手行礼，便入了席。早有方鼎圆簋堆满案上，各色美食飘香，罍中之酒更是令人沉醉。两人又互相打量，这才发现都穿着一件墨色绨衣，于是忍不住，同时莞尔一笑。

三爵酒后，门又打开，两仆各拎着一只沉甸甸的红木箱子，放在鲍季牙身边，就悄然退出了。房间里便只剩下主客两人。鲍季牙先问道："大夫，这是何意？"

石臼满脸堆笑："鲍兄大名如雷贯耳，至今日方得一见，幸会幸会！此乃小小见面之礼。闻名天下的管相昔日郁郁不得志之时，多蒙鲍家照应，管鲍之交，天下谁人不知！石臼对管相、对鲍家也是万分敬仰啊！此两份小礼，一份赠予鲍家，一份献于管相，烦请转达，聊表些许心意。"

鲍季牙笑了，微一拱手："恭敬不如从命，谢大夫美意！"

"不足挂齿。"石臼说着，就举爵相敬，鲍季牙也毫不客气，两人又连连饮了几爵。

石臼微醺，满脸笑意，道："我有一疑，百思难解，请鲍兄指教——齐国大肆收购鲁梁之绨，一千匹绨便是黄金三百斤！此是真是假？"

"当然是真！"鲍季牙斩钉截铁地说道，"齐乃霸主之国，一言九鼎，岂可失信于天下？况鲁梁商贾抱三百黄金而返国者，不在少数，大夫难道不见？"

鲍季牙所言自然是真实情况，只是鲁梁国君臣心中总是嘀咕不已，总觉得哪里不对，当下石臼又道："千匹之绨，不足百金，齐国缘何愿出三百金？"

鲍季牙哈哈大笑："我国君颇爱鲁梁绨服，上行下效，一时风靡，所以国中奇货可居，绨价倍增，此水涨船高之理，有何怪哉？况我齐国行官山海令，府库充盈；行四海通商令，货通天下！齐国之豪富，不可思议，区区数百之金，不过沧海一粟，九牛一毛！非小国小民所能知晓啊！"

此话合情合理，又有暗讽井底之蛙之意，石臼听了愈加不是滋味，当下叹道："我岂能不知齐国之信义？奈何小国寡民，面对如此佳肴，也是一时难咽啊……"

"这是为何？"

"我国地少人稀，绨业者三成有之，余者皆是农人。即使三成织绨者自晨而夜，自夜而晨，老少齐出，举家不息，其产出也是微不足道的一个定数！我恨不能借来十万天兵,专为齐国织绨!”

“某乃商人,深知商机稍纵即逝,一旦错过,悔之晚矣!”鲍季牙也陪着一叹。两人似乎同为天涯沦落人,皆摇头饮了一爵。

鲍季牙放下酒爵,忽然双目放光,大声道:“何不令国中农夫弃农而改绨,如此绨业者便由三成增至十成,三百黄金转眼就变成一千金啊!”

“咦!……妙哉!我怎么没有想到此等妙计?”石臼惊喜交加,但是刹那间脸上又涌上一片愁云,道,“农皆为绨,田园必然荒芜,如此国人岂不尽数饿死!”

“哈哈哈哈,”鲍季牙朗朗笑个不停,“卖绨所得之金难道不能买粮吗?敢问大夫:农夫一年耕作,可得粮几许?而农夫改绨一年,又可买粮几许?”

石臼顿时恍然大悟,一拍脑门道:“鲍氏商道,果然精妙!石臼险些误了国之大事!”言罢,再无疑虑,只诚惶诚恐致谢。石臼又请歌女演舞助兴,当下两人尽欢而散。

石臼回到宫中,向鲁梁子详细禀明。鲁梁子也是大喜过望,当即传令,命国中农夫尽皆弃农耕而改织绨。此举可谓“甚得民心”,于是整个鲁梁国全民皆绨,绨业骤兴,一时盛况空前!眼看着一堆堆实实在在的黄金源源不断地从齐国运回来,民乐傻了,君乐疯了,国乐狂了,人性的贪婪和短视悄然间形成了一股强大的黑色飓风,正铺天盖地瞄着鲁梁国冲将下来!

又一日,鲍季牙处理完杂务,和三个伙计押着一牛车的白盐,正向商社返回。车辆行至石桥边一株柳树下,鲍季牙蹬着前腿,正欲推那牛车上桥,忽然被一人连连喊着“盐公”就一把拽住。

“盐公”,是鲍季牙主业经营的食盐圈子里,相关盐贩子对鲍季牙的一个带着戏谑调侃与羡慕尊崇味道的“素封”,一个颇具江湖野气与商人霸气的绰号,意思是贩盐而成巨富,虽无爵禄之封,足可贵比公卿。鲍季牙当下回头一望,见那人尖嘴猴腮,瘦如麻秆,右脸上有一颗长着长毛的黑痣,身上的袍子又旧又破,不知多少年没有换过了。鲍季牙又瞅了瞅,顿时想起此人名叫桥下五,本是鲁梁城里的盐商,兼卖粮食与布匹,原先与鲍氏来往甚多,三四年前因为经营不善,赔个精光,后来就没有消息了,不想今日在这里碰上了。

“是桥下五啊,你怎么……”鲍季牙本想说“你怎么成了这副模样”,话到嘴边就又咽下去了。桥下五却还是那样的伶牙俐齿、巧于应对:“人生失意,盐公见笑了。那里就是我家,盐公无论如何,请到故人家中小憩片刻!”说罢,用手指了指前面不远处的一座破落院子。

“也好。”鲍季牙应着,向身边随从点头示意。桥下五却高声道:“兄弟们自去忙去,我与盐公故人相逢,要好好叙旧,就不招呼兄弟们了。”

鲍季牙无声笑着,就随着桥下五朝前走去。走了百余步,河边临街的一个拐角处,桥下五推开一扇柴门,就笑着“请请请”个没完。其家只有两间草屋,一个窝棚,院墙残破不堪,一眼便可以望见来时的小桥;墙壁上挂有锄、犁、镐等农具。桥下五笑着引鲍季牙入了草堂,有几张破席,两人胡乱坐了。桥下五又向外面骂着女人,说什么贵客盈门,还不赶快捧献蜜水之类的。

哪里有什么蜜水,岂是昔日为商之时?须臾,其妻入内,满面愁容,但见捧着一只陶罐、两只黑碗,斟了满满两碗白水后,便无言退出。桥下五窘得面色通红,忙赔笑道:“见笑见笑。”

鲍季牙什么都明白了,主动端起黑碗,与桥下五对饮,又直言道:“五兄定有难处,你我曾经同道行商,些许心意,勿要推却。”说着便从袖囊中取出一镒金子,放在案前。

桥下五望着金子,眼眶便湿润起来,扑通一下伏拜地上,道:“鲍氏仁义,诚不虚言!今冒昧相邀至我家,实是有难言之隐!不想盐公……”桥下五说着就哽咽起来。

“不必如此,”鲍季牙忙将桥下五扶起,“打一辆纺车,买两件新衣,再添置些家当,此金虽无大用,但却是鲍某一片故人之情。”

桥下五拭干眼泪,并不再瞧那金子,端正身姿,一本正经道:“三年之前,我店倒闭,不得已回到乡里,耕田为生。然我毕生之志,在商不在农,精于心智,输于气力,郁郁蹉跎之间,行将老矣。幸天可怜见,当下鲁梁国正遇到一个千载难逢的良机!——齐国大肆采购鲁梁之绨,千匹之绨可换得齐之黄金三百斤!盐公啊,你说这岂非天赐良机?我之机遇随之亦来!只要有起家之资,不出三年,我便一举翻身,又成千金之富!”

鲍季牙道:“请讲——”

桥下五有意耸起肩膀,仿佛自己与自己壮胆,正色道:“愿盐公慷慨,借我黄金一百斤!”

鲍季牙陡然一惊,继之微微一笑,并不言语。桥下五见状,急道:“盐公休怕,我自有一番盘算。此次百年难遇之机,早已将整个鲁梁国搅得天翻地覆。我国之农早已弃农耕而改织绨,如此虽也可发,却是小财!我亦将弃农,但我却不织绨,只需将他人所织之绨采集而来,转手再卖与齐国便可,如此方可求得大财!我乃本土之人,熟知境况,可以低买而高卖,先赊而先卖,一千匹绨,于我而言,一百斤金足矣!转手到齐国,便得三倍之利!如此,我借盐公百斤之金,愿还之二百斤之金,可乎?——盐公垂怜,我此生只有此一次翻身之机了!”说罢就又连连叩首。

鲍季牙听着,心中暗暗忖道:“贪!桥下五当年就是因为过于贪心,囤积居奇,终于撑死的。如今胃口又是大开,虽然精明百算,却是遗漏一算:天下之财,自是有道求之,无端横富,必有灾殃……”本来不愿借金给这贪婪之徒,但转念一想:“鲁梁之绨必是管相有意之谋划,其中蹊跷虽然不知,但事关两国邦交大事,不可以一人小念而废之!”当下便改了主意,将桥下五扶起来,慨然道:“五兄不必如此,我自借你便是。”

桥下五得逞,惊得脸色煞白,仿佛看到昔日潇洒的荣光又回来了,连连道谢不已。鲍季牙接着道:“此种商机,稍纵即逝,五兄可以多多联络乡邻,早早行事,免得迟了后悔。”

桥下五道:“多谢盐公提醒。”

鲍季牙就此告辞。回到商社,便借了一百斤金与桥下五,安排一个得力手下去办,并特意嘱托道:“待桥下五赚回第一个三百金,便依其承诺,迅速将本息共二百金讨回,休得迟缓!”

光阴荏苒,此后一切正常。齐国狮吼般大量买绨,来者不拒;鲁梁人大量卖绨,换回黄澄澄的金子也纷纷涌入自己国中。此种交易,目下虽然火得一塌糊涂,然而之前却是见所未见，闻所未闻，无论买者、卖者，皆有心惊肉跳之感。鲁梁国人自然异常高兴，但兴奋之余，莫名就升起一种恐惧感来。齐国朝野则渐渐非议声起，各种冷嘲热讽，源源不绝。齐桓公、鲍叔牙等虽然嘴上不说，心中却也是昼夜忐忑难安。唯有管仲若无其事，一脸的云淡风轻。

算着时间，整整十三个月过去了。这日，临淄城中，管仲高坐，唤国叔牛道："你亲往鲁梁国中一行，但有所见，详细报来。"

国叔牛得令而行，自然速去速归，回来急忙禀道："鲁梁国中绨业鼎盛，全民皆绨。道路之上尘土飞扬，十步之内不可见人，赶路者连吃饭也是边走边吃，不舍昼夜；赶车者列队而行，车轮相碰者多矣！"

"可也！"管仲一叹，又问道，"我国储粮如何？"

国叔牛道："遵管相令，周边邦国之余粮已被我国收购殆尽，目下东方诸国，唯齐国储粮最丰。"

"目下齐市粮价几何？"

"一石十钱。"

管仲轻捻一茎长须，沉思半晌，郑重道："其一，齐国自明日开始闭关，凡鲁梁之绨不得入境。国人弃绨衣而改穿帛服，绨业交易从此断绝。其二，不出两月，鲁梁之人必来我齐国购粮，凡卖与鲁梁之粮，定价一石千钱。"

"一石……千钱！"国叔牛顿时大惊大悟，双目放光，昂然喜道，"诺！"

旭日初升，一片金光。齐境边关上，黑压压的马车与牛车满满载着绨布，焦急地等待开关，然后一如既往鱼贯而入，进入齐国去实现发财的大梦。其中有一人便是桥下五，将近一年的时间，他几次往返奔波，除已经还清鲍季牙的本息二百金外，他又成功地赚了二百金；此次又带来绨布千匹，入关后转眼间就又得三百金，别提心里那个甜蜜蜜、喜洋洋的美了。

厚重的关门终于开启，然而鲁梁人望眼欲穿等来的不是如常进关，而是一张关于闭关绝绨的公告！这一下恍如晴天霹雳，暴雨骤来，把在场所有的鲁梁人火热的心都浇了个通透。有几个顿时就号啕起来。桥下五更是震惊不已，高声问道："你们齐人不是最喜欢我们鲁梁的绨衣吗，怎么说不要就不要了呢？”

守关吏声调更高：“我们国君穿腻了，我们齐人也穿腻了，要换换别的成色，这有什么奇怪的！”

关外有一胖子赔笑道：“官家行行方便，我等风餐露宿，迢迢而来，实属不易。请最后收了这些绨，再闭关也不迟啊。”

守关吏哼了一鼻子，厉声道：“实属不易？你们一千绨赚我齐国三百金，还属不易！哼哼，馋得我都想当个鲁梁人了！——好日子总得有个头吧，难不成发我齐国财发上瘾了！”

下面又有一人小声哼唧，叹道：“那……这许多绨……可怎么办啊……”

“齐国不要，你们该卖谁卖谁去！”守关吏最后喝一声，转身就冷冷去了，关门也轰然关上了。众人此时才忽然一齐想到：对啊该卖谁去？哪国之人愿意买鲁梁绨？即便愿意买，哪个愿意出如同齐国一般的天价？祖祖辈辈织绨为生，几百年来，只是卖与母国乡人做衣，什么时候发生过如齐国这般的事情？……这是怎么一回事？难道真的是上苍平白无故眷顾了一回鲁梁吗……

桥下五盯着关城下一车车精美的绨布，恍然若梦，呆呆叹道：“完了！”

尽管齐国闭关绝绨，然而鲁梁人在短暂的失落后，又重新恢复了兴奋——因为有黄金！连续一年的劳作不辍，国人皆疲惫至极，至此，反而可以抽出身来休息一下，那金子也到了该享受的时候了。就连鲁梁子也得意不已，自以为是道：“齐国虽然绝绨，而齐国黄金早到我手，有何惧哉！哈哈哈哈！”

无名的狂欢没有持续一个月，鲁梁国忽然就没有吃的了，一年来弃农专绨，田土早是一片荒芜。至此刻，鲁梁子急了，一种不好的预感涌上心头，忙召集臣子商议。鲁梁子道：“国中已然缺粮，当令农人赶快修田，种植五谷。”

众人皆诺。有一大夫却万分焦灼，正色道：“晚矣！目下行将入冬，农事必在开春之后。即使如此，然而谷物岂可一夜间便熟？鲁梁国至少半年无粮，民将饿死矣！”

一语惊醒梦中人，众皆呆住了，鲁梁子恍然大悟：“我中齐国之计矣！”

忽有一人哈哈大笑，众人回视，乃是大夫石臼。石臼道：“国君何须多虑！谷子虽须等待半年,然而我国不是还有金子吗！些许粮米,何足道哉！持金子购粮,撑持半年后,则一切如故。”

“石大夫言之有理!”一片赞许声中,整个朝堂就又恢复了元气。鲁梁子也觉得是虚惊一场,当下定了定神,得意命道:“东西南北派出四路特使,赴他国买粮,以解燃眉之急。”而后一顿,特意又嘱道:“只消买半年的粮食便可！且——偏不于齐国购买!”

当下如此而定。翌日,四路特使便奉命而出,分赴东南西北买粮。只是奇哉怪也,至鲁国,至莒国,至郑国,至薛国,至卢国……皆是无粮可卖,万不得已,四路特使只好共聚齐国。齐国粮食多多,只是——每石千钱！四路特使大怒,骂道:“天价之粮！齐国讹诈!”齐人嘿然回道:“天价之绨,齐国也讹诈乎?”四路特使窘得无言以对,只好以千钱价格买了很少一些粮食,回国先应付一下子。

鲁梁城中,鲁梁子听四路特使回禀后,直咆哮道:“齐国！齐国！齐国——!”

鲁梁子忽然转向大夫石臼,怒道:“都是你！都是你误了寡人!”说着便将石臼如一只小鸡般拎起来。

石臼大惊失色,慌忙释道:“不怪臣,罪在齐国……全民绨令乃是国君下的令啊……”

鲁梁子不停怒吼,早已丧心病狂:“还敢狡辩!”说罢将石臼扔在地上,抽出宝剑,丝毫不听他人劝阻,便一剑刺向了石臼胸膛。

热血淌了出来,鲁梁子也冷静了下来。望着堂前血泊中满脸狰狞、死不瞑目的石臼,鲁梁子呆了半晌,不由浊泪横流,遂独自叹道:“我亦石臼,祸不远矣!”

…………

果不出所料,鲁梁国的粮荒如期而至。最后被逼无奈,到底还是只有从齐国买粮,先保命再说。官方从齐国采购的粮食,自然是首先供应贵族大夫,然后才是国民,然而满满一国之民,自城至野,家家户户,男男女女,老老幼幼,看着简简单单再也寻常不过的日食两餐,却是一国之中最为重大的事务！——鲁梁子真的应对不来。那些风一般卷来的金子,要以千钱之价购买日日不可断绝的活命口粮,无论如何也是不够的！冬寒难耐，春耕难启，眼看着最有希望的春天来了，鲁梁之民却个个骨瘦如柴，虚弱乏力，饿死者有之，冻死者有之，卧病者有之，盗窃者有之，作乱者有之，而农田却依旧荒废着，整个国家乱糟糟变成了一锅稀粥。那些几个月前还锃亮耀眼的从齐国刮来的黄金，又神奇般地刮回齐国去了，一切都仿佛变戏法似的，实在是令人感慨不已！

同时有流民纷纷入齐。齐与鲁梁交界的边境线上，无数的鲁梁饥民云集，皆做乞丐状，只愿不被饿死就好。又有诸多人或明或暗偷渡入境，令那齐国守关之吏头疼不已，几次上报到临淄，也是毫无确切回复。

算着时间，整整十八个月过去了。鲁梁国之内乱大大出乎意料，管仲当时关于“十八个月”的牛话也可谓“兑现”了。看着那些当时买绨散出去的令人心疼的金子，如今又以卖粮的方式神奇般地回来了，整个齐国一下子就沸腾开了！关于管仲神机妙算的传言如风而散，在齐国到处传唱着。齐桓公高兴地醉了一天一夜，王子城父、公孙隰朋、宾须无等直赞管仲商战高妙，连连庆贺不休。其中，唯有鲍叔牙听闻鲁梁国饿死人的消息后，不由动了恻隐之心，抱怨管仲“杀气太重”。

临淄城中，管仲高坐，捻着长须沉思着。鲁梁国中人命关天的消息与鲍叔牙“杀气太重”的抱怨，丝毫没有触动他若无其事的沉着冷静与缜密算计。管仲向东方望了望，唤国叔牛道：“宁戚何在？”

国叔牛禀道：“大司田正于齐国东部操劳垦荒事宜，已一月未归。”

管仲笑了：“大司田数年来的心病，即将药到病除！叔牛啊，你说齐国东野比之鲁梁之国，孰大孰小？倘若鲁梁之民尽数迁入其地，大司田的心病是否可愈？”

却说齐国东部边境一带包括原来的纪国的一些属地，茫茫几百里荒野，数百年来渺无人烟。宁戚做了大司田之后，一番实地查勘，却发现这里竟是肥沃之土，开垦之后足可成为齐国新的粮仓。宁戚虽有此念，无奈蛮荒之地，人口不足，所以历数年努力，也是收效甚微。这块地方粗略估计，比那鲁梁国面积还大。国叔牛当下大惊，瞠目结舌，立时就明白管仲的用意了——原来宁戚日夜谋划的地方，正是安顿鲁梁流民的最佳所在！当下叹道：“管相连环之算，何其精妙！叔牛佩服之至！”

管仲淡淡道:“即刻发出公告,齐国开关接纳一切流民,盖凡愿意入境为齐民者,齐国为其建房造屋,发放农具种子,按人分配土地,皆视为我之子民。来者不拒,一体纳之!”

国叔牛得意道:“诺!”

国叔牛去后,管仲捻须的手放了下来,蓦然发现有三条长须就飘飘断落而下。管仲仰头伸臂,好好地舒展了一下全身的筋骨,而后自言叹道:“鲁梁国休矣!”

鲁梁境内的大道上,再一次尘土飞扬,行旅密集,只是这一次未见客商,却全是饥民。这些饥民们衣衫褴褛,消瘦不堪,深陷的眼窝里却满满地都是希望!他们扶老携幼,赶起破车,背上行囊,冒着尘沙,举家抑或是成村成村地结队,义无反顾,群向齐国奔涌去。初时鲁梁子君臣还不时地劝阻,然而没有任何力量可以阻挡住百姓求生的欲望,渐渐地,或去或留,鲁梁子也只好悉听尊便了。

小河边上桥下五家里。这日深夜,桥下五仿佛换了个人似的,剔亮油灯,侍候老母卧榻上,严严实实盖好单薄的打了补丁的被子,而后和蔼笑道:“母亲安睡吧,明日一早我们便去齐国,奔好日子去。”桥下五从未如此尽过孝道,母亲好欣慰,枕着自己的白发就安然睡了。

桥下五又找到妻子,将自己散尽家财最后搞到的半袋子黍米交上,又深情地瞧了瞧榻上早已睡下的七岁的儿子,道:“明日一早便去齐国,母亲已老,小儿尚幼,全仰仗你了……”说罢扭头就出门去。

妻子拉住他:“怎么,你不走?……”

“走。你们先走,我再想办法弄些吃的,晚三五天就追你们去。”说完一笑,桥下五就消失在屋外的沉沉夜色中了。

第二天拂晓,有人在河中惊异地发现一具浮尸,正是桥下五——桥下五痴心于商,渐至于狂,早些年在鲁梁城中开店贩货,也曾红极一时。只因过于贪心,赔得一塌糊涂,不得已回乡做了农夫。郁郁无路之时,偏偏得鲍季牙相助,因为绨业之机,便又迅速恢复了昔日荣光。然而人生如戏,戏如人生,仅一年时间就再度沦落得一贫如洗。眼下流民入齐也不失为一条谋生之道,然而桥下五却冷冷拒绝了,他实在不能忍受作为一个农夫的辛劳，实在不能忍受没有黄金的清贫，实在不能忍受再度落魄的悲凉，繁华落尽，生不如死，于是他选择了一死了之。

算着时间，整整二十四个月后，鲁梁之民投奔齐国者，十占其六。这些饥民被统一安置在齐国东部的荒芜之地，后来在大司田宁戚的主持下，历经十余年开发，这里造就了齐国一片崭新的粮仓。

算着时间，整整三十五个月后，鲁梁子面缚衔璧，肉袒牵羊，率举国臣民倾心来降。在国都的城门口，齐桓公将鲁梁子身上的绳索解去，受降。从此之后，鲁梁国便成为齐国的附庸国。

此为中国历史乃至世界历史上第一次贸易战，管仲实为贸易战的鼻祖。在不久之后，管仲再度依靠此种策略，又通过购买代国之狐皮、莱莒国之柴、衡山国之器械、楚国之鹿，先后成功地击败了代国、莱莒国、衡山国和楚国……当时之世，烽烟未起，兵戈未见，但“奉国而归齐”者多矣！

“仲父真乃神人！”所以齐桓公禁不住屡屡慨叹，自豪得意之色不能自已。

第三章　兵发山戎

这个秋天异常肃杀。西风裹挟着尘沙，以摧枯拉朽之势席卷而来，所过之处，天色黯淡，走石飞沙，大地瑟瑟发抖。横亘北方的燕山那巍峨雄伟的身姿似乎消逝了，数不尽的山峰河谷都湮没在茫茫风烟之中，一切虫鱼鸟兽似乎都感到了一种恐惧，悄然躲起，避而不出。然而在这混沌世界里，却有一支强悍的骑兵在山谷之中呼啸飞驰，逐着河流，如同群狼一般恶狠狠南下扑来。他们翻越燕山，纵入平原，自燕国蓟城一带开始，杀人放火，疯狂劫掠。古老的燕国成了他们狩猎的乐园，青壮被屠，老人被杀，无数田园被毁。而大量的粮食、布匹、金玉、盐铁、日用器具、牛羊牲畜、女人及孩子等，则被他们视为得意扬扬的战利品，分批次一拨又一拨向后押送，沿着先前故道，深入燕山腹地，然后进入华夏之外一个被叫作令支的国家。

令支乃是山戎族建立的国家之一，活跃于滦河一带，以放牧、狩猎为生，亦有微不足道的农耕，是一个逐水而居、游牧为主、擅长骑射、好事劫掠的虎狼之国。国主名叫密卢，又有一重臣名叫速买，令支国政，皆出此二人之手。令支与燕国接壤，数百年来屡屡入侵燕国，历代燕侯皆头疼不已。却说武王伐纣灭商，开创周朝之后，曾大封诸侯。如太公封于齐，周公封于鲁，而召公姬奭则封于燕，其地在燕山之野，其国便以山为名，称燕国，姬奭则称为燕召公。燕国都城本在蓟城，后来就是因为恶邻在侧，为躲避戎人之祸，不得不南下迁都到临易，亦称易都，权求一时之安。此番令支犯燕，乃是燕国立国以来最为严重的一次，戎人出动兵马不计其数，两月之间席卷了近半个燕国，时国君燕庄公几次派兵抗戎，皆被打得溃不成军——乃在周惠王十三年，公元前 664 年。

燕国水深火热，燕人闻风丧胆，眼看速买统率的令支骑兵就要攻入临易了，燕庄公依旧无计可施，如坐针毡之上。忽有一大夫道："齐侯尊王攘夷，为天下之伯，如今国难危急，如何不向霸主求助？齐国若来，令支则自退。"燕庄公恍然大悟，急道："快！速向齐国求救！"

燕国使臣的青铜轺车从城门之中匆匆驶出，如风一般就奔临淄而去。

话说山戎犯燕的消息报到临淄，时管仲正伏案阅书，立时拍案而起。管仲难抑心中一阵热血翻涌，登时离席，来到东墙那面四四方方的《天下方国图》前，边角上一个黑圈里，"令支"两个字赫然入目。管仲望着那两个字，默默伫立，悄无声息，一任思绪天上地下，纵情驰骋。自拜相至今，历时二十年，自己亲手缔造的新齐国横空出世，民富、国强、兵胜，天下孰可比抗！当年谋划之霸业也如期而至，知遇之君齐桓终究稳坐霸主宝座，鼎盛不衰。华夏诸国如宋、鲁、卫、郑、蔡、陈、曹、莒、鲁梁以及洛邑周王室等等，哪个不是躬身臣服！放眼四顾，齐国占尽天下风流，一时风头无二，实在令人欢欣鼓舞——然而，还是远远不够！管仲立志尊王攘夷，调和平复华夏诸侯仅占其一，更为重要的另一个问题就是东夷、西戎、南蛮、北狄四方入侵，愈演愈烈，华夏薪火，危在旦夕。管仲胸怀，非在区区一齐，乃在凭借一己，力挽狂澜，拯救华夏千秋基业于万一，所以故，与夷狄开战，势在难免，这也是管仲平生最大的心愿！如今山戎犯燕，燕国求救，时机送上门来，岂能不令人心潮澎湃？然而，自古至今，华夏面对夷狄，从来都是只有招架之功，毫无还手之力的，齐国倘若深入北方大战山戎，究竟胜算几何？如何取胜？若败又如何？此空前严重之交锋，国君桓公怎么想？满朝臣子怎么论？天下诸侯怎么看？……

齐宫殿堂，满朝君臣齐聚，都知道乃是议论燕国求救的大事，人人脸上都先增了三分凝重。齐桓公先道："山戎劫掠燕国甚重，于是燕侯求救于寡人。此事重大，特请众卿商议。公孙大夫,可先将其中来龙去脉,先说与众卿家听。”

公孙隰朋应一声“诺”,接着道:“华夏之外,有四夷之族,曰:东夷、西戎、南蛮、北狄。其中以戎族人口最多、部落最杂,迁徙最频,居地最广,自唐尧、虞舜之时乃至于今,戎人自西方迁至北方、东方者甚众。戎族之分支大体有大戎、小戎、陆浑之戎、九州之戎、骊戎、犬戎、扬拒之戎、泉皋之戎、伊洛之戎、姜戎、茅戎、山戎等十余支之多。近三百年来,聚集在燕山北边的山戎一支十分强盛,渐渐形成无终、令支、孤竹三国并立之势。这三国中,无终当年因为曾经相助武王伐纣,而被我王封子爵,赐地无终山,自那之后,此国与华夏始终交好。令支、孤竹二国则乃异族野心,时常南下侵扰,燕国受此二国劫掠最甚,以致都城不得不从蓟城迁至临易。此次令支戎人犯燕,十分严峻,燕国实难抵挡,故求救于齐……诸公,山戎除了犯燕,也时常犯齐。僖公时,山戎万余来犯,攻破我之祝阿,后来僖公得郑国相助,方将戎人驱逐出境。又至十年之前,令支戎人又来犯我齐国,被管相率军一击而退。所以故,山戎乃目下华夏之公敌,燕、齐之世仇,绝不可掉以轻心。”

公孙隰朋言毕,管仲笑道:“燕国求助,如救水火。救或不救,诸公尽可放言。”

下面几人笑而问道:“管相以为当救?不当救?”

管仲道:“救燕之道若何?不救之道又若何?诸公请言。”

鲍叔牙道:“何须多议,北戎杀我齐人何其众,虏我财帛何其多,此仇不可不报!燕与齐乃是华夏一体,今危难之时无奈请救,岂能袖手旁观?”

一大夫道:“齐与燕国虽然毗邻,然而大河阻隔,两国邦交甚少。为此远方之国而劳师动众,实不值当。况兵者,猛兽也,一旦脱笼而去,凶多吉少!此他国之祸,自当由他国自行解之。”

宁戚凝神片刻,也摇了摇头,道:“自古华夏礼仪之邦,戎狄凶蛮,其兵力战力远胜于我,公等可还记得犬戎攻破镐京之事吗?此强弱之势非朝夕之间可变,目下之策,只可以守,不可以攻。我意——不可贸然出兵相救燕国,但可以允诺燕侯败而来投。”

宁戚此言,令席间一片悲哀。齐桓公神色立时就黯淡下来。沉默片刻,齐桓公望着管仲,问道:“仲父以为,假使齐与戎战,可以取胜吗?”

管仲目光却转向王子城父，道："可请大司马解惑。"

但见王子城父英姿飒爽，目光如炬，慨然道："当今华夏，最强之军乃是齐国新军。与夷狄交锋，诸侯之旧军或曰以卵击石，而齐国之新军则属二虎竞食，胜负难论。然姬克既奉命执掌新军，便昼夜忧思，不敢懈怠，国君如下令与戎开战，姬克受命有幸，必大败戎敌而归！"

鲍叔牙止不住喝一声彩，席间顿时躁动起来。管仲立时离席，于堂中踱步阔论，浑身上下神采奕奕，满满都是誓师的战意："我有一言，国君及诸公细听：齐国霸业，在乎'尊王攘夷'四字。如今天下之患，南有楚，北有戎，此皆华夏之忧，亦是盟主之责。即使无人相请，我齐国也应主动除之，何况燕国陷入危难而遣使来求救呢？此为其一。齐国新军磨砺二十有年，王子城父用兵如神，我在建军之初亦谋划破戎兵之策，此番种种，瓜熟蒂落，只待一战！其中胜败我早已了然于胸，国君勿忧，诸公勿惧，齐军必胜！此为其二。齐国霸业早已鼎立中国，不可撼动，从此之后，我大齐所指，非在华夏诸侯，而在四方夷狄！此番救燕，乃是天赐良机，我誓横扫山戎，一战建功！如此华夏之势骤强，而夷狄之势必衰，强弱逆转，于我华夏则是千秋万代无量之功德！似此族群兴衰，匹夫有责，自是要赴汤蹈火，万死不辞！此为其三。救燕有此三则大义，足矣！"

"仲父如此一说，寡人心中就有数了。"齐桓公长舒了一口气。

宾须无接着道："以我思之，救燕实则不难。戎人在燕国劫掠已久，所获甚丰，退意早生。戎人意在打劫财货，并非灭国。待我齐军一到，戎人自会不战而逃，我亦可不战而救燕国。"

众人皆附和，却见管仲厉声又道："非也！此番救燕，不出兵则已，盖凡出兵，必求一战！此战是救燕也，然而非唯燕也——不灭令支，誓不回师！"

此语轰然如雷！今日朝议原本只是救燕，不想管仲忽然冒出了灭戎之念，实在出乎意料。在诸大夫心目中，管仲一直以和为贵，从未有过如此刚猛而决绝的杀气！——哦，明白了，原来和者乃是在华夏之国，战者乃是在四夷之族！

宁戚忽然哈哈大笑起来："是饭牛人糊涂了！管相乃是为整个华夏而战，非为区区一个燕国！管相有此胸怀，天必佑之，齐国必胜！"

齐桓公也顿时双目射电，霸气外露，道："寡人再无忧虑。传命起兵，伐戎救燕！"当下令管仲为伐戎大元帅，王子城父副之，统率齐国三万新军北上。朝中重臣如大谏官鲍叔牙、大司行公孙隰朋、大司理宾须无以及大夫仲孙湫、雍廪等人皆随军听用，此一战，齐国可谓精锐尽出！只留下大司田宁戚坐镇临淄城中，安排粮草调度，并处理国中一切政务。

调兵遣将毕，齐桓公忽然嚷着也要北征，众臣闻言，一片反对，以为兵戎莫测，国君不可轻易涉险。齐桓公却凛然道："此次华夷千古之战，岂能少了我这天赐霸主，华夏方伯！"于是满席皆默默赞同了。

公孙隰朋又道："请国君发盟主令，聚鲁、宋、郑、卫、陈、蔡、曹、许八国，与齐国组成九国联军，然后一同北上伐戎，大事可定！"

"驱逐四夷，乃华夏共务，天下诸侯必会群起而来！"鲍叔牙接着道。

齐桓公大喜："然也！大司行所言甚是，寡人即刻便发盟主令，召集其他八国诸侯。"却听管仲发出长长一声叹息。齐桓公满脸诧异，道："仲父以为不妥？"

管仲道："此战全仰仗我齐国，我料天下诸侯无一会来。"

此语又若一个霹雳，满堂皆惊，众人都怔住了。只听管仲接着道："国君得周王之封，为诸侯伯主。倘若华夏内部之争，盟主令出，诸侯必至。如今出征北上，乃是与戎族决战，诸侯闻之，必不来也。"

齐桓公与众人不由齐道："为何？"管仲一叹，又慷慨道："无他，数百年来，从来都是夷狄侵略华夏，何曾有过华夏征讨夷狄？天下诸侯恐惧之心犹在，所以必不会来。正因为此，我齐国当做孤胆英雄，勿赖援军，不靠他助，全凭一己之力扫灭北戎，誓为我华夏打出一个天下无敌的胆魄来！"

众皆默默，沉思不已。鲍叔牙道："管相所言不无道理，然茫茫华夏，有胆魄者俯拾皆是，老鲍相信或许八国不全，但也应来他个三国、四国！"

齐桓公随之忽然乐了："我亦相信鲍师傅之言，寡人偏要与八国发盟主令，看管相所言是否应验？"

管仲微一沉吟，捻一茎须道："此八国，鲁、宋、郑、卫为大国，陈、蔡、曹、许为弱国，国君可只与鲁、宋、郑、卫四国发盟主令便可，倘若有国奉令而来，则齐国可添一臂之力,幸甚。倘若不来,国君亦不可生怨,我自发兵北上便可。”

齐桓公好奇不已,皱着眉头吹了一口气,含笑道:“就依仲父,寡人要看仲父此番神算究竟若何……”

一朵浮云从明月边上滑过,夜空如水,寒湿愈甚,但见几丛清亮的竹影在小轩窗上微微摇动,相府上下沉浸在一片梦乡之中。忽然,一声尖叫刺破静谧,高夫人从榻上登时坐起,满头冷汗,双目惊恐。身边的管仲也被惊醒,睡眼惺忪,忙问夫人何事,而高夫人一时不能语。幽暗朦胧中,人影憧憧,外间的侍女也被唤醒,匆匆入内来,掌了灯,又捧来热水女帕等物。

高夫人拭去额头汗珠,定了定神,余悸犹在,对管仲道:“适才一梦,十分惶恐——似在严冬一片冰天雪地,却矗立着一株大树和五株小树,皆枝繁叶茂,类盛夏时节。妾在不远处草庐中,正远远地观那树,忽然狂风骤起,飞沙走石,三株小树霎时连根拔起,又一小树被吹断一枝,另余一小一大两树似乎无恙。妾大惊,又见其中一小树不停翻滚,裹挟风沙,隐隐哭泣,直直向妾横冲而来,其状甚是凄惨,于是我失声惊叫而醒……”高夫人说着揉了揉胸口,又道:“齐国北征在即,此梦似有不祥之兆!”

管仲呵呵一笑,抚慰道:“区区一个树梦,与国之北征有何关系?夫人勿要多想,想是这几日操劳家事累了……”

“齐国霸业,皆在国君麾下一相五杰,乃是夫君、鲍叔牙、王子城父、公孙隰朋、宾须无、宁戚。时梦中之树,一大五小,莫非……”高夫人说着说着就难以启口了,一种不祥之感刹那间涌上心头,令人战栗。

管仲一怔,立时又转笑容,道:“我平生做事,躬行大道,坦坦荡荡,毫无畏惧,亦不信奉吉凶之说。假使夫人之梦果真如是,一相五杰乃为华夏而战,天必佑之,又有何惧!”

此一番话反而令高夫人心安,多年来,管仲这种无所畏惧的浩然正气始终令高夫人仰慕,两人夫妻之情也始终恩爱如初。当下高夫人也转笑了:“妾胡乱一梦,搅扰夫君了。”

“女曰鸡鸣，士曰昧旦。子兴视夜，明星有烂。将翱将翔，弋凫与雁……”管仲笑眯眯吟着《女曰鸡鸣》诗，将夫人轻轻放倒枕上，又小心翼翼，为其盖好锦被。侍女见状，熄了铜灯，悄然退去，寝室里又黯淡下来。一片静谧之中，高夫人仰卧枕上，向外一瞥，只见窗上月光清亮，竹影摇曳，仿佛一幅天然画卷；又转头内望，而管仲长须散乱，呼吸均匀，早就又沉入梦乡了。

天亮了，未及用饭，高夫人梳洗毕，正欲迈步向庭中走去，不想被儿子管颖兔子一般撞个满怀。高夫人向后闪了一下，一手撑住廊柱，一手拽住管颖，满脸笑盈盈道：“我儿风风火火，所为何来？”

管颖慌忙又扶了母亲，然后端正行礼，道：“禀母亲，儿欲随军北征，为此次华夷之战尽绵薄之力，特来请父亲、母亲允准。”

“这……”高夫人皱起眉头，半晌笑道，“此为国家大事，当由你父裁决。不过，我儿尚未加冠，当以读书习射为正务，兵戎大计非汝可为。”

“母亲为何如此说？”管颖挺起胸膛，英姿勃发，“《诗》曰：‘肃肃兔罝，椓之丁丁。赳赳武夫，公侯干城。’我虽未加冠，却也曾杀得鲍山猛虎！父亲常说‘夷狄豺狼，不可厌也’，如今天赐良机，儿正欲与山戎豺狼见个高低！”

“哈哈哈哈，”一阵朗朗大笑，管仲推门而出，立在高夫人身侧，喜道，“我儿类我！大丈夫志在四方，正可疆场之中磨砺一番，去！你与黑子同去！”

“谢父亲！”管颖大乐，躬身行了谢礼，又道，“非仅仅我与黑子，另有鲍石、姬甫、公孙伯雪，我们鲍山五杰一同随军出战，管相当无异议？”原来齐桓公决意伐戎救燕之后，整个齐国一片沸腾，有识之士皆请命出征。如此热血之事，年少气盛的鲍山五杰岂能无动于衷？于是五个人一拍即合，商议后决定由管颖来向其父亲，亦即此次伐戎大元帅管相请命。

却说管仲听了，忽然一改笑颜，变色厉声道：“鲍山五子一个也不准！你等在国中做好学业便可！”

管颖怎么也料不到父亲态度会如此骤变，茫然不解之下，陡增一股火气：“父乃齐相，出尔反尔！方才二人便可，为何我五人便不可?!”

“方才只是戏言，如何不明?！你年少无知，只遵父命便可。退下！”管仲板着脸，声色俱厉，目光中的威严令人战栗。管颖于是不敢再多说什么，只一跺脚，愤愤地转身就跑去了。

高夫人瞧着儿子冷冰冰的背影，又爱又恨又怨，一时不知说什么好，却听管仲悠悠伤感道：“是我疏忽了，五杰鲍山打虎，早已结成生死之交。颖儿此来，岂能为他一人？此五人英才初露，将来皆是国之栋梁，若逞一时之强上了疆场，明枪暗箭，万一……”便不语了。

高夫人忽然又想到昨夜那个怪梦，胸口不由疼了一下，连连摇头，叹了一口气，就转身回房去了。

管颖悻悻地出了府门，于熙熙攘攘的人流中，转过三道街，来到皋门广场边一株光秃秃的老柳树下。鲍石、姬甫、公孙伯雪、公孙黑子早等在这里，个个神色焦灼。不远处，镌着“新政强齐”四个大字的桓表，在低沉的暖日下闪耀着金色的光辉。

四人一见管颖，都大叫着围上来。一番盘问，管颖沮丧着脸，如实作答。

鲍石听了抱怨不已，嚷着要找父亲鲍叔牙去。姬甫却是眼中一亮，道：“管相实是良苦用心！我等鲍山五杰乃是齐国五杰之子，自然非比寻常。而北上伐戎，乃生死决战，吉凶难料，倘有不测，情何以堪！所以管相初时允诺颖兄、黑子二人可去，后却又拒绝五子同去，实是为我等家门担忧啊。”

“山中猛虎尚且杀得，北戎豺狼有什么可担忧的！”鲍石满脸不屑。

姬甫笑道：“鲍石兄，打虎与打仗岂可混为一谈？”

管颖如梦方醒：“如此，我等需各自向家父请命？……无论如何，此次齐戎之战，天下瞩目，鲍山五杰定要出征，为国建功！”

公孙伯雪摇了摇头：“我父断然不会准我之请，再者，此等大事，非伐戎大元帅与国君拍案方可。”

“只是我已经被伐戎大元帅骂出来了，这可如何是好……”管颖急得抓耳挠腮。

公孙伯雪忽然灵光一闪，得意而笑，道：“元帅这里不通，还有一人可通啊！我有主意！”几人忙问什么妙计，公孙伯雪侃侃道：“我等为何不去求国君？国君御驾亲征，若得鲍山五杰护驾，岂非美事一桩？可如此这般——我家中藏有陈酿美酒。明日国君将往南郊游猎，趁其兴起，我等齐出，以献酒为名，向国君讨个请命，我料国君必应！”

譬如渴而得饮，饥而得食，五少年顿时狂呼起来，都道就这么办，大事可成！鲍石尤其兴奋难抑，抄起路边的一支竹竿做大戟，于皋门广场呼呼舞起来。

翌日，齐桓公携着长卫姬、少卫姬姊妹一起出城狩猎，竖貂、易牙和公子开方也陪伴左右。久不出宫，此行甚欢，午间野宴期间，公子开方也请命随齐桓公北上燕国。却说齐桓公每每出行，内侍竖貂与庖厨易牙必随行在侧，桓公缺此二人不可，否则便是寝食难安，无法过活。至于新宠公子开方，似在可与不可之间。长卫姬、少卫姬二女免不得为母国之侄多添美言，竖貂与易牙更是撺掇公子开方同行，齐桓公于是呵呵一乐，就准了公子开方之请。

嘻嘻哈哈正热闹间，却见姬甫、公孙伯雪、鲍石、管颍、公孙黑子五人联袂齐来，其中公孙伯雪还捧着一缶酒。五人皆是血气方刚的年龄，个个身强体壮，英姿飒爽，精神饱满，斗志昂扬，令人一见就莫名生起一种欢喜来。齐桓公瞧着，脸上满是笑。

五人齐齐行了礼，公孙伯雪道：“知国君在此游猎，特来献上美酒一缶。”

竖貂忙将酒接了来。齐桓公瞧着酒，依旧满脸笑：“我说五杰啊，只是来向寡人献酒吗？”

五人齐齐拱手，皆郑重道：“齐国伐戎救燕，鲍山五杰请命出征！”

“哈哈哈哈……”齐桓公乐得合不拢嘴，反而不说话了。

公子开方在旁道：“我齐国真乃人才济济，国君洪福无量！就准了五个小英雄吧。”

公子开方的话十分顺耳，齐桓公于是得意道：“寡人命鲍山五杰随军出征，尔等同到管相帐下听用。去吧，去吧。”

五人大喜，齐道：“诺。”正要辞去，不想又被叫住，但听得齐桓公又道：“姬甫、公孙伯雪、鲍石、管颍、公孙黑子，五人一律封为牙将！愿尔等精忠报国，勿负寡人厚望。”

“臣叩谢国君大恩！”当下五少年更是个个心花怒放，伏地拜谢不已，然后就别了齐桓公，一起到伐戎大元帅那里报到去了。

事已至此，管仲也不便再多说什么，想着鲍山五杰都是卧龙雏虎，既已蒙国君允准，到北国疆场磨砺一番，也不是什么坏事。木不斫不成材，玉不琢不成器，五少年经此一番历练，心智毅力自会大增，将来正堪大用。管仲决定正好借此机会，为国家培养年轻人才。

出征在即，临淄城中各项准备工作有条不紊地进行着。齐桓公发与鲁、宋、郑、卫四个国家的盟主令交由四路特使，各自乘着轻快的青铜轺车，分赴四国。

曲阜城中，鲁庄公接见了齐国使臣，先将其安置在驿馆，而后招谋士施伯问计。时施伯白发苍苍，垂垂老矣，自感时日无多。而鲁庄公虽然不足五旬，却已早现衰颓之象，头发灰白，双目无光，白日里时常佝偻着肩犯困。鲁庄公本来身体健壮，然而自从娶了哀姜之后，不知是因为沉迷女色，还是因为哀姜具有摄人魂魄的法术，总之哀姜婚鲁，庄公骤衰，实令满朝臣子担忧不已。

当下“二老”相见。鲁庄公道：“齐侯伐戎救燕，故发盟主令，欲要与鲁国联军一处，共赴北上。大夫以为若何？”

施伯咳嗽两声，道：“万万不可！诸夏兵弱，夷狄兵强，以弱犯强，无异于以卵击石。昔日犬戎大战镐京，天子之师尚不能挡，最终破国而迁都。齐侯尊王乃明智之举，而攘夷则是取祸之道，今又将鲁国拖入祸水，居心叵测呀。”

鲁庄公道：“我亦知鲁兵战戎兵不能胜，然而齐侯毕竟方伯，挟天子以令诸侯，况自夫人婚鲁，齐鲁两国邦交甚好，若贸然拒绝，又似乎不妥。”

“国君所言不无道理，”施伯接着道，“可遣使入齐，只道国君有疾在身，实难从征，只能多献粮草金帛，以助齐国凯旋。如此拒齐，则齐侯难有怨言，又不失两国邦交和气。”

鲁庄公道：“寡人受教了。”一抬头见施伯满头白雪，一派风烛残年的景象，不禁生出无限哀伤：“寡人做鲁侯近三十年，全赖卿鼎力相助哇。为着寡人，卿当珍重！”

施伯欣慰地笑了，激动地咳了几声，道：“臣知天命，恐怕要有负于君了。臣还有一言，国君哪……夫人哀姜，有红颜祸水之象，曲阜城中，又恐女色乱国，祸起萧墙啊……望国君慎之呀!”

鲁庄公怔住了,然后举目向堂外的寒风望了望:“大夫之言,寡人谨记。”言罢,便发出一声无力的浩叹。

此是鲁庄公最后一次向施伯问计。施伯回去后,于次日将近拂晓,便猝然而逝了。“文有施伯之谋,武有曹刿之勇”,鲁庄公平生最为得力的两位重臣,一个撒手永远地去了,一个谋反未遂而被驱逐出境,如今只剩下一个孤零零的衰颓之主,茕茕孑立,形影相吊,怎不令鲁庄公心寒!天亮后,鲁庄公一面以卿大夫礼安排施伯的身后事,一面则采纳施伯之计,遣使乘快车驶入齐国去了。

临淄城中,齐桓公与鲍叔牙等满朝君臣皆面面相觑,目瞪口呆!——鲁国不来了,说是国君身患有疾!宋国也不来了,说是国内有叛臣作乱!而接到盟主令后,郑国则是询问了鲁国,卫国则是询问了宋国,结果,郑国称“君有患”,卫国称“国有乱”,都不来了!

四国盟友,无一敢至!

数日前管仲关于鲁、宋、郑、卫四国不来的预言,犹在耳畔回荡,齐桓公失落之余,又大生敬佩之心,叹道:“仲父何其料事如神也……”

管仲云淡风轻,若无其事,一笑了之。

王子城父又报诸事皆备,只待伐戎大元帅发令出兵。管仲长须垂胸,双目射电,环顾满堂朝臣,正色厉声道:“愿齐心合力,大破北戎,为我华夏打出一个天下无敌的胆魄来!”

“诺!”满堂齐声应道,声若震雷。

天气越来越冷,时不时地寒风漫卷,天昏地暗。然而任凭朔风肆虐,也比不过燕庄公胸中的刺骨之痛。北风卷过临易高高的城楼,燕庄公独自伫立城上,满脸憔悴,举目北望:近处,围城已达十日的令支戎人营地连绵,白帐棋布,杀牛宰羊、饮酒食肉的嚣张跋扈与不可一世之状历历在目,令城中人时刻陷入一种深深的恐惧之中;远处,横亘天边的燕山峰峦起伏,若隐若现,可望而不可即,其中似乎藏匿着无数燕人凄惨的哭声和呐喊。燕庄公形容俊美，慈眉善目，天生长着一张贵妇的脸庞。燕庄公崇尚周礼，喜文厌武，平日里《仪礼》手不释卷，常以姬姓子孙为荣，沾沾自喜不已。他乃是燕桓侯之子，燕国第十七任国君，时年约四旬。眼看着令支人劫掠故国已经两月有余，目下又将易都围困，而偌大的燕国竟无一人可解，齐国的援军又迟迟不到，燕庄公实在是撑不住了！寒风如刀一般从脸上一遍遍地杀过，两行热泪就扑簌簌流了下来。

有一人悄悄登上城来，从背后将一件厚厚的披风披在燕庄公肩上。燕庄公扭头一看，见是易大夫。易大夫道："寒风凛冽，国君且请宫中避一避。"

燕庄公忽然发狂一般，揪住易大夫胸襟，吼道："齐侯为何戏弄于我！明明答应出兵，却又迟迟不来！"

"国君息怒……息怒……"易大夫干咳着道。

"息怒——哈哈哈哈……"燕庄公如笑如哭，指着远处的燕山，道，"山戎之患，愈演愈烈，先父桓侯逼不得已，将国都从蓟城迁至南方临易，希望可以躲避戎人之祸。然而……此次令支席卷半个燕国，目下围困易都已有十日，看来不破城是绝不回还了！悠悠苍天，昔日犬戎攻破镐京之祸，莫非今日燕国要重蹈覆辙吗？想我大燕，创自召公，传自寡人，已历十七世！莫非燕国要亡于我手……呜呜呜呜……"

易大夫也忍不住落下泪来，半晌道："国君不要过于悲伤，我料齐国必来。"

燕庄公摆一摆手，失魂落魄，含泪冷笑道："什么尊王攘夷，只是齐侯骗人的把戏。齐侯啊齐侯，寡人不怪你，你尊王尚可，你也是没有攘夷的胆魄啊……"

正哀伤间，又有一人急步上来，边跑边激动地喊道："国君！戎人撤退了！国君快看！"

来人乃是临大夫。燕庄公与易大夫听了，忙前趋几步，抚着城墙向下望去。果然，庞大的令支营地顿时人喊马嘶，一片躁动。帐篷被拔起，火堆被浇灭，物品被装车，牲畜被向后赶去，一队队的骑兵罗列整齐，挥着手，舞着鞭，吵嚷着，分明是在大撤退中。虽然是撤，但却看不到丝毫的失落颓丧之气，相反撤得得意扬扬，撤得有声有色，撤得仿佛还是得胜凯旋一般。有十余骑令支骑兵还故意在下面城门之前纵马挥刀，来回驰骋，打着呼哨，嘲笑不已。须臾，一片黄尘滚滚中，但见此番侵燕的令支统帅速买单骑飞来，冲着城上大声喊道："后会有期！"而后吹了一个长哨，在戎兵一片哄然大笑中，扬长而去了。

戎人来犯，燕庄公心惊胆战，如今戎人撤去，燕庄公又是胆战心惊——山戎之人，精于骑射，来去如风，今日虽去，难保明日不来！防不住，打不过，躲不得，甩不掉，这可如何是好？

城下的戎兵越来越少，大队人马依次北去。易大夫忽然想到了什么，脱口道："此必是齐国兵车到了，戎人方才解围而去。"

"即使如此，只怕……只怕齐军一走，戎人不久又来。难不成我燕国要做俎上鱼肉，时时任人宰割？"临大夫叹道。

燕庄公道："先解了燃眉之急再说。你二人可出城打探，倘若齐军果至，寡人当郊外远迎，不可失礼。"

二人同声应诺，便下城去了。

第二日午时，齐桓公与管仲统率齐国三万新军到了。燕庄公率领群臣于临易南门外，郊迎三十里。齐桓公与燕庄公彼此叙了礼，两国臣子也互相见了，然后将齐军安排驻扎于南门之外，齐桓公在燕庄公带领下，便率众入城。燕庄公好周礼，比之鲁国更甚，自然依照礼制，隆重设宴以款待来援的齐国之众。

席间钟鸣鼎食，酒馔芳美。齐桓公、管仲、鲍叔牙、王子城父、公孙隰朋、宾须无、仲孙湫、雍廪和管颍、鲍石、姬甫、公孙伯雪、公孙黑子等人个个气宇轩昂，从燕庄公眼前逐一滑过。燕庄公见齐国群贤毕集，人才济济，尤其是那一排血气方刚、英姿勃勃的年轻后辈鲍山五杰，真乃神采奕奕的少年英雄！不禁心生欢喜，笑了又笑。燕庄公又想到自己麾下怎么没有这等豪杰，就又陡然升起一阵失落和悲哀来。呆了半晌，燕庄公举起酒爵，先敬齐桓公，感谢其不避劳苦，率众救燕；又敬管仲，言道管子乃当今天下第一人物，相见恨晚；又敬鲍叔牙、王子城父、公孙隰朋、宾须无四人，直道齐国五杰羡煞所有诸侯国君，只是大司田宁戚未至，五杰缺一，甚是遗憾；又敬鲍山五杰，大赞个个英雄出少年，齐国霸业后继有人……直听得齐桓公眉飞色舞，连连豪饮。

燕庄公谈笑风生里，始终隐隐藏着一种莫名的忧伤。此中心病，管仲最是明了，于是直面燕庄公，道："齐国兵来，令支兵遁。我若兵去，则彼兵复至。此乃夷狄豺狼，不可厌也。我料燕侯必为此忧心不已——燕侯勿忧，今我齐国既来救燕，则必求一战而灭山戎！不灭山戎，誓不回还！如是方谓之齐国救燕，不知燕侯以为然否？"

燕庄公及临大夫、易大夫等君臣眼泪都要掉下来了，他们最担忧的就是齐国一顿酒席之后便"凯旋离去"，所最渴盼的就是齐国此来能与戎人大战一番，管仲之言，正中下怀！燕庄公几乎涕泪道："燕国君臣子民，同谢管相及齐国厚意！"说罢，掩面而泣。

席间顿时陷入一片伤感之中。管仲道："燕侯不必如此，华夏受夷狄欺辱久矣，我齐侯既为方伯，自是要为华夏挣得一口志气——且从北伐山戎做起！"

齐桓公道："寡人此来必要剪除山戎，为燕国扫清后方之患！"

燕庄公拭去泪痕，慨然道："齐侯厚恩，容后图报。既然如此，我燕军请为前部先锋！"

齐桓公心中不由一声蔑笑，但脸上依旧是尊敬神色，道："燕国经戎人蹂躏，早已遍体鳞伤，伐戎之战，我自当之。燕侯权为向导，壮我声势足矣。"

管仲接着道："山戎常来劫掠，熟悉华夏道路；而华夏不通山戎，其地理优劣自然无知。不知彼，难胜彼！所以我军需得熟悉山戎地理之人为向导，此乃伐戎第一紧要之事。"

燕国臣子顿时叽叽喳喳起来，闹了半天，终无合适人选。易大夫道："令支及山戎之国皆在燕山之北滦河流域，目下燕国之人熟知燕山者，倒是不少；然而出了燕山，滦河一带则少有涉足呀。"

王子城父听了连连摇头。

燕庄公忽然道："燕山北面山戎之族，目下只有令支、孤竹、无终三国。此三国中，唯有无终自建国以来，便与我周朝来往密切，其下国民也多弃狩猎而事农耕，国中风俗几近华夏。数百年来屡犯燕国者，令支有之，孤竹有之，而无终始终未有。无终虽是戎种，其心却非戎心，此国可以招揽，亦是向导最佳之选。"

"华夷乃是文明之辨，非单以种族论之，盖凡有华夏之心者，我华夏便以手足待之，如这无终国……”管仲正说着，忽然灵光一闪，就又生出一个念头来——此番北征，不仅要消灭令支，而且还要大破孤竹！经此一番劳师，管仲要整个山戎之族从此销声匿迹，管仲要燕山南北从此再无戎患，管仲要四方夷狄经此战后便闻风丧胆，管仲更要整个华夏族从此挺直腰板，无惧无畏，天下四方，唯我独尊！当下又接着道：“燕侯之议甚好！命公孙隰朋为使，出使无终，为我大军觅得向导！”

公孙隰朋一拱手，高声道：“诺！”

第四章　伏龙之战

齐营辕门之外，黄尘滚滚如烟，马蹄声声如雨，一彪塞外戎人的骑兵风驰电掣，转瞬即至。已是寒冬时节，滴水成冰，这些骑兵清一色的骏马弯刀，皆黑发披肩，羊皮裹身，脚上穿着长长的暖靴，靴上还插着短刃。为首一人三十七八年纪，中等个头，不胖不瘦，五官端正，体形健硕，一对浓郁的眉毛与下面的八字胡须遥相呼应，分外精神。此人虽也身穿羊皮袄、大长靴，腰悬弯刀，但与众不同的是，他用竹冠束发而非散发，衣上纽扣向右开而非左开——令辕门出迎的管仲、鲍叔牙、王子城父等一见，都大惊不已。当时之世，“被发左衽”乃是夷狄之人最为显著的形象标志，而华夏之人无论哪个诸侯邦国皆是束发、右衽，后世孔子曾言道，“微管仲，吾其被发左衽矣”，所指便如是。此人乃是山戎之族无终国的大将虎尔斑，如此衣装，难怪管仲等不由惊了。

公孙隰朋不辱使命，凭着如簧巧舌和五车金帛，成功说服无终国主与齐、燕结成统一战线，同时带来了援兵加向导的虎尔斑，这个消息实在令管仲欣喜。齐军辕门之外，公孙隰朋向虎尔斑引荐了诸位齐国重臣，也向自己的同僚郑重介绍了虎尔斑以及他身后带来的两千无终骑兵。虎尔斑翻身落马，对管仲行了大礼，道：“虎尔斑受我国主无终子之令，特来齐国帐前听用。另有骑士两千，但凭驱驰。”

管仲忙扶住虎尔斑，喜道：“无终子仗义慷慨，我齐国感激不尽！虎尔斑将军能来，真是天助我也！”说着便拉着虎尔斑的手，乐呵呵接入营中大帐，设宴接风。那两千无终骑兵也安排落帐，酒肉伺候不提。

外面寒风呼啸，滴水成冰，而中军大帐内，火盆烧得正旺，美酒温得正热，肥羊煮得正香，暖气袭人，仿佛三春。众人分宾主落席，先行饮酒三巡，驱驱寒气，暖了暖身。

王子城父瞧着虎尔斑，笑着道：“无终亦是山戎之国，今将军前来助我华夏，实是令我等感慨不已呀。”

虎尔斑一听，忙弃了手中酒爵，满脸凝重，正色道：“大司马勿疑，容我相告：我无终却是山戎的一支，昔日华夏周武王兴兵灭商之时，无终曾出兵相助，后来周朝建立，念无终小有微功，周王便封无终子爵，赐地无终山，于是方有今日之无终国。无终立国以来，始终朝周不绝，国中君臣子民皆青睐华夏文化，慢慢转牧为农，渐脱蒙昧。然而，山戎另有两国——令支与孤竹。此二国却视我国为异类，满怀仇怨，常常以二敌一。世人只知令支、孤竹侵扰华夏，却不知此二国亦时常劫掠无终！我无终与此二国也是累世血债，欲要报仇，只恨力不能及，如今齐国北上讨伐令支、孤竹，我无终国岂有不助之理？”

众皆恍然大悟，管仲也没有料到其中还有这等曲折。但见王子城父又道：“辕门初见，我观将军束发右衽，实是大吃一惊，将军莫非也是华夏之人？”

“不敢相瞒，虎尔斑乃是戎人，只是我母亲本是燕国民女，后被令支掳走做了奴隶，两年后逃入无终国，于草原之中险些被狼吞食，恰逢我父路过，于是幸而得救。后来两人便做了夫妇，无终山下耕田狩猎，倒也快活。我母识华夏文字，通华夏礼仪，我自幼耳濡目染，心驰神往久矣。二十岁那年，母亲依华夏之礼为我加冠，自那之后，我便束发右衽，形同一个华夏人了。”

管仲叹道：“原来如此……将军父母如今安好？”

“三年前，无终与孤竹大战，父亲不幸死于乱军之中。母亲年逾六旬，然依旧耳聪目明，精神矍铄，大慰我心。”

管仲一听，忙唤来国叔牛，悄悄叮嘱了几句。

管仲又道："将军久在燕北，山戎地理风俗，必是了然于胸，请不吝赐教。"

虎尔斑道："但有所知，知无不言。燕国之东北有一河，名曰滦河，令支国在滦河之西，孤竹国在滦河之东，两国皆是山水密集，林木幽深，多有人迹罕至的凶险恶地，且道路模糊难辨，地形十分复杂。令支国人聚则成兵，散则为牧，逐水而居，游走不定，世世代代以游牧、劫掠为生。国主称密卢，帐下有悍将速买，有令支骑兵一万众，称雄燕北百年有余了。而孤竹国本是华夏族商朝时期的一个诸侯国，入周之后，孤竹日衰，慢慢就被戎人占为巢穴。目下的孤竹虽然半农半牧，却也是一派戎风。国都在无棣城，国主乃是答里呵，麾下有文相兀律古，武将黄花元帅，此二文武皆是凶狠狡诈之徒，不可不慎。令支与孤竹盘踞滦河，互为掎角，令支若有难，孤竹必救之；孤竹若有求，令支不袖手旁观。两国实乃一国也。"

管仲道："如此说来，我若挥师威逼令支，则孤竹国必援之，需两国一并克之？"

"是的。"虎尔斑应道。

宾须无不解地瞧着管仲，茫然道："此番侵略燕国者，乃是令支也。我齐国劳师远征，攻破令支即可，何必再图谋孤竹呢！"

席间多有附和者，管仲听了，并不反驳，只默默无言。

管仲又问道："我欲讨伐令支，当从何路进军？"

虎尔斑道："燕国之北二百里外有一处山谷，地名葵兹，乃是山戎与华夏之间唯一的咽喉要道。齐相欲进兵令支，非走此地不可！"

管仲大喜，举爵道："多谢将军指点，请满饮一爵！"

于是众人皆欢饮，一时十分开怀。

却说待酒宴散后，虎尔斑回到自己的营帐，竟发现国叔牛早奉管相之令，送来四套华夏衣服——两套是给老母亲穿的，两套是给自己穿的；另赠老母亲齐锦两匹，自己《诗》一卷。虎尔斑惊了，探出手抚着光滑鲜亮的锦缎，又盯着那卷神秘的竹书，感慨万千，内心久久不能平静……

次日，大军拔营北征。虎尔斑自请开路，率领属下两千骑兵先行，齐国兵车以及少许的燕国人马随后，旌旗漫卷，戈矛如林，十分雄壮，一路迤逦向燕山开去。齐桓公与燕庄公各乘一辆大车，并辔而行；管仲等文武前后簇拥，边走边小心翼翼地查看当地地形。最兴奋的便是刚被封了牙将的鲍山五杰，各自驾着一辆青铜兵车，腰间悬着齐桓公所赐的宝剑，英姿勃发，顾盼自雄。五人皆是第一次随军出征，又都第一次饱览异域风光，那千峰万壑的燕山、威武雄壮的军容以及飞沙走石的朔风，都似百年佳酿一般，令五人深深沉醉，豪气纵横。鲍石慨然道："愿斩令支子之首，悬于马颈而还！"管颖与姬甫听了，不由齐声高吟："岂曰无衣？与子同袍。王于兴师，修我戈矛，与子同仇！岂曰无衣？与子同泽。王于兴师，修我矛戟，与子偕作！岂曰无衣？与子同裳。王于兴师，修我甲兵，与子偕行。"

约行了二百里，但见前面两座高峰直插云霄，居中一条山路曲曲折折隐入谷中。此地便是葵兹。管仲与王子城父慌忙下车查看，此乃咽喉之地，天然屏障，若设一关卡，便是一夫当关，万夫莫开。王子城父道："葵兹乃山戎南下必经之地，我军自当抢先占之。可令士兵筑土石为关，一来可做辎重之所，也便于粮草由此转运。二来我军北上，深入山戎腹地，绝非朝夕可返；倘若戎人占据此地，便是断了我军后路，诚可危矣。且当留一军驻守葵兹，此乃关系成败之重地！"

管仲手搭凉棚，望了望幽幽深谷，道："王子兄所言甚是，葵兹重任，非鲍叔牙不可。"于是将鲍叔牙留下，把守此咽喉要地。

大军于此休整三日，管仲令士卒搬运石头，砍伐树木，和以泥土，当道筑起一座简易城关，足以做攻防之用。然后又将粮草辎重留下一半，屯聚这里；又筛选兵士，将疲病之士也留在这里，只用精壮继续北上。管仲又欲留下鲍石，协助其父鲍叔牙同守葵兹，怎奈鲍石大怒，声称鲍山五杰定要同做先锋，岂可躲在这里享清闲！管仲与众人大笑不已，也不再勉强，便留下鲍叔牙守关，并雍廪辅之，然后率军北去了。

黄台山谷腹地之中，一座高峰下有一片开阔的高地，方圆五六百亩，平坦如一条毡，又如一块席，又像是山峰向谷中吐出的舌头。此地坐北朝南，依山傍河，三面环水，易守难攻，乃是令支国数代相传的大本营所在。目下虽是寒冬时节，草木枯黄，萧瑟不堪，这里却是喧嚣鼎沸，迥异非常，但见满地帐篷星罗棋布，且按战阵排列，层层设防，固若金汤一般；马群、牛群、羊群密密麻麻，一片连着一片，可谓牲畜兴旺；再加上刚刚从燕国掳掠来的一车车的金帛宝贝以及大量的女人奴隶都囤积在此，最为彪悍善战的令支勇士也分几个大营聚集在附近，所以这里依旧热闹如春。令支贵族们在这里日夜饮酒聚会，在烤着肥羊的篝火旁载歌载舞，或者将掳来的燕国女子带入帐中肆意取乐等，烟火暖气压倒凛冽寒风，欢声笑语不绝于耳，整个一个北戎的乐土天堂。

居中最为高大稳固的乃是令支子密卢的国主大帐，帐中宛若三进院落：前面是侍卫左右把守的门户禁地，中间是宴会之所和议事大堂，最后是密卢的寝室，设有铺着虎皮的土榻。齐军伐戎的消息传来，密卢大为震惊，速招麾下之将速买、小亮、呼伦突等众人入帐商议。

密卢与速买乃是一对叔侄。密卢肥胖短须，一身横肉，平日里养尊处优，十分慵懒，只在黄台山下发号施令，一切兵事则全付于速买。速买又高又瘦，恍若麻秆儿，尖嘴猴腮，形容丑陋，只是声如虎啸，目如鹰隼，骑射精熟，力大无穷，不愧是威震令支的第一猛将。其他如小亮、呼伦突等也都是能征善战之辈。

密卢先道："我令支数百年来横行北方，谁敢管我！不想今年打劫了一个燕国，却冒出来一个齐国为其出头，实是可恨。今大兵汹汹而来，你等以为该当如何？"

呼伦突道："我主不必忧虑。华夏之人善于车战，于我北戎骑兵，只有招架之功，岂有还手之力？如今贸然兴兵，深入山林，疲惫之师，不谙地理，我令支勇士铁骑齐出，不过一场猎杀而已。"

小亮暴躁道："来得正好！我正要为我哥哥大亮报仇！"小亮所言，乃是数年之前，令支曾以速买为帅，大亮、小亮二兄弟为将，纵兵深入齐国劫掠之事。那次，管仲与王子城父率师迎击，将令支打得落花流水，大亮被王子城父斩杀，令支三千精锐最后只剩一十八骑逃回。

密卢见手下二将勇猛无比，不禁大乐。

速买却道："那年秋天我与齐相管仲等有过一次交锋，彼胜而我败。齐国有新军三万，战力非其他华夏邦国可比，所以绝不可轻敌。此为其一。其二，齐军此番远征，不知如何竟请得无终国虎尔斑为向导，虎尔斑十分熟悉山戎地理人情，齐得此人，如夜得灯，实是可恶！我等须先将此夜灯灭之。其三，齐国霸业正盛，君主齐侯乃是华夏霸主,以'尊王攘夷'号令诸夏,所以,齐军此番远征,必有深谋远虑与充足准备,我料其不破令支,决不回师。所以此番之战,务须万般谨慎方可!"

小亮与呼伦突皆不以为然,笑道:"速买将军何必大长他人威风!"

密卢满怀疑虑,担忧道:"莫非凶多吉少?"

速买翘起嘴角,鹰眼里露出凶光,道:"我主勿忧,我自有破敌良策。趁其初来,立足为稳,我明日出战,先将虎尔斑这支齐人的夜灯灭掉,然后——伏龙山,此乃齐人有来无回之地……"

密卢、小亮、呼伦突等听了,都大赞不已。帐中顿时响起一阵阵狂笑。

齐桓公大军兼程北上,不日后,见前面远远横着一座大山——伏龙山已经近在咫尺了。山间道路曲折难行,大军迤逦绵延长达三十余里,虎尔斑及两千无终骑兵开路在前,王子城父与鲍山五杰率众居中,管仲与齐桓公、燕庄公等人以及粮草辎重在后,逐次推进。

虎尔斑所部最是机动灵活,遥遥领先,须臾间就来到山谷前一个岔口。此地山势陡峭,怪石嶙峋,满目萧瑟中,仅存的几棵老松树却扭怩着身子疯长,个个都像青绿色的老妖精似的,也不知在这里长了几百年了。正观望间,忽见速买带着百余骑如风而至。谷口前,速买勒住马匹,破口大骂:"虎尔斑,你也是戎种,为何无端勾引外人,前来犯我!"

"你带着令支兵打劫我无终国时,可曾问到彼此都是戎种?"虎尔斑大怒,一边叫嚣着,一边拔出弯刀就砍杀过去。速买也毫不示弱,挺起手中大杆长刀就冲将过来,两人彼此拼杀,风风火火,斗了十余个回合,却难分胜负。

速买卖一个破绽,佯装输了一刀,掉转马头就跑。见对方不过百余骑且狼狈而逃,虎尔斑一个口哨,就带领两千部下火速追去。两队人马钻入谷中,绕过一个坳口,但见道路屈曲盘旋,两边都是密密麻麻的老树,又不断有微弱的古怪的响声传来。虎尔斑不由一惊,忽然就发现速买早已掉转马头,静静地拦路立定,其脸上又满是诡异的笑容。

虎尔斑顿时大骇,暗叫:"不好!"正要传令退出。这当儿,速买却得意扬扬打了口哨，顿时山谷群起响应，无数令支骑兵从山坡的树林里冲出，将虎尔斑的骑兵拦腰截断，化为两段，便猎杀起来。原来速买早令小亮与呼伦突各领一军设伏于此。虎尔斑无奈，只好乱里厮杀，妄图拼出一条生路。

王子城父率领中军赶到谷口，便已知虎尔斑定然落入圈套，就要率军去救。忽见鲍山五杰并肩而来，个个意气风发，管颖领头道："何劳大司马费神！今日正要山戎豺狼知我打虎五杰的威风！"

王子城父哈哈大笑，便道："齐国幸甚！令鲍山五杰统领一百兵车，冲入谷中营救虎尔斑！"

五杰得令速行。却说虎尔斑力不能支，正暗自叫苦不迭，忽见后方一彪兵车呼啸而来。苍凉冷寂的山谷中，远远地五个小将军如同五只鲜活的麋鹿，分外耀眼。虎尔斑狂喜道："救兵来了——"

速买大惊，骂道："我将功亏一篑，实是可恨！"又对着身边的小亮，逐一指点道："此五人号称鲍山五杰，皆齐国少年英杰——看：管仲之子管颖、鲍叔牙之子鲍石、王子城父之子姬甫、公孙隰朋之子公孙伯雪、管仲义子公孙黑子……"

小亮咬牙切齿，又刻意指着姬甫道："这个小子便是杀我兄长的王子城父的儿子？"

速买道："正是！"小亮便不再答话，举刀就冲了过去。

山谷之中杀声震天。五杰齐出，军心大振，令支骑兵的风头被迅速地压了下去。鲍山五杰皆由齐国最为一流的师傅传道授业，早已是个个身怀绝技；同时在国中之时，管仲也有意让五人多次临阵，刻意栽培；今日与夷狄狭路相逢，五人又都血气方刚，锐气逼人，自是非逞英雄，非建功业不可！

好一番厮杀！渐渐地，令支人马节节败退，撑不住了。管颖与公孙伯雪围战呼伦突，鲍石与姬甫围战小亮，而公孙黑子与虎尔斑围战速买，皆是愈战愈勇，大长华夏志气。那小亮本是直奔姬甫而去，要杀之为兄长大亮报仇的，万万没有料到，姬甫手中一杆长矛矫若游龙，兼之又有鲍石的大戟相助，小亮如何能敌？小亮正难以招架，却听得自己那边牛角号呜呜鸣起，主将速买传令撤退了。小亮虚晃几刀，躲过戟和矛，就匆匆逃去了。

瞧着敌军落荒而遁,无限狼狈,管颍、鲍石、姬甫、公孙伯雪、公孙黑子五少年皆一阵大笑。鲍石道:“令支戎人,识得鲍山五杰乎?”而虎尔斑立在马上,手里拎着滴血的弯刀,眼里望着山谷之中尸横遍野,内心十分忐忑——略一估算,自己本部人马已经折损五六,不由一声叹,顿时涌起一阵悲凉。

日中时候,几路大军会师。虎尔斑来见齐桓公,满脸都是羞惭之色。齐桓公微笑道:“胜败乃兵家常事,将军何必耿耿于怀?”于是拉住虎尔斑,二话不说,乐呵呵就拥入席中。

谷口老松树下,齐桓公特意设宴,管仲等众作陪,为虎尔斑压惊。三爵酒后,齐桓公又赐虎尔斑名马一匹,虎尔斑感激不已。

席间,虎尔斑执爵,逐一敬鲍山五杰——一是感谢搭救之恩,二是盛赞五杰之勇,三是着实感慨桓公帐下人才济济,令人羡慕。公孙黑子除外,那四杰也是毫不谦逊,皆执大爵豪饮,且口出狂言,“大言不惭”,满满地目中无人。管仲见了,先是一喜,继之一忧,语重心长道:“五杰首战告捷,自当嘉奖。然而两国交兵,胜败无常,你等五子皆要戒骄戒躁,谨慎行事,切不可骄傲轻敌,因小失大!”

管颍、鲍石、姬甫、公孙伯雪听了,顿时清醒了许多,先后道:“谨遵相国教诲。”

管仲又道:“虎尔斑将军,我等下一步当如何行动?”

虎尔斑举头望着前面的山,道:“前方三十里便是伏龙山,再有百里便是令支老巢黄台山,我料伏龙山必有一场恶战,管相宜先扎牢营盘,然后再伺机决战。”

管仲听了,默默点了点头。

管仲遂采纳虎尔斑的建议,大军开拔到伏龙山就暂时止步,扎起营寨来。

齐军大营依着伏龙山的地势,扎于险要之地,极尽地利之妙。齐桓公、燕庄公、管仲皆居于山上大营之中,另有王子城父、宾须无二人各立左右营寨于山下,三座营寨互为掎角,遥相呼应。同时,每座营寨皆围以三重兵车,宛若三座铁甲车城,彼此之间又有车道联络相通,壁垒森严,可静可动,开合自如,极具章法。管仲与王子城父自创建齐国新军之时起,便针对戎狄骑兵改造了华夏兵车,研究了崭新的车阵,创立了另类的战法,直到今日,终于等到了用武之地。

却说速买率众赶回黄台山，令支子密卢闻讯大惊，以为速买大败，落荒逃来。然而速买道："此番出击，大挫虎尔斑锐气，将其骑兵灭了一半。此可谓一胜。王子城父所部鲍山五杰等匆忙来救，我等以寡敌众，全身而退，犹未败也。"

密卢却感到了一种从未有过的担忧，道："虽如此，此番华夏来犯不可小觑。明日我当亲往伏龙山迎战，瞧瞧他们所谓的霸主，究竟如何。"

速买道："我王乃一国之主，岂可擅动？"

密卢坚定地一摆手："无须多言，明日我定要亲自出战！"

在旁的小亮气呼呼道："今日与我大战的小将军姬甫，果然本领高强！其父杀我兄长，我明日定要斩杀姬甫，为兄长报仇雪恨！"

速买道："既如此，我有一计：伏龙山一带山势连绵，沟壑纵横，明日初战可佯装诈败，将齐人诱入深谷之中，伏而歼之——如今日之败虎尔斑可也！"

密卢、小亮、呼伦突皆道好计。密卢命人杀牛宰羊，几人一顿酒肉，吃得美滋滋的，至夜方散。

黄台山下，北风飒飒，月明如昼。那小亮回营后，并不急着入睡，却于月光下掌起火把，从自己营中精选了五十位精锐勇士，悄悄嘱托了一番。明日之战，小亮要率领这五十精锐专打姬甫一人，誓要为其兄长大亮报仇不可。

翌日，伏龙山下烟尘腾腾，战马萧萧，大批令支骑兵呼啸而来，数不清的黑色"杜梨"旗迎风招展，若隐若现，逼人的杀气和着凛冽的寒风在整个山野之间弥漫开来。令支骑兵倾巢而出，约有万余，密卢亲自指挥，兵分三路：中路以密卢和速买为首，直奔伏龙山下攻击齐军大营；另有左右二路分别由小亮、呼伦突统领，皆潜行埋伏于山谷之中，只待将齐军诱入，要一网打尽。

一阵风过，密卢止住胯下骏马，举目眺望，但见萧瑟荒芜的伏龙山上，齐军白色营帐密密麻麻，星罗棋布，十分严整，其外又有三层铁车重重护卫，真乃一座车城。密卢不由叹道："齐国兵车，何其威猛！"言罢却心有不甘，誓要先见个高低，于是便传令攻杀过去。

牛角声呜呜骤起，响彻山谷，无数的骑兵挥舞着手中的弯刀，狂笑着打起口哨，嗷嗷叫嚣着，踏起滚滚烟尘，如一层层的潮水向伏龙山上的齐营冲去。这边燥如烈火，那边却岿然不动。齐营的铁甲车城环环连锁一般，只静静等着，待令支人马将入百步范围之内，战车上陡然间冒出三重精锐射手，彼此层层交替射箭，于是一阵箭矢如雨，令支人纷纷堕落马下。偶有侥幸冲到车城前面的，却发现战车皆裹以硬铁，坚如磐石，车与车之间犬牙交错，壁垒三重，仿佛牢牢锁在一起，人马血肉之躯如何能过？更何况近攻之时，兵车上一排排操着长戈的勇士齐出，铜戈齐刷刷一片横扫，那骏马短刀如何能挡？再彪悍的骑兵也被杀落下来。此乃是管仲与王子城父专门用来对付夷狄骑兵的车阵，叫作“惊涛拍岸、以卵击石”。

一连冲了三次皆败下阵来，而齐军大营依旧纹丝不动。密卢气急败坏，又要下令强攻，却听得身边速买笑着拦道：“大王何须气恼，忘了我等只是佯攻而已。”密卢恍然大悟，道：“险些误了大事。”于是不再强攻，只是命令属下人马待在原地，冲着齐军营寨只一个劲儿地叫骂。那些令支蛮人个个破口开骂，各种污言秽语难以入耳，丑态百出。慢慢地将近午时，这帮令支人都闹腾累了，不知何时竟悄悄退去了许多，剩下的大都下马卧在地上，依旧小声咕哝着；同时不少人解下腰间酒囊喝起酒来，可谓无奈至极，锐气丧尽。

管仲在山上早瞧得一清二楚，见状道：“战机到了！”于是升帐发令。王子城父、宾须无、公孙隰朋、仲孙湫、管颍、鲍石、姬甫、公孙伯雪、公孙黑子及虎尔斑等，早早就齐聚在帐下。

管仲道：“令支倾巢而出，前来攻我，然而战了半日，丝毫难进，目下锐气已堕，而我军士气正盛，此正难觅之战机，定要一战大破令支。虎尔斑！——将军雪耻之时到了！可率本部骑兵率先下山杀敌，但切记鸣金声起，必要收兵回营，以防再次遭敌埋伏。”

虎尔斑得令而去。望着虎尔斑渐渐出了帐门的背影，公孙隰朋忧心道：“我观密卢此番进兵十分蹊跷，似藏有奸计啊……”

管仲微微笑道：“我早已料之。令支戎人，惯用埋伏之计，今日定要以其人之道，还施其人之身。”接着道：“暗哨已经探得，密卢另有左右两路人马埋伏于伏龙山谷之中。待虎尔斑将其伏兵引出，我正可左右夹击之！——命王子城父及姬甫、管颍二将率部左出，宾须无及鲍石、公孙伯雪二将右出，以成合围之势，定要在这伏龙山下打败密卢！”

众人皆得令。管仲又道：“令仲孙湫与公孙黑子固守山上，护卫齐、燕二君，严阵待命，以为随时接应。”

仲孙湫与公孙黑子齐声道：“诺！”

哐啷哐啷一阵响动，齐营的车城开启了一道门。烟尘里，马蹄声纷至沓来，虎尔斑一马当先，带领无终骑兵风驰电掣，冲出车城，直向山下杀去。散漫无备的令支戎兵顿时惊慌起来，赶忙跨马执刀应战。虎尔斑出其不意，其快如风，令支人难以抵挡，几近于一阵砍瓜切菜，便将令支人马杀得大败。黑色“杜梨”旗下，收兵的牛角声陡然而起，于是令支骑兵匆忙间聚成一团，又快又准，就直向一个深谷中撤去了。

虎尔斑杀得兴起，便穷追而去，一路上又斩杀不少兵马。管仲在山巅上观战，眼见虎尔斑即将追入谷中，便下令鸣金收兵。虎尔斑深深记得管仲嘱托，就立即掉转马头，返营而去。

却说密卢与速买以为计谋得逞，虎尔斑又要被诱入谷中，不承想一阵金声骤起，虎尔斑竟然半道撤回去了，两人好生沮丧。密卢焦躁道：“诱敌之计不成，如之奈何？”

速买道：“齐人以车城为寨，避战不出，殊难攻破。不如撤兵，再图良策。”

密卢顿时火起，狂笑道：“齐人龟缩不出，乃是军心怯战！既然诱敌之计不成，则我三军合为一处，全力攻打伏龙山！今日不分输赢，绝不回黄台！”于是不听速买之谏，分传命令，将左右二路伏兵小亮和呼伦突火速召回。

须臾不久，伏龙山下又陷入一片喧腾之中，密卢麾下三路人马会合毕，卷土重来。密卢骑马立于军前，挥舞着手中的弯刀，道：“令支勇士听令：令小亮将军攻左，呼伦突将军攻右，本王与速买将军攻中，三路齐出，杀上山去！今日必要大破齐营，将华夏人马杀个片甲不留！”

密卢言毕，正要传令进攻，不想四面鼓声大作，杀声震天，但见山峰后面，王子城父与宾须无各自统领着一支威武之师，一左一右夹攻而来。整个令支人马顿时惊慌一片，速买更是惊道：“不好！我军埋伏不成，反被齐军包围了！”当下已知乃是一场生死大战，便强装镇定，高声喝道："齐人兵车迟缓，不及我军来去如飞！勇士们当拼死一战，杀出一条生路，齐向黄台山撤去！"

话音未落，双方便厮杀起来，狭长的山间谷地顿时刀兵相接，乱作一团。此为华夏族人主动出击夷狄的第一战，意义非同一般，双方皆是精锐交锋，龙争虎斗，十分惨烈。齐国新军在华夏早已是一等一的劲旅，所向披靡，无所畏惧，然今日之山戎骑兵也是勇猛异常，难以小觑。打了一阵，预料不到的事情发生了——令支人怎么也弄不明白，手中的弯刀每杀掉一个齐人，就会莫名其妙地瞬间招来疯狂复仇的一团齐人！虽说战场上战友之间都会彼此照应，但如齐军这般死一个上一批的境况，实是罕见。只要一个齐人倒下，便是燃起了一团暴烈之火，意味着一大片齐人舍生忘死就扑过来！这实在太恐怖了！——令支人不知道，管仲与王子城父组建的齐国新军，乃是采取兵隐于民、兵出于家的策略：齐国国中二十一乡之民，按一家出一兵计：五家一轨，有兵五人，是为伍，由轨长率领；十轨一里，有兵五十人，是为小戎，由里司率领；四里一连，有兵二百人，是为卒，由连长率领；十连一乡，有兵二千人，是为旅，由良人率领；五乡为一师，有兵一万人，是为军；十五乡之民便得新军三万余人。核心之要是这些新军起于五轨之家，多以同宗、世交、兄弟、连襟、邻居为纽带，累世而居，血脉亲近，生则同乐，死则同哀，命运浑然，难分彼此，一人之死便是整个乡人之哀，而一人之兴又便是整个乡人之福，难怪齐国新军人人都如此拼命了！慨叹管仲之谋、王子城父之略何其高妙！话说未经几何，战局忽变，齐军愈战愈勇，步步紧逼，而令支戎人则愈战愈怯，频频躲避，恨不能立马就逃命去。

令支这边，只有一处打得最凶——左路军中，姬甫被戎将小亮率着一支敢死队团团围住，脱身不得，形势渐危。王子城父与管颖先后来救，但都被令支骑兵冲散，挡在外边，靠近不得。原来那小亮誓要斩杀姬甫为其兄长大亮报仇，早安排了一支五十人的心腹精锐，专取姬甫一人。此战于小亮而言，似乎并非两国生死对决之大战，而仅仅是一己复仇之私斗。好在姬甫出身将门之后，武艺精湛，有勇有谋，一杆长矛舞得出神入化，以至于戎人一时也占不到什么便宜。

管仲在山上观战，一切瞧在眼中，见令支节节败退，唯有姬甫这边暗藏凶险。管仲唯恐姬甫有失，忙令仲孙湫、公孙黑子火速出兵，下山援助。

却说小亮挺一杆大砍刀,与姬甫斗了几十回合,难分胜负。小亮气急败坏,正无计可施,陡然间身后又有一袭车马滚滚而来。小亮回首,情知这乃是山上齐军冲将下来要救姬甫,莫非此番又要功亏一篑?小亮又急又恼,大吼一声,发起狂来,与那几十心腹轮番饿扑,争分夺秒要置姬甫于死地。一虎难敌群狼,此刻姬甫渐渐难以招架,加上眼看救兵将至,心中恍惚泄了一口气,谁知一个稍不留神,但见一道寒光闪过,姬甫躲闪不及,生生被小亮用大砍刀削落大半条左臂!姬甫惨痛难忍,仰天狂呼,坠下车来,遍地打滚。一时间血流如注,满地尽红。瞧着姬甫的惨状,小亮得意大笑,就又率众围杀。好在长矛还在右手边,姬甫竟然一跃而起,骤然间发起狂来!但见姬甫单手执矛,挥洒热血,咆哮着左突右杀,势若雄狮猛虎!戎人个个胆战,皆不敢前。

这一切被公孙黑子、仲孙湫早瞧在眼里,两人大惊,忙喝马驱车,转瞬就冲到了跟前。齐军如洪水将令支骑兵冲散,公孙黑子忙跳下车,第一个朝姬甫冲过来,一把将其扶住,心痛着大叫"姬甫兄啊……",姬甫因失血过多,面色苍白,看到黑子,心中大慰,就笑了笑,低沉道:"兄弟,杀……杀贼!"然后双眼一闭,就昏了过去。此刻仲孙湫也赶了过来,忙从身上扯下战袍,先将姬甫的断臂娴熟地包扎好。

公孙黑子的眼光从姬甫的断臂上移开,抬头一望,见漫山遍野的厮杀中,小亮骑在大黑马上,依旧嚣张地舞刀,又将两名齐军士兵斩杀。公孙黑子红着眼睛,拔出长剑,大步冲去,专取小亮一人。那小亮也杀得正凶,只是不知怎么忽然马失前蹄,就从马背上栽落下来。待小亮再睁眼望去,就见又一员齐国小将只操着一把铜剑,眼光凌厉,狠狠刺来。小亮大怒,挺刀来战,两人刀光剑影,乱作一团。约莫二十个回合,小亮左股中剑,不由疼得跪在地上,尚未及起身,几道寒光闪过,便觉得脖子处有热血喷涌而出。小亮忙伸手去捂,岂料公孙黑子的利剑又来,一连三四下直直插入自己腹中。小亮双目圆睁,呻吟几声,就倒在一片血泊中了……

这里,小亮被怒火中烧的公孙黑子刺死;而那边,呼伦突也被勇猛的鲍石一戟斩落于马下。见大势已去,败局难免,速买忙鸣号收兵,护着国主密卢齐向后方撤去。到底戎人善骑,来去如风,仓皇之间,密卢、速买之众终究逃去,撤到了老巢黄台山谷之中。只是经此一战,令支骑兵大半战死,再除却伤残人等,所剩家底仅有勇士三千五百余人。密卢不由落下泪来。

密卢沮丧至极，独自躲在帐中饮酒。速买将帐外之事安排毕，便走将进来。密卢本就肥胖的身躯此刻瘫成一堆泥，眯着细眼，醉生梦死道："我国骑兵折损大半，小亮与呼伦突也死了。齐侯屯兵伏龙山，咫尺之遥，虎视眈眈，我等来日无多啊……"

速买道："我主勿忧。速买特来，有三计献上。其一，齐军士气正盛，我军宜守不宜攻。齐若攻我，必从伏龙山沿大道，经黄台山谷口以入。则我伐木搬石，垒断谷口，外面掘以深坑，只消用一千勇士守之，齐国纵有百万之众，亦不能越过。其二，齐军屯兵伏龙山，取水全靠濡水。我可在濡水上游，以土石筑坝，截断水流，则不出十日，齐军缺水必自乱，乱则必溃。其三，遣人速往孤竹国求援，孤竹与我世代累交，必出援兵以助我，如此可为万全之策。"

速买一席话，顿时令密卢转忧为喜，当下振奋道："速买智勇双全，真乃我令支福将！有此三计，定可转败为胜！"

大战过后，伏龙山下，尸横遍野，满地狼藉。虽然大胜，然而齐营之中却是一片悲凉。姬甫被抬入管仲的帅帐，军医剪掉衣袖，洗净伤口，上药包扎。其间姬甫疼得几声惨叫后又昏了过去，性命固然无碍，只是此后永缺一臂了。管仲坐在榻侧，亲手为姬甫拭去脸上的血迹与脏土，将那张原本英俊白皙的脸庞又擦了出来。管仲瞧着瞧着，眼泪就落下来，嗫嚅道："贤侄乃姬姓之裔，将门之后，深得王子城父兵法真传……唉，我等皆老矣！正期厚望于贤侄后辈，不想……唉……"

管仲身后，齐桓公、燕庄公、公孙隰朋及管颍、鲍石、公孙伯雪、公孙黑子四兄弟皆在侧。管仲一番慨叹，惹得四个少将又是落泪，又是激愤，齐声道："誓破令支，为姬甫报仇！"

管仲闻言，蓦然回首，见儿子管颍等四人信誓旦旦，英气逼人，眼眶便愈加红润，当下竟不知说什么好。

公孙隰朋在旁道："姬甫虽然折臂，所幸性命无虞。此侄颇具其父之风，才堪大用,虽缺一臂,然而运筹帷幄,决胜千里,却并不受其干扰。管相也不要过于忧伤……”

正说间,王子城父与宾须无一前一后闯入帐来。管仲慌忙起身,将姬甫让了出来,以迎王子城父。王子城父呆呆地慢慢走近,盯着儿子刚包扎好的断臂,想摸又不敢摸,只手指不停颤抖着。

管仲哽咽道:“王子兄……只怪我用兵欠妥,未曾将贤侄照顾好……”

王子城父望向管仲,两人四目相对,皆热泪盈眶。王子城父一叹,将剪落在地的儿子那段满是血污的空袖捡起来,缓缓塞入胸前,却微微笑了:“大丈夫处世,自当效命疆场,为国捐躯,死何足惧!伏龙一战,我齐国又有多少青壮健儿横尸异国,姬甫不过只折一臂,已是万千之福了——来!”王子城父陡然间打起精神,走到大家跟前,慨然道:“此战令支元气大伤,我等正可乘胜追击,直捣黄台!”

王子城父一番话,大义凛然,众皆感佩不已,管颖等四兄弟更是倍受鼓舞。只见管仲道:“王子兄言之有理。只是黄台乃是令支老巢,经营甚久,易守难攻,贸然进兵,恐有不利。我等权且在此休整三日,待谋划周详,再发兵不迟。”

众人皆赞同,当下便各自安排去了。

管仲亲率一支人马,将战死的齐国将士收集归拢,约有两千余人,于伏龙山下掘一大坑,共葬之。起冢,立碑,献酒,刚与众人祭奠毕,忽然哨探来报:“黄台山谷口堆砌木石,塞断道路,我军将难以深入了。”

“避战不出,令支要做缩头乌龟……”管仲暗忖,便在新冢之前踱起步来。一阵北风吹过,草木飘摇,寒鸟惊飞,众人不由瑟瑟一抖,冢上新土也扬起一片尘埃。

管仲召来虎尔斑,问道:“进入黄台之谷,可还有别的路径?”

虎尔斑道:“由伏龙山而至黄台山,沿大道而行,不过五十里路程,便可直捣其国。至于他路——需从此向西南方绕行,过芝麻岭,出青山口,再向东行十余里,亦可至令支老巢。只是山高路险,车马难通,只可徒步行进。”

正说间,忽然又一路哨探,匆匆急报道:“大事不好,戎人截断濡水,我军水道已断!”

管仲大惊。虎尔斑也满脸惶恐,接着道:“芝麻岭一带皆是高山险峻之路,非六七日不能到。倘若无水携带，自是难以前往啊！”

又一阵风来，阴寒刺骨。荒山脚下，枯叶漫卷，大冢凄凄，英魂荡荡，管仲陷入了沉思……

今日天色不错，北风停歇，艳阳高照。伏龙山北面，漫山遍野都是三五成群、七八攒聚，操着铁锹铜铲到处凿山取水的士兵。这些兵丁嘴唇干裂，焦躁不安，随便找个地方，便狠狠挖下去，都恨不得立时泉水汩汩而出。水道断绝，军中缺饮，无名的恐慌与日俱增。莫说士兵，就连齐桓公也咆哮起来，只因桓公自幼时就嗜好蜜水，几十年间，每日必饮，何曾像现在一样要为喝水犯愁？管仲则相信天地之间，阴阳和合，山之所在，水必逐之，于是传令军士齐出，必要挖出泉水来。

只是掘了将近两日，始终未得一泉，军士们人人泄气，骂起天来。时公孙隰朋出帐巡视，见状哈哈一笑，道：“岂可如此凿泉？”众人拥过来，争问缘故。公孙隰朋道：“汝等此法，仿佛海里捞针，要捞到几时啊。我有一法，可以顷刻而得。”众人皆惊，七嘴八舌抢问。公孙隰朋大声道出四个字：“蚁穴知水！”又缓缓道：“世间最善遁地者，蚁也。蚂蚁必在有水之地筑穴居住，所以故，当寻蚁穴处掘水。”兵士们恍然大悟，于是成群结队去找蚁穴。

又过了许多时间，眼看已经正午，那些兵士灰溜溜又回来了，见到公孙隰朋道：“我们搜寻了这面偌大的山坡，只是丝毫未见一个蚁穴，这可如何是好！”公孙隰朋先是吃了一惊，然后手搭凉棚，四下里望了望山，又望了望天，忽然就放声大笑：“是我疏忽了，冬日里背阴山坡，岂有蚁穴！”原来齐国大营立于伏龙山南面（所谓山阳），军营肃整，不便骚扰，于是士兵们就齐聚在山的北面（所谓山阴）来寻觅水源。只见公孙隰朋接着道：“蚂蚁冬则就暖，居山之阳；夏则就凉，居山之阴。当下严冬，蚁居必在山阳，可在大营附近寻找蚁穴，而后掘泉。”军士们听了大喜，操着铁具，翻过山头，齐望大营那边奔去。

果然！又未出两个时辰，在伏龙山腰一个蚁穴附近，一窝清泉翻滚而出。那泉水清冽甘甜，不知胜似濡水多少倍！士兵们载歌载舞，惊动齐桓公也出帐观看。有军士捧献半碗泉水，齐桓公喝了，平生第一次感到天下间竟有如此好水，比之蜜水还要甘美！齐桓公望着公孙隰朋，叹道："隰朋真乃圣人也！"于是脱口而出，将此泉赐名为圣泉，又将伏龙山改名为龙泉山。

整个齐军大营刹那间就沸腾了，欢呼之声响彻山谷，直上九霄。

令支老巢壁垒重重，龟缩避战，以为可以坐等齐军因断水而自乱。只是数日已过，齐营始终如常。密卢茫然不解，派出密探前去打探，当得知齐营新得一泉，伏龙满山都是大桶小桶、搬运水浆的盛况后，密卢惊呼道："华夏岂有神人相助？"

速买道："齐兵虽然得水，只是劳师远征，粮草难以为继。我等继续坚守，待其粮草耗尽，与断水何异！到那时出山一击，可一战而胜！"密卢以为可行，于是两人定下继续坚守待变的策略。

这边，齐营帅帐中，管仲居中高坐，王子城父、宾须无、仲孙湫、虎尔斑以及管颍、鲍石、公孙伯雪、公孙黑子四少将等众分列左右。

管仲微笑着环视众人，道："命宾须无率领一军，鲍石、公孙黑子二将辅之，明以葵兹取粮为务，暗里以虎尔斑为向导，出伏龙山向西，转走芝麻岭险道，以六日为期，直插黄台山令支老巢！"

管仲又道："命管颍、公孙伯雪二小将，每日晨后到黄台山前叫阵。密卢壁垒坚守，必不出战，则我只管叫骂，以做疑兵，使密卢坚信我乃正面来攻便可。"

管仲又道："王子城父统领大军，坚守营盘，只待六日后宾须无奇袭得手，便发兵强攻黄台山。如此我军前后夹击，可一鼓而破令支老巢！"

群情激昂，众皆得令而去。

转眼间，六日期限已至。这日天刚拂晓，整个齐营一片寂静。管仲却早早起身，裹着披风立在寒风里，不住向黄台山方向眺望。无限焦灼中，天色逐渐大亮，时间一点一点进入巳时，忽然——那边一处山顶上升起浓浓青烟！管仲大喜道："宾须无得手了！"

伏龙山的车城大开，王子城父一挥手，齐国的兵车辚辚发动，旌旗飘展，戈矛耀日，大队大队的甲兵簇拥在战车两侧，齐向山下开拔而去。

齐军行至黄台山谷口，眼前先是横着一条深沟，车马行人绝难通过。后面的入谷通道早被石木垒断，势若一面城墙，高约两丈，拔地而起，其上多有令支的弓箭手不断逡巡。王子城父下令强攻，先头部队驾着三排大车，车上满是装满土石的布囊，待驶至深沟边上，士兵便将土囊一只只抛入沟中，只片刻工夫，那条深沟便被塞满填实，恍若平路一般。于是齐军一哄而上，涌入谷口石墙木垒之下，一面与上面的令支守兵交战，一面开始搬运木石，欲要扫清路障。

谷口的令支守兵察觉今日情形不对，便火速报与密卢。原来一连五日，管颖与公孙伯雪只是在谷口叫骂，时不时也小有进攻，但均被一击而溃。密卢以为自己的坚守策略卓有成效，而谷口的令支守兵也一日比一日松懈下来，均以为固若金汤。然而谁也预料不到，今日齐军竟会真正强攻！密卢得报大惊，便与速买一道，点起兵马，赶至谷口增援。一时间，一守一攻，双方大战，胜负难分。

正胶着间，忽然山谷深处鼓声大作，喊杀声起，密卢与速买皆大惊失色。两人同时回头观望，见又一支齐国人马从天而降，由背后冲杀而来，为首一人分外眼熟——正是伏龙山下斩杀呼伦突的齐国小将鲍石！密卢惊呼道："华夏又得神人助耶?!"

速买瞬间恍悟，叹道："中计了！这支齐兵必是翻越芝麻岭，从背后偷袭而来！——该死的虎尔斑，可恶！"

一切晚矣，王子城父之师攻打于前，宾须无率军偷袭于后，如此前后夹击，腹背受敌，密卢残存的三千余人马岂能抵挡得住？不久，谷口的木石土墙被移开，道路打通，齐军如潮水般涌入，令支兵马再度陷入被围剿的窘境。山谷之中，杀声不绝于耳，成片成片的令支戎兵倒了下去。眼看大势已去，速买护着密卢道："不可恋战，我等当快马逃出山谷，直奔孤竹国去。"密卢举刀以示赞同，大声道："杀出去！"

戎人的骑术的确一绝，只要不战，来去甚快，无可阻挡。当下密卢与速买率领着最后的家底——此战余剩的令支骑兵已经不足两千人，冲出谷口，朝东南而去，如一股烈风，片刻间就没了踪影。

王子城父与宾须无会师，互相拱手致意，会心一笑。令支老巢已破，令支主力已灭，满山谷中，都是密卢所部留下的马匹器具、牛羊帐幕，难以计数；还有跪迎路边，被吓得瑟瑟发抖的令支百姓和奴隶——以老人、女人和孩子为主。王子城父传令不可妄杀,不可扰民,将这些令支众生一一安抚。又有一队齐兵发现一个废弃的羊圈里困着许多华夏族人,一查问,原来都是被速买劫掠过来的燕国子民。王子城父安排这些燕人好好吃了一顿,发放寒衣,而后派兵护送至伏龙山,交由燕庄公遣返回国了。

黄台山谷里,戎人的帐篷星罗棋布,牛群、羊群、马群仍旧一片连着一片。密卢大帐前面悬挂的一面黑色"杜梨"旗帜被一个齐兵摘下,随手一扬,抛入一旁的火盆里。但见红色的火苗陡然冒起,转眼间,那面旗帜化作灰烬,北风一吹,就不知所终了。

第五章　孤军深入

伏龙山齐军大营一片欢喜!

令支国老巢被一举攻破,密卢、速买之辈虽落荒逃往孤竹,然死期也是近在眼前,就连被掳走的燕国百姓也被平安解救出来,此战全胜,军心大振,满山将士皆为华夏族人自豪不已!管仲也是心中大乐,一时壮心不已,当王子城父、宾须无率军返回伏龙山时,管仲未及多想,便大笑着随口就道:“攻破令支犹未足也!我军当乘胜东进,将孤竹国也一并灭了!”

不想此言一出,便立时引起了轩然大波。在管仲心中,自从临淄出兵那一天起,便立下了将令支、孤竹二国一并消灭的壮志——却说当时燕北之山戎族一家独大,数百年来南下侵扰华夏数不胜数,而华夏诸国始终无可奈何。山戎族共立有三国:无终、令支、孤竹。其中无终国大体已经融入华夏,便不再以戎族论之,而令支与孤竹则向来狼狈为盟,屡屡联手侵华。此番齐国出兵,直接由头便在于令支犯燕,燕侯求救;而齐国驱逐令支,解救燕国之后,也足可以撤兵回国,功德圆满了。然而管仲心中所谋,并非就一事而论一事,齐国不出手则已,既然发兵北上那就要将山戎之患彻底铲除,如此势必将令支、孤竹二国一并荡之!此举既是齐国“尊王攘夷”霸业之所需,也更是为华夏族群蹚出一条反抗异族入侵、民族自立自强的光明大道来!只是管仲如此胸怀，随军将士未必明了，除王子城父、鲍叔牙二人知音外，大多数人如宾须无等是想不明白的。如今令支已灭，燕国之难已解，各种不同声音就冒出来了，其实这也是管仲早就预料到的。

第一个走出来的是无终国人虎尔斑。得知管仲要继续东征孤竹，虎尔斑踌躇再三，思忖了一天一夜后，虎尔斑踏进管仲的帅帐，严肃道："禀管相，虎尔斑将返回无终，不能再随军东征了。"

管仲愕然，道："将军何出此言？"

虎尔斑道："孤竹国山高水险，地形更为复杂，更有迷谷旱海之患，虎尔斑也多有不明，不足以再做大军向导。况出师之日，我国主有令，待平了令支便即行返归，所以……所以虎尔斑要回去了。"

管仲呵呵一笑："将军只道其一，未道其二。以我观之，将军归国只是托词，将军实是惧怕我军难胜孤竹，意在劝我及时收兵呀！"

"管相！"虎尔斑心思被洞穿，大惊失色，"奉我国主之令而返，虎尔斑固然君命难违。然而管相……我实是有一言相劝——那孤竹之国势大兵强，远非令支可比，其国主答里呵更是比密卢凶残十倍的恶魔！管相今已大破令支而解燕国之患，正可高奏凯歌，得胜而还，何必以身犯险，远征孤竹？一旦陷入险境，悔之晚矣！"虎尔斑说着，不由又想起管仲赠送锦衣竹书之情，便扑通一下伏拜于地，眼含热泪劝谏。

管仲不由怔了一下，胸中涌起一阵暖意，随即搀扶起虎尔斑，柔声道："快快请起。将军好意，夷吾心领！然而征讨孤竹，我意已决，绝不半途而废！将军率领部属尽可离去，只在国中待我胜利消息便可。"

虎尔斑无奈，只好起身告辞。临别再三落泪道："望管相三思啊……"

虎尔斑归去，管仲非但没有抱怨，反而又以两车金珠玉帛相赠，直令虎尔斑感激涕零。燕庄公愤愤地道："说来相助，却半道而返！管相却又厚礼相赠，勿乃太过?!"

管仲一笑，道："无终本是山戎之国，如今弃戎而助我，实乃华夏之福。国有邦交，古来有之，无终不愿开罪于孤竹，也在情理之中，我等何必强人所难？何况虎尔斑此来，助我大破令支，实乃有功，自当厚礼相谢，燕侯何必气恼？"

待虎尔斑去后，伏龙山齐军大帐中又开宴席，款待全军将士。齐桓公、燕庄公居上做了主席，下面管仲、王子城父、公孙隰朋、宾须无、仲孙湫、管颖、鲍石、姬甫、公孙伯雪、公孙黑子以及齐国新军师帅以上军官、随军等所有文官无一落下，分列左右。宴席由竖貂、易牙、公子开方受命操办，方鼎圆簋、竹笾木豆一溜溜摆开，自是美酒佳肴，滋味绝伦，众人皆大饱口福，十分开怀。

酒未半酣，管仲故做半醉之状，独自朗朗高声道："令支破灭，密卢东逃，我欲乘胜东出，剪灭孤竹，永绝山戎之患，诸君以为如何？"

宴席顿时由喧嚣陷入一片寂静之中。半晌，燕庄公先道："令支侵我燕土，掳我人民，劫我财物，齐侯方伯仗义而来，燕国感激不尽。如今大破令支，燕国危难已解，管相又要远征孤竹，吉凶难测，说来此事皆因我燕国而起，这……这让寡人何安？"燕庄公说着，饱含感激之情，双目直直向身边的齐桓公望去。

齐桓公情知燕庄公正瞧着自己，但就是假装不知道，半眯着眼睛仿佛醉醺醺的，只盯着案前的酒爵，不慌不忙自饮起来，然后又柔声自语道："好酒。"声如蚊蝇，几听不见。齐桓公心中，既没有主意，又很有主意——他坚信，只要仲父管相决定了的，就一定是不会错，照办便可！但是眼下仲父还没有最终拍案，所以自己也不好说话，只消吃吃喝喝就好。

又待了半晌，席间有一黑脸师帅，一边嚼着羊肉，一边吼道："出征日久，兵士思乡心切，当速归！"

此言一石激起千层涟漪，许多人不停附和着。管仲却仿佛看不见，满脸云淡风轻，只默默无语，似乎在等待着另一人的高论。

宾须无终于忍不住，双目圆睁，大声道："灭令支而救燕国，此番出兵，我齐国可谓功德圆满，正可功成身退，岂可再妄图孤竹？那孤竹地势险要，易守难攻，贸然出兵，恐有不测——虎尔斑何以退去？彼深知其中深浅！如今诸多将领皆有返国之念，此乃军心所向，还望管相三思啊。"

"大司理所言不无道理，"管仲倏尔一笑，谈锋忽转，道，"大司理可知这孤竹是何国？"

宾须无茫然，嗫嚅道："孤竹乃燕北山戎之大国也……"

“非也！孤竹原本是我华夏之国！”管仲有意扯高嗓门道。

满席皆惊，众人面面相觑。宾须无满脸狐疑，道：“这？……请管相赐教……”

管仲道：“今日眼见之孤竹，固乃山戎之国。然而诸君可知孤竹之史吗？——昔日华夏故地，商汤灭夏，建立商朝。为了抵御戎狄，保卫北疆，商汤三月丙寅①封孤竹。孤竹国乃侯爵，系商王分封的同姓宗亲诸侯国，孤竹国君墨胎氏与商王同为子姓，乃我华夏始祖黄帝曾孙帝喾的后裔！所以追本溯源，孤竹实乃华夏之国。彼时孤竹，北方大国，疆域辽阔，也曾威名远播，盛极一时！伯夷与叔齐两位圣贤便出自孤竹国，夷齐让国的美谈也是这孤竹国的昔日往事。只是到了后来，武王伐纣灭商，建立周朝，然作为商朝诸侯的孤竹却不愿意臣服于周，于是孤悬境外，国势日衰。偏于此时，山戎之族乘势崛起，不断攻伐孤竹，而失去了华夏支撑的孤竹可谓孤掌难鸣，力不能敌，疆土不断被压缩，终至一隅小国。又几百年过去，至西周时期，山戎彻底攻破孤竹国都，将原有的华夏之民屠戮殆尽，鸠占鹊巢，改旗易帜，只是国号依旧，建立了所谓山戎之孤竹国，乃至于今！——所以，诸君，今非昔比，此孤竹非彼孤竹也！我等不避艰险，远道而来，不涉华夏故国，岂非千古憾事！”

管仲此一番话使得满席众人顿时发出一阵冷来，片刻之间，异族入侵、华夏亡国的阴风似乎扑面横扫而来，使人人不由得战栗。宾须无恍然大悟，忙一拱手，道：“管相千秋谋划，非我等可及！”

管仲凛凛然，接着道：“伏龙之战，令支虽灭，而密卢之辈犹存！譬如蔓草，其根犹在，倘若假以时日，元气恢复，秣马厉兵，卷土复来，安知此贪得无厌的豺狼之族，昔日曾灭孤竹，明日岂不会灭燕国？后日岂不会灭齐国？”

雷霆之语，满堂轰然，燕庄公惊得瞠目结舌，方才还主张退兵的许多新军将领，骤然反转，摩拳擦掌，都叫嚣着要继续打下去！宾须无道：“管相乘胜东出，剪灭孤竹乃是堂堂正论！宾须无一孔庸碌之见，实是汗颜！我等愿遵管相调遣，兵发孤竹！”

管仲赔了一个笑，道：“国之大事，正要各抒己见，剖陈利害，万千权衡，以定大

---

① 据考证，为公元前 1027 年。

计。大司理直言相谏,也是一片赤胆忠心,夷吾感佩不已。”

宾须无面有惭色,便坐下不语了。沉默半晌,但见齐桓公昂然道:“仲父之志,亦是寡人心中之愿!我大齐国富民强,威不可挡,兵锋所指,势如破竹,区区孤竹,异族小国,何足道哉!来来来,众卿共饮一爵,此番远征,不破孤竹,誓不回还!”

群情激昂,众人皆举起大爵,正面国君,齐声呼道:“不破孤竹,誓不回还!”便将爵中之酒同饮而尽。

王子城父放下铜爵,慨然道:“齐国君臣同志,上下同心,孤竹必破!孤竹破,则北方山戎之患彻底荡平!如此齐以一己之力,率先垂范,独孤求胜,乃为华夏全族打出了一个天下无敌的胆魄来!齐国‘尊王攘夷’之霸业,鼎定海内,岿然如山,华夏诸侯,孰不信服!此功德泽被深远,不可估量,我辈生逢此时,实乃幸事!此生——足矣!哈哈哈哈……”

公孙隰朋大叹道:“壮哉!”

…………

翌日,驻守在葵兹的鲍叔牙遣一小将,名叫山雉,押送百余车军粮到。齐桓公、管仲等皆大喜,收了军粮,犒劳山雉。管仲盘问了葵兹守关的细情,又反复叮嘱葵兹乃齐军攻伐山戎的咽喉要道,万不可有失;同时要确保粮草供应,勿使前线供给断绝。山雉一一牢记在心。又因为鲍山五杰之一的姬甫断了左臂,伤口难愈,管仲便令山雉返回时一并将姬甫带回去静养。姬甫壮志难酬,心中不是滋味,双泪清流,单手作揖,辞了另外的四杰小兄弟,无奈随着山雉回葵兹去了。

又休整三日后,齐军拔营,离了伏龙山,直向孤竹国奔去。

孤竹国都无棣城外,密卢与速买将带来的残兵败甲在郊外的一片树林里安营,而后两人扬鞭策马,进入城去。早有通报,孤竹国主答里呵携着元帅黄花、巫师兀律古忙出宫门相迎。密卢一见答里呵,便哭拜于地,道:“南方齐国自恃兵强,无端发兵数万,侵我国土,杀我臣民,又将黄台山据为己有,如今巢穴已失,无家可归,我等特来相投,万望国主伸以援手!”

答里呵将密卢扶起,道:“齐国来攻,令支求援,我早已接到消息,正欲起兵相助，只因国事缠身，晚了几日，不料竟使你吃了如此大亏！令支与孤竹向为盟国，昔日你也曾数次助我，今令支有难，我岂能熟视无睹！来，先入宫中饮一碗酒压压惊，你我共谋退敌之策。”

答里呵长脸黑髯，三角眼，鹰钩鼻，牛马之唇，容貌甚丑，但是身躯高大，约有九尺，腰悬一柄大弯刀，与又矮又胖的密卢形成鲜明对比。身后的黄花元帅，体格健壮，容貌俊美，身上透出几分清秀，只是右唇上先天带着一块花朵般的黄色胎记，仿佛美人污面，难以形容，其名字“黄花”也便由此而来。而兀律古巫师更是天生异相：面如满月，肤若白雪，柔若无骨，行动若风，虽是男儿却又分明状若妇人。其人披头散发，一身黑衣，头发和衣服上挂满了各种各样古怪的竹子饰品，走起路来便是一阵怪响。兀律古最奇特的是那一对眼睛，眸子发黄，向外凸着，昏昏暗暗的，没有一点亮光，如同盲眼一般，却总是令人莫名地感到一种恐慌。此所谓戎人之巫，华夏之人难以明了。

当下一行五人步入宫中，围绕着一盆炭火胡乱坐了。有仆人上了酒肉，几人就吃起来。山戎之人以游牧为主，当年答里呵的先祖占了华夏的孤竹国后，也强行推行起牧民政策来，到如今，就形成了半农半牧、以牧为主的混杂格局。国都无棣城也被沿用下来，只是房子也用，帐篷也用，华夏人少，山戎人多，表面看依旧是一座都城，实则是一片牧场。比如这里原本好好的一座殿堂，如今四壁挂满虎皮狼头，弯刀长弓，堂中之地时常支着一口煮肉的大镬，烟熏火燎，腥膻扑鼻，若华夏之人观之，必有礼仪尽失、不伦不类之感；而孤竹戎人却不以为意，并不自知。

答里呵劝着密卢、速买二人连饮了几碗酒，道：“我有骁勇骑士万人，定可为令支子报仇！”

密卢道：“齐人非但尚武好战，而且狡诈异常，兼有无终国的虎尔斑为其向导，孤竹子不可轻敌啊。”

巫师兀律古道：“据报，齐国已经拔营伏龙山，孤军深入，正向我孤竹国开来。但是那无终国到底惧怕于我，已令虎尔斑撤离回国了。”

虎尔斑的消息令几个人都是大为兴奋，速买道：“极好！齐人没了虎尔斑，便是凶狠的猎人失去了眼睛！”

黄花元帅禁不住击掌,道:“齐人欲入我国,卑耳之溪是其必经之地,不用麻烦,就在此溪便可大败齐军!”接着道:“卑耳之溪,水流湍急,深不可渡。可将溪流附近所有舟筏悉数收尽,则齐军纵然插翅也飞跃不过。齐军渡水不成,必撤去,待其退兵之时,乘势掩杀过去,则齐军必败!令支子收复疆土,也便指日可待。”

答里呵纵声大笑,道:“元帅之计甚妙!齐人远来,不晓地理,我料卑耳之溪,必是齐人葬身之地!哈哈哈哈!”

黄花接着道:“虽如此,我也需派兵守住溪口,昼夜巡视,如此方为万全之策。”

“不用!”答里呵满脸不屑,冷笑道,“一条大溪足够,何须再用派兵!”

国主不纳己见,黄花也是无奈,便悻悻地垂下了头。兀律古见状,冲黄花冷冷一笑,道:“元帅不必多虑。倘若齐军果真攻入孤竹,我自有十万天魔候着!哼哼——只怕齐人不敢来!……”

齐国大军别了伏龙山,一路东进,行了两日,见一座大山阻住道路。随军之中有一人名叫濡子,乃是管仲从令支降戎中精挑细选出来的向导。当下濡子向管仲禀道:“此山唤作两界山,山高林密,道路艰难,更兼石窟之中多有虎豹豺狼,大军行走极为不利。翻过两界山,再行三十余里,便是卑耳之溪。溪水那边,就是孤竹国地盘了。”

管仲立于车上,远眺这座险山,道:“区区一山,岂能阻我!”于是传令大军暂歇,命一支先头部队二百余人先行攀登,勘测地形,凿山修路,以为大军开道。

不想次日午时未到,这支队伍便撤了出来,二百之师已有一百余人丧命山中。原来这两界山位于令支、孤竹两国边界上,乃是一座原始野山,几百年来人迹罕至。山间怪石嶙峋,洞窟奇多,大者虎狼,小者虫蛇,不计其数,几乎就是一座兽山。眼下隆冬时节,动物虽然多有蛰伏,然而依旧有不少士兵被猛虎怪兽拖走。另有毒树、毒烟、毒汁、毒水,令人防不胜防,稍有不慎便会一命呜呼。齐军辛苦觅得的山间道路又多有古木横生,老藤缭绕,清除十分艰难。还有,此山野竹异常茂盛,有路之处几成竹海,如果士兵依照常法开山凿路,则如此一座荒山,恐怕至少需要半年方可!而齐国大军严阵以待,军情万急,又如何能够等得?

管仲听了，默默望着这座山，思忖半晌，忽然一个转身，目光如炬，对着士兵，重重吐出两个字："烧山！"——又命这支队伍携带硫黄、焰硝等引火之物，复入山中，将其撒在一片枯树之间，放一把火烧起。那火借助西北之风，顺着山势，熊熊而燃，将整座山包化作一片火海。但见火光冲天，浓烟四起，到处红通通地刺眼，到处毕毕剥剥地乱响，满山的树木翠竹被烧得干干净净，满山的蛰与不蛰的猛兽虫蛇也都在惊恐慌乱中化作了灰烬，还有什么毒烟、毒汁、毒水之类也在火光之中统统没了踪影！足足烧了五天五夜，那火才终于熄了。

两界山光秃秃的，彻底换了容颜，从头到脚仿佛披了一件破烂黑衣。管仲传令开拔，齐军凿山开道，兵车缓缓而进。道路虽通，只是山势高耸，车行费力，屈曲盘旋的山道上，到处都是气喘吁吁、叫苦不迭的将士。渐至山腰，道路愈险，大军如同蜗行一般。

王子城父、公孙隰朋、宾须无皆感慨不已，三人凑到管仲身边，都叹道："山路艰险，兵车难行，如之奈何！"管仲向山间望了望，忽然一笑，道："我偶得二歌：一为《上山歌》，歌之登山忘倦；一为《下山歌》，歌之下山娱情。目下如此行军，甚是乏味，且听夷吾一歌，以乐三军，如何?!"

王子城父、公孙隰朋、宾须无三人鼓掌大喜，齐声喝彩。但见管仲一声长啸，扯下身上披风，几个箭步，就跳上黑秃秃的一座高岗，对着天风浪浪，对着可怜焦土，对着满山将士，大唱起《上山歌》来：

山嵬嵬兮路盘盘，木濯濯兮顽石如栏。
云薄薄兮日生寒，我驱车兮上巉岏。
风伯为驭兮俞儿操竿，如飞鸟兮生羽翰，陟彼山巅兮不为难！

管仲击掌以为节，高歌嘹亮，声远天边。那些在山间蜗行的齐国军士，听到自家相国的歌声，都不由一振，浑身就有了力量。初时管仲独歌，继之王子城父、公孙隰朋、宾须无三人也附歌，又须臾间，整个山间的齐国三军共歌！有击掌以为节的，有鸣剑以为节的，有举矛以为节的，有踏步以为节的，到后来又涌起喊号以为节的。偌大一座两界山，轰然雷动，地动山摇，响彻云霄！公孙隰朋恍悟，顿然就想起当年管仲因于槛车之中逃回齐国时教役人行唱的《黄鹄歌》来，当下暗暗乐道：“黄鹄之妙复来矣！”此间，唯有齐桓公与燕庄公不曾唱歌，二君都不由驻车观看，惊得目瞪口呆，面面相觑。

不知不觉间，大军如得神助，行军奇快，早攀上了山头。管仲又传出《下山歌》，令三军齐唱，于歌声中再愉快地下山去：

上山难兮下山易，轮如环兮蹄如坠。
声辚辚兮人吐气，历几盘兮顷刻而平地。
捣彼戎庐兮消烽燧，勒勋孤竹兮亿万世！

齐军你唱我和，倦怠全消，足底生风，仿佛神行，不经意间已然翻过了两界山。

此举令齐桓公感慨万千，面管仲道：“寡人今日始知，歌者非乃只表礼仪，歌者更可赚得人力！”

管仲回道：“昔日鲍叔牙将臣囚入槛车，乃掩人耳目，欲将臣从鲁国救回齐国。道阻且长，恐鲁人来追，臣于槛车之中曾教军士《黄鹄歌》，军士唱之，乐而忘倦，步履神速，于是鲁人追赶不及，臣幸而得脱。”

齐桓公道：“何故？”

管仲道：“凡人劳其形者疲其神，悦其神者忘其行。”

齐桓公一叹：“仲父通晓人情，故可以用人如神！”接着又道：“适才听仲父《上山歌》，有一句是‘风伯为驭兮俞儿操竿’，请教这俞儿是何物？”

管仲道：“臣少年时好读《三坟》《五典》，闻知北方之地有登山之神，似人非人，似兽非兽，长一尺余，朱衣玄冠，双脚裸露而手操长竿，常隐没于山野水边，其名曰俞儿。俞儿少有现身，能幸而得见俞儿者，非王即霸！”

“哦……”齐桓公点了点头，转眼间便又是一脸茫然。

过了两界山，又行三十余里，山势渐缓。两岸怪石嵯峨，刀劈斧凿，但见一条蜿蜒的清流雪浪翻滚,横于眼前,此便是卑耳之溪。虽冬非夏,犹见那溪阔约三五丈,水大而急,深不见底,奔腾咆哮,漩涡遍布,明明是一条暴虐之河,不晓得为何被称为卑耳之溪?

齐军到来,见此溪凶险难渡,原有的竹筏又被孤竹国全部拘收而去,一时犯了难。管仲传令先将大军屯于岸边山坡上,居高临下,守住险要,以防戎人偷袭,而后再谋渡水良策。

不久后,一左一右派出去的两路探水斥候纷纷返回,齐聚管仲帅帐,皆言找不到渡口;且有三人居然不慎被溪水卷走,片刻间就没了踪影,令人毛骨悚然。管仲听了大怒:“此水戎人不知横渡了几百几千回,岂能没有渡口？莫非插翅飞过!”

两路斥候个个垂头,不敢言。管仲急得嗓子冒烟,不停踱步,最后一摆手,示意他们退下。然后大步出帐,要亲自去找渡口去。

管仲操着一杆竹杖,带着管颖、鲍石二小将,正要下山去,却见齐桓公在竖貂、易牙、公子开方三人簇拥下,也追随了来。齐桓公道:“仲父年事已高,犹不避艰险寻找渡口,小白身为国君,自当护卫仲父前往。”管仲无奈,只好应允,于是几人一道,踏着碎石,彼此搀扶,向卑耳之溪走来。

卑耳之溪三弯九转,蜿蜒若带,自北而来,向南而去。齐桓公、管仲等逐水而行,一路向北探去。走了大半日,也不知行了多少路程,一无所获。正无望间,忽见前面小山峰之下,天生一个圆形石窟,洞口悬着一条老藤,并有几簇翠竹掩映;前横一条清溪,上铺石板,黄叶满径。而洞中隐隐飘出白烟,并分分明明有一人盘腿而坐。荒山野岭之间,猝然有人相逢,自是大喜过望,齐桓公、管仲等忙走过去。

洞中那人瘦骨嶙峋,几无血肉;须发浓密,几如蓬草;虽然朱衣玄冠,但是破旧不堪,整个一个世外野人,只是脚下横卧着的一条竹杖,碧绿油亮,恍若翠玉,十分喜人。

几人立在洞口,竖貂先唤道:“野人！你可认识这里的路径吗?”那人闭目不答,依旧盘坐。竖貂不耐烦,又吼一声,那人还是纹丝不动。竖貂大怒,恨不能将那人推倒,啐一口道:“好不容易遇上,却是一个聋子!”

管仲咄了一下:“不可如此无礼!”便喝令竖貂退下。他又对着洞口,恭敬道:

“高士清修,不敢叨扰。我等冒昧之处,还望高士海涵。”而后又躬身连行三揖,那人依旧默默。管仲礼毕而退,忽然又想到了什么,喃喃自语道:“高士如此消瘦,想必山野寒冬,饮食不易。我们可还有吃食?”

在旁的易牙慌忙向身后一摸,拎出一个鼓鼓的装满了干肉的锦囊来。齐桓公顺手接了,将那干肉轻轻放在洞口,也恭敬行了一揖,就要转身退去。这当儿,洞中那人咳嗽了几声,迎着风寒,操着竹杖就走出洞来。那人身影飘忽,动作敏捷,其声若万壑松风,道:“来者可是华夏霸主齐侯小白?”

众人皆大惊失色,齐桓公嗫嚅道:“……如何而知? 真高士也!……”

那人淡淡的,又道:“齐侯此来,可是为这卑溪之渡口?”

“正是、正是! 请高士指教!”齐桓公又惊又喜,忙施礼道。

那人此时又前行几步,来到齐桓公面前站定,将竹杖插于腰间,然后毕恭毕敬三拱揖,如相迎之状;继之以右手拎起衣裳,便左转身,缓缓而去。一边走一边用左手向大地轻点三下,一阵大笑,但见山野荒寒,残叶翻飞,古洞落寞,似梦如烟,倏尔间,那人就无影无踪了。

齐桓公、竖貂、易牙、公子开方及管颍、鲍石几人早呆住了,怅然若失。管仲却忽然开怀笑起来,呵呵呵呵不能止。齐桓公惶惶不安,问道:“此人一番举动,何意?”

管仲道:“恭喜国君,此乃世外高人,特来指引——拱揖相迎者,乃是请君征伐孤竹也;右手拎衣者,乃是暗指右边卑溪深不可渡也;左转而去者,乃教君向左可以渡水也;轻点三下者,乃是告君渡口由此左行,三里必到也!”

几人听了,皆欣喜若狂,于是依着那人所指方位,快步而行。果然,行了约三里远,但见此处卑溪忽然宽至十米,水缓而浅,水底乱石清晰可辨! 管颍与鲍石下水相试,溪水只能没膝! ——正是辛苦所觅的大军渡口!

齐桓公瞧着这一段离奇的浅浅的卑溪,神思不已,问管仲道:“仲父以为那洞中之人,何人也?”

管仲答:“臣不能知,或为山野隐居之士。”

“非也,”齐桓公摇了摇头,眼前浮现起那人朱衣玄冠、手握竹杖、飘然出尘的奇相,又立时想到过两界山时,管仲曾道“北方有山神俞儿,朱衣玄冠,手操长竿……

能幸而得见俞儿者，非王即霸”的话语，当下叹道：“此人乃俞儿也！”

管仲也不由一惊，然后点了点头，正色大喜道：“俞儿相见，霸主来也！此大吉之兆，臣恭贺国君！”

…………

卑溪一带遍地是竹，其中粗壮如碗口者，比比皆是。管仲令军士伐竹，以山间藤蔓结之，一日之间，尽得竹筏。管颍与鲍石率一支精锐步卒先过，抵岸后守住渡口，接应后军。天幸孤竹戎人并未在此把关设伏，否则守此天险，齐军如何能渡？待步兵蹚水过后，随军战车及粮草辎重被装上竹筏，以绳索牵拉，一筏一筏地，也都漂流过岸，丝毫无损。

卑耳之溪东去，又有三山相连，绵延三十余里，分别是双子山、团子山、马鞭山。过了三山，再东进不足百里，便是孤竹国首都无棣城。齐军渡溪之后，管仲令大军先驻扎于双子山下。正扎营期间，却蓦然发现山脚高地上有一座大冢依稀可辨，残破不堪。管仲忽有所思，问向导道：“我闻周初之时，孤竹三山之下，孤竹三君葬之，莫非此处？”

随军向导回道：“管相所言是也，此地乃孤竹国三君之墓。孤竹长君伯夷葬于双子山，次君文嗣君葬于团子山，少君叔齐葬于马鞭山。”而后举手一指，那边小山岗上，苍松翠柏掩映之中，犹可望见一座衰颓残破的祭庙。向导又道：“那破庙原本就是孤竹君祠，后来山戎占了无棣城后，墨胎氏便绝了祭祀，此祠再无血食供养，日渐破败，如今早成了狐窟兔穴的所在了。”

管仲望着那早已没了模样的孤竹君祠，不由伤感起来，心中暗暗道：“伯夷、叔齐，华夏仁人义士，昔日武王、太公皆敬之！今日管仲有幸到此，当以少牢之礼，祭奠先贤！”又哀伤吟道：

登彼西山兮，采其薇矣。
以暴易暴兮，不知其非矣。
神农虞夏忽焉没兮，我适安归矣。

吁嗟徂兮，命之衰矣。

——此乃《采薇歌》，为伯夷、叔齐二兄弟饿死首阳山时，临终所吟之绝唱。却说商末周初，时孤竹国君生有三子：长子为伯夷、少子为叔齐，而中子便是文嗣君。孤竹君以为叔齐最贤，欲传位于少子。待父亲去世后，叔齐却又让位于伯夷。伯夷道："此乃父命，不可违也。"于是出外逃去。不想，叔齐随后也逃去了。国人无奈，于是拥立中子继位，是为文嗣君。此便是夷齐让国的故事。不久后，周武王在姜太公辅佐下，继承父志，出兵伐纣灭商。孤竹乃是商王册封的诸侯国，伯夷、叔齐自视为商之忠臣，于是两人曾一同截住武王，以君臣之道劝谏其不要伐纣。武王与太公敬其为仁义之臣，虽以礼待之，但终究还是出兵而去。之后武王灭商，天下宗周，而伯夷、叔齐以此为耻，便隐居首阳山不出，发誓不食周粟，只采薇而食。只是首阳山的薇菜虽多，而单凭此菜，岂能续命？伯夷、叔齐明知其不可为，但宁死不改其志。最终，二兄弟作《采薇歌》，双双饿死于首阳山。后人感其贤德，将二兄弟分别葬于双子山、马鞭山；而文嗣君死后，便居中葬在了团子山。天生三山连绵不断，正好应了三人黄泉并肩，也是成全了一段兄弟情义，造就了一段千古美谈。伯夷、叔齐逝后渐成道德楷模，华夏无不敬仰，死后哀荣，地位崇高，后世孔子也曾高度评价道："伯夷、叔齐，不念旧恶，怨是用希。""求仁得仁，又何怨乎？"

翌日，管仲令士兵整修三座大冢，修缮岗上宗祠。又杀猪宰羊，以华夏少牢之礼郑重祭奠。三山三墓，焕然一新，方鼎圆簋，酒肉飘香，并有操戈甲士连绵三十余里为之守墓，蔚为壮观。而岗上孤竹君祠之前，横陈着一条香案，案前几只大鼎摆放有序，少牢之礼一丝不苟。在齐国大司行公孙隰朋的主持下，管仲率王子城父、宾须无、仲孙湫、管颍、鲍石、公孙伯雪、公孙黑子及大小将领、随军文官等黑压压一片，齐齐参拜，缅怀先贤。老孤竹国自绝祀之后，几百年来都没有如此热闹了，倘若先人有知，定当含笑九泉！

孤竹君祠前面，管仲献了祭酒后，霍然起身，手颤抖着指向这座祠庙，直面众人，慷慨激昂道："惜哉孤竹，本我华夏故国！哀哉夷、齐，本我华夏仁君！如今却落得故国非国，有家无家，宗庙断绝，鸟兽做穴！此中之悲，夫复何及！苍山无言，草木摇落，绿水有意，呜咽不绝！遥望无棣之城，牲畜遍地，顿作牧场；慨叹先贤陵寝，狐兔相伴，无人问津，诸君可知其中缘由？——此皆因山戎异族为祸，灭其国，夺其城，屠其民，绝其嗣，遗其贤之故！野蛮兴盛，文明断绝，不进则退，以至于今。此乃我华夏之奇耻大辱！凡我华夏子孙皆当雪耻报仇！所以本相有言：诸夏亲昵，不可弃也；夷狄豺狼，不可厌也！所以尊王攘夷，挽狂澜于既倒，拯华夏于水火！我等远涉而来，倘若不能消灭戎患，有何颜面告慰先祖！——我齐国霸业所指，亦非一孤竹戎国而已！天下大乱，四夷并起，齐人挺身而出，敢为天下之先，所谋者何？——八个大字：驱逐蛮夷，保我华夏！”

下面皆听得热血翻滚，激情难抑，众人身在严冬，心却如在盛夏，更坚定了讨伐孤竹、剿灭山戎的信念，也更加明白了齐国霸业“尊王攘夷”的良苦用心。公孙隰朋见状，振臂大呼道：“驱逐蛮夷，保我华夏——”

于是三军将士齐声呼应：“驱逐蛮夷，保我华夏！”八字大字在孤竹三君墓前铿锵响起，骤然雷动，直惊得双子山、团子山、马鞭山三座山峰微微颤动，仿佛是伯夷、叔齐兄弟忽然间露出微笑的容颜。

这日，孤竹国主答里呵醉酒小寐，醒来后忽然想到不知齐军走到哪里了，于是派出一路哨探悄悄奔赴卑耳之溪。不久哨探返回急报：“卑耳溪中塞满竹筏，齐人已经渡水上岸，屯兵双子山下。”

答里呵大惊道：“莫非是有天助齐国？……只恨我未听黄花元帅抢占渡口之谏啊！”

无棣城里，天色黯淡。答里呵、黄花、兀律古、密卢、速买围火聚在一处，共议对策。齐军来势汹汹，答里呵满脸忧色。只有黄花元帅笑了笑，不以为意道：“齐乃羔羊之国，何惧之有！看我率军迎战，定要大败齐人于马鞭山前！”

答里呵大喜：“黄花真乃我孤竹第一勇士！本王与你骑兵五千，速出城退兵！”

黄花得令欲出，却见密卢又抢道：“且慢！俺在此白食已久，愿率本部人马，请为元帅麾下先锋！”

不料黄花啐了一口唾沫，不屑道：“屡屡战败之人，岂可与我同行！”说罢，大笑扬长而去。那黄花性情狂傲,自视甚高,对于兵败失国的密卢、速买二人打心眼里瞧不起,连日来多有奚落之语。密卢与速买寄人篱下,只好隐忍着,始终以笑脸相对。但是今日黄花匆乃太过,孰不可忍,密卢无奈垂头,而速买忍不住怒目圆睁,右手无意间向腰间的弯刀握了握,心中自言道:“我主毕竟是令支国主,与你答里呵何异?我毕竟是令支大将,与你黄花又何异?如此无礼,欺人太甚!”

在旁的密卢察觉到异样,忙向速买递了眼色。而这一切,答里呵更是瞧在眼里,当下小眼珠滴溜溜一转,忽生一念,便强装笑颜道:“密卢子勿急,我这里有一件要紧军务,正要叨扰呢。”

如此一说,便将密卢的颜面捡起。密卢道:“但有差遣,听命便是。”

“如今齐人来犯,你我两国当同心破敌才是。”答里呵道,“无棣城西三十里有一座山,名叫黑狼山,乃是我国最后一道屏障。如今黄花出兵迎战于前,我欲请令支子率军防守于后——驻守黑狼山以为策应,如何?”

密卢、速买自是齐声应诺。两人向答里呵行了礼,便率领驻扎在城外的残存的两千人马奔赴黑狼山而去,这也是令支国最后的家底了。

黄花趾高气扬,满脸不屑,跨着一匹大红马,操着一柄铁瓜锤,统率五千骑兵,如风卷地而来。山野间,阳光下,一面竹子图腾的黑色大旗分外耀眼。

黄花刚至马鞭山,便迎上了宾须无的兵车,几个交锋,但见宾须无大败,转身就逃。黄花大喜,率军直追上去。又至团子山,忽闻鼓声大作,车马隆隆,黄花顿时就惊呆了:后面王子城父骤然而出,截断退路;前面宾须无也回转身,又扑杀过来;而左边,两位小将管颍与公孙黑子率军从天而降,气势汹汹;右边,又有两位才俊鲍石与公孙伯雪带一支兵马如虎出谷,杀声震天!四路齐出,四面围剿,漫山遍野都是齐兵,那阵势,势要将孤竹戎人于团子山下包裹成一粒饭团,然后一口吞掉!

几经厮杀,孤竹骑兵七零八落,几乎全军覆灭。兵败如山倒,大势已去,黄花只想可以活着逃出去。好在此时斜阳落山,夜幕将至,黄花弃了马匹兵器,躺在死人堆里诈死。战场上天色更暗,朦胧难辨,更有草木遮掩,趁着齐人一个不注意,黄花躲在黑影里,静悄悄地躬身潜行,就移到山脚下一条小路边,然后嗖一下钻入树丛中,就不见了。

这条小路似路非路，时断时续，崎岖难行，除当地樵夫之外，罕有人至。来自异国他乡的齐兵自然不知，也就没有设防，而黄花却是十分熟悉的。寒风呼啸，月色朦胧，周边乱石怪树恍若鬼魅，令人不寒而栗，黄花顾不得许多，只发狠一路狂奔起来。约莫一个时辰，终于转上大道，又遇到十余个也侥幸逃出的老兵，只是都没了战马，大家全靠双脚捡回了性命。荒山野岭之间，寒月白光之下，一个个衣甲残破，带血挂伤，饥肠辘辘，满脸凄凉，在刺骨的寒风中不停地打着哆嗦，说不尽的狼狈相。

黄花强装大笑几声，道："我等死里逃生，定可卷土重来！勇士们，随我回城！"便带头朝前走去。

黄花一众结伴而行，不久就赶到黑狼山。正孤苦无助间，岂料一座大营赫然矗立眼前，灯火通明，暖融融的。黄花大喜过望，以为乃是国主答里呵驻扎在此的大军，好为国都坚守门户，当下也不多想，大叫一声就闯入辕门，又咆哮着作威作福，要吃要喝要伺候。

黄花及那十余随从，一路逃奔，又冷又饿，又羞又恨，又夹杂着一股无名怒火。众人被安置在一个冷冰冰的大帐篷里，也不见有人送火来，索要的酒肉吃食也是迟迟未到。黄花忍无可忍，就要打将出去，此时却见吃喝陡然间就到了——有几个大兵端着几盘冷肉上来，虽然冷，但终于有得吃了，黄花等人也顾不得冷暖了，都大口大口吞咽起来，均觉比那刚出锅的鲜肉还要美味。片刻后，又有几囊酒来了，帐篷里顿时一片欢腾，有五六个老兵接了酒囊，仰起脖子，咕嘟咕嘟就大饮起来。

不承想，那五六人同时将口中的酒喷吐出来，乱骂道："什么酒啊！"黄花一怔，亲自取囊，小咂了一口，只觉得酒是酸的，混杂着马尿的臊味。黄花将酒呕出，把酒囊摔在地上，大怒道："欺我太甚！——哪个胆敢欺我！"

一阵笑声迎面扑来，灯火影中，帐门大开，但见密卢与速买一前一后踏步进来。黄花此时才恍悟，原来扎营黑狼山的是令支子密卢，而不是自己的国主答里呵啊！

密卢憋着得意之笑，故做受惊状，道："元帅乃屡战屡胜之帅，如何只带着十余残兵归来？"

待密卢言毕，速买故意将笑容收住，顿时也装作一脸惶恐，阴阳怪气道：“死罪死罪！我军中出了几个狂妄自大、不懂尊卑的小子，俺赐其马尿酒以示惩戒，不想军士无知，竟拿来招待元帅了！死罪死罪！——来呀，快上好酒！”

黄花手下之众勃然大怒，个个睚眦，青筋暴起，就要拔出刀来，却见黄花故意干咳一声，众人便纷纷放下了手。黄花眼冒金星，神情却是异常冷静，见密卢、速买两人只静静立着，全是一副无动于衷的模样。黄花忽然也笑起来，他的内心只想着如何早早地奔入无棣城，这才是关键！当下道：“小小误会，何必如此挂怀。黄花感谢令支国主、速买将军酒肉相待！另……请赐我跑马一匹，不胜感激！”

速买以为黄花服软，心中暗自得意道：“无棣城中，你数次当众辱我国主，想不到自家也有今日吧！”当下嘴角暗露笑意，道：“来呀，速为元帅选一匹好马奉上。”

须臾，一匹马就牵了过来。

夜更深了，月色如烟。黑狼山的寒风依旧呜呜地响，帐篷边的火光里人影憧憧。不管怎的，黄花到底还是得到了一匹马——虽然那只是一匹十分瘦弱的所谓“好马”！他嗖一下就跨上马背，回首又望一望密卢、速买招待他的那个冷帐篷。不断跃动的火影里，黄花脸上的黄花变得异常幽暗而诡异，如一朵销魂夺魄的鬼府之花，如一只模糊颤动的古怪之兽，又如一扇微微开启的地狱之门，黄花也笑了，笑得又冷又淡，又阴又邪，牙齿里蹦出意味深长的一句话：“冷肉，臊酒，又好马，黄花多谢了……”

第六章　旱海白骨

晨星莹莹，寒烟迷蒙，早打湿了衣衫。垂头丧气的黄花元帅，骑着一匹瘦弱的又老又慢的驽骀——便是密卢与速买赠送的那匹"好马"，在拂晓时分终于赶到了无棣城。折腾了整整一夜，总算是到家了。

黄花焦急的脚步声，将虎皮榻上依旧沉睡的国主答里呵唤醒。答里呵情知不妙，胡乱披了一件裘衣，散着乱发，揉揉惺忪的睡眼，便于卧榻之侧召见黄花。须臾，巫师兀律古也到了。

黄花满脸憔悴，泣道："那齐军异常凶猛，绝非寻常华夏之师可比，更有两员老将王子城父、宾须无，四员少将管颖、鲍石、公孙伯雪、公孙黑子，皆智勇兼备、能征善战之辈。我误中奸计，不幸被齐国四路大军合围在团子山下，五千孤竹勇士一战即溃，尸横遍野……"言未毕，号啕大哭。

答里呵听了暴怒，三角眼中射出凶光，驴马嘴里露出尖齿，仿佛要杀人；但是一看到自己元帅那副伏地大哭的模样，就又软了下来，道："元帅不要过于自责，说来此事怪我，倘若昔日采纳元帅之谏，封住卑耳之溪渡口，齐军岂能抵达团子山下？来——事已至此，我们好好谋划下一步吧。"

黄花止哭，眼角挂泪，道："总以为山戎如狼，华夏如羊，昨日一战，深感华夏乃是虎哇！国主，齐军不可敌！——说来此事皆因令支而起！我意诛杀密卢、速买，将其人头献与齐侯，罢兵求和，如此可以自保。”

“不可！”答里呵厉声道，“我山戎自立国以来，几百年间，向来都是杀牛宰羊的操刀手，什么时候要向牛羊求和了！何况孤竹、令支素来盟好，今密卢末路来投，我自当相助，岂能背地里落井下石！”

兀律古也是冷冷一笑：“黄花元帅，你是不是被齐人吓破胆了？”

黄花心中对于昨日之败，并不以为意，也早有立誓报仇之念。之所以如此说，完全是因为私心作怪，非要将密卢、速买二人置之死地不可。当下见答里呵、兀律古均主张再战，于是恍然一笑，拍着脑门道：“啊呀，一夜奔波，果然心神大乱！国主说得对，我孤竹岂能向牛羊之辈求和！——战！我将率兵再战，不知可有什么破敌良策？”

兀律古白若妇人的脸上，又浮过一阵冷笑，道：“国主、元帅，我们还有十万魔兵可用，如何忘了？”说着便探出手指向西北方向指了指，神秘道：“旱海迷谷，九死一生。”

答里呵与黄花皆恍然大悟。原来兀律古所指，乃是孤竹国西北的一片死绝之地，叫作旱海，又名迷谷。旱海起伏连绵，沙碛遍布，一望无际，常年干旱无水，草木人烟绝迹。无论春夏秋冬，猛风不断，那风一起，飞沙走石，遮天蔽日，人不能立，马不能行，仿佛中毒一般，竟有“吹死”之患，古来死于旱海风中的人畜，不知有多少！即使晴日无风，也是道路纡曲难辨，到处是路，到处非路，若不幸误入腹地，便是入了迷魂阵中，急不能出，逼人癫狂，最终免不得也是困死、饿死、渴死。“迷谷”之名也便由此而来。山戎占据无棣城后，凡国中有人死者，也不埋葬，只拖到旱海随处一扔便可。更有被处以极刑的罪犯、邻国战败的兵士、犯错不改的奴隶等，也一律被抛弃在此，任其自生自灭。时间久了，旱海之地，白骨累累，冤魂飘飘，据说黑夜白昼皆有恶鬼出没，实是闻名如见鬼，令人毛骨悚然，不寒而栗。

兀律古乃是孤竹国的巫师，又道：“旱海之中十万天魔，皆受本巫师调遣，也是到了用他们的时候了。我今夜施法，血食供奉，十万天魔自会应召待命。越明日，只消派一人诈降，将齐军诱入旱海之中，不用厮杀，管教齐军有去无回，皆化作沙碛骷髅!”

答里呵道:“实是妙计! 只是何人可去诈降? 又如何能使齐侯、管仲之辈信服呢?”

“我去!”黄花道,“我昨日大败于齐军,可托言国主欲治我败兵之罪,我潜逃而降,则齐侯必不拒我。我去后,国主亦当率军前往无棣城东面伏阳山暂避,令城中人亦随往,只留下一座空城便可。然后再遣降人告于齐侯,只道‘孤竹深惧齐国兵强势大,国主已朝无棣西北逃去,欲向北狄借兵’。如此齐侯必然深信不疑,必然派兵前往追赶,我带为引路,则齐人定入旱海,必死无疑!”

“我计成矣! 呵呵呵呵……”兀律古得意扬扬地笑道。

“就这么定了!”答里呵眼里露出夜狼一般的凶光,忽然又想到了什么,接着道,“今夜巫师自行作法。明日……明日元帅可前往诈降,途经黑狼山时,速告知令支子君臣,令其速返无棣城,与我合兵一处,齐往伏阳山暂避。”

黄花忽然颤了一下,答里呵的话又拽动了黄花内心深处那一根隐秘之弦,黄花顿觉机会到了,旋即乐呵呵道:“遵国主命。”

当下如此议定,黄花与兀律古就各自退去了。

当晚待夜幕降临时,在无棣城北边一角,巫师兀律古燃起篝火,摆设祭坛,杀牛宰羊,供奉血酒,在一群小女巫的簇拥下,又唱又跳,口中念念有词,对着西北旱海方向连夜祭鬼。

第二天晨后,黄花元帅则率领两千余骑兵,出了无棣城,假惶惶地仓皇出逃,快马扬鞭,直向西边奔去了。

待日上三竿,黄花赶到了黑狼山,远远望着山脚下密卢的营寨:“速告知令支子君臣,令其速返无棣城,与我合兵一处,齐往伏阳山暂避。”答里呵的这一席话又在黄花耳边响起。黄花冷冷一笑,心中暗暗道:“齐侯乃是华夏霸主,麾下如管仲、王子城父等皆非等闲之辈,如不献上密卢之头,齐侯如何肯信? 国主虽不肯杀密卢,然而只要赚得齐侯陷入旱海,大功成后,国主又怎会怪罪于我! ——臊酒之仇,今日得报!”于是召来几个心腹也悄悄叮咛一番,然后传令骑兵,直指密卢大寨。

却说昨日，管仲遣管颖、鲍石二小将前来叫阵，借以打探黑狼山的虚实。密卢、速买率军出战，只因人少马稀，势单力薄，被小管鲍一击而退，便龟缩营中，避守不敢出了。齐军退去后，密卢一夜难眠，深恐来日齐军再来，不知何以应对。天亮后，正要派人前往无棣城中求救，不想黄花元帅带着一支人马突然就到了。关于旱海之计密卢一无所知，当下只以为是答里呵派黄花援助自己来了，于是大喜过望，只带着几个亲随就要出寨迎接去。速买忧道："黄花受了我等冷肉臊酒之辱，不知是否怀恨在心?"

密卢不以为然："孤竹子遣我等屯兵黑狼山，便是为其国都看守门户。倘若黑狼山失守，则无棣城破也在朝夕之间。如此浅显之理，身为孤竹元帅的黄花岂能不明？又岂能因为一顿酒肉私怨而置国家大计于不顾呢？——不必多虑，救兵已至，当速速出营迎接。"

速买无可反驳，但总有一种莫名的不祥之感，当下虽没有再说什么，却是后退了几步，教密卢独自出迎在前，自己暗暗布防于后，以防不测之虞。

黑狼山下，一阵风起，黄尘滚滚而来，满眼萧疏的树木在寒风中瑟瑟发抖。厚重的木栅寨门开启，密卢呵呵笑着，伸出双手，一句句叫着"黄花元帅，黄花元帅……"，满面春风般来迎。

黄花早已下马，也是伸出双臂做一个大大的拥抱状，笑吟吟地来接。黄花身后，是军容肃整、杀气腾腾的一片心腹骑兵，并有四员虎狼之将缓缓随着。而密卢身后，仅有四个贴身随从漫不经心地跟着，再后就是将自己与令支兵马隔开的那一道圆木寨墙。

两人将接，一片裹挟着尘沙的黄叶在眼前一晃，密卢不由颤了一下眼皮，待再睁开时，满脸狰狞的黄花已将一柄弯刀插入自己腹中。密卢还没有回过神，那刀带血拔出，就又狠狠地从自己颈下扫过。这当儿，黄花身后四将箭步快出，几个闪转，便将密卢的随从放倒，继之以迅雷不及掩耳之势，便抢占了寨门。

密卢躺在血泊中，身躯肥胖，如一头刚刚被宰杀了的大猪。密卢大骇，瞪着黄花，忍痛怒道："为何杀我……我……我为你们镇守黑狼山……"

"笑话！倘若不是你等来到孤竹，我国岂有外敌入侵！密卢！我将投奔齐侯，正好借你一物，以做见面之礼！”说罢，弯刀再起，将密卢的人头活生生剁了下来。

黄花转身上马，举着血淋淋的刀，大呼道：“勇士们，给我平了令支！”话音刚落，孤竹骑兵便嗷嗷叫着拥入寨门中去。

密卢之死，速买在后面瞧得一清二楚，兵变来得太猛太快，令支营中即使暗有防备，也是一切都晚了。整座营寨刀兵四起，速买指挥着令支人马与孤竹骑兵陷入火拼之中，只是令支军中多有老弱病残，又如何能够抵挡得住？战了半晌，令支人马死伤过半，剩下的就向黄花投降了。而速买右臂中了一刀，然后就被五花大绑地生俘了。

营中原本属于密卢的大帐之前，黄花得意扬扬地坐在羊皮榻上，慢悠悠地饮着一碗奶酒。黄花两侧，各有虎背熊腰的孤竹雄兵腰悬弯刀，一字排开，威风挺立。而居中的空地上，则刚刚挖好一个两人高的深坑，坑内先是注满清水，然后倒入马粪马尿，最后又添了几囊烈酒。一切就绪，紧接着速买就被押了上来。

黄花哈哈大笑：“令支屡败将军到了，虽然屡败，也不可如此无礼啊……来呀，上酒！”

速买额上青筋暴起，一股怒气冲天，大声道：“只恨我主错托于人！如今被俘，一死而已，何必多言！”

黄花道：“死——何必着急？只是将军那夜相助之恩，黄花还不曾报答。将军赠我冷肉、膙酒、驽马，浓情厚谊，铭刻于心。如今我专设膙酒一池，特请将军喝个痛快！”说着便指了指面前那深坑，引得众武士皆哄然大笑。

速买这才意识到那坑的独特意义，一想到将被溺死于膙酒之中，不由生出一种恐惧和巨恨来，当下咬牙道：“不想我速买戎马一生，最终将死于此污秽之中！黄花——你好狠毒！爷爷死后做鬼，也必找你索命！”

黄花却乐得狂笑不已，故扮鬼脸，乐道：“来呀，请速买将军饮酒！”

几个大兵一拥而上，连推带搡，便将速买投入那深坑中。速买浑身被绑着，挣扎不得，只破口大骂道：“黄花，不得好死……孤竹，不得好死……”然后在黑黄的污水中翻滚几下，就被溺死了。

见速买早没了动静，黄花命人将其尸首捞出，削掉头颅，然后与密卢的人头一起,用草绳捆成串,挂在自己所骑大马的长脖子下,如挂着两颗肉乎乎的圆球。继之扔一把火,将这座黑狼山营彻底烧了,然后挥师开拔,朝着马鞭山投齐军而去。

齐营大帐,齐桓公、燕庄公与管仲等十余人围坐一席,正商议如何向无棣城挺进。忽然帐外传报,说孤竹国黄花前来请降。齐桓公先是一喜,继之一忧,道:"黄花!——莫不是团子山下被我四路合围的孤竹元帅吗?一国之帅,一战便降,莫非有诈?"

公孙隰朋道:"山戎之族,贪婪无度,绝不会轻易降人,黄花此来,定有奸计。"

管仲道:"真降假降难论,且先查看一下虚实——请黄花。"

说话间,黄花进帐。但见黄花虽也披发左衽,兽皮裹身,腰悬弯刀,完完全全一副戎人野妆,但是身材高大威猛,姿容俊美绝俗,尽管面带黄色胎斑,却也无伤大雅。齐桓公瞧了,觉得并不十分生厌。又见黄花身后,立着一名黑髯圆目的雄壮力士,手中托着盛肉用的木盘,里面疙瘩隆起,覆着白布。

黄花行了戎人之礼,毫无惧色,昂然大声道:"我是来降的黄花,敢问齐侯何在?"

公孙隰朋道:"此乃齐国国君,此乃燕国国君。"接着将在场众人如齐相管仲,大司马王子城父,大司理宾须无,大夫仲孙湫,四小牙将管颖、鲍石、公孙伯雪、公孙黑子,等等,做了引见。

黄花一一致意,但见满帐豪杰皆面带不屑之色,其中深意,便猜到了七八分。黄花望着齐桓公,道:"黄花率所部两千人马诚心来投,愿齐侯收于帐下,甘为马前卒。"

齐桓公冷冷一笑:"黄花元帅乃是孤竹国一等一的人物,与我军一战而败,一败便降,以寡人看乃是诈降!是何奸计,快说!"

下面管颖、鲍石等也跟着怒吼起来。但见黄花不为所动,冷冷道:"一战便降,非黄花所为。我本欲归国整理兵甲,与齐再战,再决雌雄!无奈故主答里呵听信谗言,要治我初战失利之罪。黄花忍无可忍,这才率众来投。愿齐侯明鉴!"

管仲道:"元帅既然诚心来投,不知诚意何在?"

“诚意在此——请看!”黄花说着一挥手,但见身后之人前行几步而止,雄赳赳挺立着,然后将手中木盘上的白布揭开,密卢与速买血肉模糊的人头瞬间就露了出来。那人又端着木盘于帐中环走一圈,好让在场的每一个人都瞧得清清楚楚、明明白白。

是密卢!是速买!管仲惊了,齐桓公惊了,在座众人无不震惊。齐桓公心中暗忖:“孤竹与令支之间定是生了嫌隙,看来黄花真心来降,毋庸置疑。”当下呵呵乐道:“元帅请入席,寡人信元帅乃是真降。”

此举令管仲也是不得不信,但心中依旧有莫名的不安,待为黄花设席落座,管仲又道:“我大军远道而来,皆因尔等令支、孤竹之戎屡屡联兵南下,劫掠燕齐,犯我华夏,不知元帅以为如何?”

黄花应道:“昔日黄花也曾犯此不赦之罪,如今早有悔改之念。自去年始,我便力劝答里呵弃恶从善,勿要再生南侵之志。可叹答里呵不听我言,终有今日之祸,也是咎由自取。目下之计,齐、燕之军当一鼓作气,荡平无棣城,生擒答里呵,如此方能以战止战,换得永久和平。”

这一番话说到华夏人的心坎上了,在座众人忍不住要叫出好来,也更加相信黄花是真降。但见管仲又道:“我正欲发兵无棣城,元帅以为如何?”

“管相用兵如神,不用黄花多言。可速进兵,黄花愿为头部先锋,无棣城前,且为大军开道!”

管仲道:“有劳元帅了。”管仲一边说着,一边暗暗忖道:“且如此而行,即使黄花有诈,我随机应变便可……”

次日,齐燕之军拔营,令黄花在前开道,浩浩荡荡,直向无棣城进发。大军经过黑龙山,远远可见原来密卢的营盘一片废墟,化为焦土。王子城父瞧了,不禁一声长叹,又走近管仲身边,问道:“军中皆以为黄花真降,管相以为如何?”

管仲道:“若说真降,犹有可疑。若说假降,又不可不信。非真非假,亦真亦假,我等将信将疑,因势利导便可。”

王子城父道:“是也。我总觉事有蹊跷,但又难以明见。只怕这孤竹之战,有我们难以预料的古怪发生。”

将近正午时分,无棣城已经遥遥可见。距离城池尚有十余里地,忽然大道上多出了许多惊慌失措的孤竹国百姓。齐军惊诧不已,详细一盘问,都说孤竹国主答里呵因为惧怕齐军,便将整座城池劫掠一空,然后带着自己的军马出城直向西北而去,乃是要找北狄国借兵再战。

又是一桩古怪的稀罕事!

于是齐燕大军未动一兵一卒,便顺利进入了无棣城。果然一座空城,答里呵军马早已不见丝毫踪影!管仲忧心忡忡,道:“无棣虽为我有,然而答里呵精兵犹存,此祸患不除,占据一座城池,又有何益?”

王子城父道:“据戎人讲,答里呵出城搬救兵,为时不久,我军当火速追击,一举歼灭!倘若迁延日久,孤竹再与北狄合谋,诚难图矣。”

“是也。”管仲道,“可留下一支人马守城,其余大军出城直向西北扑去,定要在途中将答里呵消灭殆尽!”

下面黄花挺身而出,拍着胸脯道:“答里呵西北去路,没有比黄花更熟悉的了,我部愿为先头,引路开道!”

管仲暗忖:“令黄花开路,乃是不二之选。”便道:“令元帅部为先锋,公孙黑子副之,先行探路,大军继后随行。”

黄花喜而得令。

公孙黑子高声应道:“诺!”

管仲又一拱手,直面齐桓公与燕庄公,礼道:“西北追敌,征程多艰,如今无棣城已为我据,臣请国君与燕侯坐守城中,以待归来。”

齐桓公摇摇头,道:“尊王攘夷,保我华夏,仲父早有高论。小白人称方伯,自当表率行之。不破孤竹,我心难安!我自当与大军一道出城追敌。守城之事,燕侯一人足矣。”

“诺。”管仲道。此番齐军讨伐山戎,燕庄公虽然也在,然而燕国惨遭蹂躏,早已千疮百孔,自然也提供不了什么像样的军力。燕国出兵千余,管仲只令其作为燕庄公护卫便可,至于战事,全是齐人在打。管仲如此安排也是良苦用心,燕庄公自然也说不出什么，只听命而已。当下，燕庄公也服从管仲调遣，率领所部留守无棣城。管仲又留下管颖、鲍石二将及一支齐国人马驻扎城里，以为可保万无一失。

小管鲍二人也诺诺得令，守城去了。

无棣城西门，齐国大军再度集结，兵车辚辚，战马萧萧，到处人山人海。三通鼓后，大军有序朝西方大道奔去。行在最前方的正是黄花所部的孤竹骑兵，那黄花，骑在马上乐得前俯后仰，得意极了……

无棣城愈去愈远，又翻过几座小山坡，土地渐渐贫瘠，水源渐稀，然而荒藤野树星星点点，依稀可见。齐桓公破敌心切，不断催促大军急行。又不知走了多远，踏入一片荒蛮的不毛之地。此地时而平坦，时而起伏，常见怪峰林立，人入其中，如在峡谷。这里不知道旱了几百几千年，大地干渴得只剩下硬骨，到处都是裸露的碎石粗沙，茫茫戈壁，不见一草一木。好在支离破碎的道路尚可通行车马，似有车辙可辨。齐桓公不由叹道："什么鬼地方！"

时间一点一点逝去，眼看着冬日的斜阳懒洋洋西下，小风渐起，寒意来袭。黄花勒住战马，立在前面戈壁滩上，回首笑着大喊道："快走啊！再有一个时辰就走出这里了！"

忽然，恍恍兮仿佛就在一个瞬间，夕阳猛一下就滚落下去不见了，天色顿暗，而狂风骤起。那风阴森，又猛又寒，如冰如刀，卷起漫天沙石，不断朝人砸去。初时齐军只想着加紧脚步，很快就走出去了，不想那道路越走越长，怪风越刮越大。风沙吹得眼睛难以睁开，人不能立，马不能行，方向不辨，道路难寻，军队陷入一片混乱之中。管仲止住车，惊道："不好！……黄花何在？"

等了半晌，有人来报："黄花不见了。"

管仲大骇。此时王子城父带着原来令支国里觅来的向导也来到跟前。

管仲又问："公孙黑子何在？"

答："公孙黑子也不见了，黄花部在前引路的孤竹骑兵一个都不见了！"

管仲恍悟，狠狠地朝车栏上砸了一拳，恨道："我中黄花之计了！"

王子城父道："黄花投我乃是诈降，无棣空城必也是一番奸计，其意乃是将我齐国大军诱入此等绝地！我料那答里呵未必走远，定在无棣城附近躲了起来。待我远去，他必攻城！果如此，我等陷入沙碛，难以脱身；而无棣城中燕侯、管颖、鲍石等，恐怕吉凶难料了。”

管仲咬着牙，点了点头。呼呼风声中，又见向导禀道：“我在令支放牧时，曾听闻孤竹国西北有一死绝之所，名叫旱海。其地沙石茫茫，干旱无水，不生一毛，人入其中，神智失常，必会迷路而死，是个鬼府去处。以眼下观之，齐相啊，我等是误入旱海了。”

“旱海！”管仲一叹。望着黑暗里到处漫卷的沙烟尘雾，听着呜呜呜响的阴寒风声，略一思忖，道：“大军立即止步，前队做后队，后队做前队，原路返回，快快撤离这里！”

虽作如此想，然而齐军已经误入旱海深处，风沙茫茫，暗夜凄凄，东西南北，混沌难辨，到处是路却又无路可寻！如果可以找到原路，这旱海就不叫迷谷了！返归之途还未行几何，整个大军就迷路了，也不知又闯入了哪里。寒风更烈，冰冷更甚，似乎是一片什么峡谷，石缝里怪响突兀，鬼哭狼嚎之声阵阵扑来，但见黑暗里，群魔狰狞，百鬼狂笑，令人毛骨悚然，魂飞魄散。俄顷，有几个兵士惊恐道：“有鬼！”就立时倒下死掉了。更有人吓得栽倒在地，却与骷髅白骨撞个满怀，于是失声狂叫！这一叫不当紧，众人陡然发现，这里尸横遍野，白骨累累，怪不得冤魂缠身呢！周围的空气越发阴森可怖，齐军顿时如受惊的马群，左右乱窜，前后盲奔，不知有多少人被风沙一卷，就再也找不到了。

管仲见状，立时传令原地止步，不可妄动。又令三军将士一齐击鼓敲金，齐声呐喊。于是这死亡之海，开天辟地以来头一回人声骤起如雷，斗天斗地斗阴邪，呐喊声、金鼓声混合在一起，将刺骨的风声和恐怖的鬼声撞个粉碎，直直将旱海的古怪与淫威压了下去！人声愈来愈大，地动山摇。管仲如此乃是两层用意：其一驱赶邪气，军士们便都不害怕了；其二走散的兵士自会闻声寻来，渐渐在这里会聚起来。既然夜里走脱不得，索性先停下来，保全住性命，待天亮了再想办法。

折腾到午夜，略一清点，又见公孙隰朋与公孙伯雪父子二人不在。管仲急了，亲自立在山坡高处，迎风擂起大鼓，又令军士齐声呼唤：“公孙隰朋！公孙伯雪！”约莫擂了三十通鼓，就听见有人遥遥呼应而来。原来公孙父子掉队后，不知怎的闯入另一个山谷，此谷说来与这里大营相距并不甚远，就是谷中道路纡曲驳杂，仿佛闭环一般，明明可以听见军鼓之响，可就是走不出来。两人摸黑在里面不断找路，感觉原路似乎踅摸了十几遍，最后也不知道怎么就走出来了。

大军终于屯集一处，将帅一个不缺，暂离恐怖之境。火种遇风即灭，无法生火取暖。众将士们彼此靠背而坐，拥在一起，用体温互热，以抵风寒，如此胡乱将就过了一夜。

终于天亮了，只是阴云密布，朝阳隐匿，看样子似乎要下雪。齐桓公起来巡视军营，不住哀叹，心想莫非这许多齐国健儿均要死于此处？见了管仲，齐桓公忧道："仲父啊，误入旱海绝地，如何得出？"

不远处一辆青铜兵车前，有白马喷鼻的声响传来。

管仲忽然就笑了，道："国君勿忧。臣辗转一夜未眠，偶然想到老马可以识途，此法正可解我烦忧——选我军中老马数匹，从兵车上解除，令其军前自行，老马所往，便是来时旧路，便是我大军出路！"

齐桓公顿时转忧为喜，道："仲父博学，天上与地下，人伦与牲畜，皆无所不知呀！"于是用其谋。却说管仲年轻时曾做过养马的圉人，颇识马性，深通马道。当下从齐军兵车中精选出老马三匹，解去绳索，任其放纵自行。那三匹马结伴朝前走去，时而直行，时而转弯，时而纡曲，悠悠然然，不紧不慢，真仿佛在走一条熟悉的老路。管仲率领大军，紧紧尾随其后。众将士们迷茫不解，皆瞠目结舌，好奇不已。

果然！老马带路，齐国大军终于走出了旱海，将那死亡之谷甩在了身后！当再次望见大山大水、草木人烟之时，数不尽的齐兵乐极生悲，不能自已，三军大哭，一片号啕！齐桓公也落泪道："三万将士及寡人，险些葬身绝地，一去不返……"

此便是管仲老马出旱海的故事，后世所谓"老马识途"的成语也便由此而来。

齐军刚从旱海中脱险，说话之间，风云骤变，便降下一场大雪。天色阴暗，朔风呼啸，寂寂荒野之间，大军迤逦如蛇，冒雪前行。那雪越下越大，鹅毛翻飞，梨花匝地，到处白茫茫的，顿时化作一个冰冰爽爽的清白世界。齐桓公罩着一件厚厚的黑色披风,矗立车头远眺,任雪花扑面打来。放眼天地银装,山河素裹,齐桓公不由豪情顿生,大赞道:“好雪!”

正行走间,管仲却忽然胸口如刀扎般猛疼,身子闪了一下,险些叫出声来。在旁的国叔牛赶忙扶住,不由惊问。管仲道:“不知何故,疼了几下,就又没什么了。”国叔牛道:“雪下得大了,是否暂停行军?”管仲道:“不可!大军速行,且赶往无棣城下扎营。”管仲心中,火急火燎,隐隐觉得自己这边陷入旱海之时,答里呵的大军一定直向无棣城扑去,果如此,城中自己的儿子管颍和鲍兄的儿子鲍石,还有燕国国君,处境十分堪忧!管仲恨不能插翅飞入城中,偏偏此时天又降起雪来,道路泥滑难行,想快也快不了。漫天飞舞的白雪,灭不了管仲心中忧心如焚。

又行一阵,风雪甚急,遥见前面隐隐一座白山,仿佛孤坟凸起一般,形迹依稀可辨。管仲记得,此山当地人称小冢山。不知怎的,管仲胸口又疼了一下,直如忽然崩裂一般;管仲低头捂着揉了揉,似乎又恢复如常了。管仲抬望眼,忽然发现茫茫大野、乱雪飘舞之中,有一个人狂呼着跑过来。管仲定睛审视,是齐国自己的人,是镇守无棣城的管颍属下将士——管颍的随身小校西山豹!

将近跟前,那西山豹扑通就跪在雪地里,一步一步爬着来到管仲车前。风雪掩面,满脸是泪,大哭着禀道:“管相啊,公子管颍殉国了!公子鲍石殉国了!公子黑子殉国了!啊啊啊啊……”

“什么!”管仲胸膛似乎被什么东西撕开,心被一只冷手狠狠地就掏出来,疼得一下子双目漆黑,什么都看不见了。但是头脑依旧清醒,只瞪大眼珠,大怒狂呼,连呼几声,就一头从车上栽了下来,不省人事了。

国叔牛慌忙跳下车,将管仲扶起,揽入怀中,又是舒胸口,又是掐人中,胡乱折腾许久,管仲终于睁开了眼睛,好在白茫茫一片世界,犹可看见。这时齐桓公、王子城父、公孙隰朋、宾须无等都赶过来,皆焦灼不已。

管仲一声叹息,将颈下长须上的几片雪花弹落,蓦然就发现了一根银丝。管仲又勉强一笑,道:“老了。”继之从国叔牛手中挣脱,一个猛子就立了起来。素来临危不乱、岿然如山的天下第一相国,瞬间就又恢复了奕奕神采。管仲瞧着西山豹,静静道:“无棣战事,速速报来。”

只这一处暂停，而大军继续踏雪而行。山河默默，风雪茫茫，一片片簌簌飘落的白羽里，西山豹有气无力地立着，热泪时断时续，哽咽着将心中最为沉重的大事一五一十和盘托出，生怕漏掉半个细节……

却说黄花成功将齐国大军赚入旱海腹地后，在一个峡谷转弯处，黄花忽然命令所属骑兵匆匆转换道路，快马猛出；而奉令随行监管黄花的齐国牙将公孙黑子见情形不对，正要责问，黄花却出其不意地将公孙黑子的少许人马围而聚歼，斩杀殆尽，黑子本人也被生俘。之后，黑子被堵住嘴巴，蒙住眼睛，缚住手脚，然后被黄花载于马背上驮走了。依着巫师兀律古的计策，元帅黄花诈降，国主答里呵弃城，其一番阴毒谋划，旨在将齐国数万大军陷入旱海绝地，令沙碛怪风和冤魂恶鬼共同灭之；然后黄花与答里呵会师于伏阳山，再举兵西进，一举收复无棣城。

伏阳山下，闻报黄花带着人马回来了，答里呵和兀律古忙出帐篷去迎。为着旱海之计，答里呵对外谎称逃往西北借兵，实则悄悄隐匿于无棣城东伏阳山中，整个孤竹国最精锐的骑兵也悉数屯集于此，钱粮俱在，实力雄厚。当下黄花见了，满脸堆笑道："禀国主，在下诈降得逞，齐侯大军已被我顺利诱入旱海深处，除非插翅，否则必亡！"

答里呵哈哈大笑，连连叫了几个"好"。

兀律古依旧冷冷地道："旱海迷谷，我已放出十万魔兵，齐人此番劫数难逃！"

黄花又想到密卢之事，瞒报道："我出城奔齐营而去，不期半道上遇到令支人马与齐兵大战，令支不能敌，其国主密卢、大将速买二人均为齐兵所杀。只恨我去得迟了，只能诈降用计，却救不得密卢。"言罢，故做凄凄之状。

"只要将齐人赚入旱海，那密卢死也可以瞑目了。"答里呵虽有不悦，但事已至此，不可挽回，何况黄花大功初立，又岂能再加怪罪？便不疑黄花所说。

黄花瞬间又换了一副嘴脸，骄傲道："还有一件喜事相告：齐国牙将公孙黑子被我生擒，献与国主！——这小将军官职虽不大，却是齐相管仲之子，哇哈哈哈哈！"说着一挥手，就令人将黑子押上来。

"哦？管仲？——便是此番齐人北征的大元帅！我闻齐侯为霸，威震华夏，皆出自贤相管仲之手。你擒拿的小子,真乃管仲之子?”答里呵又惊又喜。

“此人公孙黑子,乃是管仲之义子。管仲有子名叫管颍,与另一小将军即齐国大谏官鲍叔牙之子鲍石,目下正协同燕侯守卫无棣城呢。”黄花回道。

答里呵听了,好一顿狂喜,又愤愤道:“管仲辅佐齐侯称霸,有‘尊王攘夷’之说,专与我们夷狄为敌!哼哼,想不到也有今日吧!”

兀律古接着道:“齐侯霸业实乃得益于二人,一是相国管仲,二是师傅鲍叔牙。此二人少年同乡,相交莫逆,有所谓‘管鲍’的美誉。而此刻无棣城中的管颍、鲍石正是此二人之子,齐人称之为‘小管鲍’!……嘿嘿,上苍送来的这份大礼是不是太过了啊!”

三人顿时狂笑不已。顷刻间,又一个诡计就涌上心头,答里呵道:“拿住这三个小子!假使管仲侥幸脱出旱海,有此三子为质,他也会心甘情愿给我做犬羊!痛快痛快!”

说话间,公孙黑子被反缚着推了过来。答里呵一瞧,好年轻的娃娃,就是黑了点,也傲了点。答里呵冷冷一笑:“我知你乃是齐相管仲之义子,也是一条好汉。如今被俘,可跪降我,本国主保你不死。”

黑子怒目圆睁,凛凛道:“我乃商山野人,蒙管相恩遇,认作义子,擢升为将,忝列五杰之一!今不幸被俘,唯求一死,以报故主厚恩!岂能降你豺狼门下!”

答里呵哈哈一笑,道:“以报故主之恩?——小子,只怕是无门可报!你那义父及数万齐国大军皆被陷入旱海之中,那旱海茫茫沙碛,寸草不生,风吹人死,路迷人亡,白日里满眼白骨,黑夜里遍地冤魂,古来误入旱海之人,断无生者!——你那义父怕是早已被恶鬼撕咬干净了!”

黑子听了大惊失色,转眼又异常镇定:“我义父乃华夏第一奇才,有通天彻地之能,区区一个旱海,何足道哉!只叹我大军误中奸计,陷入险境,实是可恨!待重出之日,定要将你等斩杀,亡国灭种!”

“你降不降?”

“不降!”

答里呵大怒,举起马鞭就朝黑子抽打过来。黑子被打倒在地,疼得左右翻转,但只咬牙忍着，未发出一声呻吟。打了半晌，打得答里呵气喘吁吁，累得不行，而黑子也是战袍四裂，血珠迸溅。此时又起风了，雪花零零星星飘落下来。答里呵便弃了鞭子，与黄花、兀律古一道钻入帐篷中去了。

黑子被绑在营中的一个木桩上，任风雪冻着。

帐篷里暖融融的，有酒有肉。答里呵、黄花、兀律古三人围在火边烤了烤，啃了几块羊肉，又饮了几碗烈酒。黄花忽然起身，撩起帐门向外张望，但见雪花乱舞，山峦莽苍，地上已经有了薄薄的一层白。黄花回头道："天降下雪，此时城中防守最弱，我等出奇兵而攻城，不出一顿酒肉工夫，无棣城便复归于我。"

答里呵一怔，道："元帅言之有理。发兵！无棣城中再饮不迟！"

雪簌簌而下，北风如魔鬼般吼着，一片阴寒肃杀之气直向无棣城压去，今日乃是孤竹百年难遇的一个大寒天。

无棣城被包围了！

城墙顶上，白雪覆满，赤色战旗在风雪中呼呼啦啦响着。守城的将士们都握紧了手中的戈矛，他们的头发上都挂满了雪花，眼睛都冷峻地盯着城下面满满当当的山戎骑兵——这些守城人中就有管颖的随身小校西山豹。燕庄公、管颖、鲍石三人立在城头俯视，满是惊诧和狐疑。燕庄公道："这答里呵不是北逃借兵去了，如何忽然出现在这里？齐侯大军到哪里了？"管颖道："情况一时难明，怕是必有变故……"鲍石道："当死战守城！"

城门紧闭，护城河对面，戎兵战阵分外壮观。答里呵带着雄兵猛将，跨一匹高头大马，扬扬自得。身边黄花悄悄道："城中我已布置好内应，可速攻城。"

"不急，先玩玩那俩小子。"答里呵以鞭子指向城头，道，"燕国国主，久违了！你身边左右，便是管仲的儿子与鲍叔牙的儿子？"

燕庄公答道："正是管颖与鲍石。"

答里呵仰头大笑，一马当先，风雪中冲着城楼高声喊道："燕国老儿，你已老朽，本国主视你早是一堆白骨！只是你身边那两个少年将军十分可爱，死了太可惜了！——喂！管颖公子、鲍石公子，可愿降我？"

鲍石大怒,举起手中大戟,凭空将雪划开一道口子,喝道:“豺狼戎主,你若降我,可免一死!”

管颖接着怒道:“豺狼戎主,休要猖狂!本公子劝你速速退去,否则我齐国大军一到,定叫尔等死无葬身之地!”

答里呵、黄花、兀律古三人同时狂笑不已。答里呵道:“我说小公子啊,你们尚在懵懂之中啊,本国主谎称西北借兵是假,赚你大军陷入旱海才是真!此刻你们齐侯、管相及数万大军,早已死绝了!哈哈哈哈……本国主再问,尔等降不降?”

管颖、鲍石自是大骂不降。

答里呵见状一挥手,只见后面几个戎兵将遍体鳞伤的公孙黑子就拖了出来,绑在城门对面一棵光秃秃的大树上。黑子早被打坏,又在风雪中冻了半天,身体虚弱不堪,已经只剩下半条性命了。黑子脸色苍白,抬起头来望望无棣城,见兄长管颖、鲍石都安在,嘴角就露出了欣慰的笑容。

一望见黑子,管颖、鲍石及燕庄公都不由惊慌起来,大声呼喊:“黑子!黑子!”

答里呵更乐了,向黄花使了个眼色。那黄花从马上跳了下来,手握一柄短匕,走到黑子眼前,将其衣衫剥了。黑子冷得不住打战,裸露的上身被雪花浸着,被寒风割着,似乎正在忍受剐刑。黄花冲城楼上喊一声:“降不降?”

管颖、鲍石双目含泪,硬回道:“不降!”话音刚落,黄花骤然出手,将匕首深深扎入黑子左肩。随着一声惨叫,黄花将匕首带血拔出,瞅着城上,冷冷笑道:“降不降?”

这下管颖、鲍石各觉剧痛难耐,哽咽着难以发声。黄花又一笑,二话不说,猛然又是一捅,于是黑子右肩上鲜血迸射而出,惨叫声直令风雪颤抖。“降不降?”黄花继续逼道。

管颖破口大骂。鲍石则忍无可忍,提了大戟就要下去对战。燕庄公一把截住鲍石,大声道:“城中只两千守兵,如何能与答里呵大军相战?目下只能坚守不出,将军不可冲动!”

见城头上人如热锅蚂蚁,却均无计可施,答里呵乐得不能自已,不住哈哈大笑,似乎此番出兵,仅为看乐而已。此刻,黄花心中暗忖道:“国主逼降三少将,唯在羞辱管相，羞辱齐国而已。如今城上小管鲍已是囊中之物，黑子再留着也是多余的，不如杀之，然后催逼进兵！免得国主一时兴起，又失战机！”

此时黑子虽然满身哆嗦，冷痛难耐，却强打起精神，攒足了最后的力气，冲着城上大声道：“两位兄长，给我来个痛快的！公孙黑子为国效死，有何惧焉！……管公子！鲍公子！来世我们还做兄弟！哈哈哈哈……”

“想死，好！”黄花眼放凶光，操起匕首，对着黑子腹下连捅数下，而后将匕首扔在雪地里，头也不回就走了。

见黄花过来，答里呵略嫌失望，道：“你怎么把他杀了？我要生擒这三个小子……”

“公孙黑子不过是管仲义子，待捉了城上那两个，留他还有何用？”黄花淡淡道，接着忙催促，“可速攻城，免得勇士们雪中受冻！”

答里呵点头，一挥手间，进攻的牛角声呜呜骤起，孤竹的骑兵们一时间齐刷刷地拔出了腰间的弯刀。

牛角声中，公孙黑子最后望一眼城楼，管颖与鲍石的身影在风雪中愈加模糊起来。黑子呻吟，低声嗫嚅道：“绝不屈膝豺狼……以待……以待管相……归来……”便永久地垂下了头。漫天飘舞的风雪里，呜呜的牛角声与厮杀声中，黑子沉沉步入了大梦之中。梦中……商山春光明媚，万物复苏，满山的树木吐出新绿的嫩叶，生机勃勃。在溪水边一棵古松下的石板上，父亲公孙猿正一招一式地教自己练剑。那时候自己好小啊，那时候父亲好年轻啊。梦中……秋风萧瑟，草木枯黄，自己在生父公孙猿的坟前，先叩首行了孝子之礼；继之又叩首，对管相行了义子之礼。此后，自己随意出入相府，读书习武，聆听教诲，然后就做了统兵的小将军。梦中……鲍山月夜，满地如霜，一条恶虎刚被打死在草丛里。五个少年对月而拜，有声音道：“今我五人——姬甫、公孙伯雪、鲍石、管颖、公孙黑子，意气相投、情同手足，于此鲍山之上，结为知己之朋、生死之友，此生祸福与共，荣辱与共，肝胆相照，永不相负！”此便是“鲍山五杰”，其中姬甫二十一岁，公孙伯雪十九岁，鲍石十八岁，管颖十八岁，而自己仅有十六岁，五少杰中，又以自己最年幼了……

梦中梦断，可叹再也无梦！

公孙黑子去了,令管颍、鲍石捶胸顿足,痛不欲生,几乎要昏倒城上。此刻答里呵已然下令攻城,两人来不及哀思,只能匆匆带兵迎战。岂料那答里呵与黄花预谋在先,将一些孤竹兵化装成寻常百姓,分几批从东西南北四门早已悄悄潜入城中待命。此刻两军混战之际,这些伏兵便忽然冒出,打开城门,迎接答里呵大军入了城。齐燕守军本来就少,又遭此算计,腹背受敌,如何可挡?燕庄公道:“敌众我寡,城池已失,不可再战,我等当速速逃出城去,再图后计。”

管颍、鲍石皆赞同。于是齐燕守军在城中放起火来,刹那间黑烟四起,红焰熊熊,风雪中越烧越旺,分不清是雪要灭火,还是风要助火,到处风烟弥漫,短兵相接,道路难辨,人如鼠窜,整个无棣城陷入一片混乱之中。趁着这乱,管颍、鲍石护着燕庄公,带了一袭兵车,悄悄摸出西门,直奔大道而去。

自始至终,西山豹一直牢牢追随在管颍身边。

答里呵入城,此乃自家巢穴,自是万分熟悉。风火中只激战半个时辰,便将齐燕守军杀了个干净,一鼓荡尽,只是燕庄公、管颍、鲍石三人活不见人,死不见尸。答里呵将城中战况略一剖陈,便知此三人定是乘乱从西门逃了出去。于是留下兀律古打扫城池,再整巢穴,自己与黄花则带领一支骑兵,出西门直追而去。

那雪下得更猛了,山野间粉妆玉砌,一片白茫茫。路滑兵车难行,又是顶风西去,管颍等不觉叫苦。刚奔了一程,就听见身后马蹄声隐隐而来。管颍止住车马,忧戚道:“风雪甚急,道路将封,戎人又是快马追来,我等皆将死矣!”

鲍石一叹,慨然道:“鲍山结义之时,我们兄弟发誓祸福与共。如今黑子已去,你我又有何惧!”

管颍笑了,与鲍石迎着风雪击了一掌:“好鲍兄!只是你我死不足惜,而燕侯岂可有失?——我齐国因救燕而伐戎,伐戎而救燕,倘若燕侯尚不得保全,霸主之国颜面何存?你我即便死去,又将置父相与齐侯于何地啊!……鲍兄……”管颍说着,就起身踏步,走到燕庄公车前,拱手行揖。鲍石也走过来行了礼。

管颍凛凛然道:“军情万急,请燕侯弃车暂避。我与鲍石将由此向北而行,待我二人将戎兵引开后,燕侯再出,沿大道直向西方马鞭山而去。那里三山连绵,地形复杂，便于防守。倘若还有凶险，燕侯可渡过卑耳之溪，再往前去，就离燕国不远了。”

燕庄公一听，大骇。眼下存亡绝续的关头，他怎么也想不到一个尚未加冠的娃娃，可以如此冷静决绝，大义凛然，先为自己这个老朽国君谋好了退路。燕庄公汗颜不已，急道：“如此危急时刻，我岂可自保其身，徒让两位小公子送了性命！”

“燕侯！”鲍石一下子就火了，“倘若不听管颍之见，可还有什么别的办法？再迟疑下去，我们将尽皆死于此地！——我二人后事，尚要劳烦燕侯，交于齐国！”

燕庄公一下子就流下泪来。却听得管颍哈哈一笑：“燕侯不必多虑，我二人机灵着呢，定教那答里呵追寻不到——就此别过！”管颍说着，将身边人马一分为二，一半交给燕侯，多是原本带来的燕国老兵；剩下一半皆齐人，如西山豹等都是齐国新军培养出来的好儿郎，随自己与鲍石转道向北而行。

刚登上车，正要喝马，管颍的脑海里忽然浮现出自己清丽可人的姐姐管青来。在临淄时，管颍、管青、鲍石，还有鲍石三哥鲍敬，四人青梅竹马，关系甚密。年齿渐长，管颍与鲍石成了“小管鲍”，而鲍敬与管青也定了婚约，此番伐戎归国后，这对新人也该完婚了吧！管颍又回头冲着燕庄公，大声道：“见了我父告诉他，说我等着喝姐姐的喜酒呢！”言罢大笑。

鲍石也忽然一个机灵，高声道：“燕侯！也告诉我父，我等着喝哥哥的喜酒呢！哈哈哈哈……”

“记下了……”燕庄公泪眼模糊，抖擞着手向两位小将军行揖作别。那朗朗的笑声在雪野里徘徊了许久，让人想起早春时节翠柳树上一阵黄鹂的歌声。燕庄公听着听着，就失声大哭起来。然而老天连给人痛哭的时间都没有，笑声渐渐隐去了，答里呵汹汹而来的马队声却越来越近了，有兵士便催促着燕庄公快快躲藏起来。燕庄公揉了揉老眼，最后向管颍、鲍石奔去的方向又望了望，只见北风呼啸，鹅毛雪飘，白茫茫的荒野里，雪花遮住了几道浅浅的车辙，而远山迢迢，白烟隐隐，几点松柏竹篁的绿色依稀可辨，可就是没有一丝一毫的人的影子了……

第七章　兵定孤竹

“上！活捉管颍！活捉鲍石！谁立此大功，赏牛羊千头，女人三十，加封无敌勇士！”答里呵恶狠狠道。

狂风暴雪，天地皆白。小冢山巅，两株老松树下，不知何人何时起的一间小小茅屋，此刻早已人烟绝迹，被雪压着。管颍、鲍石二人别了燕庄公，转道北去，果然将答里呵的主力骑兵吸引了过来。燕庄公也因此躲过一劫，顺利向西逃到马鞭山去了。那答里呵誓要生擒管颍、鲍石这两位齐国贵公子，于是沿途奔袭，穷追不舍，最后将二人逼到小冢山这间破草屋前。

一路且退且战，齐兵死的死，伤的伤，目下仅剩五十余人。茅屋前面，这些齐兵都操着长戈，分三层列阵，将管颍、鲍石护在中央，做最后的对决。雪地里到处都是搏杀的血色，管颍右腿受伤，早已无力再战，背靠着草屋前的一截圆木上，大口喘着粗气。鲍石血迹满身，只觉到处都痛，大戟已经丢了，手提着一把长剑，呵呵大笑，大声道：“兄弟们！死——怕不怕！”

仅存的五十甲兵都是齐国一等一的好汉，不成功，便成仁，早抱定了以死殉国的念头，当下齐声应道：“不怕！不怕！不怕！”有一人，乃是管颍亲随小校西山豹，继之又迎着乱雪一声长啸，大喝道：“驱逐蛮夷，保我华夏！”众人随声而应，又是连呼三声。风雪呼呼作响,似乎增大了这声音的威力,刺破长空,声震远山,将如铁桶般围在眼前的黑压压的戎兵吓得止住脚步。西山豹回首望了望管颖,见簌簌而下的雪花里,管颖十分疲惫,咬牙忍痛,硬撑着。情知一死难免,西山豹不由落泪,哽咽道:"请管公子、鲍公子入屋小憩,让西山豹为公子……最后……守门!"

管颖两条眉毛上沾满雪花,红着眼,微微笑了,深情地望着西山豹,道:"管颖谢了。"又唤了一声"鲍兄",两人于是互相搀扶着,都腰间悬剑,踉踉跄跄后退几步,推门进入茅屋,又将门反掩上。

茅屋里十分黯淡,一片狼藉,靠东墙铺着两张破席,有残笾坏豆及几只残破的陶罐堆在墙角。破烂的小窗射入雪花的白光,打在满是尘埃的蒲席上,如此凄凉破败的画面,此刻不知为何却透出一种三月春光般无比的美好来。外面厮杀声又起,西山豹等与孤竹兵又血战起来——余下的时间不多了。朔风怒吼,屋檐垂下的茅草挂着雪片,不停地抖动。而茅屋里因为一门阻隔,相对温暖平静了许多。管颖与鲍石彼此扶着挪到破席边,两人互相行揖,解下铜剑,放在脚下,继之相向入席落座,互相一笑,一如华夏礼仪。

鲍石道:"这里甚好,只是缺了一爵酒。"

管颖空手比画出一爵酒,举起来道:"鲍兄请。"

鲍石也比画了,笑道:"管兄请。"

两人如此"喝"了。管颖道:"你父我父,世称管鲍,千古美谈。不知你我,比之父辈若何?"

鲍石道:"不敢与尊父比,不敢不与尊父比。然今日之后,必有小管鲍之名遗留世间,我生平——足矣!"

管颖道:"我亦足矣……鲍兄啊,你看窗外之战,可胜否?"

鲍石道:"若要取胜,需借管兄一样东西。"

管颖道:"何物?"

鲍石向管颖身边的长剑望去。

管颖点点头,道:"我也需借用鲍兄一样东西。"

鲍石道:"请言。"

管颖不言，只朝着鲍石身边的剑也瞟了一眼。

两人心有灵犀，一时什么都明白了。

风雪声急，搏杀声烈，似乎是千军万马在做最后的决战。茅屋里却十分静，可以听见一片黄叶、一根细针、一滴晨露悠悠坠落之微响。管颖、鲍石不约而同摸了剑，同时拔出，借助窗外雪光将剑锋亮了亮，齐声道："好剑！"然后同时哈哈大笑，笑得无所畏惧，笑得目空一切，笑得酣畅淋漓——那笑声饱藏了将近二十年的兄弟情谊，倾诉着英雄大梦与故国河山，也宣告了天下大乱之际芸芸众生共有的无奈与解脱。待笑声毕，万籁俱寂，两道血迹便洒落下来……

一时，世界清净了。

外面厮杀停了，齐人应该死绝了。茅屋前的小山坡上，齐人东倒西歪，尸横一片，不久都会被雪掩埋。只是谁也没有料到，西山豹在酣斗中一个踉跄被戎兵撞倒在大石头上，脑袋上鲜血直流，就倒下不动了——只是他一时昏厥，但并没有死，侥幸成了漏网之鱼。

戎兵收刀，雪地里让出一条满是鲜血的道来。国主答里呵趾高气扬，元帅黄花满面得意，两人一前一后，迎着雪舞，踏着血路，在众戎兵的簇拥中，一步一步地，朝那破茅屋走来。

笨重的木门被推开，茅屋里顿时一片亮光。答里呵、黄花环视一周，最后眼睛盯在东墙上，一动也不能动——那破草席上，管颖与鲍石彼此握剑，在对方的颈上都是一横，你靠着我肩，我倚着你膀，就这样睡着了。那姿势如此亲密，如此信任，又如此销魂！只有草席和地上有一摊混在一起的血迹，向世人宣告——小管鲍彼此刎颈，相伴而终！答里呵惊呆了，搁往常，倘若自己这个一国之王要生擒的人却死了，他定会大怒咆哮，发起狂来，令整个孤竹国都要颤抖起来。然而此刻，面对自己费了无数周折、不惜冒雪亲征、铁了心要活捉的两个异国小将，答里呵却呆住了，既是惊得呆住了，也是呆得有些怕了。一辈子作恶多端的答里呵忽然发冷打了几战，眼前如同熟睡中的管颖鲍石，此时似乎发出一阵阳光般朗朗的笑声来。这笑声令答里呵魂魄凌乱，无所适从，一种毕生从未经历过的恐惧感如暴风雪般袭来，答里呵终于撑不住了——他想逃。

“撤!”答里呵逃出那间破茅屋,带着黄花及众多手下,顶风冒雪,快马加鞭,一刻也不敢迟疑懈怠,一溜烟儿就向无棣城中窜去了。

也不知过了多久,只觉得冰寒刺骨,西山豹被冻醒了。睁眼一看,遍地横尸,都被雪盖着,而孤竹戎兵已退。所幸自己仅肩膀上几处皮外伤,几无碍。西山豹忙冲入茅屋,见管颍、鲍石二公子刎颈而亡,当下伏拜于地,痛哭不已。西山豹将二人简单整理,并肩放在草席上,又见二人面容已污,想着应该找来清水擦洗干净,于是出了茅屋去寻觅水源。未行几步,遥见小冢山北有大队车马踏雪而来。西山豹大惊,以为戎兵又至。定睛详一审视,原来是齐国自家大军到了。西山豹百感交集,便别了茅屋,孤戚戚一个人,顶着风雪,下山朝北狂奔而去。

……于是西山豹终于见到了管仲,便将其中曲折惨烈和泪道出,末了大呼道:“管相,要为三位公子报仇啊!”时齐桓公与众将皆聚过来一起听了,均是扼腕叹息,无限心痛。唯见管仲呆呆立着,静静听着,眼眶红着,波澜不惊,风云不动,那一份淡和静简直要让众人窒息了!

须臾,管仲起身,于兵车前慢慢踱了几步,忽然就冲着漫天风雪,终于大吼一声:“三少杰皆死,真天丧齐国也!”言讫,管仲身子一软,就跪倒在雪地里。

齐桓公、王子城父、公孙隰朋等皆潸然泪下,顷刻间,三军一片哭声……

无棣城虽然复归答里呵之手,然而齐国大军也顺利走出了死亡旱海,齐军也未败,孤竹也未胜。这两件同时发生的战事,不仅出乎管仲等人的预料,更超出了答里呵那边信心十足的算计,双方皆大惊。答里呵立即下令加固无棣城的城防,日夜整军备战。而管仲则下令齐军驻扎于小冢山,一方面静待雪止天晴,另一方面为鲍山少杰料理后事。同时派出一彪人马前往马鞭山,将燕庄公接回大营中。

诸事安排毕,管仲又亲自操了弓箭,驾了兵车,在王子城父、公孙隰朋二人的护卫下,威风凛凛、怒气冲冲赶到无棣城下,将早已冻僵的公孙黑子从大树上解下,车载运回小冢山。不知怎的,管仲来去自如,守城戎兵竟无一个敢于拦阻!末了,管仲大显神技,回身一箭,不偏不倚正射在孤竹城门中央。

在戎人一片鹊起的惊讶声中,管仲扬长而去。

小家山上，军中专设一顶白色大帐，内里陈设一如灵堂，昼夜皆有身穿麻衣的甲兵护卫着，这里乃是管颖、鲍石、公孙黑子灵柩停放的地方。是夜，诸事已毕，管仲缓缓入了这帐，令所有守护悉数退去，他要独自在孩子们的灵前静静坐坐。

众人皆去，帐中空空如也，管仲向三人灵柩各献了一爵酒，然后斜倚在灵前的黑案上，闭了眼。

两道热泪汩汩而下。

没一会儿，国叔牛因为不放心就走了进来，步履极轻。国叔牛双手托着一只红色的木盘，走近放在管仲膝前。托盘里是一瓦罐香喷喷的炖羊肉、一碗热气腾腾的豆饭和一支盛满了烈酒的铜觥。国叔牛哽咽，柔声道："一连数天，管相皆是酒饭不思，连国君都担忧起了。人死不能复生，愿管相节哀，饱食一餐吧。"

管仲身子一动不动，只睁开了眼，瞟了瞟木盘，弱弱道："我儿灵前，岂可饮酒啖饭？"

"家儿灵前，正可饮酒啖饭……"国叔牛说着，就落泪了。

管仲一怔，忽然来了一点小精神，盯着国叔牛道："所言甚是。叔牛啊，换些好的来——一碗青豆、一缶糙酒……"

所谓一碗青豆、一缶糙酒，哪是什么比炖羊肉还好的东西呢？——此中却是大有蹊跷。管仲出身贫寒，少年之时，每每路过家乡的颍二酒店，最大的奢望便是能到店中，拣最便宜的青豆来一碗，糙酒来一缶。这两样东西，也是那段青春岁月中常与鲍叔牙等分享的美食。时光荏苒，很多年后，青豆与糙酒便化作管仲骨血里的一种神奇力量与独特情怀，就是做了相国后，每每遇到非常之事，管仲总是撤去方鼎圆簋、竹笾木豆，专挑这两样东西进食。国叔牛在管仲身边日夜辅佐二十余年，自然十分清楚，当下也是微微喜了一下——管相终于要吃喝了。

须臾，国叔牛又悄悄来了，又悄悄退了，无一声言语。管仲面前，多了糙酒一缶、青豆一碗，还有空着的四只黑色陶碗。

管仲将四只空碗在案上摊开，只在一只碗中倒满酒，然后开始缓缓剥豆。剥好的豆子先向另外三碗中逐一放一颗，自己再吃一颗，然后再慢慢饮一大口酒。如此剥豆，喝酒，又剥豆，又喝酒，简简单单，慢慢悠悠，循环往复，速度极缓。铜灯摇曳，白幡影乱，三口棺木沉沉地压在地上。管仲平静的外表下，是一颗翻滚奔涌、惊涛拍岸的内心——管仲想到了夫人高雪儿。郁郁漂泊半生，四旬得志拜相，管仲收获了齐国，更收获了红颜知己。辅佐明主，纵横天下，建功立业，封妻荫子，此方为大丈夫！自成婚至今二十多年，管仲与高夫人始终恩爱有加，所生独子管颍更是天纵之才，人人赞誉！可如今，管颍没了，管仲的心被掏空了，不知道高夫人知道了又当何如？……管仲又想到了鲍叔牙。生我者父母，知我者鲍子。少年时分金相助，射钩时挺身相救，三辞相国，三荐管子，鲍叔可谓再造之恩！管鲍老矣，幸有小管鲍继之，实乃平生莫大之幸！然而鲍石也去了，小管鲍没了，管仲真不知该如何面对鲍兄！鲍兄目下正坐守葵兹，忽得石儿命丧小冢山，白发人送黑发人，该当何如？……管仲又想到了公孙猿。此君乃是天下慷慨激昂之义士，二十余年尽忠职守，商山之上以命护主，大义凛然，死得其所！念此情义，管仲收其孤儿黑子为义子，只想着好生庇护此子，以使故人安心。何曾想到黑子的命运与其父亲同出一辙，可怜此子尚未加冠，便为国捐躯，死在这冰雪覆盖的异国他乡！管仲愧对公孙猿，悔恨无极……管仲又想到了齐国。历二十多年艰辛，昔日谋划之霸业终于实现，尊王攘夷，领袖诸侯，齐国之强，天下无匹！然而齐国股肱重臣，如管仲、鲍叔牙、王子城父、公孙隰朋、宾须无、宁戚等一代风云人物已是早生华发，步入暮年，此后齐国霸业，全仗后辈英杰。天幸鲍山五杰横空出世，管仲等十分欣慰。然而此番远征，五杰三死一伤，齐国后续人才轰然断绝！大争之世，海内鼎沸，我辈去后，齐国前途在何方……

蒙蒙眬眬，似睡似醒，恍然一梦，不知此地何地，此时何时，此人何人了。

天亮后，鲍叔牙忽至。齐桓公、燕庄公、王子城父、公孙隰朋、仲孙湫、公孙伯雪，还有断臂小将姬甫，共同伴随着鲍叔牙来到灵柩大帐。

帐门揭开，众人顿时惊骇——管仲一夜头白！

原来，大军扎营小冢山后，齐桓公便即时派宾须无赶往燕山葵兹关，将鲍叔牙替换回来。爱子已逝，生父必要赶来看最后一眼。还有，得知三位结义兄弟皆阵亡在孤竹国，葵兹养伤的姬甫哀伤不已，便也随着鲍叔牙一道赶来了。

灵堂前，管仲背靠着案还睡着，只是原本一头的乌发和垂在胸前的美髯顿时白花花的,亮如雪,冷如霜,刺得众人眼睛生疼。“兄弟呀!”当下鲍叔牙再也忍不住,扑过去呼道。

管仲醒了,忙起身迎住鲍叔牙,模糊着眼,微微笑。

齐桓公大惊道:“仲父的须发!”管仲这才低头瞧了瞧颐下的长须,果然,昨夜漆黑,此刻皆白,一根根的,银丝一般。管仲不由大惊,但转瞬间就复归平静,淡淡道:“老了啊……”忽然又想到了什么,忙拉住鲍叔牙,道:“鲍兄远来,先看看鲍石吧……”

鲍叔牙早已老泪横流,瞧瞧管仲,又瞧瞧黑棺,瞧来瞧去,欲言又止,不知所以,忽然就立在原地,仰头号啕大哭,声震屋瓦,一边号着一边唤着:“石儿……颍儿……黑儿……”

在场众人无不落泪,悲哀不已。

管仲再也忍不住,呜咽道:“我回军晚了……未能救得石儿,管仲对不住鲍兄……”须臾,又望着众人道:“诸君年齿,大致相当,我等皆已鬓发斑白,老朽不远……幸有鲍山五少年,个个国之栋梁……如今三亡一伤,痛煞我也……”正说着,便见姬甫与公孙伯雪扑过来,都抱着管仲大声哭起。管仲摩挲着两个后辈的脊梁,半晌,抽泣着自言自语道:“……丧子之痛,难教我一夜头白……管仲所忧者,乃是天丧齐国也!……”

帐中哭声一片,传得老远,引得帐外军士也不住啜泣。齐桓公也不由落泪,心中暗暗道:“得仲父相辅,小白终成霸业。然仲父之后,何人可及啊……”

齐桓公追封管颍、鲍石、公孙黑子三人皆为齐国大夫,要以大夫之礼而葬之。依礼,大夫三日而殡,三月或逾月而葬。管仲与鲍叔牙伏拜谢恩,只是与夷狄交兵在即,岂能死守礼制,至少等到一个月后再葬?管鲍二人为大局计,便在七日后将三子葬在了小冢山下。说来此三子之死,皆因伐戎救燕之故,何况那日危难时刻,小管鲍对燕庄公有舍己助人之情。燕庄公悲痛之余,十分感念,为三位少杰各献上一份陪葬,其中有青铜食器、戈矛兵器、乐器、玉器、陶器、骨器等,种类繁多,十分丰厚。同时提议将这小冢山改名为三杰山,以示纪念。齐桓公自然也准了。

天色放晴，残雪将尽。齐军帅帐内，管仲点将发令，三军齐出，攻打无棣城。命王子城父主攻南门，公孙隰朋攻打东门，公孙伯雪与姬甫一同攻打西门，只留下北门以供答里呵逃窜。无棣城北，有伏阳山，齐桓公与管仲、鲍叔牙于此埋伏下大军，专候答里呵钻入口袋，一网打尽。又留下一师使燕庄公守护冢山大营，以为策应。

管仲调兵遣将毕，王子城父叹道："经此一战，世间将再无孤竹矣！"

那答里呵连日来也是悉心备战，自以为固若金汤，坚不可摧。怎奈戎人善于马战，不谙守城之道，同时几百年来，这还是他们第一次与华夏人展开城池之战，自是毫无经验可谈。而神州邦国对于攻城略地得心应手，何况此番北征的齐国新军更非浪得虚名，除了精熟战阵车战、城池攻守，更是自创了一套针对夷狄的独特战法。区区一座无棣城，岂在话下？攻城尚不到一个时辰，王子城父部已经从南门城墙上打开了缺口，不久南门城破，齐军如水般涌入。答里呵亲自指挥大军与齐军在城中展开巷战。又不多时，东西两门也被攻破，城中四处火起，陷入一片厮杀混乱之中。

齐军以三面合围之势杀过来，将答里呵的戎军逼得步步向北退去。

公孙伯雪与姬甫驾车入城后，专找一人——杀害了公孙黑子的孤竹元帅黄花。黄花原守在东门，见齐军攻入，戎兵不能抵挡，便骑着一匹大马，转身向宫城方向奔去。不想刚过两道街，在一个十字路口正好撞见一断臂小将。仇人相见，分外眼红，姬甫大喝道："杀我黑子兄弟的黄花，拿命来！"便指挥身边的齐兵围上去。黄花大惧，方寸早乱，又被十几辆兵车困住，正左冲右突之时，忽然被公孙伯雪一箭射中右眼。黄花疼得从马上滚落下来，正要爬行，岂料公孙伯雪又如虎扑来，只一剑，便刺入黄花腹中，接着又是一阵乱砍，黄花立时命绝，又被枭首。

城池已破，黄花被诛，见败局已定，巫师兀律古道："幸北门空着，可从北门撤出，退往伏阳山暂避锋芒。"答里呵点了点头，于是召集残部，尚有两千余人马。一阵鼠窜，答里呵率部冲出了无棣北门，直奔伏阳山而去。临行前又放火烧了北门，以阻止齐兵来追。

而齐军打下无棣城后，按照管仲部署，只留下公孙隰朋一部清理城池，安抚百姓等，余众皆归王子城父统领，迅速将北门烟火扑灭，而后大军出城，步答里呵后尘，直向伏阳山追去。

天色微微转暖，山岭间残雪犹在，道路上到处都是小水坑。答里呵与兀律古惊魂未定，带领着孤竹最后的骑兵，惊如兔，快如风，早赶到了伏阳山下。一排排马蹄踏过水花和泥泞，顺着蜿蜒的山道，钻入了一条峡谷之中。前面不远处，便是他们数日前扎营所在，那里地面开阔，进退自如。同时依山有泉，又有一片林子，取水生火都极为便利。

营盘犹在，仿佛到家。答里呵与兀律古正要下马安歇，忽然钟鼓齐鸣，呐喊四起，山头上猝不及防到处冒出齐兵来。当中帅旗之下，有一人魁梧高大，白发满头，腰悬长剑，颐下白须随风飘拂——那人道："答里呵！识得管仲否？你曾赚我陷入旱海，礼尚往来，今日也请你火海之中走一遭！"言罢一挥手，早埋伏好的齐军纷纷呐喊，檑木滚石如雨而下。

答里呵大惊失色。眨眼之间，烟尘四起，谷中不少孤竹骑兵被砸伤，纷纷堕下马来。答里呵无奈，率众人纷纷钻入树林里要躲，此时山顶的齐兵又射下一阵火箭来。那火箭乱如繁星，落在地上便燃起烈火，只眨眼的工夫，答里呵的老营盘便化作一片火海。

兀律古急呼道："撤！快快退出谷去！"

又是一阵疲于奔命，带着残部，答里呵、兀律古终于脱了火海，快马加鞭，原路狼狈窜去。眼看就要逃出山谷，不想谷口早已被一彪车马堵死，为首者乃是齐国赫赫有名的鲍叔牙。鲍叔牙立在战车上，怒目射电，声如钟鼓，喝道："答里呵，还我儿命来！"便操着大戟，一车当先，冲杀过来。

答里呵也发狂了，大声道："存亡在此一战！勇士们，杀呀！"当下两路人马绞在一起，便厮杀起来。答里呵人马乃穷途末路，惊弓之鸟，只是做困兽犹斗。而鲍叔牙所部人多势众，士气高昂，人人都带着为管颍、鲍石、公孙黑子三人报仇的怒气，挥舞兵器，奋勇杀敌，势如破竹。双方皆杀得眼红。混乱之中，唯有兀律古因是巫师，不会打斗，惊恐不已，一味地这里躲躲那里藏藏。哪里管用，片刻后谁知一个不小心，兀律古竟然撞上自家戎兵战马的屁股，那马一惊，四蹄乱踏，竟将兀律古活活践踏而死。兀律古最终左腿骨折，口中冒血，肠子从破腹中滑出，散落在草丛里，死相极惨！

答里呵与鲍叔牙大战几十回合，渐渐力不能支，于是单骑欲逃。怎奈齐军车阵肃整，仿佛一面铁墙，将整个谷口封得死死的。答里呵上天无路，入地无门，狂呼道：“天哪，神灵救我！”话音刚落，背后鲍叔牙一戟刺来，答里呵坠落马下，便一命呜呼了。

此时，管仲与齐桓公的大军从峡谷深处赶来，而王子城父与公孙伯雪、姬甫的兵车也飞驰到了谷口，三路人马会师。答里呵国主与兀律古巫师皆已死去，余下的孤竹戎兵注定在劫难逃。却说混乱中，有一个年长的老戎兵，久经沙场，贼心奸猾，名叫金阿素，突然将手中的弯刀高高举起，大呼道：“齐侯！我愿意降！”然后就把刀扔到地上。这一声喊不当紧，厮杀就慢慢停了下来，齐兵逐渐聚在一起，戎兵也逐渐聚在一起，彼此息战，互相观望。

鲍叔牙见状，厉声喝道：“愿降者，皆免死！”

戎兵顿时躁动起来，有一人道：“战则必死，降了或许可以留下一命，只是齐国人真会赦免我们吗？”

在旁的金阿素微笑着，悄然道：“齐国此番远征，皆因令支、孤竹时常南下劫掠华夏，如今两国国主都死了，齐国怨气自然也消了，自会赦免我们。我们先骗过他们，保了命再拿起刀来！”

又一人道：“我们戎人，向来是战胜之后，降俘照杀！齐人也必会如此，不可信！”

“可信！”金阿素接着道，“华夏人与我们不同，他们最讲究礼仪仁爱。我闻齐侯及帐下管仲、鲍叔牙等皆是仁义之辈，依着他们的习惯，我们只要降了必定不死——此计可行！”

金阿素如此一说，那些戎兵都信了，于是纷纷举起手中弯刀，统统抛在地上，皆愿投降。鲍叔牙大喜，收了那些戎人的兵器，赶到一面山崖下聚集起来，令手下兵士看守待命。然后一清点，降戎共计五百一十九人。

鲍叔牙与王子城父一起，穿过尸横遍野的峡谷，到后面去见国君。松林边上，一块高高耸起的大石头前，齐桓公与管仲正在等前方战报。鲍叔牙到前，一拱手道：“国君、管相，答里呵被斩，兀律古死于乱军之中，孤竹骑兵全军覆灭！最后残余五百一十九人，皆愿降齐，目下被我看守在石崖之下。”

“恭贺国君,孤竹之事定矣!”王子城父道。

齐桓公哈哈大笑:“寡人与卿等远征山戎,不知吃了多少苦头,如今总算大功告成了! ——鲍师傅,可将降戎遣返回无棣城,令他们做个太平百姓吧。”

“我主真乃仁善之君,那五百一十九条性命定会感恩国君,齐侯美誉定会远播异域,真乃无上善业!”鲍叔牙笑容满面,接着道,“老鲍这就去放了他们。”

“不可!”在旁一直不语的管仲,忽然正色道,“孤竹降戎,全部斩杀殆尽!”

“五百一十九人,全杀?”鲍叔牙惊问。

“一个不留!”管仲目光冰冷,斩钉截铁,不容置疑。

鲍叔牙、王子城父及齐桓公都大为惊诧,在他们与管仲的几十年相处中,始终觉得管子书生拜相,宅心仁厚,最善于化干戈为玉帛,从未出现过像今天这般冷血决绝、斩草除根般的杀气! 三人同时以为,管仲乃是丧子心切,过于悲哀,意在杀降俘为爱子报仇,其情固然可谅,只是勿乃太过?

鲍叔牙咆哮大怒,呵斥道:“管仲! 你死了管颖与黑子,老鲍也死了石儿! 丧子之痛固然可哀,然岂可以私废公? 五百一十九条人命啊,皆已弃刀,手无寸铁,杀之何忍!”

齐桓公也道:“我华夏有礼曰:君子不重伤,不擒二毛。何况降戎? 愿仲父三思啊。”

管仲冷冷地摇了摇头,手捋白须道:“我岂敢因丧子之痛而废国家大事! ——华夏礼仪,乃华夏人之礼,岂可用之戎人! 戎狄豺狼,不可厌也;诸夏亲昵,不可弃也。山戎数百年间劫掠成性,非朝夕之间可改。我等不避刀斧,劳师远征,必要将戎人可战之兵彻底剿除,此方为平戎之正道。倘若留下五百一十九个降戎,待我等去后,不消数年,此辈豺狼之性复发,骏马弯刀将再度驰骋,南侵之祸又复演矣! 似今日我等之艰辛,岂不白白付诸东流?”

齐桓公、鲍叔牙、王子城父此时才恍然大悟。王子城父道:“然,无棣城中的寻常百姓,又当如何?”

管仲道:“甲兵者,杀戮也;百姓者,度日也。戎国降伏之后,可废除戎制,教化以文,劝农桑,兴礼仪,崇祭祀,安居乐业,不事劫掠,经数载之功,则与华夏人同。如此，昔日之戎狄，便与今日之华夏，一体待之。”

几人陷入沉思，一时皆默默无言。

“虽然如此，只是……只是诛杀赤手空拳的降俘，这这……老鲍下不去手！”鲍叔牙说着，叹息起来。

管仲呵呵一笑，道：“鲍兄大丈夫，岂做妇人之态？”

在旁的王子城父一拱手，道：“我愿代鲍兄行令！”

管仲听了，点了点头，然后就背过身去，微微闭上了眼睛。

满地的枯枝残叶被风卷着扫过，逐着山径滚滚而去。但见王子城父一挥手，顷刻间，石崖边上箭阵齐发，乱矢如蝗，那五百一十九个孤竹戎兵纷纷中箭倒地，嗷嗷不尽的抱怨声一会儿工夫就消失得无影无踪，剩下的是满地刺猬一般的永远的熟睡与安宁……

齐桓公大军离开伏阳山，向无棣城中开进。将近城门之时，但见当地百姓箪食壶浆，夹道相迎，如久旱之迎甘露，如遗民之迎王师，这倒大大出乎齐桓公意料。原来答里呵为国主时，依仗武力，飞扬跋扈，对城中百姓盘剥不已，特别是对以农耕为生的华夏后裔尤其敌视，更是欺辱压迫，草菅人命。如今答里呵已死，民心称快，都盼望着新来的齐侯能给他们带来好日子。齐桓公感慨道：“答里呵暴政，乃至于此！”

遭此战火之劫，无棣城千疮百孔。管仲指挥军士平整街道，修葺城垣，填塞沟壑，掩埋尸首，又张榜安民，发放抚恤救济，令城中各行各业有序恢复，种种善举甚得民心，满城百姓一片叫好。又将燕庄公也从小冢山接来，使齐、燕二君共乐太平。数月奔波征战，军力早疲，管仲令三军将士城内、城外分两部驻扎，安心休整十日。同时又将城中孤竹旧主——开国之君商人墨胎氏的祖庙修复，以华夏之礼恢复祭祀。城西的伯夷三兄弟之墓以及孤竹君祠也一并修缮了，慢慢地，许多城中的华夏后裔也前往祭奠，追念先贤。

如此这般，孤竹旧地渐渐就生出了一些华夏国的气象来。

齐桓公亲赴异域，于遥远的北国立此奇勋，真无愧于一代霸主的威名！每每想到此,齐桓公喜不自胜,往日在临淄城中潇洒放浪的情形便再度显现,一如往昔。竖貂、易牙、公子开方三人小心侍奉着,日夜里变着法子奉上好吃的,好喝的,好玩的,以助桓公雅兴。只是孤竹苦寒之地,非中原富贵之都,好东西少得可怜,尤其在口腹之欲上,这可使庖厨易牙犯了难。

这日,易牙独自一人到无棣城的市井中走了一圈,并没有发现什么稀罕的食材。易牙悻悻地,心中不悦,出了市井,低着头朝前走,来到大柳树下的一片草场。忽然一股奇异的香气随风扑入鼻中,凭着天下第一庖厨独特而敏锐的嗅觉,他立即意识到这是水煮羊肉的香味,但这个香味同中有异,妙不可言,与自己所炖羊肉的味道迥异。易牙自言道:"调味之道,牛肉宜用豆叶,豚肉宜用山菜,羊肉宜用苦菜。而此地羊肉之香味,不像是苦菜之类炖出来的呀……"

易牙说着抬头,见前面干巴巴一株柳树旁边,圈着一群小羊,有五六个戎人叽叽喳喳,正挤在一处买卖活羊呢。柳树杈上挂着两条已经宰好的羊腿,下面又支着一口大镬,热气腾腾,香飘四溢,正煮着一只羊头、几根大骨和几疙瘩肉块儿,大约是主家一会儿的午饭吧。易牙走过去,来到那镬边,躬身闭眼,在沸汤上面嗅了几嗅;然后睁开眼睛,朝那肉汤里瞧了又瞧,到底是看到了一样他从未见到过的东西。直觉告诉他,这美味的肉香就与那个东西有关。

易牙的目光离开那镬,见地面木柴上,还依稀放着两根"那个东西"。易牙大喜,眼睛直放光芒——但见那物约两尺许,细长如枝条,底下是软茎,上面分杈如圆管,软茎白色而圆管绿色,表面干枯有碎皮。易牙忍不住,俯身捡一根起来,顿时清气扑鼻,直入肺腑。又掐了一截顶上的细管,外嫩绿而内中空,气味十分浓郁。易牙伸出舌头细舔,咬一小口咂摸,哇,微微辣,直刺鼻,但芬芳浓烈,醒目提神,整个身子不由为之一颤!"真乃调味之绝品!"易牙失声赞道。又见那白色圆茎上布满干裂枯皮,易牙手痒难禁,便将那皮剥去,不想一时好奇难耐,一连剥了三四层,里面居然白白嫩嫩,鲜亮得要透出一层迷蒙的水来,妙!易牙瞧着那白,眼前却浮现出临淄深宫中,隐藏在深衣里的少女如玉如雪般的肌肤来。

煮肉的戎人见易牙十分古怪,就走了过来。易牙拈着"那个东西",问道:"此物何名?"

“冬葱。”戎人答。

“冬葱!”易牙深情重复道,然后又问,“此物产自哪里?”

“孤竹国中随处可见,草一般的贱物。”戎人不耐烦道,又问,“要买羊肉?”

易牙哈哈大笑,并不答话,只留下令人不解的重金,将那两根残剩的冬葱买去走了。

是夜,易牙神秘兮兮地给齐桓公献上一鼎羊肉,佐以一豆酸甜的梅子酱。齐桓公吃得津津有味,又不由疑惑起来,道:“此鼎羊肉迥异平常,乃寡人平生未尝之美味啊!”

易牙笑道:“此鼎羊肉,做法与寻常同,只是多加了一道调味,此调味正是戎国这里所产的冬葱。”

“冬葱?……妙哉!”齐桓公大乐,赞不绝口。

后来撤离孤竹国时,易牙足足买了一大车的冬葱拉回了临淄。葱从此被引入齐国,后来广为传播,并迅速登上华夏人的餐桌,这也便是后世山东大葱的由来。齐桓公征伐山戎,意外收获除冬葱之外,还有一种物产叫作戎菽,皆是佐味美物。后世有记载道:“(齐桓公)北伐山戎,出冬葱与戎菽,布之天下。”

话说这两日,齐桓公忽然忧心忡忡,易牙的葱炖羊肉也吃得没了滋味,时不时地对着无棣城外的山山水水发起呆了。这可急坏了桓公身边的内侍,竖貂慌忙将这一情况禀告相国。管仲听了,会心一笑。

管仲见齐桓公,先笑道:“山戎已平,国君为何闷闷不乐?”

齐桓公满面愁容,道:“小白有一隐秘心事,不便道明,仲父可知?”

管仲举右手,凭空横抚眼前的大地,道:“可是为了这戎国国土?”

齐桓公心事被点破,立时大惊失色:“仲父神人也!——仲父啊,我齐国因救燕而伐戎,举旗北上,血战疆场,历大半年艰辛,耗费钱粮无数,小管鲍与黑子也因之不幸丧命,终于有志者,事竟成,平令支,定孤竹,功莫大焉!然而仲父,令支与孤竹两国,疆域辽阔,五百里许,且皆在燕国以北,距离齐国甚远。我等血战打下的疆土,如何能守?眼看归国日近,小白不由为此犯愁!”

管仲道："此事不难，可将孤竹、令支尽数让与燕国。"

"齐国一番血战，拱手让与他人？"齐桓公瞠目结舌。

"是也。"管仲道，"国君乃华夏方伯，凡事当从天下着眼。诚如国君所言，孤竹、令支与齐国远隔，但与燕国接壤，此片戎土齐国鞭长莫及，何不让与燕国呢？况此番征战乃因山戎犯燕而起，我以霸主之尊应声而来，一举殄灭孤竹、令支，令燕侯置邑守之，永绝戎患，长为北藩，此正合齐国'尊王攘夷'霸业之旨，海内诸侯岂不望风而归附？我利可得天下之心！孤竹、令支区区小地，何足道哉！"

齐桓公恍悟，沉吟道："善。"

翌日，齐桓公设宴款待燕庄公，管仲与公孙隰朋相陪。齐桓公道："孤竹、令支皆灭，北方辟地五百里。然而寡人不能越国而有，此二国，请为燕侯封土。"

燕庄公惊得酒爵落地，满脸惶恐："齐侯何出此言？——彼时山戎犯燕，临易将破，燕国危在旦夕，幸有齐侯顾念华夏手足之情，亲统大军北上，为燕国驱逐戎侵，寡人才得以保全社稷，此已是如天之福啊！岂敢再有贪图疆土之念？定孤竹、平令支皆是齐国之功，复有何议？唯齐侯建制纳之！寡人老矣，唯愿乱世之中苟安而已。"

"燕侯休要如此说。"齐桓公接着道，"山戎边陲荒蛮之地，武力降伏实属不易，倘若戎种复燃，又必反叛南侵，如此镇守北疆之重任，舍燕国其谁？昔日武王伐纣，召公为辅，待天下大定，召公被封于燕，乃周之北藩。如今孤竹、令支皆被荡平，燕侯自当坐领，勤修召公之政，尊王攘夷，贡献于周。此乃姬姓自家之福也。愿燕侯老当益壮，切勿再辞。"

燕庄公乃知齐桓公全是肺腑真言，一片良苦，当下只得愧领，含泪道："齐侯大德，何以为报啊……"

大军休整已毕，管仲与齐桓公、燕庄公商议后，便传令拔营，别了无棣城，沿旧路，径直而返，要回齐国去了。燕庄公对齐桓公感念不已，一路并肩而行，殷勤照应。一路浩浩荡荡，过了马鞭山、团子山，双子山，又渡卑耳之溪时，淙淙清流之上，燕庄公亲自为齐桓公撑持竹筏。大军继续前行，又至葵兹关口，此乃齐军转运粮草的所在，也是山戎与燕国交界之地，先由鲍叔牙把守，后来换作了宾须无。燕国使臣早已迎候多时，于关前杀猪宰羊，犒赏三军，其间燕庄公亲自为齐桓公把盏献酒，齐桓公则嘱托燕庄公加固葵兹关防，以为长久之计。然后宾须无将葵兹关交割给燕国，便随大军启程南下了。又一番奔波后，行至燕国国都临易。燕庄公于城中一连三日，广设美酒佳馔，大宴齐桓公及帐下诸臣，再表无限敬意。齐桓公感动不已。

燕侯已驻国都，三日佳酿尽享，齐桓公也便要礼别而去。然而燕庄公唯恐礼数不周，坚持要将齐桓公送出燕国国境。殷殷盛情，却之不恭，齐桓公只好应允。两君并驾而行，一路谈笑风生，大军随之迤逦南下。燕庄公恋恋不舍，不知不觉间已然送入齐国之境，距离燕界整整五十里。但见大地生绿，河柳鹅黄，已是满面春风的时节。依当时礼制，“诸侯相送，不出国境”，齐桓公于是将齐界内这五十里地也割给燕国，以为答谢之礼。燕庄公百般相辞，最终受了这五十里地而返。不久后，燕庄公在这里筑了一座小城，取名燕留城，专一纪念此事。

值得一提的是，齐桓公伐戎救燕胜利之后，作为四方夷狄之一的北方山戎族骤然败落，由此渐渐退出历史舞台，再难觅踪迹了。因为无终国曾经派遣虎尔斑助战，齐桓公后来曾将小泉山下的戎地割与无终国，以示谢意。除此之外，令支、孤竹两国皆划归燕国所有，再加上齐桓公又赠送的五十里齐国土地，于是，燕国北方辟地五百里，南方又增地五十里，一跃而成为北方大诸侯国。齐桓公的道德和功业也深深鼓舞了燕国，此后的燕国也开始秣马厉兵，奋起直追，与天下诸侯一较短长。终至几百年后，战国七雄，燕居其一。

时周惠王十四年，公元前 663 年事。

“千里提兵治犬羊，要将职贡达周王。休言黩武非良策，尊攘须知定一匡。”别了燕庄公，齐军行走在自家国土的原野上，旌旗飘扬，胜利而归，将士们个个壮志满怀，豪情难抑，击节踏歌而行。斜阳欲下，晚霞满天，将近济水，正可安营，忽见前方树林稠密，绿意盎然，有一大批青铜车马笑盈盈来接。观其旗幡，有鲁、宋、卫、郑、陈、蔡、许、曹八国之多，倒也十分壮丽。管仲笑道：“昔日不愿助兵者，今日车马相接来贺也！”齐桓公听了，仰头哈哈大笑。

原来齐桓公为救燕而伐戎，大破令支，兵定孤竹，驱逐夷狄，保卫华夏，甘为天下先的壮举早已传遍九州。其大获全胜之后，又将山戎之地全部割让给燕国的义举和仁德更是令海内诸侯称赞不已，以为“齐桓为霸，天下一人”。如此一番盛况，却让宋、鲁、卫、郑等几个盟国顿时犯了难。初时齐桓公发盟主令，欲号召鲁、宋、卫、郑等国组成联军，一同发兵北上。而诸国皆因为夷狄强悍勇武，此战凶多吉少而拒绝了——这也是当时华夏各国共有的心态，管仲早已预料在先。最终是齐国孤军北上，一战而大破山戎，这种出人预料的结果实令华夏人大涨民族志气，也令鲁、宋、卫、郑等国汗颜不已，恨不能故事重演，一道出兵参战。眼见齐桓公凯旋，于是以鲁庄公为首，与宋桓公、卫懿公、郑文公、陈宣公、蔡穆侯、曹僖公、许穆公共八国国君，共同在齐国北疆的济水岸边设宴，要为齐桓公接风贺功。

济水滔滔，东奔入海，岸边平川广漠，草木茂盛。在一片柳树林前，鲁庄公选定了一块上好的平地，布置了一个宏大的露天宴饮之所。春风和煦，细草如毡，以天为盖，以地为席，四周裹上黄幔以为墙，其外五色旗幡飞扬，森森甲兵罗列，入口处大队兵车护卫，仿佛辕门，威武和气派自然不能减。

当下鲁桓公等八国诸侯远远相迎，欢笑声起，钟鼓喧天，同贺齐桓公凯旋。众国君彼此见了，拱手致礼，互相寒暄，便笑呵呵一同赴宴。诸事早已停当，席案布局整整齐齐，九鼎八簋之中，肥羊鲜鱼等诸多美味一应俱全，并有上好佳酿，不可或缺；又有钟鼓琴瑟、歌舞伎人，静静侍立在侧。众人纷纷入席落座，鲁庄公与齐桓公分左右坐了主席，宋桓公、卫懿公、郑文公、陈宣公、蔡穆侯、曹僖公、许穆公列在左席，管仲、鲍叔牙、王子城父、公孙隰朋、宾须无、仲孙湫等列在右席。

齐桓公无比得意，脸面上却又强压着，先谦恭道：“寡人不过北国小游，却劳诸国国君如此盛情相迎，寡人心中难安啊。”

“齐侯啊，我等汗颜！”鲁庄公似乎想说什么，但话到嘴边又咽回去了，转口道，“齐侯统率大军，救手足之燕，破豺狼之戎，攻无不克，战无不胜，此等胆略与手段，我等无人可及！来，且饮一爵，恭贺齐侯凯旋！”

诸多国君同声附和，大家举爵，欢饮而尽。宋桓公慨然道：“自犬戎攻破镐京，平王东迁洛邑以来，百年有余，华夏内乱，夷狄四起，炎黄一脉被异族欺凌者，数不胜数！华夷之争，皆以敌强我弱而告终，泱泱华夏，何曾取得过一场胜战？——直至今日，一破令支，二定孤竹，石破天惊！齐侯乃为华夏之族扬眉吐气也！”

许穆公接着道：“令支、孤竹五百里戎土让与燕国之事，天下诸侯尽知。齐侯真乃华夏方伯！我等心悦诚服，皆愿唯盟主号令从之。”

“齐侯容禀！”宋桓公一声叹，接着道，“昔日齐侯发盟主令，约鲁、宋、卫、郑一道联军伐戎，我等四国皆推脱未至——非不遵盟主号令，实是华夏惧怕戎狄久矣！唉……御说羞愧不已……”宋桓公说着，就垂下了头。鲁庄公、卫懿公、郑文公也是满面羞色，无地自容。

管仲见状，呵呵一笑，接着道：“宋公不必如此。彼时欲发兵北上，我料各国必定不来。所以者何？——宋公已经明言。然目下四方夷狄之患，早已迫在眉睫。齐国既然是方伯，自当挺身请缨，义无反顾，为我华夏打出一个天下无敌的胆魄来！哈哈哈哈……兵锋所指，势若破竹，燕山俯首，山戎称臣，幸哉天不负我华夏！宋公！诸君——”管仲拱手，凛凛然：“当今天下，内忧外患，四方夷狄并侵，华夏危如累卵，此民族存亡绝续之际，任何邦国都难逃危局之外！诸君，我等责无旁贷，何惜一命！——除了尊王攘夷，共保华夏，可还有其他什么妙法？”

一席话说得众人无不信服，皆击节称赞。齐桓公不由想到北征之际，管仲言道诸国不来的话语，心中暗暗赞道：“仲父真乃料事如神！”

“管相之论，乃天下至理。为此‘尊王攘夷，共保华夏’八大字，我等当痛饮一爵。”鲁庄公慷慨道。

众人同饮。齐桓公干了爵中酒，叹道：“此番伐戎大胜，皆在仲父深谋远虑，运筹帷幄，仲父劳苦功高！寡人得仲父，何其幸也！”说着托着酒爵，走了下来。

众人都以为齐桓公必要敬管仲，不想桓公越过自己的仲父，却是先敬鲍叔牙，道：“此一爵酒，鲍师傅当先饮。想寡人继位之初，管子天下奇才，而寡人懵懂不知，险些铸成大错！当是时，唯鲍师傅慧眼独具，力排众议，三辞相国而三荐管子，非鲍师傅，寡人难得仲父！无仲父，岂有今日之霸业！所以，鲍师傅乃齐国第一功臣，寡人敬之！”

“幸国君起用管仲，幸管仲不负国君！为国举贤，臣之道也。”鲍叔牙仰头尽饮，大笑着，酣畅淋漓。

齐桓公又回过来敬管仲，道："仲父自拜相以来，宵衣旰食，殚精竭虑，推新政，兴改革，创新军，使民以富，使兵以雄，使国以强，使寡人以方伯！无仲父，则无寡人！请饮一爵。"

管仲眼眶红了："无国君，岂有夷吾？——臣有射钩，君有拜相，此知遇之恩，千古难求……臣唯有肝脑涂地，以报国君！"言毕一饮而尽。

齐桓公又与王子城父、公孙隰朋、宾须无、仲孙湫等饮了。看着齐国君臣同心，人才鼎盛，又刚刚创立了不世之奇勋，鲁、宋、卫、郑、陈、蔡、曹、许八国国君个个羡慕不已，纷纷倾倒。鲁庄公道："特备歌舞，以乐诸君。"

编钟、石磬之声悠悠荡起，佐以琴瑟妙音，又见二八姝丽翩翩起舞，惊艳绝伦。歌舞相伴，更助酒兴，满席之众皆不免多饮，都萌生了三分醉意。天性豪纵的鲍叔牙更是情不能自已，连连大饮。

时夜幕早降，凉风不兴，宴会所到之处燃起火把，亮如白昼。星斗满天，粲然绮丽，若镶满宝石、熠熠闪烁的穹庐，笼盖四野，不远处济水拍岸之声依稀可闻。也不知舞了几时，鲍叔牙睁开醉眼，蒙眬中，见面前已不是风摆杨柳的婀娜少女，而是改换成了全身甲衣、手操矛戟的猛男力士，一排排威武雄壮，踏地而歌，似在表演着一场沙场对决的战争。鲍叔牙看着看着，忽然就想到了北征山戎途中，为了这场胜利而牺牲的那些齐国好男儿来，一时心酸难耐，就再也忍不住，纵声号啕大哭。众人不知何故，却见鲍叔牙举起爵中之酒，啜泣道："此一爵酒，当敬亡于孤竹的齐国小将管颍、公孙黑子……还有我儿，鲍石……还有无数为国捐躯的数不清的齐国好男儿……"

众人不由同时哽咽，深感齐国此番远征，着实不易，都随着鲍叔牙祭奠了一爵酒，顿时歌舞暂息，满席悲哀。管仲也五味杂陈，一时又陷入小冢山下的那种悲戚之中，不由双目落泪。

须臾，但见管仲骤然起身，从乐人手中取过一张瑟，然后席地而坐，微微一笑，道："今夜济水之滨，星河灿烂，九国欢会。且听夷吾高歌一曲，以助诸君雅兴。"

众人皆喝彩。但听管仲鼓瑟，慨然唱道：

风飒飒兮雪满天，路盘盘兮山水寒。
烈士一去兮永不还，我心崒崩兮泪涟涟。
花艳艳兮草如毡，去萧瑟兮归时暖。
手足同心兮驱豺狼，保我华夏兮太平年！

歌声铿锵有力，慷慨悲凉，饱藏着民族大义、家国豪情以及沙场的惨烈和生命的无奈，唱得大家心中起伏跌宕，一波三折，时而激越，时而哀婉，时而忧伤，同时夹杂着一种浓浓的使命与担当。星光与火光辉映之下，管仲须发亮如白雪，而双目间，早已泪光莹莹。

"好歌，我来也！"忽有一人笑声朗朗，就要硬闯进来。守门兵士一阵阻拦，顿时躁动，却听得管仲喝道："休得无礼，但请入！"

那人从甲兵手中挣脱，不屑一顾，昂首挺胸，款款而入。灯火影里，但见那人魁梧高瘦，身上袍子又破又旧，头戴斗笠，手握竹杖，风尘仆仆，仿佛山野深处一个农夫。然审其身形步伐，颇具豪杰之风。那人走到席中，摘到斗笠，露出了真面目，众人一片惊诧——原来是曹刿！

曹刿本是鲁国一代名将，当年长勺之战，力挫齐国，声名鹊起，世人皆知。然而到了晚期，亦即去年（周惠王十三年，公元前 664 年），曹刿却要兵变谋反，废掉鲁庄公而另立新君；不过最后以失败而告终，曹刿被鲁庄公驱逐出鲁国，下落不明。消失了将近一年，不少人纷纷传言，有说曹刿逃亡到莒城的，有说曹刿隐居在燕国的，也有说曹刿已然饿死道旁的……不想此刻他却忽然出现在这里，众人岂能不惊？

满席之众，鲁庄公最为激动，厉声道："曹刿，安敢于寡人面前现身！来啊——为我砍了这个反臣！"

有甲兵就又拥上来。但见曹刿丝毫不惧，立在灯火前怒目圆睁，眼中射光，也厉声道："且慢！容我一言，再死不迟！"

甲兵退下。曹刿环视一遭，见九大国君个个是旧相识，齐国众卿无一不是老熟人。曹刿满意地笑了笑，目光最后落在管仲身上，道："管相，曹某讨三爵酒喝。"

"请——"管仲慨然一挥手，就有侍人捧了三爵酒，放在曹刿身边。

曹刿举一爵酒，先走到齐桓公面前，道："齐侯凯旋，山戎已灭。曹某以爵中之酒，恭贺齐侯建立盖世奇功！哈哈哈哈，齐侯啊，曹刿毕生有一遗憾——只恨我君不是齐侯！若我君是齐侯，则曹刿亦是管仲！"说完举头而饮。

曹刿又举一爵酒，走到管仲、鲍叔牙面前。管、鲍都应了，同时望着曹刿，满是怜惜之情。曹刿道："昔日东平之乡荒野小店，曹刿与管仲、鲍叔牙、萧大兴有幸相逢。那时你我青春鼎盛，纵论天下，大盆吃羊肉，大碗饮糙酒，何其痛快！哈哈哈哈，二十余年过去了，如今管仲成了缔造春秋霸业的一代齐相，鲍叔牙成了临淄城中举足轻重的大谏之官，而萧大兴也做了萧国开国之君！只我曹刿……鲁国谋反之臣！我命将近，临走之前，得见故人，共饮一爵，足慰平生！——待到来世，曹刿将与管鲍再决雌雄！"曹刿言罢，纵声狂笑。三人一同饮了。

曹刿举着最后一爵酒，走到鲁庄公面前，鲁庄公愤愤地把头扭了过去。但曹刿依旧十分恭敬，道："我本东平野人，蒙国君恩遇，执掌军旅，为鲁大夫。去岁曹刿谋反，举国尽唾骂，天下皆不齿，然而——曹刿我死而无悔！曹刿之心，忠君为末，爱国为本。当今天下鼎沸，诸侯争雄，人人竞先，不进则退，唯有效仿齐国，改革图强方是鲁国唯一之出路，岂可再一味抱残守缺，死守周礼？可惜我主老朽顽固，冥顽不灵，曹刿谋反，盖出于此也……"言语未竟，便听得鲁庄公大怒道："竖子将死，犹要涂污母国？"

曹刿老泪涔涔而下，一声浩叹，接着将爵中之酒缓缓饮了，又对着鲁庄公恭恭敬敬行了礼，瞧了半晌，欲语还休，最后到底开口，冷冷笑道："……曹刿去也，鲁国危矣！"言罢，十分决绝，拔出袖中之刃，自刺胸膛，轰然倒于案前。

曹刿自杀，鲁庄公却忽然慌了，没有丝毫除乱的快感，反而涌起一阵无名的痛心和悔恨来，当下望着血迹满胸的曹刿，心如刀绞，不停地嗫嚅着嘴唇，却又不能发出声音。

管仲一个箭步扑过来，抱起曹刿，大呼道："曹刿兄啊……"

曹刿气若游丝，望着管仲，美美地笑了一下："管兄，我乃颜面丧尽之人……我……我去之后，还望管兄赐我一张破席，就……就将我葬在这济水之滨吧……"

"你不是，你不是！我答应，我答应！"管仲落下泪来，又道，"我将以大夫之礼，将曹兄厚葬于这济水，曹兄啊，不必多虑……”

“多谢了。”曹刿想再扭头看一眼鲁庄公，可惜没有力气了，最后躺着望了望星斗满天的夜空，轻声道，“苟安一年，何其疲惫！……此刻方知，死……死是如此轻松惬意……”便永久地闭上了眼睛，嘴角依旧带着笑意。

“曹刿兄！”管仲失声痛哭起来。管仲知道，曹刿谋反固然有罪，然而此种谋反，也是不得已而为之，其背后隐藏着的却是一颗仁人志士奋发图强、九死不悔的赤胆忠心。事败被逐，流落江湖，那种东躲西藏、蒙羞受辱的日子，岂是如豪杰曹刿者可以苟安的？如今他明明白白，烈烈而死，大约也是一种最好的解脱吧。

齐桓公等也不由哀伤起来。一片乌云悠悠飘来，星夜黯淡，野火如哭。

鲁庄公伏在案上，望着曹刿已去，泪眼模糊。那句“曹刿去也，鲁国危矣！”的临终遗言再度在耳边响起，鲁庄公不由想到早已去世的施伯，“文有施伯之谋，武有曹刿之勇”的庄公时代已然一去不复返了！鲁庄公不由又想到了病体沉疴的自己，不由又想到了曲阜城中新娶的花枝招展的美夫人哀姜，不由又想到了孔武有力、野心勃勃的弟弟公子庆父……突然间双眼发黑，举着双手就大呼道：“我将死矣！鲁将乱矣！身后之事，姬同就托付给齐国了，望齐侯，望管相……”话尚未说完，猝然间就狂喷出一口鲜血，倒在案上不省人事了。

鲁国究竟发生了什么？

第八章　三平鲁国

齐桓公救燕伐戎，凯旋归国。从征军士及文武群臣，皆论功行赏。众人之中，管仲最是劳苦功高，膝下二子又皆阵亡，如何封赏仲父，齐桓公却作了难，遂问计于鲍叔牙。鲍叔牙道："管仲少时家贫，父早丧，是其母将其抚养成人。然而管仲大器晚成，其母至死未睹儿子鲲鹏展翅，乃郁郁含恨而终。葬母之时，管仲于坟前曾发下三誓：其一，必将母亲亡魂迁至国之大都，隆重祭祀，不使母亲孤独荒野；其二，誓娶公卿贵族之女，光耀管氏门庭；其三，誓要匡天下、合诸侯，建不世之功业，以慰母亲在天之灵。如今二誓、三誓皆已成真，唯有一誓依旧空落。所以故，国君可在临淄为其建管母庙，助其了却心愿，则管仲必感激涕零。"

齐桓公从鲍叔牙言，在淄水东岸牛山脚下起了一座管母庙，以卿大夫之礼祭之。不几日后，北征山戎途中幸存下来的伤残无用之兵，有百余人，自请到这里为管母守庙。齐桓公准了，并拨付廪饩给养，四时不绝。再后来，又有山民频频自来，甘愿与伤兵一同守祭，以报管仲富民之德。于是人口渐多，慢慢地自发形成了一个村落，叫作管庙村。

齐桓公自继位后，将管仲、鲍叔牙二人看得极重，赐鲍叔牙封地鲍山，赐管仲采邑小谷——那小谷就在齐、鲁疆界边上，也属边防重地，有借管相之威，震慑鲁人之意。却说鲁庄公自那日济水设宴，称贺齐桓公伐戎凯旋之后，便又发动国中大量民夫到小谷之地去为管仲筑城，此举明显是在取悦管仲。管仲得报，不禁想到济水之宴上，曹刿死后鲁庄公昏厥的情形，叹道："鲁侯筑城，意在使我伸出援手以定鲁！看来曲阜城中，内乱将至……"

几盏幽暗的铜灯摇曳，重重纱帐，朦胧若梦。卧榻之上衾滑枕软，粉腻脂香，一对男女衣衫凌乱，极尽缠绵。缱绻毕，两人以臂互覆，你瞧我娇艳欲滴，我瞧你威猛刚健，四目相对，心事重重，无言胜有言——男非常人，乃是鲁庄公之弟公子庆父；女亦非常人，乃是鲁庄公夫人哀姜。女恋小叔，男淫兄嫂，正是色胆包天。

闪烁的灯光下，香腻的枕头上，哀姜柔声酥软，道："公子尽欢否？"

"极矣！嫂夫人真乃尤物！只是可惜我那兄长，无福消受了。"公子庆父说着，将哀姜鬓角湿发撩了撩，但见此女面色红润，目如春水，如熟透了的肥桃美杏，越发令人着迷。

"我看国君离薨不远了，你说国君不过四旬之人，怎么说不行就不行了呢？"

"有你这勾魂摄魄的美人在榻，国君岂能长寿？……没准儿我庆父也将死于你的石榴裙下，嘿嘿嘿嘿！"

哀姜得意地瞪了一眼，拿软手掐庆父硬邦邦的肩肉，庆父就去挠哀姜滑润的后背。两人在衾中美美地乱闹起来。

"别闹了。"哀姜喘息着，"国君薨后，公子便是鲁国第一人物，敢问公子，当立何人为君？"

庆父眼珠子滴溜溜一转，似乎故意卖弄，又似乎别有所思，强装一笑，道："岂用问，你乃国夫人也！自当立你儿子公子启为君。"

哀姜笑了，如一朵雨后的白牡丹，道："我子也便是你子，公子不可负我！"

庆父诡异而笑，得意地将哀姜一把揽入怀中，用手臂盖住。庆父的眼睛从香榻上移开，盯着白帐后面若隐若现的一盏灯火。那灯火顿时化作一片茫茫的山河，而不复是哀姜娇媚可人的笑脸。庆父心中暗暗道："我的美人，鲁国国君，舍我其谁！"

公子启为哀姜之子，实则是养子。周惠王八年，公元前 669 年，哀姜婚鲁，以齐国宗室之女叔姜为媵。但是不知怎的，身为国夫人的哀姜始终不孕，倒是媵女叔姜抢先生下一个男孩，这便是公子启。后来哀姜无奈，便将公子启过继来做了儿子。而在公子启之前，鲁桓公还育有两子。一是公子斑。鲁庄公十三岁继位为君，成年后第一个喜欢的，是鲁国党氏之女孟任。那时青春年少，情窦初开，春光明媚的郊外，一对小儿女割破手臂，歃血盟誓，私定终身。一年后便生下了公子斑。鲁庄公早就有意要立孟任为夫人，立公子斑为世子，但是当时母亲文姜不允，必要鲁庄公娶下哀姜，促成齐鲁联姻结好；而当时哀姜过于年幼，成年后方可完婚。于是事情就这样搁置了下来，孟任以姬妾之身，权主后宫之政，一晃将近二十年之久。待到哀姜长成，杏脸桃腮，星眸竹腰，热情似火，美艳欲绝，更兼善谑善戏，慧黠可人，恍如山中狐媚，令人一见，欲罢不能。而此时孟任早已人老珠黄，颜色凋零。鲁庄公也移情别恋，日日与哀姜黯然销魂，早忘了昔日割臂之誓。那孟任郁郁寡欢，一病不起，待哀姜嫁入鲁国不足一年，便猝然而逝。另一子是公子申，为鲁庄公之妾成风氏所生。公子申比之公子斑要年幼，比之公子启又稍长。

鲁庄公除了三子，另有三弟：长者为公子庆父，次者为公子叔牙，最少者为公子季友。庆父身长九尺，勇武好战，胆大狂野又城府极深，常施舍钱财收买豪侠之客，国中朋党不少。鲁庄公娶了哀姜没几年，只因过于沉迷酒色，伤了元神，身体疾患日益沉重，以至于卧床不起，难以理政，有日暮西山之感。而哀姜青春正盛，深宫之中寂寞难耐，偏逢庆父垂涎其美色，乘虚而入，两人便干柴烈火，一拍即合，常常隐于密处欢会。又不久后，眼看鲁庄公将薨，野心勃勃的庆父又打起了“兄终弟及”的主意，并迅速取得了公子叔牙的支持与联合。庆父与哀姜私通，表面看是要帮助哀姜之子启继位，实则是自己谋划要做国君。而鲁庄公三兄弟中，少弟季友却是一位忠君爱国、洁身自好、不与庆父合污的贤者。鲁庄公也自知，自从谋士施伯、勇将曹刿等先后去世，国中可堪大事者，也只有季友了。季友生得威风凛凛，相貌堂堂，好读史书，精于政道，颇具相国之才。当年季友之母陈女将生产之时，父鲁桓公曾使太卜卜之，答道：“男也，其名曰‘友’，在公之右，间于两社，为公室辅。季氏亡，则鲁不昌。”预言此子当是国家辅弼柱石。待生产毕，果然是个男孩，且有掌纹是个“友”字，于是鲁桓公便为其取名曰“友”。

转眼已入金秋。鲁庄公病体加重，自知时日无多，心中所忧者，一是担忧庆父为祸作乱，二是三个儿子之中当传位于何人。鲁庄公侧卧榻上，先召叔牙入宫，问以身后之事。叔牙道："天下邦国相传，有父终子继者，有兄终弟及者，皆可也。国君三子皆幼，难堪大任。公子庆父智勇兼备，国中多有称贤者，若传位于庆父，真乃社稷之福。"

鲁庄公听得心中如擂战鼓，但面上强装镇静，默默无言，只挥手示意叔牙退下。叔牙忐忑难安，茫然而退。

鲁庄公又召季友来问。季友道："国君三子，公子斑为长。昔日国君与孟任曾经割臂歃血而盟。如今孟任已然含恨而终，国君岂可再负其子？——自是当立长子公子斑！"

季友之言触动了鲁庄公内心深深的隐痛。鲁庄公不由想到了孟任生前种种的好、自己曾对孟任的歃血誓言以及后来喜新厌旧的相负，一时愧疚难当，道："我也早有立公子斑之心，只是叔牙却劝寡人立庆父为君，如之奈何？"

季友凛然道："庆父居心叵测，道貌岸然，残忍无亲，唯恐天下不乱，岂是人君之器！叔牙与其兄暗通，唯图一己私利，不顾社稷安危，其心可诛！臣愿以性命拥立公子斑继位！"

鲁庄公点了点头，道："有季友在，寡人可以瞑目了。"

季友辞了鲁庄公，正要出宫，边走边想着国君心中之忧，忽然就心生一计。季友当下唤来内侍，令其传庄公口谕，要公子叔牙即刻赶到大夫针季家中，以待君命。叔牙愚盲之人，当下也不多想，只以为国君有大事相托，果然就赶到了针季家里。叔牙穿过庭院，脱履入堂，却见大门陡然关闭，有四条壮汉堵在门口。堂上，针季左手托着一碗古怪的酒，右手拈着一简稀奇的文书，怒目相向，杀气腾腾。叔牙大惊，接过书简，却是季牙的亲笔，道："国君有命，赐公子鸩酒。公子饮此而死，子孙不失其位。若不然，全族灭之！"叔牙大骇，拒不饮毒酒，大呼欲逃。四个壮汉一拥而上，将其摁得死死的，针季撬开他的嘴，一下就灌尽。片刻后，叔牙七窍流血，伏地而亡——针季乃是季友最可信赖的忠义之士，所以季友如此设计，将叔牙除掉了。

是日深夜，鲁庄公也便薨了。翌日，季友、针季为首，领满朝文武，宣告鲁庄公传位公子斑之遗命。季友奉着公子斑主丧，然后便拥立新君继位。

叔牙骤然而死，其后鲁庄公便薨，然后公子斑便继位，这一下大令庆父、哀姜之党措手不及，恼恨不已。哀姜怒道："我乃国夫人，先君去后，继位者理当是我儿公子启，那季友却奉了公子斑继位，真是岂有此理！"

庆父笑道："嫂夫人勿恼，公子斑只不过抢先一步而已。鲁国江山，终属何人，尚未可知啊。"

哀姜抛个媚眼，嗔道："公子可是已有良策？"

庆父嘿嘿冷笑，只不答。

庆父心中，早想到了一个人——圉人荦。圉人荦本是曲阜市井之中一个壮汉，以养马、贩马为生。其人黑髯满面，筋骨丰隆，天生神力，勇猛好斗，在曲阜城中也是小有威名。但是性情反复多变，有时慷慨仗义，有豪侠之风；有时又蛮横拼命，颇似街头无赖，又好赌、好酒、好女色，狂浪无羁，敢爱敢恨，有恩报恩，有怨报怨，行事特立而又古怪离奇，不知是君子也，还是小人乎。却说去年冬天，公子斑与梁氏之女偶遇，两人一见如故，暗生情愫，私定百年之好。公子斑亦有立梁女为夫人之誓。不承想几日后，梁女在街上又与圉人荦不期而遇，圉人荦方饮酒毕，见梁氏肤白貌美，如画中人，不禁起了色心，手舞足蹈，大肆挑逗，又唱歌道："桃之夭夭兮，凌冬而益芳。中心如结兮，不能逾墙。愿同翼羽兮，化为鸳鸯。"此歌声随风飘转，传入了公子斑耳中。公子斑赶过来一看，立时大怒，命身边左右将圉人荦擒下，缚至街心，当众鞭挞三百。圉人荦被打得满身是血，连连求饶。而公子斑毫不心软，直将三百鞭彻底打完，方才扬长而去。圉人荦瘫在地上，动弹不得，双手攥拳，睚眦欲裂，暗暗发誓必报今日之仇。机缘凑巧，恰逢公子庆父图谋不轨，正满城之中"招兵买马"，圉人荦于是就去投庆父。庆父以为此人"可堪大用"，也便慨然接纳，厚养于门下。

却说鞭挞圉人荦之事后来被鲁庄公知晓，鲁庄公曾对公子斑言道："圉人荦无礼，杀之便了，不可鞭笞。只鞭之，必怀恨在心。此人恩怨分明，刚猛敢战，鞭而不杀，后患无穷。"公子斑道："市井中一介匹夫，何足多虑！"并不以为意——天下事多有蹊跷，彼时何曾料到，鲁庄公一语成谶！

说话间已入严冬，公子斑继位也已两个月了。孟任生父，亦即公子斑外祖党臣忽然逝世，公子斑便前往其家中奔丧。庆父闻讯大喜，眉头一皱，计上心来，遂召圉人荦道："三百之鞭，此仇忘否？"

圉人荦愤愤不已："此大仇未曾一日敢忘！只恨公子斑势大，我无从下手！"

"目下天赐良机，"庆父呵呵一笑，"党臣猝然离世，那公子斑正于党氏之家奔丧，此正可谓虎落平阳，匹夫可制，何况猛士之荦？"

圉人荦欣喜若狂，道："我入公子门下，正为此机！有仇不报，非荦也！——我将于党氏之家刺杀公子斑，以雪吾恨！"

"汝可速去，我为汝主。"

"有公子相助，荦大仇必报！倘若我有不测，还望公子关照我一家老小，勿使他们饿死。"

庆父先是一惊，继之一笑，道："我器重你是个豪杰人物，家中父母妻儿我自会养之，何须多言。有我相助，你定可手刃仇人，全身而退。归来时本公子另有重赏重用！"

圉人荦便不再言语，自觉毫无后顾之忧，当下躬身行揖，就退去了。

圉人荦怀揣利刃，夜色里冒着风寒，约三更时分，徒步赶到党大夫家。星月朦胧，街巷寂寂，难见一个人影。圉人荦身手矫健，攀树而上，翻墙跳到院内。公子斑具体住所，庆父早已打探清楚，圉人荦于是一步到位，立在公子斑寝门之外。圉人荦环视周遭，见窗前一株老梅树虬曲苍劲，室内鼾声不止一人。圉人荦贴窗，侧耳再听，听出室内鼻息当为两人，思来一个是公子斑，另一个当是其心腹内侍，于是后退，躲在墙角一片黑影中等待时机。天气更加严寒，树影婆娑，白霜满地，直要哈气成冰，圉人荦冻得手脸生疼，好在腰间悬有一葫芦，乃是庆父所赐的壮行酒。圉人荦连连小饮，身子渐暖，此时不禁感念起庆父的各种好来。

拂晓时分，将明还暗，窗前射出灯火。寝门开启，内侍睡眼惺忪，哈欠连连，口中不断吐着白烟，慢悠悠出来打水。待内侍去远，圉人荦几个箭步，突入寝室之中。时公子斑正坐在榻上穿履,见状大惊道:“荦! 你为何来此?”

圉人荦一声狂笑:“来报去年鞭我之仇!”说罢便从怀中摸出短剑,但见人面如鬼,白刃如霜。

公子斑大骇,只穿了一只履,急忙去拔壁上的宝剑。一时慌乱,额头磕在案上,鲜血直流。两人一剑一刃,格斗起来,声震屋瓦。圉人荦力大,公子斑不能敌。未几个回合,圉人荦举左手将剑隔开,右手握刃一下子捅入公子斑胁下。公子斑惨叫,倒在榻下大呼救命。圉人荦举刃又连连刺入,血珠四溅,满地殷红,待公子斑彻底断气了,圉人荦方才住手,顿觉压抑一年的那口恶气终于出了,当下捉着短剑,自叹道:“痛快! 痛快!”

此时,那个出去打水的内侍带着一队党氏的家兵,纷纷操着戈矛刀剑,鱼贯而入。圉人荦抵挡不住,跳出窗外欲逃,一个躲闪不及,被一支长矛刺中小腿。圉人荦应声倒地,众人一哄而上,那株老梅树下,圉人荦被乱刀砍成肉泥。

新主公子斑被杀,曲阜城中一片哗然。季友怒而拍案,知道此必是庆父所为,思忖半晌,又叹道:“公子斑后,庆父必谋图与我,当避祸远去!”于是立时起身,奔走陈国去了。

在圉人荦得手后,庆父另有一支人马整装待命,要将季友一并铲除,不想季友抢先一步,金蝉脱壳,竟远走陈国去了。庆父吃惊之余,便又佯装什么都不知道。国主枉死,群龙无首,朝野上下对此变故纷纷指责,议论不断。庆父于是告知国人,道:“圉人荦因与公子斑有鞭背之隙,一直怀恨在心,图谋不轨,终于做出弑君之举,此大逆不道之罪! 当灭其族,以谢神人之愤!”于是将圉人荦家中老老小小、父母妻儿及其族人数众,一并街市斩首,“以安国人之心”。此亦是庆父承诺圉人荦“关照我一家老小”的所谓真实“关照”了。

季友远去,曲阜城中,庆父为大,无人敢及。当下第一要务,便是立何人为君,国中诸大夫,有要立庆父的,有要立公子申的,有要立公子启的,各有派别。庆父虽有夺国之志,但眼看国中人心不一,便犯起嘀咕来。又想到鲁庄公薨后,国人皆知先君之意乃是传位于儿子,何况劲敌季友又在外远远窥伺,于是不得不愈加谨慎。庆父叹道："时机未至啊。"

是夜，哀姜乘着月色前来幽会。哀姜红衣曳地，满头珠翠，满目春水，媚丽欲绝，柔声道："公子斑已死，季友又不知所终，目下唯公子最是众望所归，何不自立为君？"

庆父盯着哀姜，眼中直放光，呆了半晌，才道："先君遗旨，乃是传位于子，庆父岂敢造次？"

哀姜莞尔一笑，又嗔道："如此，不如拥立先君二子——公子申为君？"

庆父嘿嘿笑着："公子申何人也？公子启何人也？——嫂夫人如此钟情于我，我自当立枕边人之子为君。"

哀姜笑靥如花，满脸红润，眸子水汪汪的，啐道："不愧是我喜欢的男人！启儿……"话尚未毕，便被庆父狎玩抱起，笑吟吟朝香榻而去。

庆父拥立公子启，固然因为启乃是哀姜之子。然此仅为原因之一，更重要的是公子启年幼，便于掌控。相对而言，公子申年龄稍长，且有贤德之风，庆父别有所图，岂会将公子申推上前台？但是这一层意思，痴迷的哀姜是不明白的。

于是鲁国暂时又恢复了平静。公子斑在位仅仅两个月便被刺杀，之后公子启便继位为君，是为鲁闵公。鲁闵公启乃哀姜之养子，生母叔姜乃是哀姜随嫁之媵女，如此推之，鲁闵公乃是齐桓公之外甥。齐、鲁又成舅甥之国。

鲁国此番内乱，自是早已传入齐国。鲁庄公生前于济水岸边为齐侯设宴，然后又在小谷之地为管仲筑城，是早已预料到自己走后，鲁国必乱，故此早早托孤于齐国，别图后计，也是一片良苦用心。鲁庄公薨后，齐桓公本有拥立鲁侯之意，管仲拦道："彼国内事，自有主张，齐国不宜妄加干预。倘若其国干戈难息，内乱难止，那时再以方伯之尊下问，可以一鼓而定鲁。"齐桓公便听了。不承想，仅仅两个月后，自己的外甥忽然间就变成了鲁闵公，这对齐、鲁邦交自然是一件好事。齐桓公也开怀不已，以为鲁国大计已定，可以高枕无忧了。

周惠王十六年，即公元前 661 年秋，齐鲁会盟于落姑。会盟坛上，诸种礼仪已毕，鲁闵公却私下里拉着齐桓公的衣襟，悄声道："启于帐内设一私宴，请齐侯务必赏光,以续舅甥之情。”齐桓公瞧着这个小外甥,也分外欢喜,便欣然前往。

帐内仅设酒食两案,宾主二席,别无其他。齐桓公入帐,顿觉气氛迥异。但见鲁闵公关闭帐门,立时伏拜于地,哭道:“鲁国庆父为祸,外甥虽然做了国君,凡事却皆不能自主,请舅舅助我!”原来鲁闵公继位之后,国中大权尽皆操于庆父与哀姜之手。两人本就有私情,待立了闵公,越发放纵,昼夜出入无忌,俨然如一对夫妇。尤其哀姜贪恋权术,左右朝局,颇有当年文姜遗风。鲁闵公内惧哀姜,外惧庆父,君位形同虚设,悲叹之余,不由想到母舅邻邦,霸主之国,何不求助于齐桓公?这才以落姑会盟为名,将庆父、哀姜甩在曲阜,自己悄悄来与齐桓公私会密议。

鲁闵公又将庆父指使圉人荦刺杀公子斑的详情讲了。齐桓公听后大惊,思忖许久,道:“昔日你父庄公得施伯、曹刿相助,方得以傲视诸侯;寡人也因得管子、鲍叔为辅,方得以成就霸业。你年少为君,最需得一贤臣辅佐,有贤臣在,则庆父之患自除。”

“只是不知贤臣在何方?”

“鲁国大夫,谁个最贤?”

鲁闵公想了想,道:“季友最贤,但是远远地避祸于陈国。”

“季友之贤,我也早有耳闻。何不召回国中,委以重任?”

鲁闵公哇一下就又哭了:“启曾想到召回季友,然而国政皆由庆父把持,那庆父又岂能容许季友归来呢?”

齐桓公纵声冷笑,凛凛道:“就说是寡人之意,看哪个敢于抗命!”

此话令鲁闵公登时有了底气,就又伏地拜道:“谢舅舅为启主张!”

齐桓公扶起鲁闵公,语重心长道:“为君之道,用人为要。你回去后,要礼贤下士,诚心诚意邀请季友归国。君待臣如敝帚,臣则报君以豺狼;君待臣如心腹,臣则报君以性命……”

落姑会后,鲁闵公回到曲阜,便以齐桓公之令召季友回国。庆父、哀姜皆不敢多言。鲁闵公有意效仿齐桓公,便先行沐浴斋戒,又亲到郎地郊迎,同车归国,然后拜季友为相——一如齐桓公当年之待管仲。

这边，齐桓公问管仲，季友归鲁之后若何，管仲道：“可解一时燃眉之急，然鲁国暗流汹涌，必会再有祸乱横生。”齐桓公放心不下，于是以仲孙湫为使，出使曲阜，暗里查看鲁国君臣动静。

仲孙湫先拜鲁闵公，鲁闵公见了便哭泣起来，只一味伤心，却丝毫不语。仲孙湫摇头，无奈退去。

仲孙湫又见公子申，与之谈论国事，公子申言谈自若，条理清晰，颇有见地。仲孙湫暗暗道：“此治国之器也！”

仲孙湫又见季友，季友以礼待之，不卑不亢。堂中一席畅谈，鲁国内政，季友滔滔不绝，和盘托出。仲孙湫听完，已知鲁国之患，皆在庆父一人而已，于是诘问季友，为何不将庆父除掉。季友默然，只伸出一只手掌来。仲孙湫已知乃是孤掌难鸣之意。仲孙湫道：“我当禀告我君，倘鲁国有急，齐国绝不会坐视不理。”又嘱托道：“我观公子申乃治国之器，愿善待之。”

这日夜里，风吹云动。公子庆父独身一人，来馆驿之中拜见仲孙湫，贿以金帛一箱，美女一人。仲孙湫声色俱厉，叱道：“倘若庆父公子忠于社稷，鲁国国君也要拜你赐福，何况我乎？——何须用此金帛美色！”盛怒之下，绝不收受。庆父脸色煞白，浑身惊悚，只得领着金帛和美女灰溜溜退去了。

仲孙湫归国，见齐桓公，重重道：“不去庆父，鲁难未已！”然后将鲁国近况一一禀明。齐桓公道：“既如此，寡人将发兵定鲁，何如？”管仲道：“不可。昔日郑庄公之弟叔段，暗中图谋篡位，郑庄公明知之而又听之任之，终于等到叔段举旗谋反，郑庄公则雷霆手段，一战荡平！于是国中无一人为叔段鸣冤，而民心尽归庄公。庆父虽然恶人，只是其恶未彰，讨之无名。此辈绝不会久安现状，日后必生祸患。待其罪恶铁定，方可出兵诛之，此霸王之业也。”齐桓公道：“仲父高论！”

到了继位的第二年，鲁闵公忍无可忍，常常与庆父怒目相向，朝堂之上公然相悖。尤其连对其母哀姜，鲁闵公也从低头顺从转向公开“忤逆”，这让哀姜也异常恼火。毕竟只是养子，并非亲生，日子久了，哀姜终于下了狠心，对庆父道：“除掉启，公子自立为君！”——此论正中庆父下怀，两人相约谋划废君，待庆父做了鲁侯后，娶哀姜并立为国夫人，如此，偌大鲁国，将尽落入庆父、哀姜股掌之间。

时人感叹道，齐女绝色，乱世红颜，诚不虚言。昔日齐僖公之女宣姜嫁入卫国，卫国大乱，父子相杀，兄弟相残。又有宣姜之妹文姜嫁入鲁国，一段兄妹丑闻骤发，以至于夫君鲁桓公枉死他乡。不想再后齐襄公之女哀姜又嫁给鲁庄公，祸起萧墙，旧事重演，鲁国再度掀起了一场血雨腥风。

这日深夜，庆父于家中独坐，忽然仆人来报，说卜奇来访。卜奇为鲁国大夫，素日里对鲁闵公颇有微词，庆父于是连忙请入。但见卜奇满脸怒色，拱手道："卜奇若俎上鱼肉，任人宰割，请公子助我！"

庆父惊道："大夫何出此言？"

卜奇道："我有田三百亩，与国君师傅慎不害的田庄毗邻。十日前，慎不害仗势欺人，强词夺理，竟将我之田土无端据为己有。我找国君理论，请其主持公道。不想国君小儿偏袒师傅，却让我将田公然让与慎不害！天下哪有这个道理？特连夜来访公子，请助我夺田雪恨！"

庆父忽然眼中放光，心中暗忖道："机会送上门来了！"当下屏去左右，低头若思，半晌道："国君小儿如此昏庸无道，实在不配做你我之主。卜奇啊，你为我办一件大事，我则为你杀慎不害，然后慎氏之田尽归你有，如何？"

卜奇又喜又惊，道："请公子吩咐。"

庆父目射凶光，如虎如狼，重重道："杀掉国君，然后立我为君。鲁国江山，以后就是我们的了！"

卜奇心头一沉，倒也没有十分吃惊。庆父勃勃野心，卜奇早已洞若观火，内心里附和庆父的念头，也非一日了。当下思虑再三，道："国君身边，守卫森严，又有季友忠心辅佐，此事难啊！"

庆父冷冷一笑，火壁上身影如魔："有计可行。国君年幼，童心未泯，好于夜色之中由小门出宫，游览街市。你命一武士，伏于街角暗处，出其不意杀之，对外只言乃是贼盗所为，如此可全身而退，神鬼不知，岂不妙哉！至于季友，待国君死后，我便以国母哀姜之命，代立为君，可谓名正言顺，何人敢驳！然后再行哀姜之令，责问季友护君不利，罢其相位，或逐之，或杀之，皆在我等一念之间！"

“如此——诺！”卜奇又道，“慎不害之事，不知公子如何安排？”

庆父掐指算了算，道：“三日后，即八月二十四日辛丑，你为我除掉国君，我为你屠灭慎不害全家，你我同时行动，共谋大事，如何？”

“干！”卜奇应道。

铜灯摇曳，当下两人饮酒私盟，仔仔细细将诸事谋划停当。

辛丑之夜，残月朦胧，西风卷叶，曲阜城中一片萧瑟。鲁闵公如往常一样，待夜深人静之时，从宫中边角小门溜出，一蹦一跳在街市中闲游起来。身后仅有两名内侍，远远地跟着。只有此时，可以暂时忘却宫中一切烦恼，自由自在地由着性子享受片刻的安逸——这是鲁闵公做了国君后忽然养成的一个怪习惯，只要不是雨雪天气，大体夜夜如此。但是今夜十分特殊，因为鲁闵公出宫前后，早已被三双眼睛死死盯上了：先是哀姜，继之庆父，然后是卜奇。

街道清冷，晦暗不明，两侧店铺都闭门熄火进入梦乡，唯见一些枯叶悠悠飘荡。鲁闵公转身，刚刚踅入另一条街，忽然一个黑影不知从何处窜出，鲁闵公失声大叫，这时身后两个内侍便赶紧追过来。那黑影甚是高大凶猛，攥住鲁闵公如拎一只鸡，眨眼工夫，便将一把匕首捅入，鲁闵公顷刻间便倒地而毙。两个内侍一个大呼来人，一个扑过来就决斗。又须臾间，内侍一死一伤，皆不能动。黑影人操着匕首，在鲁闵公身上将血迹擦拭干净，正要转身离去，却见一大队城中守兵冲了过来。那些甲兵操着长矛，举着火把，纷纷来战，斗了几十个回合，便将黑影人擒住。有人认得，那黑影人名叫秋亚，乃是大夫卜奇门下的勇士。偏这时候，卜奇不知是鬼神上身，还是与秋亚有生死之约，或是一时犯了什么浑，竟然亲自率着大队人马冲出，又与那些守兵大战起来。一时戈矛纷乱，杀声震地，火影之中，血肉横飞，临街的商家百姓受了惊动，纷纷从门窗缝隙里向外窥视杀人，但都闭门偷着看，不敢点灯亮火。最终，卜奇占了上风，居然将秋亚从对方手中救出，然后率众撤入府中，加强戒备，紧闭府门不出。

待兵戈息后，百姓们纷纷掌灯，开门走上街头，见夜色幽暗中，满地尸首，国君闵公伏在血泊之中。百姓们便已知道是卜奇悖逆，杀了君主，个个破口大骂，愤愤不已。人群中,针季大夫跻身过来,早将这一切瞧得清清楚楚,暗暗道:“卜奇乃庆父死党,此乱又必是庆父主使。我当快速报与相国。”

几乎与此同时,闵公师傅慎不害于家中睡得正熟,忽然一彪武士凶神恶煞般破门闯入。慎不害睡眼蒙眬,尚未搞清楚来龙去脉,便被一刀砍死在榻上。屋檐下惨叫声四起,刺破了清冷的夜空,慎不害全家二十余口被满门诛杀,最后府邸又被一把火烧得干干净净。

针季步履如风,片刻间就跑到相国季友府上。两人相见,分外凄凉。闻报国君闵公已死,季友大惊失色;须臾,闵公师傅被灭门的消息也传至。季友定了定神,对针季道:“庆父之祸又起,鲁将复乱。国君被诛后,庆父必有自立为君之念。当务之急,只要将庄公二子公子申赚出鲁国,保其无恙,则国人之心必不归庆父所有,庆父诡计亦难得逞。”

针季道:“庆父若自立,必会诛杀相国与公子申,当速去,迟则晚矣!”

季友道:“我当护公子申连夜出城,暂往邾国避难。针大夫可在国中将庆父阴谋昭告国人,如此鲁国必乱,乱则庆父必被声讨,其心难安。然后求助齐国相助,再立公子申为君,鲁国方可定矣。”

“诺!”针季拱手应道。

城墙仿佛一条巨龙,一颗星斗挂在城楼的檐角下。点点火光中,几个人影闪动,城门缓缓开启。季友亲自驾着一辆青铜马车,载着公子申,出了曲阜城,头也不回,就消失在苍茫的夜色中了。

翌日,针季使门客四面奔走,满城传播,将庆父指使卜奇刺杀鲁闵公的恶行公之于众。那夜发生的事情整条街的百姓早已知道,再加上针季“煽风点火”,果然,顷刻间整个曲阜城就炸了。鲁人素来敬服季友,如今国君被杀,相国被逼出走,鲁国再度陷入内乱的旋涡中,国人于是皆归怨于庆父与卜奇二人。是日城中罢市,举国若狂,百姓纷纷拥上街头,群呼声讨二贼。针季门客于人流中又暗暗指引,有千余人首先聚集在卜奇家门口,一人动手,千人皆动,盛怒难平之下,众人攻入卜奇之家,将其满门杀尽，血流漂杵。卜奇与秋亚被枭首，两颗人头悬于东门之上，大快人心。

乱了一日，众人相约明日再齐聚庆父府上，这让庆父大为惶恐。局面骤然逆转，本以为悄悄除掉闵公，自己便是众望所归，独掌乾坤，哪曾料到满城皆乱，自己反而被推上刀山火海，骑虎难下。庆父紧闭府门，孤灯之下，连连哀叹，抱怨全是卜奇办事不力，将刺客泄露与众，以至于牵连自己，引火烧身。然而一切皆晚，悔也无用。季友又带了公子申远走郑国，庆父料定这个弟弟必然会向齐国借兵，以拥立公子申为君，到那时，自己不是被鲁人吞噬，就是被齐人斩首！不如当机立断，先逃出城去，保住性命再说。庆父想了想，决定逃向莒国。

城中轰然大乱，卜奇枭首东门，这让哀姜也陷入难言的恐惧之中，恍觉无数国人拥入寝宫，刀兵加于自己颈上，万人唾骂之余，被逼悬梁自缢。毕竟，刺杀鲁闵公，自己的双手也是沾了血的。不多时，又闻庆父将奔走莒国，哀姜便哭着要一处随行。不想庆父立时翻脸，冷言相拒，十分决绝，与温柔乡里寝衾中人判若云泥。哀姜大惊，始觉为庆父所骗。时身边有宫女劝道："夫人因为庆父之故，开罪于国人。如今执意要与庆父聚在一处，岂非自取灭亡？不如去郑国——季友在郑，此公子才干人望，鲁国第一。夫人入郑，求救于季氏，尚可以自保。"哀姜觉得也有几分道理，于是决定去郑国。

今宵与昨夜何其相像，还是那一颗星斗挂在檐角的城门下，依旧夜色朦胧，山河黯淡，火光摇曳，人影憧憧，有马车小心翼翼出了城，就风一般窜去。只不过昨夜是季友与公子申同乘一车，奔郑国而去。而今宵则是庆父与哀姜分别各乘一车，一前一后出城，同向东方飞驰而去，庆父去了莒国，而哀姜则去郑国了。

鲁国的大消息传到临淄，管仲哈哈大笑，道："只道庆父也是一代枭雄，原来不堪一击，如此龟缩鼠窜之辈，也敢妄想乱国称君！"

齐桓公道："仲父，可以发兵定鲁了吧？"

"然也。"管仲依旧乐着。

一个念头忽然闪过，齐桓公眼神特异，问道："曲阜大乱，鲁国无主，我等何不趁此良机，举兵南下，一鼓将鲁国并入齐之版图？"

“国君断不可做此想!”管仲正色道,“臣闻‘国将亡,本必先颠,而后枝叶从之’。鲁秉周礼,周礼者,鲁之国本也,天下之所尊也,目下实难撼动。庆父之乱,乃枝叶小乱,而根本未动。国君应助鲁平乱并亲昵之。礼仪之国亲近之,稳固之国联合之,昏乱之国离间之,失道之国消灭之,此方为霸王之道。”

齐桓公点头:“小白谨遵仲父教诲。”正说话间,季友的信使已到。避难在邾的季友见庆父、哀姜皆已遁去,鲁国乱而无主,于是遣心腹之使来到临淄,请求齐桓公发兵,助公子申回国,继位为君。齐桓公看了季友的书信,转与管仲,道:“仲父以为若何?”

管仲道:“国君乃诸侯伯长,前有庄公济水之托,今有季友诚心来求,正可顺其势,发兵相助。仲孙湫曾言道,公子申明于国事,季友也有相国之才,我以为辅助此二人,则周公之邦可以拨乱反正。”

“仲父看,派何人前去鲁国为好?”

“可遣高子前往。高子德高望重,慧眼雪亮,最善应变,又常为鲁使,于齐、鲁两国邦交最是熟悉不过。高子乃是不二之选。”

齐桓公于是命高子统领二百兵车南下,以助鲁国定乱。临行前又嘱托道:“公子申果有治国之器,则扶立其继位为君,修两国之好。如其不可用,则大兵压城,于鲁国姬姓血脉中另择明主立之。”

高子领命,率军奔赴鲁国而去。兵行半道,恰巧与公子申、季友相逢。查其言,观其行,高子以为公子申正气凛凛,德才兼备,一派人君气象。高子于是大喜,便与季友一道,谋划共立新君。进入曲阜城后,两人安抚民心,巩固城防,将庆父、哀姜余孽彻底肃清,而后率领国中大夫,择吉日升殿,拥立公子申继位称君,是为鲁僖公。一元复始,国人称颂。后来,此公在位计有三十三年,使鲁国度过了一段相对和平而稳定的美好时光。

大事已毕,高子便撤军回齐了。鲁僖公与季友感念齐国之德,出城相送高子,达三十余里。季友又使公子奚斯,满载礼品,随高子一道入临淄,以谢齐桓公定国之功。时周惠王十七年,公元前 660 年,在齐桓公相助下,鲁僖公继位为君,鲁国从内乱中又恢复了平静和秩序,由此,齐、鲁邦交更加稳固。

鲁僖公初立，国势渐安。此时如何处置庆父，便成了鲁僖公目下最为棘手的问题。鲁国之乱，庆父为首，其罪自是当诛。然而庆父毕竟是季友之兄，鲁僖公之叔，鲁庄公之弟，鲁桓公之子，姬姓正统血脉，身份显赫高贵。何况鲁国是最最看重"亲亲之爱"的礼仪之邦，一个新君刚刚继位，便拿自己的叔叔开刀，这在鲁国终有不少的尴尬和顾忌。鲁僖公左右为难，正彷徨无计间，忽然公子奚斯从齐国返回了。

公子奚斯受命出使齐国，专为答谢齐桓公平鲁之功。事毕，公子奚斯返回鲁国，途经汶水，却遇到了庆父——这是怎么回事呢？当时庆父连夜逃到莒国后，首要之务，直向莒子献上鲁国宝鼎一件。莒子乃贪财好利之人，得此宝器，大乐不已，便妥善将庆父留在莒城之中。未过几日，鲁僖公继位后，季友又使人入莒，献以珠宝重贿，欲要假莒子之手除掉庆父。莒子又得季友贿赂，再喜，然后并未杀莒子，而是强行将其驱逐出境。庆父无奈，想着昔日与齐桓公的宠臣竖貂曾有一些财货往来，若再行贿于竖貂，或可勉强在齐国度日，于是向齐而去。谁知刚入齐境，守疆关吏见是恶贯满盈的庆父到了，大怒不已，拒绝其入关。庆父一声浩叹，只好掉头，孤孤凄凄远去。齐鲁交界处有一条汶水，庆父于此止步，在岸上树林边结庐而居，暂时栖身。

公子奚斯早些时候与庆父也有三分交情，返回鲁国经过汶水，两人不期而遇。公子奚斯道："母国新君已立，公子且随我一道回国。"

庆父满脸憔悴，道："回不去了，季友必杀我！"俄尔抱住公子奚斯，大哭道："子鱼[①]救我！——请代我向国君进一言：我虽有罪，然念我乃是先君一脉，请饶我死罪，甘做鲁国一匹夫……我与国君毕竟有叔侄名分，国君必赦免于我，我有望生矣……"

公子奚斯点头应了。回到曲阜，面见鲁僖公道："臣归国途中，于汶水岸边遇到庆父。庆父幡然醒悟，甘请为民，请国君念在叔侄情分上，赦免庆父，准其归国。如此善莫大焉。"

鲁僖公本为庆父之事焦虑难安，今见公子奚斯为其求情，便道："就准了公子奚

① 公子奚斯的字。

斯之请吧。”言罢,眼睛里闪烁不定,直向季友瞧个不停。

季友心中早有主意——朝会后将公子奚斯单独唤至私处,道:“倘若弑君者不诛,何以惩戒后人! 庆父如果自裁,国君尚会怜恤,立其后人以继其位,不绝世祀。”言罢冷冷而去。

公子奚斯什么都明白了,遂领命而去。翌日又往汶水,将至庆父草庐,却裹足不前,止而又行,又行又止,如此反反复复。公子奚斯不知如何开口,无奈间见汶河滔滔,逝水东去。公子奚斯心有所感,便对着汶水号啕大哭,哭声凄惨,令人心碎。

庆父听到哭声,呆呆立于茅檐下,野风中如失魂一般。半晌独自叹道:“子鱼来而不见,只面水痛哭,乃是为我吊唁啊!”于是解下腰带,悬于草庐边一棵歪脖子老树上,自缢而亡。

庆父去后,公子奚斯为其料理了后事,而后归报鲁僖公。鲁僖公听后连连摇头叹息,而后微转笑颜,面群臣道:“寡人继位于忧患之中,常为社稷安危,昼夜难安。公子季友定国有功,理当褒奖。寡人拜季友为相,赐费邑之地!”

群臣皆赞,却听季友道:“臣与庆父、叔牙乃兄弟也,同为桓公之子。臣为国家大计,不得已除庆父、鸩叔牙,乃是大义灭亲,情非得已。如今两位兄弟皆去,倘留我一人独享富贵,将来有何面目去见先父?——臣请将庆父之后、叔牙之后一并封之,以明亲亲之谊。”

鲁僖公道:“善。”于是采纳季牙之谏,以公孙敖继庆父之后,封地于成,这便是后来的孟孙氏;以公孙兹继叔牙之后,封地于郈,这便是后来的叔孙氏;拜季友为相国,采邑于费,后来又加封汶阳之田,这便是后来的季孙氏。此番鲁国之乱虽然平息,但直接导致了季孙氏、孟孙氏、叔孙氏鼎足而立的格局,不久之后,三家共掌鲁政,国君便逐渐沦为傀儡。只因为这三家的祖先季友、庆父、叔牙,皆是鲁桓公的儿子,于是便被称为“三桓”。三桓专鲁,内耗不休,最终导致鲁国一步步走向了败亡。此为后话。

据说鲁僖公册封季、孟、叔三家之日,曲阜城南门忽然间无故崩塌,形同废墟。有通《易》者摇头叹息,自言道:“高而忽倾,主君权旁落,凌替之祸……”

庆父自缢之后，齐国不禁想到了另外一个人，而这人也迫不及待想到了齐国，这人即哀姜。这日齐桓公接到了哀姜心腹秘密送来的求救信函。短短两年时间内，公子斑被刺，鲁闵公被杀，公子叔牙被毒死，公子庆父自缢而亡！二君主二公子接连死去，鲁国闹得天翻地覆，其中哀姜有着推卸不掉的责任。尤其是哀姜与庆父有染，合力诛杀闵公一节，鲁国人更是恨不得寝其皮，食其肉。鲁僖公继位后，哀姜依旧躲藏在邾国。哀姜自知罪孽深重，恐将要步庆父后尘，夜夜噩梦缠身，红颜骤衰，日渐憔悴。哀姜思来想去，偌大天下，只有自己的母国齐国方可容身。齐桓公既是海内仰望的霸主，又是自己的亲三叔，纵然自己再有过错，想来看在叔侄情面上，定然可以网开一面，庇护残生。于是哀姜向齐桓公求救。

齐桓公看了哀姜之信，脸色铁青。管仲见了，故意试探道："国君可是有意庇护哀姜?"

齐桓公待了半晌，道："我闻仲父有言：国有四维，礼义廉耻。四维不张，国乃灭亡。先君僖公共生五子：曰诸儿、公子纠、小白及宣姜、文姜。宣姜嫁入卫国，以儿妇之身却做了父妾，以至于卫国大乱，父子相杀，兄弟相残。文姜本嫁与鲁桓公为夫人，不想后来诸儿哥哥做了齐襄公后，他二人兄妹淫乱，以使齐鲁遭劫。如今时节，寡人之侄哀姜本是鲁庄公夫人，却又与庆父叔嫂通奸，再度祸乱鲁国。寡人前后思索，此皆是礼义廉耻不张之故。所以，哀姜之罪必讨，齐国断不可庇护哀姜！"

管仲笑容满面，开怀道："国主真乃英明之主！不知国君要如何处置哀姜?"

"齐鲁刚刚盟好，亲如一家。哀姜之罪，我将替鲁侯讨之——此事宜隐秘行之，可遣一人至邾国，将哀姜赐死，然后以尸归还鲁国，只是……"齐桓公欲言又止。

管仲呵呵笑了："国君此乃大义灭亲之举，只是……只是讨罪哀姜，放眼齐国朝堂，似乎无人可派?"

"哎呀，仲父真乃神人也！"齐桓公的确正为这个犯愁。说话间，竖貂捧了两盏蜜水，献上案后便悄然退去。

是的，齐国固然人才济济，如管仲、鲍叔牙、王子城父、公孙隰朋、宾须无、宁戚以及仲孙湫等朝中大夫，皆是光明磊落、堂堂正正的国之栋梁！此辈人物征战沙场，为国捐躯皆是毫无怨言，然而若令他们悄悄到邾国小邦去杀哀姜，然后再以尸归鲁，显然是难为英豪,徒令蒙羞了。

管仲微笑着,用眼光指了指刚刚退去的竖貂的背影,道:“人尽其才,物尽其用,此人正可用于此事,我料其定然不辱使命。”

齐桓公大乐,点了点头,于是竖貂受齐桓公之命,入郱国来见哀姜。

见齐桓公宠幸之贵竖貂到了,哀姜以为喜讯已至,遂梳洗打扮,朱环绛帔,容光四射,一改昔日颓废,笑吟吟将竖貂迎入馆驿。竖貂瞧着一身新装的美妇,心中叹道:“真乃绝色,可惜命薄。”

哀姜喜道:“竖貂大人可是来接我去齐国?”

竖貂立时变色,双目阴寒,道:“夫人与庆父丑闻,天下无人不知;夫人又连弑公子斑与鲁闵公二君,齐鲁无人不恨!夫人倘若入齐,有何面目立于太庙之上?不如自裁,尚可挽回一二颜面。”说罢,冷冰冰扔下一段白绫,转身即退出。

哀姜顿时如遭轰顶,一下子就瘫软如泥。仅存的一线生机也断了,哀姜心死,嘤嘤哭泣起来。哭了半天,忽然间就无所谓了,哀姜满面泪痕,亦哭亦笑道:“公子庆父骗我,鲁国不容我,齐国要杀我,哀姜呀哀姜,只有黄泉路上是吾乡……”

屋里传出来一声怪响,令人惊心。竖貂心内咯噔了一下,又等了一会儿,方才转身,推门而入。堂中空空如也,头上梁间垂一白绫,哀姜已然自缢了。那白绫拎着一个贵妇人,惊悚美艳,悬在半空里微微荡着,如深秋寒风里的一片轻叶,一瓣残红,一抹斜阳……

又数日后,曲阜城中,竖貂车载哀姜,以尸归鲁。鲁僖公以为母子之情,不可绝也,遂以礼葬之,后来又使哀姜以鲁庄公原配夫人,得享于太庙。哀姜身后事也算圆满,足可以含笑九泉了。

第九章　赤狄犯卫

“鹤，阳鸟也，而游于阴，因金气，乘火精以自养。金数九，火数七，故鹤七年一小变，十六年一大变，百六十年变止，千六百年形定。体尚洁，故其色白；声闻天，故其头赤；食于水，故其喙长；栖于陆，故其足高；翔于云，故毛丰而肉疏。大喉以吐，修颈以纳新，故寿不可量。行必依洲渚，止不集林木，盖羽族之宗长，仙家之骐骥也。鹤之上相：隆鼻短口则少眠，高脚疏节则多力，露眼赤睛则视远，凤翼雀毛则喜飞，龟背鳖腹则能产，轻前重后则善舞，洪髀纤趾则能行……”

朝歌深宫，卫懿公风仪秀美，锦衣狐裘，手捧一册简书，拥着一炉炭火，侧身倚案而坐，正饶有滋味地吟诵着一段关于鹤的美文。那张大案上堆满了各种各样的竹简木册，状如小山，不过并非什么政务奏章，全是举国搜集而来的清一色的关于鹤的各种文字典籍以及自身养鹤玩鹤的详细记录……一声鹤鸣破窗而入，似从天外传来。卫懿公止住吟哦，向窗外望去，仿佛瞧见梦中仙娥一般，卫懿公美美地乐了。此种乐处，唯有自品，他人却永不能知——外面庭中，内侍仆从半个也无，唯见一树梅花早放，雅致缤纷，幽香扑鼻，树下有七八只鹤或立或行，悠然自得。其中一只振翅长鸣，声入云霄；又有一只正于树影下啄弄梅花，梅鹤双清，天然入画。那些鹤足高喙长，羽毛雪白，形体硕大却又能鸣善舞，立于庭中辄具云中身影，真乃神仙坐骑，不似人间凡品。

卫懿公继位至今，已历九年，别无他好，唯独爱鹤。此公自少时便对鹤情有独钟，做了国君，更是可以穷尽嗜欲了。朝歌宫廷苑囿，处处可见鹤的影子，鹤的待遇远高于人，卫懿公见鹤也远胜于见人，恍惚间，总觉得这里乃是鹤国。国君好鹤，下面自然从之。朝臣谄媚献鹤者极多，每每卫懿公总有重赏。民间也因之在淇水产鹤之地形成了一个捕鹤、养鹤、贩鹤的新兴行当，异常火热。更令世人称奇的是，卫懿公所养的鹤，其饮食供应皆有爵禄品位，如某鹤乃是上大夫禄，某鹤乃是下大夫禄，某鹤又是食士之禄。宫廷禁地，侍奉白鹤变成一项国之大事，也令众多侍从叫苦不迭。卫懿公又择鹤之极上品者，封为"鹤将军"，每每出行之时，国君前后必有专门运载仙鹤的马车随行，十分奢靡，十分离奇，乃曰"命鹤将军开道"。

卫懿公心思全在鹤上，国政渐废。同时又横征暴敛于民，所收赋税，首先用作鹤粮，至于民之生死，卫懿公全然不顾，民间有"生儿生女，莫如生一鹤"之哀怨。好在卫国秉政者，有两大贤臣，一是大夫石祁子，二是大夫宁速，此二人居中协调，上护国君，下恤百姓，昼夜呕心沥血，卫国大局方宁。两人也曾数次劝谏国君弃鹤，而卫懿公始终不纳。某年盛夏，淇水决堤，淹没田园无数。卫懿公前往灾区查看，见人不哀，见鹤大喜，将饮食尽数赐予水中之鹤，对眼前劫后余生的饥民却见死不救。时公子毁在侧，见状暗忖道："国君必因鹤而亡国，卫国之祸不远了！"于是悄悄离了卫国，暂避居于齐国去了。

公子毁何许人也？——公子毁乃卫惠公庶兄，卫懿公堂伯，卫伯昭之子。当年卫宣公当政之时，曾为世子急子聘齐僖公之女宣姜。待宣姜入卫，宣公因垂涎美色，竟然抢先将宣姜纳为妾室，于是宣姜由儿妇变作了父妾。再后来，宣姜与宣公所生之子公子朔杀了世子急子和亲兄长公子寿，阴谋夺位，心黑手辣，最终到底做了卫侯，是为卫惠公。卫懿公便是卫惠公嫡子。因为这一段特殊缘由，卫人始终对卫惠公以及今日的卫懿公心怀不满，而对急子、公子寿怀念不断。再说宣姜在宣公死后，卫国大乱之中，又被离奇地逼嫁给宣公庶子公子伯昭为妻，于是父妾顷刻间又变成了儿妇！经过这一番乱世沉浮，人伦颠倒，宣姜心灰意冷，彻底放下，再无所求，只与伯昭安安心心地做起夫妻，过起寻常百姓的日子来。不想越是无求，便越是有。此后生育能力旺盛的宣姜又为伯昭连生五子：长子齐子早夭，次子公子申，三子公子毁，另外还有两个女儿。伯昭一生庸碌无为，但娶了宣姜之后，子嗣顿起，个个竞秀，卫国江山最终移至伯昭一脉——公子申后来做了卫戴公，而公子毁便是后来的卫文公；两个女儿，一个做了许穆夫人，一个成了宋桓夫人。此皆后话。

春秋乱世，四海躁动，豪杰辈出，奇闻频仍。一个宣姜何足道哉！君不见齐国有宁戚通晓牛畜之道，因一曲《饭牛歌》而拜官；公孙隰朋乃蚂蚁知音，凭借蚁穴觅得水源，使得齐国大军绝处逢生，转败为胜；威名赫赫的管仲曾为养马的圉人，借助老马识途，成功带领三军走出了旱海绝境。此外，也有做了周王的子颓痴迷养牛，最终因牛而全军覆灭，自己与牛肉一起，被煮成了一鼎“牛王羹”；而到了卫懿公时代，又发生了一件惊天奇闻：懿公好鹤亡国，最终一代国君被野蛮人吃得只剩下了一副肝……

齐桓公北伐山戎，天下皆惊，既震动了华夏九州，更震动了四方夷狄。山戎被剿除后，中原狄祸又突发袭来——却说当时之世，晋国太行山一带，即今山西、河北境内，狄人异常活跃，谓之北狄。狄人游牧为生，散居各地，部落极多，其中大体有白狄、赤狄、长狄三大种群，其中又以赤狄实力最雄，为北狄联盟之首。一方面，山戎被灭之后，狄人尤其是赤狄难免有兔死狐悲之感，遂加紧秣马厉兵，窥伺中原。在齐桓伐戎的第二年冬天，即周惠王十五年，公元前 662 年，狄人侵犯邢国，牛刀小试，大获全胜，狄祸由此开始蔓延。而另一方面，齐国伐戎的胜利也极大地鼓舞了华夏各国，夷狄强悍不可战胜的神话被打破，华夏族开始主动出击，不断地吞并夷狄，双方势同水火，交锋极烈——比如晋国。齐桓公称霸期间，北方晋国也开始悄然崛起。晋武公时期，南征北战，富民强国，最终曲沃代晋成功，使分裂了将近七十年的晋国复归一统，奠定了晋国大发展的基础。晋武公后，其子晋献公继位。晋献公乃晋国第十九任国君，在位共计二十六年，其间并国十七，服国三十八，至此，晋国才与齐、楚、秦并肩齐名，华夏大地上，东齐、南楚、西秦、北晋春秋四强的格局才正式形成。周惠王十七年，公元前 660 年，亦即齐桓公伐戎后第四年，晋国发动了一次战争，此战直接导致狄人势力在晋国骤减，但同时无意间又将祸水赶到了中原——这一年，晋献公派太子申生讨伐东山皋落氏,东山皋落氏乃是赤狄国十五部落中最强的一支。结果申生大胜,皋落氏地盘尽被晋国吞并,但是皋落氏并没有被消灭,精锐尚存,大量皋落氏狄人于此战后不得不从晋国境内东窜,撤到了太行山以东。而当时的太行之东,主要分布着两个诸侯国——邢国和卫国。

面对晋国威逼,种族新迁,赤狄国首领潦蛮陷入了一种深深的隐忧之中。潦蛮身材极其高大,常人仅到其胸,非要仰视不可。黑髯蓬乱,如狮子毛;眼睛发红,仿佛血染。满脸横肉鼓凸,总是凛若霜雪,杀气腾腾。潦蛮好以豹皮裹身,又最喜饮食狼奶,腰间弯刀曾杀人无数,马上功夫属赤狄第一。其帐下有四员猛将,分别是突如、焚如、死如、弃如。潦蛮率众(主要是东山皋落氏)逃出晋国,将部落安置在太行东面的一个山谷中,也算是新起炉灶,勉强容身。只是一转眼间西北风起,冬寒袭来,部落里牛羊多半冻死,狄人缺衣少食,顿入窘境。怎么办?——抢!潦蛮派突如、焚如二人分别入邢国和卫国打探消息。不久来报,说是邢国因两年前曾被赤狄入侵过,目下城防森严,全民戒备,取之不易。而卫国则是懿公好鹤,不恤国政,民怨沸腾,疏于武事,赤狄骑兵如果突然袭卫,几如杀鸡宰羊,唾手可得。潦蛮大喜,道:"卫国是姬姓大国,又居淇河水草丰美之地,国中财货胜于邢国十倍!如此肥美之羊,真是天赠予狄啊!"于是亲自统率赤狄两万骑兵,以突如、焚如、死如、弃如四人为将,兵马汹汹,快如雷霆,绕过邢国,南下直向卫国扑去。

正是寒冬时节,北风怒吼,滴水成冰,卫国上自公卿,下至庶民,没有一个愿意外出的,皆躲在家中猫冬呢。谁也不曾料到,北方的狄兵忽然间就卷地袭来,以迅雷不及掩耳之势,眼看就快要杀到朝歌城下了。

卫懿公大惊,整个卫国一片惶恐。历史就是这样奇妙,兴亡成败往往就在一念之间。赤狄刚刚从太行山之西逃到太行山东面,可谓丧家之犬,立足未稳,此时倘若晋国联合卫国,或者卫国联合晋国,乘势而上,东西夹击,小小赤狄腹背受敌,怕是转眼间就会变成第二个孤竹国了。但很遗憾,晋国无暇东顾便止住了步伐,而卫国此刻正沉迷于鹤舞梅香的梦境之中。西北风呼呼地卷过淇水,凛冽的杀气令朝歌城如梦初醒,一片战栗。

卫国安乐太久,将近十年未逢大战,军心懈怠,兵甲不足。而赤狄人的强悍凶狠是出了名的,卫懿公无奈,只得紧急向城中百姓募兵。不想此令一出,百姓们纷纷逃出城去,避居村野之间。卫懿公大怒,命守城将士操戈拘捕。不到半日,擒得百姓有百余人。卫懿公亲往城门下观看,见了那些“逃兵”百姓,厉声喝道:“赤狄来犯,国家正是用人之际,尔等为何纷纷逃离而去?”

百姓们拥在一起,其中多有青年壮丁,众皆无畏,个个义愤填膺。有一人挺身而出,正色道:“国君有一物,足可以抵御狄人,何用我等?”

卫懿公不解,茫然道:“何物?”

众百姓们顿时齐声高呼道:“鹤!”声震城门。

“鹤? ……岂可御敌……”卫懿公当下满面羞惭,不知所措。

但见那人又昂然道:“国君养鹤无数,封了许多‘鹤将军’,将军者,岂非守城退敌之物耶! ——君以厚禄豢养无用之鹤,而将有用之民弃之不顾,所以我等百姓也当弃君去了!”

卫懿公被诘得哑口无言,呆了半晌,幡然醒悟道:“寡人知罪矣! 我将散鹤,以从民意。”言毕,转身回宫,说不尽的羞惭之色。

卫懿公亡羊补牢,良知未泯,抵宫后令人纷纷放鹤,一任数年心爱之物作鸟兽散。但见浮云悠悠,群鹤齐飞,白羽满天,一时间宫城上空蔚为奇观。也有一些豢养多年的老鹤盘旋复盘旋,叫声凄惨,终不肯离去。大夫石祁子和宁速乘机前往街市,亲向国人诉说卫侯放鹤悔改之意,百姓们稍稍有了一些暖意,还是有不少要走的人到底改了主意,报名参军去了。

招兵终于有了起色,大夫宁速面露笑容。石祁子却满怀忧愁,叹道:“国君遽然修改旧恶,虽曰可喜,只怕为时已晚……”

说话间,漆蛮的狄兵已经杀至荥泽。卫国君臣聚于朝堂,商议对策。石祁子请道:“狄人突然来袭,形势万急,臣愿带兵至荥泽,与狄做生死之战。”

卫懿公摇头,微笑道:“此战,非寡人亲征不可。”

满朝大夫皆惊,宁速道:“君乃国本,岂可擅动! 国君还是坐守城中,荥泽之战,还是由臣去吧!”

又有几个大夫请战出征，卫懿公厉声喝住，慨然道："寡人好鹤，愧对国人，以致北狄来犯，百姓多有弃城者。此皆乃寡人之罪！此战寡人不去，民心军心更不可用！——我将亲征，毋庸再言！"而后将玉珏交给石祁子，又将令箭交给宁速，道："守城之责，就交给两位大夫了。持此玉珏、令箭，以领国事，你二人因势利导，灵活决断，勿负寡人之托。"

石祁子、宁速含泪接了。

卫懿公又将自己的绣衣交给夫人，嘱托道："后宫眷属，也一切听命于石祁子、宁速。"

夫人接了绣衣，难抑悲伤，以袖掩面，嘤嘤啼哭不已。

卫懿公将国政委与石祁子和宁速，安排毕，便自统国中兵车，约有七千人马，以大夫渠孔为将，子伯为副将，黄夷为先锋，孔婴为后队，向荥泽开拔去。卫懿公满腔豪情，自以为国君亲征，军心必振，此战定可一鼓而胜，也对得起自己散鹤之悔了。

是夜，大军扎营于野。星月朦胧，北风如刀，忽有一阵歌声，隐隐随风飘来。卫懿公披衣出帐，寻歌声而去。转过几座帐篷，但见前面一堆篝火正旺，黑压压的士兵围火而坐，齐声高唱。那歌声悲凉，暗藏着无穷怨言：

鹤食禄，民力耕；
鹤乘轩，民操兵。
狄锋厉兮不可撄，欲战兮九死而一生。
鹤今何在兮？而我瞿瞿为此行！

又是抱怨国君好鹤！卫懿公远远地呆呆地望着，也不敢再走近。火光摇摇，黑影重重，当下心头猛地一沉，便喃喃自语道："天啊！卫赤[①]不过平生一好而已，纵使有罪，也已幡然悔过！我乃一国之君，国人为何不肯放过于我……"说着，泪如泉涌……

---

① 卫懿公，名赤。

狄军大帐，热气腾腾，众多虎豹魔头正大口大口地啖食酒肉。得知卫懿公亲征荥泽，漆蛮兴奋得将手中匕首直插入案上一条烤熟的羊腿中，大呼一个“好”！

猛将突如道：“养鹤的亲自来，莫不是送烤羊来了？”

帐中哄然大笑。漆蛮一声冷咳，正色道：“卫国固然是一只肥羊，然而他们华夏各国源出一脉，彼此之间互通姻亲，各邦国人口皆数倍于我，倘若他们联起手来，那可就麻烦了。我闻华夏霸主齐侯曾有言：‘戎狄豺狼，不可厌也；诸夏亲昵，不可弃也。’这几句话实在厉害！昔日北方山戎何其彪悍，吃掉一个燕国何足挂齿，然而燕国联合齐国，那山戎就亡国灭种了！所以，此番我等攻击卫国，只是卫国！群狼只图一羊，且莫过于贪心。凡遇卫人皆杀光抢光，速战速决。但有其他邦国来救，我军便需急速避战而去，且不可大意——免得重蹈山戎覆辙！”

弃如听了，深以为是，而突如、焚如、死如三将面上点头，实则并不以为然。漆蛮看得明白，眼珠子转了几转，计上心头，道：“荥泽一战，必要斩杀卫侯，然后直捣朝歌！”然后先命弃如如何如何，弃如领命。又令突如、焚如、死如三将如何如何，三将听了哈哈大笑，连连叫好。

这日，天色阴晦，白日无光，荒野萧瑟，寒水如烟。卫国兵车在大夫渠孔统率下，冒着风寒，车辚马萧，一步步将近荥泽。忽然间，岸边枯树上一片黑鸟群惊而飞，掠过水面直向远方逝去。又有一阵阴风吹来，寒浸骨髓，令人生畏。军士们正低头睁不开眼，又听得一声暴响，军中大旗俄而折断。渠孔大惊，来不及思索，就又望见前方一队赤狄骑兵呼啸而来，正是漆蛮帐下的勇将弃如，仅仅带着一千余人冲杀来了。

渠孔倒也镇定自如，命令兵车列阵，擂鼓进军。双方一碰，似乎还没怎么打，狄兵就大败了；他们且战且退，做逃命之状。渠孔立于兵车上观阵，见这伙狄兵战阵分散，毫无章法，并没有传说中的那么厉害。渠孔为人刚愎自用，勇而无谋，又立功心切，当下大呼命道：“狄人怯战，不堪一击，成败在此一战！冲过去——”

弃如人马跑得更凶了，卫军紧追不舍，生怕猎物逃了。追了四五里地，忽然角声骤起，荥泽岸边的树木丛中，神出鬼没般窜出不计其数的赤狄骑兵来。一时间到处都是马鸣声、呼哨声、喊杀声,尘烟四起,惊天动地。原来弃如佯装诈败,成功将卫军诱入这片包围圈中。此时,弃如回转马头,突如、焚如、死如三将又各自带着本部人马齐声杀出,两万赤狄骑兵倾巢而至,将仅七千余人的卫军前后围住,顷刻间就截成三段,挥舞马刀,任意屠杀。这些卫兵本就没有什么战心,有战心的也没什么战力,不过一时拼凑的乌合之众,当下看到狄兵露出的真面目,就立时吓破胆了。卫军纷纷弃甲抛戈,夺路而逃。然而赤狄人嗜血如狂,胯下骏马也比两轮兵车快得多,躲逃者同样也是死路一条。几乎没费什么力气,卫军便眨眼间全军覆没。风吹血腥,赤染荥泽,到处都是死人。先锋黄夷右腿被削,马踏而死,肠子散了一地;副将子伯中箭坠车,被突如、死如二人一顿乱砍,身首异处;后队孔婴身中十几刀,最后自刎而亡。

渠孔满身是血,带着最后的残甲,将卫懿公护在中央。血洒疆场,一败涂地,唯有卫懿公身后的那面国之大旗依旧飘扬,是为最后的荣光。卫懿公立在旗下,一脸铁青,绝望至极。渠孔道:"万急时刻,请国君偃旗,换上便衣,渠孔万死保国君突围!"

"不!"卫懿公异常坚毅,"寡人旗在,则卫国在!寡人宁死,绝不偃旗!"

"国君!"渠孔急得无可奈何,"君为国本,君在则卫国方在……"

卫懿公决绝,拔出腰间佩剑,大呼道:"卿等随朕杀敌!"

一阵狂笑声传来。说话间,焚如、死如二狄首带兵逼近,如魔鬼般拥来。焚如乐呵呵道:"倒也有几分骨气,你就是养鹤的卫侯?"

死如将卫懿公从上到下细细打量了三遍,口中几乎流涎,道:"果然是细皮嫩肉的肥羊!"

卫懿公大怒,居然率先冲杀了过去,渠孔等人大受鼓舞,一拥而上。焚如、死如呵呵一笑,举刀迎战。只是深宫养鹤的文弱之君,岂是如狼似虎的野蛮狄人的对手!卫懿公不过逞一时匹夫之勇,但见寒光闪烁,未几个回合,卫懿公便被连砍数刀,从兵车上栽倒下来,倒在血泊之中。

渠孔大骇,扑在卫懿公身上,大呼:"国君!"

卫懿公拼力喘着粗气,俄尔一笑,道:"寡人一死,可以……可以谢罪国人了……”言罢，气绝而终。

渠孔狂了，带着最后的国君卫兵，有五十余人，发狠杀去。双方做最后的殊死搏斗。渠孔力大而猛，发疯一般杀去；那狄将死如一个稍不留神，左肩就被渠孔划了一刀。死如大怒，咆哮着杀去，又几个回合，渠孔中刀倒地，动弹不得了。死如恶狠狠命道：“砍成肉泥！”

一群狄兵都操着兵器扑过来。渠孔最后看见，天空里乱刀如雨砸下……

卫军全军覆没，荥泽血染山河。

死如依旧怒气未消，站在一辆兵车前，举着一只羊皮酒囊，咕嘟咕嘟豪饮起来。死如抹了抹嘴角的残酒，忽然就瞧见了地上卫懿公的尸首，顿时兴起，大声道：“来呀，把养鹤的肥羊给我宰了，卸成大块小块烤了，下酒！”

身边的狄兵应声哄闹起来，争先恐后去上手，乱糟糟地，笑吟吟地，血淋淋地……可怜卫侯一国之君，死后落了个“更加热闹”，那刀、那血、那火、那酒、那人肉、那鬼笑，那茹毛饮血的野人口牙，那旷古绝今的惨不忍睹……卫懿公被吃得什么都没了。

又有两个卫人被弃如生俘，乃卫国太史华龙滑、礼孔。此二人言语怪异，多有蹊跷，弃如不知何以自处，也不敢妄加杀害，便绑了来见自己的国主漆蛮。

漆蛮对弃如道：“凡遇卫人，便杀光抢光，何必来问？”

“谁都可杀，唯我二人不可杀！”礼孔大声一吼，接着道，“大王难道不想得到卫国吗？——我二人乃卫国太史，掌管国之祭祀，善通鬼神，如我二人不先回国为大王向鬼神言好，则鬼神必不佑大王，大王岂能得到卫国？”原来华龙滑、礼孔二人见荥泽之战惨败，卫懿公亦战死，便想着如何保命回朝歌城报信。他二人乃是史官，也深知狄人崇尚鬼神，便编造了如此谎言，以期可以骗过漆蛮。

果然，漆蛮深信，二话不说便松绑放人，同时又白给了一辆大车。华龙滑、礼孔二人惊恐难安，强装镇定，迅即就逃去了。

漆蛮从荥泽撤军，又向前方赶了半日，就扎下营寨来；又令麾下勇士们好生吃喝，休息一夜，拟明日攻打朝歌。

华龙滑、礼孔二人驾了狄人的马车，向朝歌狂奔而来。赶到城门下，正遇宁速巡城。宁速立于城楼上，见是二位太史，又惊又喜，大声道："国君何在？"

华龙滑应道："荥泽一战，我军全军覆没。大夫渠孔、子伯、黄夷、孔婴皆战死，国君……国君亦殉国了……狄人强盛不可挡，朝歌城绝难守住！宁大夫宜早图后计，不可坐以待毙！"华龙滑说着就大哭起来。礼孔又补充了荥泽惨状。

宁速呼了一声："国君啊！"悲痛欲绝，身子险些自倒。半晌，宁速扶住城墙，对下面道："两位太史回来就好……"便下令打开城门。

华龙滑、礼孔并肩呆呆地立在马车上，神情悲凄。吊桥缓缓放下，城门幽幽洞开。一阵寒风裹挟着尘沙和枯叶，扫过护城河的水面，火急火燎地就钻入门洞中去了，仿佛游子归家。礼孔望着城门先一笑，又一哭，道："我与国君同出，却不能与国君同入，人臣之义何在！今见宁大夫，传播之事已了，我当事主于地下。"言毕，拔剑自刎，血溅扶栏，栽倒于车下。

华龙滑浊泪横流，对着地上的礼孔深深一揖，自言道："你为人臣之义而死，我为国之史记而活！"于是止住悲伤，喝马驾车，昂首入城而去。

将近黄昏，斜阳残照里，一辆青铜马车自南方急急而来。卫国有一大夫弘演，时出使陈国方回，途中遇到了败逃幸存的士兵，方得知卫国被赤狄打得惨败，卫懿公已死于荥泽。弘演一路大哭，命车马改道，前往荥泽，以寻觅懿公之尸。

但见荥泽呜咽，哀鸿声声，地上尸骸遍布，到处血肉模糊，弘演看了，不住摇头。忽然见前面国君大旗倒在一片尸山之上，血迹斑斑，早已残破，但"卫"字依旧清晰可辨。弘演暗暗道："旗在处，则国君之尸不远。"于是与随行的御者左右寻觅，寻了半晌，只是不见。弘演正诧异间，忽闻有呻吟声传来。弘演循声而去，见有一个十分年轻的卫兵右臂折断，缩在死人堆里正窥视着自己。弘演扯下自己的衣襟，让御者与之简单包扎。那人疼得连声惨叫。弘演道："你可知国君亡于何处？"那人听了，泪如雨下，只不语；然后踉踉跄跄走到一个古怪地方，先低声道："我因臂痛难耐，假死于人尸之中，于是……于是目睹了国君之死……太惨了……我……我被吓死……只等后人来，告知……"继之指着脚下，发狂一般大呼道："国君就死在这里！国君死后被狄人乱刀分尸，烤熟吃了！……”言罢捶胸，对天号啕大哭。弘演惊得脸色煞白，毛骨悚然，呆了几呆，方才一步一步走过来。那个小兵所指之处，一堆血肉，模糊难辨，只有一副肝尚且完好。附近几步之外，犹见卫懿公衣冠，散落一地。弘演泪流不止，对着那里拜了又拜，一如臣子拜君之礼，然后道：“可怜我主尸骨无存，只留一肝，呜呜呜呜……我将以我身为棺椁，以为国君收葬……”又转头对着自己的御者道：“我死之后，将我埋于荥泽树林中隐秘之处，待有新君登基，然后告之。”说罢，抽出腰间佩剑，自剖其腹，忍痛挖空，然后捧着懿公之肝，放入自己空腹之中。事毕，弘演紧锁眉头，嘴角露笑，双手紧紧捂着腹部，仰倒地上而绝。

御者与那兵丁慌忙跪倒，涕泪满面，目送弘演悲壮离去……

此便是“弘演纳肝”的故事。

荥泽惨败，令守城的石祁子、宁速二大夫十分胆寒。眼看赤狄骑兵转眼便到，两人一番商议后，决定弃城保命。天亮后，两人护着卫懿公宫眷与公子申，华龙滑车载着卫国国史及各种典籍，皆轻车简从，急忙忙出了朝歌，向东奔去。见石祁子、宁速逃遁，孤城无守，百姓们顿时乱了，于是纷纷群集，尾随着逃命去。时天寒地冻，荒野萧萧，沿途皆是卫国难民，有四五万之众，队伍迤逦蜿蜒，绵延不绝。他们忍饥受寒，哭声震天，扶老携幼，抛弃家园，辗转逃命于荒野之间，凄凄惶惶，惨状难言。

战马呼啸，卷地而来，漆蛮统率两万骑兵，顷刻间就赶到了朝歌城下。太出乎意料了，堂堂卫国国都，淇水岸边的花花世界，居然可以兵不血刃，纵马直入。狄兵奔驰于街巷间，有遇到未曾逃出的百姓，皆一刀杀毙。得知石祁子、宁速率众逃出，朝歌不过一座空城，漆蛮又喜又怒。漆蛮留下三千人马，以弃如为首，负责劫掠城中财物，然后自己与突如、焚如、死如三将，统领余下军马一万七千人，出城追击而去。

这是春秋史上最为惨烈的一场大屠杀。也不知卫懿公最后托付的两个重臣石祁子与宁速是如何深谋远虑的，舍弃坚城不守，偏偏要暴露在一马平川之中。茫茫荒野，寒风呼啸，天高地阔，无遮无障，正是铁马驰骋的好所在。漆蛮的骑兵快如闪电，转眼间就追上了蜗行中的卫人。这些卫人几乎全是普通百姓，举家而逃，手无寸铁，早已是惊弓之鸟，此刻瞧见如狼似虎的嗜血狂魔，唯一剩下的只有面对死亡的最后的惊恐和绝望。赤狄族与山戎族不同。昔日山戎的令支、孤竹南下劫掠，只杀青壮男丁，妇女多是掳走，老幼一般保留。而赤狄则是不分男女老少，逢人遍砍，统统杀光！卫国东部之野，顿时化作赤狄大规模狩猎的游乐场，无数的卫国平民惨遭杀戮，不知有多少家族被满门屠尽，连襁褓中的婴儿也不得幸免！但见尸横遍野，血流成河，山河呜咽，天日无光，数万活生生的华夏子孙眨眼间就尽数化作冤魂，群哭而游荡！卫国是真的要亡国灭种了。

难言的惶恐和逃亡之中，石祁子、宁速等众直向前奔，终于赶到了黄河边上。前有大河横阻，后有追兵将至，石祁子望河大哭道："天亡卫国！"忽然不远处一彪甲兵拥着许多船只过来，中有一面"宋"字大旗，风中飘得正欢——原来是卫公子伯昭的女儿、亦即今日的宋桓夫人得知母国遭此巨变，便洒泪向宋桓公求救，宋桓公于是果断地发兵西进，于黄河边上，正巧与石祁子、宁速等相遇。

漆蛮虎狼之师也追至黄河岸边，一见宋军来救，便及时止步，不敢再与宋国交锋。南下卫国之前，漆蛮早有"凡遇卫人杀光抢光，速战速决，但若其他邦国来救，我军便需急速避战而去，且不可大意——免得重蹈山戎覆辙"的将令，众狄人皆牢记在心。漆蛮一挥手，学华夏人的口吻道："足矣——"便掉转马头，再回朝歌。

此时整个朝歌城早被洗劫一空，各种金珠宝器、布帛粮米，车载马驮，不计其数。漆蛮得意扬扬，满载着丰厚的战利品，返回太行山巢穴去了。临行之前，还不忘将朝歌的城墙毁掉，使这座大城的城防瞬间化为乌有——自此始，这座繁华了几百年的卫都就彻底废掉了。

在宋军的护卫之下，石祁子先扶公子申渡河，然后华龙滑也随之渡去——所幸卫国国史以及各种典籍，一册未失，华龙滑心中大感欣慰。

宁速在黄河西岸守候半天，等待残存的卫国遗民一一乘舟而去。众人渡过黄河，缓缓行至一个地方暂歇——地名叫作漕邑。宁速一边安排生火煮饭，一边清点男女人口，不由就放声号啕大哭——计有七百三十人。卫都朝歌，亦是北方屈指可数的繁华大都，至少当有十万户、五万人口，然而经此浩劫，朝歌国人仅存七百三十人。

漕邑一片悲哀。石祁子哭了半晌，于众人道：“国不可一日无主，社稷余脉，尚喜公子申犹在，我等当拥立申继位，再整山河。”经此劫难，残留的卫人分外团结，同时好鹤亡国的卫懿公不但自己走了，其夫人子嗣也一并在逃难途中死掉了，所以此时卫人也谈不上再对懿公一脉有什么怨恨和顾虑。眼下卫侯血统，只剩下原公子伯昭的两个儿子：一个还在齐国的公子毁，一个就在身边的公子申。众百姓自然群声拥护，愿立公子申为君。

公子申正卧于临时支好的病榻之上，他本来身子就有肺疾，逃亡途中，又染风寒，骤然加剧。公子申有意推让，但此国难当头之际，任谁也是推脱不掉的。石祁子在漕邑创立庐舍，一如民间草屋，以为拜君朝堂。同时只因遗民太少，宁速又从附近的共邑和滕邑，十抽其三，得民四千余人；两厢拼凑，得了卫民五千之数。石祁子与宁速主持礼仪，此五千遗民共同参拜新君——公子申便如此这般继位，是为卫戴公。

卫国荥泽大败的消息迅速传开，天下震动。齐国临淄城中，管仲道：“卫宣公先淫父妾又夺儿妇；其子卫惠公杀二兄，篡位而立；其孙卫懿公好鹤如命，玩物丧志。此子孙三代皆以禽兽行径以奉社稷，卫国焉有不亡之理？”慨叹之余，又对赤狄生起无数敌意来。齐桓公问齐国是否要援助卫国？管仲以为霸主之国，自当伸以援手——本拟定护送在齐的卫公子毁回国继位，不想风云骤变，漆蛮又破朝歌，屠卫民，而公子申忽然就在漕邑继位为君了。这让齐国难免有些尴尬。齐桓公又问该当何如，管仲答静观其变，以静制动，卫国遭此巨变，放眼天下，必求助于齐，届时再出手不迟。

果然，不几日后，卫使急忙忙赶到齐国，只是为首之人，太出乎意料——竟是许穆夫人。

齐桓公一脸懵懂，道：“卫使？许侯夫人？……此夫人何许人也？”

管仲道：“国君有二姐，长姊宣姜嫁与卫国，次姊文姜嫁与鲁国。宣姜夫人本是卫宣公之妾，后来又改嫁与卫公子伯昭为妻。宣姜与伯昭共育有三子两女：长子齐子早夭，另两子乃公子申与公子毁，两女则分别是宋公夫人和许侯夫人——国君如何忘了？”原来齐桓公的这个姐姐宣姜，先是以儿妇的身份被卫宣公强娶做了父妾，而卫宣公死后，宣姜又再被逼嫁与宣公庶子伯昭，算是又变成了儿妇，因着这一段丑闻，齐桓公羞于启齿，也渐渐就淡忘了。尤其后来宣姜与伯昭更是远离喧嚣，仿佛躲起来过起寻常百姓的快活日子了，世人就更加不记得了。但是谁也想象不到，宣姜与伯昭先后去世后，其所生子女却又离奇般地进入了卫国的核心视野。

齐桓公当下一叹："乃寡人之甥到了，不知她为何而来？"

管仲道："许侯夫人乃当代才女，常有诗作文章问世。亦是爱国之士，我闻其在闺门少女之时，便时常对国家大事忧心。如今卫国亡于赤狄之手，此巾帼必是以许侯夫人之身，前来为母国前途奔走的。"

"原来如此……"齐桓公点头道，"宣许侯夫人觐见。"

第十章　救邢存卫

许穆夫人缘何来到齐国？

卫国突遭横祸，卫人忧心如焚。却说卫国有一个女儿，乃是宣姜与公子伯昭所生，时已嫁与许国穆公多年，人称许穆夫人。许穆夫人貌美清秀，姿容绝俗，又极聪慧，好读史书，天生一股忧国忧民的慈悲情怀。许穆夫人又工于诗歌，多有佳作，后世曾将其所作《竹竿》《泉水》《载驰》三首诗录之于《诗经》，乃是中国文学史上见于记载的第一位爱国女诗人。卫懿公死后，许穆夫人的哥哥公子申继位为君，是为卫戴公。早在母国被异族侵犯时，许穆夫人便劝自己的丈夫许穆公发兵，助卫国驱逐赤狄，许穆公以“赤狄凶悍，不可战胜”为由拒绝了；卫国劫后余生，灾后重建，许穆夫人又请许穆公资助财货，许穆公说“许乃小邦，国力不济”，又拒绝了。

诚然，许乃中原男爵小国，在强敌环伺的春秋乱世，生存十分艰难。早在周桓王八年，公元前 712 年，许国就曾经被当时的小霸郑庄公打破国都。后来虽然在庄公死后，趁着郑国内乱，亦即公元前 697 年复国，但许国地盘太小，始终国势难振，多被邻欺，尤其是屡遭死敌郑国频频发难，许国只好小心周旋于列强之间，其中艰难自是一言难尽。好在齐桓公称霸后，许国得齐国庇护，暂时无大风波。然而即使如此，许国与卫国乃姻亲之国，卫国有难，夫人苦苦哀求，而许穆公始终置之不理，勿乃太过？

许穆夫人寒透了心,道:“夫家可以抛弃母国,卫女则不可,我自亲往。”

许穆夫人散尽私财,到处购买粮食寒衣等急需之物;身边有随嫁之时带过来的侍女十余人,也纷纷解囊,以助许穆夫人购物救国。奔波三日,满满载了五辆青铜大车。许穆夫人也不与许穆公辞行,就带着这十几个侍女,又觅得几个御者,押着这五辆大车就出了许城,北上卫国而去。

顶风逆行,寒气袭人,许穆夫人及这些女从虽然早备寒装,但依然冻得瑟瑟发抖。行不多久,转上一条古松夹道的小路,忽然身后有人呼唤。许穆夫人回首望去,见是许国的三个大夫,各驾着一辆轻便的青铜轺车,匆忙追来。

那三大夫也是风尘仆仆,满面焦虑,赶到许穆夫人面前,都恭敬行了礼。一个道:“夫人安好!许国弱小,不宜招惹卫国是非,此中道理国君也多次讲与夫人,夫人为何总是不明白呢?”

另一个道:“我知夫人为母国之难忧心,然而夫人如此这般回到卫国,也是于事无补啊。夫人不如随我等回城,卫国之事,我们再从长计议。”

又一个道:“恕某无礼!夫人已嫁入许国,凡事自当以许国为先。若夫人自作主张回国,不惜以许夫人之尊,抛头露面于漕邑之野,礼仪安在,成何体统!”

许穆夫人又惊又恨又气,不由眼眶红润,落下两滴泪来。但转念一想,即使尔等有千般理由、百般阻扰,也难以阻断我前往母国的决心和信念!许穆夫人忽然一振,跳下马车,对着那三位大夫逐个冷冷地瞧一遍。许穆夫人清丽而刚毅的目光中,饱藏着凛不可犯的浩然正气,那三人心虚,都被看得垂下头来。

许穆夫人不理,移步向道边的一棵大松树下走去。寒风中,古木萧瑟,遍地枯黄,许穆夫人边走边想,一时才思和着悲愤,风发泉涌。

一匹白马大约被北风吹得痒痒,立在车前喷了喷鼻子,踏了踏前蹄。许穆夫人回首,看了那马,又转身对着那三个许国大夫,慨然吟诗一首:

> 载驰载驱,归唁卫侯。驱马悠悠,言至于漕。大夫跋涉,我心则忧。
> 既不我嘉,不能旋反。视尔不臧,我思不远?
> 既不我嘉,不能旋济。视尔不臧,我思不闷。

陟彼阿丘，言采其蝱。女子善怀，亦各有行。许人尤之，众稚且狂。

我行其野，芃芃其麦。控于大邦，谁因谁极？大夫君子，无我有尤。百尔所思，不如我所之。

“百尔所思，不如我所之！”这诗既洋溢着一种令人敬仰的爱国热情，同时又如两记耳光，噼里啪啦地分别打在眼前三个大男人的脸上。许穆夫人不动声色，既不训斥，也不争辩，只于寒风中吟诗数句，便令那三人羞愧难当，无地自容。

许穆夫人登车，带着十几个女流之辈，扬长而去。

道路正中，三个许国大夫呆呆立在风里，不敢再发一言。一直待许穆夫人的背影望断了，这才灰溜溜返城复命而去。

此诗便是见于《诗经》中的著名篇章《载驰》，乃许穆夫人传世佳作。许穆夫人以诗歌轻快的口吻，表达了自己快马加鞭，誓要回到漕邑，帮助自己母国共渡难关的决心。更将这几个许国大夫的无理劝阻，形象地刻画于诗中，最后以不屑的口吻道——你们考虑上百次，都不如我亲自走一遭——所谓“百尔所思，不如我所之！”——当时，三位无名流传的许国大夫中，最年长的那位闻后不由一叹，心中暗暗道：“此诗一出，我等皆将遗臭万年！尤当感谢夫人诗中未记一名一姓，也算是为我等保留了最后一丝颜面啊！”

漕邑。那些卫国遗民得知许穆夫人到了，都纷纷拥过来迎接。许穆夫人见了破破烂烂的母国难民，忍不住泪下，命身边的侍女将带来的衣食等物悉数发放。卫人欢喜，称赞不绝。望着眼前难民云集、一片欢腾的景象，许穆夫人这才开心地笑了。

“夫人，夫人快……”但见石祁子与宁速并肩急匆匆过来。一个勉强笑道：“夫人高义，危难时刻不忘母国，我代卫人谢过夫人！”一个忧愁满面，似乎泰山压顶，急道：“夫人，且先去看国君，快……”

许穆夫人心中顿时升起一种不祥之感，便随着石祁子、宁速二人快步向前。河流岸边的树林下，新起的数间茅屋分外入眼，看似民间草房却布局规整，隐隐透出宫廷气象，这便是卫国新君的所谓“殿堂”了。许穆夫人看了，一阵阵心酸。

一扇小窗射入寒风和亮光，窗下木几上放着一只鼓腹的黑色陶缶、一只破了口沿的黑碗、一只装满兽肉的小鼎和一堆高高垒起的竹简木书。小几之侧是一张木榻，褥薄衾单，枕头生硬，十分寒酸，但见卫戴公仰卧榻上，身上多盖了一件粗糙的羊皮袄，面色发黑，风拂乱发，奄奄一息。

"这？这……"许穆夫人无论如何也不敢相信自己的眼睛。

"国君！许侯夫人到了，您睁开眼睛看看吧。"石祁子几乎哭道。

卫戴公眉头皱了一下，缓缓睁开眼睛，蒙蒙眬眬就看见身边一个丽人风华正茂，光彩照人。卫戴公先是一惊，继之微微一笑："妹妹来了，哥……哥终于又见到你了，哥死……死……可以无憾了……"说着，便颤巍巍扬起手来，但显然没力气，手探到半空就又沉下了。

"哥哥——"许穆夫人扑下身来，跪在榻侧，紧紧抓住卫戴公的手，嘤嘤抽泣起来。石祁子与宁速也止不住泪下。

卫戴公顿时呜呜哭泣，又止不住一阵干咳，唬得许穆夫人不知所措。但见卫戴公双目凸出，眼睛里似乎有什么东西要跳出来，模样十分恐怖。卫戴公不能动，但又分明挣扎着，道："妹妹莫哭，我……我不值一哭……卫国……卫国完了……"言毕，气绝而终，手就从许穆夫人袖边滑了下来。

石祁子与宁速立时跪倒。茅屋之外，一重重的卫国遗民由近及远，纷纷伏拜于地。一时间哭声震天——卫戴公姬申在赤狄攻破卫国之际，于漕邑庐舍继位为君，不想仅仅在位几天，便猝然薨去。

真是屋漏偏逢连阴雨，卫戴公骤逝，使刚刚看到一线朦胧希望的卫国再度坠入深渊。卫国将向何处去？众人心中忐忑难安。将卫戴公盛殓毕，是夜，草庐之中，孤灯摇曳，人影憧憧，重臣石祁子与宁速、太史华龙滑及卫国其他几个大夫，并有许穆夫人等围坐在一起，共商国之大计。

石祁子先道："卫国多难，赤狄犯我才去，戴公又猝然薨离，目下该当何以为继，请赐言之。"

一大夫道："国不可一日无君，此为第一要务。昔日宣公共生五子，乃世子急、公子黔牟、公子伯昭、公子寿及惠公朔。如今四子皆去,其子孙也凋零殆尽。不过公子黔牟尚存一子在洛邑,况黔牟本乃周王之婿,当年只因卫国内乱一直避居洛邑之中,我等拥护王婿之子,以继社稷,可谓名正言顺。然后再托天子王师庇护,大事可定。"

另一大夫接着道:"我亦赞同黔牟之子继位。只是当今乱世,天子早衰,诸侯日强,卫国之难,尚须仰仗他国救助——何国可也?乃是宋国。宋、卫古来盟好,宋公夫人也可从中多多周旋,借来宋援,方为上策。"

众人多有赞同者。只见许穆夫人忽然朗朗一笑:"大夫所言不无道理,只是未免舍近求远,舍本逐末。"众人一愣,但听许穆夫人接着道:"众位大夫如何忘却一人?——戴公之弟、我之次兄公子毁!如今戴公早薨,何不立其弟毁继承君位?公子毁如今正在齐国,与齐侯又有舅甥之情,齐国焉有不助之理?且放眼当今天下,齐乃霸主之国,若论势力雄强,可以助卫以渡难关者,舍齐国还有谁?……周王?宋公?……哪个可与齐侯并论?舍齐而求助于周、宋,岂非舍近求远,舍本逐末?"

"齐国定然不通!"太史华龙滑道,"夫人有所不知。齐国主政者,实乃相国管仲。却说管仲当年落魄,曾求仕于卫惠公门下,结果遭受排挤,险些死于卫国。此种过节,今日齐相如何能忘?何况自齐侯称霸之后,卫国虽然也多与会盟,然而彼时惠公多有他心,暗暗背齐,譬如协助郑厉公叛盟,资助王子颓谋反等,也使管仲大为恼火,耿耿于怀。有此一段渊源,那管仲及齐国岂能助我?所以,目下卫国之难,只能求助于周王!"

此一番言论,使在座众人都猛地一沉。

许穆夫人微微一笑:"请教华太史,假设搬来周王,周王是否真的可以帮助卫国呢?"此语刚刚出口,连华龙滑在内都瞠目了。是啊,周天子尚且自身难保,又如何可以庇护卫国呢?

许穆夫人瞧着华龙滑,又道:"太史阅卷无数,博古通今,自当知晓庶民终是庶民、豪杰终是豪杰的道理。想那齐侯与管仲,皆系王霸之才,江海度量,其胸怀志向乃在天下,岂会计较区区一卫?即使昔日些许仇怨,当此大是大非面前,我料其必不计较,定会慷慨相助!——诸公,请允我以卫女之身出使齐国,接回公子毁,并搬来齐援,倘若我有负使命,尔等再入周不迟!"

"夫人之见,令我等汗颜啊。"石祁子击案,动情道,"公子毁恰在齐国,此正乃结好当今第一强国的良缘!倘若我等先入周而不入齐,则是自断齐好,得不偿失——我意,拥立公子毁回国即位!"

许穆夫人慨然道:"国难当头,事不宜迟,我愿明日便赴齐国。"

满席之众想了想,皆默许了。又听宁速道:"我愿与夫人一道,出使齐国!"

——此事就这么定了下来。这才有了许穆夫人忽然造访临淄的事情。

当下齐桓公与众臣早朝,传卫使觐见。

许穆夫人款款而入。但见夫人清雅贵妇,年约三十,着红底白边的曲裾深衣,步履轻轻如水滑过。云鬟高耸,钗凤低垂,眉清目秀,若画中人。论美貌,颇似其母宣姜;论神采,却又透出几分当年文姜的影子来。齐桓公见了,不由暗赞一声好。

许穆夫人缓缓步入堂中,环视齐国众臣,如管仲、鲍叔牙、公孙隰朋、王子城父、宾须无、宁戚等,一一致意。许穆夫人又躬身行礼,道:"拜见齐侯,见过管相及众位齐国重臣。"

"不必多礼。"齐桓公乐呵呵道,"你乃我姊之女,只叹山河阻隔,多年未见。如今你亲来母舅之国,是为许国之事乎?抑或卫国之事也?"

许穆夫人道:"舅舅明见,我专为卫国之事而来。卫国劫难,无须多言,舅舅既是卫国之亲,亦是华夏方伯,于公于私,自会鼎力相助。卫国之盼齐国,如久旱之望云霓!"

齐桓公道:"卫乃齐之盟国,寡人自当伸以援手。不知当下卫国如何了?"

许穆夫人强忍热泪,道:"荥泽之战,卫国全军覆没,懿公死于乱军之中。后来赤狄又攻破朝歌,民皆遭劫。大夫石祁子与宁速护着公子申,侥幸渡过黄河,脱险而去。在漕邑之地,五千卫国遗民拥立公子申继位,以期重振卫国。孰料天意难测,公子申本就体弱多病,逃亡途中又为风寒所伤,称君未过几天,便猝然而薨,卫国又陷于一片迷茫之中……"

"什么,公子申也去了?……"齐桓公喃喃道。满堂之众听到这个消息,都惊呆了。这个卫国,也未免过于命运多舛了吧。

管仲眼中放光,立时就意识到了许穆夫人的来意,当下道:“天不假年,真乃憾事,夫人节哀。卫国之事,我国君早就有意相助,本欲遣使入卫,以贺公子申登基,哪承想……”管仲一声叹。

“不知齐国将如何助卫?”许穆夫人望眼欲穿,瞧着管仲道。

“夫人此来,意欲何为?”管仲又反问道。

“我自请为卫使来到临淄,愿接我兄公子毁回国继位。卫国劫后余生,百事艰难,恳请齐国慷慨解囊,助卫国一臂之力。”

管仲微微笑了,远远地望着齐桓公。齐桓公心领神会,大声道:“寡人早有此意,卫使尽管放心,寡人当派兵护送公子毁归国,相助尔等再立江山。”顿了一下,又道:“夫人远来,可先到馆舍歇息,与公子毁先叙兄妹之情。容寡人安排妥帖,一道护送你们回国。”

许穆夫人泪水涔涔而下,躬身礼道:“谢齐侯大恩……”

齐国后宫顿时躁动起来。许穆夫人出使齐国、公子毁将返卫称君的消息迅速传开。公子毁,姬姓,卫氏,初名辟疆,后改名为毁,乃是卫宣公之孙,卫昭伯之子,卫戴公之弟,只因他早料到懿公好鹤乃乱国之兆而避居于齐国,乃至于今。公子毁勤勉谦逊,爱民有德,通礼仪,好雅乐,颇具人君气象。齐桓公宠信长卫姬、少卫姬并公子开方,此三人皆是卫国人。初时,三人以为公子毁谦逊太过,难成大器,对这位母国公子并未有多少礼遇,反而冷嘲热讽不断;如今公子毁忽然将成卫侯,此三人便顿时慌了,匆忙间就不停地攀起亲来。

却说齐桓公一直未立世子,长卫姬所生的公子无亏乃是齐桓公膝下第一子,将来承续大统的概率最大。所以,竖貂、易牙及公子开方等宵小之辈也一直与长卫姬抱团结党,期望桓公百年之后,拥立公子无亏继位。如今可谓天赐良机,竖貂对长卫姬道:“夫人母国生变,国君将发兵定卫,这个功劳不可给管仲等大臣抢走。夫人当以母国之情向国君请愿,请公子无亏入卫建功,我料国君必准。无亏立此大功,将来立嗣有望!”长卫姬称妙——果如竖貂所料,长卫姬枕畔之间一番柔媚功夫,果然就得到了齐桓公的同意。

不日后,齐桓公以公子无亏为帅,统兵车三百乘、甲士三千人,护送公子毁及许穆夫人、宁速等一道返回卫国。卫国经此浩劫,府库空空,齐桓公又赐公子毁大车一乘、礼服五套,牛、羊、猪、鸡、狗各三百只;另有造房所需木材几大车。又赠公子毁夫人以鱼皮装饰的贵妇马车一辆,美锦三十匹。队伍浩浩荡荡,异常壮观,又有牛鸣狗吠不绝于道,也是热闹异常,沿途百姓见了纷纷称奇。许穆夫人见此番出使齐国,不辱使命,满载而归,连连向齐桓公称谢不已。

齐国队伍抵达漕邑,整个卫国都沸腾了。卫人再立新君,公子毁受拜继位,是为卫文公。时弘演的驾车御者见国君已立,便来呈报"弘演纳肝"之事。卫文公听了百感交集,令人备了棺木,前往荥泽收殓;又追封弘演为忠义大夫,立庙祭祀,以表其忠君爱国之德。同时又为卫懿公、卫戴公发丧,料理后事。

齐国援卫仿佛一面旗帜,各诸侯国闻风而动,如宋、鲁、曹、陈、蔡、郑以及许国等,皆派使臣前来漕邑吊亡君,贺新主,同时各国皆有财货献上,以助卫国复国。此时那日谋划立君的诸多卫国大夫,都纷纷赞叹起许穆夫人的超凡眼光和真知灼见来。尤其许国也忽然转变态度,将许多财物送至漕邑,这使许穆夫人也生出许多感慨,叹道:"齐国来助卫,许国也来助卫,吾不虚此行了。"

许穆夫人泪眼盈盈,最后望一眼寒风中充满萧瑟与生机的漕邑,就返回许国了。

一直到第二年春天,即周惠王十八年,公元前 659 年,卫国才正式改元,公子毁才正式称君号,即卫文公。当时国家草创,百废待兴,文公寄居漕邑,直如荒野民间,拢共有车不过三十乘。卫文公礼贤下士,重用新人,日常穿布衣,食蔬菜,早起晚卧,勤于政务,安抚百姓,卫国无不称贤。卫文公乃卫国第二十任国君,在位共计二十五年。后来在齐国的帮助下,卫文公迁都楚丘,一生呕心沥血,立志复兴,在位期间对内发展生产,对外会盟诸侯,兵车由三十乘增至三百乘,也曾出兵灭亡邢国,卫国国运在文公手中也曾兴旺一时。然而,自赤狄犯卫,朝歌废弃,此后的卫国江河日下,日渐凋零,再也不是曾经的那个北方大国了。此乃后话。

这个春天来得比较早,城外群山一片新绿,淄水盈盈欲笑。齐桓公立在临淄宫中赏花，心情特别好。几日前，公子无亏也从漕邑归来了，言道卫文公之贤能，大夫弘演之忠义，齐桓公叹道：“卫国宣公、惠公、懿公三代无道，终有亡国。至于公子毁之世，寡人相信，卫国必兴。”公子无亏又将带去的三千甲兵留在漕邑，以戍守卫国，并防狄人再入侵。齐桓公听了，偶有不快，心想卫国劫后一无所有，这些齐兵不知要为他国效劳到何时，时管仲进言道：“卫都朝歌，已被赤狄堕城毁弃，不如帮助卫国择地筑城，另立新都，可以一劳永逸。”齐桓公听了大喜，不日后就筹划起为卫国建立新城之事。

宫中花圃，春风拂面，佳酿飘香，佳丽与群芳竞艳。易牙刚刚奉上一鼎鲜鱼，竖貂刚刚斟满一爵美酒，温柔乡里，长卫姬与少卫姬不住地夸赞公子无亏在卫国的种种作为、种种好来。齐桓公听了美滋滋的，乐个没完。

且说觥筹交错，正欢会间，忽然又一个霹雳从天而降，宫外急报——赤狄攻邢，邢国向齐国求救！齐桓公大惊不已，顿时没了享乐的兴致，眼前猛一下就浮现出去年卫国荥泽之战的惨状。

却说这邢国乃是北方一个不大不小的邦国，侯爵，位于卫国之北，燕国之南，太行山东侧，即今日河北邢台一带。西周之初，周成王曾封周公旦第四子姬苴于邢地，建立邢国。所以，追本溯源，邢国亦属于周公旦的封地，与鲁国可谓同宗一脉之国。邢国自立国始，便与周边的戎狄不停交战，所以长期以来军事强盛。不过到了春秋之后，尤其是齐桓公时代，邢国日渐萎缩，在与戎狄交锋中多次败下阵来；同时邢国不知何因，开始故步自封，少与诸侯往来，华夏会盟之事，鲜见于邢。

宫中，齐桓公紧急召集“一相五杰”商议。齐桓公问道：“邢国救也不救？”

王子城父道：“诸侯所以尊齐为霸，以齐国能够拯救灾患也。去年不能救卫国，乃因其事太急；若今日再不能救邢国，则齐国霸业将衰啊。”

“大司马所言甚是。”公孙隰朋道，“凡侯伯，救患、分灾、讨罪，礼也！国君当火速发兵救邢。”

鲍叔牙接着道：“邢乃姬姓封国，是为华夏手足，今被赤狄来犯，齐国自是不可袖手。此乃‘尊王攘夷’，为齐国霸业之基。”

齐桓公又望着管仲，问道：“仲父也以为当急速发兵救邢？”

管仲捻着颐下的白须，沉吟半晌，道："邢国自是当救。只是不可急救，而需缓救。"

众人皆是一愣，王子城父道："管相何意？"

"邢国固乃华夏诸侯，今被夷狄侵犯，便是夷狄之犯华夏。齐国'尊王攘夷'以霸，救邢国之难，自是义不容辞，此所谓当救。然而邢国自恃兵强，偏居一隅，少与诸侯通好。且自我主称霸以来，多有藐视，从不会盟，此番忽然被赤狄侵犯，也是自食其果，该当醒悟。此所谓缓救之意。"

众人皆点头。宁戚道："缓救之策，于齐最利。国君可先发盟主令，相约鲁、宋等国一道联军而救邢，众必响应。亦使华夏诸侯皆知：唯有合纵联盟以抗夷狄，方是当今天下之正道。"

"然也。"齐桓公忽然又想到了什么，"……数日前决定为卫国筑造新城，今日又决定为邢国发兵抗狄，卫、邢两国之急，孰先孰后？"

管仲道："先平邢国之患，而后为卫国筑城，此乃百世之功也。"

齐桓公传檄文于宋、鲁、曹、邾四国，相约一道出兵救邢，五国大军先于聂北之地会齐。齐桓公自统兵车三百乘，以管仲为帅，王子城父、公孙隰朋辅之，先到聂北扎营。不久，宋桓公率兵车二百乘，曹昭公统兵车一百五十乘，一前一后抵达。只是鲁、邾两国兵马不知何故，迟迟未来。

齐桓公心中焦躁，问管仲道："鲁、邾不来，是否有变？邢国战事吃紧，我等是否先行进军？"

管仲嘿嘿一笑，道："正好！正好！"齐桓公茫然不解。管仲接着道："鲁、邾两国当是有急务缠身，晚到两日便是了。国君放心，此两国不会有变——国君正可以此为说辞，且安心歇马于聂北，等鲁、邾两国兵到，等邢国时机成熟，再发兵不迟——目下邢国，赤狄锐气正盛，而邢之战力未衰，如果此时出兵，我则倍劳其力但收功甚小，不如且坐视邢国与赤狄先战。邢国不敌赤狄，则必溃败；而赤狄胜了邢国，必然也成疲惫之师。那时我等再出兵，驱逐疲惫之赤狄，援助溃败之邢国，可以省力而多功。如此而已。"

齐桓公又惊又喜，嗔道："仲父可谓老谋深算！"

管仲道："齐国所需要的是一个俯首称臣、诚心尊齐为伯长的邢国，而不是一个自恃兵强，藐视齐国，只在危难时刻方才想到霸主的邢国！"

齐桓公如梦初醒，叹道："妙！"于是托言鲁、邾之兵未到，于聂北屯兵不动。同时派人前往邢国，一面先安邢侯之心，一面昼夜打探战事消息。

就这样，齐、宋、曹、鲁、邾五国兵马会齐后，驻扎聂北，将及两个月之久。

春日黄昏，斜阳残照，新草如茵，仿佛镀了一层黄金的大地上，黑烟四起，战火狼藉。打了整整一日，双方暂时收兵，一座高耸的古老都城开始享受暂时的喘息与安宁。

漆蛮麾下的赤狄骑兵将邢城又打一日，依旧难破，待太阳下山，就传命停止攻击，全军钻入帐篷中休养，明日再战。漆蛮于去年冬天成功攻破卫国，将朝歌城洗劫一空，得金帛粮米难以计数，可谓大获全胜，志得意满。赤狄国经此一战，不但彻底扭转了被晋国驱赶到太行山以东的被动局面，而且一夜之间实力剧增，大长北狄人志气。于是到了第二年春天，漆蛮统领突如、焚如、死如、弃如四员猛将，发兵一万五千人，再度南下，前来劫掠邢国。卫国的甜头太大了，漆蛮期盼在邢国再美美地狩猎一回！然而国土面积小于卫国数倍的邢国，却久攻不下，战事陷入胶着，这实是大大出乎漆蛮的预料。

此刻，邢城箭楼之前，邢侯在大夫女臣的陪同下，刚刚视察完城防，正抚着一段血污的城墙，向下面密密麻麻的赤狄营帐眺望。薄暮如烟，星火点点，狄营之中杀牛宰羊、吃肉喝酒的欢呼声，依稀可闻。漆蛮将人马分为左中右三营，就驻扎在邢城对面，明显有志在必得之意。围城已一月多了，漆蛮令突如、焚如、死如、弃如四将分别攻打东、西、南、北四门，双方数次大战，虽说各有输赢，然而四门却无一可破，邢城依旧岿然不动。

邢侯立着瞧了很久，道："赤狄骁勇善战，那漆蛮也是极善用兵，此番邢国算是领教了。"

身边大夫女臣道："赤狄固然勇猛，然我邢人亦非怯懦之辈，双方僵持将近两月，那漆蛮也没有占到多少便宜！”

“唉！虽然如此，只是我方兵少，狄人兵多，邢国每天都在死人，又得不到新兵补养，城中粮草也将耗尽，战局与我越来越不利，寡人甚是忧心啊。”邢侯说着，一声浩叹。

女臣也是满面焦虑：“我国已向齐国求救，齐侯相约宋、曹、鲁、邾四国诸侯也已应声而来，只是援军一直囤积在聂北，按兵不动，不知何故？”

邢侯听了，一片茫然，默默不语。女臣忽然厉声喝道：“什么华夏方伯，诸侯霸主，分明故意不发兵！乃要坐视邢国灭亡！”

“不可如此说！”邢侯正色道，“此事说来也怪寡人。齐侯称霸二十多年，海内连周天子在内，无不仰望，而寡人却瞧齐侯不起，二十年间从未与齐国会盟，可谓输礼在前。如今我国大难临头才急忙求救，虽然救兵还未到来，但齐侯的诸侯联军已经在半道上了，我等该知足了。”

“依国君看，齐桓公一定来求邢国？”

“一定会来！目下大约五国诸侯之间有什么难以言明的磕绊，所以困在聂北了。”邢侯说着，又望一眼城下兵强马壮的赤狄大营，叹道，“齐相管仲曾向齐侯进言：‘戎狄豺狼，不可厌也；诸夏亲昵，不可弃也。’诚乃当今天下至高之论。邢国倘若平安度过此劫，寡人定要尊齐为霸，华夏一家，共抗夷狄，方是正道啊！”

女臣又道：“国君所言，固然有理。只是目下，邢国难以为继，该当如何？”

“坚守孤城，以待援军。”邢侯说着，神色黯然。是的，邢侯内心十分清楚，邢人的血快要流干了，国都恐怕是坚守不住了。

女臣嗫嚅着嘴唇，欲言又止，止而欲言，最终到底挺着胆子，勇敢道：“国君，邢城必破啊！莫如破城之前，我等先突围而去，别图后计。”

“蠢！舍此坚城而不守，横尸野外以待豺狼，你是要步卫国后尘吗？！”邢侯大怒道。女臣吓得脸色苍白，浑身颤抖。诚然，去年冬天，卫国大夫石祁子、宁速就是放弃坚守朝歌，盲目出城逃命，结果却是满城卫人完全暴露在荒郊野外，被快马如风的狄人肆意屠杀，以至于五万国人最后被杀得只剩下七百三十人！因着这个惨痛教训，所以开战之前，邢侯便确立了以举国之力坚守城池，同时向齐国求救的策略。事实证明,邢侯这个策略不知比卫国的逃亡之计要高明多少倍!赤狄以骑兵称雄,长于野战,而短于攻城,卫国之所以速灭,邢国之所以尚存,原因皆在于此。这也是此番赤狄南侵,令漆蛮最为恼火的地方。

“遵国君命。”女臣拱手道。

是夜,漆蛮大帐灯火通明,炖羊早熟。众多赤狄将领围坐一起,大口大口咀嚼着肉,人人满嘴是油。其间唯见首领漆蛮闷闷不乐。

焚如嘴角带笑,用匕首扎着一块热气腾腾的肉,道:“今日这羊鲜美异常,大王如何不吃?”

漆蛮不语,只是相视一笑。

突如道:“我主可是为如何攻破这邢城忧心?”

漆蛮双目放光,道:“正是。突如将军可有良策?——邢城久攻不下,东方的齐国又联合五国兵车,将来救邢。倘若联军忽至,我一国人马岂能与华夏数国为敌?每每想到此处,我心甚忧啊。”

“我与邢国僵持已近两月,双方皆在拼尽全力,谁挺到最后,谁就是胜利者。目下我方军力尚可维持,而邢国粮草将尽,战力将枯。我这两日正思得一计,可以立破邢城!”

众人皆是一惊,焚如、死如、弃如等都急不可耐,纷纷道:“快讲快讲。”

突如道:“我军人马数倍于邢人,这就是取胜的根本。自明日始,东西南北四门同时攻打,但——只是骚扰,并非强攻,我要邢城兵士不得安息,活活累死。我军人马可一分为三,轮番上阵,昼夜不息,一刻不停,那邢国残军剩甲岂能招架得住?不出三日,邢城必破!”

焚如、死如、弃如等连连叫好。漆蛮沉思片刻,纵声一阵狂笑,而后举起酒来,大声道:“突如之计甚妙!来,众位勇士们,饮了此酒,明日便开始攻城,定要大破邢国,满载而归!”

翌日晨后,漆蛮便依突如之计,对邢城展开了车轮战术。

消息传到聂北，管仲对齐桓公道：“可以发兵了。”齐桓公依管仲之言，也于次日后，五国联军尽出，一路浩浩西进，向邢国开拔。大军未及正午，行至一座小土山下，忽见前面无数男女老幼，说不尽的仓皇恐惧，如水奔涌而来。稍近，人群中有人高呼：“是齐军，是齐军……愿齐侯垂怜我等百姓！”原来是从邢城逃出来的邢国百姓。齐桓公下了兵车，与管仲、王子城父、公孙隰朋一道前去看。

“齐侯啊！”有一官人像是故意穿着民间布衣的装扮，在两个壮硕汉子的追随下，大步冲来，见了齐桓公就倒在地上，大哭不已。王子城父与公孙隰朋赶忙扶住，一看，乃是邢国国君邢侯。几人皆大惊，齐桓公慌忙问道：“邢侯为何如此啊？”

“邢城已破……”邢侯哽咽着，老泪纵横，“赤狄入城，纵兵劫掠，我等无奈只好率领百姓出城东逃，奔齐侯而来……”

原来漆蛮的车轮战术果然奏效。将近两月不断的攻城战中，邢城守军越死越多，军士皆疲惫不堪，粮草也难以为继，只靠着邢人那点刚毅不屈的精神顽强撑着。然而目下，东西南北四门被漆蛮昼夜不息、轮番不断进攻，只过了一天一夜，邢人就真的崩溃了。今日拂晓后，东门之上死伤最重，可用之兵不过三百，且后营断炊，士兵们又饿又累，双眼模糊。这当儿，守门大夫女臣一个稍不留神，被城下狄人一连两箭射中胸膛，从城上堕落身亡。主将已死，群龙无首，负责攻打东门的狄将突如趁机发动强攻，经过一番恶战，东门首先被撕开一个口子，城门被打开，无数狄人骑兵鱼贯而入。邢城失守！突如部其快如风，其烈如火，入城后不分兵民，逢人就杀，势如破竹。不久其余三门也全部沦陷，整个邢城顿时落入狄兵的围猎之中。邢侯见大势已去，只好传令百姓自行奔逃，出城后一路向东而去，因为那里毕竟有方伯齐桓公的联军在，这是邢国最后的一线希望。

齐桓公当下轻轻拂去邢侯肩上的黄土，道：“寡人行军太迟，以至于邢城被破，百姓落难，此皆寡人之罪也！邢侯勿急，寡人当与宋公、鲁侯、曹伯、邾子五方合力，定解邢国之难！”

管仲接着道：“可令王子城父率前部先行，后部留一军以安置邢国百姓，国君自统五国之军居中而进，于邢城之下与赤狄决一死战！”

“自当依仲父调遣。”齐桓公道。

那邢侯听了，又是感激又是无奈，只模糊泪眼，拱手向齐桓公、管仲等连连致谢，满口无言。

邢城之中，漆蛮人马横行街市，肆意践踏，盖凡遇到邢人，一概格杀勿论。宫中、诸大夫家、寻常百姓户、府库、门店、商铺、作坊等皆遭洗劫，只要是可以运走的，无论金玉、青铜、布帛、粮粟、牲畜、铁器、木具、盐巴等等，全部搬运车马之上。好端端一个国都，如同一鼎满满的肥羊炖，被赤狄血口狂啖，风卷残云，吃个精光。

忽报齐桓公人马自东杀来。漆蛮大惊，道："灭山戎的霸主终于来了……"言语之中暗藏许多惊慌。

突如、焚如、死如、弃如皆不以为然，都争着请命迎战，漆蛮厉声道："不可！我国人马强攻邢国两月之久，也早成疲惫之师。何况我早有言在先：赤狄只偷袭华夏一国则可，若与他们数国联军相战，则是自取灭亡！想那齐侯，之所以称霸诸侯，消灭山戎，乃是因为齐国有一支天下无敌的新军！其麾下如管仲、鲍叔牙、王子城父等，也皆非等闲之辈！所以目下之计，我等则是如风而来，如风而去，带着邢国财宝，火速返回太行山中。此乃上策！"接着又命道："传令！撤军北上！令焚如、弃如二将断后，我等速去！"

众将不敢争辩，皆齐声奉命。

漆蛮又望了望这座邢城，见烽烟之中，高墙雄伟，殿堂壮丽，屋瓦鳞次栉比。此番南侵远远没有去冬打劫卫国时所得丰厚，其中原因主要就是华夏人所筑造的铜墙铁壁，固若金汤。这座邢城抵抗了两月之久，也令漆蛮吃尽苦头。漆蛮冷冷一笑，又命道："将此城一把火烧了！"

一队队马兵操着火把，在东西南北各一条大道上奔驰，有狂妄的笑声和着马蹄声不断传来。须臾后，黑烟冲天，红焰卷地，整个邢城陷入一片火海之中。

赤狄骑兵以快著称，但因劫掠之后搬运财货之故，行动略显迟缓。不过漆蛮确非庸碌之辈，一方面撤得急，抢占了先机，一方面又果断令二将断后，所以此番行动，赤狄人依旧是全身而退，满载而归。待王子城父率军赶来，漆蛮大部已去，只焚如、弃如二将与王子城父撞个满怀。王子城父大怒,指挥新军兵车与之骑兵大战。最终,此一小拨狄兵被灭,焚如被王子城父斩于马下,而弃如右臂中箭,侥幸未死,在几个小喽啰的护卫下,匆忙逃去了。

说话间,齐桓公大军抵达邢城,但见烟火腾腾,整个城郭似乎被烧得通红。几国国君尤其是邢侯惊骇不已,义愤填膺。齐桓公传令救火,联军将士们传递水源,从东西南北四门强入城中,无数的人无数双手,也不知泼洒了多少清水和汗水,至太阳将落之时,终于将火扑灭。

齐桓公挽着邢侯,与宋桓公、鲁僖公、曹昭公、邾子及管仲、王子城父、公孙隰朋等,一同入城查看。但见黑木焦土,断垣残壁,满目疮痍,国已非国,家已非家。残破的街巷中,房倒屋塌,焦臭难闻,无数百姓的死尸早已面目全非,不知是谁。邢侯看了,心如刀绞,泪如雨下。

齐桓公忧道:“城已如此,尚可居否?”

邢侯大哭道:“赤狄如此野蛮,杀我子民,掠我财货也就罢了,如今又将我家园焚毁殆尽,天!悠悠苍天,从此世上再无邢国了!”

几个国君皆陷入一片悲哀之中。管仲见状,言道:“此城已废,无可再用。然,齐侯发令救邢,四国诸侯应声而来,此功不可半途而废。夷吾建言为邢国择地、建城、迁都,以承续社稷,再立江山。”

齐桓公道:“管相之言,正合我意,我正要为邢国筑造新城。不知邢侯以为,新城当择立何地?”

邢侯心中大悲之余,又涌起一阵无比的暖意,道:“齐侯及诸君善意,邢人世代感恩不尽。新城之地……国人逃难者,多在夷仪地方,我愿迁都夷仪,请齐侯助我!”

“好,就在夷仪筑城。”齐桓公慨然道。

夷仪,在今山东聊城。于是齐桓公发动身边五国之力,运输木材,版筑夯土,为邢侯筑造夷仪城。邢城之中幸而尚存的书册典籍、祭祀礼器及一些生活用具,齐桓公命人小心整理,安全运至夷仪。此番搬运邢国残存之物,几国诸侯未曾挪走一针一线,悉数安然归邢。邢侯大为感激。齐桓公又为邢国新立朝堂、宗庙,增设房屋;又从齐国运来牛马牲畜、衣帛粮米、庄稼种子及各种农具等,慷慨相赠。一番辛苦之后，夷仪新都赫然而成，邢人又重新找到了家国之感。邢侯主动与齐国结盟，尊齐为霸，邢国百姓欢呼相庆，一连七日不绝。

时周惠王十八年，公元前 659 年。

邢国事毕，已入金秋，忙活了将近半年。宋桓公、鲁僖公、曹昭公、邾子皆要辞别齐桓公而归国。齐桓公道："自去年冬天始，赤狄骤然来袭，先破卫国，又侵邢国；此两国深受赤狄之患，元气大伤。如今邢国迁都已毕，而卫国君臣依旧在漕邑荒野吃苦。我意也当为卫国筑城迁都，诸公何不一道成人之美？"

四国诸侯齐声道："愿随方伯，一道行此善举。"

齐桓公风尘仆仆，然后率齐、宋、鲁、曹、邾五国联军又转道到卫国漕邑。卫文公大喜，率领群臣远远迎接。郊野上，齐桓公见卫文公葛布为衣，粗帛为冠，分明山野百姓的装束，哪像什么一国君主。长期过量的辛劳使卫文公面色黝黑，眼窝深陷，与潜居齐国之时的贵公子判若两人。齐桓公暗暗道："公子无亏曾言道，卫侯乃是一个爱民如子的贤君，今日一见，果不其然。"

双方相见，彼此行了揖礼。齐桓公道："邢国迁都夷仪之事，想必卫侯早知。寡人移兵到此，乃是要仰仗宋、鲁、曹、邾几国之力，为君筑城迁都，不知意下如何？"

卫文公喜出望外，心中早有迁都之意，只是不好开口。当下道："齐侯真乃华夏方伯！卫国求之不得，一切但凭齐侯主张。"

"不知新都之地，何处为吉？"

"我与众臣早已卜得一块吉地，乃在楚丘，只是筑造新城，耗财巨大，非我亡国之君所能办成啊。"

齐桓公哈哈一笑，道："楚丘——甚好！筑城之事，卫侯放心就是。"

齐桓公令五国军士开到楚丘，各带铁锹竹筐等工具，同为卫国夯筑新城。霸主亲自主持，上万甲兵一起筑城，自是非同一般，场面壮观，进展神速，卫人十分感念。楚丘百姓，箪食壶浆以跪谢者，络绎不绝。齐桓公又令运输木材，再立宗庙，修整道路，开辟街市等，一切费用皆由齐国支付。临淄城中，负责后勤供给的宁戚也是忙得不亦乐乎。多亏了管仲新政，几十年来工商发达，百业兴旺，藏富于民，府库充盈，以至于齐国之富，天下无双，否则一年之中，先为邢国筑城，后为卫国建都，齐国早就财力枯竭了。当时卫人有感于齐国再造之恩，曾有一首《木瓜》诗广泛传唱：

投我以木瓜，报之以琼琚。匪报也，永以为好也！
投我以木桃，报之以琼瑶。匪报也，永以为好也！
投我以木李，报之以琼玖。匪报也，永以为好也！

不久后，齐桓公又派甲兵护卫，协助卫国将收集在漕邑的国家珍宝，如各种典籍文书、青铜礼器等，一路迢迢运至楚丘新城。沿途保存完好，无一有损。虽然国破城毁，然而幸在齐国相助之下，卫国文脉并未断绝，被很好地保留了下来。

又过了一年，即周惠王十九年，公元前658年春天，齐桓公将卫国迁都于楚丘，卫国历史也从此开启了崭新的一页。楚丘，即今河南滑县一带。

于齐国而言，最近三年可谓外事连连，多事之秋。在管仲的高明运筹、精心辅佐之下，霸主齐桓公步入了救亡图存、挽救华夏、立三大功的光辉时刻——周惠王十七年（公元前660年），齐桓公立鲁僖公以存鲁国；周惠王十八年（公元前659年），齐桓公建夷仪城以存邢国；周惠王十九年（公元前658年），齐桓公又建楚丘城以存卫国。存鲁、存邢、存卫，后世所谓“桓公存三亡国，为五霸长”。天下混乱，风云变幻，存亡绝续，吉凶难料。管仲立足华夏之本，因势利导，会盟诸侯，尊王攘夷，共渡难关！当时之世，管仲以十足务实的精神，大约只图化解眼前危难，并未想到要为后世做些什么。但是很多年过去之后，人们蓦然发现，管仲有意无意之间，却为华夏文明的保护和延续作出了难以磨灭的贡献。正基于此，孔子曾有一句浩叹，曰：“微管仲，吾其被发左衽矣！”

第十一章　楚国伐郑

“天下霸主，有齐无楚，真寡人之耻也！”朝堂之上，楚成王忽然咆哮道。下面众臣如斗子文、斗班、斗廉、斗章、屈完等，都是不由一惊。

楚成王熊恽乃楚文王与息夫人所生次子，自杀兄继承王位之后，楚成王很好地继承了先祖遗愿，不断开疆拓土，志在争霸。楚成王拜斗榖於菟为令尹，并尊称其为斗子文；改革内政，施仁布德，发展生产，富国强兵。对外效仿齐桓公而尊周天子，一面与诸侯结盟修好，一面假天子令在南方拓疆。楚之国运，自楚武王铁腕掌国，僭号称王，独霸江汉，奠定强国基础之后，到了其子楚文王时期，东征的同时亦开始北进，又迁都于郢，为楚国争霸中原创造了良好条件。继之其孙楚成王执政，灭亡贰、谷、绞、弦、黄、英、蒋、道、柏、房、轸、夔等国，先后与齐桓公争霸，与宋襄公争霸，自此开始称雄中原。再后到了楚成王之孙楚庄王时期，庄王饮马黄河，问鼎中原，终于成为春秋五霸之一。此是后话。却说齐桓公北伐山戎，南定鲁国，然后又救邢存卫，华夏一片传颂之声，大小诸侯无不唯齐是尊。此种消息传到楚国，楚成王却闷闷不乐，十分失意，于是慨叹“有齐无楚”，朝堂之上，勃然大怒。

楚成王道：“楚国自我先祖武王至今，三代皆有谋图中原之志，然而……眼下楚国依旧局促南方，始终不得涉足中国。而那齐侯尊王攘夷，号令诸侯，人心所向，胜我多矣！寡人欲与齐国争霸，众卿有何妙策？”

“我王何忧！”有一人高声朗朗道。众人瞧去，乃是大夫斗章：“我大楚千里之国，地广人稠，甲兵威猛，何不挥师北上，一鼓而败齐国？打败霸主，则我自然成为新霸主，普天之下，谁敢不服！”

楚成王听了不禁一笑。有几人也纷纷附和斗章，嚷嚷着要出兵伐齐。但听得大夫屈完冷冷而笑，道：“荒唐！岂可攻齐？——某与令尹大人数年前曾经徒步考察齐国，深知齐国之富，齐国之强，当世第一，管仲所组建的齐国新军更是天下无匹！诸公可还记得当年的山戎何其骁勇善战，但是与齐交锋，未及一年便全军覆灭，令支、孤竹相继亡国！倘若楚国贸然伐齐，我料必败！此为其一。其二，楚国与齐南北相隔，有千里之遥，大军粮草接济艰难，何况沿途多是齐之盟国，我之敌国，如此北伐用兵，岂有取胜之理？其三，齐国霸业如日中天，天下诸侯无不信服，威望正隆。满朝大夫，有谁可以指出当今齐侯有何失德之处？所以故，若我伐齐，可谓师出无名，反会引火烧身，为天下诸侯所共讨，到了那时，楚将万箭穿心矣！”

众人顿时都冷静下来。楚成王沉思半晌，又问道：“我伐齐，必败；若齐国伐我，又如何？”

屈完默默不能答。令尹斗子文接着道：“我虽不能胜齐，然齐国欲要败我，也是万难之事。”

“如此这般啊……”楚成王一脸怪异，又道，“依令尹看，寡人霸业无计可施，莫非只有等到齐侯、管仲老死之时，方可略有一二作为？”

“非也。”斗子文凛然道，“霸业多艰，如人负重行远，自当避重就轻，由近及远。国君何不避开强硬的齐国，另寻一国发轫？”

楚成王迷茫道：“卿所言者，何国？”

“必郑国不可！”斗子文声若洪钟。

郑国地方，在当时南北之间，被齐国与楚国两强夹击，处境十分尴尬，今日附齐，明日亲楚，始终摇摆不定。初时郑国本与齐好，两国多有联盟。郑庄公小霸时期，齐国曾与郑国一道伐许，郑国也曾帮助齐国赶走入侵的北狄。到了齐襄公时代，郑国与齐决裂，此后郑国诸君尤其是郑子仪，一直亲楚。待到齐桓公称霸，南方楚国也悄然窥视中原。郑厉公第二次做国君后，刚开始时郑国亲齐而绝楚；但是没过不久，郑厉公一会儿与齐会盟，又一会儿与楚通好，两厢之间，变幻莫测。加上郑厉公也暗存争霸之志，于是后期索性南依楚国，彻底与齐国交恶。然后到了周惠王四年，公元前673 年，郑厉公逝世，其子踕即位为君，是为郑文公。郑国又与楚国断交，与齐国修好，郑、齐于是复为盟国。

斗子文接着道："郑国前时本我盟国，如今却背我而去，我大楚正可兴兵问罪。且这郑国乃是中原屏障，北上门户，国君欲图霸业，非要先得郑国不可！"

楚成王道："令尹所言，甚合我意。寡人决计兴兵伐郑，谁可为将？"

"且看我为国君拿下郑国！"斗章拍着胸脯，高声自荐道。

楚成王大喜："斗氏真乃人才济济！——命斗章为大将，明日出征，倘若打不下郑国，勿来见寡人！"

"诺！"斗章得意应道。

翌日，斗章盔甲鲜明，神采奕奕，统率兵车三百乘，辞了郢都，一路威风凛凛北上，奔郑国而去。却说斗氏乃是春秋早期楚国第一公族，源出于若敖氏。周平王七年，即公元前 764 年，楚国第十四任君主熊仪去世，因死后葬在若敖，故称"楚若敖"。熊仪之幼子斗伯比便以若敖为氏，又因封于斗邑，亦称斗氏。斗伯比为楚国斗氏之始祖。到了斗氏第二代，大体楚文王、楚庄王时期，斗氏一族可谓人才辈出，灿若星河。斗缗、斗祁、斗强、斗班、斗勃皆是名大夫；斗廉、斗章二兄弟乃系楚之名将；而斗伯比之子斗子文则做了楚国令尹，成为斗氏一门领袖人物。斗子文带领斗氏一族辅佐楚庄王，使楚国步步逼近中原，成为真真正正的春秋四强之一，为后来楚庄王称霸奠定了坚实的基础。斗氏也在斗子文时期达到了极盛。单说此次伐郑的斗章，生得身高九尺，力大无穷，善使一柄大戟，楚国无敌。只是其人过于刚直，勇则勇矣，谋略稍嫌不足。然而其兄斗廉却与他判若两人，斗廉玉树临风，面如妇人，仿佛柔弱不堪，然而一入沙场，君子豹变，计谋无数，最是善于出奇制胜，反败为胜，是楚国军界最为仰重的大人物。楚人戏称此二兄弟乃是"文武将军"。

斗章率师北上，郑文公顿时陷入惶恐之中。却说文公继位后不久，在周惠王十一年，即公元前 666 年，楚成王便以郑国背楚向齐为由，发兵来犯，当时楚军曾经攻破新郑的纯门，此事令郑人至今余悸犹在。不想还没太平几年，楚人又来。郑文公忙召“三良”——叔詹、堵叔、师叔，前来商议。

堵叔道：“自上次纯门战后，我国无时无刻不在提防楚国，边境军旅防守森严，备战久矣。楚人固然凶猛，然侵郑绝非易事，国君也不必过于忧虑。”

师叔道：“郑国与楚，可谓无冤无仇。楚人犯我，皆因为郑国背楚盟齐之故。所以，当请盟主齐侯发兵，以退楚师。”

叔詹接着道：“师叔所言是也。目下郑国，其一，加强关隘防守，积极整军备战；其二，便是出使临淄，请求齐侯助我。如此方可万无一失。”

郑文公点头道：“卿言是也。就请詹卿出使齐国，郑国防守之事，就劳烦堵叔、师叔二位大夫了。”

叔詹、堵叔、师叔齐拱手道：“诺。”

叔詹不敢稍有懈怠，即日起便驱车驰往齐国。夜宿晓行，不日赶至临淄城西的官道上，但见牛马之车成群结队，车上满载着木材与铜钉等建房造屋之物，前前后后络绎不绝。无数役人木匠蔽衣露肘，挥汗如雨，赶路甚急，兼有一队甲兵护送。叔詹以为齐国大兴土木，乃是要为齐桓公建造什么享乐的园囿，一打听，方知这乃是齐国资助卫国的建材和工匠，正要赶往楚丘之地，帮助卫国筑造新都。

得知老朋友叔詹到了，齐桓公设宴相待，接风洗尘。管仲、鲍叔牙、王子城父、公孙隰朋、宾须无、宁戚等皆列席相陪。酒未及一爵，叔詹便急道：“南蛮荆楚，以斗章为将，兴兵三百乘，又来犯我国土。我主特遣我告急，恳请齐侯发兵助郑，以免再罹纯门之祸。”

一波未平，一波又起。时为周惠王十八年，公元前 659 年秋天，齐桓公率领众诸侯，才为邢国赶走赤狄，迁都夷仪毕，而帮助卫国建造楚丘新都之事正在如火如荼之中。齐国上下为这邢、卫两国殚精竭虑，已近两年。国中府库开支也是如水东流，与日俱增。公孙隰朋听了，忧叹道：“北狄方去，南楚复来，华夏实是堪忧！目下，南夷与北狄交，中国不绝若线啊！”

叔詹接着道："大司行所言甚是。华夷之争，势如水火，日趋剧烈。幸管相有诸夏亲昵，共抗夷狄之论；幸齐侯方伯，领袖华夏，群策群力，救难解危！设若没有齐国霸业，天下将如累卵破矣！"

管仲道："方今天下巨患，北有狄，南有楚。我辈逢此乱世，自当挺膺而出，力挽狂澜！詹卿勿忧，齐国自当助郑，以驱楚国。"

叔詹瞧着管仲，一拱手道："郑国感齐国之恩，铭心刻骨！"

鲍叔牙道："保国者，其君、其臣、其肉食者可也；保天下者，贱民、野民、食藿羹之民，亦有其责，何况我辈！非是郑国，海内诸侯盖凡受夷狄侵犯者，凡我华夏之民皆应援救之。"

管仲辅佐桓公，以"尊王攘夷"成就霸业，自拜相之日起，便料定齐国迟早与南北夷狄必有一战，此亦管仲平生之壮志。如今山戎早被齐国破灭，北战凯旋，天下震动，管仲觉得也到了与南方荆楚一决雌雄的时候了！只是目下救邢存卫之事未了，一时难以两面应对。当下暗暗思忖，却扭头问宁戚，道："大司田以为如何？"

齐国府库钱粮皆由宁戚总责，桓公与管仲每每劳师远征，皆仰仗宁戚坐镇临淄，运筹调度。宁戚道："楚国北犯，齐国救郑义不容辞。只是连年用兵，又为邢国、卫国建造新都，我国耗费日甚。臣建议可联合诸侯共同救郑，一来可以略减齐国负担，二来更可彰显诸夏亲昵之意。"

"国君可传檄于宋、鲁、郑、曹、邾五国，相约会盟，共商救郑大计。"管仲道。

齐桓公道："寡人即刻发檄于各国，只是不知哪里会盟为好？"

众人皆陷入沉思中，只听得管仲朗朗道："宋国柽地。"

天高云淡，金秋送爽。柽邑城东有一片干旱沙荒之地，用脚踏之，松软如雪。这里遍生柽柳，星星点点，疏密不一，也是一个不错的去处。那柽柳枝干粗壮，夭矫古怪，仿佛千年老松，而枝条细长轻柔，颇类松针，婆娑多姿。每逢春夏季，柽柳开出穗状毛茸茸的红花，满树挂着，犹若红蓼生于古松柏上，红绿相间，刚柔相济，形成当地一个绝妙景致。因为这个缘故，此地便以"柽"命名。

柽柳林里，临时用黄帛圈起一个场子，外面甲兵操戈护卫；里面众席罗列，酒案规整，正中央主席位的后面，一面“方伯”大旗飘入云中。

齐桓公邀宋桓公、鲁僖公、郑文公、曹昭公、邾子到此一会，命易牙炖肥羊、煮麋鹿、烤鲜鱼以待众诸侯。三巡酒过，齐桓公道：“北面赤狄从邢、卫两国方去，南方荆楚又复侵郑而来。今我华夏，可谓多难。今日邀请诸君，专为一事——发六国大兵，助郑国以抗荆楚！”

郑文公道：“夷狄骑兵烈如风火，本性凶残，如吃人之恶魔，其战力也数倍于我华夏国。卫国荥泽之战，邢国火烧都城，正是惨不忍睹，不可复演！目下天下大势，一国被侵，八方援助，手足亲如一家，同仇敌忾，方为正道。唯如此，方可保我华夏不亡！”

鲁僖公道：“华夏诸侯，终究源自炎黄一脉。至我周朝时，同宗同姓之国多矣，如鲁、郑、卫、曹、晋、邢等，皆是姬姓之国。又非同姓而联姻者，更是数不胜数，如齐女嫁入鲁国者、齐女嫁入卫国者、齐女嫁入宋国者，数百年间从未断绝，鲁、卫、宋亦多有宗室之女入齐，如此齐、鲁、卫、宋皆是亲亲之国。天下诸侯，早即一家之亲，亲亲相爱，如今此亲有难，彼亲岂可袖手？——救郑之事，唯齐侯方伯之命是从。”

宋桓公、曹昭公、邾子也纷纷赞同鲁僖公之论。

齐桓公乐道：“甚好！除郑伯外，诸君可自带兵车，于陶丘之地取齐，然后入郑，共驱荆楚！”

鲁僖公、曹昭公、邾子皆无异议。但听宋桓公又道：“楚人好战，那斗章亦是楚国一等猛将，此战必乃恶战。以我观之，齐、鲁、曹、邾四路可先于陶丘会合，然后西进协助郑伯破敌，而我宋国之师可先按兵不动，待楚军进入郑国后，我则将其归路截断，如此前后夹击，斗章天人之勇，也必被我等擒拿！”

管仲听了哈哈大笑，道：“宋公高论！可以依其计行事。”

于是柽地会盟，如此而定。郑文公称谢不已，几国国君也各自回国发兵不提。

时周惠王十八年，公元前 659 年秋之事。

斗章率军沿路北上，将及郑国南界，不足百里。斗章传命扎营，待打探清楚，便要一举进军。

未几时，一路斥候来报："郑国各处关隘及新郑纯门等皆加强戒备，全民皆兵，举国备战，若铜墙铁壁一般。"

斗章道："我早已料之，此番攻郑，必是一场恶战。"

须臾后，二路斥候来报："郑国求助于齐，齐桓公联合宋、鲁、曹、邾共五路兵马，柽地会盟，联军救郑。目下，齐、鲁、曹、邾四路汇合于陶丘，正日夜兼程赶往郑国。只不见宋国一路，情况不明。"

斗章大惊道："什么！齐侯来了？此战于我不利啊……"又急命道："速探查宋国动向！"

又须臾后，三路斥候急忙来报："宋公人马未曾会师陶丘，却是早出宋国，一路西进，直奔我军而来。"

斗章听了，大骇，踌躇半晌，一挥手命道："撤军！"

帐下众将一片茫然，纷纷发问。斗章道："郑国早有准备，齐国又联合五国大军前来抗楚救郑，我军必败！目下齐、鲁、曹、邾四国联军从北路攻来，而宋国孤军行南路，是要趁我攻郑之时，断我后路，倘如此南北夹击，我将全军覆灭！所以故，撤！迟则悔之晚矣！"

众将恍然大悟，于是急速撤军。

从容而来，仓皇而撤，大军退至楚国边界，斗章却令扎营止步。战则必败，不战又有何颜面回见楚王呢？何况今日的楚成王脾气暴烈，争霸心切，杀伐极重，怎肯轻易放过斗章？出征之际，楚成王那句"命斗章为大将，明日出征，倘若打不下郑国，勿来见寡人！"的严苛之令再度在斗章耳边响起……打又不敢打，回又不敢回，斗章不知如何是好，只好暂时扎下营寨，裹足不前，犯起愁来。

北线齐、鲁、曹、邾四军与南线的宋军，尚未行至郑国，那不可一世的楚军就被吓得退回去了。几路人马及郑国都是哭笑不得。

郑文公道："楚军昔日汹汹，为何今日如此不堪一击！反令寡人徒增遗憾了。"

曹昭公道："此皆齐侯霸主之威！如今北狄、南蛮，一听齐侯之名，便立时闻风丧胆，知趣而退！"

鲁僖公道："不战而退，免罹刀兵，真善之善者也。"

齐桓公大乐，笑得前俯后仰。

管仲微微一笑，拈着一茎白须，悠悠道："可惜啊可惜，可惜了宋公一番绝妙谋划啊。"

于是五路联军纷纷各自退归国中，郑国一场危机刹那间消失得无影无踪。郑文公以为此皆赖齐侯主盟，五国援手，心中大为感慨，便派出五路使团，携带财物，分赴齐、宋、鲁、曹、邾五国之中，一一答谢。

临淄城中喜气洋洋，热闹非凡，举城轰动。齐国上卿、大谏之官鲍叔牙的三公子鲍敬与相国管仲的幼女管青完婚。男方媒人是大司行公孙隰朋，女方媒人是大司马王子城父。国中大夫、朝野名流皆具贺礼，堆积如山。国君齐桓公也亲赐了金雁两只、玉带一条、锦缎十匹及女饰若干。"管鲍之交"名动天下几十年，如今两人又结为儿女亲家，实在是一桩美谈！齐国百姓也因这桩美事家家户户振奋不已，街谈巷议不绝。如今卫国迁都已毕，驱赶北狄而救邢存卫之事已了，南方楚国也灰溜溜地从郑国撤军了，天下终于有了难得一刻的太平，于是鲍敬与管青拖延了许久的婚事也被提上日程，到底是世家之交，父辈有情，子辈有义，再结良缘，殊为难得。

大婚当日，管青出门之前，庄重拜了拜亡弟管颖的牌位，连献三爵佳酿，道："姐姐大婚了。"母夫人高雪儿掩面，忍不住悲泣起来。待管青入了鲍家之门，鲍敬也恭恭敬敬拜了鲍石的牌位，大声道："三哥今日大婚了！"其母鲍夫人听了，难掩悲伤，跑入后堂大哭半天，方才出来。四年之前，齐国伐戎救燕，大军挺进孤竹，鏖战之中，管颖与鲍石双双殉国。最终临走之前，两人都托燕庄公转达了彼此共有的最后的心愿——等着喝哥哥、姐姐的喜酒呢！战后，两人被葬在了孤竹国的小冢山，"小管鲍"从此没了。一同葬在那里的，还有同样为国捐躯的管仲义子公孙黑子。如今，哥哥姐姐终于完婚了，而当年风华正茂、挥斥方遒、鲍山打虎、北国驱戎的那么好的一对少年俊杰，都是尚未加冠的年龄，却长眠在遥远的异国他乡，永不复再见！冰天雪地，茫茫荒原，小冢孤坟，默默无言，再也看不到哥哥姐姐的身影，喝不到满城为之欢庆的喜酒了！睹物思人，大喜大悲，管、鲍两家均觉得喜中藏忧，又忧又喜，亦喜亦忧,个中滋味实在难以言说。

一对新人婚毕,管仲夫人高雪儿心中埋藏了数年的忧伤被彻底唤醒,她要前往北国小冢山,亲自到儿子的墓地祭奠一番。鲍叔牙夫人听了,也要同去。管仲想了想,便答应了。令国叔牛带着三十甲士沿途护送,又传信给燕庄公,令其关照两位女眷扫墓。昔日的戎国孤竹,眼下乃是燕国辖下的一个大邑,却也十分太平。此番祭奠畅通无阻,也是了却了管、鲍两家共有的一桩大心愿。

高夫人与鲍夫人刚走两日,管仲却又烦闷起来。这日夜里,特于府中备下酒宴,派人去请老故友、新亲家鲍叔牙同饮。不想,鲍叔牙不知何故,也是一团块垒堵在胸口,不吐不快,倒是不请自到了。

堂中几十盏精美的铜灯闪着柔柔的火光,亮如白昼。两案酒席,各设一鼎牛肉、一鼎鹿肉、一盘青豆、一盘荇菜、一豆芥子酱、一豆腌菖蒲,酒是齐桓公专赐予相国的上等佳酿。管仲与鲍叔牙彼此行礼,落座,共饮。

一爵饮毕,鲍叔牙便双泪横流,道:“兄弟呀,我想那小冢山的孩子们呀,石儿,颍儿,黑子……”

管仲眼泪也簌簌而下:“我亦如此……”

彼此无言,呜呜哭泣。明灯煌煌,壁上两个高大的黑影哭得如同孩子。岁月无情,风华不再,当初落魄江湖的少年故友,目下位极人臣,万人称颂,只是须发如霜,皆已白头。管仲早在征伐孤竹国时,只因儿子等“鲍山五杰”三死一伤,忧伤过度,便一夜头白。想当年一身青衣、背负长弓、面如冠玉、目若深泓的翩翩美少年,如今满头霜雪,瘦骨嶙嶙,颐下长须也是丝丝如银,别具另一番风采。而鲍叔牙年长管仲几岁,这两年也是白发与日俱增,成一白头翁。

须臾,两人又饮。看着彼此泪眼,两人不禁又笑。管仲忽然想到,鲍敬与管青婚宴上,众人都未免多饮了几爵酒。觥筹交错间,只因平日里忙于国事,常常不拘小节,管仲在那一刻忽然发现,齐国“一相五杰”居然全部英雄白头!六人年龄大体相当,大约是豪杰际会,一起创业,共同白头,也算是难得之缘!其中唯有王子城父年龄最小,虽然满头花白,但黑发犹存不少。好在“一相五杰”皆是天生康健之体,精神依旧矍铄,再为霸业奋战十年,当无大碍。国君齐桓公也已早过四旬,正当盛壮,只是有些贪酒好色,夜夜笙歌,挥霍无度,有时候免不得有萎靡不振之状。

管仲一时神飞千里,想了很多,问道:“鲍兄可为齐国后事思虑过?”

鲍叔牙一愣:“后事? ……”

管仲接着道:“我等皆将老去,而国君岁月悠长。我之初愿,乃是欲以‘鲍山五杰’接替我等,此五子真国家栋梁之材! 可惜呀,目下仅存姬甫、公孙伯雪二子,我常为之心痛不已。北伐山戎,痛失鲍石、管颍、公孙黑子,非乃天丧你我,亦是天丧齐国!”

两人皆是一声浩叹。又默默连饮,半晌后,鲍叔牙道:“鲍某是个粗人,所谋有限。你我终是凡夫,唯能尽忠报国,辅佐我主以成霸业,至于身后之事,非我鲍叔牙可知了。”

管仲道:“当今乱世,岂能不早做筹谋? 我时常预感齐国人才断绝,你我辛辛苦苦创建的霸业,恐怕在百年之后,皆付诸东流……”

“贤弟勿忧! 为兄近日十分烦闷……唉! 今特来寻贤弟一醉。来来来……”鲍叔牙又举爵劝道。

鲍叔牙的心病,管仲岂能不知? 这也是管仲心病之所在,当下也不再多言,只管与鲍叔牙痛饮起来。

夜色已深,庭院寂寂,唯见这间大堂灯火通明,豪饮正欢。管鲍二人醉眼蒙眬,东倒西歪,斜倚着酒肉狼藉的木案,以匕击鼎,任由泪落,齐声慷慨悲歌道:

风飒飒兮雪满天,路盘盘兮山水寒。
烈士一去兮永不还,我心峑崩兮泪涟涟。
花艳艳兮草如毡,去萧瑟兮归时暖。
手足同心兮驱豺狼,保我华夏兮太平年!
…………

阳光从小窗中射入,竹影婆娑。堂中铜灯未灭,人影憧憧,来往晃动,不住有声音唤道:“管相!”“鲍卿!”——却说风云突变,郑国再起波澜,齐桓公一时着急,便带着王子城父、公孙隰朋、宾须无、宁戚找到这里来了。

管仲半倚在案上，大袖已被酒污，手中握着的铜匕依旧还“敲”在鹿鼎上，令人想起这位精通乐律的齐相醉眠之前是如何击鼎而歌的。鲍叔牙则横卧堂前，一如乡野村夫，席地而眠，无拘无束，鼾声正响。齐桓公看了，十分开怀地笑了又笑。而王子城父则不住摇头，在他的记忆中，鲍叔牙醉酒不足为奇；而管仲自拜相之后，自律过人，酒宴之中从未醉过。管相醉酒也是有的——小冢山一夜白头那次，是第一回，此则是第二回。而这一回醉，王子城父想，必是大有缘故！

管仲与鲍叔牙被搀扶起，各喝了一盏醒酒酸梅汤。早有侍人过来，将一切收拾停当。众人分君臣坐定。管仲嘿嘿笑道：“管相、鲍卿有心一醉，丑态尽出，专候国君及公等今日此来，相博一笑！”

满堂哄然大笑。

管仲乐完，面向齐桓公，皱起眉头问道：“国中出了何事？”

齐桓公道：“楚国又犯郑国，楚将斗章生俘了郑国大夫聃伯。”说着，身后竖貂便将一简奏报呈与管仲。

管仲听了，不由大惊失色。这是怎么回事呢？

原来斗章撤兵，回到楚国边界上，思虑不知该如何面见楚成王，踟蹰不定，耽搁日久。终于，楚成王得知后，咆哮大怒：“斗章自请提兵入郑，然不战而返，大损楚国国威！此懦弱无能之辈，寡人斩之！”

群臣皆为斗章求情，都说必是郑国情况有变，斗章不得已而后撤；况斗章乃楚国猛将，斩之与国不利。楚成王任谁的意见也听不进去，下定狠心一定要杀。

群臣中唯有一人不语，只默默沉思。那人乃是斗章之兄——斗廉。楚成王解下腰间佩剑，递给斗廉，冷冷道：“携此王剑，抵军中将斗章斩首来见！”

斗廉接了楚王剑，只一拱手，就去了。

斗廉驾着一辆青铜轺车，如风如电，昼夜不歇，不日便抵达斗章大营。

闻兄到来，斗章又惊又喜，忙出辕门将斗廉迎入。一番寒暄后，又撤去左右，唯留二人独处后帐之中。

四下无人。斗章扑通一声跪倒,几乎哭着道:“兄长救我!”

斗廉忙扶住:“我正为营救贤弟而来。”

斗章更是惊得瞠目,道:“莫不是楚王要杀我?”

“兄弟且说说,此番郑国之事究竟如何?”斗廉不慌不乱,拉着斗章的手道。两人落席坐下。

“都怪那齐侯小白!”斗章叹一口气,接着道,“弟统军北上,自信攻破新郑,不过囊中取物。不想那齐侯卖弄起霸主的威风来,召集宋、鲁、郑、曹、邾五国诸侯,共谋救郑。我将抵郑国时,斥候急报。一方面郑国内部加强军备,枕戈待旦。一方面齐桓公救兵分南北两路而来:北路齐、鲁、曹、邾四国联军自陶丘而来,南路宋军则自商丘发兵一路西来。有鉴于此,我便果断撤军了。但一想到无颜回见楚王,便后怕不已,故而滞留国境之上,徘徊日久。”

斗廉大惊道:“齐侯两路救援,北路乃是与我直面交锋,而南路则是要断我归路啊!幸贤弟未与交战,否则全军亡矣!”

“弟退军,正因此啊!”

斗廉起身,缓缓踱起步来,若有所思。楚成王赐剑要杀斗章一节,斗廉故意隐瞒下了。斗章撤军无误,不该被杀;而君主暴怒,王命又难违,如何才能两全其美,从而救下这个弟弟,斗廉犯起难来。

斗廉猛回首,双目射电:“弟不战而返,楚王大怒,特遣我前来,探查虚实,然后要依法治罪!目下欲要免罪,先须立功,然后则其罪自消。”

斗章大急道:“请兄长教我!”

斗廉眉头紧锁,但目光异常明亮,道:“目下我军退至楚界,齐侯联军也各自退回国中,皆是劳师远征,无功而返。唯有郑国取得一胜,占尽上风。此时郑人正自得意,以为我军不敢再来,倘若我出其不意,突发奇兵,猛然回师,再攻郑国,哼哼……如何?”

“啊呀——”斗章禁不住大叫起来,“此番奇袭,郑国必无准备,一鼓可胜!兄长谋略,果然高明!”

“即便如此,尚须谨慎。明日便发兵,军分为二:你率一军先行,我则率另一军随后接应……”斗廉遂作了一番谨慎铺排。

这日午后，郑国南疆，风和日丽，平静如常。郑国大夫聃伯率领一队兵车，正在边界上巡防。忽然，仿佛从天而降，迎面直直地就扑过来乌云般一片雄兵。车马萧萧，烟尘蔽日，隐约可见中军打着“楚”字旗号。聃伯大惊，满脸迷茫，自言道：“楚军怎么来了？”——待楚军逼近，聃伯大骇，急呼不好——对面闪出一将，正是不日前前来犯境的斗章！

斗章操着一柄大砍刀，立在兵车上，哈哈大笑：“前时郑国有备无患，害得我无功而返！看今日汝等可还有准备否？”说完挺刀来战聃伯。

聃伯只得硬着头皮冲上去，双方车马乱作一团。未几个回合，郑军就败下阵来。一来斗章十分勇猛，聃伯远远不是对手；二来楚军突然偷袭，且兵力明显多于郑国之师，那聃伯岂能抵挡？眼见势头不对，聃伯便鸣金收兵，就要向城内撤去。

不想这个时候，背后陡然间一通战鼓惊天动地。原来斗廉率部已经抢先断了聃伯退路，聃伯便陷入了斗氏兄弟前后夹击的窘境之中。聃伯连呼上当，急欲夺路逃走，无奈斗廉的算计和布局，没有一丝一毫可乘之机。几番厮杀，聃伯之师已被消灭大半。混乱之中，斗章连番舞刀，将聃伯打倒在车下，聃伯连手中的兵器也被震飞了。斗章又挥刀，本要斩杀聃伯，却被一支长矛挡住，救了聃伯——不是别人，却是斗廉。斗廉大声道：“此人有用，杀不得。绑了！”几个楚兵一拥而上，将聃伯用绳索缚住，然后打入囚车之中。

眼前尸横遍野，车倒马翻，聃伯被俘，残余的些许郑军也弃甲抛戈，抱头鼠窜逃去了。斗章狂喜不已，胸中积压许久的块垒终于被涤荡干净，当下挥舞大刀，高声道：“随我杀入新郑去！”

“不可！”斗廉厉声喝住，“此番奇袭，侥幸得手，只为救兄弟一条性命，岂可再有其他贪念！”说着，摘下腰间佩剑，高高扬起。

斗章一看，分明是楚王之剑，不禁惶惑不已。

斗廉道：“贤弟不知，我此番来，实是提楚王剑，以斩尔头！你乃我兄弟，我安忍杀之？故先隐瞒楚王之意，后又献奇袭之策，此皆为救命而已。如今此战报捷，聃伯被俘,正可回师郢都,求楚王将功折罪便可,岂能再生伐郑之妄想?"

斗章顿悟,谢道:"弟好生愚钝,幸有兄长助我!弟但凭兄长主张。"

于是斗廉、斗章就此止步,囚车押着聃伯,带领大军返回郢都去了。

时周惠王十九年,公元前658年事。

管仲当下看了奏报,得知楚国趁着联军撤返之机,突发骑兵攻入郑国,生俘聃伯而去,当下不由大怒,拍案道:"楚国!欺我太甚!"

鲍叔牙看了,更是咆哮:"南夷与北狄交,中国不绝若线,真真是也!请国君发兵攻楚,一如数年前灭山戎一般!"

王子城父忽然慌了,忙劝道:"管相、鲍卿息怒!楚国与山戎大大不同,还需从长计议啊。"

王子城父如此一说,管仲立时恢复了冷静,莞尔一笑道:"兄所言甚是。山戎不过一介屠夫而已,而楚国则是文臣武将,人才济济,更兼国土数倍于齐,实力雄厚。莫说当下楚国令尹斗子文,我看此番伐郑的斗章亦是不可小觑的英杰。"

"斗章不足虑也。"王子城父接着道,"管相不知,此番斗章虽擒聃伯,然背后全靠其兄斗廉谋划。斗廉此人非同小可。昔日楚王欲称霸汉东,派斗廉与屈瑕为使,要与贰、轸两国结盟。时汉东之地,郧国为强,整个汉东抗楚联盟以郧国为首。贰、轸两国将要与楚国结盟,惹得众诸侯皆恼怒不已。于是郧国打头,联合随、绞、州、蓼形成五国联军,拟会师蒲骚,然后讨伐贰、轸二国,逼迫其与楚国断交。面对如此危局,斗廉以为郧、随、绞、州、蓼五国之军,不过虚张声势而已,除了郧国实力可堪一战,其余四国不足虑。当其时,郧国业已屯兵在蒲骚,其他四国之军尚未到。斗廉当机立断,欲要先发制人,抢在五国会师之前,率一军奇袭蒲骚郧军,求速胜。郧败,则五国联军自行瓦解。却说偷袭蒲骚之前,屈瑕满腹狐疑,踌躇不定,欲要占卜以决疑虑,斗廉却道:'心无所依方需占卜,此战我胜券在握,志在必得,何须占卜!'于是独自率领一支楚国精锐,趁着夜色,突然就偷袭了蒲骚郧军。结果郧军大败,郧、随、绞、州、蓼五国联军也随之土崩瓦解,斗廉与屈瑕到底不辱使命,成功促成了楚国与贰、轸两国的结盟。斗廉凭借蒲骚一战,智退五国,新交二国，遂成楚国一代名将！”

“奇谋缜密，当断则断，信鬼神不如信我……斗廉真名将也！”管仲叹道。

“名将又如何？某与鲍兄所见略同，凭齐国之强，合天下诸侯之力，灭楚国一如当年之灭山戎！”宾须无愤愤道。

公孙隰朋思虑良久，道：“以我观之，所谓南蛮荆楚与北狄山戎，目下虽然同为天下巨患，然其根本则不同，尚需待之有别。山戎之辈，与我华夏本属两种，贪婪无度，嗜血好杀，不识礼仪，实乃豺狼之辈。而楚国追本溯源，乃是古帝颛顼之后，系出黄帝一脉，初时乃是周成王所封子爵之国，只是后来妄自尊大，僭号称王，自绝于周室，遂为天下诸侯所不容。楚国虽蛮，亦乃礼仪之邦。所以故，只要楚国臣服王室，尊我华夏礼仪，则不应再以蛮夷论之！”

管仲朗朗一笑：“大司行言之有理！譬如初时太公之封于齐，其地多是东夷之属，然数百年后东夷多有并入姜氏者，我自不再以华、夷区别之。尊华夏礼仪者，蛮夷亦可以华夏论之；不尊华夏礼仪者，虽华夏也以蛮夷论之。楚国亦然。”

齐桓公听得满头雾水，“啊呀”一声，急道：“何必华夷之辨！目下郑伯将聃伯之事上禀于齐国，寡人这个盟主当如何处之？”

“不难。”管仲淡淡道，“国君可去书一封，只道齐国必为郑国伐楚，便可。”

齐桓公道：“何意？齐国伐楚……何日伐楚？……”齐桓公只觉得管仲之言，朦朦胧胧，在可与不可之间，一时茫然不解。

管仲道：“齐国定然伐楚，只是尚需一些时日。愿那郑伯可以耐心等待……倘若楚国能再起倾国之兵，大军尽出，那就妙了……”

除王子城父暗暗含笑之外，齐桓公及鲍叔牙、公孙隰朋、宾须无、宁戚等皆一片迷茫，不知所云。不过众人坚信，管相胸中自有丘壑，乃曰“管子之谋，百不失一”。

管仲又问鲍叔牙，道：“楚国买鹿之事，如何了？”

鲍叔牙道：“遵管相之令，自柽地会盟之后，我已命鲍氏商社纷纷入楚国，大肆购买麋鹿。”

“啊呀……妙哉！”宁戚忽然狂喜道，“莫非买绨以降鲁梁乎？”——宁戚所言，乃是指齐国北伐山戎之前，管仲通过向鲁梁国买绨而发动了一场贸易战，最终成功逼迫鲁梁君将整个邦国献与齐桓公的故事。宁戚意识到,管仲向楚国买鹿,一场新的贸易战就要上演了!

“然也。”管仲轻捋颐下白须,淡淡道。

第十二章　阴谋阳谋

楚国郢都王宫，一种尴尬的气氛在不停地蔓延着。雄心勃勃的楚成王端坐，众臣早朝。

斗廉、斗章联袂而来。斗章先伏拜跪地，声音微微颤抖，道："臣特来请罪。臣带兵伐郑，故意南撤，非怯战而退，乃是故意示……示弱……郑国果然中计，后来臣一战而大破郑军，生俘郑大夫聃伯，特献与我王发落。"

斗子文道："聃伯正拘于宫前囚车之中，斗章真勇将也！"

"将那聃伯打入大牢，待破了郑国，斩之以为贺。斗章既有擒将之功，寡人不予治罪。请起——"楚成王道。

斗章于是缓缓起身。

斗廉看了，心中一块石头终于落地——自己一番用计，看来终于将弟弟救下了。

然而楚成王一脸铁青，心中怨气依旧未消，又兼霸业心切，过于焦躁，当下眸子一转，冷冷道："斗章英勇如此，又生俘郑将，正是士气高昂、锐不可当之时，为何不乘胜追击，直捣新郑，却又班师而退？"

此话令斗章顿出冷汗，支支吾吾，一时不能答。楚成王冷笑道："斗章依旧怯战耳！"

“非也。”斗廉急道，“此番攻郑，兵车不过三百乘，恐兵少不能成功，有损国威，是以及时而退。”

楚成王大怒：“什么兵少不及，分明是怯战！寡人再添兵车二百，汝可破郑乎？”

斗廉大惊：“我王得郑之心，为何如此迫切？！”

楚成王纵声狂笑，凛如霜雪，众人皆感到一阵寒意。楚成王道：“寡人争霸之志，只恨其慢！斗章去时，寡人曾言：不破郑国，休要回来再见寡人！今将此言赠予斗章、斗廉，再发兵车五百乘，速速为寡人拿下郑国！”

斗子文谏道：“我王志在天下，固乃大楚之福，然而霸业多艰，尚需缓缓图之。郑国连番为我所扰，必然加强戒备，攻之不易。且郑乃齐之盟国，倘若齐侯再大合诸侯，与楚大战，则事可忧矣。”

楚成王不以为然：“斗氏兄弟只管讨伐郑国，倘若齐侯果然来救，寡人亲提大兵北上，就在郑国境内与当今霸主，一决雌雄！我意已决！令尹大人不必多虑。”

斗廉见王意已决，慨然道：“国君既如此说，臣愿北上伐郑，若郑国不降，臣将生俘郑伯，以献我王！”

“壮哉斗廉！”楚成王大喜，“寡人在这楚宫之中，恭候郑伯与聃伯君臣聚首！”

斗子文道：“此番伐郑，臣建议斗廉为大将，斗章辅之。再令斗班为押粮官，来往两地，总督粮草，确保前线供给无缺。”

楚成王道：“准令尹所奏。”斗廉、斗章、斗班皆应声领命。

“臣还需请赐一人，随我出征。此人口若悬河，雄辩滔滔，乃文战不可或缺之奇才——大夫屈完！”斗廉道。

“准！”楚成王一副无所不准的神态。

屈完挺身而出，大袖一拱手，应声道：“诺。”

烽烟滚滚，旌旗飘飘，铁车战马汹汹而来。周惠王二十年，公元前657年，楚国以斗廉为大将，以斗章、屈完为左辅右弼，统兵车五百乘，又一次杀奔郑国而来。

消息传到新郑，郑文公顿时大哭不已。周惠王十八年，楚国伐郑，虽然被齐桓公联军吓退，但到底虚惊一场；周惠王十九年，楚国又忽然奇袭，斗章生俘聃伯而退；至周惠王二十年，楚国大军又来，郑文公自觉顶不住了。郑文公道："郑国地处南北之间，何其难哉！楚蛮一连三年，年年来攻，府库难以支撑，子民多遭罹祸，寡人甚是烦恼。不若遣使入楚，与楚国讲和缔盟，以解国家之祸。"

"万万不可！"叔詹道，"我早已与齐国结盟，况齐侯曾于柽地会盟诸侯而救郑，乃是有德于我。今弃有德之国，而依附荆楚无道之邦，大不祥也。"

郑文公道："虽然如此，只是齐国距我甚远，难解近渴；楚国又总是连连窥测，如虎在邻，如之奈何呀！"

叔詹道："当今海内，足以抗楚者，唯有齐国。况齐侯、管仲以'尊王攘夷'号令天下，我料齐国必不负我。国君当一面告急于齐，一面坚守城池，以待外援，此方为上策。"

郑文公喟然一叹："就依詹卿之言。"于是遣使入临淄，再度求救于齐国。

郑使至临淄。管仲得知楚国又发兵攻郑，且倾起大军五百兵车，竟狂喜不已。朝中众大夫皆不解。鲍叔牙微怒道："管相莫非喜灾乐祸？"

临淄深宫，古铜灿然，香烟缭绕。一面漆着飞凤的赤色屏风前，齐桓公、管仲、鲍叔牙、王子城父、公孙隰朋、宾须无、宁戚君臣七人，分主臣坐定，共议大事。此番商议乃由管仲发起。

齐桓公先道："郑伯又遣使臣求救，我当发兵，不发兵？"

管仲道："郑国乃小事，半救即可——国君可遣仲孙湫领一军，在郑国东境上下徘徊，以为疑兵。若楚军攻郑，我则援救之；如郑军能守，我则远远助威便可。"

鲍叔牙双目懵懂，惊讶道："管相……何意……"

"我要这支楚国大军长久地滞留在郑国，最好陷入泥潭之中，永难归楚。至于郑伯，不必多虑，我坚信有叔詹等重臣在，郑国坚守一年半载，当无大碍。"——却说后来，果然，郑国之军与仲孙湫之军遥相呼应，一致采取了"拖"字战略，致使斗廉所部长期滞留在郑国，双方互有输赢，但总是难决胜负。斗廉、斗章、屈完始终没有弄清管仲此番布局意欲何为，懵懂之间，只能与郑国长期拉锯。

王子城父道："管相可是要直接发兵伐楚，釜底抽薪而解郑国之危？"

一听到“伐楚”二字，满席皆惊。鲍叔牙愤愤道：“楚国实在该讨伐！”

“是也。”管仲道，“然而伐楚大计，非同小可。我亦需要一年半载，悉心谋划，详作安排。所以郑国目下求救，不过小儿游戏，不必多虑。夷吾今日愿与公等共论伐楚大计，此乃重中之重。”

几人恍然大悟。齐桓公叹道：“仲父深谋远虑，寡人之幸也。”

管仲一拱手，道：“臣为国君霸业，犹恐谋略不足深远。”

正说间，竖貂与易牙捧献蜜水与果品上来。

管仲饮了半盏蜜水，接着道：“昔日我游学天下归来，与南阳偶遇鲍兄，曾纵论天下大势。窃以为王权衰落，诸侯并起，未来必有强国崛起于四方，至今果如是——东方之齐、南方之楚、西方之秦、北方之晋，天下四强格局业已形成。幸我齐国抢占先机，成天下首霸。然而称霸一经肇始，必有他国争霸尾随而至，其势然也。所以，齐国以后的道路将更加艰难啊。”

公孙隰朋道：“齐、楚、秦、晋四强：目下北方晋国——刚刚完成统一不久，有蓄势待发之象。当今晋侯一面与周边狄人大战，开疆拓土；一面又为社稷传承苦恼不已。晋侯有三子：申生、重耳、夷吾，皆有争嫡之意，诸公子萧墙之祸，为时不远。我以为晋国虽强，然内乱将至，诚不足虑也。西方秦国——秦位列诸侯最晚，且僻居关内雍城一带，其国尽被昆戎、绵诸、翟、义渠、乌氏、朐衍之戎、大荔之戎、陆浑之戎等西方戎族骚扰。目下第九位国君刚刚即位两年，此君素怀大志，礼贤下士，破格擢用身为奴隶的百里奚为相，秦国乃具兴旺之兆。然而秦国后方极其不稳，充秦伯一生，能够称霸西戎已属不易，绝难东出与齐国争霸，所以秦国也不足虑。唯有这南方楚国——早已是千里大国，历代君主皆有异志，目前之楚王更是要执意争霸，其麾下如斗子文、斗班、斗廉、斗章、屈完等，亦是当世豪杰，最近三年连番伐郑更是昭显了楚王图霸的野心。所以，楚国才是齐国之心腹大患，齐、楚之间必有一场大交锋！管相伐楚之论，乃是未雨绸缪之正论！我大为赞同。”

王子城父道：“伐楚国与伐山戎大大有异。山戎乃屡屡侵犯华夏之异族，当需剿除殆尽。而楚国虽曰南蛮，却也是华夏一脉，所以，伐戎乃是生死之战，而伐楚乃是霸业之争。”

“王子兄所言甚是。”管仲点头道。

宁戚又道：“齐国富甲天下，而楚国之财力也颇为雄厚。两国交兵，也是财力博弈。所以，大军未动之前，当先以削弱楚之国力为要。管相于此道最是出神入化——想必楚国买鹿之事，业已收获颇丰？”宁戚说完，满脸是笑。

“此事皆仰仗我齐国大司商啊！”管仲说着，望一眼鲍叔牙。但见鲍叔牙道：“接管相令，我已令鲍仲牙、鲍季牙二人，以鲍氏商业为依托，大肆在楚国购鹿。目下楚人捕鹿、养鹿、贩鹿之众越来越多，农事渐费。据季牙讲，楚国农田十有四五已经荒芜，而楚人依旧乐而不觉。”

管仲笑了：“甚好。待楚国农田荒废八九，我便可以断绝鹿之买卖。届时楚将无粮，若能效仿鲁梁而降齐，善之善者也！”

“伐楚还需寡人最后一击啊！”齐桓公呵呵道，“寡人将大合诸侯，以数国联军之势直压楚国，可否？”

“这个自然，待臣铺排妥当，再请国君登坛发盟主令。”管仲道。

齐桓公却满脸忧虑：“仲父啊，昔日齐伐山戎，寡人相邀宋、鲁、卫、郑等国，却未来一国。究其缘由，皆在戎族善战，诸侯恐惧。如今这楚国乃是南蛮，与北狄齐名，诸国惧之久矣，如避瘟神。寡人深恐诸侯不来啊。”

管仲正要回答，却见宾须无开怀大笑，抢先道：“国君多虑了。昔日伐戎，世人只知山戎如何凶猛，却不知齐军如何善战。破令支，灭孤竹，齐军孤军深入，一战而天下震惊！诚如管相所言，我齐国乃为整个华夏打出了一个天下无敌的胆魄！何况不几年后，赤狄又犯中原，荥泽之屠，邢国之火，打得卫、邢两国几乎亡国灭种。幸有齐国相助，使卫迁都楚丘，使邢迁都夷仪，两国国脉方得以延续。此番赤狄之祸，更使华夏各国陡然清醒，唯有仰仗齐国，尊王攘夷，兄弟手足，彼此呼应，方可以自保。所以，齐国此番伐南楚，只待国君振臂一挥，天下诸侯必然群起而应！”

管仲接着道：“大司理所言甚是。届时国君可联合宋、鲁、郑、卫、陈、曹等国，共同出兵，一同讨伐楚国！”

“如此寡人无忧矣。”

管仲又沉思片刻，道：“我闻楚国之东，有江、黄二国，皆被楚国欺压久矣，早有叛楚之意,只恨力不能及。此二国亦可为我所用。"

齐桓公道:"江、黄皆是弹丸之地,有何可用?"

王子城父道:"虽曰弹丸,然而一旦与齐联盟,便是蛇化为蛟,蛟化为龙。有江、黄为内应,楚国将陷入腹背受敌之险境。"

齐桓公道:"妙哉。"众人皆点头附和。

管仲慨然道:"伐楚大计,我有阴阳两策,并行不悖。阳策乃曰齐国大肆在楚买鹿,我要整个楚国尽皆陷入买卖麋鹿的狂热之中,举国皆商,农事皆废,粮食危机一触即发——那时才是战机到了。阴策乃是齐国需与江、黄二国暗暗结盟,剪断楚之羽翼,反为我国所用,为伐楚之内应。如此阴阳和合,待时机成熟,便大合诸侯,联而攻楚,可大获全胜!"

宁戚兴奋道:"齐国北伐山戎,南击荆楚,尊王攘夷,大业成矣!"

满堂振奋和欢喜之中,管仲一脸淡定,神思早飞到千里之外。管仲沉吟,忽然又对鲍叔牙道:"鲍兄,还需告知仲牙、季牙兄弟及南方鲍氏商社,一面抬高价格继续买鹿,一面将齐要伐楚的消息悄悄散布于江、黄二国。不出半月,我料二国会盟之使必来齐国……"

水天茫茫,烟波浩渺,八百里云梦泽仿佛汪洋大海一般。云梦泽周围群山环绕,湿地广布,草木葳蕤,鸟兽极多。但见云梦北岸一座笔架峰下,山色如黛,空谷幽幽,有三只麋鹿正于溪水边啃食嫩草及一段枯木上的苔藓。这几只麋鹿两大一小,两雌一雄,似乎是一家;清一色的赤色皮毛,光滑油亮,映在青山碧水之间,实在讨人喜爱。雌鹿无角,唯那雄鹿双角并起,硬如骨石,开叉如老枝,顶尖如利刺,美若花冠之中又闪耀着一种刚猛的雄性之光。三鹿温和,结伴觅食,于这青山杳杳、溪流淙淙的世外桃源过着无忧无虑、自由自在的美好生活。只是今时,境况突变,恶煞潜藏,不远处一片草丛里,悄悄隐着十余个壮汉,个个从草茎的缝隙里睁大眼睛窥视,手里攥着的是铁叉、绳索、丝网、草药和弓箭……

这是近一段时间来,楚国最为常见的捕鹿场景,楚人全民捕鹿,已经陷入一种狂热的氛围之中了。

云梦银鱼、楚山麋鹿乃是楚国两大美产和绝味佳肴。但因捕食不易，只有极少数贵族方可得以享用。不过最近两年，楚人捕鹿炙手可热，几乎形成全民捕鹿的狂风。却说麋鹿乃是鹿之一种，至今野生种已经绝迹。其头脸像马、角像鹿、蹄子像牛、尾像驴，因此又有“四不像”之名。麋鹿性温和，喜群居，以草为食，易于存活。当时天下麋鹿，以楚为最。具体也不知从何时起，楚地忽然到处传言，说是齐国国君酷爱麋鹿，在临淄专设有百里之大的“麋鹿苑”，大肆养起鹿来。于是就有大量的齐国商人，其中以鲍仲牙、鲍季牙两大富商为首，纷纷来楚国买起活鹿来。那麋鹿原本就是山间水边寻常之物，初时一头活鹿两万钱，在楚国已是高价了。结果一年之间，鹿价慢慢涨至一头三万、五万、七万、八万！最近，鲍仲牙、鲍季牙又放出话来——“凡是送来活鹿二十头的，赠金一百斤；若送来活鹿二百头的，赠金一千斤！”（自然是管仲之令）。如此重金诱惑，匪夷所思，令人不能不疯狂。楚国家家户户发动，为了捕捉活鹿，男人们昼夜住在野外，女人们昼夜住在道旁，田园荒芜，无人务农。不过百姓的口袋却迅速鼓胀起来，楚国的府库税收也日渐充盈。从上到下陷入一片狂热的欢喜之中。

此事举国沸腾，自然引起楚成王的关注。

这日，风和日丽。楚成王下令，要召齐商鲍仲牙、鲍季牙两人入宫。

一路上，鲍仲牙战战兢兢，道：“管相‘以鹿制楚’，令你我兄弟携带两千万钱的巨资前来楚国买鹿。目下风头过猛，已经引起楚王的警觉，此番入宫，不知该如何对答？”

鲍季牙道：“兄长勿忧，我自有对答之语。”

两人入宫，觐见楚成王。楚成王呵呵一笑，道：“楚人皆知有鲍氏二富商，自齐入楚而买鹿，出手豪阔，不同凡响！寡人今召一见，特有一事请教：你二人不过商人耳，何以如此豪富？”

鲍季牙答：“楚王不知，我齐国自管相新政，兴‘四海通商策’之后，齐国商人辈出，财富骤聚。国中如盐商、渔商、粮商、布商、珠宝商等比比皆是，似我兄弟二人者，遍地俯拾皆是，我二人岂敢称富？”

“好一个狡辩！”楚成王陡然变色，冷冷道，“我知你二人乃齐国大谏官鲍叔牙的兄弟,如今来我楚国哄抬价格,大肆买鹿,是何居心?如实招来!”

楚成王声震屋瓦,令鲍仲牙汗如雨下。鲍季牙却不动声色,静静道:“楚王既问,我自作答。齐国买鹿之事,实非我兄弟二人本意,此非生意也,乃是穷尽一国财力,以飨齐侯一己私利也!临行之前,我曾以‘卫懿公好鹤亡国’的故事劝谏我国君,然而我国君身为霸主,名高天下,得意忘形,不纳我言。我国君建麋鹿苑,专蓄养鹿,又买鹿甚急,对鹿品要求又极严苛,便令我兄弟二人总督此事。倘若买鹿不力,非但治我之罪,连我兄鲍叔牙也不能幸免!”

楚成王听到“卫懿公好鹤亡国”,不由怦然心动,暗暗道:“齐侯昏聩,齐国要重蹈卫国覆辙了。”当下喃喃道:“齐侯如此好鹿啊……”

“是也。”鲍季牙接着道,“黄金者,人人所好,国家之本,国有财货则足以称雄。禽兽者,害人之物,贤明君主舍弃之。如今齐侯不纳我兄弟之言,乃是天欲将齐国金钱尽皆赐予楚国啊!如此天赐良机,大王何虑之有?”

楚成王哈哈大笑:“两位受惊了,寡人方才戏言耳。你二人不远千里,不辞劳苦,送巨金与楚国,寡人理应召而赐赏——我将昭告百姓,多多猎鹿,不厌其多,保两位不辱使命,早早归国,不使齐侯怪罪。”

鲍仲牙、鲍季牙称谢而退。楚成王赏赐每人美酒一缶、牛脩两条、锦衣一件,并有楚玉两枚。

出了楚王宫,鲍季牙余悸犹在,流汗道:“天幸楚王终于打消疑虑……此事当火速报与管相知道。”

鲍仲牙更是惊恐,直道:“是也、是也。”

数日后,齐国管相致密信与鲍仲牙、鲍季牙,道:“甚好。楚王无疑虑,可加速买鹿。买鹿之外,尚需在楚地买粮,我要楚国遍地黄金,但不留一粒粮粟。”

鲍仲牙、鲍季牙得令。是日,将麋鹿价格又改为每头九万钱。同时又召集鲍氏商社及其他齐国商人,悄悄在楚国及周边国家大量购粮,然后再运回齐国。

鲍季牙又带着几个心腹之人前往不远处的江国和黄国,满城散布齐国将要伐楚的消息。终于未出几日,江国有一朝中大夫,名叫嬴己,扮作盐商,于一座市井酒楼之中宴请鲍季牙。嬴己托言与鲍季牙做盐业生意,暗地里却打探齐国是否真的攻楚。鲍季牙早有预料，一番伶牙俐齿，传递出了令人确信不疑的伐楚的消息。那“盐商”嬴己淡淡一笑，几爵酒后，便急匆匆入宫觐见自己的国君去了。

临淄城中，忽来了两个南方使臣，一个是江国大夫嬴己，一个是黄国大夫嬴甲。原来江、黄二国得知齐国将要伐楚，便一同遣使来到临淄，奉上厚金，伏地称臣，皆要与齐结盟，并相约伐楚之日，愿为内应。齐桓公暗暗大喜道：“此二南方之国，皆楚之附庸，如今皆愿归附齐国，看来寡人霸主之尊，此后非北方所独有啊！”

然而如何回复二使臣之请，齐桓公一时没了主意，便将嬴己、嬴甲先行安置在馆驿，而后请教于管仲。管仲道：“江、黄臣服于齐国，于伐楚大计大大有利。然而国君先不可应下结盟之请，只含糊其词，拖延观望，答道以后再择吉日会盟便可。”

齐桓公道：“何故？彼二国远道而来，是真心请盟，倘若不允，寡人恐失天下之心。”

管仲道：“无妨。此二国一向臣服于楚，如今忽然背楚向齐，楚若得知，必然兴兵讨伐。那时我若去救，则道路远隔，极难如愿；如果不救，则又失同盟之义，两下皆与齐国不利。所以目下只可半许之。待时机成熟，则忽然与江、黄结盟，以迅雷不及掩耳之势，发强兵攻楚，如此里应外合，前后夹攻，方为上策。何况此二国臣服楚国已久，如今转眼间又请盟于齐，是否乃是楚之奸计，尚需考察一二。”

齐桓公道：“小白谨遵仲父教诲。”于是回复嬴己、嬴甲道：“江国、黄国诚心与齐结盟，寡人甚慰。二人且先回去，寡人将择吉日与江侯、黄侯会盟，共谋伐楚大计。”

嬴己、嬴甲满意而归。

一阵西风卷起几片枯叶从阶前扫过，几茎老竹簌簌而响。微微的寒意中，天高云淡，北雁南飞。临淄城东的牛山，满山变色，红黄交织，清爽宜人，晨云冷锁山头，暮霭含愁涧底，乃是一年之中最为惊艳的时刻。管仲独立于庭中，捋着颐下飘扬的白须，早已神飞千里。

“入秋已久，时机将至。”管仲自言道，而后大步出门，径直奔宫中而去。

管仲要亲自到南方一行。

齐桓公听了大惊,道:“秋风凄凉,仲父为何此刻要去南方?”

管仲道:“禀国君,臣算着时间,鲍氏兄弟‘买鹿制楚’之策将近尾声,为万全计,臣必须亲自走一趟。此外,江国、黄国我将实地探察,倘若二国果愿助齐攻楚,臣则先替国君做下主张。此行乃是为伐楚大计做最后的铺排,非臣亲往不可。”

“此二策乃仲父伐楚一阴一阳之计,寡人自是知晓,只是……”齐桓公道,“仲父亲往,那里距楚国不过咫尺之遥,万一……仲父安危,寡人甚不放心啊。”

管仲一笑:“无妨。国君尽管放心,臣必好去好回。”

齐桓公一脸迷茫,又道:“寡人令仲孙湫领军,护送仲父前往?”

“万万不可!”管仲正色道,“臣此去,非微服私行方可,只带几个从人便了。”

齐桓公依旧不赞同,欲言又止。却听管仲道:“伐楚之良机,臣定在明年春正月、二月间。臣去后,联合诸侯之事,还请国君早做准备。”

齐桓公又惊又喜:“仲父是说,伐楚时机马上就要到了?”

管仲默默点了点头……

临淄南门,管仲一身便装,悄悄地,只带着国叔牛和两个武士随从,正要驱车南行而去。忽然却见鲍叔牙匆匆追过来。

鲍叔牙一把拉住管仲衣袖,道:“管相南去之深意,我已尽知。昔日你我曾经共同游览楚国,此番南下,怎可管子一人独行?”

管仲哈哈大笑,鲍叔牙随之亦大笑。管仲也不再推辞什么,扶着鲍叔牙就登上了车。御者国叔牛连声喝马,管鲍一行五人便出发了。一路夜宿晓行,不在话下。

这日西风萧瑟,秋水生寒。但见连绵的山峰下偌大一片农田,荒草横生,荆榛落种,却看不到一丝庄稼的影子,在秋风里显得异常荒凉败落。看那情形,此处田园荒芜近两年之久了。附近有两个小村庄,茅屋草堂十分稠密,只是人烟却异常稀少。守门户者,多是老弱妇孺。一打听,十五岁以上的男子统统上山捕鹿去了。

田间阡陌上,鲍叔牙瞧了瞧,只摇头。而管仲瞧了瞧,只点头。

身后烟尘纵起,是鲍仲牙、鲍季牙兄弟驾车而至。两人跳下车,拱手行揖。鲍季牙问管仲道:“管相连日视察,以为楚国买鹿之计,若何?”

管仲开怀，笑道："鲍氏兄弟不辱使命，当记头功。"

"谢管相夸奖，我兄弟心中的石头可以落地了。"鲍仲牙道，"请到前方鲍氏商社里叙谈。"

几人乘车，沿着荒野间的阡陌小道，车轮颠簸，一路向前。不久穿过一座小邑的城门，在鲍仲牙的带领下，又转了几道街，来到一处极不显眼的僻静院落之中。这里地处楚国北疆，距离江国也不甚远。此院乃是鲍氏商社所购，常用来办理比较机密的事情。

时已入夜，月明如洗，草堂被阶前一株大槐树的阴影笼罩，若隐若现。匆匆吃了一餐饭，管仲、鲍叔牙、鲍仲牙、鲍季牙、国叔牛便聚在堂中，顶着幽暗的铜灯，正色谈论起来。

鲍叔牙道："二哥、四弟，目下楚国买鹿，具体如何？"

鲍季牙道："我兄弟二人遵管相令，行'买鹿制楚'之策。那麋鹿不过楚国寻常之物，平日里少有问津。今有齐国商人大肆抢购，楚人以为天赐其福，于是举国皆捕鹿以献。后来楚王颇感蹊跷，曾召我兄弟入宫而责问，我以'卫懿公好鹤亡国'而答之，楚王于是不疑。管相曾密令：凡献上活鹿二十头的，赠金百斤；若献活鹿二百头的，赠金千斤。我兄弟如令而行，成效极大。目下，楚国麋鹿由原来的一万钱一头增至九万钱一头！因为贩鹿得利巨大，收效甚速，楚国于是全民捕鹿，陷入一种发狂着魔的状态。我初步估算，现在楚国府库的存钱当增加了五倍。"

鲍仲牙接着道："与此同时，楚国人人争鹿，无人务农，大片大片的农田荒芜，已达两年之久。尤其郢都周围的田园，十有九废。楚人自以为手握大把的黄金可以买粮，遂也不以为意。我等乘机又在楚国及周边一带悄悄购买余粮，也收效颇佳。遵管相令，楚地粮食已经源源不断地运往了齐国。我粗略估算，截至眼下，齐国的存粮也当增加了五倍以上吧。"

"楚国存钱增加五倍，齐国存粮也增加五倍，好极了！"管仲大喜，"照这个境况估算，不出三个月，楚人无粮可食者，十有三四！时机已到，齐国可以伐楚了！"

鲍季牙大惊："啊，时机已到？……我等该当如何效力？"

管仲乐呵呵道："季牙兄、仲牙兄大功已毕，将此地残余之事料理妥当，一个月后便请离开楚国,返回临淄领赏便可。我将在一个月后封闭关卡,齐、楚贸易将立时断绝。那时,楚国渐渐无粮,周边粮食也尽被我等扫荡一空,必陷入断炊饿死的窘境,楚国必将内乱,齐国将不战而胜。”

鲍叔牙忧道:“楚地广袤,又有金钱,若举国发展农事,便可立时翻身啊。”

“谷米岂是今朝播种,明日便可收割的?明年开春,不待春耕,我将联合诸侯,发大兵南下,不给楚国丝毫喘息之机!”管仲哈哈大笑道。

鲍季牙叹道:“春后发兵,楚国余粮已尽,新种未播,此战机选择,实是高妙无比!”

鲍仲牙一声坏笑:“昔日管相未曾拜相之时,管鲍合伙行商,屡屡以失败而告终。犹记得那年到随国贩卖黄吕,险些将鲍家赔个一干二净啊!然而今日管相之谋,行商如用兵,惊天动地,是管子之时变也,还是时变管子也?”

管仲默默不语。鲍叔牙接着道:“是时也变,人也变。此圣贤才具,非尔等凡夫所能理解。”

几人正说间,忽然庭院外有人敲门甚急,隐隐有一个声音道:“故人来访,接驾何迟!”言语之间颇具弦外之音。管仲不由一怔。

“我去看看。”鲍季牙说着,起身便离席而去。

树影婆娑,鲍季牙将门开启,但见两人皆是黑色披风,正立于月光之下。一人沉沉道:“请通报管相,江侯前来拜访。”

鲍季牙大惊失色,赶忙将二人迎入院中。说话那人季牙是认识的,乃是江国大夫嬴己,两人曾秘密打过几次交道,另一人无疑就是江国国君了。鲍季牙又回身将木门掩好,特意用眼睛扫射一下外面,见不远处大柳树下,驻有两辆青铜马车,又有身影暗暗晃动,似有三四猛士隐在车边。

管仲与鲍叔牙、鲍仲牙此时已经出迎在堂外,双方互相致礼。嬴己道:“我国君得知管相、鲍卿莅临此地,特来一会。”

管仲瞧着江侯,又行一礼,恭敬道:“江侯屈尊前来,真折杀我等。”

江侯清瘦,五官端庄,目光炯炯,年约四十,当下道:“管仲、鲍叔乃当今霸主齐侯帐下威名赫赫的左右贤臣,如今移步至此,与寡人近在咫尺,寡人荣幸之至!岂有不来请教之理?”

管仲道:“岂敢岂敢。”

鲍叔牙道:“江侯谬赞。请——”

竹帘撑起,几人入堂中落座,鲍仲牙命人取酒相待。共饮一爵后,满堂春意融融。江侯道:“寡人此来,专为一事。先前江国之使嬴己、黄国之使嬴甲前往临淄,请愿与齐结盟。齐侯虽然也应了,但我观齐侯之意,乃是为我江国、黄国是否诚心来投,疑虑不已,故而徘徊不决。今请管相、鲍卿代为转达,我江国与黄国乃是一片赤诚,决意断楚盟齐,绝无二心,愿齐侯勿疑。”

管仲察其言,观其行,已知江侯乃是真诚投齐,并无欺诈,胸中之疑顿消。这位江侯也非等闲之辈,开门见山,一语中的,令管仲大起钦佩之心。当下管仲笑道:“我国君与江、黄结盟之意早定,并无疑虑。只是因为江、黄二国距齐国远而离楚国近,深恐消息泄露,引起楚国对你二国不利,故而会盟之期未定——呵呵,会盟之日不远矣,江侯但请安心。”

江侯一声叹:“我江国与黄国同属嬴姓之国,古来交往亲密。后来楚国崛起于南方,我二国常常受其欺辱,不得已只好臣服于楚。不想那楚国见江、黄示弱,不念附庸之情,反而变本加厉,对我二国盘剥更甚。孰不可忍！如今齐侯称霸华夏,尊王攘夷,抗击北狄,救存邢卫,‘救患、分灾、讨罪’,行大道于天下！江国与黄国深敬之。所以我二国皆愿加入齐国之盟,尊齐为霸,同抗楚蛮,共兴大义!”

鲍叔牙道:“江侯之言,鲍某佩服。齐国定与江、黄做主,讨伐无道之楚国!”

管仲道:“我国君已定,明年春月,即起兵伐楚。内应之约,愿江侯勿负。”

“枕戈待旦,专候齐国!”江侯分外兴奋,慨然道。

管仲又道:“你等原本楚国附庸,如今忽然绝楚,不知国中众人可有异议?”

“管相啊!”江侯面露忧色,道,“我江国上上下下都一心,并无异议,国民遭楚国蹂躏已久,只待振臂一呼。我所虑者乃是黄国。黄侯我自知之,绝楚盟齐之志,坚如磐石。只是黄侯有一弟,名曰仲虎,此人乃黄国第一权臣,又常有亲楚之意,我恐黄侯机密不至,反为仲虎所害。”

“有如此事……”管仲陷入沉思。伐楚大计非同小可,管仲百般缜密,唯恐一子不慎，全盘皆输。当下想到那仲虎乃是一个隐患，万万不可小觑。管仲嘿嘿一笑，对鲍叔牙道："鲍兄啊，你我前往黄国一游，如何？"

鲍叔牙笑吟吟道："鲍某岂有不悦乎？"

管仲突如其来的想法，大出江侯预料之外。江侯很清楚，眼前齐国霸业的缔造者，分明就是冲那仲虎而去的，此真乃大智大勇，当下慨然道："管相若去，寡人愿为向导。"

管仲拱手道："谢江侯厚意！"事情就这么定下来。

却说江国又称"鸿国""邛国"，在今淮河北岸、河南正阳县一带。古时颛顼帝玄孙伯益之第三子，即江元仲，曾为夏帝启的大理，主掌刑名，因此受封于江邑，并建立了江国。江元仲为江国开国之君，受封后便以国为姓，成为后世江姓之始祖。不过江元仲乃伯益三子，系出嬴姓颛顼帝一脉，所以江姓源出于嬴姓。江国建国初期十分兴盛，但到了春秋时期，大国争雄，江国骤衰，加上多有淮河水患，江国便沦落为一个弱小之国了。

黄国在今天河南、湖北、安徽三省交界一带，地处淮河、长江之间。黄国开国之君乃是伯益之长子，名叫大廉。此后子孙皆以国为姓，称黄氏。所以，黄姓同样系出颛顼帝一脉，也是嬴姓的一个分支。与江国一样，黄国至春秋时代同样沦为弱小之国。伯益长子建立了黄国，三子建立了江国，所以黄国与江国是地地道道的兄弟之国，同为嬴姓子孙，与后来一统天下的秦国是同宗。

管仲、鲍叔牙与江侯等众驱车同行，一路翻山越岭，早至黄国之境。这里群山连绵，河流环绕，水路陆路四通八达。山谷之间沃野成田，人烟稠密，盛产稻米鱼鳖，常有浣衣女子，歌声不绝于耳。管仲一行人沉醉于秀美山河，疲惫顿消。

黄国都城乃是黄城。几人行至黄城西门外约二十里地，见一座小山峰下，依着地势，占据险要，突兀扎起一座营寨来。几人车马远远而行，江侯瞧着这座军营，忽然大惊失色，指着营中一面大旗，道："此乃黄国大夫伯鱼之寨！此人本在黄国西境戍边，今如何安营至此？"

管仲与江侯同乘一车，当下问道："伯鱼何许人也？"

“伯鱼乃黄国猛将，最近两年一直戍边在外。今不知何故却屯兵西门？伯鱼乃仲虎之子。仲虎乃黄国司马，他父子二人一内一外，同掌兵权。”

“不好！”管仲听了，陡然变色，惊道，“黄城之中必生变故！”

江侯心中也暗暗生出一种不祥之感。

车轮继续前行，路上留下曲曲折折数道车辙。赶至黄城下，但见白日里四门紧闭，有封城之迹象。江侯摘下腰间一块佩玉，高高扬起，冲守门军士吼道：“但将此块白玉转与黄侯，就说我来也。”

须臾，厚重的城门微微开启，有一军官带着几个甲士鱼贯而出。他们跑到江侯车前，恭恭敬敬行礼说话，然后便迎入城中。这几个军兵在前开道，一直引到国君黄侯宫门之前。管仲、鲍叔牙、国叔牛等只默默随行，左右观察，一路无话。

黄侯年已六旬，肥胖多髯，鬓发斑白，但是精神矍铄，战意旺盛。见老友江侯到来，大喜过望，忙迎入殿堂中。两人寒暄几句，江侯道：“黄侯，且看此乃何人？”

黄侯将眼前人细细打量，只觉神采奕奕，但素昧平生。江侯笑道：“你我久有与齐国结盟之意，奈何当今齐国第一流人物就在眼前，黄侯却不认得？”

“齐国？第一流人物？……何人啊……”黄侯嗫嚅着嘴唇，一脸茫然。

这时管仲主动先揖一礼，轻声道：“管夷吾拜见黄侯。”

“是管相？！”黄侯大惊，他无论如何也想不到，当今天下无人不知、无人不晓的乾坤巨匠、霸王之辅、齐国相国管仲会忽然降落到黄国，一时难以相信自己的眼睛，呆愣住了。

江侯笑着，唤醒黄侯，又道：“此正是管相，此乃齐国大谏鲍叔牙。”

黄侯这才回过神来，忙还揖，礼道：“管相幸会，鲍卿幸会！”

几人于是热热闹闹一阵朗笑。黄侯百感交集，形容古怪，似乎想到了什么特别的事情，一时竟眼眶红润起来。江侯道：“还不请贵客入席？”

黄侯忙道：“请请请——”于是几人分宾主坐定。

黄侯道：“不知管相、鲍卿因何来到我黄国？”

“管、鲍亲来，专为你我与齐国结盟之事呀。”江侯笑吟吟道。

黄侯先是一个惊喜，继之满面愁云，就一声浩叹。众人皆不解。管仲道：“莫非黄侯不愿与齐结盟?”

“非也!盟齐之事,寡人及江侯,皆如大旱之望云霓!”

“如此……黄侯之叹,莫不是因为国中发生叛乱?”管仲试探道。

“啊……管相真神人也!我国突发横祸,管相如何得知?”黄侯大骇不已,又是一声叹,接着道,“实不相瞒,管相啊,我国正处于与齐国结盟之关口,不想……不想黄国祸起萧墙,令寡人寝食难安啊……”

原来黄侯有一个同父异母的庶弟,人称公子仲虎。仲虎少时便与黄侯不睦,常有以小欺大之举。至成人后,勇武好斗,暗结私党,有阴谋篡位之志。后来仲虎韬光养晦,处处示弱,成功骗过了黄侯的眼睛,谋得了大司马的爵位。仲虎又有一子名叫伯鱼,酷类其父,也是尚武之辈。一年前,仲虎将其子伯鱼外调出城,做了戍边大将。至此,其父子两人开始执掌黄国一半的兵力,仲虎原本的狰狞面目便暴露无遗,开始与国君公开对立,篡位夺国之心,昭然若揭。黄侯虽知虎患,只是其羽翼已丰,朝夕之间也难以剪除。时至眼前,黄国不堪楚国欺压,黄人皆有抗楚之心,所以黄侯与江侯同谋,皆要与齐国结盟。而仲虎素来主张亲楚,便抓住这个难得时机,内依同党,外借楚援,于五日前发动政变,举兵来攻黄侯。叛军与国军在宫中一场血战,结果是黄侯险胜,而仲虎率领残部退守府中——此战最大余患,便是仲虎在混乱中将黄侯的生母,亦即今日黄国国母掳掠至家中。所以仲虎家宅虽然被团团围困,而无敢于攻破者,恐伤国母。又两日前,得到消息的伯鱼便率领戍边之军来攻黄城,欲救其父。黄侯则下令坚守城池,避而不战,伯鱼无奈,只好屯军于西门外小山下。目下双方谁也未占上风,只如此僵持着,彼此都是内外消息不通,皆未知下一步将会如何。

“原来如此……”管仲捻着白须,陷入沉思。

黄侯拱手道:“管相乃当世第一奇才,请教寡人平乱之策。”

管仲淡淡一笑:“仲虎、伯鱼,不过恃勇斗狠的武夫,我视之如除墙上草。黄侯不必多虑。”转眼又问道:“伯鱼带兵戍边,计有多少时间?”

黄侯答道:“前后一年又三个月。”

“目下屯于西门外的戍边将士,共有多少?”

“三千余人。”

“此三千戍兵，父母妻子可是多在黄城之中？”

“然也。”

管仲点头，又问道：“仲虎退守府邸，为何只围而不取？”

“只因国母被掳入其家，军士皆心有忌惮，连寡人也深恐伤及老母，故而不敢进兵，遂使仲虎府中逍遥。”

“可否将仲虎诱出府外？”

“此绝无可能。”

“可否将我方之人送入府中？”

“此亦绝无可能。”

“仲虎其人，可有独特嗜好？”

“仲虎勇武无比，但好酒、好女色。府门之内，美女佳酿极多。对了……”黄侯恍悟，又不屑又郑重道，“此人粗汉莽夫，不知为何，天性喜犬。仲虎养犬侍狗，甘愿屈膝，心细如发，如孝子敬母一般。每月初一、十五皆与爱犬同睡，其余日子方与妻妾共枕。府上蓄养之狗，食鲜肉，衣丝绸，位高于人。那年有一妾被一狗狂吠受惊，大怒，举棒驱赶，不想无意间却将那狗打死了。仲虎闻后涕泪交流，不能自已，后竟杀掉此妾，令其与狗同葬一穴……实是匪夷所思，真痴狂之人也！”

世间竟有此奇闻逸事，众人皆是一惊。

管仲却仰头一声大笑，道：“可矣。不出五日，必将仲虎、伯鱼乱臣贼子的人头献上。”

黄侯、江侯、鲍叔牙及嬴己、国叔牛几人，都瞧着管仲，瞠目结舌，又是一惊。

这日，仲虎府邸前街空空荡荡，围困了好几天的大兵撤去了。府门依旧掩得死死的，仲虎几个家臣隔着门板缝隙，不住向外窥视——黄侯派兵围府已有五日，今天是真的撤了吗？——果然是一甲一戈也无！不由得放下心来。有一人舒气道：“黄侯终于撤兵了。”

街上寂寥无人，不见一丝响动。须臾，忽然骤如风起，但有一阵歌声从街道那头，一步一步向府门这边传来。乃是一个中年男子随口而歌，无甚音韵律法，但十分

诙谐,令人欢喜。那歌声道:

水火冲克自古理,犬猫老死也是敌。
黄国有山出仙子,赐我一犬一猫奇。
我有黄犬养猫崽,又有猫奶犬子不分离!
咦,犬养猫,猫亲犬,你道是奇还是谜?

这歌如魔,飘落仲虎府内,登时引起一片躁动。仲虎正于庭中漫步,听到此歌,心痒难耐,眉宇间尽是好奇之色,暗暗道:“仙子赐犬? 犬可养猫? ……世间果有此物?”便二话不说,提步就向府门奔去。

几个家臣见仲虎过来,便早已知道主人必是狗心大动的缘故。仲虎急得就要开门,却被一人拦住:“主公不可,军兵虽撤,但外面依旧吉凶难卜。可先令我出门查看查看。”

仲虎道:“这……也好!”嘴上虽如此说,心里却不以为然。昨日黄侯撤兵之时,依稀听到府外有甲士私语道:“伯鱼大军威猛不可挡,国君今日撤去,必有求和之意。”仲虎以为黄侯定是被城外的伯鱼打败,他父子二人的出头之日不远了,遂不以为戒。

那家臣从门缝里缩着身子溜了出来,循歌声向左一瞧,见空街上,两人并肩行来,皆是山野农夫装束。一人三旬年纪,须发浓黑,面无表情,牵牛驾着一辆役车,车上载着两只青绿色的大竹筐。另一人五旬上下,鬓角斑白,仪态潇洒,一边走着一边引吭高歌。

家臣拦住那车,拱手道:“你二人是何人? 姓甚名谁?”

唱歌者道:“山野村夫不足以留姓名。我二人乃同乡,皆江国人。偶在黄国山上逢仙人赐得奇犬异猫各一,足可悦人耳目。后来不幸流落黄城之中,靠观者赐钱度日。”

“此犬、猫有何奇异?”

唱歌者趾高气扬道:“犬可养猫,猫可养犬,犬猫亲如一家,见者无不称奇。”

“哼哼,天下谁人不知,犬与猫乃是天敌!——莫非其中有诈?”

“非诈!可先请君一观,便知真假。”

“好,且先容我一观,犬、猫在何处?”

“就在车上竹筐之中。请——”

那家臣移步到车边,就要揭开筐上的赤色葛布。此时那赶车人一条手臂横在筐前拦了,正色道:“凡观我犬猫者,皆当赐钱五朋!”

“如此昂贵!”家臣面露怒色。

唱歌人忙过来,赔笑道:“且容此人先观,观后再赐钱不迟。”言毕,唱歌人便将两只竹筐一一揭开。

有小猫小狗叽叽咕咕的声音传出,那家臣忙伸长眼睛来看,这边一瞧,大惊失色;那便一瞧,瞠目结舌。呆了半晌,家臣惊道:“天下竟有这等奇事!……”说着便从袖中掏出五朋贝币,交予唱歌人,而后又嘱托道:“且稍待勿走。”

赶车人拿过葛布,将两只竹筐一一盖好。而后,与唱歌人互对眼色,彼此点了点头。

眨眼间,那家臣又笑吟吟跑来:“快随我来,我家主人愿出一金,买你的犬猫。”

牛车被赶动,将至府门时,就见几人鱼贯而出,争着要抱那两只竹筐。赶车人一声怒喝,令其皆退。而后赶车人与唱歌人各抱一筐,缓缓入府。两人刚一迈入院中,那府门便又被重重关上。

街上瞬间又恢复了平静,若村外荒野,只留下一头牛迷茫地站在役车前。

而庭中大槐树下,仲虎在众人簇拥之中,双目放光,满脸堆笑,哼着“咦,犬养猫,猫亲犬,你道是奇还是谜”的小调,第一个奔过来。

唱歌者见了,先躬身致礼,问道:“此莫非公子仲虎?”

仲虎道:“正是本公子。”也不回看,就向那竹筐俯身去。

“早闻公子仲虎乃是天下第一爱犬之人,神人所赐之物,今得遇明主矣!”

仲虎呵呵呵呵笑个不停,一边道“取黄金来”,一边就将两个竹筐同时揭开。

这只竹筐内铺着厚厚的竹叶,一只黄犬横卧其上,身边有三只黑色猫崽偎依:两只争抢着吃奶,嗷嗷待哺,依稀有朦朦胧胧的“喵喵”叫声传出;另一只则不住地拱着母犬的下颌，亲密如牛舐犊。而那母犬见了仲虎也不恐慌，只微微抬头，轻轻摇尾，又哼哼唧唧发出友善之声，似在提醒仲虎莫要惊扰乳下之子，又似乎在向仲虎争宠献媚。而另一只竹筐中，红色布垫上，一只黑色母猫正在给两只黄色小狗喂奶，那猫见了仲虎，嗖一下由卧着忽然立起，将小狗崽护在身下，目露凶光，尾巴倒立，发出示威的怒吼，似要与仲虎决一死战。

仲虎看得如痴如醉，见筐内犬、猫几乎合而为一，连连称奇，百思不得其解。

“公子，此乃神仙所赐呀，世间绝无。此犬还有一绝，公子且看——”赶车人此时凑过来，几乎与仲虎耳鬓厮磨，一边指着筐中黄犬的耳朵，一边道……如此贴近，仲虎丝毫不觉，身子压得更低，头颅伸得更长，只顺着赶车人的手指全神贯注看去，一时痴迷得恨不能钻入犬耳之中。

忽然寒光一闪，如雷如电，赶车人以极快、极猛、极准的手法，从袖中拔出一柄短剑，对准仲虎的咽喉，一剑直穿了去！

众皆无法预料，尚未反应过来，但见热血喷溅而出，仲虎一声惨叫，立时毙命于血泊之中。足下那只竹筐被打翻，黄犬被血溅身，大惊跳出，舍弃自己的“猫子”不要，惊恐叫着，逃入墙后去了。

须臾，母猫也不见了。只留下几只狗崽、猫崽胖乎乎地在地上蠕动。

场面顿时慌乱，有三四个仲虎家臣霍一下就拔出腰间佩剑。此时，那唱歌人挺胸向前，骤然将一份帛书推出，厉声道：“哪个敢动！我二人乃奉黄侯之命，立斩谋反之臣！此乃黄侯亲笔手书，只斩罪魁，余众不究！倘有执迷不悟者，杀无赦！”

众人都傻了眼，仲虎已死，再反抗也是无益，不如保命。有一人已经弃剑于地。

赶车人一声狂吼，早将仲虎枭首，提着一颗血淋淋的人头，大步向前冲去。那些府中的家臣早吓得前仰后翻，六神无主。赶车人横冲无阻，毫不费力，便将府门彻底打开。

外面，明晃晃一片甲兵，刺人眼目。随着一阵得意大笑，黄侯威风凛凛、杀气腾腾就迈入府中，身后有江侯、管仲、鲍叔牙随着，另有操戈军士分作左右两队，风风火火就冲了进来。

只片刻间，这座铜墙铁壁、牢不可破的府邸被官军拿下。不久后，仲虎府中所有人皆被捕获，而黄侯之母也被找到，所幸安然无恙。

那些仲虎家臣纷纷哆嗦着身子，伏在地上拜国君，求恕罪。黄侯看也不看一眼，只对着唱歌人和赶车人各自拱手行礼，道："寡人感谢不尽！"

唱歌人乃是管仲身边的国叔牛，而赶车人则是江侯身边的嬴甲——皆非黄国之人。

原来此乃管仲除奸之计。管仲见仲虎龟缩府中，以国母为要挟，教军兵难以下手，无计可施。管仲于是从仲虎嗜好切入，借献"奇犬异猫"为名，令两位壮士入府贴近，一剑刺杀。只是这两位行刺之人第一要有胆有略有武功，第二必是黄城之中陌生人，否则一旦被仲虎认出，则其计必败。国叔牛自告奋勇，继之嬴甲也慷慨请命，管仲以为乃是难得人选，便令二人行计。至此终于大功告成。

"常听世人传言，管相谋划，百不失一。今日始信！只是管相啊，"黄侯道，"那亲亲的犬与猫，何处得来？……莫非管相真有仙人之术？"

江侯与鲍叔牙也是大惑不解，纷纷问道："犬猫乃天敌，如何可以犬养猫崽，猫养犬子呢？"

管仲呵呵笑个不停，颐下白须被微风吹起："人皆有欲，从其欲，则可得其人。仲虎好养犬，必以奇犬接近之。但如何觅得奇犬，我也一时茫然。那日黄昏偶过街市，见二邻居坐而笑谈。一个抚着膝下母犬道：'我家犬今夜当产崽。'一个怀中轻轻抱着一猫，道：'我家猫今夜也当产崽。'我顿时恍然，遂得一计。于是花重金将这一对待产的犬、猫买下，当夜果然均下崽。然后乘其刚生之际，将猫崽赋予母犬，犬崽赋予母猫，彼此调换，母犬、母猫皆以为乃是自己所生之崽，便奶之不疑。不出一日，可不是犬养猫崽、猫养犬子吗？"

众皆哄然大笑，连守护在旁的甲兵也难抑笑意，庭中顿时笑声如雷。江侯笑得前俯后仰，岔气道："管相啊，何其妙思如此……黄侯啊，功劳簿上，君也当为此犬、猫记一笔啊……"

管仲却忽然止住笑容，正面盯着江侯，慨然道："仲虎已死，城外伯鱼，我也有计。其兵有三千之众，皆戍边有功之臣，且父母妻儿皆在城中，只是受了伯鱼一时蒙蔽，才附逆而已。黄侯可宣一诏，遍传城外军中，只道戍边之兵皆有功于国家，皆可入城中接受赏赐,其家中亲属也一并有赏。如此不出三日,城外必是一座空营,伯鱼便可不攻自破!"

黄侯又一次惊得目瞪口呆!

正午时分,正是烧锅做饭时候。伯鱼大营之外,忽然飞奔过来一队兵车,车上众甲士齐声高呼道:"国君亲令:尔等皆是戍边有功将士,可速入城中接受国君赏赐,家中父母妻儿一并有赏!"连呼数遍后,又将无数"赐赏"的文书包着一块块石头,纷纷抛入营中。

那些兵车如此呼喊后,荡起烟尘,便返回城中去了。又不久后,但见城楼上,一条条高高架起的大案上,纷纷堆着黄金、玉饰、粟米、布帛等物,城楼守兵又是齐声高喊:"戍边将士,速领赏赐!戍边将士,速领赏赐!……"

那喊声风一般传入伯鱼大营,震得伯鱼一屁股坐在冷帐之中,恐惧不已。帐外,兵士们纷纷拥向栅栏边,手里攥着"赐赏"文书,望着远远的城楼地方,眼中就禁不住落下泪来。

是夜,一大半的兵士纷纷悄悄潜逃出营,钻入黄城之中领赏去了。天亮后,剩下的兵士干脆光明正大、趾高气扬、无所顾忌地回城了。午后之时,整座大营空空如也。伯鱼连声叹气,情知大势已去,只有逃离黄国才是出路,于是亲自驾车,就向楚国方向奔去。不想尚未离开黄国国境,早被大夫嬴甲带兵截住,伯鱼被斩杀于车轮之下。

"猫猫狗狗除仲虎,一纸文书斩伯鱼,管相真奇才也!"黄城宫中,喜气洋洋,黄侯设宴以谢管仲,江侯、鲍叔牙、国叔牛、嬴甲、嬴己等列席共饮。

黄侯又道:"内乱已平,我再无忧矣。黄国诚心与齐国结盟,但有差遣,敢不奉命!"

江侯道:"江国同黄国然。管相已决意开春后伐楚,我二国当为内应。"

管仲道:"齐将与黄国、江国携手同心,共抗暴楚。"几人于是共饮一爵。

黄侯又道:"伐楚之前,还有一件事情需了。楚国之东有舒国,舒人与楚人狼狈为奸，沆瀣一气，故天下有‘荆舒’之说。齐国若要伐楚，舒国则必会救楚，此不可不虑也。”

管仲道：“有此等事，管仲谢黄侯指教。舒国必先讨之！”——却说管仲回国后，上报齐桓公。管仲以为伐舒不可齐国亲往，以防惊动楚国，需假手他人伐之。东南徐国离舒国很近，而徐国臣服齐国已久，齐桓公还娶了徐国之女为第二夫人，两国有姻亲之好。于是齐桓公令徐子伐舒。徐子得令而行，一战而大破舒国。齐桓公又命徐子暂时屯兵于舒城，以备伐楚急用。徐子领诺不提。

又不久后，齐桓公、宋桓公与江侯、黄侯暗暗于齐国阳谷之地会盟，共谋伐楚大计。至此，南方诸侯如江、黄等国第一次与齐国缔盟。时周惠王二十年，公元前657年。

管仲会心一笑。江国、黄国各守疆界，枕戈待命。舒国已破，徐人屯兵舒城，亦是齐国伐楚之后援。鲍仲牙、鲍季牙兄弟也已返回临淄，“以鹿制楚”之策业已大功告成。齐桓公广发盟主令，相约联军，救郑伐楚，如宋、鲁、郑、卫、陈、曹、许等国也纷纷响应……万事俱备，只待春风一起，便可发兵南下，直捣楚国！

第十三章　蔡姬戏水

“唉——”烟尘古道上，几辆兵车戛然而止。为首一人抚栏眺望，见到处荒草蔓延，寒鸟哀啼，两边原本肥沃的农田早已荒芜不堪，不由深深一叹，神情悲凉。

那人乃是楚国令尹斗子文，乳名斗榖於菟。斗子文奉楚成王之命，与斗班一道，忙于在郢都南营之中操练新军，近日乃因军粮事宜正向郢都返回。斗子文近年来沉醉军务，日日夜夜只盘踞营中，不想此番出行，却为沿途所见所感震撼不已。原本水网纵横、沃野千里、人烟稠密、盛产稻米的江汉平原，目下不知何故，早变得田园废弃，村落萧疏，到处荆榛横生，荒草遍地，触目所及，仿佛是一场瘟疫弥漫之后，人口大半死绝的惨状。斗子文不解，一路上只要见了行人就打探，方知楚人全都深入大山或云梦泽中捕捉麋鹿去了，以至于举国农事皆废。

斗班贴身过来。斗子文忧道：“麋鹿不过楚国寻常之物，少数楚人捕之，无可非议。为何目下所有国人尽皆捕鹿，实是蹊跷。”

斗班道：“皆为利耳。令尹大人不知，最近两年麋鹿暴涨，先时一只麋鹿二万钱已是天价，后来竟增至九万钱一头。鹿商们趋之若鹜，纷纷抢购，据说还形成了一种风潮：凡献上活鹿二十头的，赠金百斤；若献活鹿二百头的，赠金千斤。如此重利，难怪楚人纷纷上山捕鹿，入魔一般，以至于十室九空，无人耕田了。不过无妨，有此番鹿潮，黄金便源源不断涌入楚国，我大楚之富几可与齐国媲美。农田荒废怕什么，来年再耕作也为时不晚，何况我国还有大把大把的黄金，可以从邻国购粮。”

一种不祥之感顿时涌上心头，斗子文沉思片刻：“……可是我楚国商人？——何人在此买鹿？可知买这鹿作何用途？”

“非也。买鹿者都是齐国商人，为首二人叫作鲍仲牙、鲍季牙。据说齐侯酷爱麋鹿，在临淄建麋鹿苑，扬言愿以举国之富尽奉天下麋鹿，于是齐商们才纷纷南下，疯狂购鹿。”

“不好……中计了！”斗子文大惊失色，忙对斗班道，“此事非同小可，斗大夫可携甲士先行，到了郢都，休问长短，先将鲍仲牙、鲍季牙这两个齐国商人拘捕，我随后便到，自有理论。”

斗班茫然，满肚子都是疑惑，但观斗子文神色，便不再言语，带了几车士兵就先行去了。

郢都宫门外，斗子文跳下车，急匆匆入宫觐见楚成王。斗班虽然提前返回临淄去拘捕鲍仲牙、鲍季牙，但很遗憾，此兄弟二人早已返回齐国去了。这事更验证了斗子文自己的判断，也更增添了一种深深的忧虑。

宫内钟磬齐鸣，琴瑟悦耳，一群窈窕的青衣女子正翩翩起舞。时楚成王正与蔡姬二人一边饮酒，一边观赏乐舞。案上九鼎八簋，各色美食，外加一罍桂花佳酿，芳香醉人。尽管各种器乐之声群起，但斗子文还是远远地在窗外就听到了蔡姬一连串爽朗而无忧的笑声。却说蔡姬乃是当今蔡穆公之妹，原本嫁与齐桓公做了第三夫人，后不知何故被齐桓公呵斥而“退回”蔡国，蔡穆公也不知何故又将此妹转嫁与楚成王为妾，而楚成王也不知何故便欣然纳了蔡姬——据宫中人传言，蔡姬虽然容貌平平，难称佳丽，但是天性纯真，慧黠爱笑，最是善于戏谑取乐，很会逗楚成王开心。大约因此，楚成王颇喜蔡姬。

斗子文脱履入堂，气昂昂从歌女群中穿过，见了楚成王，躬身一拜，道：“楚国大难将至，我王还有心思沉迷歌舞？”

楚成王见斗子文面色沉重，必有大事；自己满脸的轻松欢笑也登时止住，只轻轻一挥手，但见编钟、石磬、长琴、古瑟之声尽消，那些妙龄歌女也鱼贯退出，蔡姬也知趣地向后殿走去了。

楚成王示意斗子文落座，又赐酒一爵，道："令尹可是为军粮一事而来，我早已有安排……"

斗子文屈膝跪于案前，接了酒爵只轻轻放好，并不饮，急道："军粮之事无妨，臣此番无礼而来，但为楚国一件惊天大事。"

"是何惊天大事，寡人不知？"楚成王低着头，慢慢自饮一小口。

斗子文道："齐国十万雄兵已经悄然埋伏于楚国，我王不知？"

楚成王双目射电，望着斗子文，冷冷道："此话怎讲，齐军在何处？"

"我王可知，齐国商人鲍仲牙、鲍季牙携重金前来楚国购买麋鹿，以至于楚人弃农从商，举国到处捕鹿，而千里沃野，农田尽废，荆榛蔓延，家园萧疏，此乃亡国之兆啊！——我料此必是齐相管仲商战之计，胜于十万雄兵！"

"令尹原来为此事担忧啊！"楚成王哈哈大笑，"此事寡人早知，齐人来我楚国买鹿，乃是因为齐侯玩物丧志，设麋鹿苑之故。虽然农田一时荒芜，但我楚国因为麋鹿贸易而发财无数，府库增收五倍，民间也是多蓄金珠，何患之有？楚国因之增收巨财，区区农事，不过毛毛雨般，不必担忧。"

斗子文听了，更增惶恐，急得将面前那爵酒一饮而尽。

"再为令尹赐酒，压惊。"楚成王乐呵呵的，不以为然。

内侍添酒之声缓缓而起，如泉水过石，如空谷鹤鸣，如雨落案头。斗子文瞬间就静了下来，也淡淡一笑，瞧着酒线，道："如此饮酒，寡淡无味，臣且为我王说上几个诸侯国的故事，以助酒兴可好？"

"快快讲来。"楚成王平日里最爱听各国之史。

斗子文娓娓道来："东方鲁梁国绨业兴旺，国民因之以富。那年，管仲先劝齐侯改穿绨衣，如此上行下效，齐人纷纷穿绨，绨之价格在齐国暴涨。管仲于是又大开齐国与鲁梁国之间的绨业贸易，对鲁梁国人道：'能为齐国供绨一千匹者，赐黄金三百斤；供绨一万匹者，赐黄金三千斤。'受此暴利蛊惑，鲁梁国全民皆绨，无人再事农耕，虽然挣了大量黄金，只是国中颗粒无收。十八个月后，管仲果断关闭两国绨业交易,齐国国大财多,丝毫不受影响;而鲁梁国小民弱,民生一日之间断绝。尤其是鲁梁国田园荒废已久,粮食不可须臾产出,于是鲁梁又不得不向齐国买粮。至此,齐人将自家原本一石十钱的粮食,以每石千钱的价格再卖给鲁梁人,即使如此依旧供不应求,而鲁梁人饿死者不绝于道。当初买绨的黄金又神奇般地回流到了齐国。二十四个月后,鲁梁之民投奔齐国者,十占其六。至三十五个月后,鲁梁子面缚衔璧、肉袒牵羊而降齐桓公。此即管仲'绨服鲁梁'之谋。

"北方代国生产狐皮,乃极罕之物。那年,代国与齐国生隙,齐侯欲发兵,而管仲则道可以不战而胜。管仲派人到代国高价采购狐皮,引起代国躁动。重赏之下,必有勇夫,代人于是纷纷放弃农业,拥入山林之中猎取狐皮。只是那白狐每半年才出现一次,代人钻入深山之中长达两年,也没有猎得多少。此时未等齐国出手,离枝国乘机从代国北方侵入,代国一无粮二无兵,为求自保,只好率领臣民拱手降伏于齐国。此乃管仲'买狐降代'的妙策。

"北方衡山国盛产兵器,天下无双。那年,齐侯发兵欲讨衡山,却为其利器所忌。管仲又献计——齐国出兵一年之前,先出高价大肆在衡山国购买兵器。周边国家如燕国、秦国、代国等见齐国如此,也便跟风随买。十个月后,衡山兵器供不应求,天下争购!衡山国君于是将兵器的价格提高到二十倍以上,由此衡山国同样出现了百姓放弃农耕纷纷打铁铸造兵器的所谓盛况。不久后,齐国又在衡山国及其附近大肆买粮,每石十五钱的粮食,齐国却愿意以每石五十钱的高价收购,如此一来,衡山一带各国的粮食很快被齐国扫荡一空。正当这些国家为发财的黄金狂喜之时,齐国却突然封关,将兵器、粮食贸易一日间断绝!此时眼看到了夏收时节,齐国却突发奇兵,大举攻打衡山国。而衡山国中兵器与粮食皆空空如也,何以应战?于是衡山不得不奉国而降齐。此即管仲'衡山之谋'。"

…………

斗子文言毕,整个堂中静静然,静得可以听见心脏怦怦狂跳的声音。半晌后,楚成王轻声道:"令尹是说……那管仲欲要买鹿而降楚国?……"

"我王英明!"斗子文道,"管仲乃当世奇才,尤善于经济之道。绨服鲁梁、买狐降代、衡山之谋以及目下之买鹿降楚,皆是管仲之计也。先投以重金,诱使他国全民逐利而废弃农业根本,待时机成熟便果断收网,如此中计之国必闹粮荒,民必生变,则可以不攻自破。此乃管仲贸易之战,胜于十万甲兵!以黄金为灭国利器,以粮食为取胜法宝,一国一法,变化莫测,纷纷扰扰却又悄无声息,玩弄邦国于股掌之间,待至醒来,一切皆晚!我王不可不慎啊!”

楚成王大叫一声:“啊呀!说什么卫懿公好鹤亡国,说什么齐侯买鹿富楚,寡人中计了!……寡人鼠目寸光,还望令尹大人教我化解之道!”

斗子文面有忧色:“鲍仲牙、鲍季牙二商已经返回齐国,我料管仲买鹿之策已然开始收网,楚国粮食危机难免。目下只有在楚国周边火速买粮,或可解一时之危。此仅其一……臣所担心者,齐国必然乘此良机,发兵南下而攻楚,到那时可就……”斗子文说着就无语了,面如死灰一般。

楚成王大惊,恍然间觉得自己被陷入巨大的泥潭之中,须臾又笑了笑:“齐国攻楚?哼哼,我不信齐国胆敢南下!果如此,寡人正欲与那齐侯交一交手,看看天下霸主,终究属谁!——但令尹所言,寡人信服,尚需谨慎应对。”

“我有两策。”斗子文道,“其一,楚国非是鲁梁、代国与那衡山,我大楚千里之国,实力雄厚,更兼以江汉腹地为依托,地广而物丰,即使国中一时断炊,亦可以从周边寻到接济。臣将火速购粮,相信犹未晚也。其二,齐国若伐楚,必要借道于蔡国,可使大夫屈完入蔡,昼夜打探消息,以免措手不及。”

楚成王道:“善。此两策令尹自行处之,寡人另有一策——可令斗班另率一师北上,增兵斗廉、斗章,急速打下郑国,同时也可在郑国境内寻找粮食,运回楚国以解燃眉之急。”

“诺。”斗子文应声而退。

却说斗子文先在楚国市井买粮,不想民间几无存粮,不由大惊;继之又在楚国周边如唐国、邓国、英国、桐国等地买粮,哪料这些国家的粮食也被齐国富商鲍仲牙、鲍季牙早早扫荡空了,斗子文愈加惊骇,已知皆是管仲先下手为强的缘故,不由仰天叹道:“管仲算在我先,我不及也!”最后不得已,只好远走江南的吴国、越国购粮,此二国尚可救急。只是路途过于遥远,待购粮之后再运至郢都,恐要耗费三月之久。斗子文连连摇头,那种萦绕不绝的不祥之感越来越真实了。

斗班率师增援斗廉、斗章，令郑国不堪重压。新郑烽烟再起，郑文公再度告急于齐国。消息传到临淄，管仲以为诸事完备，可以举兵南下，伐楚而救郑了；只是当走哪条路线进军，一时踌躇难决。管仲入宫，与鲍叔牙、王子城父、公孙隰朋、宾须无、宁戚“一相五杰”共同觐见齐桓公，同议出兵伐楚的大计。

时六人候在堂中，专待国君。片刻后，却见齐桓公一身简便的深衣，怒发冲冠，大步流星，不知何故，黑脸而出，一边走一边咆哮骂道：“夺妻之恨，寡人实不能忍！——仲父仲父！为寡人兴兵伐蔡，寡人要教训教训蔡侯！”

管仲等六人皆是一愣，管仲道：“国君，何故？”

齐桓公叹气，仿佛羞愧难当，难以启齿，但又怒气冲天，不吐不快，道：“蔡姬乃是我的女人，只因今夏戏水于寡人，被我一时恼怒，喝退回蔡国。不想……唉！……那蔡侯竟将蔡姬又嫁于楚王！真气煞我也！羞煞我也！……寡人乃霸主！我要发兵，发兵！”——蔡姬戏水之事，管仲等也略有耳闻，只因不过后宫一时儿戏，众人也皆未放在心上。却说去年盛夏，某日酷暑难当，齐桓公深感宫中闷热，于是携着蔡姬及竖貂、易牙、公子开方等出城，荡舟于申池湖上，聊以消暑。申池水大，凉风习习，碧波荡漾，更兼湖中荷花怒放，朵朵怡人，齐桓公在蔡姬陪伴下，乘着小舟从荷花丛畔悠悠划过，十分开怀。那蔡姬天性好戏谑，一路说说笑笑不停。见湖中白荷青莲，亭亭玉立，秀丽可人，蔡姬于是摘了一茎荷花献与齐桓公，齐桓公接了，立于船头捧腹大笑。蔡姬又屈身要折一片青叶，不想无意间将湖中之水溅在桓公身上，桓公顿时缩手缩脚而退，如龟鳖忽中刀斧，模样滑稽可笑。蔡姬见了越发不能止，一面“咯咯咯咯”笑着，一面不停地用水掬水，洒向桓公。而桓公忽然害怕起来，满脸窘状，收缩更甚，步步后退，竟发起怒来。蔡姬只以为两人嬉戏正入佳境，更加放肆起来，边溅水边乐道：“早知国君很是怕水，不知是真是假？今偏要令君怕一怕！”——原来一代霸主齐桓公有个小毛病，最怕冷水上身，总觉乃是虫蛇入体，不寒而栗，后宫中人都是知道的。竖貂也赶忙过来劝道：“不可不可！”蔡姬依旧不以为然，继续溅水取乐。此时，齐桓公一声大吼，霍然拔出腰间佩剑，就要朝蔡姬砍过来。蔡姬吓得脸色苍白，顿时才知桓公乃是真怒，自己业已闯出祸来，忙伏在船头，不停求饶。齐桓公于是弃剑于蔡姬面前,斥道:“无礼婢子,何以事君!”又将身上外衣脱了,一把抛于湖中,唤竖貂道:“将此婢子赶回蔡国去!”

小舟悠悠荡去,湖面涟漪不绝。

竖貂得命,次日后只好将蔡姬“护送”回蔡国,蔡姬一路哭哭啼啼不停。说来此乃小事一桩,齐桓公也不过一时气恼罢了;待其气过,自然又会再将蔡姬接回。事有蹊跷,不承想到了国中,蔡穆公一见妹妹被齐桓公“退”回来了,也大怒道:“已嫁而归,是绝之也!”——当时蔡国北面与齐国缔盟,而南面又与楚国结好,蔡穆公于是又将蔡姬嫁与楚成王为夫人。楚成王也欣然纳之。

于是,当此消息传到临淄,齐桓公暴跳如雷,以为“奇耻大辱”,所以叫嚣着要讨伐蔡国。

当下管仲听完,登时灵光一闪,计上心头,忽然就哈哈大笑,道:“国君怒得好!国君怒得好!霸王一怒,伐楚有计了!”

众人皆呆住了,齐桓公也转为一脸迷茫,道:“……仲父何意?”

“蔡侯如此无礼,伐之有名矣。我等正可发兵,为国君教训教训蔡侯!”管仲依旧乐呵呵的。

齐桓公忽然不安起来:“伐蔡?……伐楚?……仲父啊,真要为一女子而伐蔡国?……寡人一时气愤,矢口胡言,寡人知错矣。两国交兵,岂可儿戏?……目下伐楚才是大事……”

仿佛稚子犯错,哀求师傅谅解,齐桓公满身窘状。管仲一见,更是放声大笑,乐得前俯后仰,这让齐桓公更加不知所以。但听管仲道:“国君不必自责。臣之意,我以蔡姬戏水之名而伐蔡国,名正言顺,可以掩人耳目。那蔡国乃是南下楚国必经之路,我伐蔡之后,出其不意突然伐楚,那时又当如何啊?”

公孙隰朋道:“妙!伐蔡不过其表,伐楚乃是其里。如此楚国必无防备,而我出其不意兵临城下,楚国必败!”

“原来如此……”齐桓公恍然大悟。

王子城父呵呵一笑,道:“先有蔡姬戏水于齐国,继之我等再以蔡姬戏之于楚国,此真可谓大风过水,涟漪绵绵,前后后前,波动连环,妙!”

管仲道："楚将斗班增援于斗廉、斗章，大量楚军被牵制于郑国，楚国国中必然兵力空虚！鲍氏兄弟'买鹿制楚'之计也已得手，同时南方江国、黄国及舒城等，也皆可以为我所用——绝佳时机已到！国君可发盟主令，相约鲁、宋、卫、郑、陈、曹、许共八国诸侯，于正月初七共同起兵，假以讨蔡为名，一同南下，讨伐楚国！"

"善。"齐桓公道，"不知进兵路线如何？"

管仲道："各国各自行军，当于蔡国上蔡之地，八国会师一处，然后走召陵、陉山一线，渡过汉水，直捣楚国。"

"北方南下入楚，唯有陉山道路可以避开楚国方城防御，管相所言进兵路线，乃是上上之选。"王子城父道。

鲍叔牙、公孙隰朋、宾须无、宁戚皆表示赞同。齐桓公拍案，昂然道："齐国尊王攘夷以成霸业，南方蛮楚，寡人欲伐之久矣！——发兵！"

齐桓公发檄文，"讨蔡为名，伐楚为实"，相约与各国诸侯于正月初七起兵，共会于上蔡，然后南下，猛然攻楚。有七路诸侯应声而来，加上齐国共计八国联军。哪八国联军？

第一路是齐桓公小白，以管仲为帅，率领鲍叔牙、王子城父、公孙隰朋、宾须无等，统兵车三百乘，甲兵三万人。大司田宁戚则留守国中，接应粮草。

第二路是宋桓公御说，率领戴、武、宣、穆、庄五族大夫，统兵车二百乘，甲兵一万五千人。

第三路是鲁僖公申，与公子季友一道，统兵车二百乘，甲兵一万五千人。

第四路是陈宣公杵臼，统兵车二百乘，甲兵一万五千人。

第五路是卫文公毁，与石祁子、宁速二大夫，统兵车一百乘，甲兵五千人。

第六路是郑文公踕，率领麾下"三良"之二——堵叔、师叔，统兵车三百乘，甲兵二万人。叔詹则留守郑国，以抗楚国斗廉之军。

第七路是曹昭公班，统兵车一百乘，甲兵一万人。

第八路是许穆公新臣，统兵车一百乘，甲兵一万人。

八路诸侯以齐桓公为首，共计兵车一千五百乘，甲兵十二万人，会聚了当世最为一流的文武豪杰，浩浩荡荡，声势威猛，从四面八方，以雷霆万钧、风卷残云之势，直向南方上蔡扑来。这是春秋时期，华夏诸侯之间空前猛烈的一次军事行动。

八国联军，齐桓公首倡，因其最初动机乃是伐楚救郑，所以郑文公最是第一响应。宋、鲁、陈、卫、曹五国深感上次齐桓公伐戎救燕，即使诸侯冷眼袖手，齐国依旧孤军北上，最终大胜而归之事，也纷纷应召而来。许国最是特殊，八国诸侯，以许国国力最弱，且是第一次积极与齐缔盟。国君许穆公新臣，少时曾遭遇郑庄公伐许，许城被破，国分为二的巨变，隐忍十余年之后，即公元前697年，待郑庄公命终后，郑国内乱之际，新臣才乘机起事，赶走郑国驻军，继位称君，复建许国。如今许穆公已是满头白发，在风雨飘摇的乱世，苦苦做了四十年的小国之君了。最近几年楚国连连伐郑，每次都借道于许国，许、郑虽有旧怨，却也是唇齿相依，一旦楚国灭郑，那许国亡国之日也不远了。所以，晚年的许穆公，一直有“唇亡齿寒”之忧。同时齐国霸业正盛，齐桓公北上伐戎救燕，中原存邢救卫，如今又南下伐楚救郑，种种义举，种种诚信，天下人人都看在眼里。许穆公深知，许国唯有与齐国交好，才是弱国图存之道。更何况其所娶卫女许穆夫人也是齐桓公甥女，当年卫国被赤狄屠城之时，许穆夫人曾亲往齐国寻求支援，对于齐国的私情公论，许穆夫人有着无比清醒的认识，也常常劝许穆公与齐会盟。种种因缘会聚，此番齐桓公号令伐楚，许穆公响应之烈，其实远远甚于郑国。奈何风烛残年，疾病缠身，本不宜征程颠簸，但为了国家大业，许穆公终究还是带兵出征了；许穆夫人也随军在侧，以为照应——正因为这个缘故，此番诸侯联军之中，齐桓公对最为年长的许穆公也是特别青睐，投以深深钦佩、满满尊敬的目光。

兵贵神速，未过些许日子，蔡国北疆，忽然齐国、陈国、许国三国兵车齐聚而至。蔡穆公自以为蔡国新近与楚国结了姻亲之好，无人敢欺，齐、陈、许三国之军不过偶然从国境上路过罢了，一时未作多想，遂躲在国都蔡城之中，不予武装防备，只管饮酒取乐。蔡穆公做梦也料不到，齐桓公正为自己而来；所谓三国兵车，也不过是十二万大军的先头部队而已。

直到齐桓公迅雷般兵临蔡城，蔡穆公方如梦初醒，忙整军备战。斥候来报，说齐国、陈国、许国三国大军以齐为首，业已扎营城外，但见营帐繁若星河，车马无数；单齐国兵车就有三百乘之多。蔡穆公听了大惊失色。须臾又有来报，说又有宋、鲁、卫、郑、曹五路大军也正向上蔡方向开来。蔡穆公惊骇之余，满是疑惑："倘若伐一小小蔡国，齐之一国足矣，何须动用八国大军？且蔡国一向对齐尊崇有加，并未结仇，齐侯为何忽然伐我？……"是夜，百思不得其解。

次日午时，蔡穆公登上城楼，手搭凉棚，焦灼地向城下望去，但见旌旗遍野，营盘如铁，到处都是他国兵马，杀气腾腾。蔡穆公正哀叹间，忽然几道烟尘荡起，三辆兵车转眼间就驻于城下。中间为首者乃是齐桓公，竖貂为其驾驭。左车上是齐相管仲，右车上是齐大司马王子城父。

蔡穆公立于城头上，谦恭地行了揖礼，强装笑颜道："齐侯别来无恙。齐侯忽然兴兵犯蔡，不知何故？"

齐桓公立时想到自己的女人被他人据为己有，怒不可遏，以手指蔡穆公，厉声道："寡人兴八国大兵，入蔡问罪，非是蔡国有罪，实是为蔡侯一人而已！"

"我有何罪……以至于齐侯如此兴师动众？"蔡穆公茫然，一脸哀求状。

齐桓公纵声大笑，但笑得十分尴尬和难堪："汝将其妹嫁与寡人，如何又将其再嫁与楚王！汝将置我于何地！我必杀汝，以泄我恨！"

"齐侯齐侯，我实是冤枉啊！"蔡穆公忙辩解道，"我将我妹嫁与齐侯，专为齐、蔡盟好之故，不想齐侯半道将我妹休退，是齐侯无礼在前……我妹再行改嫁，又有何不可？……"

"寡人何时曾将蔡姬休退，不过是……"齐桓公正要言道蔡姬戏水之事，却被一旁的管仲拦住，管仲使眼色，轻声道："兵临城下，国君何须再作口舌之争？"

齐桓公双目如箭，射向城头，喝道："令汝明日衔璧而降，否则破城之祸，皆汝之罪也！"言讫，令竖貂掉转车辕，三辆马车同时退去了。

望着远远逝去的三道烟尘，蔡穆公骂道："什么华夏方伯，不过好色之徒！"但转念又是一头雾水，总觉此事太过于蹊跷了，自言叹道："不对、不对，不对啊……"

深宫之中，铜灯摇曳，蔡穆公徘徊不安的黑影映在墙壁上，如一团魔。有两人急匆匆来见:一个是世子甲午,一个是楚国大夫屈完。那屈完受楚国令尹斗子文差遣,专来蔡国观察北方动静,不想前日刚入蔡城,就撞上了齐桓公伐蔡大军。屈完慨叹:“齐国何其神速也!”

灯火朦胧中,甲午道:“父亲,楚使屈完觐见。”

“快请,入席!”蔡穆公忙接住屈完。近些年蔡国与楚国一向交好,蔡国视楚为荫庇,为主家,为靠山,对于楚人一向礼遇有加,何况此时来的还是楚国新秀屈完大夫。

“谢蔡侯。”屈完接着道,“城外之事我已尽知。只是屈完有一事不解:齐侯号令八国,共同伐蔡,可见齐、蔡之仇非同小可。不知蔡侯何处得罪了齐国?”

“唉!”蔡穆公一声叹,“说来荒唐。我妹蔡姬本嫁与齐侯为第三夫人,不想去夏于湖中赏荷之时,失手将湖水溅得齐侯满身,由此齐侯大怒,便将我妹休退回蔡国。此后,我妹又改嫁与楚王,有何不可?——那齐侯却勃然大怒,因此而举兵伐我。”

“只此一因?”

“只此一因。”

屈完沉吟半晌,果敢道:“非也!因一爱姬而兴兵,此乃荒唐失道之举,那齐侯一代霸主,断非此辈中人!况又有管仲、鲍叔牙等贤臣辅佐,岂能做出如此儿戏之举?……其中必有更大缘故!”

蔡穆公、甲午父子也早有这种迷茫和困惑,同时问道:“屈大夫以为是何故?”

“我亦不可猜测。”屈完道,“目下只有先探明齐国伐蔡的真实缘由,对症下药,方为上策。我有一法:齐侯身边有一宠臣,唤作竖貂。可令世子连夜出城,我扮作仆从,备足财货珍玩,入齐营私会竖貂。那竖貂乃宵小之人,见钱眼开,必可以从其口中探得齐国此番用兵的真实意图。”

甲午道:“前番将姑姑遣送回蔡国者,正是竖貂。我与此人也颇熟稔,深知其贪婪自私之心性,相信竖貂如果受了我等财贿,必吐真言。屈大夫之计可行!”

“如此,二位速去。蔡国拜托了!”蔡穆公拱手道。

是日深夜,已过子时,星月无光,一片沉寂。齐军大营中,火把星星点点,明暗错综，反而衬托出到处都是黑影。齐桓公与众臣欢饮毕，早已下榻熟睡。而竖貂侍奉主人毕，哈欠连连，也默默踅入自己的帐篷，刚刚熄灯，正欲躺下，忽然外面一个小内侍，名叫戌夫的，急声报道："大人，帐外有两人，声称是蔡姬故友，请求一见。"

一听是"蔡姬故友"，竖貂登时一震，小眼珠滴溜溜转了几转，忙起身，道："快请，掌灯！"

帐内燃起一盏微弱的铜灯，照得榻上刚刚披了外衣的竖貂的背影异常修长。细碎的脚步声中，帐门开了又合，戌夫引领下，有二人一前一后机警地步入帐中，旁边还带了一只硕大的箱子。竖貂一见，又惊又喜又怕，忙对戌夫道："你出去吧。"——此二人正是来自蔡城的甲午和屈完。两人皆是商人装扮，甲午为主，屈完为仆。

昔日竖貂曾私受甲午不少好处，虽然灯火幽暗，帐内朦胧，却还是一眼就认了出来，当下竖貂惊道："公子何来？——目下两国交兵之际，公子何敢来此啊？"

甲午扑通一下就跪地，哽咽着拜道："特来求竖貂大人赐我救命之策！"

"哎呀呀呀！"竖貂满脸难为情，"半年之前，我护送蔡姬返回蔡国，皆因蔡姬戏水，捉弄我主，我主一时盛怒才令其归家思过，毫无退婚之意啊。此事全怪蔡侯，如何又将蔡姬转嫁于楚王？我主这才兴兵问罪，此事绝无逆转之可能。"

甲午眼中含泪，呆了半晌，又哭道："竖貂大人乃齐侯心腹宠臣，谁人不知？齐侯心思，全在大人腹中。还望大人救命！"

甲午悲泣起来，竖貂却连连摇头。在旁一直不语的屈完见状，便将身边的箱子打开，推至竖貂膝前，而后又默默退到甲午身后。

满满一箱子的金帛珠宝，暗夜里仿佛射出霞光。竖貂一见，满眼也随之放光，脸上尽是小人得志的猥琐之状，不由呵呵一笑。

甲午忙道："些许心意，还望大人笑纳。大人啊……"甲午说着就要放声大哭起来。

"公子不必如此，快快请起。"竖貂说着，便将甲午扶起，而后"嘘"了一声，又将帐内环视一周，悄声细语对甲午道："此番齐侯乃是统率齐、宋、鲁、卫、郑、陈、曹、许八国联军，计兵车一万五千乘，甲兵十二万人，名曰讨蔡，实为伐楚而来！目下先到三国兵车，尚有五国之军还正在途中呢。如此大兵，蔡国如何能挡？目下之计，唯有弃城逃遁,先保性命,方是上策。”

竖貂一语,便将管仲呕心沥血谋划的一段军机泄密殆尽。当下听得甲午脸上煞白,顿时恍悟;而身后的屈完则感五雷轰顶,一座大山凭空坠落就压了下来。

目的已然达到,甲午便起身,略一拱手,道:“大人妙策,容后再谢。”就要告辞。

“公子保重,蔡侯保重,我日后定于齐侯面前为你父子美言。此地不宜久留,可速去。”竖貂说着,又唤来戍夫,令其将甲午与屈完二人送出军营。

夜色掩护之中,甲午、屈完同驾一辆役车,匆匆出了大军辕门。甲午喝马跑了一阵,忽然将车止住,对着夜空就号啕大哭起来。屈完瞧着甲午,又回望了一眼身后不远处的那片齐营,但见荒野茫茫,仿佛万家灯火,却又幽幽难测。屈完无限感慨,道:“齐侯无道,使蔡国遭此浩劫。公子莫悲,可连夜启程,我等一同赶往楚国,别图后计。”

快马轻车,一骑绝尘。须臾后,甲午与屈完便回到了蔡城宫中。

又过了片刻,依着屈完主张,蔡侯、甲午带着宫眷,深夜里打开城门,车马悄悄,行人惶恐,仿佛做贼一般,就径直南下,直奔楚国去了。

却说天亮后,王子城父率军攻城,原本想着将是一场恶战;却不料城防已空,蔡侯遁去,王子城父兵不血刃就拿下了蔡城。算着时间,蔡侯等众逃出不远,王子城父于是率军又向南直追去。将近淮水时,果然就追上了,不费什么吹灰之力,蔡穆公被生俘。但甲午与屈完逃得快,侥幸渡河得脱。王子城父于是收兵,押着蔡穆公返回蔡城。

齐桓公得了蔡城,丝毫未敢扰民,市井民生,概如平时。此举颇得蔡人之心。齐桓公又将蔡穆公只幽禁于深宫之中,一切饮食奉养,也一如往常。

蔡国始定。

管仲立于蔡城之上,白须飘举,手搭凉棚,直直地向南方郢都方向望去。那里山清水秀,云梦如烟,一派苍茫气象。不知怎的,楚国令尹斗子文英俊的面庞就浮现了出来,管仲悠悠道:“北有虎,南有虎。虎令尹,霸王辅……斗兄啊,别来无恙?”

郢都之东,有一小山名叫紫金山,山间有一石洞,名叫桃花洞。以桃花洞为依托,在紫金山北麓建有一座桃花别院,乃是昔日楚文王送给他所钟爱的桃花夫人的心爱居所。桃花别院依山傍水,风景秀丽,山上古柏森森,山下桃树成林,而居中的桃花洞天然一座大石屋,洞口有古藤四季常青,洞内滴水成线,聚一小潭,清凉可人,乃是盛夏消暑的绝佳去处。如今楚文王已经逝世多年,而当年花容月貌、倾国倾城的桃花夫人也已两鬓斑白了。桃花夫人原称息夫人,本是陈庄公之女,后嫁与息国国君为夫人,故名。后来楚文王为息夫人美貌所动,不惜妄动干戈,吞并息国,而将息夫人据为己有,改称为桃花夫人。楚文王灭息国,世人多有微词,但其痴爱桃花夫人却也是真心实情。乱世红颜泪,千古伤心人。入楚之后,桃花夫人"看花满眼泪,不共楚王言",数年不曾一言一笑。后来桃花夫人为楚文王生下两子:长子熊艱,次子熊恽。楚文王去后,熊艱先继位称君,但后来却动了杀弟之念;不想弟弟熊恽先发制人,抢先一步,反置熊艱于黄泉路上。继之熊恽继位,便是今日的楚成王。桃花夫人一生,经历了太多的王权争夺、亲情杀戮与身不由己、无可奈何,于是在小儿子坐稳江山之后,她便悄然隐居了。在三分伤心、三分爱心、三分无心的桃花洞中,晨起观花,夜来读史,闲云野鹤,逍遥无踪,这里大约是她一生最好的归宿。

这日,桃花别院山脚下,楚成王的车驾倏忽而至。放眼望去,青山绿水之间,到处一片红艳艳的桃花,亭台楼阁若隐若现,宛若仙境。今日乃是桃花夫人寿辰,楚成王专为母亲拜寿而来。数年来,唯有桃花遍地的这个特殊日子,桃花夫人才允许与儿子一见,受其三叩九拜,并简单一餐后便又母子散去。

楚成王下了青铜马车,正要穿过桃林,登山而去。不想身后一人匆忙呼唤着奔来。楚成王回视,乃是大夫屈完——衣衫脏乱,满头汗珠,神色惶惶难安。楚成王大怒:"母夫人大寿之际,何事如此惊慌!"

"臣死罪。但国事十万火急,臣片刻不敢喘息,特来回禀——北方齐侯统兵南下,已屯军上蔡,正为伐楚而来!"却说屈完与甲午侥幸摆脱王子城父,逃出蔡国,便昼夜兼程赶至郢都。屈完将甲午简单安置在馆驿,顾不上风尘仆仆,衣冠早污,便焦急万分来觐见楚成王。

"什么什么?"楚成王不敢相信,"齐侯真来伐我? ……因何伐我?"

"齐侯尊王攘夷,以霸天下。此番伐楚,一是因为我国连连侵犯其盟国郑国;二是认为我大楚乃南蛮之国，霸主必攘夷之！”

“只道齐国正在为蔡姬之事讨伐蔡国，如何却会伐楚？”

“哎呀我王，我等皆中计了！”屈完满脸紫涨，“此皆齐相管仲之谋，名为讨蔡，实为伐楚！兵贵神速，出其不意，攻其不备，正是要我楚国毫无防备啊！——目下蔡国已破，蔡侯被生俘，世子甲午逃命至郢都。而齐侯伐楚，乃是联合齐、宋、鲁、卫、郑、陈、曹、许八国之军，计兵车一千五百乘，甲兵十二万人！敌兵转眼将至，其势若泰山压顶，愿我王速速裁之！”

登时仿佛霹雳袭来，楚成王顿感一阵眩晕。呆了片刻，楚成王回转身，定了定神，手不由握紧了腰间的楚王剑。楚成王瞧了瞧山上的石阶，屈曲蜿蜒，若隐若现，漫山遍野的桃花朵朵娇艳，灿若云霞，而母夫人大约正端坐于一株桃树下望着自己吧。楚成王忽然回身，盯着屈完，强装大笑道：“来得正好！我正欲与齐侯一战！你且先回吧，我少时便来朝堂。”然后转身就上山去了。

一枝桃花在清风中摇曳生姿，楚成王的笑容骤然逝去，满脸都是阴云密布之状。他的身后，屈完重重“诺”了一声，就匆匆别去了。

桃花洞前，一条青藤横于洞顶，垂下枝叶仿佛门帘。桃花夫人衣裳素洁，在两个侍女陪伴下，正坐于洞口观赏桃花。见楚成王来了，桃花夫人分外欢喜，母子执手，嘘寒问暖。桃花夫人渐渐老去，今年见了成王，分外开怀。而成王此番拜母却与往年大有不同，但见言辞闪烁，神情恍惚，话语虽多却又屡屡失言。桃花夫人一一瞧在眼里，只连连摇头，慈笑如昔。

午时用饭，楚成王献上一鼎鹿肉、一鼎龟肉、一鼎鹤肉，唯愿母夫人长寿。吃了一半，楚成王又是神飞九天之外，将手中铜匕失落鼎中，汤汁溅污了衣袖。桃花夫人微微一笑，和蔼道：“寿宴已毕，我儿可速去。国中必有大事吧！”

楚成王又惊又怕又喜，还暗藏几分心酸，起身伏拜于桃花夫人案前，终于道：“母夫人恕罪，儿不敢相瞒：目下齐、宋、鲁、卫、郑、陈、曹、许八国联军齐聚，将要兵渡汉水，犯我楚国。儿虽不惧，但恐寡不敌众，一时踌躇不定，心神难安，故而……”

桃花夫人听了，同样大骇不已，眼角的皱纹瞬间锁在一起，而丹凤美目、柳叶细眉依旧风韵动人。桃花夫人思忖片刻,起身将楚成王扶立,道:“我老居桃花洞多年,虽然耳闭,然海内诸侯之事也略知一二。当今天下,王权衰落,诸侯并起,东方齐侯率先称霸。此八国联军,必以齐国为首,余国皆不足虑。当今齐国,明君贤臣,风云际会,其中又以相国管仲为首,其余也不足虑。所以,我儿只需将管仲一人击败,此番兵戈之争便可烟消云散。”

“母亲所言甚是。然管仲其人,乃有经天纬地之才,神鬼不测之术,此番兴兵之前,就已悄悄施了‘买鹿制楚’之策,令我吃了大亏,实是一个厉害角色。”

“我举一人,可敌管仲。”

“母亲请讲。”

“岂不闻你祖当年与随国大战之时,曾得巫尹谶语:‘北有虎,南有虎。虎令尹,霸王辅。五十年后,汉水斗虎!’”

经此一提醒,楚成王“啊呀”一声恍悟,大喜道:“母亲是说斗穀於菟——斗子文!”

“然也。以今时之事论之,北虎必是王霸之辅的管仲,能敌管仲者,必是斗氏之南虎也……”桃花夫人说着,端过来一爵酒,递给楚成王,道,“我这一生,只你一个亲人了。万千珍重,尽在此酒之中。母亲等候我儿凯旋。”

楚成王接住,一饮而尽:“儿多谢母亲指点!”然后伏地三拜,就下山回宫去了。

楚成王背影逝去,只留下一个风韵犹存的母夫人依旧身姿挺拔,幽幽立于桃花洞前。和煦的春风轻拂她鬓角的几茎银丝,满山的桃花唤起她曾经的绝世容颜,风云变幻,尘世如烟,一代人的千古风流烟消云散,又一代人的金戈铁马正在隆隆上演……

楚成王自年幼之时,便胆略过人,勇武好战,如今如何咽得下他人打上家门这口恶气?回宫后一面使人急招斗子文返归朝中,一面开始调兵遣将,准备与八国大军一决雌雄。

两日后,赴吴国、越国采买粮米的斗子文也回到郢都,先行带来了稻米六千钟,其余正在紧急操办之中。齐国破蔡之事,斗子文也已耳闻,不久屈完的军报也转呈到自己手中。得知齐桓公以蔡姬戏水为遮掩,发八路诸侯一起伐楚的消息后,斗子文也是彻夜难安,便火速赶回楚宫,觐见楚成王。

乃是薄暮时分,宫中刚刚掌灯。晦暗不明之中,君臣相见,皆十分沉重。

楚成王道:“蔡国噩耗,齐国诡计,令尹大人可知晓?”

斗子文道:“臣非但知道这些噩耗,臣在购粮途中,另外探得两桩不好的消息,正要禀告我王。”

“又有两桩? 讲——”

“第一桩,江国和黄国原本我盟国,但去年已悄悄背楚而与齐国结盟,专待齐国伐楚,以为内应。第二桩,数月之前徐国与舒国之战,亦是齐国之谋。齐国知楚国与舒国向来盟好,于是遣徐国灭舒,断我一臂膀。同时徐子并未撤军,只屯兵舒城,亦为今日齐国伐楚,后方内应之故。”

楚成王大为惊骇,厉声道:“齐侯欺我太甚!”

“此皆齐相管仲之计,”斗子文道,“楚国今日之祸,管仲用心良苦,其计大体有三:其一,费时两年,先期发动楚鹿贸易之战,以黄金为诱饵,终于促使楚国农事废弃,国中无粮,他便趁此机会发兵来攻;其二,在我后方内部分化瓦解,暗暗结盟江国、黄国,消灭舒国,使我暗藏隐患,火起后院;其三,待至时机成熟,联合八国诸侯南下之际,又以蔡姬戏水为掩护,使我浑浑噩噩,毫无防备,他便出其不意,奇兵突袭杀来! 如此里应外合,三计并行,楚国岂能抵挡!”

“我誓杀管仲!”楚成王暴躁无比,手上青筋暴起,拍案道。连击三案后,楚成王语调转缓,渐渐冷静下来:“斗子文! 昔日我祖之时,楚巫便有‘北有虎,南有虎。虎令尹,霸王辅。五十年后,汉水斗虎’的预言,如今果应。今日之患,非斗子文不能解之! 寡人命你为护国大元帅,率领楚师北上,以一敌八,定要将那八国诸侯杀个大败! 取管仲首级来见!”

“国难当头,臣义不容辞,然而……”斗子文忽然跪拜道,“我王付我以托国重任,则必以臣之计行之;否则,臣宁死不敢应命!”

“寡人自然答应,卿且言之。”楚成王微微笑道。

“我王——楚国不可战,当与齐国盟和!”斗子文大声道。

“什么!”楚成王登时弹跳起来,竖目圆睁,咆哮如狮,“令尹是要寡人屈膝于齐侯帐下吗?”

“亦非也!”斗子文慨然道,“军国大计,臣不敢感情用事。目下八国联军突至,其势威猛,管仲三策算计,无懈可击。而我楚国内无粮草,斗廉大军又远在郑国,国中可用之兵不过六百乘,岂可抵挡齐侯一千五百兵车,十二万铁甲大军!战则必败!——唯以盟和解之,方为上策。齐侯、管仲尊王攘夷,志在霸业,非嗜血好战之辈,只要我等巧妙周旋,以尊王结盟、共扶华夏应之,齐侯、管仲则必退。臣之计,乃在楚国尊齐为霸,而齐国亦当承认楚乃华夏大国,如此齐、楚两得其便,断不会使我王颜面扫地!”

楚成王默默,思忖半天不语,然后又道:“只是齐国联军如此势大,那管仲又如此计谋多端,我观其志,灭楚只在覆手之间,管仲岂能听从于你?”

斗子文道:“臣有四策,不容管仲不从!第一策:臣已安排从吴越之国购粮,虽然路途遥远,耗费时日,但只要咬牙坚持住,我国终不会断炊。何况八国联军也是劳师远征,粮草转运艰难,其中不易与忧虑并不比我楚国少。此策可以解管仲‘买鹿制楚’之计。

“第二策:舒城实力最弱,于我大楚,不过吹弹即破。我当火速发兵打下舒城,赶走徐子,消除东南最大隐患。

“第三策:可急派两路使臣分赴江国与黄国,许以财货,以结二国之心。江、黄或许依旧助齐,但只要他们心存顾虑,徘徊观望,便对楚国大大有利。此外,当派二百兵车驻守关隘,以防江、黄突然来袭。如此文攻、武备兼用,江国、黄国不足为虑。

“第四策:也是成败关键之所系,尤为重大!速调斗廉部大军从郑国急归楚国,以备大战之用。此部大军如能抢在联军攻楚之前到位,则那管仲断然不敢轻易开战,所以此步调遣,至关重要——目下臣唯担心,管仲也把眼睛盯在郑国,会抢在斗廉回师之前攻楚,如此则吉凶难料了。”

“原来如此……”楚成王又徘徊良久,忽然扭头问道,“寡人令令尹退敌,自信能胜管仲否?”

斗子文拱手道:“倘若硬战,臣必败于管仲。倘若盟和,臣自信不能胜管仲,而管仲同样也胜不了臣。”

楚成王定下了心，缓缓道：“既如此，寡人就全权拜托令尹了！”言毕，眼角里闪过一丝冷冷的杀气和十足的不甘心。

“我王！”斗子文又苦口婆心道，“臣深知我王素怀大志，欲争霸诸侯久矣。然而天下大计，征程多艰，岂可朝发夕至？目下齐国霸业正盛，至少十年之内难以撼动，我王暂宜收起争霸之心，隐忍缓缓图之。臣愿我王三思啊。”

“寡人知道了。”楚成王幽幽道，满脸的无可奈何。

“前线十万火急，臣即告退。”斗子文说着，就退出宫去了。

夜幕早降。殿堂之中空空荡荡，十几盏铜树上，灯火齐亮，照得楚成王连连叹息的身影模糊浮动于赤色屏风之上。龙争虎斗之时，英雄落寞之际，忽然纱帐后面传来一个女子如风中银铃般令人心动的笑声，楚成王回首，见是蔡姬捧着一竹篮杏子过来了。

蔡姬杨柳腰姿，红裙拽地，满脸笑盈盈地，拈起一枚肥杏，送到楚成王嘴边，甜甜道：“大王何须烦恼？——不如吃了我，保大王烦恼俱消！咯咯咯咯……”

楚成王双目如电，咬住杏子猛一下就喷吐出，而后霍地拔出王剑，凭空寒光一闪——猝不及防，正笑得甜美的蔡姬就一声惨叫倒地，伏在了血泊之中。那一竹篮黄艳艳的肥杏就沾着血迹，在大殿之中四处滚落……

第十四章　召陵会盟

蔡国上蔡，时已暮春时节。但见平野漠漠之中，戈矛如林，旌旗蔽日，十二万甲兵踏起的烟尘恍若一场弥天大雾。齐桓公小白、宋桓公御说、鲁僖公申、陈宣公杵臼、卫文公毁、郑文公踕、曹昭公班、许穆公新臣八路诸侯终于会齐，声势十分浩大。上蔡一时间聚集了当时天下最为强大的兵团。

一面高高扬起的“尊王攘夷”旗帜下，齐桓公雄赳赳立在高台上观阵，不由得意道：“如此威武之师，天下谁能敌！”

身旁管仲道：“如今蔡国已破，八路诸侯也已会齐，万事俱备。明日可立时发兵陉山，乘其不备猛然攻之，楚国必受重创！”

“仲父所言是也！”齐桓公乐呵呵道。

“尊王攘夷，一鼓破楚！”下面八国之师齐声高呼，一时声若震雷，地动山摇。面对如此雄壮的大军，管仲捋着长须，欣慰地点了点头。

是夜，月明如洗，联军大营一片皎洁，举目所望，洁白如雪。齐国国君大帐之中，齐桓公、管仲、鲍叔牙、王子城父、公孙隰朋、宾须无聚在一幅战图之前，共同商议进兵陉山事宜。

忽然，帐外一个妇人哭哭啼啼求见，其声十分悲哀。众人皆是一惊。

但见许穆夫人匆忙进帐，满身白色丧服，泪眼盈盈，伏拜地上，大哭道："齐侯，我夫君薨了……"

"什么……许侯？……"齐桓公目瞪口呆，真不敢相信自己的耳朵。

"是也……"许穆夫人更加抑制不住，嘤嘤痛哭起来。

呆了片刻，齐桓公忙令许穆夫人起身，道："许侯者之尊，于垂暮之年，置自身安危于不顾，鼎力响应寡人，抱病出征，助我破蔡伐楚。寡人深深敬之。只道许侯身体乃是小恙，不想……"

"我国君对齐侯伸大义于天下的壮举也是感佩不已，临终前……临终前最后道：'我白发苍苍之际，尚能辅佐齐侯，为华夏尊王攘夷大业略尽绵薄之力，今虽亡于征途，夫复何憾……'"许穆夫人说着，就又大哭起来。

此话说到了齐桓公正伤心处，他当下满脸悲凉，连连摇头而无语。

"夫人节哀，许侯薨去，早脱乱世之苦。目下两军立时交兵，军务倥偬，夫人可先回许营料理许侯后事，我国君及众诸侯明日前往吊唁。"管仲道。

许穆夫人点头，拭了眼泪，行礼而去。

王子城父满怀忧虑，面上无语，心中却暗暗道："大战将至，而许侯猝然薨去，大非吉兆啊。"

许穆夫人去后，管仲直面哀伤中的齐桓公，郑重道："目下乃是伐楚绝佳战机，一战便可大败楚国！许侯虽薨，而国君身系八国重任，不可自乱方寸。许国之丧，臣请许国自行处之，而联军发兵楚国，不可因之而有丝毫迟滞，待破楚之后，再行祭奠不迟。"

鲍叔牙不以为然，道："国君之丧，礼仪之大，岂可延缓而后祭？"

宾须无也以为当先为许国发丧，然后再进军不迟。

"不可！"管仲厉声道，"礼仪之大，我岂能不知？然目下非常之时，当行非常之礼，否则，悔之晚矣！"

"不可！"齐桓公忽然急了，眼眶红润着，"许侯以暮年抱病之躯，率先响应方伯号令，第一个将军旅开到蔡国，有表率之功。目下虽然交兵甚紧，也当先为许侯发丧。仲父之命，小白向来言听计从，从无二话——但此次，还望仲父三思！寡人乃八国盟主，倘若因此事而寒了众诸侯之心，寡人此后何以为霸？”

齐桓公所言不无道理，加上那时丧仪与后世有所不同，乃是不可置疑的极重大礼，管仲思忖了一下，道：“国君既如此说，臣也不便再言。为许侯发丧，大军当留蔡几日？”

齐桓公道：“我看就留蔡五日，待许侯殡后，我等再发兵南下如何？”

管仲默默，垂头不语。

公孙隰朋道：“天子七日而殡，七月而葬；诸侯五日而殡，五月而葬；大夫三日而殡，三月或逾月而葬。国君所言，甚合礼仪。许侯乃姜姓诸侯，目下只能如此简陋了。”

管仲接着道：“许侯薨于军中，自当以侯爵之礼葬之。大军可留蔡三日，为之发丧，至第四日后便南下楚国。许国军马可由许国大夫百里统领；至于许侯丧仪，请夫人多多劳心。”

“只三日？”齐桓公不忍问道。

“只三日！”管仲也斩钉截铁答道。

王子城父道：“国君所虑者，礼也；管相所忧者，兵也。两厢并重，臣以为三日正好。”

鲍叔牙一声叹：“就三日吧。大事逢到更大事，实是两难。许侯泉下有知，想来也必会体谅我等。”

“那就三日吧。”齐桓公说完，也是数声叹息。

王子城父直面管仲，微笑道：“管相也不必过于忧心。我等八国诸侯，行事机密难测，即使延误三日，想那楚国依旧察觉不到什么。何况为许侯发丧，岂非又是一件掩楚国耳目的好事？管相且宽心。”

管相捋一捋颐下白须，呆了半晌，双目忧郁，道：“但愿如此……”

汉水南岸，一座占据险要的营寨拔地而起，楚军沿江布防，壁垒森严，上自军官下至微卒，皆是枕戈待旦，昼夜严防。又见水上密密麻麻的帆船，仿佛丛林一般，但仔细审视,极具章法,分明是楚国水军精心布设的战阵。渡口处,一片翠绿的芦苇荡边,春风拂面,碧波荡漾,但见斗子文峨冠博带,以手按剑,迎风挺立于一块大石头上,对着什么也看不见的烟波浩渺的江北,仰天大笑不已。许穆公薨的消息已经被楚国得悉,斗子文仿佛望到了管仲白发苍苍的容颜,自言道:“管相啊管相,想不到你也有马失前蹄的时候,哈哈哈哈……真乃天助楚国!”——齐桓公联军为许穆公发丧三日的意外大事,实令斗子文欣喜若狂。三天!有此三天缓冲,楚国远在郑国的斗廉部大军便赢得了宝贵的喘息之机,昼夜急行,拼命赶路,终于顺利抵达楚国方城,并圆满完成布防。斗子文所谋划的“抗齐四策”,其中最重要的急调斗廉回师之计,由此意外的三天时间而侥幸实现,岂非天助?!所谓抢占先机者,原本是齐国,然而因为有了这三天,却离奇地在一瞬之间又变成了楚国!斗子文自信满满,眼下汉江天险与方城关隘已经成功连为一体,固若金汤,易守难攻,管仲想要伐楚就没有那么容易了!

烟波浩渺,澄江如练,斗子文得意扬扬,笑了又笑。

而汉水北面,楚国上蔡,依旧沉浸在无尽的悲伤之中。第一天,白衣如海,哭声动地,众诸侯会聚,一同祭奠许穆公;第二天,军中渐渐节哀,倒也无甚大事;到了第三天午时之后,齐桓公联军统帅的营帐里,忽然就炸锅了。先是东南徐国国君徐子遣使来报,舒城已被楚军攻下,徐子败退回了徐国;然后江国和黄国又来报,说一支楚军忽然占据要道,划地而守,二国入楚路线已被切断……管仲隐隐感到一阵隐忧,但又觉得终究于大局无碍。到了薄暮时分,忽然郑国上卿叔詹闯入营中——八国联军伐楚,管仲有意将楚国斗廉部大军滞留在郑国,要釜底抽薪,伐楚而救郑。而郑文公出征前,也将“三良”之首、上卿叔詹留守新郑,专门对付斗廉。此刻叔詹为何忽然到此呢?——但见叔詹风尘满身,万分焦虑道:“进攻郑国的斗廉不知何故,仓促间就撤军,南返了。算着时间,今日当已到达楚国方城位置。我深感此事蹊跷,故夜以继日丝毫不敢喘息,特来相报。”

管仲闻言大惊,将此一日三报的坏消息联而思之,由惊转怒,顿时拍案大喝道:“是何人泄露了我绝密军机?”

帐内一片沉寂,而寂静之中又暗藏了一种可怕的躁动。此时除了齐桓公、郑文公、叔詹之外，齐国众大臣也闻言而动，纷纷拥入帅帐之中。

齐桓公满脸迷茫，问道："有人泄密？……仲父为何如此说？"

在旁的王子城父道："管相谋划的伐楚大计，历时两年有余，前后缜密，环环相连——以鹿制楚、结盟江黄、攻破舒城，将斗廉部牵制在郑国，然后八国联军以伐蔡之名而兵临汉水，诸如此类，皆在幻化如烟，迷惑楚国，乘其不备而突袭之，可以全胜！如今三日之间，楚国忽然驱逐徐子，拦截了江、黄，并出奇地调斗廉大军回防方城，唉……显而易见，定是有人将我方机密泄露给楚王，楚王于是大惊，火速布防——原本伐楚，譬如探囊取物一般，如今境况急转，前途不妙啊。"

众皆惊骇。但见管仲一声浩叹，道："王子兄所言不差。但楚国如此急转，绝非楚王之能。今日之楚王争霸心切，贪功好战，若猎得我方军机，必会主动引军来战！然而目下楚国却主动避战，转而防守，调遣周密，行动神速，实是谋略更高一筹。以我观之——楚军必有新锐挂帅！"

鲍叔牙道："管相是说……楚国令尹斗子文？"

"临危受命，以一敌八，必此斗氏之虎也！"管仲言语铿锵，忽又语调悲凉，接着道，"可恨何人泄密？使我一番心血付诸东流！偏又逢上许侯骤薨，大军不得不迁延三日，以使楚国赢得喘息之机……真天助楚国也！"

一听到"三日"二字，齐桓公又羞又愧，满脸涨得通红，当下大怒道："此人着实可恨！——宾须无何在？令汝手持盟主令牌，于八国营中捕捉奸细，速速擒来。寡人定要将此人剁成肉酱！"

"诺！"宾须无得令而去。

"可恨！可恨！"鲍叔牙气得怒目圆睁，白髯偾张。

"大司理，"管仲忽然有悟，悄悄叮嘱宾须无道，"可先从我齐国大营查起，我料泄密之人，必在我齐营之中！"

宾须无点头去了。

管仲回身，默默望着帐内端坐的郑文公和叔詹，又道："詹卿不避艰辛，及时来报，我等甚是感谢。"便草草行了一礼，接着道："詹卿辛苦，可与郑伯先回营休息，容后再行商议。"

叔詹拱手还礼，道："些许小劳，何足挂齿。愿管相三思，早做图谋。告辞。"就与郑文公一同出帐，返回郑营去了。

齐桓公君臣等，群坐不语，又陷入了一片难熬的沉寂之中……

"国君！国君救我……"一阵风来，竖貂叫嚷着，被宾须无如拎一只鸡似的，扔到齐桓公案前。"国君，我冤枉，貂没有泄密啊！"竖貂装作摇尾之犬，满脸可怜，不住向齐桓公哀求道。

齐桓公怎么也料不到是竖貂，一时不知如何是好。

"寺人貂，那夜你偷偷与蔡国世子甲午密谈，是如何泄露军机的？快快讲来！"宾须无凛若天神，瞪着地上的竖貂，怒斥道。

"什么军机不军机……我只是与故人匆匆见了一面……"竖貂死活不认。

宾须无冷冷一笑，将手一挥，但见帐外又一个内侍神情惶恐，碎步而入，乃是竖貂身边的戌夫。宾须无喝道："从实招来！"

戌夫伏身在地上，不敢抬头，只柔声嗫嚅道："那夜，蔡国公子甲午与另外一个黑衣人，乔装成商人来见竖貂大人。当时齐国、陈国、许国联军攻蔡正急，甲午公子请教竖貂大人救命之策。竖貂大人初时不语，后来甲午打开一箱金帛珠宝，于是……于是竖貂大人道……道：'此番齐侯乃是统率齐、宋、鲁、卫、郑、陈、曹、许八国联军，计兵车一万五千乘，甲兵十二万人，名曰讨蔡，实为伐楚而来！目下先到三国兵车，尚有五国之军正在途中呢。如此大兵，蔡国如何能挡？'……然后又道：'目下之计，唯有弃城逃遁，先保性命，方是上策。'"

帐内顿时怒火一片。管仲嘭一下在案上重重砸了一拳。

王子城父心中暗暗道："难怪蔡侯弃城，不战而逃！难怪甲午渡水，直奔楚国而去，唉……"

鲍叔牙大吼道："寺人貂，你该当千刀万剐！"

竖貂吓得魂不附体，只一个劲儿哀求齐桓公："国君啊，戌夫污蔑于我……"

未等竖貂讲完，宾须无便又喝道："还敢抵赖！"又一挥手，身后两名武士抬着一只箱子，入帐后霍一下就打开，满满地都是金帛珠宝，灿若云霞。戌夫此时抬头，瞧了一眼，又低声道："此……正是蔡国甲午贿于竖貂大人之物。"

人证、物证俱在，竖貂自知大罪难免，匍匐着伏在齐桓公膝前，大哭道："臣知罪……臣一时鬼迷心窍，失口乱言，犯了大罪！求国君看在臣朝夕侍奉、略有微功的分上……呜呜呜呜，还望国君宽恕于我……"

管仲气愤地登时从席上起身，厉声道："斩！"

鲍叔牙、王子城父、公孙隰朋、宾须无，皆齐声大怒："斩！"

"你犯下如此大罪，实是该斩……"齐桓公也道，但话到尾端，早已泄气，一时忽然恻隐之心大发，竟然满眼都浮现出竖貂昔日的种种"好"来。

帐内杀气腾腾，并无一人为自己求情，竖貂万念俱灰，以为躲不过去了，但忽然瞟见齐桓公眼中暗藏有怜悯的神色，顿时心生一计，落泪道："竖貂领罪！竖貂去了，国君千万珍重！"说着就又伏在地上大哭起来，故意做诀别之态。

齐桓公愈加心软，慌忙去看管仲，但见管仲早已冷冷地背过身去了。

此时，易牙与公子开方忽然闯入，皆匍匐地上，前后为竖貂求情道："竖貂乃一寺人，不懂国家大事，只知忠心事主，念他侍奉国君二十余年，从未有过丝毫闪失，还望国君法外开恩，免他大罪，如此竖貂必以死报君啊……"

望着眼前可怜兮兮的、独独属于自己的"三贵"，齐桓公心神大乱，一时不知如何是好，只拿眼睛不住地向管仲的背影瞧去。

易牙、公子开方心领神会，拉着竖貂，一齐跪着爬到管仲案前，三人不住地向管仲哭泣求情。而管仲默默背立，丝毫不为所动。

终于，齐桓公起身，缓缓移步到管仲这里，郑重道："竖貂其罪当诛，但念他随我多年，颇有苦劳，小白恳求仲父免他一死！"言讫，就要躬身而拜。

管仲大惊，根本料不到国君也要谦卑地行礼相求，当下一个急转身，忙扶住齐桓公，道："国君亲来求情，夷吾还有何话可说！——竖貂！看在你勤勉事主二十余年的分上，姑且免你一死。速退去！以后倘若再敢妄言军机，定斩不赦！"

"谢管相！谢管相……"竖貂余悸犹在，慌忙伏地拜了又拜，谢了又谢。管仲满脸不耐烦，只冷冷地挥一挥衣袖。竖貂、易牙、公子开方三人，便佝偻着身子，迈起小碎步，彼此搀扶着急出帐，匆匆跑去了。

打发走“三贵”，仿佛扫去了讨厌的蚊蝇，管仲顿觉清爽了许多，当下轻轻一叹，正要落座与众人再议伐楚之计，不承想——齐桓公又一个猝不及防，就对管仲行了一个礼！管仲大惊道：“国君何必如此？竖貂已去矣！”

“此礼非为竖貂，乃寡人亲向仲父赔罪。”齐桓公也是叹气不已，满脸悔恨，道，“许侯非常之时而薨，是寡人不听仲父劝阻，执意要为其发丧，以至于大军滞留上蔡，耽搁三日，果然使楚国赢得了喘息之机！此……此皆寡人之罪也，仲父啊……”齐桓公说着，眼泪就滚落下来了。

“国君……国君如此说，将置臣于何地……”管仲一边说着，一边就将齐桓公扶到主席坐好，而后顿转笑颜，“国君勿忧，江流三千转，依旧绕青山。楚国虽得喘息，又能奈我何？呵呵呵呵……”

公孙隰朋道：“许侯猝然而薨，国君身为联军之首，倘若不为其发丧，必将失信于天下。只是为许侯发丧，又不幸失利于楚国。似此失一国之利，而得天下之信，实乃明君所为！……只是可惜了管相呕心沥血的一番谋划，如今又要重劳心神了！”

“我八国之众，拥兵车一千五百乘，甲士十二万人，难道还打不过区区一个楚国吗？”宾须无满脸不屑。

王子城父接着道：“初时管相之谋，借买鹿贸易掏空楚国粮仓，依郑楚战局而将斗廉大军滞留在郑国，同时又以江国、黄国、舒国为内应，如此三管齐下，楚国战则无兵，有兵则无粮，又兼后方有患，此时我合八国之众，十二万大军出其不意，以雷霆万钧之势突袭楚国，楚国一击可破，断无还手之力！此乃全胜之算。如今境况骤转，楚国抢得喘息之机，得以布兵设防，虽然一时占利，然而齐之八国强逼、楚之一国独弱的根本大局，丝毫未变。所以故，臣断言，楚国依旧必败！”

“大司马是说，双方开战，我齐国依旧必胜？”齐桓公问。

“然也。”王子城父道。

“王子兄所言甚是。”管仲微笑着，接着道，“只是与先时相比，我齐国若要胜楚，则需多付出十倍的惨重代价！目下楚国主事者，必是令尹斗子文。此君我深知之——观其临危布局：先将江国、黄国、舒国之后方稳住，然后急调斗廉部大军回防方城，实是高明。斗子文乃远见卓识之士，必不敢与我正面交锋——我料斗子文将倾国兵力，必布防在汉江与方城一线，乃是依托天险雄关与我对峙，以图苟延残喘。目下之局，譬如雄狮与缩龟之战，我方也不得不慎。”

公孙隰朋微微一笑：“我闻几十年前，管相与鲍卿曾在虎饮泉边交了斗子文这个虎奶哺乳的奇友，不知彼时，可曾料到会有今日？”

鲍叔牙哈哈大笑，道：“回大司行，那时楚武王的巫尹便曾预言：‘北有虎，南有虎。虎令尹，霸王辅。五十年后，汉水斗虎。’彼时只觉乃一番戏谈，不想今日果然一语成谶！呵呵呵呵，说来故友对决，也是大慰平生啊！”

齐桓公闻后，不由喃喃道：“‘……五十年后，汉水斗虎。’……莫非寡人霸业，要受阻于这南虎斗子文吗？”

“国君宏图霸业，岂能因区区一虎而受阻！”管仲接着朗朗道，“倘若先前之局未变，我便奇兵袭楚，打他个措手不及；如今局势骤转，则我方之战略也当急转，先前之武争可以改做今后之文战。国君且宽心，臣自有计，逼那斗子文及楚成王虔诚顿首，遣使请盟，如此齐、楚两强结盟，则国君威震华夏，霸业如日中天！”

齐桓公疑惑道：“仲父之意，乃是要化干戈为玉帛……莫非楚国真打不得？”

“非也。”王子城父道，“齐、楚若开战，齐国必胜而楚国必败，只是齐国也需付出极大代价，且此番联军众国，由此皆不得安宁，恐要深陷数年之久。所以，管相之意，战乃是下策，盟乃是上选。”

“然也！知我者，王子兄也。”管仲道，“臣要楚国：其一遣使请盟，一同尊王，共扶华夏；其二从郑国撤军，以解郑国之难；其三静守南疆，削其争霸之志。天下之伯，唯我国君是也！”

“倘若那斗子文及楚王不从，如之奈何？”齐桓公依旧愁云密布。

“倘若不从，我便发十二万大兵讨之！”管仲言毕，捋了几下白须，十分镇定，胸有成竹，微笑道，“那斗子文，一定会从的！那楚王，也一定会从的！”

帐中一时默默。

待了半晌，公孙隰朋又开口道：“我尚有一虑：诸夏亲昵，不可弃也；夷狄豺狼，不可厌也。华夏一直视楚国为南蛮，今我齐国倘若与南蛮结盟，妥乎？不妥？”

“隰朋兄为何如此愚顽。”管仲忽然正色道，“国君欲立千秋霸业，自当以天下为先。夷狄犯我华夏者，我自当除之，譬如北方之令支、孤竹；夷狄臣服于华夏者，则我又当以华夏待之——且看不久后之楚国。国君有海纳夷狄之心，方可以霸天下！何况楚国原本就是华夏祝融之后，周成王所封的子爵之国，所以故，楚国只要摈弃野气，甘愿臣服，我等便不再以南蛮论之。”

“是也，管相之言，乃王道之论。”王子城父及鲍叔牙、宾须无皆应道。

管仲面齐桓公，又道：“为许侯发丧三日已满。明日国君便发令，八国联军齐出上蔡，过召陵，直逼楚国陉山！且看那斗子文如何应对！”

“好，就依仲父所言。”齐桓公压在胸口的一块石头终于落地了。

却说斗廉率师火速从郑国撤回，暂扎营于楚之北疆、方城一带。斗廉深知楚国面临有史以来之最大劲敌来犯，内心惶惶不安，便一刻也不敢喘息，又忙从方城赶到汉江楚军大营，亲来拜见令尹斗子文。

斗子文一见斗廉，欣喜若狂，道：“天幸齐国为许侯发丧三日，以使将军抢在北方联军犯楚之前，顺利回师归国！此真天助楚也！”

斗廉道：“趁我大军陷于郑国之际，齐侯联合八国诸侯骤然攻楚，真好算计！斗廉又是敬服又是惶恐啊……”

“此皆齐相管仲之谋，”斗子文转喜为忧，“将军可是已将大军屯于方城？”

“然也。我闻齐侯、管仲已从上蔡拔营南下，陉山乃是八国大军入楚的第一门户，斗廉特来请命，愿率所部车马赴陉山，与之决战！”

“断然不可！”斗子文正色道，“楚国倾国之力不过千乘之兵，而八国联军有兵车一千五百乘，甲兵十二万之多！敌强我弱，贸然硬拼，将军是要我等皆作亡国之臣吗？何况彼方伐楚的主帅管仲，乃当今天下第一奇才，早运筹帷幄在先，岂可轻敌啊！”

“令尹所言不无道理。然齐国打上国门，犯我疆土，岂可避而不战！至于联军甲兵之盛，管仲谋略之奇，哼哼……昔日斗廉也曾仅凭一旅之师，大败郧军，智退五国，我倒是要领教领教！”

“将军乃我楚国第一名将，子文深为钦佩。然此番子文受楚王托以军国重任，不敢稍有造次。我自有谋划，可令八国十二万大军不战而退！将军且回方城整军，我自统率国军于汉水南岸安营，你我只悉心备战便可。”

斗廉俄尔一声叹，道：“楚国目下处境着实堪忧，我知令尹之谋，乃是意欲向齐国请盟！——此亦是良策，只是……只是敌我悬殊，唯恐请盟不成，彼军又攻，我等反遭世人讥笑……”

斗子文呵呵一笑：“那时你我再决战也不迟！八国虽强，然我等不予正面交锋，只凭借方城与汉水，据险而守，八国想要胜我，也绝非易事。况八国大军，全取决于齐国，而齐国全取决于管仲。管仲深通兵略，非有全胜之策绝不会轻易冒险，我料管仲必受我请盟而退。将军勿忧。”

“如此，我且回营候命。”斗廉说着一拱手，就登车辞去了。

齐桓公统率八国联军，一路浩浩荡荡，早离开蔡国，不日即将进入楚国境内。消息报入郢都，朝野震惊，楚成王忙召斗子文问计。

斗子文道：“大王勿忧。可先遣一使臣迎候于道旁，责问其犯楚缘由，探查齐侯口语，然后再作计较。”

“何人可以为使？”

“此重任，非大夫屈完不可。”斗子文郑重荐道。

楚成王点了点头：“一切全凭令尹裁决。速令屈完为使，会一会那齐侯！”

南方夏日，炎热异常。八国大军进入楚境约二十里地，山间大道忽然与一条清澈的河流，蜿蜒并行，但见林木茂盛，满眼碧绿，清流淙淙，凉风顿起，军士们都觉得一下子清爽了许多。齐桓公坐于大车上，一边欣赏着楚山楚水，一边舒然叹道：“美哉风来！”

低矮的山野间，道路迤逦，旌旗耀日，车马辚辚而行。忽然前面大道左首，有古树一株，其高数丈，主干虬屈如龙蛇一般，软条下垂绵绵如线，叶大如掌，遮阴广约半亩。又见荫翳之下，霍然驻停着一辆青铜轺车。有一微胖大夫，衣冠楚楚，眉目诙谐，端端正正立在车上，手中托着一块碧玉一般的磬石，一边用小锤击打着磬，一边眯着细眼，摇头晃脑如微醺薄醉，唱道：

青山绿水兮楚疆，击磬悠悠兮铿锵。

我迎齐侯兮歌唱，齐侯安在兮彷徨！

管仲一见，便喝令大军止步，之后移车到齐桓公跟前，道："国君可看见前边有一人唱歌？"

齐桓公正在车上瞧着那人入神，接道："不知此乃何人？听其歌声，似乎专在候我？"

"是也。此人必是楚王之使，候于道旁，必有话讲。我与国君需上前搭话。"管仲回道。

山间大道上，层层甲兵簇拥之中，"尊王攘夷"的杏黄大旗之下，齐桓公与管仲各乘一车，从军阵里飘然飞出。未几，那株老藤缠绕、墨绿如盖的古树下，三车不期而遇。

唱歌之人将磬收起，见了面前二车，早已猜了七八分。那人立于车栏前，不慌不忙，恭恭敬敬行了礼，微笑道："来者莫非是齐侯与管相？我乃楚国大夫屈完，在此恭候久矣。"

管仲在车上拱手还礼，道："此正乃齐侯，我是管夷吾。"

齐桓公此时详详细细将屈完打量清楚，只觉此人虽矮而胖，形容欠佳，但是满脸狡黠诙谐，令人难以捉摸。齐桓公道："你如何知道寡人大军将从此过？"

屈完道："齐侯方伯，名动天下，一举一动，山川草木皆知，何况我乎？——齐侯此番来到楚国，屈完早在此恭候，又有斗子文在汉水恭候，斗廉在方城恭候，我王亦在郢都恭候，皆愿一睹霸王神采啊。"

管仲心中暗暗道："此皆是竖貂泄密之故。"又见屈完巧于辞令，不卑不亢，绵里藏针，可进可退，不由得刮目相看。

齐桓公又问道："你见寡人，有何大事？"

屈完道："我国君命我为使臣，见齐侯有辞曰：君处北海，寡人处南海，唯是风马牛不相及也。今齐侯统八国兵车，远涉千里，犯我疆土，是何缘故？但请齐侯赐教。”

“呵呵呵呵，屈完大夫乃高明之士，何出此小儿之问？”未等齐桓公开口，管仲几声哂笑后，正色道，“昔日周成王之时，赐齐先君太公有命，曰：‘东至海，西至河，南至穆陵，北至无棣，五侯九伯，实得征之。’凡天下不尊王室，不共王职者，齐国皆可以自行讨伐之！此乃天子赐权，楚国难道不知？自平王东迁，礼坏乐崩，诸侯并起，海内大乱，我国君又奉天子命，称伯主盟，修先王业，匡扶王室。你楚国乃大周子爵之国，当向天子岁贡包茅，以助周王祭祀。然而荆楚自楚熊通僭位称王之后，不复进贡包茅，以使洛邑王祭，无以缩酒。楚国如此不共王职，齐国如何不予征讨？何况又有周昭王‘南巡不返’，皆因楚国之故，尔等楚人又有何话可说？”

管仲一番唇枪舌剑，直令屈完又惊又畏，心中暗赞：“好一个管相！”屈完以责问犯我疆土而试探，管仲则以两件大罪而针锋相对——第一件，楚国不贡包茅。那个时代天子祭祀之时，需将祭酒浇向竖起的包茅草上，让酒水点点滴滴逐渐渗入草中，即代表先祖神灵享用之意，此便为“包茅缩酒”，是有周一代祭祀的一项重要仪式。只是包茅草只产于南方楚国一带，就连天子王室的包茅也需楚国进献，所以又有“楚贡包茅”之说。但自楚武王僭号称王以来，楚国便不再向周室进贡包茅了。第二件，周昭王亡于汉水。周昭王姬瑕，乃西周第四位天子。周昭王在位期间，曾经三次南征伐楚，其主要目的便是巩固周王室在江汉一带以随国为核心的青铜矿山资源。后来楚武王称王后，也曾数次伐随，原因也在这里。管仲与鲍叔牙年轻时曾到随国贩卖黄吕，不巧逢上楚、随两国青林山之战，并结识了当年的斗子文，也皆与这青铜矿山有关。却说周昭王第三次南征，在撤军返归、兵渡汉水之时，因遭遇风浪，全军覆没，周昭王也溺死于汉水之中。此事令周室蒙羞，遂成秘闻，史书只模糊地记载说“王南巡不返”——世人都以为是周昭王南巡狩猎，楚人保护不力，以至于天子不幸落于汉水而亡。实际是当时周昭王的军队在船只供应方面出了问题，风浪袭击使原本就黏合得不够结实的船板散开，船只解体，以至于王师皆葬身鱼腹之中。管仲立足齐国“五侯九伯，实得征之”的专权，以此两件大罪做伐楚之名，实是飞来奇语，却又言之凿凿。只不过第一件罪，真实有之，天下尽知；而第二件罪不过移花接木，浑水摸鱼而已。

屈完眸子闪光，一转念间，便答道："当今之世，王纲失序，烽烟四起，天下诸侯朝贡或废或缺者，比比皆是，岂唯独一个楚国吗？然，楚亦周王所封，不贡包茅，我国君早知罪矣！今当立贡包茅北上，以承君命。而管相所谓之昭王'南巡不返'，皆因其舟船之故，与我楚国何干？管相此问，当赴汉水之滨，请汉水之神答之。"而后便一拱手致礼，也不敢多留，道："我国君命我为使，屈完自当竭尽全能。齐侯、管相之言，我将悉数回禀于我君。齐国霸业，在德不在兵，愿齐侯、管相暂驻兵于此，勿动干戈，两厢可再做商议。屈完就此告退。"言毕，麾车退去了。

齐桓公巍巍矗立不动，只以目送。管仲则轻轻一拱手，默默无言，任其自去。

看屈完马车渐远，齐桓公道："屈完对答，仲父以为何意？"

管仲微微一笑，道："楚王派屈完为使，用心良苦。幸此大夫不辱使命！我以不贡包茅而责问之，彼以知罪而立贡包茅以回应之，求和之意明矣！看来，楚国可以不战而胜。"

齐桓公迷茫的脸上现出笑容，道："我等且大军止步，也应其求和之意，如何？"

管仲微一沉吟，摇了摇头，道："楚人自恃勇武，不肯轻易屈膝。口舌相争自然难免，更需举大兵催逼之。已近正午，可令大军先埋锅造饭，待美美饱餐一顿，便八军齐发，直至汉水北岸陉山之下扎营。"

枝繁叶茂的古树，洒下一地厚厚的浓荫，清爽宜人。战旗飘飘，耀日鲜明，但见楚山楚水之间，八国联军绵延不绝，势若巨龙。齐桓公与管仲互相望着，不由呵呵大乐起来。

一顿饭后，八国联军继续南下，行至陉山，汉水已近在咫尺，管仲便下令道："屯军陉山，不可再往前行。"

宋桓公御说、鲁僖公申、陈宣公杵臼、卫文公毁、郑文公踕、曹昭公班皆大惑不解，于是同入齐桓公大帐，群起而问，都道："八国大军已然深入楚地，正可渡过汉水，与楚国一战而决雌雄，却为何屯扎陉山，止步不前？"

管仲道："楚国遣使而来，必然早有防备。汉水南岸定然壁垒森严，只待我军济水一半，彼将发兵击之。似此硬拼而两伤之事，智者不为也。我且屯军陉山，以兵威震慑楚国,楚国惧我八国之师十二万之众,必会再遣使臣,求和请盟。如此,我以讨楚而出,以服楚而归,以不战而屈人之国,不亦美哉!”

宋桓公御说道:“楚,南蛮也。只恐管相一厢情愿,彼却要执意厮杀。”

众诸侯皆不信管仲之言,一时议论纷纷。

齐桓公笑道:“能不战而服楚,善之善者也。诸公勿疑,且耐心稍待几日。”于是令易牙、竖貂烹味设宴,款待众诸侯,以安其心。

却说屈完回到郢都,忙觐见楚成王。兹事体大,楚成王令朝堂相见,众大臣无有缺席者,一时间楚宫内阴云密布,人人脸上都是如临大敌的神色。

待屈完一五一十禀完,楚成王问道:“屈大夫以为齐侯是何许人?”

屈完答:“胸怀可容天下,真乃一代雄主。”

楚成王又问,“那北虎管仲若何?”

“口辩滔滔,腹藏良谋。其人如风飘忽不定,却又如山极难撼动,不愧当世第一奇才。”

楚成王陷入沉思,半晌又道:“屈大夫以为齐国是否容我请盟?”

屈完道:“或可,或不可,臣难以揣测。然我王如若决意请盟,臣自荐再渡汉水,凭三寸如簧之舌,以解两国纷争。”

楚成王却陷入了忧思之中,众大臣们也一时默默无言。

斗子文忽然大笑,道:“我王勿虑,屈完此行可谓功成一半矣!以臣观之,齐侯及管仲已知我求和请盟之意,定然允准!”

“令尹何以如此肯定齐国的心思,其中……”楚成王正欲问斗子文缘由,宫外忽然来报,说齐桓公八国大军已经兵至陉山了!

楚成王大骇,满堂众臣皆惊慌不已。屈完更是大惊失色,嗫嚅道:“臣请齐侯暂且驻兵之言,看来齐侯弃之如敝屣啊……”

楚成王转怒,杀气腾腾道:“寡人礼遇在前,而齐侯如此咄咄逼人,看来非要大动干戈不可!”

楚王一怒,下面也纷纷怂恿起开战来,场面顿时一片躁动。

“我王勿恼，此必是管仲之计也！”斗子文鹤立鸡群，与众迥异，却朗朗一阵笑声，接着又道，“臣料八国之军必止步于陉山，彼屯军于此，乃是观望我之请盟诚意如何。可令屈完再次出使，以表我请盟真心。此番齐侯必喜，其大军必后退。两国结盟，必可成矣！”

堂中有一大夫，满脸茫然，道：“我观令尹大人仿佛成竹在胸，十分肯定？不知为何？”

斗子文只淡淡地笑笑，并不答。

又沉默半晌，忽然堂上便如震雷一般——“就依令尹之言。屈大夫可立时再去，代表寡人与齐侯结盟。倘若齐侯不允，或再羞辱于我，寡人誓发倾国之兵，与齐侯决一死战！”楚成王说着，就拂袖退入后堂中去了。

陉山脚下一片开阔地带，毗邻水源，依着山势，依次分布着齐、宋、鲁、陈、卫、郑、曹、许八座营寨。八营各自独立，又共为一体，彼此呼应，开合自如，恢宏壮丽，极具章法。其中齐国大军屯于居中正南方位，若与楚战，首当其冲。此八国大营以断崖上一面高高扬起的“尊王攘夷”大旗为总领，依托陉山，远眺汉水，若一猛虎，横卧山岗，窥视南荆，悄无声息之间弥漫着腾腾杀气与烈烈威风。

一阵清风中，齐桓公与管仲、鲍叔牙、王子城父、公孙隰朋、宾须无等众臣，正于帐外巡查军容，辕门外忽报楚国使臣屈完到。管仲闻报，对齐桓公道：“屈完去而又返，此番必是前来请盟，国君需以礼待之。”

齐桓公点了点头。

须臾后，屈完大步进入齐军大营。身后随着一队楚国甲兵，并有八车金帛和一车包茅之草。那包茅显然是刚刚收割的，十分新鲜，上面似乎还洒过清水，阳光下色泽碧绿，水珠闪光。

营中大道上，车轮辚辚而行。屈完见青山映衬之下，齐军军容肃整，甲兵雄壮，不由暗暗叹好。

齐桓公与管仲等正好从一列军帐后面转出，与屈完撞个满怀，亦是盛情相迎。屈完见了齐桓公，忙躬身行了一个十分恭敬的拜礼。

齐桓公定睛瞧了瞧屈完，以及屈完身后的几大车礼物，心中早猜到了七八分，当下乐呵呵道："楚使去而复来，所为何事啊？"

屈完道："我国君因为不贡包茅之故，致使齐侯劳师远征，我国君已知罪矣！齐侯华夏方伯，无所不容，倘若能退师一舍[①]，我国君敢不唯命是从？"

齐桓公与管仲交换了一个眼色，管仲轻轻点头。但听得屈完又道："我国君特献上金帛八车，以犒赏齐侯联军。又备包茅一车，先请齐侯过目，然后立时北上进贡天子。从即日之后，楚贡包茅，岁岁年年，不敢丝毫有缺。"

齐桓公大喜，道："我统大军而来，专以尊王攘夷为务，非乃好战。你楚国痛改前非，贡包茅以尊天子，修复先业，匡扶王室，实属难得。寡人于天子面前当有言辞了！"

"外臣深感齐侯大德。"屈完说着一挥手，身后的随从一阵手忙脚乱，便将八车金帛和一车包茅齐齐献上。公孙隰朋收了金帛，后又将此犒军之物分散于八国；验看了新鲜的包茅草后，便又交给屈完保管，令楚人自行往洛邑进贡。

"来来来，屈大夫且随我入席赴宴。"齐桓公笑着就拉住屈完，欲要入大帐而去。屈完也笑着随行。

几人穿营而过，一路笑声连连。但见屈完不住地左瞧右看，目光中满是对威武齐师的赞誉之情，齐桓公道："楚使欲观我中国之兵，是否雄壮吗？"

屈完道："完避居南方一隅，见短识浅，一生未睹中国之盛。今愿随齐侯一观，然后饮宴不迟。"

"甚好！"齐桓公说着，便与屈完同乘一辆戎车，由王子城父在前开道，自齐国大营始，然后沿着宋营、鲁营、陈营、卫营、郑营、曹营、许营飞驰一遭，专令屈完开眼。但见八国之兵，各据一方，旌旗相望，形成犄角之势，联络三十里不绝，声势十分浩大。车行其中，如同坠入甲兵之海，迷茫不知所出。待行至一面断崖之下，但见一岗高高隆起，其上"尊王攘夷"的大旗耀目鲜明。齐桓公与屈完登上山岗观望，但见山林之间密密麻麻，八国营寨尽收眼底。此时岗下鲍叔牙捋起大袖，大喝一声，便擂起

---

① 古时行军以三十里为一舍。

一通战鼓;鲍叔牙擂鼓方毕,却听得齐军之中一片鼓声继之又起,异常同声,似乎有人暗暗指挥一般;然后其他七国之营也骤然间击鼓相应,其韵十分合拍,一时间漫山遍野都是军鼓擂动之声,仿佛雷霆震击,惊天动地。屈完顿感陉山摇摇欲坠。

齐桓公按剑腰间,立于山岗大旗之前,得意扬扬,满脸狂喜之色,问屈完道:“寡人有此威武之师,若攻,何所不克！若战,何所不胜!”

屈完正色对道:“齐侯以一己之力而主盟华夏,成一代霸主功业,皆在上扶天子,下恤孤弱。齐侯以恩德加于诸侯,天下孰敢不服？若恃众逞强,卖弄兵戈,楚国虽然小弱,但有方城为城,汉水为池,虽百万之众来犯,楚国又有何惧!”

齐桓公顿感一时言语有失,面露惭色,但转眼间又自嘲大笑几声,慨然道:“屈完大夫真楚国之贤臣也！寡人正欲与楚国结好,共尊王室,匡扶天下,方才不过戏谈耳!”

屈完见时机已到,忙一躬身,礼敬齐桓公道:“齐侯真方伯也！齐侯以天下为己任,愿辱收楚国于同盟,我楚国又岂能自绝于门外？我国君愿与齐侯订盟,不知可乎?”

“可!”齐桓公大笑,斩钉截铁道。

下面,管仲及鲍叔牙、王子城父、公孙隰朋、宾须无等,一时脸上都露出了会心的微笑。

“尊王攘夷”的大旗迎着南风飘舞翻飞,齐桓公俯视着陉山,与屈完侃侃而谈……

一场欢宴之后,双方也定下了会盟之期。屈完遂返回郢都复命,而齐桓公果断传令八国联军拔营,依照与屈完的约定,果然后撤了三十余里,另在当时楚国的一块高岗野地上扎营——此地名叫“召陵”。

屈完刚刚回到郢都,齐桓公大军后撤至召陵驻扎的消息也同时传来。楚成王大喜过望,一时得意忘形,道:“齐侯后撤一舍之地,乃是惧我楚国也!”竟为答应进贡包茅之事而反悔起来。

斗子文大谏道:“我王万万不可失信！齐侯后撤三十里,绝非惧楚之故,乃是彰显结盟之诚意。齐侯称霸华夏，振臂一挥，便可联合八国诸侯十二万大军以伐楚，此皆仰仗‘信义’二字。彼八国之君，尚不失信于屈完一匹夫，我王又岂能使匹夫失信于八国之君乎？”

楚成王嘿嘿一笑，不住地点头，就不再多语了。

至会盟之日，楚成王携着斗子文、屈完、斗班三人早早渡过汉水，移步召陵。九层会盟坛上，“尊王攘夷”旗下，齐桓公执牛耳为主盟，管仲为司盟，齐桓公、楚成王、宋桓公、鲁僖公、陈宣公、卫文公、郑文公、曹昭公，许国因穆公新逝、其子初立，暂由大夫百里代许公位，共九国诸侯，并有当时随行各国的重臣如齐国之管仲、鲍叔牙、王子城父、公孙隰朋、宾须无，宋国之戴、武、宣、穆、庄五族大夫，鲁国之公子季友，卫国之石祁子、宁速，郑国之叔詹、堵叔、师叔等等，共同歃血为盟，皆道“自今以后，世通盟好”，其盟书中共同约定：各诸侯国“毋贮粟，毋曲堤，无擅废嫡子，无置妾以为妻”等，云云。

为时三年的楚、郑之战也由此完结，管仲又请斗子文将囚禁在楚的郑国大夫聃伯释放，还与郑文公，斗子文自然应了。斗子文也代蔡国世子甲午请罪，请求齐国释放被俘的蔡穆公并正其位，管仲也应了。不日后，两下各自兑诺不提。

时周惠王二十一年，公元前656年，史称“召陵会盟”。此乃自春秋始，当时“中国”与南方楚国的第一次大交锋。召陵会盟后，楚成王争霸之心不得不收起，楚国进入了一段蛰伏以待时变的新时期，一直到楚成王的孙子楚庄王在位时，“春秋五霸”，始有楚名。自熊通僭号称王，楚国历武王、文王、成王、穆王四世之功，终于诞生了楚庄王为天下霸主。此为后话。

一抹浓荫如画，澄江如碧。汉水边上，几株高大的垂柳下，屹立着一座古朴的街亭。江面粼粼，波光荡漾，斗子文立于亭边，正焦灼地向北张望。

国家公事已了，岂能不叙朋友私情？召陵会盟之后，斗子文便在汉江北岸街亭之中设一小宴，令屈完去请管仲、鲍叔牙两位故友，以略尽地主之谊。

管鲍二人十分开怀，欣然赴约。鲍叔牙怀中还抱了一支瑟来。

汉江浩渺如烟，街亭恍若一舟。几人相见，分外欢喜，彼此拱手致礼。斗子文道:“斗縠於菟于江边,敬候故人久矣!”

管仲笑道:“甘水来迟也!”——斗子文故意自称斗縠於菟,管仲也故意自称甘水,乃是彼此皆追忆起最初相识之时的场景来。那年,乃周桓王十四年,公元前706年,适逢楚国与随国爆发青林山之战,管仲、鲍叔牙与斗子文不期相遇于虎饮泉边。当时斗子文尚年少,楚人皆知其是虎乳哺养的孩子,故称斗縠於菟;至官拜令尹后,因楚成王有意尊崇,才改称为斗子文的。而管仲则因当时两国将战,前途晦暗不明,不便透露真实身份,于是胡乱谎称自己为甘水。

管仲、鲍叔牙、斗子文、屈完皆朗朗大笑。四人步入街亭之中,入席落座,斗子文坐了上席,管仲列左席,鲍叔牙与屈完同落右席。案上美馔早已备好,乃是一鼎楚国麋鹿、一鼎云梦银鱼、一盘青蔬、一豆鲜果,又有一罍楚国的佳酿桂花酒。

四人意气风发,一连同饮三爵。管仲轻捋颐下白须,叹道:“昔日我等相识于青林山中,皆血气方刚,青春年少,如今几十年光阴飞逝,须发皆白啊。”

斗子文道:“彼时你我遭逢战乱,皆不能自主,然而今日重逢,各主一国,但尽绵薄之力,终于止息干戈。上不负君主大义,下不负故友之情,何其幸也!”

屈完接着道:“齐、楚两国之争,说到底,不过是管相与令尹二人之战。我闻当年青林山之时,楚国巫尹曾留下谶语,道:‘北有虎,南有虎。虎令尹,霸王辅。五十年后,汉水斗虎。’以时推之,今日召陵之盟与昔日青林之战,不多不少,相隔整整五十年啊!巫之谶语,不亦奇乎!只是南北二虎,再逢之日,皆已青春不再!星移斗转,光阴如箭,汉水滔滔,一去不返,怎不令人感慨万千!”

斗子文一笑,又举爵道:“然齐楚交兵,终因二虎烟消云散,善之善者也!为此当再饮一爵。”

“且慢!”鲍叔牙忽然从案边托出一支古瑟来,故意举得高高的,道,“当年楚国边疆,我,管兄,与斗縠於菟深夜作别时,我曾问道——若如谶语所言,数十年后果然南北虎斗,君将若何?管兄答——愿化干戈为玉帛;斗兄答——愿疆场对峙,一决雌雄;我则道——果真那一日时,若战,鲍叔牙亲为击鼓;若和,鲍叔牙亲为抚瑟!如今幸在召陵一会,南北盟和,此莫大善举也。我鲍叔牙岂能负昔日之言!哈哈哈哈,容我抚瑟,以助酒兴!”

鲍叔牙说着，便纵情抚奏起来。鲍叔牙其人并不懂音律，只是一时兴起，胡乱拨弹而已。然而那瑟声因心而发，因情而飞，与江水相融，与青山相争，那瑟声招引来了白发英雄往昔的激情岁月，也鼓荡起了芸芸众生对未来与和平的美好憧憬，管仲、斗子文与屈完皆听得如痴如醉，不愿醒了。

忽然，北面国叔牛驾着一辆青铜马车匆匆而来，将鲍叔牙的瑟声打断。原来是齐桓公有要事，要找仲父请教相商。斗子文面有不悦之色，道："管相日理万机，连此时也不得悠闲一刻吗？我心实是不忍。"

管仲淡淡一笑："军务倥偬，你我可以偷欢片刻，此生足矣！来，为鲍兄高妙之音，我们同饮一爵。"

"老鲍残鼓破钟之声，犹有不足啊！愿俟之来日。"鲍叔牙说着哈哈大笑，于是四人皆举爵，一饮而尽。

斗子文又敬管仲，道："此番齐楚原本一场恶战，战则两伤，南北皆不得安宁，今能以盟解之，实属难得。管兄之才，弟万分倾慕。楚国此后自是以齐为尊，共扶王室，同保华夏。"

管仲亦敬斗子文，道："齐楚棋局，你我数番博弈，终至圆满。贤弟之才，管仲也是敬佩不已。如今恩怨已解，南北复归平静，唯愿楚王切勿再生异志，以使你我前功尽弃！愿弟慎思之。"

"弟深明其中深意，管兄勿忧。"斗子文道。

"言尽于此，权且作别。故人珍重，相逢有日。"管仲说着，起身就要辞去。

一阵风来，江面顿起涟漪。柳枝随风摆动，婀娜多姿，街亭上几茎白草也倏忽飘扬飞起，慢慢消失于江面上了。管仲、鲍叔牙与斗子文、屈完彼此拱手作别，清风中，四人大袖不断荡起，恍若旌旗翻飞一般。

管仲与鲍叔牙走了。斗子文与屈完远远望着，静静立在江边。碧水滔滔，天地无言，唯见一只雄鹰，忽闪着黑色的羽翅，一声长鸣，直冲向云霄中去了。

…………

鲍叔牙走着走着，忽生迷惘，问管仲道："楚国之罪，僭号称王为大，区区包茅，何足道哉？老鲍骤然觉得当举十二万大军，一鼓荡平楚国！"

管仲笑道:“倘若开战,南北从此骚然,非迁延三年五载不可。我齐国虽然可以胜楚,然而也必元气大伤。其结局必是楚国败,而齐国亦败,齐国霸业也将由此而衰!不若我以包茅为辞,以召陵会盟解之。此乃全胜之策。”

鲍叔牙听了,嗟叹不已……

望着管鲍二人渐去渐远的背影,屈完忽然问斗子文,道:“此番召陵之会,齐国与楚国,终究孰胜孰败?”

斗子文深思道:“齐国仅以包茅伐罪,我楚国也仅以包茅服罪,区区一草,何其妙也!召陵会盟,齐国霸主之尊,重如泰山,威望日隆;而我楚国则以南蛮之身终于并入华夏之家,中国从此岂敢小觑楚国?楚国虽未称霸,实则已入霸图之中。是以此番交锋,齐楚两赢!”

屈完听了,嗟叹不已……

第十五章　陈国风波

召陵会盟之后，齐桓公统率齐、宋、鲁、卫、郑、陈、曹、许八国联军便又返回至楚国上蔡，将在这里休整几日，然后分路各自回国。

依着管仲与斗子文的约定，郑国大夫聃伯被楚人放了回来，郑文公见了大喜，直向齐桓公连连称谢。同时，蔡国世子甲午也从郢都回到蔡城，齐桓公也将被幽禁的蔡穆公释放，令他父子团聚，再掌蔡国。相逢一笑泯恩仇，“蔡姬戏水”之事再也无人提及，而蔡穆公将死之人忽然重生，依旧位列诸侯，自是对齐桓公俯首称臣，感动得涕泪交流。

蔡穆公与甲午倾尽国中所有，奉上铜鼎、锦帛、粟米、牛羊、玉器等物与齐桓公，以为犒赏大军。齐桓公得意扬扬，全收犹嫌不足，又索要酒浆三十车，令三军痛饮三日。此番犒劳大军固然是好，但宋桓公、鲁僖公、陈宣公、卫文公、郑文公、曹昭公等众，已有多人渐渐心生不快。原来齐桓自称霸以来，先服宋、鲁、卫、郑等华夏诸侯，继之挥戈北上又大破令支、孤竹，继之又救邢存卫，锄强扶弱；至今时又威服荆楚这个当时中国最大的劲敌，真可谓功盖寰宇，名震天下，占尽风流，独一无二，自以为四海之内唯我一人而已！齐桓公难免有居功狂傲、得意忘形之感，以至于其余几国诸侯也颇有微词，但惧于齐桓公的功业声望，也都不敢有丝毫犯颜之举。

却说这日午后，管仲赴宴而归，入帐中卧榻小憩片刻。蒙蒙眬眬，半睡半醒之间，管仲自觉身不由己，卧而起身，飘飘悠悠似被某人推搡着出了大帐。未走几步，忽然眼前军营皆已消失，唯见黑水茫茫，浊浪翻滚，居中白烟缥缈，有一条碎石小路如线。而黑水白烟之中，隐隐有一老妇人布衣素洁、满面慈爱，口中“夷吾、夷吾”连连唤个不停。管仲大奇，顺着那一线小路向前，追那老妇而去。不想忽然黑水卷起巨浪如山，先将老妇人吞没，然后迎头扑面直向管仲打来，管仲举袖掩面，惊惧一声狂吼……陡然从榻上立起，满头大汗，连声呼叫，但见青天白日，帐内空空，原来是一场怪梦。时国叔牛正巧从帐外路过，听管仲大叫，忙进帐侍奉。

也怪了，自那梦后，管仲时不时地头痛，或两个时辰一次，或大半时辰一次，如被针扎斧凿一般，不能自已。又忽然厌食，稍有进食皆吐尽，就连清水也喝得极少。过了三天之后，精神矍铄、神采奕奕的管相却形容枯槁，仿佛魂魄尽失。齐桓公及众臣都急坏了，忙召军医诊治。管仲仰卧榻上，军医切脉后，道：“管相之疾不在其身，而在其心；不在其阳，而在其阴。当是阴间故亲抱怨其长时不予祭奠，欲渴求一见。此事不难，且到故亲坟前祭扫一番，其病自愈。”

鲍叔牙恍然大悟：“管母葬于郑国颍上，距此不远。而管相自离家至于齐国，已三十余年，其间从未坟前祭母。那个怪梦，莫不是管母所托？”

榻侧，齐桓公及诸臣皆惊讶。鲍叔牙如此一说，管仲也悟了，始知梦中呼唤自己的老妇，正是生母大人。管仲横卧榻上，俄尔呢喃道：“母亲，母亲，仲儿不孝……”就微微闭上眼睛，老泪汩汩而下。

齐桓公望着仲父，满是一片酸楚。

鲍叔牙瞧着齐桓公，正色道：“管仲辅佐国君以霸，布仁义于天下，可叹自身日理万机、投身社稷，而独独不孝于母！今荆楚已平，大军凯旋，趁此稍有闲暇，当令管相回乡祭母，以尽人子之道。”

“善哉。”齐桓公道，“鲍师傅所言甚是。然仲父身体不适，寡人放不下心来。寡人欲请鲍叔牙伴随仲父一道还乡，如何？”

“诺。臣也正有此意。”鲍叔牙道。

帐外一道强光打在管仲颐下白须上，其亮如银。管仲启开挂着泪珠的双眼，满脸憔悴,慢慢扭头转向齐桓公……其老态龙钟之状平生第一次显现,令榻侧诸人等皆伤感不已。但听管仲轻声道:"臣……臣谢国君……"

齐桓公满是忧伤,道:"仲父何出此言……"

翌日晨后,鲍叔牙搀扶着管仲,只带了国叔牛与两个精壮武士,一行五人皆是布衣装束,驾了两辆一般士人所乘驾的二马快车,静悄悄地,不动声色地向故乡颍上驶去了——此也是管仲故意为之。

而八国大军依旧驻扎在上蔡,由齐桓公全权节制之。只待休整完毕,便要各自回国。原本一桩好事,美美收场。谁也不曾想到,又未出三日,居然闹出一场陈国风波来。

花开两朵,各表一枝。却说管鲍轻车快马,刚出蔡国之境,奇哉怪也,管仲立时神清气爽,诸病皆消,也能敞开肚腹啖肉饮酒了。看来真是管母思念儿子之故啊。鲍叔牙、国叔牛见昔日精神饱满的管相又回来了,皆是欢欣不已。

难得无事一身轻,管鲍等沿途游山玩水,纵情诗酒,不日便赶到了郑国颍上。

车轮滚滚,不经意间,途经一地——但见颍水汤汤,岸边有一块突兀隆起的土台,横长二三里,高七八米,形如长箭,硬如石壁,其上树木驳杂,郁郁葱葱。此便是箭台,为鲍叔牙与管仲初次相逢却又擦肩而过的地方。鲍叔牙一见箭台,便老泪横流,道:"往昔青春岁月,风雪茫茫之日,我与仲牙、季牙三兄弟行商归来,路过箭台,不期与许国赤牙将军偶遇。那年许国刚刚被郑庄公攻破都城,许庄公客死卫国,赤牙亡国丧君之臣,困无所依,欲要打劫我车中财物。幸得贤弟外出游学,偶至箭台,风雪之中连发三箭,以使赤牙知难而退——管兄真神射也!我三兄弟得以保全财货而平安归家。箭台之地,我与管兄虽未谋面,而神交已始。当年虽遭乱世而不能自主,然青春年少,意气风发,叱咤风雪,有何所惧!如今归来,再逢故地,已是垂暮之年两颗白头!我等将老,而箭台依旧,昔日少年可以复返乎!……"言罢泪如雨下。管仲也是无限伤感,道:"幸哉箭台,管鲍之始!"两人于是下车,直面箭台,如觐君父,恭恭敬敬,联袂三拜而去。

小山谷中管家村。野草湮没的那家门前,其侧一株参天大桑恍若巨盖,荫蔽着下面一所荒芜破落的小院。管仲踩着没膝的深草，推门而入，唯见满庭荒草，无从下脚，数间破屋，风中飘摇，又有几只黑雉和白兔受惊而奔突，闪烁其间。几十年前，管仲与母亲以及扶苏子夫妇在这茅屋破院之中相依为命的种种画面，立时涌现眼前，依稀如昨；还有那个十分不愿想起却又五分隐隐作痛的前妻乐姜，不知现在何处，是否依旧快乐……管仲一声浩叹，不愿再想，只笑着幽幽道："门前桑树，昔日便极茂盛，而比之今日犹嫌其小；庭中茅舍，昔日便极寒破，而比之今日更显其败！唯幸中出管仲，足可使其灿若锦绣，熠熠生辉，哈哈哈哈……"管仲几声大笑，便掩门而出，拉着鲍叔牙、国叔牛等一起向后山母亲的墓地走去。

这一段山路与几十年前并未有太大差异，松柏夹道，石径蜿蜒，管仲走得又熟悉又陌生，又惊喜又悲伤。终于到了，管仲与鲍叔牙登时大惊——但见那个山坡前那株老松树下，母亲孤冢异常高大，被修整得十分平滑，不曾生得一根杂草、一朵野花。显然是有人精心护理的。坟前也打扫得十分干净，一条香案上，居然陈设有三鼎，供奉着干肉、粟米、香草等物。而坟墓不远处，又新起了两间茅屋，并有炊烟袅袅飘升。

管仲正诧异间，却见茅屋中走出一人来，六旬年纪，满头银发，着山野布衣，拄一条竹杖，但精神依旧矍铄。那人张口道："你等是何人？"

"你是何人？"管仲反问道。

那人呆呆地张望半天，忽有所悟，惊道："你是？……啊呀，是管相到了，鲍卿也到了！"说着便弃了竹杖，就要俯身参拜。

管仲忙一把扶住，满脸迷惑："老人家如何在此？如何识得我二人？"

那人道："我乃颍上人，人称虎夫，本是郑国武士。那年我国君即位称君后，曾命大夫堵叔出使齐国，我有幸随之前往临淄，因此识得管相、鲍卿。我国君对管相敬慕有加，有意结好，不久后特赐我金帛回乡，令我于此结庐而居，以为管母守墓。某受君命而为，至今已十个春秋了。"

管仲胸中涌起一股浓浓的暖意，道："郑伯厚意，感激不尽。虎夫恩德，铭刻于心，请受我一拜！"说着就对虎夫躬身行了一个大礼。

虎夫拦不住，只开怀笑个不停，又道："某守墓十年，总想着在老去之前，能否与天下闻名的管仲一同祭扫管夫人呢？今日终于如愿，死而无憾了！"说着便向坟前走去,使用衣袖将那香案不停地拭个干净。

国叔牛过去,将祭品摆放整齐,有牛肉、鹿脩、豕脯、鱼脍、粟米、果品、蕨菜、花椒以及糙酒、蜜水等物。

管仲披上麻衣,伏地三叩首,哭道:“母亲,阔别三十余年,不肖仲儿回来了!昔日孤儿寡母,潜居颍上山村,虽茅屋草舍、豆饭藿羹,然母亲鼎力撑持,无怨无悔。教儿读书,送儿学射,劝儿远游,勉儿立志,殷勤慈爱之声,梦里千回百转,从未断绝,历久弥新。怎奈儿实不争气,漂泊数十年一事无成,以致母亲风烛残年,凄苦无依,郁郁而终!此皆儿之罪也,呜呜呜呜……”管仲欲言又止,泣不成声。观者如鲍叔牙、国叔牛、虎夫等,皆随之流泪。

鲍叔牙过来宽慰道:“那年葬母之时,当着乡村父老之面,管兄曾于坟前立誓:一曰必将母亲亡灵迁至国之大都,不令在此孤独;二曰誓娶公卿贵族之女,光耀管氏门庭;三曰必要合纵诸侯,匡扶天下,建不世功业。如今,齐侯早在临淄城边为管母立庙,以高于卿大夫之礼,四时祭祀不绝;齐国上卿高子之女高雪儿也早嫁与管相为妻,伉俪贤美,国人赞口;而今日之管仲官拜相国,辅佐齐桓,称霸诸侯,北破山戎,南服荆楚,早为当今天下第一风流人物!昔日三誓皆已践诺,管母之愿皆已实现,叔牙以为,黄泉之下,母夫人当含笑不已了……”

管仲止泣,扭头问鲍叔牙道:“母亲当含笑?……我虽壮志已酬,何其晚也!管夷吾唯愿母夫人生前……可以观我拜相,哪怕只是一眼……”就又哽咽住了。

管仲一生迥异寻常,草莽相国,大起大落,饱尝艰辛,如今以白发之身前来祭母,更是顿感人生百味,尘世飘忽,皆身不由己。管仲忽然恍觉自己也时日无多,心头不由冷战;又不由想到鲍叔牙当年的种种好来,又不由想到临淄城里高雪儿灿烂的笑容来,又不由想到战死孤竹、孤栖荒山的爱子管颍来……一时百感交集,情不能遏,白头英雄顿作喁喁幼子,在母亲坟前连连哭诉不尽。

鲍叔牙也不再多言,只默默陪着。待祭奠将毕,忽然身后潮水一般涌过来无数乡民。原来是管家村的父老得知管仲回来了,都争着来看从这里走出去的名动天下的齐相,如今到底是个什么模样。

众人如争睹神仙一般,而望着那一张张质朴的乡人的脸庞,管仲潸然转笑,乐道:“诸位乡里,别来无恙,欲要看今日之管仲是否长了三头六臂乎?”

人群哄然大笑,从中挤出来一个白发农夫,牙齿几乎掉尽,笑吟吟道:“管仲大人啊,老汉依稀还记得,当年埋葬管母之日,你不哭反笑,又豪情万丈当坟立誓,说什么娶公卿女,建不世业……老汉都不记得了。当时众乡人都觉得管仲乃是一个不肖狂人,我还带头笑称你是疯子呢。呵呵,如今几十年已过,管仲果然疯狂,颍上布衣忽然就变成了霸国之相!老汉此来,专为一睹管相神采,咦……与老汉一般地老,就是门牙还没我掉得多。”

又是一阵哄笑。管仲腰杆笔直,满脸红光,道:“是也。夷吾不才,当向老哥哥请教门牙之道!”此情此景,似曾相识,恍然若梦,管仲又道:“夷吾外出闯荡几十年,从未为乡里造福一二,反使故人年年照看我母坟茔,夷吾心中十分感念。如今归乡,无以为报,此微薄心意,请父老笑纳。”说着从袖中取出一袋金子,交给那个老汉,道:“烦请老哥哥做主,用此钱财购置衣帛粟米等生活之物,尽散于村中父老。”

那老汉接了,无言以对。众乡亲齐拜于地,齐唤“管相”。管仲伸手,将大家搀扶起。然后又走到虎夫面前,又取出三镒黄金,塞到虎夫手中,道:“君替我为母守墓,夷吾何言?请再受我一拜!”言讫,管仲便对着虎夫,拱手躬身,又一个深深下拜。

…………

次日,管仲陪伴着,又同往鲍叔牙原来在颍地的老宅中查看。自鲍叔牙在齐国做了上卿之后,鲍叔牙及其父母妻儿,以及鲍仲牙、鲍季牙兄弟全部迁往齐国居住了。鲍季牙早已成为当时天下最为豪富的盐商,而鲍仲牙全力经营鲍氏商社,也已经富甲一方。昔日市井中奔波的鲍氏,何曾想到会有今日的局面?鲍府老宅风光依旧,由族中一个远亲代为打理,一切安好。鲍叔牙看了,十分欣慰。

管鲍二人又学着昔日模样,再到颍考叔庙祭拜。颍水岸边,那庙依稀如昨,只是管鲍致祭之人,早已由青丝少年变成了白发老翁。鲍叔牙拜了颍考叔,道:“明枪易躲,暗箭难防。颍大夫一世忠良,不期为公孙子都暗箭射杀于许国,何其惨也!鲍叔牙愿天下豪杰,皆能有颍大夫之德,而无颍大夫之箭!……哈哈哈哈,幸哉管鲍如是!”管仲接着道:“幸在你我所遇,乃明君齐侯,此生足矣!哈哈哈哈!”

管仲与鲍叔牙拜了颍考叔庙，出来后径直向前，路过一家十分迷人的酒店，两人竟不约而同仰头大笑起来。管仲问鲍叔牙："饮乎？"鲍叔牙问管仲："饮乎？"两人异口同声，同时发问——原来此家正是原来的"颍二酒家"，庆幸三十年后，依旧营业之中，模样一如当年。想年少之时，管鲍二人时常来此小酌，不过每每不是鲍兄请客，就是管子赊账，如今故地重游，管鲍二人岂能不作彼时少年情怀，沽酒痛饮一番？

此家店中，除了柜前装酒的陶缶多增了两排，其他几同当年。管仲入店，见堂中嘈杂不断，食客不少，于是大袖一挥，直直高喊道："一缶糙酒，一碗青豆！"——此乃店中最简单、最便宜的酒食，那些年管仲穷困潦倒，又总想借酒消愁，于是每次过来，每次都是这两样。后来官拜相国，虽然钟鸣鼎食，酒肉满席，却时时思念这里的糙酒青豆，以为乃是天下绝味。

临窗有一案，管仲与鲍叔牙屈膝而坐。国叔牛等随行三人另置一案。鲍叔牙道："还是糙酒青豆？太寡淡了吧？是否添些鱼与肉？"

管仲道："不必。此二物胜于鱼肉百倍！"鲍叔牙只是笑。

说话间，店家捧着一缶酒和一碗豆笑吟吟过来。管仲盯着那店家瞧了又瞧，看了又看。店家二十许，精明干练，满脸堆笑，将酒食放好，又道："两位官家，是否再打些熟肉来？"

管仲却道："请教，此家店主可是颍二？他可安好？"

店家笑着脸就绷住了，忧伤道："颍二乃是我祖，已离世九年了。目下此店由小人及父亲共同打理。"

管仲听了，也是心头一沉，道："我乃汝祖故人。三四十年前，我常来此店饮酒，只因落魄，常有赊欠。颍二宅心仁厚，多不予计较，我深感大德。如今重访故地，而他已仙逝，怎不令我悲伤？"说着，从袖中取出三镒黄金，道："我今此来，亦是还债。汝可去查昔日老账，那年我离乡远走之前，尚欠你店中一缶酒一碗豆钱——就如今日这般。惭愧！一餐之赊要几十年后来还！"

店家听了，顿感离奇，如堕五里雾中。先不说几十年前的账册是否尚在，即便真有，如何值得三镒金子？看来眼前之客绝非寻常之人。店家满脸窘迫，摇着手道："大人令小人糊涂了，这这……岂敢三金……"

管仲直将三镒金子塞到店家手中，道："只为报答颍二昔日厚我之德，店家勿疑。"

鲍叔牙在旁，冲着店家大笑道："汝年少，自然不知。可去询问汝父，当年之事，他一问便知！"鲍叔牙不由想到了管仲当年的窘状，大乐不已。

"敢问大人姓氏？"店家懵懵懂懂，这才想起问。"羞惭之人，不问也罢。"管仲说着，就举碗尽饮，赞道，"好酒！历久弥香。"

那店家无奈，只好进入后堂去问父亲。

须臾，满堂喧嚣之中，黑色木屏后面，只见此店家一家老小、男男女女共计六口，惶恐而出，皆伏地跪拜于管、鲍二人之前。那店家之父，已上五旬，鬓角斑白，一脸忠厚之相，捧着一册竹简账簿，十分不安道："小儿年幼无知，不知管相莅临小店，又妄求三金，真该万死……"

此语一出，尤其是"管仲"二字如雷炸响，堂中所有食客都立时惊呆住，扭着脖子向这边看过来。

鲍叔牙又呵呵笑了："你便是颍二之子，唤作……唤作颍季的？对否？"

"小人正是颍季，方才乃是小儿颍树生。劳鲍卿还记得，当年鲍卿与管相来此饮酒时，小人常常侍奉在侧。屈指算来，乃是三十多年前的旧事了。"

管仲一怔，接过那册几乎断线的账簿，见其中一简上，果然写着几个字："管仲。一缶糙酒一碗青豆。"管仲大乐不已，道："旧账已清，颍家当取笔勾掉。"又将颍季与众家人扶起，将金子与账簿一并塞到颍季怀里，接着笑道："至于金子，汝等自当收下。饮水思源，知恩图报，若不收，便是陷管夷吾于不义！"

颍季、颍树生皆不知如何是好，父子两人尴尬地互相望着。

鲍叔牙道："当收，当收！"

其他食客也纷纷起哄，大呼："收！收！收！"

颍季于是收了，又仔细将管仲打量一番道："昔日先父在时，也常提及管相，说此客非比寻常，日后定是一代豪杰，只是目下时运不济，龙困于渊而已。如今管仲辅佐齐侯，称霸天下，果应老父当年之言。管相九败丈夫而至一箭相国，乡人皆引以为豪。如今名满天下，尚来小店偿还昔日牛毛小账，管相真信义英豪也！"说着，举着那册账簿，对着满店的食客，得意道："大家看啊，当今齐相管仲，特来小店，以清当年'一缶糙酒一碗青豆'的小小赊欠！管相何其信也！小店何其幸也！"

众食客纷纷拥过来，争着目睹家乡走出来的当年所谓"九败丈夫"，七嘴八舌道："大丈夫一时受辱何足道，管相历九败而不悔，终有大成！真乃桑梓之传奇也！"忽又有一人对颍季、颍树生道："今日美谈，弥足珍贵。你父子当将此店改名为'一缶糙酒一碗青豆'，以纪念之。"——却说后来此店果然改名为'一缶糙酒一碗青豆'，改名后食客暴涨，远近慕名而来者，不计其数。三年之中于颍邑一带连开三店，后来颍树生又将此店开至国都新郑城中，遂成郑国巨富。

那些乡人食客逐个来拜管仲，纷纷献酒，管仲也来者不拒，开怀畅饮。乡人问及管相今日之富贵，管仲笑而不答；然问及昔日之落魄，管仲侃侃而谈。酒至半酣，鲍叔牙击缶为节，国叔牛、颍季、颍树生及众食客齐齐击案和之，满堂欢喜融融，都听管仲挥袖踏步而舞，唱起一首叫作《九败丈夫》的歌来：

南阳贩枣被人打，齐国贩布被人骂。
又去南方贩黄吕，江边狂呼救命啊！
宋国为师却为盗，卫国入仕被蛇咬，
睢阳城下拔腿跑，回乡母死妻走了。
灭纪之战空献策，贬在祖庙望月小。
以多攻少守战道，博得九败美名笑。
可叹奇才管仲子，人生如戏英雄老！

上蔡，齐桓公八国联军大营。是夜星月朦胧，树影婆娑，空气里到处闷闷的。陈国营寨之中，但见国君大帐人影晃动，灯光昏昏里，陈宣公在案前来回踱步，烦躁异常。须臾，陈国大夫辕涛涂奉命来见。

陈宣公焦躁道："我正为一事烦闷，大夫可知？"

辕涛涂道："可是为我陈国劳军之事？"

"是也。齐侯伐楚已毕，这两日便要拔营归国。大军行走路线，必是离蔡国，过陈国、郑国,然后东向以去临淄。齐侯路经我陈国时,寡人岂能不予劳军?然陈国府库空虚,如之奈何?——所以故,寡人欲使大夫先行回国,速速筹集犒劳之资。"

辕涛涂思虑半晌,道:"国君所言,虽不无道理,然终对陈国无益。我有一计,可令齐侯挥师远去,不使陈国为难。"说着四下里瞧瞧,附在陈宣公耳边窃窃私语了一番。

铜灯如豆,人影如魅。陈宣公连连点头,脸上浮起笑容,道:"辕涛涂真陈国之忠良也,此计可行,速去!"

"诺。"辕涛涂一拱手,便领命而去。

黯淡的月光下,辕涛涂穿营过寨,步履匆匆,急着去面见一人——郑申侯。郑申侯何许人也?——乃申国后裔也。却说周宣王之时,宣王的母舅申伯因为辅佐宣王中兴有功,因而被封在淮河上游地区,建立申国,国都为谢邑,在今河南南阳市宛城。申国乃是东周王室在南方的门户重镇,也是楚国北上中原首当其冲的绊脚石。后至春秋时期,即周庄王九年,公元前688年,楚文王攻破谢邑,申国灭亡;楚文王改设申国之地为楚国一郡县——宛县。而申侯作为亡国之君,也由此来到楚国,成为楚臣,人皆称其为楚申侯。楚申侯贪得无厌又巧于媚上,不想一时竟还成了楚文王的宠臣。再后来,楚文王将死之时,赐给他一块玉璧,道:"你天性自私,过于贪婪,此乃取亡之道。有寡人护你,你在楚国可以安然无恙;但寡人去后,你在楚国难免一死。可速去,另择他国安身。此去亦需寻一大国,小国则不能容你。此后更需修身自爱,痛改前非,否则祸不远矣。"楚申侯拿了楚王之璧,于是离楚又来到郑国,此后便又改称为郑申侯。先有宠于郑厉公,后又有宠于郑文公。

帐内空空,一盏青铜灯前,辕涛涂与郑申侯彼此行揖,落座。两人年齿相当,皆是四旬上下。辕涛涂中等身材,面阔耳方,须发浓密,一派忠厚之相。郑申侯瘦骨棱棱,形容若猴,一张瓜子白脸上,正八字长须,倒八字短眉,目深而圆,眸子精亮。

辕涛涂先道:"日里空忙,无甚闲暇。今宵偶过申侯营帐,特来一叙。"

郑申侯道:"辕大夫乃陈国重臣,深受陈公重用,不似我漂泊之人,虚度光阴而已啊。"说完,莞尔一笑。

“申侯颇受郑伯宠信,正当大有作为,何言虚度光阴?”辕涛涂一笑,接着道,“大军驻扎上蔡多日,申侯以为蔡国劳军若何?”

“蔡侯携世子甲午亲来犒劳,奉上金帛、牛羊、酒食多矣,齐侯及我等深感蔡侯盛情。只是……只是如此倾尽国中所有,府库定然空虚,非国家之福啊。”

“我也深有此感。申侯啊,齐侯盛极一时,好大喜功,数日后大军北归,定然要借道我陈国与郑国,届时我等也难免如蔡侯一般要挥霍一回啊。”

此语瞬间令郑申侯心颤,他对一切有关财物的事情异常敏感,怎么就没有想到眼下这一层呢?郑申侯惊道:“不妙啊。霸主过道,威不可挡,不劳军则失礼;若劳军则空耗你我之国,这可如何是好?”当下眸子转了几转,瞧着辕涛涂就笑了。郑申侯心中忖道:“陈国在郑国之前,劳军也是陈国先劳,辕涛涂对于此事定然早有主意,故而前来协商。”于是拱手道:“请辕大夫教我!”

“我正为此事而来。”辕涛涂满脸真诚,悄悄道,“你我臣子,皆当为彼此国君解忧。来日——我先,你后,可轮番劝谏齐侯改走海滨之道而回国——齐侯为霸,威服南楚,自然也可以服东夷。倘若齐国大军改走东方徐国、莒国一线而归,正可借兵威以慑服东夷诸国。此论必令齐侯大喜,同时暗解陈、郑两国劳军之患。”

郑申侯闻言大惊,道:“此计甚高!我佩服之至。明日大夫可先谏齐侯,然后我再谏之。”

当下如此而定。辕涛涂以为事关陈、郑两国福祉,两人自当同心,于是如托知己,丝毫不疑郑申侯。

翌日,辕涛涂见齐桓公,道:“齐侯华夏方伯,北灭山戎,南服荆楚,海内无不为尊;唯东夷之族尚未归心。如今召陵会盟已毕,齐侯大军即将凯旋,此时何不挥师东向,借道徐国、莒国一线而归国?沿途多是东夷之邦,若目睹齐侯天下无敌之师,则东夷之众可不战自降矣!如此两全其美之事,岂不美哉?”

齐桓公一听,大喜过望,道:“妙哉!寡人率大军,本欲走陈国、郑国之路,平平无事而归。如今闻辕大夫之言,方知东走乃有意外之功啊。明日即拔寨启程,沿徐、莒一线而归国,顺道震慑东夷!”

辕涛涂躬身而退。

未几,齐桓公将改走东方道路的消息旋即在上蔡各国大营传开。

天气炎热,营寨如炉。帐外柳荫下,竖貂不停举扇摇风;易牙则献上一缶冰镇蜜水,以供齐桓公爽饮。一盏蜜水刚刚下腹,忽然有一人高呼求见,似有万急军情。齐桓公命见,原来是郑申侯。郑申侯不及行礼,便大呼道:“齐侯断不可走徐、莒一线而归!”

齐桓公惊问其故,郑申侯十分郑重道:“大军南下已有半年,远程劳师,早已疲惫不堪。倘若东行之中再遇夷敌,必陷入危局。齐侯若走陈国、郑国一线以归,沿途我等还可以供给粮草军需,何患之有? 然而改走徐国、莒国东线,其地多水,河湖沼泽密布,稍有不慎,大军将陷入泥沼之中,万劫不复啊!”

齐桓公一怔,顿时暴怒,咆哮道:“原来辕涛涂乃是为陈国一己之私,故意赚寡人向东而走,将使我军误入险地啊! 可恶可恶! 其心可诛!”立时将手中玉盏摔在地上,厉声道:“传王子城父来见!”竖貂诺诺,得令而去。

齐桓公又觉得郑申侯才是真正替自己想,心中大为感动,和蔼道:“郑申侯之忠心,寡人倍感欣慰,定有重谢。”

郑申侯拱手道:“齐侯霸主威名,海内孰不敬仰? 我不过为齐侯略尽微薄之心,岂敢贪谢?”语毕而退——行至无人之处,手舞足蹈,窃喜狂欢,难以言表。

片刻后,齐桓公将辕涛涂与郑申侯前后言语之事转与王子城父,令其带兵闯入陈营,将辕涛涂抓捕拘囚。王子城父以为似有不妥,但一时又拗不过齐桓公,只好照令而行。

辕涛涂被抓,陈宣公又惊又怒,自语道:“辕大夫乃我忠臣,所献改道之论虽有私心,终无大过。然齐侯一代方伯,如何容不得一句匹夫之论? 纵使有罪,齐侯如何越我而拘捕之? 无礼太甚! ……最恼恨者乃是两面三刀、背后算计的郑申侯,此辈方是罪有应得之人!”

陈宣公越想越恼,以为辕涛涂必须救下,于是怒气冲冲,直入齐桓公大营,愤愤道:“辕涛涂一己之谏,齐侯能用之则用之,不能用之则弃之,今为何以甲兵威逼,捕我臣子?”

齐桓公心中正是怒火熊熊,又见陈宣公以一种除管仲外从无人敢的狂纵姿态前来质问,登时火气更盛,冷笑道:“寡人称霸天下三十余年,海内之众莫敢不从。怎么辕涛涂不忠寡人在前,陈侯便要无礼寡人于后?——哼哼,再敢狂言,蔡侯便是尔之榜样!”

一句话逼得陈宣公不敢言语了!——齐桓公变了,降服楚国之后,齐桓公越发刚愎独断,目空一切,盛气凌人。陈宣公本欲救辕涛涂,不承想话一出口,险些令自己变成了第二个蔡穆公。陈宣公一叹气,一拂袖,就冷冷而去了。

瞧着陈宣公由盛转衰的狼狈模样,齐桓公纵声大笑不已。

——然而!翌日天亮后,上蔡八国大军驻地,陈宣公带着陈国兵马,却不辞而别了。

上蔡顿时躁动起来,众诸侯议论纷纷。齐桓公得报陈宣公离去的消息,先是一怒,转眼就又笑了,自己稳坐中军帐中,不慌不忙,先后办了两件事情:其一,重赏郑申侯,令郑文公将虎牢之邑赐赏给他;其二,传檄与上蔡宋、鲁、卫、郑、曹、许六国诸侯,暂不回归,将于齐国一起,发大兵征讨陈国。

一石激起千层漪,时局变化难以预料。却说第一件事——郑文公大为犯愁。虎牢邑乃是郑国重镇,其地北濒黄河,南连嵩岳,山岭纵横,自成天险,乃当时中原东西交通之咽喉,西入洛邑之门户。郑申侯虽然颇受郑文公喜爱,然而将此边塞重地赐予其作为个人封地,实是不妥。叔詹谏道:“齐侯开口,不可拒之。此番齐侯统率八国联军以伐楚,追根溯源,最初乃是为解郑国之危。如今危难已解,南北言和,齐侯以盟主之尊而索要虎牢,拒之则必犯众怒——然虎牢重地,岂可划与郑申侯私有?此乃于国有患。国君今可先予之,容后再图之。”郑文公从其言,便将虎牢邑赐予郑申侯。

第二件事——兵者国之大计,因辕涛涂一时谏言而兴兵,众诸侯也颇有微词,但惧于齐桓公威望,又皆敢怒而不敢言。犹豫徘徊之间,忽然南方江国、黄国二君各带兵马来到上蔡。原来江、黄早与齐桓公结盟,因种种原因伐楚时不能尽力,正无奈间,偏偏齐桓公伐陈的消息又传来。于是江侯、黄侯一拍即合,旋即带兵来助齐桓公攻打陈国。至此,齐桓公愈加得意,伐陈之心坚定不移,如箭在弦。

管仲与鲍叔牙皆已远离,这可急坏了王子城父、公孙隰朋、宾须无三人。宾须无道:“辕涛涂之事,国君处置大大不妥,我欲犯颜直谏,汝二人可愿相从?”王子城父、公孙隰朋皆道:“同谏!”

是夜,齐桓公独自于帐中饮酒,忽见王子城父、公孙隰朋、宾须无三人同至,便暗暗猜到了七八分,于是面有不悦之色。齐桓公挥臂,示意三人入席,冷冷道:“大司马、大司行、大司理并肩而来,可是有教诲于寡人?”

“臣岂敢有教于君?只不过恪尽臣子之道,有片言不得不谏。”宾须无刚正不阿,正色道:“国君率八国大军南下以降楚国,本已功德圆满,不想将要凯旋之时,忽然冒出辕涛涂一事,竟至闹得非要大动干戈不可。臣以为:辕涛涂欲赚我齐国改走东道,其心虽然邪恶,然只不过一番言辞而已;国君华夏霸主,当有容辕之量。何况辕涛涂之本心,只不过想为母国节省劳军之资,念其微有爱国之心,国君也不应加罪。如今因一匹夫而举兵伐其母国,大大有损国君方伯威名。国君自称霸以来,凡有出兵,必乃讨伐不义,而目下之伐陈,不义安在?愿国君三思。”

公孙隰朋接着道:“即使辕涛涂有罪,国君盟主之尊,不应越过陈侯而自行捕之,此无礼也。即使郑申侯有功,国君盟主之尊,亦不应直令郑伯赐其虎牢之地,那虎牢是何地也?……此又无礼也。愿国君三思。”

王子城父道:“某以为赐封虎牢,国君必有远虑。辕涛涂献计,欲使我齐军东行海滨之地以归国,名曰震慑东夷,实则欲使齐国陷入东夷河湖湿沼之中。此乃用兵大忌,郑申侯及时道破,也算有三分微功。国君巧借其事,以令郑伯将虎牢重镇赐给郑申侯,是以削弱郑国边防、利我齐国西进也。辕涛涂风波,能以分裂虎牢而平息,可谓完结。此乃国君高妙之术也。然该止不止,该结不结,反要再兴大兵以讨伐陈国,则是横添狗尾,将陷国君于不义之地啊!愿国君三思。”

齐桓公哈哈大笑,横眉冷对,厉声道:“大司马、大司行、大司理听令:寡人昔日讨伐天下之不义,今日则是讨伐辕涛涂、陈侯之不忠!即刻整军备战,请勿再言!”言罢狠狠一拂袖,就大步退入后面去了。

留下王子城父、公孙隰朋、宾须无三人瞠目大惊,面面相觑。外面热气蒸腾,而帐内顿时寒如冰窟。王子城父暗暗道："陡立大功而忘乎所以，独断专行而不纳贤臣，此非为君之福啊。"

"非管相、鲍卿不能劝也！惜乎不在此间！"宾须无愤愤地拂袖而去。

王子城父、公孙隰朋尾随着也追了出来。帐外行得老远，一株老槐树下，满地碎影，三人止步。公孙隰朋劝宾须无息怒，道："无礼于君，非为臣之道。"

王子城父道："事已至此，只可顺势而为。其实伐陈不过一场儿戏，不必过于担忧——陈侯一时意气用事，不辞而别，以为国君断不至于兵戎相见。然国君果然统率诸侯联军，威逼宛丘，陈侯必请罪而降，绝不敢战。届时国君志得意满，怨气定消，必撤军以归齐国。而陈国之危也自解。"

浩渺的夜空中，浮云过月，仿佛轻烟。宾须无举头望月，不由发出一声长叹。

周惠王二十一年，公元前656年，召陵会盟后不久，因为辕涛涂一语不慎，骤起波澜。齐桓公会同宋、鲁、卫、郑、曹、许以及江、黄共计九国，联军以伐陈国。兵至宛丘，陈宣公大骇，主动出城认罪请和，态度甚恭。齐桓公于是大喜，也并未大动干戈，只与陈宣公把酒言好，并释放了辕涛涂归陈。如此一场风波后，齐桓公旋即撤兵，终于北上回了齐国。

却说辕涛涂被释放后，一改昔日敦厚端正之风，忽然变得佻达无行。众皆不解。辕涛涂并不忌恨郑申侯，反而屈身献媚，处处结好，两人非但无有间隙，反而亲如一家，彼此显得十分信任。某日，辕涛涂对郑申侯道："申侯封邑乃是齐侯霸主所赐，当增修其高，增饰其奢，令世人称赞，亦使子孙不忘霸主赐邑之德。"郑申侯大乐，于是在虎牢邑大兴土木，城墙修得极其高大，府中陈设也华丽异常——早就超出了封地应有的规格。待一切完工之后，辕涛涂却私见郑文公，悄悄笑道："郑申侯在封地加固城防，增修城墙，此乃谋反之兆……"郑文公大惊，暗暗派人窥探，果然如是，由此郑文公对郑申侯生了严加戒备之心。再后至齐桓公首止会盟之时，齐、郑生隙，辕涛涂又借机向郑文公献言——一如召陵会盟之后，郑申侯向齐桓公献言一般（此乃后话）。结果，一番言语，将昔日恩怨百倍奉还，在周惠王二十四年，即公元前653年，郑文公终于找到借口将郑申侯诛杀，而虎牢也终于又回到了郑文公手中。

第十六章　首止会盟

洛邑王城，熙熙攘攘的街道上，忽然出现了一个楚国使者带着高高隆起的整整十大车包茅以及金帛等物，缓缓而过。众百姓争相围睹，满城沸腾。其中，一个鬓发如霜的老大夫道："五十年了！五十年后，楚国终于又来向我王进贡包茅了！"说着就落泪了。

召陵会盟之后，楚成王不敢违约，遂以屈完为使，携带包茅等物，北上贡于天子。周惠王于朝堂召见屈完，大喜过望，道："楚国不共王职久矣，今忽然来贡，以臣于朕，此真乃祖宗英灵护佑！"于是亲往宗庙祭拜，告于文王、武王魂灵，并以胙（祭祀用肉）赐予楚国——天子赐胙，乃周时极重的荣耀与恩德。周惠王又道："且为朕藩镇南方，勿侵中国。"

屈完跪领胙肉，再拜顿首而退，后回国禀告于楚成王不提。

又不久后，齐桓公及管仲、鲍叔牙等也皆已回到临淄。齐桓公遂遣公孙隰朋为使臣，入洛邑禀告联军伐楚、召陵会盟之事。周惠王叹道："原来楚国中断五十年后，复来进贡包茅，乃是齐侯之功啊！"于是待公孙隰朋优礼有加，隆重设宴款待。

却说那日，公孙隰朋欣欣然赴天子之宴，时周惠王两个儿子皆在席间——长子名郑，先皇后姜氏所生，已立为太子多年。次子名带，乃次妃陈妫所生。姜皇后薨后，陈妫十分得宠，枕边常劝惠王废郑而立带。同时子带善于趋奉，很会讨周惠王欢心。周惠王于是渐渐萌生了废长立幼之念，但又左右摇摆不定。饮宴之间，周惠王神色——观子郑欲怒而不便怒，观子带欲喜又不敢喜，似乎心神大乱，仓皇无主。而这一切，精细的公孙隰朋早瞧在了眼中，心中也是五味杂陈。

待宴会散去，太子郑怏怏而归，公孙隰朋借故悄悄尾随于后。青铜马车离开宫中，行于僻静之处，却见子郑于车上伞盖下，抚栏而立，不醉装醉，半哭半笑而唱：

> 弁彼鸒斯，归飞提提。民莫不穀，我独于罹。何辜于天？我罪伊何？心之忧矣，云如之何！
>
> 踧踧周道，鞫为茂草。我心忧伤，惄焉如捣。假寐永叹，维忧用老。心之忧矣，疢如疾首。
>
> 维桑与梓，必恭敬止。靡瞻匪父，靡依匪母。不属于毛？不罹于里？天之生我，我辰安在？
>
> 菀彼柳斯，鸣蜩嘒嘒，有漼者渊，萑苇淠淠。譬彼舟流，不知所届！心之忧矣，不遑假寐。
>
> 鹿斯之奔，维足伎伎。雉之朝雊，尚求其雌。譬彼坏木，疾用无枝。心之忧矣，宁莫之知？
>
> 相彼投兔，尚或先之。行有死人，尚或墐之。君子秉心，维其忍之。心之忧矣，涕既陨之。
>
> 君子信谗，如或酬之。君子不惠，不舒究之。伐木掎矣，析薪扡矣。舍彼有罪，予之佗矣。
>
> 莫高匪山，莫浚匪泉。君子无易由言，耳属于垣。无逝我梁，无发我笱。我躬不阅，遑恤我后！

此乃《诗经·小雅·小弁》，满是忧愤哀怨之音，然其所言者乃是当年周幽王先娶申女，生子宜臼立为太子；后又宠褒姒而生子伯服，幽王爱屋及乌，于是废逐宜臼，改立伯服为太子之事。

公孙隰朋听了子郑所唱之歌，心中便什么都明白了。当下默默无言，只摇了摇头，就悄悄转道别去了。

公孙隰朋辞了洛邑，回到临淄，觐见齐桓公，大忧道："周室又将乱矣！"齐桓公惊问其故，公孙隰朋道："周王有二子，长子曰郑，次子曰带。周王早立子郑为太子，如今又有废郑而立带之意。太子酒宴后独自吟唱《小弁》，臣乃知幽王时宜臼之事，将于今日复演。洛邑城中，父子手足相残，不远矣！"

管仲道："国君乃诸侯盟主，以尊王而定霸业，洛邑之患宜早图之。"

齐桓公道："当如何图之？"

管仲道："废长而立幼，自古多生祸端。臣有一策——欲定王室，定太子便可。如今太子郑之危，在于势单力薄，不能自主。国君可具表天子，言众诸侯皆愿见太子，请太子出洛邑而大会诸侯。此番之会，可置于首止之地。太子一出，诸侯参拜，则君臣之分已定。纵使周王想要废立，也难以行通了。"

齐桓公大喜："善！寡人破山戎，服荆楚，如今再鼎定未来之君，尊王攘夷可为极盛也！"

齐桓公于是传檄于鲁、宋、陈、卫、郑、许、曹等国，相约明年夏五月，首止会盟。又遣公孙隰朋再入洛邑，拜周惠王道："首止之会，众诸侯皆欲见太子，以表尊王之情。"隰朋此请名正言顺，合情合理，全在周室颜面，令周惠王无论如何都难以拒绝。然而周惠王内心实是不愿让子郑出会，但又惧怕齐国势大，心里暗暗思忖道："天下诸侯皆从其调遣，朕又如何敢开罪于齐国呢？"周惠王踌躇再三，无言以对，终究还是点头，应诺公孙隰朋之请了。

首止在今河南商丘睢县东南部，春秋时为卫国之邑，居于卫、郑、陈、宋四国交界之地，亦是东西南北交通要冲。早在齐襄公时期，即周庄王三年，公元前 694 年，齐、郑便于此"会盟"过。当时郑国正值内乱，权臣高渠弥杀郑昭公而立郑子亹为君不久，齐襄公欲插手郑国内政以图霸，于是假借盟好之名，约郑子亹首止一会。结果会盟台上，三爵美酒尚未饮尽，郑子亹便被齐襄公的伏兵乱刀砍死，高渠弥更是被施以

“五马分尸”之极刑。郑子亹、高渠弥弑君篡位,固然当诛,然而齐襄公过于干涉他国内政,难免有越俎代庖之嫌,此事很多年来都是郑人的一处隐痛。

周惠王二十二年,公元前655年,夏五月。齐桓公小白、宋桓公御说、鲁僖公申、陈宣公杵臼、卫文公毁、郑文公踕、曹昭公班、许僖公姜业八国诸侯,齐聚于首止。众诸侯齐桓公除外,只知道此行乃是为“尊王”而会,并不知道具体详情。至首止,蓦然发现此地新造了一座王室行宫,乃是齐国早在今年春天便专为当今太子郑而修建的——当今太子将来,众诸侯亦是欢欣异常。

是日,子郑也早至,停驾于行宫之中。齐桓公率领众诸侯一同入宫,慌得子郑忙出迎于宫门外。但见子郑三十上下,身材修长,眉清目秀,身穿锦衣朱履,腰悬铿锵珠玉,尤其颐下几缕稀疏而黑亮的长髯随风飘飘,更显得儒雅俊秀,直如神仙中人;但细一审视,却又觉过于轻浮,仿佛弱不禁风。齐桓公率众就要参拜,却被子郑一把拦住,子郑道:“首止乃齐侯主盟之地,今子郑幸来,当先与齐侯行宾主之礼。”

齐桓公大惊,道:“太子何出此言!小白久在藩室,得见太子便如觐见我王,我怎敢不行君臣之礼?”

子郑又谦道:“子郑年幼无德,怎当得齐侯与众诸侯大礼?”

“此乃国家法度,不可废也。太子欲陷我等于不义乎?”齐桓公说着,便率众行大礼。其礼甚是恭敬虔诚,令子郑有恍惚之感。然而就在齐桓公屈身下拜的一瞬间,子郑顿有所悟,心中暗忖道:“齐侯方伯,乃真忠良也。目下我虽为太子,然而君父已生废立之意,我岌岌可危。天幸今日驾临首止,倘若可得齐侯相助,则天下之心尽归于我,何愁大位不定?”

参拜毕,众诸侯同在行宫中用宴,一番嘘寒问暖,觥筹交错,半晌方休。

夜幕降临,华灯初上,行宫一如白昼。子郑点点手,特令心腹内侍去召齐桓公入宫一叙。

齐桓公得召,又急忙请教于管仲。管仲淡淡一笑,附在齐桓公耳边窃窃私语,只道如此这般便好。

首止行宫。待齐桓公至,子郑屏去侍从,又左右瞧瞧,见堂中除他二人外,再无第三者。子郑忽然伏拜于地,垂泪道:“我将休矣,愿齐侯怜而救之!”当下便将周惠王将要废太子而立子带之事和盘道出。

齐桓公将子郑扶起，两人分君臣落席。铜灯之前，齐桓公意气纵横，慨然道："太子大事，小白敢不竭力？此事易如反掌，小白将于众诸侯订盟，共拥太子，如此则周王断然不敢废之，太子勿忧。"

"他日我果继位，必感齐侯大德！"

"废长立幼，自古取祸之道。我身为周室之臣，岂能袖手而使洛邑蒙难，此不过臣子之道，小白何敢贪德？"

子郑于是转忧为喜，再言称谢。当夜留宿齐桓公于行宫之中。

自翌日后，齐桓公领先，首止八国诸侯轮番入宫，进献酒食及各国物产，并犒劳太子随行从属。八国诸侯各据馆舍，轮流以敬太子，看样子是抱了长期的打算，故意延时。转眼间将近一月，子郑颇感不安，一是不忍如此劳烦诸侯，二是深恐周惠王见疑，便要辞归洛邑。齐桓公道："我等挽留太子者，乃有意使天子知我等爱戴太子，不忍离别之意，以绝其废立之念。太子只安心住下，目下暑热，不便行旅，待秋凉之后，小白必送驾还朝。"

子郑疑虑顿消，潜居首止行宫不提。

齐桓公又使太卜拨弄筮草，卜得秋八月某日为定盟之吉期。于是又令兵士择地筑会盟台，以备吉日之时，八国歃血而盟，誓要保护子郑，匡靖王室。却说这几国诸侯响应齐桓公号令，皆无异议，其中只有郑文公踕心中稍有不悦。只因先前有郑子亹、高渠弥君臣喋血在这首止之地，为郑国一段隐痛。虽然时过境迁，物是人非，然而每每故地思人，郑文公心中总有一种异样之感。居住时间日久，这种感觉愈烈，只是口上不言，违心盟和而已。

洛邑深宫，回廊曲折，花木芬芳，纱帐如烟。幽香扑鼻的锦榻之侧，但见陈妃端坐，正对着一面铜镜梳妆。陈妃容貌甜美，言语软糯，天生一副娇滴滴的模样，惹人怜爱。周惠王退朝回宫，一见陈妃，便从后抱住，两人耳鬓厮磨，都往铜镜中看。但见惠王白发满头，行将就木，而陈妃盛年妙龄，艳若桃李。惠王叹道："朕将老去，不复享用美人矣！"

陈妃原本甜媚笑着，转眼就抽泣起来，慌得惠王急哄，不知所措。陈妃垂泪道："我王言语，使妾伤怀。近闻太子于首止大会诸侯，一去两月而不返，此必是暗结外援以图后计。太子最恨臣妾与带儿，倘若其一朝得势，妾与带儿必将……呜呜呜呜……"

陈妃此言又一次戳中了周惠王的隐痛之处，惠王不由一叹，转身沉坐于榻上。太子郑首止之会，惠王原本就不悦，如今两月有余依旧不返，显而易见，乃是齐桓公等诸侯欲要拥立子郑之意。然而此举，又将惠王这个天子置于何地呢？惠王一时怒不可遏，誓要拆散会盟，使齐桓公等徒劳无功。然而如何破盟，惠王昼思夜想，始终不得其计。此刻见陈妃花容落泪，一时心软，忽然就想到了自己继位之初，那时王子颓联合苏国、边伯、石速、詹父、子禽祝跪五大夫叛乱，自己也从洛邑中被赶了出来。彼时齐桓公无力西顾，而郑文公之父郑厉公正欲与齐国争霸，于是抢先带兵，攻破洛邑，斩杀子颓及五大夫，由此自己方得以复辟。后来为表彰郑厉公勤王之功，周室还将虎牢地方赐给了郑国。周惠王灵光一闪，暗忖道："首止众诸侯之中，唯有郑国与齐国恩怨最深，又唯有郑国受朕赏赐最厚，郑、齐目下虽然同盟，但只要以言语挑拨，难保郑伯不会弃盟而去。若郑伯弃走，则首止会盟必散，太子将无援矣！"

周惠王暗暗一笑，将陈妃揽入怀中，轻拭其泪，柔声道："美人勿要伤心，我已有良策，必使首止会盟一场徒劳，然后朕将废子郑，而改立子带为太子。"

老天子松弛的怀抱中，陈妃破涕而笑，仿佛月下梨花，雪中梅蕊，娇声道："妾知我王最爱妾也……"

次日，周惠王召周公孔入宫，道："齐侯虽然统率诸侯而伐楚，犹不能胜楚也。如今楚国进贡包茅，殷勤事王，已非昔比。朕以为，今日楚国未必不如齐国。齐侯首止大会诸侯，拥留太子数月不归，将意欲何为？齐侯眼中还有没有朕？——哼！朕欲使太宰首止一行，面见郑伯，使其弃齐国而盟楚国，共同尊王勤周，勿负朕意。"

周公孔大惊，道："太子乃储君，齐侯乃方伯，今方伯率诸侯而拥太子，有何不妥？况楚国之所以效顺，全赖齐侯之力，我王为何舍齐之骨肉之国，而依楚之蛮夷之邦？"

周惠王大怒，喝道："齐侯首止之会，必有异志，难保不会阴谋反朕！朕必使郑伯远离，令盟会散去，此乃居安思危之策，汝不得再言！"说着，便出一函书信，密封甚固，交予周公孔，道："太宰速往首止，将此信函交给郑伯即可。"

周公孔不敢再言，接了密函，也不知其中所言何事，只好得令出城，星夜赶往首止，去见郑文公。

首止郑国馆舍中，郑文公得天子密函，启而视之，见那函道："子郑违背父命，植党树私，不堪为嗣，朕意在次子带也，叔父若能舍齐从楚，共辅少子，朕愿委国以听。"

郑文公观此函有两层天意：一是周惠王要废太子而立子带为储君；二是惠王欲使郑国绝齐而从楚，并委国重用自己。郑文公又惊又喜，又踌躇难决。时郑国"三良"皆留守在新郑，只有二大夫孔叔、郑申侯随行在侧，郑文公于是召此二人商议。

郑文公道："昔我武公、庄公皆是周王卿士，协治天下，为诸侯领袖；先君厉公在日，也曾平定王室之乱，受封虎牢之邑；至寡人继位以来，乱世漂泊，少有建树，以至母国威望渐远，昔日雄风顿失，实是愧对先祖。今周惠王独召命于我，真乃是天赐良机，寡人断不可失。"

孔叔大惊，问道："国君之意是？……"

"顺天子诏，反齐国而联楚国，共尊王室，以成大业！"郑文公慷慨激昂。

"召陵之时，齐国乃是因为郑国被侵，方才大举八国诸侯以下楚国。如今反齐而和楚，是悖德也。齐侯霸主之尊，携众诸侯以拥太子，乃是天下大义，国君何能独独弃之？弃，则为众矢之的，国君万千思之啊。"孔叔忧心忡忡劝谏道。

郑文公微微一笑，道："从霸何如从王？况周王之意，在子带而不在太子郑，我又何必拥立太子呢？"

孔叔一听，纵声大笑，继之道："当今之世，必先从霸，然后从王。况周室传承，唯嫡与长。昔日周幽王废太子宜臼而改立伯服，以至犬戎攻破镐京，国破身死；周桓王不废太子但留遗言于王子克，终有子克之乱；后周庄王过于宠爱庶子子颓，又有子颓与五大夫祸乱王室，此等往事历历在目，我主当知。人心若不附，身死亦难成，国君倘若绝齐国大义，终将后悔莫及！"

郑文公听了，脸上露出不悦之色。郑申侯察言观色，不停地揣摩文公心理；同时因为周王有反齐和楚之意，而郑申侯先时也曾为楚文王的宠臣，因着这个缘故，郑申侯顿时忽生一念，先严斥孔叔道："天子有命，孰敢不从！"又转笑颜，面郑文公道："若从首止会盟，是弃王命也。若我离去，众诸侯则生疑，疑则必散，会盟难成。如今太子郑虽有齐侯外援，而子带未必无援，倘若郑国与楚国皆助子带，又有王命顺之，则二子成败，尚未可知。不如归去，静观其变，然后图之。"

郑文公于是大喜，便采纳郑申侯之言，假托国中有急事，遂不辞而别，离去甚速。孔叔无奈，连连摇头叹息。

闻得郑文公弃盟逃去，齐桓公拍案大怒，便要发兵讨郑。管仲微微一笑："国君初时北杏之会，奉天子令以召九国，来者有四，未来有五；最终所来四国之中，宋国也不辞而别——虽然如此，但始终难阻国君霸业！今日首止，逃了一个郑国，何足为怒？"然后略一沉吟，又道："郑国与周接壤，我料必是周室作祟。首止众诸侯，其心依旧附我，一国别去，于大计无碍。国君当先会盟，将太子盟立，然后再图郑国。"

"仲父所言甚是！"齐桓公说着，双目射火，满脸不甘，又遥指郑国方向，不屑斥道，"此人颇具其父之风！"——郑文公之父郑厉公在世之时，曾数次背盟，出尔反尔，逼得管仲不得不连番斗智，以至于三平郑国。如今，不想其子又如是。

说话间吉期已至。天高云淡，雁阵声声。首止郊野，九层高坛之上，遍插五色旌旗，迎风飘荡。层层甲兵护卫之中，齐桓公小白、宋桓公御说、鲁僖公申、陈宣公杵臼、卫文公毁、曹昭公班、许僖公姜业共七国诸侯一同登坛，祭拜天地，歃血而盟。周太子郑也临坛，但不歃血，因其乃周室储君，位尊于诸侯之上。齐桓公执牛耳，管仲为司盟，同声共盟道："凡我同盟，共翼王储，匡靖王室。有背盟者，神明殛之！"

太子郑在侧，不由窃喜，心中暗暗道："会盟终于成了！吾太子之位定矣！此事皆赖齐侯，当图后报。"待会盟毕，子郑拱手谢齐桓公及众诸侯道："诸君不忘周室，昵就子郑，先祖自文王、武王以下，皆感念之！齐侯之德，诸君之赐，子郑不敢忘！"齐桓公等忙稽首降拜。

一时众皆欢喜，会盟坛上其乐融融。

次日天晓，太子郑返归洛邑。齐桓公、宋桓公、鲁僖公、陈宣公、卫文公、曹昭公、许僖公七国诸侯各带甲兵与仪仗,联车护送,达三十里远。沿途车马喧嚣,旌旗飘扬,十分壮观!太子郑的颜面一时简直可与天子媲美了。末了,齐桓公还同卫文公一起,直将太子郑送出卫境,方才彼此作别。

周惠王与郑文公的算计到底落空了。首止一盟,储君位定,天下尽知。时周惠王二十二年,公元前655年,秋八月事。

不久后,齐桓公将要伐郑的消息铺天盖地传开。洛邑周王闻之垂头丧气,郑国文公闻之惊惶无措,而远在南方的楚成王却得意大笑不已。"郑国将属楚矣!"楚成王乐道。

楚国众臣皆迷茫不解,但听楚成王又道:"郑伯逃离首止之会,齐侯必伐郑国;此时我若与郑修好,共抗齐国,则郑国必将臣服于楚!"楚成王一边说着,一边就不由想到一个人——郑申侯。此人在申国灭亡后,先入郢都,侍奉于楚文王;后受楚文王赠璧,又北上安身于郑国,先后受宠于郑厉公、郑文公父子两代君主。郑申侯善于逢迎,贪财好利,此辈是极易被利用的。楚成王忽然就生出一条妙计来。

楚成王于是遣心腹之使来到新郑,面见郑申侯,许以金帛贿赂,令其暗暗怂恿郑文公,背齐而事楚。果然,郑申侯没有"辜负厚望"——郑文公因为齐国首止会盟成功,又有身边"三良"劝谏,本不敢与楚国结好的,但在郑申侯连番巧言游说之下,到底风向逆转了。

这日,郑申侯故意满面愁容,再度悄悄面见郑文公,道:"目下可敌齐国者,唯有楚国。如今已经惹怒了齐,万万不可再开罪于楚。否则,齐、楚一并仇郑,郑将危矣!"

郑文公道:"卿所言极是也。寡人今命卿为密使,先行南下交好楚王。一旦齐国攻郑,万请楚王发兵救我!"

"诺。"见郑文公终于答应了,郑申侯得意应道。

不日后,怀揣郑文公秘密使命,又携带着大量金帛,郑申侯悄悄离了郑国,奔楚之郢都而去。一路上观山望水,扬扬自得。

周惠王二十三年，公元前654年夏，齐桓公高举义旗，纠集齐、鲁、宋、陈、卫、曹六国，联兵讨伐郑国。军威势猛，势如破竹，一路打至新密。郑文公不能敌，急求救于楚国。

时郑申侯尚在楚国未归，正为郑、楚结盟之事奔走不已，于是忙求见楚成王，道："郑伯所以归从大王者，以楚国可以抗齐也。如今齐国攻郑甚急，大王为何按兵不动？楚不救郑，臣也无颜面回见郑伯……"

楚成王哈哈一笑："寡人既已许诺郑国，岂会袖手旁观？容我与众臣商议，然后发兵北上。"

楚宫朝堂，君臣群集。楚成王先言道要出兵救郑，与齐桓公一战。令尹斗子文道："我王已与郑国修好，如今郑国有难，不救则不义；然而召陵会盟不远，骤然便与齐国开战，亦是不义。子文以为，召陵八国诸侯联兵之时，许穆公病逝于军中，齐侯最是心痛，其中原因，便是许国事齐最勤。我可不直接与齐国交兵，只发兵攻许便可。如此齐侯必然回师救许，则郑国之危自解。"

楚成王道："令尹之见，技高一筹！"于是命斗廉为将，斗章辅之，发兵车三百乘，汹汹北上，直扑许城。

齐桓公、管仲等丝毫没有料到郑国业已私通楚国，当下见盟国许国被围，只好率领六国联军，转头南下，以救许国。将及许城之时，却发现楚军避战自退去了。管仲道："此乃楚王攻许而救郑之计。"齐桓公大怒道："郑国背盟而暗结于楚，使我此番出师徒劳无功，寡人深恨之！待来日，定要再伐郑国！"于是，六国大军便于许城之外，彼此作别，各自归去了。

郑国的一场危机暂时烟消云散。

郑申侯回到新郑，自以为又为郑文公立一大功，竟张口欲讨要城邑之赐。郑文公不由大为不悦，心中暗忖："此番楚国救郑，汝不过一奔走使者而已，怎敢索要城池？"又想到两年前召陵会盟后不久，郑申侯背后算计辕涛涂，取媚齐桓公而使郑国不得不将虎牢重地赐其为封地，更是怒火上头，道："虎牢之赐，抵今日之功，还嫌有余！"便拂袖而去了。而郑申侯由此也不断抱怨起郑文公来。

次年春天，齐桓公自起国中大军，以王子城父、鲍叔牙为大将，统兵车五百乘，怒气冲天，又来伐郑。大军进入郑境，郑文公急火攻心，又遣使入楚，求救于楚王。只因霸主亲征，楚成王亦多有忌惮，不敢与齐桓公正面交锋，所以冷冷袖手，不予救郑。

郑文公无奈，躁如热锅上的蚂蚁。偏于此时，郑申侯却暗自偷乐，并放言道，此番楚国不救郑国，乃是因为入楚之使非他郑申侯之故。郑文公闻之大怒，暗暗动了杀郑申侯之心。

齐郑大战，一触即发。此时远在陈国旁观的辕涛涂，敏锐地察觉到一直等待良久的绝佳时机终于到来了！辕涛涂冷笑道："郑申侯啊郑申侯，我等候此日久矣。我专欲使尔也品尝一番背后算计的滋味！"于是手书一封密信，转达于郑国大夫孔叔——乃是要借孔叔之手，再转呈于郑文公。那信中道："申侯前以国媚齐，独擅虎牢之赏。今又以国媚楚，使子之君，负德背义，自召干戈，祸及民社。必杀申侯，齐兵可不战而罢。"

信中之论，正中孔叔下怀，于是忙来觐见国君，将信献上。郑文公看了那信，又羞又恨：一方面昔日首止逃离之时，是孔叔苦苦相谏而自身不听；另一方面偏又被郑申侯蛊惑，对其言听计从，以至于失大义于天下，连番被齐桓公发兵问罪。郑文公看了信，道："孔叔大夫昔日之劝，寡人不听，至今追悔莫及。辕涛涂此书，大夫以为如何？"

孔叔道："当从辕涛涂之计，将郑申侯斩之。首止退盟，郑申侯有误君之罪，齐国伐郑，皆因此而起。目下只有杀郑申侯，然后向齐侯请罪，则齐军可退。况郑申侯贪得无厌，得了虎牢之地犹不满足，留此人之头，莫非要等他将郑国土地蚕食殆尽吗？"

叔詹在旁，接着道："孔叔之言是也。郑申侯在封地加固城防，已藏不臣之心。况虎牢重地，岂能纵之私人？除掉郑申侯，一来可退眼前来犯之齐军，二来虎牢也可复归于国君。"

郑文公终于横下心来，拍案厉声道："传郑申侯！"

闻郑伯召唤，郑申侯以为又有好事到来，便驾车疾驰宫中，一路低吟浅唱，扬扬自得不已。不想刚入宫中，一见郑文公，便惊得汗如雨下。郑文公端坐高堂，冷面火眼，杀气腾腾。两边叔詹与孔叔，一个闭目不予正视，仿佛在等某个人死去；一个怒目相向，似要发誓除之而后快。但听得郑文公怒斥道："汝言楚能救郑，如今大兵压境，楚之救兵何在？"

"我主何出此言……只要赐我金帛，令我再度出使楚国，则楚王……"郑申侯又要巧言令色，话尚未毕，便被文公喝住："贪心贼子，还敢欺我！武士何在，斩！"——郑申侯万万预料不及，狂呼喊冤，前后来龙去脉尚没有搞清楚，人头就落地了。

郑文公以木匣盛郑申侯首级，令孔叔携之，至齐营献与齐桓公。

孔叔奉令，拜齐桓公，请罪道："我国君一时不慎，被郑申侯蛊惑，以致首止背盟，愧对伯主！今已将此人斩杀，特令下臣献其首级而请罪。齐侯海量，唯愿赦宥之！"又将犒劳三军的财物一并献上。

至此，齐桓公怒气终消，受了孔叔之请，并相约与郑文公择期再会盟于宁母，继之便撤军了。

齐、郑由此复归于好。

消息传到楚国，楚成王一声长叹："郑国又属齐矣！"见郑申侯被诛杀，又不由想到自己父亲楚文王将终之时，曾赐给郑申侯一块玉璧，并言道："你天性自私，过于贪婪，此乃取亡之道。有寡人护你，你在楚国可以安然无恙；但寡人去后，你在楚国难免一死。可速去，另择他国安身。此去亦需寻一大国，小国则不能容你。此后更需修身自爱，痛改前非，否则祸不远矣。"——如今果应此言。楚成王又叹道："知臣莫如君。先父真是料事如神啊！"

郑文公其人，游移不定，多谋寡断；与其父郑厉公杀伐决绝、说一不二的性情迥异。至齐、郑两国宁母会盟之期，郑文公却感自己首止之会，中途而逃，面上蒙羞，此番再会便不敢公然欣赴，于是令世子华代行，前往宁母听命。

却说郑文公即位后，立陈妫为嫡夫人。夫人先时极受宠，生长子曰华，次子曰臧，华也被立为世子。只是陈夫人天不假年，过早病逝，郑文公此后多有新欢，也多生庶子。而世子华与子臧兄弟也渐失宠爱，不及母在之时。

郑国后宫之中，有一南燕国之女，名叫燕姞，本是陪嫁媵女，虽入宫多时，但未受文公临幸。燕姞眉清目秀,唇红齿白,宛若出水芙蓉,更兼通体有一种幽香,如麝如兰,令人销魂。但后宫佳丽如云,如此燕姞也难有出头。某夜,月明如洗,万籁俱寂。燕姞独卧榻上,梦见一伟丈夫,峨冠博带,风神飘洒,手持一株带花的兰草,道:"我乃伯儵,为尔祖也。今以国香赠尔为子,以昌尔国。"然后将兰花赠予燕姞,便倏尔不见了——伯儵,黄帝二十五子之一,姞姓,受封于古燕国,为开国之君;其国土在今河南汲县一带,后称南燕(以区别于今天北京、河北附近的燕国)。燕姞乃南燕国之女,所以梦中伯儵说"为尔祖也"。燕姞顿时惊醒,乃是枕侧一梦。次日燕姞便将此梦讲与宫中女伴们听。众姐妹皆笑道:"燕姞当生贵子。"偏此时,郑文公偶过此处,忽被一阵幽香吸引,又见廊下,众女眷围着一个妙龄佳人左右相笑;便踅步过来,问其中缘故。其中一人便将此梦告知。郑文公惊道:"此大吉兆也!"上下打量燕姞,霎时迷醉,遂命采摘一株兰花赐之,以为定情信物。是夜,郑文公召燕姞侍寝,不久有孕,十个月后,果然产下一个男婴。燕姞自道:"此子乃梦中赐兰所生,必是大有来历。"于是将这个孩子取名为兰——便是后来的郑穆公。

恰在那时,世子华早已失宠,而君父所生的庶子也不断增多,世子华便担忧起废立之事来——一如东周王室的太子郑一般。世子华忧心忡忡,先求助于上卿叔詹。叔詹道:"国君目下并无废立之念,世子何必多想?即便得失有命,亦当行孝而已。"世子华闻后大为不悦。后又私谋于堵叔、师叔二大夫,不想此二大夫与叔詹见解相同。于是世子华与叔詹、堵叔、师叔"郑国三良"皆生芥蒂,心中恨三良不为己谋,暗暗生了除掉三良的杀心。

现在,郑文公又命世子华前往宁母,赴齐桓公之会。世子华惧怕齐桓公责怪,不愿行,行程一再耽误。叔詹前来劝道:"世子代父,参加诸侯会盟,乃国之大事也,岂可一拖再拖?当速行。"世子华无奈,只好启程,但心中恼恨叔詹更甚。

车轮滚滚,沿途风光,扰乱人心。世子华边走边揣摩道:"国中三良皆不堪为我所用,我当为自己谋得自全之术。"忽然想到:"宁母之会乃首止会盟的余波,首止意在拥立王室太子,只因郑国中途生变,齐侯大动干戈,才又衍生出这宁母之会来。想那周室太子可以借助齐侯鼎定储君之位,我又如何不能假借外援以解除废立之忧呢?"世子华想到这里,便如雨过天晴,心情大乐。

周惠王二十四年，公元前653年秋，齐桓公与鲁僖公、宋桓公、陈宣公和郑世子华共会于鲁国宁母之地，商议接纳郑国再度入盟之事。

会盟前夕，世子华设宴，私请齐桓公。酒过三爵，屏去左右，道："郑国之政，皆由叔詹、堵叔、师叔三臣把持。昔日首止逃盟，全在此三臣唆使，区区一个郑申侯何足道哉？齐侯威加四海，倘若能为郑国除此三恶，我继位后，必将，必将……"一时口乱不能言。

齐桓公笑道："公子必将如何啊？"

"我将以郑附齐，此后郑国不敢以盟国自居，甘愿做齐之附庸之国！"世子华信誓旦旦。

齐桓公惊喜交加，心中暗思："此乃寡人取郑国之良机也！"当下便应诺道："好。寡人不久必有除却郑国三良之策，以助公子早登宝座。"

世子华拱手道："他日吾为国君，绝不负今日之诺！"

齐桓公大乐，当下两人尽兴而散。

却说齐桓公归后，将此密谋诉于管仲。管仲大惊，连道："不可！不可！"

齐桓公满脸茫然，道："诸侯数番进攻郑国，皆不能胜。如今其国有隙可乘，乃天赐良机，为何不可？"

管仲道："齐国所以服诸侯、霸天下者，唯在于礼与信。今郑世子华，违背父命，不可谓之礼；借外力以谋乱母国，不可谓之信。有此二者，世子华奸莫大焉！国君贵为盟主，在顺人心也。违人自误，灾祸必及。况叔詹、堵叔、师叔皆一时俊杰，有'三良'之誉。郑国有此三个忠良砥柱，国势难衰，岂能谓之有隙可乘？以我观之，郑世子自身之祸不远矣！国君千万不可允诺。"

齐桓公顿悟，又道："只是……只是寡人已经开口应诺了，奈何？"

管仲呵呵一笑："两人宴间私议，谁人知之？国君明日可直言拒绝郑世子之请。宁母此会不可盟，我料不久后，郑伯必会再来请盟！"

齐桓公点了点头。

次日，齐桓公见世子华，冷冷道："世子所言，乃国之大事。待你国君亲至，我再与之决议。”言毕，拂袖而去。

鲁僖公、宋桓公、陈宣公也纷纷去了。宁母之会，便如此了结了。

世子华顿时如陷冰窟，面皮发赤，汗流浃背，惶惶然不知所以。俄尔，仰天叹道：“内臣三良不助我，外援齐侯以拒我，天欲丧我乎！”宁母之会不欢而散，毫无结果。世子华无奈，只得悒悒而归。

而另一边，抢在世子华返回郑国之前，管仲使人于新郑城中悄悄散布消息，将那日世子华当着齐桓公面的密谋私论，故意泄露。

果然，郑文公终于知道了……

世子华回到新郑，入宫复命于郑文公，诡辩道：“齐侯盛气凌人，责怪君父不曾亲至，不肯许我……以儿臣之见，郑国当速与楚国结盟……”

“住口！”郑文公怒不可遏，斥道，“逆子此去，几乎卖国！如今还敢巧言瞒我！——你在宁母如何与齐侯私谋，从实招来！”

世子华不知那日密谋如何被泄露了！当下五雷轰顶，瘫软在地，有口难辩，只得招认。时叔詹、堵叔、师叔三人皆在侧，无一替子华求情。郑文公又叹了一口气，道：“我当感谢齐侯不听子华之德！”于是喝令武士将子华推出，囚禁于幽室之中，令其面壁思过。

不久后，郑文公再度令叔詹出使齐国，向齐桓公致谢，并请求再度结盟。一切果如管仲所料，郑文公虽然一时背盟，但最终还是又回到了齐国的怀抱。

世事变化莫测，齐桓公首止之盟，周室太子得以立；而宁母之会，郑国世子得以废。却说郑子华被幽闭后，并不悔过，于某日深夜挖开墙洞，逃遁出宫，径往国外奔去。郑文公盛怒之下，派武士将子华拦截，杀于荒野之中。子华之弟子臧惧怕受到牵连，连夜奔宋国而去，不幸也被郑文公杀于途中。世子被诛，庶子争嫡，最终角逐的结果，文公之后，郑国社稷却归于公子兰，即郑穆公。昔日燕姞梦兰，果然应验。郑穆公兰乃是郑国一代贤君，在位计二十二年，文治武功，多有建树。郑穆公后嗣鼎盛，共生有十三个儿子。在郑穆公去世后不久，其中比较贤能的七个儿子，即子罕（公子喜）、子驷、子丰、子游（公子偃）、子印、子国、子良（公子去疾）皆脱颖而出，轮番执政，渐渐形成势力强大的七大卿族，因其同出于穆公一脉，因此此七子及其后人被统称为“七穆”。至此，郑国国君权力被削弱架空，郑国步入了卿大夫执政的崭新时期。郑国七穆一如鲁国三桓、晋国六卿一般，为春秋后期卿族执政的典型。此皆为后话。

第十七章　葵丘会盟

周惠王二十五年，即公元前652年的十月朝节，恰逢一场好大雪。夜来碎玉琼花簌簌而下，晨起雪住风停，银装素裹，山河皆白。牛山化作一条起伏的白线，游走天际，蜿蜒如龙；而淄水结冰后隐入茫茫雪地之下，时不时地又露出几个清澈的漩涡，发出哗哗哗哗的流水声。那黄土夯筑的临淄城被覆上了一层厚厚的棉被，一改昔日的通体土黄，忽然间变得白白胖胖的，煞是可爱。雪城素洁如洗，城中齐人如豆。然而不一会儿，满城就躁动起来，街巷出行的、门口作揖的、庭中扫除的、市井中吆喝的、作坊中铸打的、酒肆中叫卖的，以及男呼声、女笑声、车轮声、马嘶声、牛鸣声、狗吠声、刮刮咋咋火烧声、咕嘟咕嘟水沸声、叮当哐啷器具声……清清爽爽的雪白世界被搅了个满地粉碎。

齐国宫中，一派热气腾腾。管仲、鲍叔牙、王子城父、公孙隰朋、宾须无、宁戚、高子、国子及东郭牙、仲孙湫、雍廪、田完等国中众臣，纷纷解下披风，脱履登堂，鱼贯而入。众臣纷纷参拜居中端坐的齐桓公，然后分列左右，依次入席落座。一片欢笑声中，每席每人身边，各趋来少男少女二侍人。男侍头顶一只铜盘，跪在地上；女侍则托起手中盛满了清水的鼓着肚腹的铜匜，将匜中之水缓缓浇入盘中；此时众宾客则探出双手，于铜盘上洗手。"奉匜沃盥"，此饮食之礼也。刹那间，一只只铜盘齐出，一只只铜匜齐举，一道道清水齐下，一双双卿大夫的手齐洗，铜盘锃亮，铜匜粲然，诸宾欢颜，侍女如花，如此盛大之沃盥礼，委实壮观。

竖貂与易牙、公子开方，早将此筵席备好。案上方鼎圆簋，竹笾木豆、铜匕酒爵，井然有序，其中美味如煮牛骨、炖肥羊、烤鲜鹿、蒸豕肉、切鱼脍等，分外夺目。又有芥子酱、靡肉酱、梅子酱、腌制的韭菜与菖蒲根、油脂与肉酱拌得香喷喷的糯米饭，以及几种干菜和果脯等，不一而足。酒馔芳美，备极丰渥，而今日犹有一道美食极受青睐，其食器异常精妙，乃是一只奇特小鼎，分上下两层。上层乃食鼎，中盛以汤肉；下层为炉灶，可以燃烧炭火。此鼎有名叫作“温鼎”，乃是齐国工正之官田完精心揣摩许久，令匠人实验数次，才创作出来的青铜器杰作。易牙借用此鼎，别出心裁，将鲜羊肉削成薄片，置于苦菜、萱菜、堇菜和从孤竹国引进来的大葱一同为作料的浓汤中，其下用炭火煨着，保持暖热，吃时用铜箸将羊肉片从上鼎鲜汤中捞出，蘸以芥子酱入口，于这风雪寒天食之，最合时宜，真乃绝佳美味！齐桓公及众臣们皆吃得赞不绝口。周代十月朝节乃是盛大之节，那时一年农事完结，丰收在即，正可祭祀祖先、安排饮宴，以使人民得到娱乐和休息。《诗经·豳风·七月》道：“十月涤场，朋酒斯飨，曰杀羔羊。跻彼公堂，称彼兕觥，万寿无疆。”

齐桓公君臣朝节欢聚，异常开怀。目下齐国明君贤臣，上下一体，以尊王而号令海内，行信义以合纵诸侯，北破山戎，南服荆楚，霸业鼎盛，威震八方，真乃当时天下第一雄强。齐国上自君主，下至野民，无不意气风发，倍感自豪。而首当其功者，必乃管仲。齐桓公及众臣纷纷向管仲献酒，管仲举爵豪饮，也毫不推却，不一会儿便微醺薄醉。管仲乘着酒兴，不由想起许多往事，慨然道：“皋门之外，‘新政强齐’的桓表犹在，此乃我拜相之初所立。幸三十余年已过，齐国霸业终成，不负昔日之诺！”

宁戚接着道：“齐国霸业自内而始。管相新政至今，对外以强，对内以富。虽然连年会盟诸侯，南征北战，兵甲不息，然而我齐国府库始终充盈。管相推行四海行商之令，齐之丝绸、海盐等物行销天下，福我国民无数。如今齐国青铜器具也是独领风骚，可以与丝绸、海盐齐名，为我齐国三大美物。管相昔年曾有‘工盖天下’‘器盖天下’之言，今日也已实现！——此事，工正田完当记一大功！”说着又笑着指了指案上众人都十分稀罕的那具热气腾腾的温鼎，得意道：“此鼎，便是田完所制！”

众皆一片赞誉。管仲道:“田完主管全国手工业,官职虽小,却系国家经济命脉。田完自主事以来,惕励勤勉,多有建树,真乃我主贤良之臣也。”

齐桓公满面含笑,道:“田完何在?寡人当赐赏。”

田完应声而出。田完本名陈完,字敬仲,乃是陈厉公之少子、陈宣公之堂弟。周惠王五年,公元前672年,陈国内乱,陈宣公杀世子御寇之时,陈完不幸卷入其中。后因避祸,逃命来到齐国,受到齐桓公善待,授予工正之官,并赐给他不少田地。陈完感齐桓公厚德,便以所受赐之田为姓,改名田完。田完当下道:“臣本陈国流亡之臣,蒙君上恩遇,受官赐田,得以安居齐国,至今已经二十二年了。臣岂敢不殚精竭虑,以报君恩?——不过尽为臣的本分,田完不敢受赏。”

齐桓公瞧着眼前正煮着羊肉薄片的十分精致的温鼎,开怀笑道:“卿何必如此过谦!田完啊,汝所管辖全国的手工匠人,其境况如何?”

田完道:“微臣下辖的能工巧匠,单临淄城中已达二千余人,其中非止齐人,其他远方之国如宋、鲁、郑、卫、秦、晋、陈、楚等国中人也多矣。论其类别,则有木工、金工、皮革、染色、刮磨、陶瓷六大类目、三十余个工种。选天下之豪杰,致天下之精材,来天下之良工,群贤毕至如云,美器精益求精,譬如今日席间之温鼎者,可谓多矣。臣受工正之日,管相曾对臣有命——要使齐国‘工盖天下’‘器盖天下’,幸历时二十余年,不辱于命。”田完说着,又从身后捧上一卷竹书,接着道:“臣闲暇之余,便将齐国现有各种手工制造技术,精心做了一番整理,著成一书,名曰《考工记》。今已完备,特献与国君。”

《考工记》乃田完呕心沥血之作,为现存最早的手工业技术文献。全文七千多字,记述了木工、金工、皮革工、染色工、玉工、陶工等六大类、三十个工种,涉及先秦时代的制车、兵器、礼器、钟磬、练染、建筑、水利等手工业技术,以及天文、生物、数学、物理、化学等各种自然科学知识,乃是早期中国一部难得的技术大全类官书。

齐桓公打开那书卷,见竹简青黄,上面文字密密麻麻,各种数据接二连三,又有一些细致入微的草图为注,足见其用心良苦。齐桓公叹道:“齐国工盖天下,皆田完之功也。”

“非也。臣虽有功也是微功,不过因势利导而已。大功者,乃在管相。管相之政,有‘百工尽其巧’之策,特设重金以激励之。管相有令:‘民之能明于农事者,置之黄金一斤,直食八石。民之能蕃育六畜者,置之黄金一斤,直食八石。民之能树艺者,置之黄金一斤,直食八石。民之能树瓜瓠荤菜百果使蕃育者,置之黄金一斤,直食八石。民之能已民疾病者,置之黄金一斤,直食八石。民之知时:曰‘岁且阨’,曰‘某谷不登’,曰‘某谷丰’者,置之黄金一斤,直食八石。民之通于蚕桑,使蚕不疾病者,皆置之黄金一斤,直食八石。’官府如此激励才学,民间自然人才辈出,齐国百业岂能不旺？微臣亦受管相之赐也,齐民亦皆受管相之赐也!”

齐桓公道:“寡人今日始知仲父推行新政之妙啊。”

管仲道:“田完《考工记》,必将大大裨益于后人,国君当褒奖之,以告国人。”

齐桓公正要赏赐田完,却见席上宁戚几声大笑,道:“国君莫急！田完当赏,宁戚亦讨赏来也!”宁戚说着,也从身后取出一卷书,献与齐桓公道:“臣出身山野寒门,自幼饭牛,深知牛性。自蒙国君委任齐国大司田以来,更是深知牛之一物,于国家农业干系巨大。臣率领农人开发胶东荒野,渐成沃田,多亏牛于其中立功矣！农者,国家之本;牛者,农事之翼,故天下农人,不可不知牛。有鉴于此,臣将毕生所揣摩之牛道,著书成册,名曰《相牛经》。今特献与国君。”

“昔日大司田于猛山脚下,戴斗笠,赤双足,手叩牛角,而唱《饭牛歌》,以进于国君;今日又以一卷《相牛经》再献君上,大司田真古往今来爱牛第一人啊!”公孙隰朋大笑道,说着便又轻轻吟唱起当年的宁戚《饭牛歌》:“南山灿,白石烂,中有鲤鱼长尺半。生不逢尧与舜禅,短褐单衣才至骭。从昏饭牛至夜半,长夜漫漫何时旦?”引得满堂皆开怀大笑——那年,布衣宁戚便是以此歌觐见齐桓公,从而转眼之间官拜大司田的,是为齐国一段美谈。

《相牛经》,又名《齐侯大夫宁戚相牛经》,乃是中国最早的一部畜牧书,书中记录了许多相牛宝典,诸如“上看一张皮,下看四只蹄;前看龙关广,后看屁股齐”之类等,但是很可惜,在后世流传中,却多有散佚了。

齐桓公启卷,又看了几简《相牛经》,大加赞赏,然后道:“寡人赐宁戚黄金十镒、玉璧一双,锦帛二十匹。赐田完淄水东岸肥沃农田五十亩。”

众人皆为宁戚与田完道贺,一时觥筹交错,十分欢闹。王子城父在旁,暗暗道:

“齐国自上而下,皆多惕励勤勉的才智之士,何愁家国不盛!”

“唉——大司田……”欢声笑语中,宁戚忽然眉头紧锁,面色十分痛苦;王子城父瞧见了,不由唤道——却说宁戚最近一年身体多有不适,今日多饮了几爵,忽觉胸口刺疼,耳目恍惚起来,令满堂之众一时都慌了。管仲忙令其止饮,扶入后堂中休憩,又命医官为其诊治,看来至少眼下无太大问题。

安顿好宁戚,众人又落席,继续欢饮。管仲却不由为宁戚担忧起来,连连摇头,又见满席公卿大夫、自己拜相以来相伴了几十年的各位同僚战友,都已鬓发苍苍,皆非当年盛壮气象,便更加不安起来……忽然,宫门外又急报,说洛邑有一士人名叫王子虎,怀揣太子郑手书,要急见齐桓公。

“太子郑……”齐桓公满脸愁容,道,“莫非王室又生祸乱?”于是传王子虎觐见——原来洛邑城中,周惠王业已病危。太子郑探病之时,无意间窥见陈妃与其儿子带,隐于密处,窃窃私语,似在图谋不轨。虽说首止会盟,太子郑已无废立之忧,然而天子忽染重症,恐不能久;太子郑深恐子带母子联合狄兵作乱,于是亲自作书,令心腹之人王子虎先火速见于齐桓公,意图早做应变之策。

王子虎将洛邑之情道来,齐桓公看了太子郑之书,忧道:“天子时日无多,王室恐将风波又起。太子手书,求助于寡人,卿等以为若何?”

王子城父道:“自幽王始,周室社稷传承之际,多有动乱横生。今国君为霸,鼎定王室,责无旁贷,宜早作图谋。”

宾须无道:“首止会盟,太子郑储君之尊,业已昭告天下。如今天子重病在卧,国中二子恐有相争,国君不如先发兵洛邑,先下手为强,以靖周室。”

众人陷入沉思中。须臾,管仲道:“此时发兵,终有威逼之嫌,非为臣之道——国君一面可立时与宋、鲁、卫、陈、郑、许、曹等诸侯大会于洮地①,再与郑国缔盟。一面则密切打探洛邑消息,稍有异动,我则联合诸侯西进王城,周室可定!”

齐桓公道:“善。”

---

① 时曹国之邑,在今山东鄄城。

人心惶惶，谋而将动之时，不想仅仅又过两日，周惠王便驾崩了。先王离去，王宫之中，太子郑与周公孔便成了主事之人。周公孔素来反对惠王废嫡立庶，目下自然站在了太子郑这边。周公孔道："先王崩去，太子当立，只是宫中陈妃与其子带也必有争夺大位之危。为防生变，我当与太子先控制禁卫，秘不发丧，然后速报齐侯。得齐侯相助，然后再主持丧祭不迟，如此可保万无一失。"

太子郑道："就依周公之意。"

王崩的消息以最快的速度，由太子郑而达王子虎，由王子虎而达齐桓公。齐桓公得报，大惊道："天子驾崩，何其速也！"

管仲道："太子郑在洛邑秘不发丧，乃明智之举。国君当于洮地大会诸侯，共表尊王。然后各国诸侯各遣一大夫为使，一道前往洛邑，假装以问安天子为名，然后共拥太子郑继位，如此大事可定。"

"仲父妙计！"齐桓公道，便依计而行。

周惠王二十五年，公元前 652 年冬，齐桓公、宋桓公、鲁僖公、陈宣公、卫文公、郑文公、曹共公、许僖公八国诸侯共会于洮邑。历经首止、宁母两番风波，郑文公此次亲来歃血，再与结盟，齐、郑邦交也再度恢复到先前的友善而亲密的状态。而王子虎作为周室代表也一同赴会。会盟毕，齐桓公故意道："如今周王患病，天下皆为之悬心，今盟会诸侯当一同遣使，前往洛邑问安为宜。"众皆响应。

诸侯纷纷修表，各遣一大夫为使入周，于是一个声势浩大、规模空前的八国问安使团便出现了，其中人物若何？乃是齐国大夫公孙隰朋、宋国大夫华秀老、鲁国大夫公孙敖、卫国大夫宁速、陈国大夫辕选、郑国大夫子人师、曹国大夫公子戊、许国大夫百佗。

暖日朦胧，寒风荡荡。洛邑城下，一阵一阵的风烟不断卷地而起，纷纷扬扬，直向高厚的黄土城墙上打去。但见公孙隰朋等八国大夫个个立在青铜车上，皆身罩披风，手持白旄，带着各自仪仗，一字排开，威风凛凛立在城外风中。时周公孔正巡于城楼间，见下面诸侯使团连毂而至，羽仪盛大，不同凡响，不由叹道："壮哉！"须臾，又听公孙隰朋大声冲上喊道："齐、宋、鲁、陈、卫、郑、曹、许八国之使齐集王城，特来问天子安！"

洮地诸侯会盟之事,王子虎早报信于洛邑城中。如今八国使团齐至,太子郑大喜道:“大事成矣!”于是令周公孔出城迎接诸国之使,然后忽然发布天子驾崩的消息,大肆为惠王发丧。至此,终于瓜熟蒂落,水到渠成了。八国大夫齐齐拜谒太子郑,皆称“君命以吊”。然后在八国诸侯拥护之下,周公、召公奉太子郑主丧,继之便请太子郑继位为君,是为周襄王。

而陈妃与子带见八国齐拥新王即位,自是无计可施,只躲在深宫中暗暗叫苦,摇头叹息不止。子带霍然醒悟道:“子郑对外勾结八国诸侯,对内故意隐瞒先王驾崩的消息,然后只等到众诸侯来到洛邑城后,才公然发丧,实则借八国之势拥立自己即位。我被子郑骗了!”但事已至此,陈妃劝子带就此作罢,安度余生便好——然子带虽然一时点头,却终究心有不甘,后蛰伏数年,便又联合戎、狄之族叛乱,有所谓周王室的“子带之乱”,此为后话。

次年春,周襄王改元,传谕各国,是为襄王元年。

《礼记》曰:“凡祭有四时:春祭曰礿,夏祭曰禘,秋祭曰尝,冬祭曰烝。”至春祭日,刚刚登基的周襄王在宗庙之中举办了盛大的祭祀。庙堂庄严,衣裳肃整,大周文王、武王及众多先祖神案之前,依天子太牢之礼,全牛、全羊、全豕三牲全备,设九鼎八簋,并有香草美酒。周襄王伏地三拜,祭道:“我将我享,维羊维牛,维天其右之。仪式刑文王之典,日靖四方。伊嘏文王,既右飨之。我其夙夜,畏天之威,于时保之。”然后又洒酒于楚国进贡来的包茅草上,恭敬请神灵以飨。

祭奠毕,周襄王自思道:“朕此番登基,全仰仗齐侯。齐侯系太公姜尚之后,尊王攘夷,开创霸业,九合诸侯,一匡天下,实乃当今中流砥柱!朕当赐胙于齐侯,以彰其德,以结其心。”

天子祭祀之后,赐祭肉于诸侯,时称赐胙,乃臣子至高的荣耀。周襄王所赐齐桓公之胙肉乃是:牛牲左腿上肉一块,正脊两块,后脊一块,长胁两块,短胁一块,颈脖上肉皮一块,肺一块。

如此大事,早有消息传入临淄宫中,齐桓公与管仲等君臣皆大喜。公孙隰朋道:“新王顺利嗣位称君,我主功不可没。天子赐胙,理应如此啊。”

管仲大笑，道："赐胙，大事也！今天子有一来，国君也当有一往。此礼也，臣子之道也，霸王之图也。宋国葵丘[①]，乃东西南北通衢之地，国君可速速于此处大会诸侯，以受天子之赐，然后再定盟约，共尊周王，以彰华夏一家，手足盟好之意。"

"管相总能洞悉时局，以小谋大，此真大才也！"宾须无赞道。

齐桓公大笑，傲然道："仲父所言甚是——传令诸侯，葵丘会盟！"

齐桓公发盟主令于众诸侯，诸事准备停当，然后朝堂大集群臣，正要启程前往葵丘，忽然宁戚之子一身素白孝衣，哭着入宫，报丧道："家父昨夜寅时，心口剧痛难忍，连声大呼……便撒手去了！"

齐桓公大惊道："天啊，正当葵丘义戴天子，建不世大功，不想寡人的大司田竟殁了！……"言罢痛哭不已。

满朝众臣皆为宁戚致哀。鲍叔牙大哭道："宁戚，宵衣旰食，鞠躬尽瘁，乃为国操劳而死！"

管仲惊得呆若木鸡，两道眼泪簌簌而下，心中默默哀道："齐国一相五杰，唯宁戚年龄最少。我之后，正欲将相位传于宁戚，此乃不二人选，何其猝然早逝，真天丧齐国也！"当下莫名为齐国霸业传承生出一种不祥的担忧来。

"报——"一片愁云惨雾笼罩之中，宫外又来一人报道："宋国急报——宋公薨！"

管仲大骇，忙问道："宋国局势若何？宋世子可曾即位？"春秋礼坏乐崩，每每先君去世之日，也是诸子乱国之时。况此番齐国大会诸侯，正在宋国境内的葵丘之地，管仲怎能不担忧呢？

那人又报道："宋世子兹父欲让位于公子目夷，目夷不受，又返让于兹父。于是兹父方才即位称君，宋国遂安定如初。"原来宋桓公生有两子：长子名目夷，次子名兹父，只是长子乃是庶出，而兹父却是嫡出并早封为世子。此二子皆有贤德之名。宋桓公病危之际，欲使世子兹父继位，兹父道："目夷年长而仁爱，国人称贤，当立兄

① 今河南民权县一带。

长为君。”宋桓公便下令要目夷继承大统。目夷却推辞说：“可以把国家让与他人，世间还有比此更大的仁爱吗？我不及兹父。况废嫡立庶，不合礼法。”坚决退出。于是宋桓公薨后，目夷率领众臣拥立兹父即位，是为宋襄公。

管仲当下听了，长叹一口气：“幸宋国无恙，新主兹父真贤德之君也！”忽然又想到齐国自称霸几十年来，宋桓公一直鼎力支持，不离不弃，乃齐之忠诚盟友，如今忽然逝去，怎能不令齐国悲伤？

须臾间，内臣之大司田，外援之宋桓公，皆中道崩卒，阴阳两隔。齐桓公拭去眼泪，忧郁问管仲道：“会盟在即，而一日之间连去内外两人，葵丘之事，莫非凶兆？”

管仲止住哀伤，眼角泪光中微微闪出一丝微笑，道：“国君匡扶王室，义戴天子，此仁心义举，四海无敌，必将无往而不利，有何凶兆可言？宁戚与宋公虽去，而大事不可废。会盟乃利，国君勿忧！可先让公子无亏前往宁戚府上祭奠，我等速向葵丘开拔去。”

齐桓公道：“就依仲父之意。”于是令自己的长子无亏代去致祭宁戚，又留下宾须无留守临淄，临机处理国中一切政事。然后与管仲、鲍叔牙、王子城父、公孙隰朋一道出城，驱车径直南下，直奔葵丘去了。

行走一日，是夜搭建营地，止宿于一条小河边的树林里。荒野寂寂，流水淙淙，齐桓公卧于榻上，辗转反侧，难以入眠。宁戚忽然走了，宋桓公也忽然走了，身边的管仲、鲍叔牙、王子城父、公孙隰朋、宾须无也都苍老了；晨晓梳头之时，齐桓公忽然发现自己也鬓发染霜了！江河日下，残阳如血，称霸了几十年，齐国“一君一相五杰”的强大班底也如秋风落叶，日渐凋零，是该考虑身后之事了。几十年来，由于管仲的卓越才干，齐桓公轻轻松松就做了霸主，几乎不曾有过什么忧虑和辛苦，可谓古往今来第一潇洒的龙头大哥。但今日，齐桓公陷入了一种从未有过的惶恐和担忧之中。

帐外有人踱着细碎的脚步，走了来又走了去，似要觐见桓公但又几番止住，不时有一阵极细极微的叹息声传来。齐桓公无比惊讶，掌了灯，披衣出帐去看——却是夜风中白髯飘飘、满脸憔悴的相父管仲。齐桓公道：“夜风凄冷，仲父徘徊帐外，如何不进来?”

管仲忙行礼,道:“臣年迈少睡,便于营中四处走走,不想惊了国君。”

齐桓公叹气:“寡人也是难以入眠,仲父且进帐,陪寡人解忧。”

大帐之中,一具高过常人的青铜灯树,灯火摇曳,分外闪亮。两人分君臣入席,坐定。齐桓公先道:“我观仲父满面忧容,不知为何?”

“我观国君也是忧思难安,请问何事?”

齐桓公长叹,道:“仲父啊,我等皆已年迈,齐国世子之位当传于何人,我心烦忧,故而难以入眠。”

管仲道:“臣也是为此烦恼。我等前有首止会盟,今又葵丘会盟,此皆因周室社稷传承,嫡庶不分,将招祸乱而致。观周室,臣不由想到齐国。但此乃主公家事,臣进言似有不妥。所以深夜踌躇,徘徊帐外,不知该当如何。”

“仲父真深知我也。”齐桓公心中暗暗感慨,接着又言,“寡人少年继位,德寡才薄,幸得仲父辅佐,以成霸业。无仲父,则无寡人!如今小白又临社稷抉择大事,仲父岂能与我生分起来?小白请仲父为我一决。”

“昔年臣以箭射君,国君却以德报怨,赦臣死罪,又以举国相位托之,此知遇之恩,臣唯有效死以报,岂敢不与国君分忧?”管仲道:“君有问,臣有答。目下齐国储君之位尚虚,宜早定之。但不知国君之心,意属何公子?”

齐桓公叹道:“寡人无福,所立嫡夫人皆无子,唯庶出之子有六,曰无亏、昭、元、潘、商人、雍。论年齿,无亏为大;论德才,则昭最贤。长卫姬、竖貂、易牙、公子开方几人,皆劝寡人立无亏为世子,寡人也有意立之。不知仲父以为如何?”却说齐桓公共有妻妾九人:初时立周室王姬为夫人,但无子;后立徐嬴为夫人,也无子;然后又立蔡姬为夫人,还是无子,蔡姬还被齐桓公赶出了齐国。下面又有六房妾室:一是长卫姬,生子吕无亏;二是少卫姬,生子吕元;三是郑姬,生子吕昭;四是葛姬,生子吕潘;五是密姬,生子吕商人;六是宋华子,生子吕雍。既然无嫡出之子,则后嗣之君必在庶子之中。齐宫里,长卫姬、少卫姬、公子开方皆是卫人,公子无亏乃长卫姬所生,又是庶子之长;同时竖貂、易牙等也早与长卫姬“同心同德”多年,于是一股来自公子无亏的势力便汹汹卷地而来,时不时地在齐桓公耳边聒噪,要其立无亏为储君。

齐桓公如此一说，管仲心如石崩。管仲深知，竖貂、易牙、公子开方皆奸佞之人，早得宠于长卫姬，倘若让无亏做了国君，此辈贼子必会内外合党，大乱齐国。当下道："国位传承，唯嫡与长。废嫡立庶，自古取乱之道。然国君既无嫡子可立，则应择贤以立储，此乃应变之道。况今天下大乱，国君欲传承霸业，非贤不可。国人素知公子昭贤德有望，可立为世子也。"

齐桓公听了，思忖半晌，道："我也早有立昭之念，只是无亏年长且多有朋党，恐异日又来与昭相争，如之奈何？"

管仲道："目下周室新旧之替，本有二子相争，然仰仗国君从外而定，于是周室遂安。此法周室用之可也，齐国用之亦可也。葵丘会盟之际，国君可择诸侯中之最贤者，将公子昭托付之，又有何患？"

"仲父点拨，小白铭刻于心。"齐桓公点头道。当下便听从管仲之谏，坚定决心要立公子昭为世子。

周襄王元年，公元前651年，齐桓公于葵丘大会七国诸侯。与会者，有齐桓公小白、鲁僖公申、宋襄公兹父、卫文公毁、郑文公踕、许僖公姜业、曹共公襄；周王派周公孔为天子之使，亦来赴会，所以葵丘会盟，实际乃有八国。其中宋襄公国中新丧，然而依旧遵从盟主之令，身穿黑色衰绖前来盟会。齐桓公、管仲及众诸侯等见了，大为感动，皆赞宋襄公真乃诚信仁义之君。

葵丘郊野，日丽风和。但见早早筑好的会盟坛拔地而起，高入云霄。坛设七层大阶，每阶俱有武士两名，手执黄旗把守，个个甲衣鲜亮，威武雄壮。坛下，按东南西北四方，分列四队雄兵，分持青、红、白、黑四色旗帜，皆有武官统领镇守。坛上正中竖一面杏黄色大旗，绣有"尊王攘夷"四个黑底红边的大字。旗下陈设一条大香案，排列着方鼎圆簋、竹笾木豆、朱盘玉盏等物，各种牺牲祭物、粟米、美酒、香料一应俱全；又面南设有天子虚位。坛下正南地方，更是甲兵护卫如林，各色旌旗飘扬，人山人海中，当时各国最有名望的卿大夫和社稷重臣，如齐国之鲍叔牙、公孙隰朋、王子城父；鲁国之公子季友、公孙敖、公孙兹；宋国之公子目夷，戴、武、宣、穆、庄五族大夫；卫国之石祁子、宁速；郑国之叔詹、堵叔、师叔；曹国之公子戊、许国之百佗等，群贤毕集，翘首待望，皆欲争睹此番盛大之盟。齐桓公自称霸诸侯以来，此次会盟最为壮观。

至吉时，管仲为司盟，立于会盟坛上，令击鼓升坛。众目睽睽之中，众诸侯先请天子之使周公孔登坛，然后齐桓公、鲁僖公、宋襄公、卫文公、郑文公、许僖公、曹共公依次登上会盟坛。除宋襄公是满身黑衣，稍嫌观瞻之外，众诸侯皆衣冠鲜艳，环珮锵锵，个个神采飞扬。

齐桓公先道："如今天子初登大位，为臣者理当入京朝贡。可先在此面北拜王，然后立盟。"众皆响应。于是众诸侯先面北稽首，齐拜天子虚位，一如洛邑城中朝觐周王之礼。拜毕，各自就位。

周公孔手捧铜盘，上盛胙肉，东向而立，传周襄王之命，道："天子初登大座，正于文、武宗庙之中祭祀，不能亲往，特命周公孔赐胙于齐侯！与赐者：文、武之胙，彤弓，赏服，大路，龙旗九旒、渠门赤旗！"——周公孔有意将最后所赐之物以最高的声调，大声读出——此语一出，在场所有诸侯及各国大夫无不震惊，皆瞠目结舌，齐桓公与管仲也是大出意料之外。周襄王赐祭祀文王、武王的胙肉，此乃至高荣耀，这个消息早已传出，不足令人震惊；但谁也未曾料到，天子又额外加赐了这许多——诸物之中，有两样最为耀眼：一是彤弓，即周王室中以丹彩涂饰的弓箭，此乃代表天子赐予臣下征讨杀伐专权；二是大路，大路乃天子所乘的豪华大车，用六马驾驭。《史记・乐书》有云："所谓大路者，天子之舆也。"周时礼制森严，车马方面讲究"天子驾六、诸侯五、卿大夫三、士二、庶人一"。如今天子赐大路于齐桓公，便是以示如同天子亲临，并可享受一些与天子等同的礼仪规格——历整个春秋之世，赐彤弓与大路的礼遇，只有齐桓公与晋文公得过。

会盟坛上，齐桓公先是一惊，继之扬扬自得，飘飘欲飞，嘴角显露出一丝不易察觉的笑意来。按正常之礼，齐桓公启动右脚，将要下坛，行拜谢礼之后方才可以领受天子所赐。却听得周公孔又高声而温和道："天子有命：齐侯九合诸侯，一匡天下，功盖寰宇！朕念其老迈，加赐一级，使免谢拜。"

齐桓公一听，愈加得意，就要不拜而受赐了。刹那间，却见管仲在旁，细语提醒道："天子虽谦，而臣子不可以不敬。"齐桓公恍然大悟，乃大声道："天子之威近在咫尺，小白怎敢不拜，而废臣子之道？"于是匆匆下坛，一口气连行七阶，做惶惶惊恐之状;然后立于坛下,稽首叩拜,待礼毕,方才再登坛上,受领天子之赐。

众诸侯皆谓齐桓公功高而谦逊,一时都暗暗赞叹不已。唯有周公孔因离得最近,而将齐桓公一闪而逝的骄傲心迹瞧了个明白。管仲悄悄提醒齐桓公的那个细节,周公孔同样看在眼里,当下深感管仲真贤臣也,不由投来赞许的目光。

司盟管仲道:“今日乃衣冠之会,不用杀牲歃血,但载书立盟,以定盟可也。”——往昔诸侯会盟,必要宰杀牛牲等,先令齐桓公执牛耳,取牛血,然后自齐桓公首始,众国君依次歃血。此所谓盟主执牛耳,众诸侯歃血以为盟。而今日葵丘之会,齐桓、管仲有意取消歃血:一是因为周襄王初登王位,正当布仁爱于天下,此时杀生不宜;二是向世人宣告,在齐桓公主盟下,众诸侯即使不用歃血,也照样不负盟约。

管仲将早已决议定好的盟书,捧与齐桓公。齐桓公骄傲地立于会盟坛正中,那面“尊王攘夷”的大旗正迎风飘扬于身后。齐桓公雄姿英发,朗朗道:“凡我同盟之人,既盟之后,言归于好。第一诛不孝,无易树子,无以妾为妻。第二尊贤育才,以彰有德。第三敬老慈幼,无忘宾旅。第四士无世官,官事无摄,取士必得,无专杀大夫。第五无曲防,无遏籴,无有封而不告。若犯此五等者,列国共讨之!名山名川,群神群祀,先王先公,天地神明,以共鉴之。”

鲁僖公、宋襄公、卫文公、郑文公、许僖公、曹共公皆高声应道:“谨奉命!”

鼓声又起,坛下黑压压的人群一片雀跃,众甲兵纷纷举旗呐喊,一时欢呼如雷,声震大地。

——此五禁盟书,既有维护宗法秩序的需要,也有各国经济上协作互助的要求,乃为齐桓公一生中几十次大会诸侯最为重要的成果。周天子遣使参加会盟,并隆重赐胙,标志着齐桓公的霸主地位无以复加,难以撼动。后世史学家皆认为,葵丘会盟,乃齐桓霸业之巅峰。

会盟议程已毕,齐桓公顿觉热血翻涌,飘飘欲升,大有雄视古今、吞吐天地之感,以为自炎黄二帝开天辟地至于今,建奇功、盖寰宇之豪杰,无出其右者。齐桓公洋洋自笑,忽然问旁边的周公孔道:“宰孔博学,深通古今,寡人素闻夏、商、周三代有封禅之事,不知其事如何?宰孔可以教我否?”

周公孔道："封者，祭天也；禅者，祭地也。古者封泰山，禅梁父山。封泰山者，登山之巅，筑土石以为坛，然后制金玉之简以祭祀苍天，报天之功。天处高，故于泰山之顶而筑坛，以象其高。禅梁父者，乃在泰山之下小山梁父，扫地而祭，以象地之卑。其时以蒲草裹车轮，而免伤土木草石；以秸秆编织为席，奉祭祀之物，而报地之德。三代受命而兴，获福于天地，故而行此封禅大礼，以报其恩。"

"原来如此。"齐桓公微一沉思，傲然道，"夏朝都于安邑，商朝都于亳，周朝都于丰镐，三都皆距离泰山、梁父山甚远，而先王犹封禅之；今此二山皆在寡人封国之内，寡人欲效仿先王，行封禅大典，宰孔以为如何啊？"

周公孔回望齐桓公，见其趾高气扬，目空一切，有不可一世之色，便冷冷一笑，绵里藏针，亦刚亦柔道："君以为可，天下谁敢曰不可。"

齐桓公大笑不已，开怀道："来日便与众人商议——泰山封禅！"

旌旗晃动之中，众诸侯及各国大夫、护坛军兵等渐渐散去，将回馆舍。周公孔悄悄移步，凑到管仲身边，悄悄道："葵丘大会，功成圆满，然齐侯已生骄横之心，竟起泰山封禅之念，此非诸侯所宜言也。仲父何不发一言而谏止？"

管仲回道："我君好大，意气正盛，此时非进谏之机。今日不宜言。"

周公孔听了，摇头而去，不屑道："齐侯为霸，非仁德也！"

管仲望着，见周公孔忽然就湮没在会盟坛下的人影之中，也是不屑一笑，转头就去了。

薄暮时分，西天之云，隐隐如长河。管仲于馆舍中觐见齐桓公，开口道："世子相托之事，国君可还记否？"

前来葵丘的路上，那日深夜，管仲一番肺腑良言，使齐桓公终于决定弃公子无亏，而立公子昭为嗣君。只是又担忧日后两子争恶，管仲于是又献言道，可从葵丘众诸侯中择一贤德可信者，将公子昭托付之。此事齐桓公如何能忘，当下道："世子大事，昼夜挂怀，岂能相忘？仲父以为孰人可以托付？"

"宋公也。"管仲道，"宋乃殷商后裔，素来极重礼仪。今日之宋公，为嗣君时有让国之美，此乃是贤。初继位后，事齐甚恭，至葵丘以墨衰赴会，此孝也，亦信也。如此人物,国君正可以托之。”

齐桓公道:“善。”于是命管仲即时前往宋国馆驿,亲见宋襄公,将齐国嗣君大事相托。管仲得命,便移步至宋馆之中,与宋襄公攀谈良久,言语之间,详细勘察;再一番确认后,便致上齐桓公相托嗣君的浓浓深意。宋襄公大惊,顿感事关重大,于是又连夜来见齐桓公。两君谈笑风生,甚是投缘,齐桓公执宋襄公之手,殷殷嘱托道:“来日世子昭若有难处,全仗宋公为齐国主持社稷!”宋襄公道:“一诺千金。定不负齐侯重托!”——后来事实证明,管仲选择宋襄公,真乃慧眼独具。此公最是忠信无欺,在齐桓公逝世、齐国大乱之时,正是宋襄公不忘今日之托,出兵相助公子昭继位,齐国方定。此是后话。

送走了宋襄公,齐桓公乐呵呵地令上美酒,要与管仲小酌。一来葵丘会盟大功告成,二来世子昭之事也找到了可靠的托付之人,齐桓公心情大好,满脸红光。

夜幕早降,窗外月明如洗,树影满庭,一双翠鸟默默栖息枝上。堂中灯火煌煌,美酒芬芳,此一对千古君臣同案而饮,互诉衷肠。烈士暮年,两人皆已鬓发满霜,只是眉宇间共有的一股英豪之气,不输少年儿郎。饮了一爵,管仲笑吟吟道:“国君心中乐否?”

“大乐也!”齐桓公摇头晃脑。

“臣知君之乐犹未足也,尚有一缺。”

“哦?——仲父请言之……”

“泰山封禅。”

齐桓公登时大叫一声,又惊又喜:“日间听周公孔言及此事,寡人甚是心驰神往……怎么,仲父也以为寡人当登泰山行封禅大典?……”齐桓公嘴上说着,心中竟莫名其妙犯起嘀咕来。白头齐桓,面对皓首管仲,依旧有一种小儿拜父之感。

管仲不紧不慢,缓缓道:“自上古至于今,行泰山封禅大典者,有七十二家,而管仲所能记住者,十有二焉。曰:无怀氏封泰山,禅云云山;伏羲封泰山,禅云云山;神农封泰山,禅云云山;炎帝封泰山,禅云云山;黄帝封泰山,禅亭亭山;颛顼封泰山,禅云云山;帝喾封泰山,禅云云山;尧封泰山,禅云云山;舜封泰山,禅云云山;禹封泰山,禅会稽山;汤封泰山祭天,禅云云山;周成王封泰山,禅社首山。此十二贤人皆受天命，然后方可行封禅大典。”

“仲父之意，乃是说寡人难与此十二古贤比肩啊？”齐桓公心中暗忖，大为不快，脸上一时窘急，高声道，“寡人继承太公遗风，礼贤下士，富国强兵，遂霸天下。南下伐楚，盟会召陵；北击山戎，破令支，斩孤竹；西涉流沙，至于太行；东征徐、戎，东夷臣服；中原救邢存卫，延续文明。方今海内诸侯，孰不信服？寡人兵车之会三，衣裳之会六，九合诸侯，一匡天下，虽然三代圣贤受命于天，然其功业何过于我！寡人封泰山，禅梁父，以示子孙后人，有何不可？”

管仲依旧淡然，悠悠道：“古之受命于天者，先有祥瑞降临以为示征，然后备足祭物，其封禅之典隆重至极——盛在祭器里的是郁山上的甜黍和北里所产的嘉禾；铺地为席者，乃是江淮之间特产的三脊茅草。东海送来比目之鱼，西海送来比翼之鸟，此外，不召而自至的绝妙之物还有十五种之多——而我们目下则是凤凰麒麟不来，而鸱鸮凶禽毕集；嘉禾丰谷不生，而荆榛蓬蒿繁茂，似此天下大乱，烽烟不绝，毫无太平祥瑞之兆之时，却要效仿古贤而登泰山封禅，列国诸侯将笑国君矣！”

管仲言毕默默。齐桓公呆呆不语，半晌，忽然独自一声长笑：“谢仲父教诲。小白不敢奢望封禅矣！”齐桓公默然，然后从铜罍中添酒，道：“仲父，请再饮一爵。”

齐桓公终于放弃了泰山封禅的狂妄之想。管仲微笑地点了点头……

葵丘会盟，义戴天子，使齐桓公威望极盛，天下诸侯皆倾心归附。齐桓公虽然不曾泰山封禅，然自以为功高无比，心中已自“封禅”了。回国后，齐桓公大兴土木，广筑宫室，分外壮观；又收罗美女珍玩，填塞其间，以供享乐。同时借助葵丘会上天子赐大路之机，此后所乘坐的车马仪仗，公然比与周王，竟丝毫不知收敛。如此不合礼仪，国人议论颇多。鲍叔牙等臣子力谏，齐桓公也觉得不过小事一桩，于是不以为意。

齐国霸业，管仲乃第一功臣，对此齐桓公最是明了，于是也借助葵丘威风，新赐管仲府邸一座，十分豪华，几乎可比诸侯之家。同时又将“夺伯邑案”之时，收归伯偃的骈邑之地也赐予管仲——原有的小谷之外，管仲又新增一片采邑。当是时，管仲挂相印，称仲父，出入前呼后拥，来往车马生尘，其府邸之奢，封地之广，官权之大，尊荣之显,齐国第一,天下无二,尽享人臣之贵。

管仲入住新府邸后,却不敢以管府自称,乃于府中筑台三层,名为“三归之台”,取其“人民归,诸侯归,四夷归”之意。其府也被称为“三归之府”。府中日常所用,十分奢靡——但管仲并没有制止杜绝,而是行了一套“与民分利”之法。譬如市井之中一枚鸡蛋售价五钱,管仲却鼓动民间于鸡蛋上彩绘作画,此种“彩鸡蛋”却要售价五十钱。管仲府中率先采买,不久便带动齐国上层贵族,也竞相效仿买之,“彩鸡蛋”于是便在临淄城中风行一时,民间贫民因之发财者极多。齐国新政历经几十年发展,百业兴旺,繁荣富庶,然而贫富悬殊之象也日渐凸显。管仲于是主导推行了许多诸如“彩鸡蛋”之类的奇妙手法,鼓励富人奢靡消费,促进贫民扩大就业,于是财富顺利从这头又流到了那头,以至于齐国整体甚富而殷,民皆安乐。

所以当时,齐人皆不以为管仲奢靡,反而认为此乃爱民如子之举。临淄市井之中,不断有民谣唱道:“彩蛋之贵,不以为贵。管相之奢,不以为奢。恺悌君子,神灵之色。载歌载舞,民以为乐!”斯之谓也。

第十八章　会平晋乱

葵丘会盟结束，众诸侯各自返国，周公孔也驾车一路向西，奔洛邑而去。刚出宋境，忽见大道上一队车马滚滚而来，烟尘中飘出一面“晋”字大旗。周公孔细细又看了看，来者虽然人数不多，只是兵雄将猛，戈矛耀日，自有一种威不可挡的气势。再行得近了，瞧见为首之人乘坐五马驾驭的青铜大车，麾盖之下尽管白发满头，长须如霜，但其人依旧势若猛虎一般。“晋侯！来者可是晋侯？”周公孔大喜，忙驱车过去招呼道。

正是晋献公，已年逾七旬。晋献公与周公孔乃是老相识，不期在此相逢，当下两人见了，好一番嘘寒问暖，十分亲密。

周公孔道：“晋侯这是要前往何处？”

晋献公道：“闻齐侯葵丘有盟，特来一会。”

“哎呀，晋侯不辞劳远赶赴会盟，实是可嘉。只是……可惜，会盟早已结束了。”

晋献公惊诧不已，叹道：“晋国遥远，寡人未及目睹葵丘会盟之盛，何其无缘也！”

周公孔满脸不屑，冷冷笑道：“晋侯何须遗憾！葵丘会上，我观齐侯自恃功高，盛气凌人。常言道月满则亏，水满则溢，齐侯称霸已三十余年，已至亏、溢之时，齐侯之衰不远矣。晋公不会,有何损哉!”

“未必如是……”晋献公说着就一阵猛咳,身子十分不适,接着道,“方今天下诸侯,我……我独服齐侯也! ……”言尚未毕,又咳。

“且等着瞧,不久将验……”周公孔说着,忽然转忧,“晋侯要保重身体啊!”

“谢周公挂怀,我……我时日无多了!”晋献公说着,一脸苦笑,眼光就黯淡下来。

两人又说了一阵葵丘会盟上的趣事和洛邑王城中周襄王的新政之举,就匆匆作别了。周公孔自回洛邑复命不提。

晋献公回转车辕,原路返回。是夜陡然高烧,神情恍惚。此后一连几日,病体愈加沉重,医官百般用心,只能勉强维持。车马进入晋国境内,晋献公业已病入膏肓。山间路上,晋献公望着自己倾尽毕生心血,终至一统的晋国大好河山,笑道:“江山多娇……我将永别了!”

晋国深宫,一片骚乱动荡但似乎又格外安静。人影憧憧中,大夫荀息一路快步,穿门过廊,直入后宫,受召而欲急见国君。将及晋献公内寝,但见晋献公仰卧榻上,奄奄一息;骊姬俯身榻侧,哭哭啼啼。骊姬云鬟高耸,体态丰腴,肤如凝脂,美目垂泪,虽然已是中年,依旧楚楚动人。荀息侧耳,听得骊姬嘤嘤泣道:“夫君虽立我子奚齐为嗣,然他的几个哥哥,皆在外虎视眈眈,一旦君去,奚齐年幼,我又乃一妇人,倘若群公子挟外援前来问罪,妾母子当依何人啊?”——晋献公乃晋国第十九任国君,在位共计二十六年,其间并国十七,服国三十八,国土倍增,完成一统,晋国到了献公时代,始成春秋强国;当时天下,至此形成了齐、楚、秦、晋四强并立的格局。晋献公一生文治武功自不必说,唯在妻妾后嗣方面埋下了巨大隐患。献公先娶贾国之女为夫人,无子。后又立齐国之女,生一女伯姬,一子申生。伯姬后嫁与秦穆公为夫人,称穆姬;而申生则被立为世子。献公又娶二戎女为妾:大戎生公子重耳,小戎生公子夷吾。再后来献公攻破骊戎,得美女姊妹二人皆纳之:姊为骊姬,生公子奚齐;妹为少姬,生公子卓子。却说那骊姬貌美而阴毒,因受宠于献公,最终被立为夫人。晋献公有儿子五人,其中申生、重耳、夷吾三子最贤,皆素有威望。骊姬于是收买权臣,百般算计,成功离间了献公与此三子的关系,最终导致父子相残,世子申生被逼自杀，公子重耳外逃于翟国，公子夷吾避难于梁国。而骊姬所生的儿子奚齐则被立为世子，骊姬煞费苦心、为子夺嫡之计终于告成。眼下，献公将逝，年仅十一岁的奚齐也将顺理成章继位称君。然而潜居在外的重耳、夷吾二公子皆是年富力强、胸怀大志之人，同时各自在国中皆有一帮拥护甚众的强大的势力班底；献公在时自然不敢妄动，但献公薨后，难保重耳、夷吾不会杀入国中，与小奚齐争夺江山。骊姬思虑至此，怎能不惶恐而泣？

白发苍苍的献公睁开眼睛，瞧了瞧美艳如花的骊姬，道："夫人勿哭。大夫荀息忠而有谋，可托大事。我当以奚齐幼君托付之，以解你母子日后之忧。"献公说着又一阵咳，焦躁唤道："荀息……荀息来否……"

"臣到了！"荀息忙应着，就冲过来。

晋献公拼着力气，睁大眼睛，问荀息道："寡人闻'士之立身，忠信为本'……何谓之忠信？"

荀息惶恐，道："尽心事主谓之忠，死不食言谓之信。"

晋献公微微点头，眼睛半睁着，时断时续道："寡人与卿共事多年，卿忠而有谋，当年献'假途灭虢'之计，使我弹指之间连取虞、虢二国，卿真乃俊杰也。然寡人天年将尽，不能再与卿谋大业，特以社稷后事相托。少主奚齐年幼无学，恐国人多有不服，愿卿忠心辅佐之，如同事我！——勿负我心！"

荀息立时伏地叩首，哽咽道："臣当效死，国君放心！"

晋献公顿时老泪横流，默默无言。骊姬再也忍不住，纵声大哭，声闻内外。

几日后，晋献公薨于国都绛城之中。荀息以托孤重臣，奉公子奚齐主丧，然后便拥立奚齐临朝，新君继位。百官虽然朝拜，只是其中多有怨恨骊姬母子者。骊姬又传遗命，拜荀息为上卿，拜梁五、东关五为左右司马。凡国中大小事务，皆决断于荀息。时周襄王元年，公元前 651 年。

消息传到齐国。管仲叹道："晋国将乱矣！"鲍叔牙等众问其缘故。管仲道："废嫡立庶，取祸之源。晋献公宠信骊姬，无辜诛杀世子而改立幼子为嗣，国人多有怨言，甘为申生鸣不平者多矣，晋国岂能太平？况公子重耳、公子夷吾皆避居在外，又多有朋党拥护，犹若二虎在邻，奚齐新君不日必有累卵之危、灭顶之灾。"

众人闻言,皆瞠目结舌。“当今之世,新旧更替之际,嫡庶乱国者何其多也!”管仲自言,就不由想到东周王室子颓之祸,郑国庄公之后、诸子乱国,卫国子朔杀兄夺嫡,宋国华督之乱、殇公之死,陈国宣公诛杀嫡子,楚国成王诛杀其兄……还有齐桓公继位之时,其兄公子纠横死鲁国……犹不知齐桓公之后,所生六子又当如何……管仲不忍再想,摇头叹息,默默就退去了。

晋国有二大夫:曰里克,曰邳郑父。此二人皆是晋献公麾下得力大将,当年随献公南征北战,立下赫赫功劳。二人又同拥世子申生,后申生被骊姬连番诬陷,被逼自缢而亡,两人常为申生大鸣不平,将这一切怨恨都投在了女色乱国的骊姬身上。里克悄悄谓邳郑父道:“先君故去,世子也亡,然尚有二贤公子重耳、夷吾都在,为何偏偏立此黄口小儿为君?”

邳郑父道:“此事全在荀息。此人有‘假途灭虢’之智,不想今日糊涂至此!”

里克道:“骊姬逼死申生,又逼走二公子,国人皆欲啖其肉!晋国社稷,岂能奉于骊姬母子?我欲拥立公子重耳,如何?”

邳郑父道:“我也意属重耳久矣。你我可同见荀息,先行试探一番。”

里克登时应诺。两人便一同登车,同往荀息府上。

须臾后,荀息将里克、邳郑父迎入堂中,三人彼此行礼,分宾主落席。里克道:“主上薨去,国之不幸也。公子重耳、夷吾一在翟国,一在梁国,荀卿目下为晋国砥柱,乃不迎立长公子嗣位,而立骊姬黄口之儿,何以服人?申生、重耳、夷吾三公子之党遍布朝野,皆怨恨骊姬母子入于骨髓,只是碍于主上。如今主上已薨,其党众必会闻风而动,倘若一朝振臂,翟、秦之兵攻于外,朋党国人应于内,荀卿将如何应对啊?”

荀息正色道:“我受先主托孤之重,辅佐奚齐,则奚齐是我君主也,荀息不知此外更有何人!万一力不从心,唯效死命,以报先君。如此而已。”

邳郑父道:“死有何益,不如改立他人!”

荀息大惊,怒道:“我以忠信许诺先君,岂可食言?又岂可论有益、无益而乱国?二大夫请勿再言。”便起身离席,拂袖而去。

里克与邳郑父悻悻地离了荀息之府,又至里克内宅内私议。里克道:“荀息愚顽，心如铁石，不纳你我之言，如之奈何？”

邳郑父傲然道：“荀息为奚齐，你我为重耳，各为其主，各行其志可也。我有一策，可立定也……”当下附于里克耳边，悄然细语。

内室私宅，两人于是暗暗起誓，立志共谋一件大事。

这日入夜，晋宫笼罩在一片幽暗之中。但见一座小门之侧，临时搭建有一座草庐。以圆木围绕为架，上铺茅草，但是并不涂泥。庐中以草垫为席，以土块为枕。此庐名叫“丧次”，乃孝子居丧、众人哭临之处。时奚齐虽已称君，然依然在守丧之中，晋献公尚未安葬。丧次庐周边人影憧憧，侍卫、仆从、杂役及祭奠臣子来往不绝。奚齐一身丧服，屈膝端坐于丧次庐中。

残月朦胧，阴风忽来。奚齐不过十一岁幼子，强装着主丧一天，早累得招架不住，呵欠连起。这时，一队侍卫踏步而来，仿佛机警巡视——然而将及丧次庐边时，忽然一个卫兵怀揣利刃，三五个健步，冲入草庐中，只霍霍几下，便将奚齐刺死，弃尸于土枕之上。大夫优施正好在丧次之侧，当下大惊，忙挺剑来救，与其他侍卫一起，急攻刺客。不想那刺客力大，勇猛无比，几声大喝，又将优施刺倒于草庐门口，一命呜呼。众侍卫皆惊惧不敢向前，那刺客身影飘忽，趁着夜色几个闪展腾挪，就不知所终了——刺客乃是邳郑父府上心腹力士，受邳郑父之命，混迹于侍卫队里，乘其不备，终于将奚齐刺杀。

荀息闻丧次之变，大骇至极，慌忙赶来，屈身入草庐之内，伏在奚齐血尸上，纵声大哭。荀息号啕道：“我受命托孤，如今不能保全新君，有何面目再苟活于世！”起身狂奔出庐，欲要撞墙而死。恰此时，骊姬、梁五、东关五同时赶至，慌乱中忙将荀息救下。

骊姬落泪道：“先君灵柩尚未入土，荀卿怎忍就此离去！举国之重，尽托于卿，怎可……”说着就呜咽难言，又瞅见自己小小幼子伏于血泊之中，一时心痛难耐，呼唤着奚齐的名字大恸不已。

梁五道：“新丧未已，又逢骤变，我等不可自乱，且先到堂内商议。”

黑影中，一群内侍过来，将奚齐、优施尸首依礼法安置，又将丧次庐打扫整洁。

然后，荀息、梁五、东关五、骊姬及其妹少姬，同入后堂坐定。

几盏硕大的铜灯点起，堂中雪亮。但见五人皆满脸丧气，抑郁至极。东关五故意咳嗽一声，提了提神，先道："行刺新君者，必是里克、邳郑父所为，当发兵讨之，先除此二贼！"

梁五赞同。荀息道："不可。此二人根深蒂固，急切之间难以除之，更将与国添乱。目下之急，当再立新君，以安国人之心。"

骊姬瞧着少姬，道："我姊妹同事先君，皆有宠爱。如今奚齐虽亡，但我妹有一子卓子尚在——当立卓子！先君若有知，也必会如此。"说着，骊姬、少姬皆潸然泪下，嘤嘤而泣。灯火之下，二姊妹仿佛梨花带雨，颇惹人怜惜。

梁五、东关五皆是骊姬同党，多年来受骊姬馈赠极多，当下先后表示赞同，皆道："辅卓子，与辅奚齐无异！"

荀息大声道："可也，可立卓子！"

次日后，荀息于朝堂之上大集群臣，更立卓子为君——其时年才九岁。此番朝会，里克与邳郑父皆告病在家，故意不出。梁五、东关五皆道："此二人公然不予朝会，其反迹昭然若揭！"于是再请荀息，要举兵诛杀里克与邳郑父。

荀息摇头道："不可！此二人，晋国老臣，朋党极多，七舆大夫，半出其门，极难撼动。当姑且先忍之。等国丧过去，新君改元，然后外结邻国，内散其党，如此里克、邳郑父方可以顺利除之。"梁五、东关五无奈，悻悻而退。

二五辞了荀息，行至无人处，梁五道："荀息怯懦，做事迂腐，不足与谋。你我二人受先君遗命，执掌国中左右司马，兵权在握，谁人不惧？岂能坐视里克与邳郑父弑杀幼主？"

东关五满脸气愤："我欲撇开荀息，为国除此二贼，如何？"

"我也早有此意，"梁五道，"你我可一同举兵，诛杀二贼，以为幼主报仇！"

"何须大动干戈，只需一力士足矣！"东关五冷笑道，"里克譬如大树，邳郑父譬如葛藤，树死则藤自亡。我有一计，可先除掉里克……"

当下私定密计。梁五连连点头道："好计！"

东关五府中养有一门客，名叫屠岸夷。此人身高九尺，筋骨丰隆，满脸横肉，黑髯如戟，平日里一餐能食肉十斤，酒一缶，气势威猛，力大无穷。屠岸夷可负重千斤，依旧步履如飞；怒时双拳发力，厚门可砸出窟窿，麦豆可碾为齑粉。不几日后，晋献公将入土为安，届时满朝文武必会出东门以送葬，东关五乃以高官厚禄为报，令屠岸夷怀揣兵刃埋伏东门，待里克送葬经过时，出其不意刺杀之。那屠岸夷乃城中一贱民，好勇无谋，不过凭借一身蛮力谋图饭食，当下自然应了。

却说屠岸夷与晋国大夫骓遄颇有私交，每逢大事，多有商议。是夜，屠岸夷私邀骓遄至家中，不安问道："东关五大司马许我的富贵，可以取乎？"

骓遄原本辅佐于世子申生，申生冤死后，骓遄对骊姬一直怀恨在心。当下听了，惊心道："申生冤死，举国莫不痛心，晋人皆归怨于骊姬。今里克、邳郑父二大夫，欲除骊姬之党，迎立重耳为君，此乃义举！你不附义举，反要助纣为虐，满国晋人岂能容你！我亦甚感为耻！——此乃万代骂名之恶事，不可，不可！"

屠岸夷顿时满头冷汗，惊道："原来如此，非大夫指引，险些铸成大错！我立时便辞了大司马。"

"此亦不可。"骓遄略一沉思，道，"你若辞之，则东关五必会再假手他人，于国家大计无补。不如假装应诺，然后我从中协助，反戈以诛逆党，迎立重耳，再造社稷。如此屠岸夷乃大功之臣，取富贵只在弹指之间，且落忠义美名，岂不美哉？"

仿佛拨云见日，屠岸夷登时又大喜过望，道："谢大夫教我！不能建功名、取富贵，非丈夫也！我将行此反戈之计！"

骓遄心中甚喜，但又担忧屠岸夷少谋易变，便道："功名只在须臾之间，但只恐你临时又变，反要连累我等。"

屠岸夷一拍胸脯，慨然道："既然大夫见疑，且请盟！"于是将家中的报晓鸡捉来，杀鸡取血，置酒设祭，当下便于自家草堂之中，屠岸夷与骓遄伏地叩首，歃血盟誓，相约共谋大事，绝不相负。

盟毕，骓遄辞了屠岸夷后，即时与里克、邳郑父相见，将屠岸夷一段曲折之事倾心告之。里克闻后大喜，道："天赐屠岸夷相助，骊姬之党可一网而除！"当下将计就计，三人详做了一番谋划，调集兵甲不提。

至晋献公下葬之日，朝中各卿大夫皆出东门，前去为先君送葬，一时绛城内外，仪仗连绵，白幡如烟，蔚为壮观。唯有里克又称病，闭门不出。

屠岸夷悄悄见东关五，道："东门行刺已不可用。如今满城之人皆去送葬，里克独自龟缩家中，此天赐良机，请授我甲兵三百，围其府邸而聚歼之！"东关五大喜，即将三百之兵交给屠岸夷，令其围攻里克。

屠岸夷带兵将里克之宅围住，佯装攻打了一番，里克家兵也假意防守了一阵，于是"久攻不下，暂且息兵"。此时两拨求助的车马同向晋献公墓地驰来。丧服漫漫，哭声连绵，一代雄主死后尚未安寝，萧墙之下便已狼烟冲天。先是里克府中之人来报荀息，哭求道："不知何故，东关五发兵围攻里克之府，里克难以抵挡，死之将至，恳求荀卿垂怜相救！"又有屠岸夷派来的武士，见东关五道："里克府邸固若金汤，做困兽死斗。双方大战，不是你死，就是我亡，请右司马亲自举兵来讨，必可一战而定！"

荀息闻变，大惊失色，忙召问于二五。东关五愤愤道："围攻里克者，乃东关五也，与荀卿及幼主无关——成则是荀卿之功，败则是东关五一己所为，不使连累！"

梁五也慨然道："诛杀里克弑君之贼，乃东关五与吾共同为之。丧仪将毕，荀卿可护佑幼主回宫暂憩，我二人将率军剿灭里克，永除后患！"

兵戈已开，战火难息，荀息也无可奈何，只摆摆手，默许二人用兵。梁五、东关五互相交换了一下眼神，皆不再言语，于墓地之前脱下丧服，披上铠甲，带领军马自去了。

这边，荀息如芒在背，惶惶难安，草草将晋献公安葬毕，便护着卓子急匆匆返回宫中。荀息暗暗道："倘若里克果然被诛，则褒奖二五为国除贼之功；倘若二五不幸失败，则反追究二五乱国之罪，令里克取代司马之职……奚齐已亡，不可再使卓子有毫发之失啊……"

梁五、东关五披坚执锐，各乘战车，率领甲兵一千人，穿街过巷，尘烟滚滚，齐向里克府宅杀来。转过几条街道，将近里府，忽然见对面屠岸夷大笑连连，慢慢悠悠小跑过来，边跑边道："我有喜讯禀告！"就直奔东关五而去。东关五以为里克已死，屠岸夷前来报捷，丝毫不予提防；谁知屠岸夷乘其不备，一手拽其左臂，一手卡其咽喉，双臂齐发猛力，东关五霎时颈折，从车上坠地而死。

军中登时大乱，又忽然传来一阵呐喊之声，但见此街道前后出口已被甲兵层层堵住，一排排的弓箭搭在弦上，只待射杀。原来趁着二五调兵遣将的工夫，里克早将屠岸夷带来的三百甲兵拿下，斩杀百余，余者皆降。然后，里克、邳郑父、骓遄三大夫的家兵及门客、死士等，约有一千五百人，按照早早谋设的布防，将二五之军堵截在这条街道中。

屠岸夷杀了东关五，登其车上，大呼道："公子重耳已引秦国、翟国大军兵临城下，我奉里克大夫之命，尽诛骊姬之党，以为世子申生申冤，以迎重耳入城为君！众将士！愿从我者同来，不愿从我者自去！"屠岸夷只是虚张声势而呼道重耳入城，不料这些军士皆闻之振奋，纷纷踊跃，愿相从起事——公子重耳在晋国真可谓众望所归！而骊姬一党也真乃民心丧失殆尽。

如此巨变，梁五大骇之下，见大势已去，忙带着身边几个心腹猛士，杀出重围，而后一路狂奔，直入宫中。梁五见荀息，告之里克之变，两人便共同护着卓子，欲要出宫，逃奔他国而去。奈何里克、邳郑父、骓遄三大夫之兵及国中降卒，早已杀入宫门，纵然插翅也难飞掉。晋宫之中一片混乱，双方恶战，血流成河。梁五战败，料不能生还，欲拔剑自刎；不想到底被屠岸夷生擒，献与里克。里克二话不说，连挥数刀，便将梁五砍为两段。

里克手提宝剑，携众直奔后宫而去，宫中之人皆惊散。在国君寝殿中，终于将荀息与卓子团团围住。

荀息面无惧色，右手仗剑，左手以袖将卓子包裹，护在身后。九岁的卓子战战兢兢，早已魂不附体，吓得哇哇大哭。荀息直面里克，厉声道："幼子何罪之有？可杀我，请留下先君一块肉！"

里克也喝道："申生安在？申生岂非先君一块肉！"

邳郑父冷冷道："休得啰唆！今日正当还报！杀！"言毕，但见屠岸夷如一条恶虎窜出，只几个闪展，便将卓子抢入手中，然后高高举过头顶，卓子号哭不已；屠岸夷猛地将卓子以头掼地，狠狠摔下，瞬间卓子化为一团模糊血肉。荀息大哭，大怒，大狂，挥舞宝剑来斗里克。然众人一拥而上，戈矛刀剑乱如雨点，只片刻间，荀息便被刺死于阶下，满身布满血洞。

里克又厉声道："罪魁骊姬，最是当诛！"众人皆呼应，当下如卷地之风，呼啦啦向深宫中冲去。骊姬早闻巨变，先奔献公初立夫人贾夫人处，以求庇护，然而贾夫人只闭门，不敢纳。骊姬又直直向宫后奔去，不想里克追兵已经近在咫尺。骊姬绝望至极，转入花园，步上一桥，最后梳理一下鬓发，又连笑几声，就投湖自溺而死了。里克追至，命人将其尸首捞出，于南门外刀斧戮尸，以泄国人之恨。

少姬虽是卓子之母，但其人并不擅权，与其姐姐骊姬不同。里克因此而不杀，只禁锢别室，衣食不绝，令其自生自灭。里克又将梁五、东关五之族尽皆屠杀，一个不留——就连那夜曾于丧次庐救驾奚齐的大夫优施一族，也未能幸免。绛都一日之间，人头满地，三族皆灭。

至此，国乱暂时平息，里克、邳郑父踌躇满志，下一步将迎立公子重耳回国，以继位为君。

却说晋国大乱，里克两弑幼主，一时海内皆为震惊。消息传至齐国，齐桓公道："里克、邳郑父诛杀奚齐、卓子及骊姬之党，晋国纷扰，社稷难安。寡人欲出兵，诛杀里克，以定晋乱，如何？"

公孙隰朋道："国君华夏方伯，出兵以定晋乱，是礼也，可速行。然而里克虽然弑主，却是顺应晋国民心，晋人称快！所以我齐国出兵，不可诛除里克，只顺应其势，为其拥立新君即可。"

管仲道："大司行言之有理。里克勿诛，新君可立！"

鲍叔牙道："我闻晋国献公有子五人，其中世子申生、公子重耳与夷吾三子皆贤，可惜申生早亡，而重耳与夷吾皆奔逃在外。重耳之贤尤甚于夷吾，里克等国人也皆欲立重耳为君，我齐国也便拥立重耳可也。"

"重耳之贤，寡人也久有耳闻，寡人当立重耳。"齐桓公道。

"重耳必不立！……"管仲一声叹，接着道，"华夏诸侯，以晋国枝系派别，最为繁杂。晋乃周成王弟唐叔虞之封国，虎踞太行、黄河之间，占尽地利。然而至晋昭侯之时，国分为二，庶出的曲沃桓叔开始夺嫡。曲沃一族历经三世、近七十年之功，终于在晋武公时成功取代晋侯，正式被周天子册封为晋国国君。此七十年内乱，致使晋国公族开枝散叶，派系林立，错综复杂。其后晋献公几番废立夫人，所生五子又各有盘踞，其中申生、重耳、夷吾三人更是拥护者众，譬如国有三邦，各霸一方。目下骊姬母子虽然被诛，二五及优施等也被灭族，然而其余党犹在，隐患依旧！社稷空虚，夷吾等诸公子也必然虎视眈眈，磨刀霍霍，各有所谋。此时率先纳国称君者，无异于众矢之的，羊送虎口。重耳乃一代豪杰，如此微妙之理，岂能不知？——所以我料重耳必不会入主晋国，乃将在外，静观其变，别有后图。"

几人皆愕然。齐桓公茫然道："天下还有赠国而不取之人……"

正说间，忽报周天子有使到。原来晋国之乱也使洛邑的周襄王颇为烦忧，周襄王刚刚即位，正欲重振王纲，做一个有为天子。时逢晋乱，周襄王有意以天子之尊兵临晋国，借平晋乱以为自己立威，但又深恐东周王室实力不足。周公孔谏道："欲平晋乱，单凭周室之力，无异于妄想。可假借外力共同平乱，如此则事必成，而周王威信也可立。"周襄王问何处外力可用，周公孔道："有两国可用：一曰秦国。秦国与晋，乃是姻亲之国，晋之有乱，秦国定然出手，天子可顺而用之。一曰齐国。齐侯尊王攘夷，霸业正盛，得天子之命，必会欣然而往。周、秦、齐三方齐出，则晋国可定乱无忧。"周襄王称善，于是传命，相约秦国与齐国一同出兵，共为晋国平乱、拥立新君。

当下齐桓公看了周襄王的诏书，忧道："天子也要为晋国平乱，秦国也要为晋国平乱，哼哼，何其热闹也！"

公孙隰朋道："既然天子也往，国君更应前去。会平晋乱，岂能无有霸主？"

管仲道："去，自是要去。然而国君无须亲往，只劳烦大司行统领三百兵车，赴晋国即可——此番得晋国者，乃旁公子，非重耳也。一个内部宗派林立的国家，如今又逢三方外援齐来指点社稷，虽是平乱，亦是添乱。此番晋国固然可定——乃是暂定，必留后患，日后必然再乱。其势然也。"

又是一片愕然。半晌后，齐桓公道："仲父既如此说，那就请隰朋大夫一行。"齐桓公说着，心中就隐隐一阵酸楚。此番统兵出行之人，管仲为何点将公孙隰朋呢？

其中有一段伤心事——本应该是王子城父的，只可惜两个月前，大司马王子城父逝世了。王子城父自被齐桓公拜为司马以来，殚精竭虑，精忠报国，施展毕生所学，为齐国训练、锻造出了一支当时最为强悍领先的新军，后南征北战，所向披靡，攻无不克，战无不胜，为齐桓霸业，立下了累累战功！逝世之时，齐桓公、管仲及朝野众臣皆哀伤不已，临淄城中，愁云笼罩，三日不绝。齐桓公追赠王子城父为“忠君护国大夫”，又令其子姬甫袭其爵禄，担任临淄城父一职，姬甫也由此被称为王孙城父……再后姬甫之子姬森担任第三任城父，其间因为勤王攘夷，军功卓著，而被周天子赐姓为“王”——此“王”非王子城父之王，乃姬姓之分支王姓之王。姬森由此始称王森，又唤作王城父，为后世大名鼎鼎的琅琊王氏的始祖。此皆后话。

“诺！”当下，公孙隰朋领命道，“只是……论及晋国新君，我齐国是拥立公子重耳呢？还是公子夷吾？还是其他某公子？”

“既是辅助他国，大司行只顺从晋人之意便可，无须强申己意。倘若非要对答，只道愿拥立重耳即可。”

公孙隰朋又一声“诺”，然后又迷惘道：“管相何以断定重耳不会被立为国君？……我以为，重耳定当喜而乐之。”

“晋人必拥立重耳，然而重耳必不愿被立。隰朋兄且往观之。”管仲淡淡应道。

晋都绛城里，里克于朝堂之中大会百官，国中大夫无一不至。里克道：“骊姬惑乱先君，以至于逼死申生，逼走重耳、夷吾。如今骊姬已除，余孽已诛，举国欢腾。然君位空虚，社稷无主，特请众人一会，商议拥立新君之事。”

骓遄应道：“先君诸子，重耳最贤，国人渴盼重耳之心，如大旱之望云霓，当迎立重耳为君！”

骓遄一言，几近一呼百应，堂中众大夫多有附和者。邳郑父道：“众大夫愿立重耳者，可共书名于简，然后遣使，持此简，入翟国，迎回重耳。”

里克大喜，道：“此言甚好。”于是取木简来，先书上自己之名。然后众大夫同心者，依次书名，有里克、邳郑父、骓遄、共华、贾华等三十余人。堂中另有二十余人，其心乃在夷吾，虽然未曾书名，但见大势如此，也都保持沉默了。待书名毕，里克道：

"屠岸夷此番为国除贼，乃立首功，待新君即位，再予封赏。今特令屠岸夷为使臣，持此众大夫之表书，入翟国以迎重耳归来。"

屠岸夷大喜，高声应道："诺！"

却说公子重耳乃晋献公二子，生得凛凛一躯，丰仪瑰玮，天纵英豪之气。重耳其人，有两大异象：一是每目皆有两个瞳孔，与上古舜帝相似；二是肋骨相合相连，如一板块。此所谓之"重瞳骈胁"。重耳自幼聪慧，礼贤下士，凡朝野名士，无不慷慨结交。至十七岁时，便以仲父事狐偃，以师傅事赵衰，以兄长事狐射姑，一时各路豪杰云集，晋国渐渐形成了一个势力强大的重耳集团。后骊姬受宠于晋献公，欲废长夺嫡，立自己儿子奚齐为嗣，于是枕边游说献公，先将世子申生、重耳、夷吾三人调出国都绛城，皆迁往他地：一个住在曲沃，一个住在蒲地，一个住在屈地。继之骊姬巧设诡计，逼得申生自杀，终于将奚齐立为世子。再后骊姬又污蔑重耳、夷吾皆将谋反，使得献公怒而拔剑，要杀此二子。无奈何间，重耳只得外逃避祸，去了翟国。而夷吾则去了梁国。

重耳初逃之时，仅有狐偃、狐毛二人相随，至翟国时，不想又有胥臣、魏犨、狐射姑、颠颉、介子推、先轸、壶叔等三十余人纷纷前来投奔，甘愿一同流亡。此辈中人多是晋国名士、朝中大夫、文韬武略之才、忠肝义胆之士，只因平时重耳待之甚厚，主臣情义非同一般；又皆感献公失德，骊姬弄权，晋国早晚必乱，而重耳早晚必成大事，所以患难之际，出亡之时，众豪杰皆愿舍命相随重耳。重耳流亡之壮观，一时独步天下，世无可匹。后人曾有一篇古风，单道重耳从亡诸臣之盛：

蒲城公子遭谗变，轮蹄西指奔如电。
担囊仗剑何纷纷，英雄尽是山西彦。
山西诸彦争相从，吞云吐雨星罗胸。
文臣高等擎天柱，武将雄夸驾海虹。
君不见，赵成子，冬日之温彻人髓。
又不见，司空季，六韬三略饶经济。

二狐肺腑兼尊亲，出奇制变圆如轮。
魏犨矫矫人中虎，贾佗强力轻千钧。
颠颉昂藏独行意，直哉先轸胸无滞。
子推介节谁与俦，百炼坚金任磨砺。
颉颃上下如掌股，周流遍历秦齐楚。
行居寝食无相离，患难之中定臣主。
古来真主百灵扶，风虎云龙自不孤。
梧桐种就鸾凤集，何问朝中菀共枯？

重耳在外颠沛流亡共计十九年，先后辗转了翟国、卫国、齐国、曹国、宋国、郑国、楚国、秦国八个诸侯国，直至六十二岁之时才继位做了国君，是为晋文公。晋文公是继齐桓公之后，春秋乱世第二个霸主，后世将两人并称为“齐桓晋文”。孔子也有言道：“晋文公谲而不正，齐桓公正而不谲。”此皆是后来之事。

当时重耳流亡在翟国，幸翟国乃重耳母夫人之国，翟君很是礼遇重耳，待为上宾。重耳之众虽然寄人篱下，但尚可衣食有靠。这日，忽闻晋国有使臣屠岸夷到，重耳命相见。

屠岸夷恭恭敬敬拜了重耳，奉上表书，道：“骊姬之党已诛，国中无主，朝中大夫皆联名表奏，愿迎立公子归国，以嗣社稷。屠岸夷特为使。”

重耳看了那表，见上面密密麻麻，有里克、邳郑父、骓遄、共华、贾华等三十余人姓名。重耳思忖半晌，未见丝毫喜悦之色，只满脸疑惑，并不答话。

许久，重耳抬头，问屠岸夷道：“先君尚有诸公子多人，为何选我？”

“公子何出此问？”屠岸夷大惊道，“公子素有贤德之名，国人渴盼已久，三十余人联表，正待公子归来啊！”

猛士魏犨在旁，焦躁道：“国中来迎，公子而不往，莫不是要在这翟国做一辈子外客？”

重耳道：“魏犨只知其一，不知其二。国中奚齐、卓子虽亡，然而其余党犹存，隐患多矣。同时诸公子觊觎大位，也是各有所恃，各有所谋。目下晋国正仿佛一鼎沸汤,将煮牺牲。此时我若误入其中,再难有脱身之计。所以,此时晋国,不可回。”

狐偃在侧,连连点头,接着道:“公子仁德广布,倘若乘丧乱而取国,乃不美之名也。公子当勿归!”

屠岸夷心中陡然生出一种不屑来,暗暗道:“世人皆道重耳英才盖世,今日一见,实乃贪生怕死的怯懦之辈!”

重耳微微一笑,对屠岸夷辞道:“重耳开罪于父,逃亡他国,早已是心灰意冷之人。先父在时,重耳不能榻侧尽孝;先父去后,重耳又不曾坟前哭祭,岂敢再有继位称君之妄想?——唯愿国中大夫更立他人为君,重耳不敢有违。”

屠岸夷不再答话,只一行礼,便冷冷地辞去了。

屠岸夷回到晋国,言道重耳拒辞为君之事,满朝大夫一片叹息之声。里克、邳郑父二人却不以为意,要屠岸夷再往翟国,二请重耳。不想大夫梁繇靡哈哈大笑,道:“可为君者,难道唯有重耳一人?可立夷吾!”

里克道:“夷吾为人,又贪又忍。贪则无信,忍则无亲,不如重耳之贤。”

梁繇靡道:“夷吾、重耳皆为先君血脉,大夫为何厚此薄彼!”此语一出,又引出一片哗然。放眼望去,拥护夷吾继位者,有梁繇靡、虢射、韩简、吕饴甥等,约二十余人。一时人心所向,里克、邳郑父二人也无奈,只好赞同。于是命屠岸夷、梁繇靡共同为使,入梁国迎请公子夷吾。

夷吾逃奔到梁国后,梁国国君待之甚厚,将女儿嫁之为妻,并生一子,取名叫作圉。夷吾虽身在梁国,但与绛城中朋党始终密切联络,日夜盼望晋国生变,自己好乘隙回国称君。待奚齐、卓子被诛,夷吾大喜,以为回国有望;不想朝中却遣使去迎重耳,夷吾顿时大失所望。夷吾深知,国人中意重耳之心,远胜于己。然而世事如此难料,那重耳竟然拒绝了,真乃不可思议!见屠岸夷、梁繇靡又同来梁国迎接自己,夷吾便转忧为喜,乐道:“天不予国于重耳,天欲赐国于夷吾!哈哈哈哈……”

时大夫郤芮追随夷吾在侧,见夷吾大喜过望,道:“重耳非是不愿得国,之所以拒绝,必有缘故。公子不可大意!目下晋国党派复杂,暗流汹涌,诸种势力错综复杂,凶险异常。公子此时回国,稍有不慎,便会粉身碎骨!”

夷吾满脸惊恐,又满脸不悦:"依大夫之意,我需做第二个重耳?!"

"非也。此百年难遇之机,岂可错过?"郤芮道,"夫入虎穴者,必操利器。公子欲顺利得国,必假外力。我有两策,可保公子无虞:其一,今朝中主事者,以里克、邳郑父二大夫为首。公子当先以重贿结其心,可承诺称君之后,许里克汾阳之田一百万,许邳郑父负葵之田七十万。如此里克、邳郑父必尽心竭力拥戴公子。其二,当向邻邦秦国借兵,然后入国。然欲要秦国助我,则必须割大地以贿赂之,否则不足以动其心。"

夷吾大惊,问:"当割何地给秦国?"

"非割让河外五城不可。"

夷吾大骇,怒道:"赐田于里克、邳郑父尚可,依旧在自家国中。然我一日国君未做,便先割让河外五城于秦,此举大大有损于晋国,吾颜面何在!"

郤芮道:"公子若不能返国,则不过客居梁山一介匹夫,何能有晋国尺寸之土!譬如他人之物,有何惜哉!以五城而换得一国,又有何不可!"

闻听此言,思忖再三,夷吾顿转平静,呆了半晌道:"我当依郤大夫之策。"

屠岸夷、梁繇靡见夷吾,大表国中众大夫迎立为君之盛意,夷吾满口答应了。夷吾令屠岸夷先行回国通报,并带去了许诺里克、邳郑父田土的密信。然后,又令梁繇靡与郤芮前往秦国,求见秦穆公——见面之礼,乃是黄金四十镒、白璧六双,外加割让晋国五城以谢大恩的信诺。

秦都雍城,秦穆公正思谋晋国平乱之事。却说当初娶晋献公之女穆姬时,晋献公于晋宫中曾令太卜以龟甲卜之,其兆大吉,有词曰:"松柏为邻,世作舅甥,三定我君。利于婚媾,不利寇。"大意是说,秦穆公娶穆姬后,将会三平晋乱。如今里克两番弑君,晋国大乱,穆姬也连连恳求穆公出兵,以为母国平乱,昔日之卜果验。秦穆公也决意平晋,其中除这层姻亲缘由之外,更重要的是,穆公大修国政,国富兵强,早欲东出以图霸天下。而首当其冲者,秦晋之争势不可免。

晋国目下之急,乃是确立何人可以继位为君。穆公正思虑间,忽然洛邑周天子来使,言道周襄王相约齐桓公、秦穆公一道,联兵共平晋乱。穆公接了天子诏,道:

“敢不尊天子之命?”

安置周使入馆舍休息后,穆公心潮翻滚,踌躇难决,乃召“二相”前来商议。穆公新近喜得二贤才,皆拜上卿——拜百里奚为左庶长,拜蹇叔为右庶长,时称“二相”。左庶长百里奚又称“五羖大夫”,年七十方拜相,乃后来穆公霸业第一功臣,其人颇为传奇——百里奚本是虞国人,姜姓,百里氏,名奚,字里。自幼贫寒,怀才难遇,至三十余岁方才娶一妻杜氏。杜氏极贤,婚后便劝夫远游以图大志。杜氏将家中仅有的一只雌鸡宰杀,拆门闩做柴而炊之,又舂黄齑煮饭,令丈夫饱餐一顿后别去。百里奚先游历到齐国,欲求仕于当时的齐襄公,但苦于无人引荐,始终无门。后不得已,乞讨于郅地,时已四十岁。郅地有一人名蹇叔,见百里奚人物非常,于是以礼相待,两人结为兄弟。但蹇叔也十分贫寒,照顾百里奚难免捉襟见肘。百里奚于是在蹇叔村中放牛以谋生,但怎么也不曾料到,慢慢地,其人养牛渐成一绝。不久后,王子颓与五大夫霸占洛邑而称王,因子颓好牛,百里奚于是也前往投奔。然而王子颓乃荒唐浪子,绝非立业之主,百里奚绝望之余,弃之而去。再后,百里奚返回虞国,微得虞公赏识,拜为中大夫。只是时日未几,晋献公假途灭虢,又吞并了虞国,百里奚稀里糊涂又成了亡国之臣。而流亡到晋国后,偏偏又逢上秦穆公迎娶晋献公之女,即穆姬,百里奚于是又被作为穆姬的陪嫁奴隶而远赴秦国。百里奚以为此乃奇耻大辱,于是中途逃遁,一路南去,直至楚国宛城。楚王因其饲牛有术,便令其养牛放马于大海之滨,百里奚于是又在楚国做了圉人。

至此,百里奚霉运透顶,终于得遇伯乐。却说当秦穆公得知自己夫人的陪嫁之中,乃有一个半路逃走的人才,名叫百里奚时,立时动了求贤之心。后一打听,其人原来在楚国饲牛放马,于是要以重金求之。大夫公孙枝道:“如此则百里奚必失。楚王令百里奚沦为牛马之属,乃是不知其贤也。如果国君重金求贤,无异于告诉楚王此乃一宝。楚王得知,要么重用百里奚,要么将百里奚杀掉,岂能归赠于秦?所以故,秦当于陪嫁逃奴问罪于百里奚,然后从楚国贱买来,此乃当年管仲槛车脱险之计也。”穆公从公孙枝之言,乃使人入楚国,以百里奚乃秦国逃亡贱臣,欲拘捕回国治罪为名,使用五张羊皮就将其赎了回来。楚王不知其中奥妙,笑着就应了。于是百里奚乘坐囚车,顺顺利利就到达了秦国。不想秦穆公一见百里奚,观其浑身污浊,鬓发苍苍，大失所望，不悦问道："年岁几何？"百里奚答："才七十岁。"穆公叹道："可惜太老了。"百里奚又道："倘若使百里奚擒猛兽，捉飞禽，则我是嫌老了。然而欲使百里奚治国强兵，谋图霸业，则我还嫌其少。昔日姜太公，八十始遇周文王而被拜为太师，牧野伐纣，卒定周鼎！而臣今日遇君，比之太公尚早十年，何来太老！"穆公闻言大喜，与之坐而论道。百里奚论及天下大势、秦国国政，胸有成竹，见解独到，其"称雄西戎，东出争霸"之策，正中穆公下怀，有茅塞顿开、拨云见日之感。穆公感慨万千："我得百里奚，如齐侯之得管仲！"遂拜为相。由此百里奚就得了"五羖大夫"的名号，或又曰"穷百里饲牛拜相"。不久后，百里奚又向秦穆公举荐了蹇叔。也是时来运转，风云际会，一时间，穆公身边就聚集了百里奚、蹇叔、西乞术、白乙丙、孟明视、公孙枝、公子絷等一大批文武贤才，难怪齐桓公之后，秦穆公也很快成了春秋时期另一位霸主。

须臾后，秦国左右二相百里奚、蹇叔齐来拜见秦穆公。穆公道："晋国内乱，献公薨后，奚齐、卓子连连被诛，国中社稷无主。夫人屡屡劝我为晋平乱，如今周天子也遣使而来，相约周、齐、秦一道赴晋，拥立新君以定社稷，二相以为如何？"

蹇叔道："我等辅佐国君，正欲内平西戎，外争霸权，如今晋国逢乱，正乃我秦国大显身手之时，岂能错过？况又有天子之令。"

百里奚亦点头。穆公接着道："我意平乱晋国久矣！目下晋国有二公子，曰重耳、夷吾，皆可为君。寡人不知当立何人，一时踌躇难决，故而召二卿前来商议——此二人，谁人更贤？"

百里奚道："此二公子受骊姬之祸，一外逃在翟国，一避祸在梁国，已许多年了。臣在晋国曾盘踞一时，深知重耳之贤，远过于夷吾。晋人也盼重耳继位，远过于夷吾。"

蹇叔道："左庶长之意，当立国于贤？"

穆公哈哈大笑："立国于贤！即立重耳为君，我再无疑也！"

百里奚神色异常郑重，大有深意，反问道："国君之立晋君，是为晋忧？还是为秦谋？"

"晋国与我何干？寡人定晋，自是欲使秦国扬名于天下也。"

百里奚倏尔一笑，道："国君如是为晋忧，则为其立一贤君；如是为秦谋，则为其立一不贤之君！晋国有贤君，则可以居秦之上；晋国有不贤，则必然居秦国之下，两者孰为有利？"

秦穆公与蹇叔顿时恍然大悟。蹇叔叹道："百里奚谋无不当，举必有功！"

秦穆公纵声大笑："卿之言，真开我肺腑！寡人受教了。"当下便放弃立国于贤之念，决定改立夷吾为晋公了。

又一日后，梁繇靡与郤芮车载黄金白璧，入雍城觐见秦穆公，言道晋国诸大夫已候夷吾入国，愿秦国出兵相助，待夷吾继位称君之后，许以河外五城以谢秦穆公。不想意外将得五座城池，秦穆公自然也是大喜过望，便与梁繇靡、郤芮相商，决定不日即发大兵护送夷吾归国。梁繇靡、郤芮不辱使命，也得意而归。时百里奚在旁，提醒秦穆公道："夷吾乃贪而无信之人，国君当提防夷吾有诈。"秦穆公却不以为然。

至约定之期，周、齐、秦三路大军相会。周襄王以王子党率师，齐国以公孙隰朋率师，而秦国则是秦穆公亲自统领兵车而至。晋人迎立夷吾已定，秦穆公也多表赞同，公孙隰朋自然也无异议，而王子党周室一方更是顺势附和。于是，三路大军一齐接了夷吾，然后浩浩荡荡，径直向晋国开去。

里克、邳郑父受了夷吾田土之贿，于是关于迎立新君之事，热情倍增，便早早请出国舅狐突做主，率领国中众大夫，接驾于晋界。未几，晋都绛城之中，夷吾即位为君，是为晋惠公，即以本年改元，为晋惠公元年。惠公继位后，立长子圉为世子，拜狐突、虢射为上大夫，拜吕饴甥、郤芮为中大夫，拜屠岸夷为下大夫，其余在国诸臣，官职依旧。时周襄王二年，公元前650年。

晋国新君，果然是夷吾而非重耳！公孙隰朋徘徊在绛城之上，远眺群山，不禁叹道："管相远在千里之外，何能料晋国之事一如齐国！"此番借会平晋乱之机，公孙隰朋见晋国山河险固，人才济济，气象不同凡响。那个令众挂念，却藏匿云中始终不得一见的龙一般的人物重耳，竟有三十豪杰甘愿相伴流亡，也自是非同一般的雄主明君！还有这西方之秦，虎踞昔日王畿的四塞之国，占尽地利。秦穆公及帐下如百里奚、蹇叔、西乞术、白乙丙、孟明视、公孙枝、公子絷等一般明君强臣，风云际会，虎虎生威，已经初具霸主气象！公孙隰朋忧虑绵绵，不由又想到了南方的荆楚，雄心勃勃的楚成王麾下，同样的如斗子文、屈完、斗廉、斗章等英才也是风华正茂，虎啸龙吟，正欲北上中原，挥戈问鼎！东齐、西秦、南楚、北晋，目下天下四强，虽然齐国依旧霸业鼎盛，然而齐侯已老，大司田宁戚、大司马王子城父早已凋零，大司理宾须无也已疾病缠身，昔日披坚执锐、无所不克的“一相五杰”，唯剩管仲、鲍叔牙、公孙隰朋三颗白头勉力撑持。齐国已至暮年，而晋国、秦国、楚国则如同河出伏流，一泻汪洋，其势强劲不可挡……公孙隰朋摇摇头，望着黄河与太行环绕之中的晋国大地，不由落泪道：“齐国霸业，不久将终……”

晋惠公继位之后，重用私党，排除异己，背信弃义，原形毕露。先时许诺割让给秦国的河东五城，晋惠公不予兑现；答应赏赐给大夫里克的汾阳之田一百万，赏赐邳郑父的负葵之田七十万，也统统不认。晋惠公此举，惹翻了当时拥立其继位的三大功臣：秦穆公、里克和邳郑父。晋惠公又奸污庶母，即晋献公之贾夫人，更是引得朝野哗然，皆以为错立国君，当复立公子重耳云云。

晋惠公自知难服内外，于是抢先将重臣里克处死，然后杀戒大开，又将邳郑父、骓遄、共华、贾华、祁举、叔坚、累虎、特宫、山祁九大夫一并诛杀，晋国再度陷入一片腥风血雨之中。晋惠公如此无道，又失信玩弄于秦，秦穆公怒不可遏，欲举倾国之兵前去伐罪，并扬言要废惠公而改立重耳为君。晋惠公得报后大惊，一面安抚朝臣，整军与秦国备战；一面派寺人勃鞮手持密令，重金购买死士，前往翟国，必要置重耳于死地。

一言以蔽之曰：重耳乃晋惠公心腹大患，重耳不死，惠公难安。

话说勃鞮组建的刺杀团队刚刚出发，幸无意间为老国舅狐突所获悉。重耳流亡之臣中，狐偃、狐毛二兄弟，便是狐突之子。生死攸关，十万火急，狐突赶紧差心腹之人，抢先赶到翟国，将此重大消息报于重耳知晓。狐偃道：“勃鞮此来，譬如厉鬼索命，存亡只在旦夕之间。翟国已不可居，当速往他国避难。”重耳问当去何国，狐偃接着道：“东方齐国乃当今霸主之国，最是礼贤下士，收恤诸侯。卫国之公子开方，陈国之公子陈完，皆往投奔，而齐侯皆以礼待之——当去齐国！”

重耳道：“就去齐国。”于是一行流亡主臣三十余众，不敢有丝毫懈怠，忙忙如丧家之犬，急急如漏网之鱼，衣衫褴褛，彼此搀扶，饥餐渴饮，披星戴月，真似戎狄过境下的乡野难民一般，说不尽的狼狈凄凉，直向齐国奔去了。

第十九章　三匡天子

重耳一行，仓皇而逃，终于脱离险境，来到卫国。欲入齐国，必借道于卫国。重耳及随行之众，大部都出身于官宦之家，流落翟国时，虽然也饱尝艰辛，但到底有翟君格外关照，日子尚且说得过去。如今一路东逃，缺衣少食，风餐露宿，无依无靠，这些世家子弟可谓吃尽苦头，其中滋味，难以言表。

勃鞮率领一帮死士赶到翟国，发现重耳早逃之夭夭了，算着时间，已将至卫国。晋国与卫国少有邦交，倘若再贸然向卫国追杀去，单是那重重关卡，勃鞮也难以通过。勃鞮无奈，于是无功而返，复命于晋惠公。时正赶上秦国欲要伐晋，惠公忙于应付两国交兵，只好将此事暂且搁起。重耳由此躲过一劫。

重耳之众至卫境，守关之吏拦住，问其来路。赵衰道："我主晋公子重耳，避难在外，将往齐国，故借道于卫，尚请方便一二。"关吏闻听是晋国贤公子到了，以为乃是关系两国邦交的大事，便急忙上报于卫文公。卫国卿大夫宁速也早知重耳之贤，以为当接入城中，以礼相待。卫文公却道："卫国遭逢赤狄之祸，寡人迁都楚丘之城，并不曾借得晋国半臂之力。百年以来，卫国与晋也少有交好，何须礼待一个什么贤不贤的公子。何况如今他乃是出亡之人，若迎入，必当设宴，又需馈赠，徒增损耗，不如驱逐之。"于是重耳不得入城，被关吏驱赶后，只得从城外绕行。一行之众饥肠辘辘，疲惫不堪，原奢望着可以进城休整一番，不想却是这般境况！魏犨、颠颉二人乃勇武善战之士，先后大怒道："卫毁如此无礼，不尽地主之谊！我当剽掠村落，打劫财物，以助公子之行！那卫毁焉敢责怪于我！"重耳摇头道："剽掠者，盗贼也。重耳宁饿死，岂可行此贼盗之事！"

魏犨、颠颉皆不敢再言，于是重耳率众，只好从城外绕着走去了。

重耳一行继续前行，是日正午时分，赶至一处乡间田野，地名叫作五鹿。一帮君臣早餐未进，忍饥挨饿又行半日，此时实是坚持不住了。重耳肚子咕咕叫，强撑着眼皮望去，只见田间孤零零一株大柳树下，有四个农夫坐在垄上，正从一只竹筐中取出豆饭、藿羹之类，盛于陶碗中，分而食之。重耳立时来了精神，无意间吞咽了几口口水。

狐偃看在眼中，道："我去讨一碗饭，以为公子充饥。"

重耳道："落魄之人，更须礼谦，且让我自去。"

众人都立在路边瞧着，见重耳三步五步走近，先行拱手行礼。一农夫坐在锄头边，翻着白眼，上下打量重耳，又望望重耳身后三十个不知是官是匪还是丐的行路人，道："客从何来？"

重耳道："我乃晋国人，远行断粮，饥馁难忍，可否赐我一餐？后必有报。"

那农夫大笑道："你堂堂男子，如何不能自食，反乞讨于我？我等皆贱农，唯有饱食后方能荷锄耕作，岂有余食赠你！去去去！"

身后的魏犨看得大怒，青筋暴起，就要打人。但见重耳强忍着，又看一眼那农夫碗中残留的些许豆饭，犹微微冒着一缕白烟。重耳又拱手，道："虽然乞无所食，但可否赐我一食器？"

农夫大怒，从地上抓起一块儿土疙瘩，霍然起身，嗖一下扔到重耳怀中，厉声道："此土可烧为食器！"言罢，余下三农皆嬉笑不已。

那土块从重耳怀中滚落，落在其右脚之前。

重耳忍无可忍，双目射火，喝道："乡野贱农，也敢羞辱于我！"此时，身后之众一拥而至。重耳说着，就要拔出腰间佩剑砍将去。狐偃一把拦住，反而大笑一声，劝阻道:“得饭容易得土难！土地,国之基也。如今上苍假手农夫赐土于公子,此乃得国之吉兆,公子何须发怒?”

重耳怔怔地望着身边如狐偃、狐毛、魏犨等陪同流亡之众一双双深情而渴盼的眼睛,忽然倏尔一笑,将剑就收了;然后对着眼皮子底下、方才那块再也寻常不过的黄土疙瘩,虔诚地三揖三拜,又俯首将土块儿收拾起,恭敬纳入袖中。继之默默无言,就带着众人上路离开了。

柳树下四个农人矗立田间,互相瞠目,懵懂了半天,也没有搞明白到底是怎么一回事。见重耳之众去远了,忽然聚声大笑道:“此人真乃一个傻蛋!”

又行至黄昏时分,见小河边上一片树林,林下蕨菜鲜美。重耳随行之众七手八脚,在水边铺设草席,将为露宿,又伐木生火,掘土为灶,挖蕨菜煮汤充饥。

片刻后,有烟火生起。但是重耳一见又是连吃数餐、难以下咽的蕨菜,顿觉身躯散架,忽然就晕倒在地。狐毛匆忙间将重耳托起,放于自己膝上,右手不停为之抚胸。众人都跑过来,纷纷唤“公子”。但见重耳呼吸如常,恍惚睡着,就是不应。介子推道:“勿忧,主公乃是饿得晕过去了,我将前去为主公觅一餐肉食。”言讫,大步钻入树林中就不见了。

又等了好一会儿,但见河岸暮色中,一个黑影缓缓由远而近,乃是介子推捧着一盂热汤回来了。介子推满脸笑吟吟的,只是走路似乎与以往不同,众人一时也没太在意。野宿之地已经燃起五堆篝火,蕨菜被煮熟了的清香之气缕缕飘来。介子推道:“幸讨得一盂肉汤,可让公子服下,身体自愈。”

火影之下,重耳被灌了几口热汤,果然就醒转过来。重耳忽感一阵肉香扑入鼻孔,精神大振,从狐毛腿上坐了起来,接过那盂,连汤带肉顷刻间就吃了个精光。众人不由都欢欣起来,但见重耳脸上已经恢复了血色,抱着那空盂,满足地叹道:“美哉,今日之汤!”

一片欢喜中,人群里的介子推身子一闪,忽然就倒地。狐偃慌忙去扶,此刻才发现介子推左股上血迹殷殷……狐偃大惊,顿时恍悟,大喊道:“介子推,割股啖君?! ……”

众人皆惊。重耳手中的汤盂瞬时滑落地上,匆匆过来扶住介子推,急道:“此汤肉从何而来?”

介子推十分虚弱,微笑地瞧着重耳,道:“此臣之股肉也。古人云:孝子杀身以事其亲,忠臣杀身以事其君。公子再不进食,必有大患,臣于是割股肉煮之,使公子暂避一时之难。”

重耳热泪汩汩而下:“介子推如此忠心护主,重耳何以为报……”

介子推摇了摇头,微微道:“唯愿公子早归晋国,成就一番大事,以全臣等股肱之义,岂贪他日之报乎!”

此言一出,狐偃率领众人齐齐伏拜于地,同声道:“我等皆愿尽忠辅佐,助公子成就大业!”

河风晚凉,火光作响,重耳顿感热血翻涌,浑身意气飞扬,热泪盈眶道:“我有此等臣子,何愁大业不就!——此生不成王霸之业,重耳誓将自戕!”当下拭干眼泪,扯下衣襟,亲自为介子推包扎股上刀口。狐偃、狐毛等俯身过来相助,很快就将介子推料理停当。

几堆野火烧得正旺,釜中蕨菜之汤早熟。三十余众乐呵呵盛了菜汤,勉强果腹。流水淙淙,晚风徐徐,魏犨喝了那汤,仿佛喝了酒似的,大喝一声,便勒紧腰带为大家舞剑助兴;又有胥臣、先轸二人击掌,先后引吭高歌,引得众人皆捧腹大笑,十分热闹。须臾,但见星斗挂上树梢,旷野寂静异常,重耳等人于是互相偎依,渐渐睡去。火堆边上,一片鼾声骤然响起。

重耳君臣如此这般觅食而行,半饥半饱,历尽无数艰辛,终于到了齐国。

临淄城中,闻得重耳一路流亡,身边竟还有狐偃、狐毛、胥臣、魏犨、狐射姑、颠颉、介子推、先轸、壶叔等三十余晋国名士舍命相随,管仲惊叹不已,道:“此乃真英雄,他日必建惊世之功!”于是劝齐桓公以礼相待。

齐桓公也素闻重耳之贤,便遣使将其迎接入城,设宴款待,然后妥善安置在馆舍之内,衣食供应颇为丰厚。重耳大为感动,再三称谢不已。

这日,重耳在狐偃、魏犨陪伴下,前来相府,拜会管仲。时管仲正于园中演练射艺,闻重耳来,十分欢喜,于是就于园中设席,礼见重耳。两人分宾主坐定。

管仲白髯飘飘，眸子晶亮，虽已暮年，然而神清气爽，威严睿智不减当年，更增了一份令人高山仰止的难以言明的气象。重耳恍惚之间，如见师，如见父，如见将帅，如见圣贤，慨叹道："流亡之人，得以瞻拜当今天下第一贤相，何其幸哉！"

管仲见重耳正当盛年，雄姿英发，虽是落魄之躯，然眉宇之间自有一股王者之气隐隐透出，兼之身后狐偃、魏犨一文一武侍立在侧，气象庄严，不禁就想到自己在这个年龄之时，齐桓拜相的那一幕场景来，当下好生羡慕重耳，微微笑道："重瞳骈胁，天生异相。晋国贤公子来也，何其乐哉！"

"出亡之人，何敢论贤！"重耳道，"我初来临淄，见街市繁华，百工兴旺，车毂击，人肩摩，连衽成帷，举袂成幕，齐国如此繁荣富庶，重耳实是不敢信！此真乃天下第一城，晋之绛城、曲沃皆不能比也。素闻管相乾坤巨匠、霸王之辅，诚不虚言。重耳愿请教一二。"

管仲道："无他。有曰四民分业，曰海内通商，曰官山海，曰三选法以任官，曰富其民以固本。然而天下邦国数以百计，难有定论，当依其宗脉社稷、山川地理、人口风俗、君臣贤愚、邦交关系等统而论之，然后有谋划。大要言之，取民心者乃为第一要义，此治国万古不变之理……"管仲今日心情大好，将四十年治国理政的经验与感悟娓娓道来，重耳听得醍醐灌顶，如痴如醉。当下立志倘若有朝一日重返晋国，便当以管仲为师，改革内政，变法图强，使晋国如齐国般成为天下瞩目的富强之国！

"重耳再请教：此后百余年间，天下大势若何？"

"方今天下大乱，宇内群雄逐鹿，百余年间，诸侯争霸势不可免。"

"重耳愿齐国霸业长盛不衰！"

管仲微笑摇了摇头："管仲可以算其生时，不能算其死后。我之后，霸业或在齐，或不在齐，其中皆有定数。然当今天下，齐、秦、楚、晋，东西南北四强格局已成，此后百余年间，主宰天下者，唯在此四国。"

重耳、狐偃、魏犨皆听得大骇，几乎要渗出一身冷汗。良久后，重耳又道："我闻晋国遣使入翟国，欲要请我回国继位，时管相远在临淄，便已料定重耳必定拒之。管相真知我者也！然——我弟夷吾继位不久，便遣勃鞮刺杀于我，不得已千里迢迢，避难于齐。如今思来，我又悔恨不已！……重耳不知将来前途若何？请管相赐教于我。”言罢深深行一礼。

看着重耳谦恭之状，管仲隐隐一笑，道：“公子谋虑长远，又何必急躁一时？夷吾侥幸继位，其人贪而不智，暴而失德，先失信于秦国，后又失信于臣下，以至于内外交困，国如累卵。晋国又将大乱矣！国乱则思贤君，公子素有名望，晋人渴仰于内，三十忠臣追随于外，目下虽然时运不济，然晋国久后必归公子！公子大好前程何须问也。”

此言一出，令重耳拨云见日，心中顿然欢喜异常。狐偃与魏犨也禁不住眼睛闪亮，互相对视了一下，皆替主公高兴不已。

“管相金玉之言，重耳受教了。”重耳说着，又恭敬行了一礼。两人又就宋、鲁、郑、卫、陈、楚等天下诸侯国各抒己见，一时高谈阔论，激起阵阵笑声连绵不绝。又半晌后，重耳方才辞去。

却说管仲与重耳园中谈论，却被躲在不远处竹林后面的两个女子无意间窃听了一番——其一乃是管仲夫人高雪儿，其一乃是齐国宗室之女齐姜。齐姜年十八九，青春貌美，秀丽挺拔，黑发如瀑，娟然静好，又喜读书，好剑术，秀外慧中，柔中带刚，颇具男子杀伐果敢的气魄。宗室诸多少女之中，齐姜最得齐桓公喜爱。不过齐姜性子清冷孤傲，素怀高远之志，常言道此生非英雄不嫁。这一点倒与当年的高夫人十分相像。齐姜心中，也时时将自己与高夫人相比。也因为这个缘故，少女齐姜与高夫人最是亲密，走动最多，而高夫人也颇喜齐姜，视为半个女儿。今日齐姜又来相府，两人于园中信步闲游，不想正撞上重耳来拜会管仲。两人便在竹林后止步，高夫人早闻重耳大名，有意想看看这位晋国贤公子到底是何等人物；而齐姜从竹叶间窥见重耳的第一眼，顿时大惊，瞬间芳心倾倒，认定此人定乃当世英豪，绝非凡品。

重耳去后，高夫人携着齐姜从竹林边走过来。高夫人笑着问管仲：“夫君以为重耳乃何许人也？”

管仲悠悠道：“重耳英才也。若得国，其功业不在齐侯之下！”

齐姜听了，瞧着重耳远去的背影，峨眉紧蹙，魂魄已失，一时痴痴，呆若木人。高夫人连唤了三声，齐姜并不应。高夫人便不再唤了，与管仲相视一笑，便携手走去了。

园中，清风徐来，竹影如画，只留下齐姜独自一人呆呆立着……

也是天作之合，姻缘将至。又十天后，齐桓公设宴，请重耳小酌。席间，齐桓公问重耳内眷何在。重耳答在外流亡，孤身一人。齐桓公大惊，道："贤公子岂能无内人侍奉？我当为公子择偶！"话音刚落，齐桓公就想到了宗女齐姜。而齐姜也意属重耳久矣，于是顺顺利利，欢欢喜喜，齐姜就嫁给了重耳。

齐桓公赐重耳宅院一座，车马三十乘，其随行之臣也皆有车马可用。齐桓公又赐黄金、白玉、锦帛、铜器，其他如粟、米、肉、果等物一如官员廪饩供应。重耳频遭算计，忽被刺杀，忽将饿死，东躲西藏，颠沛流离，多少年噩梦连连，惶惶难安，溢于言表！如今天赐娇妻，忽然间又过上了这种富贵风流的公子生活，当下真觉如梦如幻，此生足矣！重耳大乐叹道："齐侯礼贤下士，果然如此！其为霸，不亦宜乎！"

伊河从青山脚下缓缓流过，这一片开阔的河谷地带，到处可见白色的帐篷和身穿皮毛、辛苦劳作的戎人。很特别的是，这些戎人有放牧的，有狩猎的，有捕鱼的，更有农耕的，似乎农耕畜牧杂糅，显得不伦不类。此为最近数年间才迁居在洛邑王城之南、伊河和洛水之间的一支戎人部落，华夏人称其为伊洛之戎。伊洛之戎乃是曾经强盛一时的西戎的一支，他们的祖先在西周末年，曾经举兵攻破镐京，杀死周幽王，逼得周室东迁，华夏大地由此进入东周时代。然而最近这些年，随着秦国和晋国的崛起与不断扩张，西戎族受到空前强大的打击，有的向更加遥远的西方和北方迁徙，有的则反而深入华夏内地，迁居中原一带。而伊洛之戎便是不断被秦、晋打压，同时乘着周王室国力衰颓的间隙，进而抢占了伊河、洛水之间肥美的土地。这里乃是华夏腹地，伊洛之戎有意无意之间已被华夏熏染，渐有农耕趋向，其实已经不是往昔逐水草而居的标准的西戎族了。

伊洛戎主拏尔汉此刻端坐中军大帐篷之中，一边啃着羊肉，一边喝着羊奶，正在等待一个重要人物的到来。须臾后，一个公子模样的华夏人在两个戎兵的带领下，静静悄悄走入拏尔汉大帐。拏尔汉得意一笑，撤去左右，只两个人秘密攀谈起来。又过半晌，言毕，两人饮了酒，那个公子就辞去了——此人乃是洛邑城中的王子带。

王子带乃周惠王之宠妃陈妫所生的庶子，当年陈妃母子欲要唆使周惠王废嫡立庶，眼看将成，不想忽然节外生枝，齐桓公于首止大会诸侯，从而导致王室顺利交接，太子郑正式即位为君，即今天的周襄王。王子带大恨，发誓决不罢休，蛰伏王城之中不断在等待机会。不想又几年后，城南的伊洛之戎有进兵周室之意，王子带闻之欣喜若狂，几经周旋，终于于今日深入戎人大营与孥尔汉密谈。双方达成一致协议：孥尔汉率兵攻打洛邑，王子带于城中为内应，待城破之后，废弃襄王而改立王子带为君。同时王子带要将洛邑城中一半的金玉宝贝送给孥尔汉，以为酬谢之功。

这年夏天，闷热异常，整座洛邑王城如在炉火之中。忽然黄尘烟起，卷地风来，仿佛南天一片云，顷刻间就向洛邑压了过来。城门紧闭，城中慌乱，周襄王携着众臣匆忙间登上城楼，顿时吓得脸色煞白。但见下面密密麻麻遍地都是伊洛之戎的骑兵，他们大都赤裸上身，骑着黑马，挥舞雪亮的短刀，疯狂叫嚣着。插着牛尾及五色鸟羽的旌旗不停地晃动，而正中麾盖下，最为高大威猛的戎主孥尔汉不停地用马鞭轻拂着坐骑的鬃毛，正朝城上的周襄王冷冷笑着。

“昔日镐京之祸，莫不是要在朕的眼皮下重演！”周襄王心胆俱裂，大呼道，“众卿，谁可为朕打退戎兵？”

却见身后的王子带从众臣中一个抽身，踊跃道：“我王勿忧！臣弟愿出城与戎人决一死战！”

真想不到一向与自己不合的王子带，在此危难关头却敢于挺身而出，当下周襄王大为感动，忙道：“好好，就命子带出城退敌……”

王子带暗暗得意而笑，正要领命而去，却见周公孔大声喝住，道：“不可！——敢问王子带，可有战胜戎兵的把握？”

王子带窘着脸色，一时不知如何应答，急道：“臣……臣只知为君分忧！”

周公孔正色道：“洛邑守军实是不堪与戎兵一战！戎人勇猛，长于野战略地；我军虽弱，却有高大城池可以坚守。倘若戎兵借王子带贸然出战之机，打破城门，蜂拥而入，则洛邑顿成一片血海！臣以为当以坚守为上，同时遣使出城，向天下诸侯求助。戎兵久攻难下，待诸侯救兵至，则自退矣。”

众人也皆以为周公孔所言乃是上策，纷纷附和。周襄王顿时恍悟，于是下令不可出战，命周公孔与召伯廖统领军事，严守城池；同时发檄文于天下，尤其遣使入齐国、秦国、晋国三国求救，坐等各路诸侯前来勤王救驾。

王子带默默退后，不敢再言，却拿眼睛剜了周公孔一眼，心中恶狠狠道："我本欲请战出城之时，与拏尔汉合兵一处，反身复杀入城中！多事的周公！坏了我的大计！"

坚守之策果然奏效。洛邑王城城高池深，固若金汤，拏尔汉几番强攻，皆被周公孔、召伯廖率领守军击退。双方慢慢就陷入胶着状态。拏尔汉禁不住骂道："内应何在！王子带真是一头言而无信的蠢牛！"

而另一方面，伊洛之戎围攻周室的消息恍如晴天霹雳，天下诸侯纷纷得知。

齐都临淄。管仲禀齐桓公道："周天子乃齐国大会诸侯拥立的共主，如今洛邑王城被异族侵犯，此正乃方伯尊王攘夷之时，当速往救之。事情万急，臣将统兵亲自前往。"齐桓公应诺。于是管仲为帅，鲍叔牙辅之，以姬甫、公孙伯雪、仲孙湫为大将，统兵车五百乘，打一面"尊王攘夷"的大旗，一路杀奔洛邑而去。

秦国雍城。秦穆公召集麾下文武，道："东方齐侯行尊王攘夷之道，终成霸业。如今寡人内政已定，手握雄兵，志欲东出争霸！眼下周王被戎兵围城，此正乃图霸之良机，我当发兵前往洛邑！"公子絷道："今日晋侯继位后，失信于秦，国君正要出兵伐晋，如今为何又出兵于洛？"百里奚接着道："秦晋之战，可缓而行之。然勤王救驾，此乃天赐良机，岂可错过？稍有迟缓，此大功将为他国抢去矣！"秦穆公道："善！"于是先不伐晋，自己亲统大军，以西乞术、白乙丙、孟明视三人为大将，直直向洛邑扑来。

晋都绛城。晋惠公道："天子遣使，召我勤王，寡人当即刻发兵南下！"众臣皆以为不可，晋惠公厉声道："方今天下大乱，尊王图霸已是大势所趋。齐国霸业已三十年有余，虽曰鼎盛，亦将衰落，而南方楚国、西方秦国也先后步入争霸之途，晋乃北方大国，岂容落后！何况寡人当年继位，也曾赖周王鼎力相助，如今洛邑有难，寡人岂可袖手旁观！我心已决，卿等勿言。"遂不听众劝，独断专行，令狐突、郤芮留守国中代理政事，自己亲自统领大军，以吕饴甥、屠岸夷为大将，一路浩荡南下，奔洛邑而去。

孥尔汉久攻洛邑不下，正无计间，忽然传报齐国、秦国、晋国三路人马纷纷前来救应。孥尔汉大惊，道："只道与王子带合谋，取洛邑易如反掌。如今我之内应丝毫不应，周之外援反而接踵而至！倘若再恋战，我将被几路华夏人马踏为齑粉！当速撤去。"

孥尔汉立时传令撤兵，但心中那团怨气无从发泄，尤其恼怒于王子带，于是陡然下令，焚烧洛邑东门。看着那卷地火起，黑烟漫天，守城周兵慌乱无从之状，孥尔汉方才开心一笑，然后带领人马退向伊河河谷老巢中去了。

孥尔汉戎兵逃遁之后，秦穆公与晋惠公于两日之间一前一后赶到。周襄王大喜，开城迎接两大诸侯。三方相见，异常尴尬！秦穆公未能料到晋惠公会来，晋惠公也未曾想着会与秦穆公相见。秦晋两家即将交兵大战，无意间却在这洛邑城中先行一会，于是各自面有不快。同时，都想着要与伊洛之戎大战一场，真刀真枪地尊王攘夷，好让周襄王看看，好让天下人瞧瞧，也算不枉此行——不承想战车未至，戎兵先逃，真是辜负了秦穆公与晋惠公各自的一番苦心啊！当下言辞闪烁，各怀鬼胎，秦穆公、晋惠公与周襄王匆匆一见，略略寒暄几句，又一前一后告辞，纷纷带兵退去了。

晋惠公心中直犯嘀咕，唯恐秦穆公就在周室境内陡然突袭，于是丝毫不敢停歇，火速班师北上，恨不能眨眼之间便归晋国。果然，秦军这边，西乞术、白乙丙、孟明视三将齐齐献策，要趁夜偷袭晋军，生俘晋惠公。秦穆公却笑道："寡人与晋侯同为勤王而来，此乃天下大义，倘若趁此机会偷袭晋军，虽胜也是因私怨而废大义，是为得不偿失。不可动也。"便率军归秦国去了。

于是洛邑勤王之后，秦晋两家并没有发生任何摩擦，各自平安归去了。

齐、秦、晋三国，只齐国距离洛邑最远，当管仲率大军赶到时，非但孥尔汉逃去已久，秦穆公与晋惠公也早各自归国了。管仲将大军扎于洛邑城东五十里之外，先行入城拜见天子。车马路过东门，见整座城门已被戎兵焚烧得不成样子，管仲大怒道："戎人焉敢如此！"见了周襄王，言语之间观其神色，管仲便知周襄王是虽喜亦忧，余悸犹在——齐、秦、晋三国兵来,拏尔汉速去;然而三国之兵退去,又恐拏尔汉复来。管仲于是道:“我王勿忧,臣即勤王而来,必不空手而归。且看我深入戎地,兴兵问罪。”

管仲回营,召众人商议。管仲道:“四方戎狄之族,最是贪婪无信。拏尔汉犯我天子,诸侯救兵一出,他便如鼠遁去了。然而救兵退去,拏尔汉又必复来。天子因此而烦忧。今我齐国既然远道而来,自当为天子解了此忧。”

仲孙湫道:“如何解之？如今秦、晋之师已去,但凭齐国一己之力,贸然讨伐拏尔汉,犹恐力不能及啊。”

管仲呵呵一笑,捻着白须,道:“戎族之力不能及更甚！我何忧哉。我将亲自深入拏尔汉大营,当面严斥,逼其请罪求和,如此则天子之忧可解。”

一听说相国要深入虎穴,众将皆齐声反对,以为太过冒险。其间却见姬甫请命道:“何劳管相亲往？独臂姬甫足矣！请允我为使,问罪西戎!”

鲍叔牙惊道:“戎人暴戾凶残,贤侄不可空自逞强!”鲍叔牙瞧着姬甫的那条断臂,禁不住就想到当年北伐山戎之时,那么雄姿英发、惹人疼爱的鲍山五杰——管颍、鲍石、姬甫、公孙伯雪、公孙黑子——三死一伤的往事！真真要令人痛死！而管仲正是因此而一夜白头的,当下鲍叔牙不由得就一阵心酸。

“齐国大业,唯有前仆后继,方可成之。”姬甫慨然道,“伯父不必担忧。姬甫早已成竹在胸,请准我为国立功!”

鲍叔牙望了望管仲。但见管仲也笑着瞧了瞧鲍叔牙,道:“姬甫可去!”

鲍叔牙依旧正茫然间,又见公孙伯雪昂然道:“昔日五杰鲍山结义,誓同生死。三位贤弟早已为国捐躯,如今姬甫兄又要只身深入虎穴,我公孙岂可落后！请准我为副使,协同姬甫兄一同前往。”

“后辈英才,真可畏也!”管仲正色道,“本帅即命姬甫为正使,前往拏尔汉大营问罪,勿使我华夏威严扫地！公孙伯雪为副使,统兵车二百乘,护送姬甫前往——可于拏尔汉营地前方约二十里地驻扎。我自统大军移师洛水南岸,以为接应。”

如此谨慎安排,大出众人预料之外。姬甫、公孙伯雪先后称诺,就出帐领命去了。

鲍叔牙依旧心中难安，追问管仲道："管相如此放心两个后辈？"

管仲淡淡道："鲍兄放心。姬甫与公孙伯雪必然功成而返。"

姬甫与公孙伯雪的车队一路前行，将至伊河河谷。依着管仲将令，公孙伯雪就地安营，布局战阵，以防不测。姬甫则自驾一辆青铜轺车，直奔孥尔汉大营。

闻报齐相管仲遣使来营，孥尔汉大惊不已，暗暗道："当今天下，唯有齐侯、管仲最是一等一的厉害角色，今突然遣使而来，必有问罪之意，我当谨慎应对。"

须臾后，孥尔汉大帐之中，姬甫身穿甲衣，腰悬铜剑，大步流星，气宇轩昂，只是左臂空挂着一只袖子，令那些戎人惊奇不已。姬甫放眼望去，见左右分列几员带刀的猛将，而正中之人身躯雄壮，面色凶狠，穿兽皮，披散发，虎视眈眈，若狮子王。姬甫料定此人必是戎主孥尔汉，当下不揖不拜，满脸不屑，侧目斜视，道："哪位是孥尔汉？"

见姬甫如此高傲，右边一条猛汉霍然拍案，吼道："齐人如此傲慢，见了我主竟不行礼？"

姬甫纵声大笑，丝毫不惧："入其帐便要拍案，尔等入我华夏之国，杀人放火，我当拔剑！今我未曾拔剑，是大有礼也！"

满帐皆惊。但见孥尔汉一挥手，示意手下勿动，自己冷冷道："我就是孥尔汉，你是何人？"

"我乃齐国临淄城父姬甫是也。奉管相之令，今特为使。"

孥尔汉呼哈哈一声大笑，道："人言管仲辅佐齐侯，九合诸侯，一匡天下，何其帐下如此无人，而遣一个独臂残人为使？！"

满席哄堂大笑。待笑声毕，姬甫不慌不忙，道："是也。我独臂残人也是此番齐国勤王的前路先锋，可叹我尚未至洛邑，尔等便惊惧逃遁而去！哈哈哈哈，伊洛之戎，虎狼之众，为何如此惧怕一个残废之人！"

俄而，帐中笑声忽止，顿然冷静。孥尔汉本就暗暗惧怕齐国，如今又见这个齐使唇枪舌剑，处处威逼，已知其极难对付。当下换了一副笑容，礼道："席间笑谈，齐使何必在意？请坐。敢问所为何来？"

姬甫拒坐,凛然道:“周王乃我华夏诸侯共主,向来怀柔四海,礼乐治天下。尔等本是西戎之族,趁乱据我伊洛之地,如今为何又发兵围攻洛邑!此我华夏孰不可忍也!今特问罪而来,请拏尔汉答复!”

帐中左右暴跳如雷,其中一人道:“猎杀羔羊,岂用答复!此齐使如此狂妄,待我一刀砍了,再整军与齐国决战!”

姬甫冷冷一笑:“我为华夏大义,甘愿赴死,岂惜一头!尔等野蛮无礼之人,自是可以杀我——不过,我管相大军早已兵渡洛水,秦军与晋军也悄然埋伏于别处。拏尔汉!汝将直面与三国大军交战!呵呵呵呵,另有我主坐镇临淄,将再号令十国诸侯,共发联军齐来灭戎!彼时不知尔等有多少人头,皆将落地!”

姬甫言毕,大义凛然,纵声狂笑,惊得那拏尔汉心惊胆战。正思谋如何回复,不想自家探子忽然入帐,附在拏尔汉耳边悄声道:“齐国公孙伯雪的战车出现在二十里之外驻扎,还有管仲大军也已渡过洛水,正欲向我开来。”

拏尔汉愈加惊慌无措,不想灵光一闪,急中生智,忽然就来了主意。拏尔汉缓缓起身,至姬甫面前,依华夏礼仪行了一揖,道:“本戎主知罪!我本无意攻打洛邑,都是那王子带从中挑唆,欲使我发兵,他好为内应。相约破城之日,我得财货,他为周王,愿齐使明鉴。虽如此,本戎主到底冒犯华夏天子,我将即刻遣使入洛邑请罪,还望齐使一道同行。”

姬甫未曾料到忽然又蹦出一个王子带出来,深感王室内乱,事关重大,当下话锋急转,也故意柔声道:“原来是王子带从中作梗啊?戎主所言当真?”

“哎呀呀,千真万确,千真万确啊!”拏尔汉急了,接着道,“我可与王子带当面对质!”

姬甫心中有了底,当下转笑道:“原来如此。戎主既有遣使请罪之意,足见也是一片赤诚。我华夏向来以宽恕之道待人,本使自当尽力。”

拏尔汉一头冷汗方才散去,于是拉着姬甫入席,命人奉酒肉款待。干戈化为玉帛,姬甫也十分开怀,与众戎人畅饮了数碗。

拏尔汉派帐下一文人为使,携带请罪国书,并有牛羊各二百头,金玉之器若干,随着姬甫一道返回。洛水岸边,姬甫、公孙伯雪、拏尔汉使臣一一与管仲见了,管仲大喜，设宴相待，先为姬甫、公孙伯雪二人记一大功。看着深入虎穴之人平安归来，鲍叔牙等顿时也舒了一口长气，终于放心了。

却说孥尔汉之使觐见周襄王，三叩九拜，请罪求和，周襄王也笑着准了。孥尔汉的请罪书中浓墨提到了王子带一笔，周襄王大惊，铭记在心，暗暗寻思着必要寻觅时机，将王子带除掉，否则后患无穷。此后许多年中，洛邑又上演了周襄王与王子带的明争暗斗，此乃后话。

此番戎人犯周，齐、秦、晋三国勤王，齐国明显更高一筹，天下人人都看在眼中。此皆管仲之功。周襄王于是宫中设宴，专待管仲一人。席间，周襄王有意拉拢管仲，特赐之以上卿之礼，管仲道："国中有高子、国子在，管仲岂敢当！国家礼仪，不可废也。"周襄王再三相让，管仲不得已，只受之以下卿之礼。周襄王暗暗叹道："管仲真乃德才兼备之贤相！昔日首止、葵丘会盟，今日问罪伊洛之戎，此皆管仲之谋。朕之社稷，尚需齐侯、管相鼎力辅助啊。"

管仲居功不自傲，礼辞周天子的故事不胫而走，一时天下皆称之为贤。

洛邑已定，管仲率军返国。车马刚出周境，是日荒野夜宿之时，管仲忽然患上了寒热之症。鲍叔牙大急，忙令医官前来诊治。医官先行针，又熬了一碗草药，管仲服用后果然好了许多……然而医官却摇头道："此次偶染风寒，乃体力大衰之兆。管相原本健硕之人，只是常年忧心劳神，历八十余年，目下脏腑皆已衰竭，毕生精神损耗将尽，此诚可忧也。"鲍叔牙听了，瞠目大恐，呆若木人。

一路上，边行军边调养，看着管仲的精神气色依旧尚可。又数日后，抵达临淄。将大军安置毕，管仲与鲍叔牙各自登车，将要入宫觐见齐桓公；却见国叔牛满脸沮丧，眼有泪痕，快步走来，欲言又止。管仲顿感不祥，问道："何事？"

国叔牛哽咽着，终于吐字道："大司理去了……"

管仲恍然间一阵眩晕，胸口猛然一疼："何时？……我出征之时，宾须无病情已大大好转，怎么就……"

"大司理政务缠身，不得不带病决断刑案，就……就喷出一口鲜血，倒在了公堂之中……已有五日了……"

管仲听了,眉头紧锁,满脸忍痛之状,只抬头仰望天空,呆呆不语。但见蓝天下,管仲满头的白发异常雪亮刺眼。鲍叔牙顿生异样之感,就要下车去扶管仲,人尚未至,管仲就从车上晕倒坠下,不省人事了。

自此之后,一向斗志昂扬、无所不克的管相就真的病倒了,无论神医怎么妙手回春,却再也恢复不了这位齐相昔日神采奕奕的模样了……

共同缔造了齐桓霸业的"一相五杰":相国管仲、大司马王子城父、大司行公孙隰朋、大司理宾须无、大司田宁戚、大谏之官鲍叔牙,宁戚、王子城父、宾须无先后离世而去,如今就连核心人物管仲也吉凶难卜了。斗转星移,故人不再,乱世苍茫,谁主沉浮?齐国前途愈来愈令人担忧。

日升月落,浮云无踪,海雨天风一遍又一遍地向临淄城中袭来。这日,齐桓公步履匆匆,异常焦灼,直向管仲的病榻走来。他的身后,竖貂与易牙各捧着一只漆木红盒,里面都是齐桓公亲自为仲父精挑细选的滋补佳品。管仲病后,难理国政,虽有鲍叔牙、公孙隰朋等一帮老臣尽忠报国,但总是差了那么一层意思。齐桓公施展霸主威风,纵横捭阖,总欲无所不能,无所不克,然而又总是捉襟见肘,力不能及……每每夜深人静之时,齐桓公不禁一声浩叹:"小白霸业,皆赖仲父之能也……"

见国君亲来,管仲慌忙起身,由高夫人搀扶着,强撑着立定,行了君臣之礼。齐桓公忙道:"仲父带病之身,无须行礼。数日不见,小白特来探望仲父。"说着,竖貂、易牙将木盒献上,竖貂又忙将盒中之物一一笑着说了一遍。管仲并不看那盒子,干咳了两声,只恭敬请齐桓公入席。

齐桓公道:"仲父这些日子,可是好了?"

"臣已老,此乃天道,国君不必过虑。"管仲斜着身子半倚在案上,道,"国君此来,可是洛邑王城又出事端?"

几十年来,盖凡齐桓公胸中有事,管仲不问自知,真可谓知君者,莫若仲父。齐桓公心中暖暖的,酸酸的,叹了一口气,道:"非止周王室一端。仲父啊,目下有两难:东方有淮夷侵犯杞国,杞国向寡人求救甚急。寡人正欲发兵救杞,不想西方的伊洛之戎陡然间又进攻洛邑,天子有难,寡人岂能袖手?只是目下东西两端皆有水火之急，寡人不知该当何如？唉……寡人自身也要被火烧了！”——却说杞国，早在夏朝就有，国君姒姓，乃大禹后裔所立之国，但至商朝时被数次废掉了。后周朝兴起，周武王伐纣灭商之后，曾多方寻找夏朝开国君主夏禹的后人，结果就找到了杞东楼公。武王于是将杞东楼公封到杞地①立国，延续对夏朝君主的祭祀。至杞国第九任国君杞成公时，杞国逢到了一次灭顶之灾——淮夷来侵。杞成公抵挡不住，于是向霸主齐桓公求救。偏于此时，伊洛戎主拏尔汉瞅准齐国管仲患病、宾须无逝世，国中人才凋零，难以分身应对的绝佳良机，再度发兵攻打洛邑。周襄王大急，忙遣使向齐国求救。在周襄王心目中，齐侯、管仲方是当今天下最可信任之人。

管仲听了，略一思忖，道：“尊王攘夷，乃齐国霸业根本。如今周室、杞国皆有异族来犯，国君不可不救，且两国无一可以偏废。国君可发号令，于咸地②大会鲁、宋、卫、郑等国诸侯，歃血立盟，组建联军。此联军可一分为二：东向一军以救杞国，西向一军以救洛邑。如此则两难可解，国君方伯之名亦彰，天下人皆将盛赞国君美德。”

齐桓公恍然大悟：“非仲父点拨，小白将自乱矣。仲父且好生休养，我将赶赴咸地会盟！”

时周襄王五年，公元前 647 年夏，齐桓公小白、宋襄公兹甫、鲁僖公申、陈穆公款、卫文公毁、郑文公踕、曹共公襄、许僖公姜业八国诸侯大会于咸，齐桓公主盟。时杞国已被淮夷攻破，都城尽毁；而狡猾的伊洛之戎眼看救兵将至，也忙着从洛邑撤军，暂避一时。所以此番会盟只四个字——“戍周迁杞”。后来，在齐桓公的主持下，众诸侯在缘陵③筑城，于次年即周襄王六年，公元前 646 年迁杞国于缘陵，并赠给杞国兵车百乘，军士千人以戍守。在那个诸侯并起、四夷侵犯、内外交困、纷乱如麻的特殊历史时期，齐桓公勇敢地挺胸而出，存亡绝续，薪火文明，先后挽救了三个“亡国”：建夷仪城以存邢国，建楚丘城以存卫国，建缘陵城以存杞国。关于洛邑王室，咸地会盟八国诸侯各出兵车，组成一支八国联军，交由盟主齐桓公麾下之仲孙湫

① 在今河南杞县。
② 在今河南濮阳东南。
③ 在今山东昌乐东南。

大夫统一指挥,驻守在洛邑一带,以随时防范戎族再度犯境。于是伊洛之戎不得不知难而退,周襄王大乐而安。

齐桓公称霸期间,大小会盟有三四十次之多,所谓“九合诸侯,一匡天下”,只是一个形象而简要的概述。在这些会盟中,有三次与周王室有关,分别是:周惠王二十二年,公元前655年的首止会盟;周襄王元年,公元前651年的葵丘会盟;周襄王五年,公元前647年的咸地会盟。此即所谓齐桓公“三匡天子”。

咸地会盟毕,齐桓公带着一队兵车东归返国。平原广野,车辚辚,马萧萧,旌旗飘展,威风无限。时公孙隰朋随行在侧,齐桓公问道:“寡人一生会盟诸侯多矣,最恼者北杏之会,最险者柯地之会,最雄者召陵之会,最盛者葵丘之会!如今咸地会盟,其盛足可与葵丘媲美,为何寡人心中却空落落的……”

公孙隰朋抬头远望,但见烟尘古道,平野漠漠,黄土地上似乎一无所有,又似乎无所不有。公孙隰朋难以应答,只皱起眉头,对着白云飘飘的遥远的东方,陷入了一片幽思之中……

第二十章　管死桓亡

秋风萧瑟，黄尘漫漫，几只哀鸿于浮云之间上下盘旋。一条古道蜿蜒在苍茫之野，时隐时现，最终通向群山连绵的遥远的东方——那里就是齐都临淄。这一年，因为南方楚国进攻徐国，齐桓公兵车护卫，仪仗庄严，于牧丘之地主持齐、鲁、宋、陈、卫、郑、许、曹八国诸侯会盟，谋划伐楚救徐大计。此会众诸侯一致决议共同出兵，先会师于匡地，然后联军南下而救徐国。盟后，齐桓公返回，进入齐国国境不久，大军正急行间，忽然前方传来异况，但见马蹄声碎，黄尘如烟，朦胧中道旁一顶草庐之下，有一锦衣玉冠的白头老翁正焦灼翘望以待——齐桓公定睛瞧了又瞧，却是齐国上卿、管仲岳丈高子。齐桓公不禁大惊。

见齐桓公归来，年迈的高子强撑着碎跑过去，来不及行礼，拦住齐桓公的五马大车，喘气道："国君！管相病危，国君……国君当轻车快马，速去探望。"

齐桓公顿时脸色煞白，呆了半晌，陡然道："高卿自便，我速去。"于是换上两辆轻快的青铜轺车，只带着竖貂、易牙及几个贴身护卫，就要急急而去。

高子似乎又想到了什么，又拦住齐桓公轺车，轻声低沉道："国君啊……国君当请问管相身后之事……"

齐桓公望着高子苍老而又沉郁的容颜，什么都明白了，当下点了点头，一溜烟就不见了。

古道苍茫，烟尘弥漫。满头白发的高子立在道旁的草庐边上，远远望着，叹息不已。

临淄城中壮观的相国“三归之府”，近几日早没了往昔的喧嚣热闹，显得一片沉寂。后园一间朝南的寝室，几人侍立在外，彼此机警守候，却不敢发出一丝响动。齐桓公大步奔来，早至寝外，先一挥手示意众人勿要行礼，又特意将竖貂、易牙滞留在门外，就自己独身一人悄悄进入了。

阳光微弱，病榻整洁，但见管仲仰卧榻上，须发雪亮，眼窝深陷，形销骨立，奄奄一息。齐桓公顿时双目泪下，长唤一声：“仲父——”

管仲闻声将眼睛醒转开，瞧着齐桓公微微一笑，一边艰难起身，一边无力道：“国君终于来了……臣正想着……恕臣无礼……”

“仲父说哪里话。”齐桓公忍住泪水，赶忙将管仲扶起，将靠垫支于管仲后背，又将锦被盖好，而后规规矩矩地静坐榻边。

管仲坐好，似乎恢复了一些精神，先直勾勾地盯着齐桓公，瞧了好长一段时间，瞧得齐桓公好不自在。须臾，两人不约而同呵呵一笑，气氛顿时舒缓了许多。

“国君也已满头霜雪了！”管仲一叹，接着道，“方才半梦半醒，臣又浮想起四十年前于山岭途中射君带钩的往事来……呵呵呵呵，臣彼时将死，蒙国君大度宽恕，赦罪拜相，终有今日之功业。然臣天命将近，国君知遇之恩，唯有再报于来世了……国君啊，当今乱世，社稷更替之时，多为家国混乱之日，臣忧虑不已。公子昭虽已立世子，只是国君子嗣众多，各立门派，我料世子将来继位之时，必有群公子之乱。倘若不幸言中，能平复齐国社稷者，乃在……乃在宋公！唉……臣不日将去，不能为国君主持后计，愿国君谨慎行之啊。”

“小白铭记于心。”齐桓公心中沉甸甸的，接着道，“仲父啊……倘若仲父不幸卧而不起，能接替仲父者，乃在何人啊？”

管仲一声浩叹，半晌道：“惜哉！宁戚！”——管仲心中，始终觉得宁戚乃是接替齐相的最佳人选。齐国“一相五杰”中，宁戚最少，然而谁也未曾料到，宁戚却是第一个走了。

“宁戚之外，岂无旁人？——师傅鲍叔牙可否？”

“鲍叔牙，堂堂君子，国家砥柱。然其人只可主一面之政，却不可以为相。相国者，统帅也，君子与小人俱可处之、用之也。鲍叔牙秉性刚直，善恶过于分明，十分好善又十分恶恶，不能容物。使其独独统领君子则可，然天下万邦，善恶错综，正邪难分，岂有清纯不二的君子之国？”

“公孙隰朋如何？”

“庶乎可矣。隰朋通晓礼法，明白进退，忠君爱国，不耻下问，居其家不忘公门，此人可为守成之相……”管仲说着说着，忽然又喟叹，道，“天生隰朋，以为夷吾之舌。只是一朝身死，其舌安得独存！恐怕国君之用隰朋，不能久啊……”

齐桓公听得默默，半晌，又问道：“小白有三宠：竖貂、易牙、公子开方。此三人寡人用之娴如臂膀，一刻也不能或缺，然国中人多有怨言。仲父以为如何？”

管仲道：“国君不问，臣也将自言之。此三人皆谄媚小人，久必生祸，愿国君务必远之啊。”

齐桓公一脸茫然：“竖貂甘愿自宫以侍奉寡人，是爱寡人胜于爱自身，何可疑也？”

“人情莫重于身。竖貂自身尚且不爱，岂能有爱于君？不过别有所图啊。”

“那易牙呢？——易牙杀子烹肉，制美食以享寡人之口，是爱寡人胜于爱其子，也可疑也？”

“人情莫爱于子。其子尚可以忍痛杀之，岂能有爱于君？易牙阴毒暴戾之心最过，早晚必吃人。此庖厨国君最需严加提防！”

“公子开方，本可做卫国世子，后甘愿弃千乘之尊而臣于寡人，乃因爱寡人也。开方侍奉寡人近二十年，父母死时亦不奔丧，是爱寡人胜于爱父母！——此人不用疑也。”

“人情莫亲于父母。父母尚且不爱，岂能有爱于君？况千乘之封，人人爱之，而开方弃千乘之爱而俯首于君，其心中所算早已超出千乘之外。此人必怀鬼胎，国君近之，必有乱国之祸。”

齐桓公听得毛骨悚然，不由冷汗上头："此三人侍奉寡人业已多年，为何这许多年中，曾有朝中众卿如鲍叔牙等不断上谏，独独不见仲父因此三人而发一言呢?"

管仲长舒一口气，悠悠道："国君天性好乐，非是朝夕可改。设若无此三人，也必有横貂、长貂、短貂等新人再现。臣之不言，乃是顺君之意以乐其身。此三人譬如滔滔洪水，而臣则为万里长堤。有堤防在，洪水难以泛滥。如今堤防去矣，洪水必有横流之患，愿国君纳臣最后忠言，远离此三人！否则悔之晚矣。"

"仲父教诲，小白谨记。"齐桓公心潮翻滚，不是滋味，但又觉得字字千钧，不得不铭刻于胸中。

须臾，齐桓公起身行了礼，默默而退。

望着齐桓公将去的背影，管仲挣扎着起身，双手哆嗦，老泪横流，嗫嚅道："国君……老臣恭送国君……国君珍重啊！呜呜呜呜……"

齐桓公不忍回头，早已泪眼模糊，登时陷入了一片混沌之中。

此一番君臣诀别之语，候在室外的竖貂、易牙二人贴耳于墙，仔细窃听，早也听了个八九不离十。竖貂不由怒骂道："将死之人，犹在诋毁我等!"易牙眼珠子滴溜溜一转，道："当年鲍叔救管，举荐为相，如今管仲反而阻塞鲍叔牙相路，哼哼……我当告知鲍叔，先行离间管鲍。"竖貂嘿嘿道："妙。"

易牙随后便面见鲍叔牙，嬉笑道："管相为相，皆鲍叔举荐之功。如今管相病危，国君欲拜鲍叔续任其职，管相却道鲍叔不可主政，反却举荐了公孙隰朋。噫！我真为鲍卿鸣不平啊!"

鲍叔牙丝毫不为所动，竟哈哈大笑，凛然道："我举荐管仲为相，公也。管仲不荐我为相，公也。此二者实一也，乃我二人彼此相知之故。管仲忠心谋国，不私其友，大义可敬！哼哼——倘若鲍叔牙主政齐国，一切奸佞，势必涤荡殆尽，尔等岂能再有容身之地?!"

易牙转笑为恐，面如土色，只好灰溜溜退去了。

鲍叔牙坐卧难安，深感管仲大不吉祥，急忙奔相府而去。将及病寝之门，早闻得房内一阵嘤嘤哭泣之声。时将近正午，管仲忽然将夫人高雪儿唤来，交代了一些身后之事，又哀叹道："我本颍上野人，幸得夫人垂爱，结百年之好。只叹我们的儿子管颍战死孤竹，葬身异域……如今我也将撒手而去，独留夫人无人照看，情何以堪……我……唉……"

高夫人忽然止泣，带着泪痕嫣然一笑，道："夫君若去，妾当相随……"

"兄弟啊！"鲍叔牙听得酸楚难耐，便冲入房中。但见榻上管仲病体奄奄，仿佛命悬一线。

管仲笑了，低低道："鲍兄一到，我将无憾矣！……"脸上十分开心。

鲍叔牙紧紧抓住管仲瘦骨嶙峋的双手，双目噙着眼泪，默默无言。管仲又笑了，忽然若有所思，道："……鹿肉？我想食一鼎楚国的麋鹿，鲍兄与我共享如何？"

"好……"鲍叔牙应着，一个字颤了三颤。

"夫君稍候。"高夫人慌忙起身，就奔后厨烹煮鹿肉去了。

看到鲍叔牙坐于榻侧，管仲顿时感到一阵无比的轻松舒缓，就闭上眼睛想睡。双目沉沉地合了一会儿，就又睁开，忽然道："鲍兄，我想再看看临淄城。"

"好……只是……"鲍叔牙犯了难，不知该当如何。

"草木枯荣，四季流转，此天道也，管仲岂能免乎？——鲍兄勿虑，且随我城中一游。"管仲此刻好像忽然很精神，似病忽愈，言谈举止，头头是道，真不知是否乃是回光返照。鲍叔牙也不多想了，令国叔牛备好马车，又为管仲裹上一件厚厚的黑色披风，一行三人慢慢悠悠，就驱车出了府门，奔临淄市井而去。

一阵阵秋风扫来，临淄大城如被冷水浸过一番，只是那如火如荼的街市繁华，又总令人感到处处是暖。店档林立，茅檐如龙，车马喧嚣，行人挥汗，满眼都是熙熙攘攘的人车之流，各种叫卖之声此起彼伏，且看眼前之街——墙角堆积的陶盆陶碗、架子上刚染的新鲜的青色布、摆在路旁的黄黍与白盐，又有编筐的、琢玉的、凿毂的、蒸酒的、投壶的、卖唱的、赌博的，藏在门缝里缫丝的窈窕少女、立在烟火腾腾的炉边上铸铁的肥胖大汉……不一而足，渐花人眼。国叔牛将青铜马车驾驭得很慢，悠悠而行。车上，管仲几乎躺在鲍叔牙怀里，美美地看着。

车轮一圈一圈滚着，马蹄一蹄一蹄踏着，各种嘈杂声中，这辆马车仿佛行走了一百年。管仲问:“鲍兄,还记得你我第一次来临淄吗?……有四十年了吧?……”

“是。”鲍叔牙道,“那年我与管兄,还有二哥仲牙、四弟季牙初次来这齐国贩布,行至南门城外,仰望临淄,你曾问大家这临淄城像什么。仲牙答道像是金黄黄的粟米,可令衣食丰足;季牙答道像是亮闪闪的珠宝,可以富甲一方;我答道城就是城,什么都不像,可以保国安民。而管兄却道:‘我观临淄如一支箭,独一无二的神箭,可以成就霸业,扫荡天下。’果然!后来管兄依托此城,终于成就了春秋首霸的大业,而临淄也在管兄手中变成了天下第一城……此言历历如昨啊……”

管仲听着听着,眼泪就汩汩而下,须臾后,忽然大咳不止。管仲每咳一下,国叔牛的心就被猛扎一下,终于霍然止住车轮,回首痛唤一声:“管相——”

这一声唤不当紧,仿佛什么号令,呼啦啦就拥过来了无数的市井百姓,瞬间将整条街道就堵塞住了。多时不见的管相到了,齐人于是争相围观。人墙重重,摩肩接踵,内里就近的一些百姓见管仲已是病入膏肓,奄奄一息,不由下跪就齐声哭道:“管相保重啊……”

整条街忽然又鸦雀无声。管仲咳嗽声渐止,睁开虚弱的眼睛,就瞟见马车停在了一家酒店门口,隐隐有酒香飘出。管仲笑着,用手指低低指去,弱声道:“鲍兄,一碗青豆,一缶糙酒……”

未及鲍叔牙吩咐,国叔牛风一般跳下车,就去店中置办了。齐国百姓不知,而鲍叔牙和国叔牛则十分清楚——一碗青豆和一缶糙酒,是管仲当年落魄之时最喜欢食用的寻常之物。后来管仲做了相国,依然对此二物情有独钟,特别是在遭逢艰难困苦之时。那青豆和糙酒,非简简单单的吃食;那青豆和糙酒,乃是管仲骨血之中的坚韧不拔之志和奋发自强之勇。

众目睽睽之中,国叔牙和那家店主齐出,店主捧一碗豆;国叔牛右臂抱一缶酒,左手则托着几只黑碗。两人来到车边,国叔牛将碗就摆在铜马车上鲍叔牙的膝前,又倒上了酒——须臾间,一碗满满的青豆,两碗浅浅的糙酒;国叔牛有意将那两碗酒倒得极少,只盖住碗底便了。

管仲无力,挣扎起身却又不能,只好微微地苦笑了一下。鲍叔牙扶他起来,管仲先端起一只酒碗,对着围观如堵的众百姓,强撑气力,慨然大声道:“国以民为本。

此一碗酒，夷吾敬给齐人！”说罢将酒倾下，倒了个干干净净。

满街百姓齐声应道：“管相！”声如雷鸣。

国叔牛过来又斟了浅浅一个碗底。管仲倒在鲍叔牙肩头，喘息了一会儿，又渐渐起身，瞧着鲍叔牙，深情而笑：“有鲍兄在，夫复何求！……鲍兄……为你我六十年的朋友之情，干……”

鲍叔牙眼眶一直湿润着，就托过来一只碗，与管仲示意一下，仰起头来一饮而尽。

管仲也颤颤巍巍喝了。末了，陡然间重重倒下，就仰卧在鲍叔牙怀间。那酒碗从管仲手中滑落，坠在地上，碎了。管仲望了望浮云淡淡的秋天，望了望鲍叔牙那一张再熟悉不过的须发苍白的面容，就又诗兴大发，忽得绝命诗一首，当下轻声吟唱道：

一碗青豆兮一缶糙酒，九败丈夫兮九合诸侯。
熙熙攘攘兮秋风白头，……最后一眼兮夫复何求！……

管仲完完整整吟诵毕，登时撒手而终。嘴角含笑，满脸喜悦之容。

“兄弟啊，啊啊啊啊……”鲍叔牙仰天号啕，纵声大哭起来。

国叔牛扑通跪地，那店主扑通跪地，围观的众百姓们由内及外，一层一层扑通跪地，黑压压地，满街垂首，满街哀泣，满街呼唤：“管相……”

白烟蒸腾中，高夫人亲自下厨，将一块楚鹿之肉煮好，刚刚盛入鼎中——那只鼎，乃是当年她与管仲大婚之时，齐桓公亲赐之鼎，其上有“仲父用鼎”四字铭文。此鼎管仲也用了几十年了。却说高夫人刚刚备好一鼎鹿肉，正要进献给夫君，忽然，双手间立时发出一声沉闷的炸响，仿佛房倒屋塌之声——那鼎不知何故，却从正中爆裂出一条蚯蚓一般的竖线，“仲父用鼎”四字自上而下也被一分为二，仿佛被劈开的一简竹书；暖热的汤汁也缓缓渗了出来。铜鼎自裂，大凶之兆，高夫人惊骇不已，胸中犹如尖刀插过。

片刻后，高夫人大跑着出了府门去接迎管仲，却看见再也熟悉不过的街上，国叔牛双目流泪地赶着铜马车，而鲍叔牙则待在车上抱着个安安静静的人。鲍叔、叔牛二人失魂落魄，一言不发，只默默而来。

恍惚间，高夫人眼前发黑，身子一软，就晕倒在阶下……

管相骤然而逝，整个临淄沉浸在一片悲哀之中。要说举国人中，最为痛心者，当属齐桓公。自那年登坛拜相，历四十余年，原本只是一方诸侯的齐桓公一步一步却变成了天下方伯、第二天子，其间风云激荡，湍流汹涌，不知经历了多少艰难险阻，但齐桓公始终独立潮头，主宰沉浮。而这一切，皆因齐桓公有一个仲父。齐桓、管仲，是一而二也，二而一也，是君臣也，亦是父子也。如今仲父忽去，齐桓公恍觉三魂七魄，顿减一半。天下依旧鼎沸之中，齐国霸业下一步该当何如？……可惜，再也听不到仲父指点江山了……齐桓公大恸，命举国大丧，并亲自为管仲扶灵，将其葬于临淄东南不远处，淄水东岸、牛山脚下的一片高坡之上。管仲与高夫人所生嫡子早年战死在孤竹国，此外，其媵妾冰儿生有二庶子，梦姑生有一个庶子，齐桓公于是将此三子皆赐大夫爵，并将管仲生前封地也分而赐之，也算是子承父业吧。

时周襄王七年，公元前645年事。

西风从连绵的山林间穿过，吹得黄叶满天，衰草遍地。群峰顿首，淄水呜咽，似乎有一首古老的无名悲歌悄悄在大山大水之间起伏飘荡。一座高高隆起的大冢前，前来哭祭的人群络绎不绝：有齐国卿士大夫如高子、国子、鲍叔牙、公孙隰朋、仲孙湫等；有他国避居在齐的名士公子如晋国重耳、陈国公子完等；又有一大批因为管相新政而发财的各种富商如鲍仲牙、鲍季牙及宋国某商、鲁国某商、卫国某商、郑国某商、楚国某商等；又有许多在齐国霸业征途中建功立业、一举翻身的寒门子弟如某家张三、某家李四、某家王五等。当年被管仲行官山海令而斩足的商山十二人中，尚存于世的九人携带各自的家眷也呜咽着来了；当年被管仲“夺伯邑案”而削去封地的伯偃领着自己的儿子也饮泣着来了；数不清、道不尽的齐国国野之百姓也纷纷哭喊着潮涌般来了，若儿女喁喁……管仲坟前，哭声震天，白衣遍地，一连三十日间，始终不绝。

又三个月后，管相夫人高雪儿也郁郁而终，随夫去了……

又六个月后，接替管仲为相的公孙隰朋任职未足十个月，也撒手而去了。一时间壮观的临淄城，忽然就变成了一个缭绖难除的深闺怨妇，嘤嘤啼哭，昼夜难止，令人十分痛心！

夜深人静，深宫之中，齐桓公皓首苍颜，形单影只，独自对着一窗浮云叹息不已："仲父生前，曾曰隰朋乃其身之舌，身去则舌亦不能久。唉！隰朋任相，十月而逝，果如仲父所言……昔日齐国的一相五杰，唯有鲍叔牙尚在，我当拜鲍叔为相……"

翌日，齐桓公遂召鲍叔牙入宫，欲要授以相国重任。

不想，鲍叔牙却决绝辞道："臣不堪受。臣自知非是相国之才，管相生前亦有此先见之明。国君当另觅他人。"

"举国之中，尚有比卿更贤者乎？"齐桓公说着竟哀叹起来，双目泪光莹莹，"鲍师傅也不愿为寡人分忧了吗？"

鲍叔牙坚硬的心一下子就软了，思忖半晌，道："臣性刚直，好善而恶恶，国君知之。倘若国君能从管相之谏，逐竖貂、易牙、开方三人而远之，臣方可为相。否则，不敢从命！"

齐桓公大喜，忙道："就依鲍师傅。"次日果然将竖貂、易牙、公子开方三人罢黜，驱逐出宫。

于是鲍叔牙又接替公孙隰朋，做了齐国相国。

鲍叔牙法度严明，精忠报国，不改管仲之政，昼夜勤勉操劳，齐国陡然间又呈现出一片欣欣向荣的景象。时戎族又犯周境，周襄王忙告急于齐。鲍叔牙辅佐齐桓公，于邙山脚下会盟诸侯，行戍周驱戎的义举。此番会盟，成效颇佳，众盟国一时皆赞鲍叔之贤，以为颇具管相遗风。

临淄城中一间破草屋里，光线黯淡，酒肉狼藉，竖貂、易牙、公子开方，悄悄聚在一起喝闷酒。彼此连番倾倒了一肚子苦水后，易牙气得将酒碗摔碎，咬牙道："如此无情！——他！他……我将亲生儿子杀掉，烹煮子肉，以适他口腹之欲。他！他竟然不要我！他竟然将我等三人一并赶出!”

竖貂皱起眉头,切齿道:“早知有今日,我……唉！今被扫地出门,说什么都晚了。”

却见公子开方嘿嘿一笑,道:“两位大人不必懊恼。国君贪婪享乐的天性,我最知之。两位大人服侍他多年,凡饮食起居、歌舞射猎、夜娱美色诸事,无不井井有条,舒舒服服,此种深宫内宅之中的默契,其威力啊……足可倾国！他虽是天下霸主,却也垂垂暮年,我料他可以无国,但不可以无乐！——过不了多久,他必度日如年,苦不堪言,而重召我等回宫。”

一听到“回宫”二字,竖貂、易牙眼中顿时放出一种奇异的亮光来,先后道:“公子可有妙计?”

公子开方道:“后宫主事者,长卫姬也。我等素与长卫姬交厚,乃一家人耳。那人已立公子昭为世子,而长卫姬却欲使自己儿子无亏为君,心中能没有怨言? ……哼哼,欲成此件大事,长卫姬非要借助我等不可！今可先悄悄联络长卫姬,令其枕边进言,使那人先召我等回宫。然后——哼哼,只需搬掉一个鲍叔牙,整个齐国就是我们的了!”

“就这么干!”三人皆冷冷一笑,当下于草屋之中把酒立盟,相约一同“做件大事”。

却说竖貂、易牙、公子开方三人去后,齐桓公整个生活就乱了。新来的内侍所进献的饮食,难有易牙美味的三分之一,简直就如泔水,齐桓公整日整日难以下咽。其他如睡觉、出行、饮宴、歌舞、沐浴、临幸女色,也皆与往昔迥异,实在难称齐桓公的心意。齐桓公威风凛凛称霸一生,不想到了风烛残年之时,最最需要的舒适照顾和轻松快乐却陡然间没了,其中落差之大、苦闷之深,难于言表。夜深人静之时,齐桓公总忍不住不停地呼唤着自己的贴身“三贵”。

而这一切,长卫姬暗暗观察,早已瞧得明白,蓄谋良久了。某日用餐,见齐桓公难食鼎中之肉,长卫姬假装十分暴怒,将那食鼎一把推开,又柔声道:“易牙他们三人去后,国君无人照料,饮食粗糙,容颜日渐憔悴,如此岂是长久之计? 妾心甚痛。

请国君召回易牙等，莫要如此遭罪……”

齐桓公叹息：“寡人也甚是思念易牙三人，但已答应鲍叔牙，则不可食言。”

长卫姬嗔怒道：“鲍叔牙左右，岂无侍奉之人？为何独独驱逐君之内侍？想那易牙不过一个庖厨而已，身患何罪，何必驱逐？鲍叔牙真欺君者也！”见齐桓公听得满面伤感，默默无言，长卫姬又趁势小声道：“齐国乃是国君之齐国，国君何必惧怕一臣子？鲍叔牙莫非敢反？……”

齐桓公只闭着眼，依旧默默。长卫姬瞧在心里，不再说话，就无声退去了。

翌日，果见易牙出现在齐桓公身侧，捧献了一鼎炖羊肉、一篚淳熬饭、一碗酸梅汤，齐桓公吃得胃口大开，满脸堆笑。又两日后，竖貂与公子开方皆被召回，昔日齐宫“三贵”又聚首了。

鲍叔牙白髯偾张，怒火冲天，急匆匆入宫，草草一拜，问齐桓公道：“竖貂、易牙、开方为何又回宫中？此三人皆洪水也，国君难道忘了仲父临终遗言？”

“不过三个竖子，只有益于寡人而无害于国。仲父之言，勿乃太过！”齐桓公顿时也怒气横生。

但见鲍叔牙闭目一叹，就解下头上之冠，轻轻放于地上，又躬身一拜，道：“臣早有言，国君逐此三子，臣方可为相；若三子在，臣绝不主政。”

鲍叔牙竟敢辞官！齐桓公大出意料之外，立时火道：“鲍叔牙！你敢威胁于寡人！——寡人乃君，汝乃是臣，莫非反乎？”

“国君失信在前，臣辞官于后，若问其中之过，首要在君！鲍叔牙堂堂君子，何愧之有？”

“如此无礼，何以为相！”

“故臣乃辞相！”

鲍叔牙言毕，起身就离去，十分决绝。彼此一番言辞相逼，竟至于此，齐桓公轰然间仿佛晕倒，朝着鲍叔牙背影，凄惨呼道：“鲍师傅！——鲍师傅也要离我而去？……”说着，眼眶就红润了。

“勿忘在莒……”鲍叔牙瞬间就想起桓公未做国君之前，他们二人流亡莒国时的那一番情景来，不由嗫嚅出这四个字。鲍叔牙回转身，落泪道："昔日落难之时，尚不忍离弃，何况今日！非臣弃君，乃君弃臣……国君珍重！"再行礼，复转身，瞬间就不见了。

"呜呜呜呜……"齐桓公失声痛哭起来，老泪横流，孑然一身。

"哼哼，嘿嘿……"躲在帷幕后偷窥的竖貂、易牙、开方三人，早将这一幕瞧得清清楚楚，不由相视大乐。

却说鲍叔牙辞官后，回到封地鲍城之中，终日郁郁寡欢。一个月后，突发心痛急症，一口气上不来，便伏案而亡。其子嗣遵其遗嘱，将其葬在鲍城东门外一处小岗之上。这里背靠鲍山，一溪环绕，视野开阔，林木繁茂，与牛山脚下的管墓彼此观望，遥相呼应。管鲍一生深情厚谊六十载，如今虽入黄泉，亦不可相隔太远。此乃鲍叔牙临终之愿。

鲍叔牙共生子四人，为长子鲍庄、次子鲍安、三子鲍敬、四子鲍石。其中幼子鲍石早年战死于孤竹；三子鲍敬娶了管仲与高夫人所生之女管青，后两人寄情诗酒，不问政事，做了一世逍遥夫妻；老二鲍安则终生从事商旅之业，成为齐国一代豪富；唯有长子鲍庄做了大夫，袭鲍城封地。值得一提的是，自鲍叔牙后，鲍家连续不断共有十世子孙皆为齐国名大夫，真乃福禄世家！后世皆道此乃鲍叔牙博爱大度、慧眼能识、让金让相，成全朋友所得的果报，《史记》有言："天下不多管仲之贤而多鲍叔能知人也。"诚如斯言。

齐国深宫，帷幕重重。鲍叔牙去世，齐桓公得报后，大哭三声，又大笑三声，一头栽倒地上，从此后便一病难起，终日卧榻了。

这日深夜，长卫姬内寝之中，一盏铜灯摇摇曳曳，黑影浮动。竖貂、易牙、公子开方三人，同簇拥着长卫姬，个个神情诡异又沉重。

竖貂道："国君病体沉疴，已卧床十日不起，我看大限也就是这几天了。若国君薨，继位者必是世子公子昭。而我等皆愿立长公子无亏为君，当早做图谋。"

却说齐桓公共有妻妾九人，所立嫡夫人无子，而妾室所生庶出之子有六：一是长卫姬生子：吕无亏；二是少卫姬生子：吕元；三是郑姬生子：吕昭；四是葛姬生子：吕潘；五是密姬生子：吕商人；六是宋华子生子：吕雍。除吕雍早夭之外，五公子中，以公子无亏最长，而公子昭最贤。齐桓公于是立公子昭为储君，并将其托付给宋襄公，以为外援。长卫姬乃公子无亏生母，素日里与竖貂、易牙、开方三人私交最密，图谋共立无亏为君，也早非一朝一夕了。当下长卫姬道："汝等有何妙计，可以废公子昭而改立我子？后必有重报。"

沉默半晌。开方道："公子昭虽然为嗣，然却在外。我等掌管内宫，此方是用谋所在。如今之计，可先假传国君口命，接管禁卫，封锁宫门，外界之人一概不得入内。待君薨去，然后再假借君命，改立无亏为君。如此神鬼不觉，大事可成！"

"终于等到这一天了！"易牙最是热血翻涌，也最是咬牙切齿，心中暗暗道；然后冷冷一笑，又道："此计甚妙。但切不可走漏风声。"

几人皆点了点头。

翌日，宫门外陡然间悬挂一牌，上面假传齐桓公之语，道："寡人有怔忡之疾，恶闻人声，不论群臣子姓，一概不许入宫，着寺貂紧守宫门，易牙率领宫甲巡逻。一应国政，俱俟寡人病痊日奏闻。"

国中众大夫见了那宫门之牌，纷纷摇头，暂且退去；有执意入宫探病者，也被守门甲士挡住。竖貂、易牙接管了宫中禁军，严把宫门，不许任何一人进入。五公子中，只留无亏住在长卫姬府中，名曰"问安"，其余四公子皆无缘踏入宫门一步。竖貂、易牙又暗里安排心腹，整备甲兵，以防意外之变。

又过了三日，奄奄一息的齐桓公却依旧未死。这日正午，长卫姬给齐桓公喂了蜜水后，连连摇头。杵在一侧的易牙见状，忽然心生一计，悄然道："夫人且回，不必再来劳神。这里就交给我吧。"

长卫姬默默瞧了一眼易牙，心知肚明，只点了一下头，就走了。

齐桓公寝宫内外人影晃动，一片混乱，众人都纷纷被赶了出来。原来易牙以国君静养为名，将桓公身边日常服侍之人，不分男女，一概逐出，宫门亦被塞断。偌大宫廷，弹指之间空空如也，死寂沉沉。易牙又命手下于寝室周围，筑起一道土墙，高约三丈，内外隔绝，水泄不通。只在墙角处一棵大树下面留存一穴，仿佛狗洞一般，令一小厮早晚钻入,以打探桓公生死消息。

易牙抬头,望了望刚刚砌好的高墙,得意而笑,暗暗道:“我杀子献肉,耗尽毕生,以使你饱食终日,得享天下美味。如今我来圈禁,使你活活饿死,你我君臣也算是有始有终了!哼哼……”

也不知过了多少时间,齐桓公于病榻上醒转,只觉口干舌燥,腹中饥馁。桓公仰卧着,连呼:“来人,来人……”半天不见回应。桓公自己起身,四下张望,不复昔日侍女如云的闹景,唯见窗外仿佛日落时候,只是不知何故突兀竖起一道高墙。桓公诧异,将欲下地,一个稍不留神,扑通一声便从榻上滚落下来,浑身疼痛,再难起身。桓公趴在地上,白发凌乱,不停呻吟道:“来人,来人……”但室内帷幕如烟,连鬼影也难见一个。

桓公无可奈何,只不停呻吟着。

室外忽然也扑通一声响,似有人从墙上坠下。须臾微风过处,有一女子推窗而入。桓公望去,见来人十七八岁芳龄,窈窕挺拔,风姿绰约,着一身青色深衣,双眉紧蹙,眸子黑亮,目光惊恐。乃是宫女晏蛾儿——却说鲍叔牙辞官之后的那段日子,桓公百无聊赖,憔悴寂寞,心惶惶无有所归。某夜独于灯下读书,忽晏蛾儿依惯例入内,添加灯油;桓公抬头一望,见灯影摇摇,暗香飘飘,晏蛾儿青春妙龄,肤腻如脂,杏眼桃腮,眉目含羞,恍若神仙美眷一般。桓公于是顿生激情,强拉晏蛾儿入榻,两人遂有一夕之欢。

“国君!”晏蛾儿当下一声惊叫,快步过去,屈膝俯身,将齐桓老人扶起,揽入怀中。桓公须发如雪,口唇生皮,双目失神,憔悴不堪,半卧于晏蛾儿身前,顿感温暖异常。桓公道:“晏蛾……我又渴又饿,为我取热粥食之。”

晏蛾儿道:“无处有热粥。”

“且寻一盏蜜水也可……”桓公毕生好饮蜜水,可叹此时又有此问。

“蜜水也无处可寻。”

“……为何?”桓公一对老眼昏花,满脸迷茫。

晏蛾儿道:“竖貂、易牙、公子开方作乱,已将宫门封闭,宫人迁出,又在国君寝室之外筑起高墙，致使内外断绝，不许人入，所以无处可觅饮食。”

此时桓公如梦初醒，大惧不已，心如刀扎，又悔又恨，嗫嚅道：“你如何而来？”

“妾被逐出，已有两日，见高墙筑起，乃知易牙等将欲使国君饿死。晏蛾曾受君一幸之恩，当尽臣妾之道，故翻墙而入，特来看君。”

“我将饿死？……啊啊啊……”桓公哽咽，凄惨难言，又问道，“世子何在？寡人的满朝臣子何在？”

“竖貂三人接掌宫兵，满城封锁。世子及诸大夫皆被挡在宫外，无一人可入。”

桓公浊泪汩汩而下，此刻耳畔陡然间想起管仲临终之前，苦劝桓公远离竖貂三子的遗言来，当下大号，道：“仲父，圣人仲父！……寡人一世听从仲父之言，为何最后一言却不遵从！圣人所见，岂不远哉！小白此时后悔又有何用！……呜呜呜呜……”又连连大咳，喷出几口鲜血，直奋举双臂，瞪圆双目，大呼道：“天哪！小白为霸，九合诸侯，一匡天下，今将如此而死！”

晏蛾儿吓得惊惶无措，用衣袖擦拭桓公嘴角之血，又不停为桓公轻抚胸口。桓公略略累了，盯着晏蛾儿，又缓缓哀道：“想我小白，有妻妾九人，子女十余人，坐拥天下最富之国，毕生南征北战叱咤海内，顶礼膜拜者如雨如云，不想此刻为我送终者，唯有晏蛾一人！……寡人深恨，有眼无珠，平日里不曾厚待晏蛾……”

晏蛾儿亦落泪道：“国君且珍重。倘有不测，妾当以死送君。”

“晏蛾！呜呜呜呜……”桓公猛然从晏蛾儿臂中挣脱，直挺挺仰躺在地上，盯着黯淡无光的房顶梁间，那里黑乎乎的似乎一无所有，但似乎又看到了蓝天白云，又看到了兵车驰骋，又看到了管仲淡淡的笑容……桓公眼睛睁得奇圆，挣扎着使尽最后的力气，连连喘气道：“我将从于地下，有何……有何面目去见仲父……”说着将右边衣袖拂起，自覆其脸，霍地叹一口气，忽然而终。

“四十余年号方伯，南摧西抑雄无敌！一朝疾卧牙刁狂，仲父原来死不得。”可叹齐桓公就如此这般撒手而去，时周襄王九年，公元前 643 年，距离管仲离世仅有两年。齐桓公姜小白，齐国第十六位国君，春秋时期第一任霸主，在位共计四十三年，享年七十三岁。

齐桓公气绝，晏蛾儿伏拜于地，大哭一场。忽然想到国君之薨，乃国之大事，慌乱中就大声唤人。但是,哪里有人会来?晏蛾儿泪痕满面,自言道:“国君殡殓之事,非晏蛾所知。我唯有尽臣妾之道,以死送君。”当下脱了身上衣裳,覆盖住桓公之尸,又将两扇窗槅拆下,也盖在上面。然后又整了整鬓发,恭恭敬敬伏地三拜,道:“君魂尚未去远,待妾相随。”言讫,以头撞于木柱之上,满头鲜血,倒地而亡。

这日入夜,国叔牛正在家中案上翻阅竹书,恍觉头沉脑涨,眼皮难睁,于是一个呵欠,便伏案而睡。斗室朦胧,一灯如豆,忽然大风吹开木门,但见管仲锦衣高冠,腰悬长剑,威风凛凛,大步而入。管仲高声道:“叔牛快起!国君已薨,世子危在旦夕!你需连夜护送世子出城以避祸。齐国将乱,能拨乱反正者,其外在宋国,其内在高子!切记!”

国叔牛大惊,俄尔一头冷汗,忽然而醒。原来是一场梦。叔牛忖道:“此梦来得蹊跷……国君不朝已有十余日,竖貂等‘三贵’故意封锁宫城,其中必然大有缘故。看来大变已生,我当保护储君先离险地为上。”

国叔牛追随管仲四十余年,深得管仲重用,早已拜大夫爵。同时齐桓公与世子昭对其也颇为信任,引为心腹之臣。当下,国叔牛连夜赶至世子府,欲要一同出城去。世子昭信其言,但以为出城之前,当与国中上卿高子见上一面。国叔牛也早有此意,于是两人备好远行之物,同乘一辆青铜轺车,连夜赶至高子府中。

树影婆娑,明月朗照,高子在家中也是辗转反侧,难以入眠。忽然一阵敲门声急,高子大惊,忙令人开门迎客。原来是世子昭与国叔牛匆匆而来。

内寝之中,铜灯之下,待国叔牛言毕,高子道:“此梦乃管相英魂点化,宁可信其有,不可信其无。主公被困于宫中已经半月,里外消息不同,看来定有不测。果如此,齐国又是一场狂风暴雨!世子乃国之储君,当速远去,以作后计。”

世子昭道:“愿从高子之言,不知当往何处去?”

高子道:“昔日葵丘大会诸侯,主公与管相早已将公子托付给宋公,言道此宋公有古君子之风,可以辅助世子以成大事。可去宋国!”

国叔牛叹道:“管相曾有言曰:齐襄公时国中大乱,是高子砥柱中流,鼎定乱局,扶助新君登基。倘若我主之后齐国又有内乱,能主持社稷,拨乱反正者,亦必是高子！此言不久将验。”

“既已定策，不可久留。守门之官崔夭乃我门下之士，我差人于他，你二人可连夜出城。”高子急道。

事不宜迟，高子安排妥当，将世子昭与国叔牛送出府门之外，又差一心腹之人随行，好通过守门官崔夭顺利出城。

世子昭满怀感激之情，当下便与国叔牛行揖别去。望着两人夜色中消失的背影，白发苍苍的高子忽然想到了国叔牛方才的话，自言叹道：“我已耄耋之年，百岁之中，莫不是要为主公开头并结尾吗？……”

话分两头。这日入夜，易牙安排的小内侍，照旧钻入那堵高墙下的洞穴，进入寝室查看齐桓公是否还活着。那小内侍秉着灯火，入内前后一照，大惊失色。室内挺着两具尸首，一男一女，一君一妾。小内侍也认得另一人乃是宫女晏蛾儿。于是急惶惶又钻出高墙，禀告于易牙。

长卫姬堂中，灯火如昼。公子无亏、竖貂、易牙、开方几人匆忙聚首。公子无亏道：“先君已薨，而昭乃是早立的世子，尔等欲要拥我为君，该当如何？”

竖貂道：“先君之死，遗言若何，全在我等一句话。可假传先君遗命，令群臣拥立长公子为君，孰敢不从？”

“此计不妥！”长卫姬道，“先君在时，威望极高。当年之一相五杰如管仲、鲍叔牙等虽然皆已故去，然他们门下之人也是甚多。众人皆知先君所立者乃是世子昭，尔等如此说，难以服人。稍有不慎，便会招致灭族之祸……”

开方道：“我等眼下譬如刀已出鞘，箭已上弦，夫人岂可再生怯退之想？”

易牙啪地一拍案，咬牙道：“君主薨去的消息，外面全然不知。不如趁此良机，先发制人，连夜发兵包围世子府，将那世子昭斩杀，一了百了！如此国君之位，除长公子外，还可属谁？——岂不是好？”

开方亦击案，道：“此计最妙！”

沉默半晌，长卫姬起身踱了几步，回首道：“我乃妇人，所知者少。唯卿等好自为之。”言罢，就悄然退去了。

夜幕笼罩,黑影憧憧。原本静静悄悄的街道骤然躁动,甲兵喧嚣,灯火如龙,一排排戈矛闪烁着令人恐怖的寒光。待到竖貂与易牙率兵围了世子府,却霍然发现人去楼空,世子昭早已不知去向——国叔牛保护着世子昭,已经顺利出城,奔宋国去了。

火光之中,世子府前,杀气弥漫的甲兵严阵以待。易牙将手中之剑弃在地上,懊恼道:“子昭定然逃往宋国了!”

竖貂冷笑道:“他只要不在国中,国中便没有世子。明日便拥立公子无亏继位,先看众人动静,然后再作计较。”

次日,竖貂、易牙、公子开方三人自行主政,大开宫门,开朝议事,宣告公子无亏继位称君。孰料,宫门之封刚刚开启,但见公子元、公子潘、公子商人三大公子各带领家兵与门客、朝中文武百官各大夫,另有高氏、国氏、管氏、鲍氏、陈氏、隰氏、南郭氏、北郭氏、闾邱氏一班齐国大族子孙后人等纷纷拥入,齐聚于朝堂之上。齐自立国至今,数百年来,朝中还从未如此热闹过!

竖貂、易牙假传桓公遗命,宣布新君无亏继位。汹汹众人尤其是公子元、公子潘、公子商人三大公子皆不服,共骂奸佞小人当道,无亏公然篡位,即使要迎立新君,也需等待世子昭等云云。竖貂、易牙大怒,拔剑相向。众人也毫不示弱,皆一拥而上。未几何,齐国朝堂两派对立,大打出手,巍峨庙堂之上,顿作狼烟沙场,闹了个天翻地覆。竖貂、易牙早有准备,手下兵士也皆是披坚执锐的宫中骁勇,而所来的三公子之众大多手无寸铁,如何能胜?最终竖貂、易牙占了上风,将三大公子那边击退,同时入宫的众大夫也伤亡惨重,死者十占其三,带伤者又将近六成。

一场恶战后,双方权且罢兵,各自退守。

公子元、公子潘、公子商人败逃后,行至街上,皆愤愤不已。公子元道:“无亏想做国君,国人难服。如今世子昭又远遁不来继位,社稷大位,将属何人,难以预料。我等也皆是先君骨血,齐国江山,人人有份。依我看,我三人可各带家兵,各据国中一角。倘若世子昭归来,则共拥昭为君;倘若昭不来,则将齐国一分为四,各占其一,如何?”

公子潘、公子商人皆赞。于是片刻后，整个临淄城中忽然到处兵马调动，纷纷割据地盘，公子元占了都城之北，公子潘占了都城西南，公子商人占了都城东南，而公子无亏与竖貂、易牙、开方则拥重兵占据了中宫。

齐桓公尸骨未寒，其四个儿子却各自割据，国分为四，此后彼此争斗，进进退退，打打杀杀，兵戈不断，竟一直连绵两月不绝！早将尚且横尸在地的君父忘了个一干二净！

却说晋公子重耳随行的众豪杰聚在家中，这几日见街道纷扰，四子分国，顿感齐国将陷水深火热之中，恐将危及自身。狐偃道："齐势将衰，我等当保护主公远去，别图后计。"众人皆附和。次日众人以狐偃、魏犨二人为首，欲拜见重耳，不承想一连十日不得一会。原来重耳自逃亡至齐，历经千辛万苦，如今方得生活安稳，实属难得。同时新娶美女齐姜，男欢女爱，朝夕快乐，遂不问政事，只想着要与齐姜厮守到老。

魏犨大怒道："我等皆以为主公乃真英雄，三十余众不惮劳苦，舍命相随，以期共谋大业。如今主上却沉迷温柔之乡，意志消磨，苟且偷安，远离我等，连候十日尚不得一见，如此还能干甚大事？"

至黄昏时分，狐偃召集狐毛、魏犨、胥臣、狐射姑、颠颉、介子推、先轸、壶叔共计九人，于草庐之中密议对策。一番窃窃私语，决定明日晨后，以郊外狩猎为名，将重耳诳骗出城，然后劫持走，不辞而别，同往宋国。常言道隔墙有耳，不承想齐姜门下的一个侍女偶从窗前经过，无意间将庐中秘密听了个明明白白。侍女大惊，暗暗道："晋公子将逃，我将急禀主母。"

齐姜听了那侍女之言，先怔了半晌，然后不由点了点头，继之忽然转怒，喝那侍女道："不得乱言！"于是将其关禁起来。至夜半时分，此女又被齐姜杀之灭口了。

是夜，齐姜侍奉重耳下榻，夫妻对灯而坐。齐姜苦口婆心，力劝重耳当以男儿大志为重，不可凉了身边众豪杰的心。不想重耳耐心听完，一番思忖，却道："我年逾五旬，不日将老，难舍夫人之爱，唯愿老死齐国，不做他想。"齐姜无奈摇头。

待至次日，狐偃一人前来，果然要请重耳城外狩猎。时重耳高卧未起，齐姜独自出迎,笑看狐偃道:“此非狩猎,汝等将劫持公子远遁而去!”狐偃大惊失色,不知所措。却见齐姜又悄然道:“勿惊。公子主也,尔等臣也,以下劫上,非人臣之道。我昨夜已苦劝公子,奈何不入其耳……可如此这般——我今夜设宴,将公子灌醉,尔等早做准备,乘公子醉后连夜出城,如此可全主臣之义。”

狐偃听后大惊,恭敬一拜,叹道:“夫人舍夫妻之爱,以成公子大名,真千古贤妇也!”

满月如盘,西风飒飒,窗外碎影,满地婆娑。温暖的闺房中,白纱朦胧,暗香浮动。但见重耳与齐姜共聚内堂,案上方鼎圆簋,竹笾木豆,美味扑鼻,芳酒浓烈。齐姜还特意梳妆了一番,如雪中梅蕊,月下海棠,分外动人。

夫妻之间先连饮三爵。重耳大乐,道:“今日之宴,为何而饮?”

齐姜嘿然,调皮一笑:“特为公子将远去,故而饯行。”

重耳变色,将酒爵推到案上,怒道:“本公子连连言明,愿与夫人共老齐国,何来饯行之说?!”

齐姜咯咯大笑,声如银铃:“行者,公子之志;不行者,公子之情。妾不知公子乃愿为志而行,还是为情而留,所以有此戏问,以试公子之心。公子勿怪啊。”

“原来如此,”重耳转怒为笑,“我心乃在夫人,何须一试?”

“公子果爱妾身,断不离去?”

“断不离去!”

“如此,妾放心了。你我夫妻一醉方休!”齐姜说着,连连劝酒,重耳十分开怀,于是放心豪饮。未及几何,重耳酩酊大醉,卧倒席上,全身酥软,沉沉睡去。

齐姜取来一匕,割下头上一缕青丝,装入囊中,又塞进重耳胸前,然后又将一条衾被盖在重耳身上,喃喃道:“我素以高夫人为偶像,见高夫人遇管仲,常叹女子唯有如此,方是不负锦绣年华。愿夫君不堕青云之志,建功立业,勿负妾心。就此别过!”

木门吱呀一声开了。狐偃、魏犨、颠颉三人进来,和衾连席,将重耳抬到门外马车上。狐偃三人又连连向齐姜躬身行了礼,就匆匆辞去了。

出了城门,那些随行重耳的众豪杰早等候在侧,当下与狐偃、魏犨、颠颉三人见了，彼此匆匆行礼。众人又瞧了瞧车厢里的重耳，烂醉如泥，大梦正香，都忍不住轻轻笑了几声。魏犨一声长啸，此晋国三十余众便一同上路了……

夜色凄冷，古道苍茫，一轮春秋古月，洁白如霜。重耳离开临淄，远远地去了。一代霸主齐桓公死后，将至而未至的新霸晋文公重耳，也踏上了新的征途。

不几年后，重耳得到秦穆公相助，顺利返归晋国，于六十二岁之时做了晋文公，成为春秋时期天下第二任霸主。却说晋文公前前后后在外流亡十九年，先时在翟国曾娶翟女季隗，后在齐国时又娶了齐姜，再后至秦国又娶穆公之女怀嬴，此三女皆流亡途中之妻。重耳称君后，便将三女都接回了晋国，然后论及后宫之位，季隗、怀嬴皆自认不如齐姜。几经推让后，晋文公立齐姜为夫人，翟女季隗次之，秦女怀嬴又次之。此三女皆有贤德，广为一时美谈。此皆是后话。

临淄城中，一直隐忍不出的高子见齐国一分为四，诸公子大闹不绝，群龙无首，人心惶惶，不禁忧心如焚。高子忽然想到："公子无亏篡位，致使齐国动荡，断然不可立嗣。只是先君横尸两月有余，亦不是长法，何不发一言，先将故主殡殓？"

高子于是联合国子，两人以上卿之尊，力压群雄，国中也是无敢不服。公子无亏这才想起高墙内无人问津的君父来，于是率众前往收殓。如此之事，公子元、公子潘、公子商人三子也不敢有其他丝毫异议。

齐桓公尸横地上，无人照料，历经六七十日，居然尸体生虫，乱如群蚁；但见血肉狼藉，白骨隐隐，腥臭扑鼻，惨不忍睹。公子无亏率众而入，早见墙外肉虫蠕动，满地乱爬，不知何来。待到推门而入，掀开窗槅一看，公子无亏惊恐交加，顿时哭晕倒地。

一代霸主，惨死如此！

竖貂等忙过来，七手八脚，以袍带包裹住腐烂的皮肉，草草将齐桓公盛殓于棺椁之中。周礼有制："天子七日而殡，七月而葬；诸侯五日而殡，五月而葬；大夫三日而殡，三月或逾月而葬。"故将于五个月后，齐桓公方可以入土下葬。

却说先君殡殓毕，尚未出几日，齐世子昭、国叔牛与宋襄公一道，统率宋国大军就杀过来了。宋襄公果然不负昔日齐桓重托，举兵来助世子昭得国。此亦是管仲遗计定齐之功。齐人素恨竖貂、易牙、开方"三贵"者甚多，又有德高望重的高子从中周旋调遣,于是里应外合,略略几场交战,便将竖貂、易牙二人先后斩首,只开方侥幸逃脱而去。

宋襄公大军开进临淄城中,将竖貂等“三贵”余党诛杀殆尽,公子无亏也被绞死。长卫姬、少卫姬被圈禁,二人所属内侍宫人等一并拘押。公子元、公子潘、公子商人三人不敢有丝毫怨言,皆愿拥立世子昭继位。时周襄王十年,公元前642年春,在高子、国子等百官拥戴之下,世子昭继位,是为齐孝公。

不久后,齐孝公将齐桓公葬于牛首岗之上。桓公处自立一大冢,而晏蛾儿厚葬于旁,另起一座小坟。齐孝公又令长卫姬、少卫姬两宫内侍从人全部殉葬,死者三百余人;同时又陪葬金豆玉璧、锦帛铜器、兵戈战旗等不计其数。齐国由此拨乱反正,国势渐安。不过此番大乱之后,齐国元气大伤,此后历整个春秋战国以至于秦朝一统,齐国再也没有恢复过桓管霸业时的昔日辉煌。

话说当年,少年齐桓公与鲍叔牙流亡到莒国时,曾在莒城之外,得遇一老翁用《易经》推算天命,留下谶语道:“一箭始,一女终。宝木始,宝木终。”此乃齐桓霸业始终之算。前六个字乃国内之运,说齐桓公从管仲一箭射钩之时大业起步,而最后送终之人,却不过一个女子晏蛾儿。宝木合而为“宋”字,后六个字乃国外之运,言齐桓公初会诸侯的北杏会盟,起因乃为宋国鼎定新主宋桓公而起;但最终自己身后之君,却又仰仗宋国襄公而扶立了齐孝公。如此而已,不亦奇乎?

临淄大城,春风浩荡。齐孝公继位,当年改元,论功行赏,大赐官爵。一想到相国之位,无人可继,不由踌躇。高子谏道:“大夫国叔牛,追随管相四十余年,深得其治国理政之道,又有护主开国之功,可担相国重任。”

众臣皆道好。国叔牛却辞道:“叔牛德寡才微,不堪重任,国君当另觅高强。且臣已年迈,心力耗尽,请国君准我归家,将吾在管相身边四十余年所见所闻,著书成册,名曰《管子》,以飨后人。此事臣早已着手多年,只待最后完结,望国君成全!”

齐孝公听了,沉默半晌,末了微笑道:“善。”

一个月后,某日。春风料峭,乍暖还寒。红日下的淄河,水珠飞溅,微微生烟,哗哗哗哗一路奔涌入海。山路迤逦,竹林婆娑,起伏连绵的牛山之上草木萌发,野花闪烁，无数的春鸟成群结队，鸣叫盘旋，到处都是一派活泼泼、鲜艳艳、喷薄欲出、无可阻遏的勃勃生机与神秘力量。管仲大墓之前，但见国叔牛衣冠整齐，茕茕孤立，恭敬三拜之后，将袖中一卷刚刚撰好的名曰《管子》的竹书，献与冢前大案之上。国叔牛道："霸业已逝，盛世难返，叔牛之命也已走到尽头。今将管相毕生才学整理成卷，以慰英魂，以启后人。管相不朽，叔牛去矣……"言罢，悠悠拜别。

国叔牛顺淄水乘一叶扁舟，直入东方大海，后不知所终。

苍茫山水之间，夹杂着春寒的暖风一阵一阵扑来，管仲墓前石案上的那卷《管子》，迎风展了个半开。青黄的竹简上，但见这里工工整整有几行小字，如同黑色精灵踊跃着蹦跳而出，道："……以天下之目视，则无不见也；以天下之耳听，则无不闻也；以天下之心虑，则无不知也……"

我心目中的管仲(代后记)

管仲,是中华民族第一次大动荡、大忧患、大转折时期,第一个挺身而出、无所畏惧、勇猛担当、主宰沉浮的一代巨子。

自少年时期始,我便对中国的历史和战争产生了浓厚的兴趣,年龄愈长,痴迷愈甚,慢慢地,依着自己的喜好和评判,按时间排列,我的心中便产生了一幅中华英雄的座次图。在这幅图中,管仲排第一。再后来,胸中撞鹿,心痒难耐,总想为这些可歌可泣的人物写些什么,那就先从第一个管仲开始吧。只是遗憾岁月蹉跎,直到40岁前后,写作管仲的这个心愿才慢慢达成。关于管仲,初时只是感慨管、鲍二人朋友义重,高山仰止,以及他辅佐齐桓公称霸,主宰乱世浮沉,那一段英雄往事令人热血沸腾,难抑狂歌,如此而已。然而,真正动起笔来,随着一点一点深入研究管仲,才发现自己原来目光短浅,见识浅陋,实不识管仲,真真汗颜不已!不由感叹,难怪梁启超先生评论道:"管子者,中国之最大政治家,而亦学术思想界一巨子也。"写《管仲》,也是一个重新认识管仲的过程,而管仲及管仲当年做过的事情,也确有重新认识之必要。于是权将自己种种感悟整理如下,以为《管仲》后记,与大家做一个分享。

管仲首先是一个经济学家

管仲博学多才,是一个全能型人物。齐桓公可以成为春秋首霸,实是全赖管仲之能,《论语》中孔子言道:“桓公九合诸侯,不以兵车,管仲之力也!”三国时期诸葛亮也常自比于管乐(管仲、乐毅),管仲的治国本领和政治才能,世所公认,自不必说。若要我说,管仲首先是经济学家,然后是改革家,最后才是政治家。

管仲其人,大体前半生40岁前贫寒无依,漂泊不定;而40岁后则一朝得志,大展宏图。值得注意的是,人生上半场,管仲的主题是与鲍叔牙一道经商。虽然他做生意并不怎么样,但以他的过人才智,应该自那时起,管仲就对商业和经济持有独特的视野并产生了深刻的思考。其具体内容我们无从知晓,不过通过一些蛛丝马迹依然可以窥得一二。后世有一本记载管仲思想与言行的书,叫作《管子》,其中有许多精密的计算与数字表达,极类似于一个商人的精打细算,说这是一个堂堂相国所为,的确有些不可思议。另外更有许多记载,更是集中展现了管仲对商业与经济的特别关注,比如:

“夫凡人之情,见利莫能勿就,见害莫能勿避。其商人通贾,倍道兼行,夜以续日,千里而不远者,利在前也。渔人之入海,海深万仞,就彼逆流,乘危百里,宿夜不出者,利在水也。故利之所在,虽千仞之山,无所不上,深源之下,无所不入焉。”

“地之东西二万八千里,南北二万六千里,其出水者八千里,受水者八千里,出铜之山四百六十七山,出铁之山三千六百九山。”

“夫楚有汝汉之金,齐有渠展之盐,燕有辽东之煮。”

“市者货之准也。是故百货贱则百利不得,百利不得则百事治,百事治则百用节矣。是故事者生于虑,成于务,失于傲。不虑则不生,不务则不成,不傲则不失,故曰市者可以知治乱,可以知多寡,而不能为多寡。为之有道。”

这些言论表现了管仲对商业与经济问题的长期思考与深厚功力,绝非一日之功,绝非偶然为之。

做了齐国相国，管仲终于登上舞台，得以施展胸中抱负。齐国霸业，始自管仲改革，而管仲的改革，则是一次以强国图霸为目标的全方位的改革，涉及方方面面，尤其关于发展经济的篇章，分量最重。其主要内容有以下这些：

发展商业，广泛设立市场。临淄国都之中，设工商之乡有三，发展商民达六千户；国都之外，每隔一百五十里，设市井一处，为民自由交易之所。此外还成立了专门的市场管理机构，有专门的管理市场的官员，叫作市吝夫。

招商引资，商业走出国门。管仲主导的商业，是既要发展“内贸”，也要发展“外贸”，做天下所有人的生意。这在当时的社会环境下，是一个根本性创举。要知道商业虽然在商周时期很早就有，但基本属于原始的物物交换，或者说只是小范围内的一种附属状态，但到了管仲时期，商业一下子迅猛腾飞，变成了由国家主导的强势战略。当时齐国所采取的办法有：免征关税，降低市税，刺激外国商人来齐国行商，等等。在齐境交通要道，每隔三十里，专为各国商旅设驿站一座——凡载一乘货物入齐者，供奉饮食；凡载三乘货物入齐者，加奉牲畜之草料；凡载五乘货物入齐者，再加派五个齐人侍奉……这便是管仲时代的招商引资、发展外贸策略。

行官山海，实行盐铁国家专卖。这也是管仲的首创，特别是盐业专营与盐税，成了国家财政收入的重要来源，这一策略此后几千年间始终不变。要特别关注的是，管仲时期的官山海，并不是完全的国家垄断，而是采取了国有民营的办法，即在保证矿山、盐场国家所有的前提下，允许民间百姓介入，共同经营；要与民分利，而且分利的标准竟是“计其盈，民得其七，君得其三”——七成红利分给了国民！

税收制度改革。国家要富，赋税必丰，管仲对于税收制度，也是第一个敢于吃螃蟹的人。实行盐铁专营，便是税收改革的一个成功之举。此外如农业税，管仲废除了井田制，推行“均地分力”，将土地平均分给一家一户耕种，同时也废除了过去的劳役地租（井田时期先种公田，然后才能种私田），实行实物地租（缴纳粮食），而且这个农业赋税采取的是“相地衰征法”，即根据土地质量优劣的不同，而征收等级不同的地租。所谓“十仞见水不大潦，五尺见水不大旱。十一仞见水轻征，十分去二三，二则去三四，四则去四，五则去半，比之于山。五尺见水，十分去一，四则去三，三则去二,二则去一,三尺而见水,比之于泽”。这个政策在当时无疑是破天荒的一大进步,极大地促进了生产力的发展,后来被列国诸侯纷纷效仿,如鲁国的“初税亩法”、秦国的“初租禾法”,都是从“相地衰征法”慢慢学来的。

铸造货币。至少在春秋中期以前,人们的商业活动要么是物物交换,要么就以天然的海贝充当货币进行结算,那个时代,“刀漆以为书,贝币以为货”。在管仲的主宰下,齐国经济率先崛起,顺应时势,国家也开始铸造货币——当时齐国铸造了刀形币,这是齐国最早的金属货币。

富国也富民。管仲的经济策略促使齐国迅速富强,在当时的一百多个诸侯国中脱颖而出。管仲强调的不是简单的财富集中制,在富国的同时,也强调藏富于民,这是管仲非常可贵的民本思想的一个体现。与后世封建时代的强国路线有一个最大不同,即管仲主政的齐国是靠发展经济起家的,走的不是“奖励耕战”以及武力掠夺的路线。在管仲生时,齐国都城临淄便已经超过周王室的洛邑,成为天下第一城。管仲之后直到秦一统之前,齐国历代统治者无不延续了管仲重商富民的国策,临淄城在列国之中也始终以富庶著称,据考证当时的城市人口已经达到二三十万之巨,《战国策》记载道:“临淄甚富而实,其民无不吹竽、鼓瑟、击筑、弹琴、斗鸡、走犬、六博、蹋鞠者。临淄之途,车毂击,人肩摩,连衽成帷,举袂成幕,挥汗成雨,家敦而富,志高而扬。”管仲将临淄建设成了中国历史上第一个商业中心,这个商业中心的拳头产品便是丝绸,这很容易使人想到东汉时期开辟的丝绸之路、货通西域,以及唐朝时期万国来朝的世贸中心——长安。其间路径可谓一脉相承。

齐桓公做了霸主之后,管仲的经济学才能更是得到了最大限度的发挥。桓公称霸,武力固然不可少,不过其中有一道非常耀眼而独到的光芒,那便是注重和平谈判、经济融合以及贸易战的手法。从这个角度看,与后面四霸(春秋五霸后四个)不同,其实春秋首霸是一个和平主义者,武力非其主流。齐桓公“九合诸侯,不以兵车”,怎么“不以兵车”而称霸呢?——经济是重要手段!据《春秋经》记载,齐桓公会盟诸侯共有16次之多,所谓“九合诸侯,一匡天下”只是一个概括性说法。每次会盟皆有盟约,可惜这些盟约大多没有留传下来,仅有极少数是有据可查的,我们发现：

公元前679年，鄄城会盟有一条盟约："田租百取五，市赋百取二，关赋百取一，毋乏耕织之器。"其中强调了会盟国之间降低关税的问题。

公元前678年，幽地会盟其中一条盟约："修道路，偕度量，一称数，薮泽以时禁发之。"这是一条要沟通交通、统一度量衡的先进思想。

公元前651年，葵丘会盟第五条盟约是："无曲防，无遏籴，无有封而不告。"专门禁止国与国之间设防，如灾年囤积粮食不让邻国购买等。

除这些饱含经济融合与发展的盟约外，管仲在中国历史上第一个发动了贸易战，以"不战"而屈人之兵。

在《管子·轻重戊第八十四》中记载了管仲通过贸易战降伏鲁梁国的故事：鲁梁国人善于织绨（一种纺织衣料）。齐桓公向管仲请教攻克鲁梁之策，管仲说不用兵戈，用绨即可；便劝齐桓公穿绨衣，百官皆穿。上行下效，一时齐国人人穿绨，绨的价格猛涨，需求猛增。齐与鲁梁乃是近邻，管仲对外宣布高价买绨，由此便刺激了鲁梁国绨业的迅猛发展。一年后，鲁梁国的百姓几乎人人织绨、运绨和卖绨，从而放弃了农业生产。此时管仲果断收网，从齐桓公到百姓人人不再穿绨，齐国与鲁梁国之间的绨业贸易一夜之间断绝。又十个月后，鲁梁国便大闹饥荒，国君忙令鲁梁人弃绨业，返农业，可惜为时已晚，因为粮食不可能马上生产出来。接下来鲁梁国内粮食价格暴涨，不得不从齐国购粮——这回财富倒流了，鲁梁百姓从齐国买粮每石一千钱，而齐国境内的粮价每石才十钱！整整二十四个月后，鲁梁百姓纷纷投奔齐国者，十占有六；三年后，鲁梁国君便请命归顺齐国了。

类似的故事还有很多，如衡山之谋利用器械价格战击垮衡山国，买狐皮降代国，买活鹿制楚国，阴里之谋为齐国谋取财富，菁茅之谋为周天子谋取金钱，等等，这些招数被管仲玩得登峰造极，出神入化，实为春秋史上的一大奇观！但可惜并没有引起后世的足够重视。《管子》一书中记载了很多经济学方面的思想，其中包括贸易战、价格战、国家宏观调控、税收与财政、价格与市场、刺激消费、治理通货膨胀等等观点，比之现代如亚当·斯密之类的经济学理论，也是毫不逊色的。

蓦然回首,我们猛然发现,管仲居然是贸易战的老祖宗,中国人在两千多年前竟然有过如此先进而卓越的实践！虽然早年混于市井,然而管仲绝不是一个吆喝买卖的小商小贩,而是一个以商崛起、以商兴国、以商称霸的大商巨贾！管仲也是中国历史上第一个拥有先进理论和成功实践的经济学家,为后世留下了宝贵的精神财富！

管、鲍、桓:三个男人之间令人高山仰止的关系

管仲的一生,最主要就是他与鲍叔牙、齐桓公三个人之间的故事。

管仲出身贫寒,前半生约 40 岁前一事无成,终年劳碌奔波,孜孜求索无果,最重大的事情就是与鲍叔牙合伙做生意,而且做得都是比较糟糕的。另外也有从军、从仕的一些经历,皆是一塌糊涂。这个人在拜相之前是个十足的倒霉蛋,干什么,败什么,是个被众人讥讽、嘲笑的小丑般的人物,史载管仲“三市三辱”“三战三走”“三仕三逐”,这也是我在《管仲 · 一箭相国》中大费笔墨,刻画管仲曾为“九败丈夫”的根据和缘起,如果可以退回到当时,是很难将他与春秋霸业联系起来的。管仲落魄之际,普遍不被看好之时,只有一个人视之如宝,那人就是鲍叔牙。应该说在人生最艰难的几十年中,管仲是没有什么人缘的,只有鲍叔牙一个朋友而已,而管仲恰恰就是因为这样一个救命稻草般的知己而骤然翻盘,如火山般爆发了。这是多大的幸运！这是何等的友谊!

历史证明,当时认识管仲的绝大部分人都是有眼如盲,只有鲍叔牙一人目光雪亮。这是为什么呢? 鲍叔牙早年厮混于市井之间的时候,便是一个小有成就的商人,更是一个豪杰人物,大约是常年贩货的阅历,使得鲍叔牙十分识货,继之十分识人。两人合伙经商,管仲屡屡少投本金而多拿分红,鲍叔牙一直无怨无悔。在管仲人生不断遭受打击的那段岁月,鲍叔牙不离不弃,始终对管仲充满信心。后来齐国大乱,公子纠与公子小白争夺齐国国君之位,只因管仲是辅佐公子纠的师傅,鲍叔牙是辅佐公子小白的师傅,于是因缘聚会,至亲对决,历史上演了极其惊心动魄的一幕。管仲神射,先发制人,抢先一步将公子小白“射死”在半路上,以为劲敌已除,公

子纠铁定登基——不想却是射中了小白腰间带钩,而小白到底一代人杰,当下随机应变,咬破舌尖,喷血诈死,成功骗过了管仲,从而抢先入城,继位为君,是为齐桓公。再之后,齐桓公誓杀管仲,满朝响应,是鲍叔牙苦心经营,救了管仲死里逃生;再后来,齐桓公欲拜鲍叔牙为相国,而鲍叔牙连番力辞,最终说服齐桓公拜了本要将自己置于死地的管仲为相！可以说,没有鲍叔牙,管仲必死,一代奇才只能遗憾千古！而有了鲍叔牙,管仲陡然间鱼跃龙门,一飞冲天,成就霸业,青史留名,这不能不说是一个奇迹。由此,我们该多么羡慕嫉妒恨啊,管仲怎么能有这么好的一个朋友！管鲍之交,绝非浪得,鲍叔牙其人尤为可敬！今天在山东淄博的管仲纪念馆中有一副楹联,主要是写给鲍叔牙的,叫作“交友交心,人生难得一知己;让金让相,天下至纯二楷模”,诚为中肯之论。

第二个成就管仲的人是齐桓公。齐桓公的难得,第一是肚量,第二是纳谏,第三是信任。能起用一个死敌来做自己的相国,而且大约是在 20 岁的时候敢于如此决策,这种胸怀和胆识的确非常人所及。齐桓公在起用管仲的时候不是没有疑虑,此人聪明之处就在于——师傅鲍叔牙是可信的,因为鲍叔牙可信,所以其举荐的管仲也必是可信的,于是用人不疑,破格拜相。面对管仲所求,齐桓公有求必应,尊为“仲父”,并将举国之政悉数托付管仲,这种君臣间的信任度,即使在两千多年后,依旧沉甸甸的,令人感动。齐桓公能够成为五霸之首,并不在于他自身的才具,完全在于他的用人。对管仲而言,他的盖世才华在漂泊半生之后,也终于找到了用武之地,桓公成就了管仲,管仲也成就了桓公,两者一也。这种古代社会中的君臣际遇,加信任无间,加彼此成就,是十分罕见的,也是非常不容易做到的。三国时期诸葛亮出山前,之所以自称管乐,一方面是对自己如管仲般才华的自负,另一方面也是对齐桓公与管仲君臣关系的一种向往。很庆幸,后来刘备也做到了。

管仲平生功业,首先应该感恩鲍叔牙与齐桓公,没有这两个人,历史上自然不会有管仲。管仲其人,抛却自身才华不论,是极度自信的,是坚韧不拔的,是敢于勇猛担当的时代弄潮儿。早期贫寒,面对富有的朋友大胆张口,丝毫不拘小节;后来历二十余年挫败,万千嘲讽,始终岿然不动,始终自信满满;危难时刻,不到最后关头,绝不轻言生死,留得青山在,不怕没柴烧;桓公敢于破格拜相,管仲便敢于为天下先,此后大兴改革,推行霸政,尊王攘夷,一时功业,无出其右!春秋历史到了管仲出场,才真正迎来了一场质的提升。管、鲍、桓三人彼此大度、彼此信任、彼此成就,可谓千古难遇,实令我辈后人感佩不已!这段传奇结尾处更是波澜再起。管仲临终之际,病榻论相,却并不赞同鲍叔牙接任,因为鲍叔牙秉性过于刚直,可容君子,难容小人,只可为将,不可为帅。管仲此举光明磊落,更显大贤气度,而鲍叔牙也没有因此而丝毫生怨。管仲又劝齐桓公亲贤臣,远小人,可惜桓公在管仲死后,并没有做到——最终,身边最为亲近的三个阿谀贼臣作乱,一代霸主垂垂暮年之际,被饿死于黑室之中,尸横孤床,生虫如蚁,惨不忍睹。齐国霸业也由此告终。

尊王攘夷对于华夏族和华夏文化的至关重要的意义

自周平王迁都洛邑之后,东周开始,整个天下就乱了。当时华夏大地的主要问题:一是周天子王权衰落,诸侯各自为政,礼坏乐崩,争权夺利,原有的政治秩序遭到了巨大破坏,呈现出一种集体玩火自焚般的危险倾向;二是在华夏族群的周边,各种异族势力空前活跃,所谓东夷、西戎、南蛮、北狄,他们对华夏国家不断侵扰,步步紧逼。这两个问题一个是内乱,一个是外患,两者交集,便有亡国灭种的危险。这是中华民族在历史上的第一次大考验,所谓“南夷与北狄交,中国不绝若线”(《公羊传·僖公四年》)。在这种大背景下,与诸多只知争夺一己私利的春秋前期人物不同,管仲是自告奋勇、义无反顾地站出来,以一种胸怀天下的民族眼光,第一个思考华夏族如何图存、该向何处走去的问题的巨子。“尊王攘夷”便这样被管仲作为一面旗帜打了出来,“尊王”意在处理内乱,“攘夷”意在对付外侵,这是管仲针对当时乱局开出的一剂良药。作为今天的华夏子孙看到这四个字,我们十分感慨祖上先贤无与伦比的聪明才智,而在当时,这四个字只是兄弟同胞共同活下去的一种紧迫感和使命感。“尊王攘夷”所成就的不仅仅是一种简单的政治功业,它开启了一个崭新的时代,并影响了此后几百年的春秋史。

“尊王攘夷”是管仲的首创,齐桓公因此而成为春秋首霸。值得注意的是,齐桓公之后的几任霸主,大体都延续了这个方针,就连自诩为蛮夷的楚国也不得不因之而调整策略。另一个值得注意的国家就是郑国,在管仲主政之前,郑庄公便作为春秋第一枭雄抢先登场,史称"庄公小霸"。可惜这个人的眼界只是囿于郑国一己之私,并且公然挑战天子,射王之肩,所以"小霸"很快就流产了。郑庄公死后,郑国内乱不止,后来他最优秀的儿子郑厉公继位,此君一改其父的"射王"为"尊王"策略,也开始了争霸之途,只可惜此时齐国霸业正盛,郑厉公的能量自然不能与齐桓公相提并论,所以郑厉公最后一抹夕阳红后,便悄然退出历史舞台,从此郑国再也没有恢复昔日的强盛。由此可见,管仲的"尊王攘夷"是非常符合当时历史所需的,是高明而正确的。本人在《管仲》中关于历史事件的时间记录,一律采用周天子纪元在前,加公元纪元在后的方式,也是暗暗表达管仲"尊王"之意。

"尊王攘夷"也以管仲以及齐国做得最为出色。这面旗帜使得齐桓公充当了带头大哥的角色,带领华夏各国在当时险象环生的环境中拥抱团结,蹒跚前行。周王室也因此又延续了几百年的国祚。公元前663年,山戎侵犯燕国,齐桓公救燕,此番援手,齐国军队直接攻灭孤竹国,将山戎的一支彻底消灭。公元前661年,北狄又攻邢国,将其国都化为废墟。齐国救邢,并在夷仪为邢国建了一座新都。最惨的是公元前660年,狄人大举攻卫,卫都朝歌被破,卫国百姓被屠,国君卫懿公被杀,卫国基本已亡。齐桓公慌忙率军救卫,驱逐狄兵,又在楚丘为卫国另建新都,于是卫国幸而得存……设想如果没有管仲的"尊王攘夷",当时的华夏会是一番什么景象?"尊王攘夷"在当时只是救亡图存,如果再延展一些时间,便会发现也是在为华夏文明延续血脉。一个最典型的画面是:赶跑北狄后,卫国在齐国援助下迁都楚丘之时,其国中的典籍文书与祭祀礼器(卫国文化)并无丝毫受损,被完整地保留了下来。这种文化意义的功劳,大约是当时的局中人所预料不到的吧。正是从这个角度上讲,孔子才发出一声浩叹:"微管仲,吾其被发左衽矣!"所以,管仲又被誉为"华夏文明的保护者"。

华夷之辨与孤竹之战

华夷之辨又称“夷夏之辨”“夷夏之防”,用于区辨华夏与蛮夷。华夷之辨大约很早就出现了(约西周初期),一直延续到民国时期始终不绝。这方面第一个提出深远思想并产生重要影响的人,就是管仲。有学者称管仲是“华夷之辨第一人”,我是赞同这个观点的。在春秋时期包括管仲那个时代,华与夷第一次大交锋。那时华夏族大体居住在大中原一带,有礼仪有文化;而四周的其他民族,统称为夷,大体包括东夷、西戎、南蛮、北狄。可见华夷之辨从一开始就不仅仅是一个简单的地域区分,而是一个文化、文明意义上的区别。所谓蛮夷融入礼仪文化,便不以蛮夷视之;而诸夏如果不守礼仪,则又会被视为蛮夷。中华历史长河中,华夷之辨在异族入侵时显得尤为重要,其核心价值便是保护华夏族群得以延存下去,生生不息以至于今。

管仲立足于他的时代,率先提出了“尊王攘夷”的口号,对于华夏与夷狄的关系,有十六字方针,即“戎狄豺狼,不可厌也;诸夏亲昵,不可弃也”。简单讲,就是华夏各国都是需要包容团结的手足兄弟,而四方蛮夷则是贪婪凶狠的豺狼,兄弟联手,共打豺狼。此便是管仲“夷夏之辨”的中心思想,也是那个时代最最需要的救世良方,也得到了当时诸夏各国的一致赞同。

不能不说孤竹之战。

事情的起因是公元前 663 年,北方的燕国遭到了异族山戎的入侵,燕庄公向齐国求救。管仲力主讨伐山戎,于是与齐桓公一道,率军救燕伐戎,大军一路直进,最终灭了山戎老巢孤竹国。此所谓孤竹之战。《史记·齐太公世家》记载:“二十三年,山戎伐燕,燕告急于齐。齐桓公救燕,遂伐山戎,至于孤竹而还。”

孤竹之战有几个需要关注的特别之处。

孤竹之战是自找的赔本买卖。此次齐国远征,并非为齐国自身利益而战,乃是兄弟之国有难,我义无反顾伸以援手。齐国为这次战争付出的包括生命在内的各种代价自不必道,却说灭了孤竹国后,这些打下来的领土,齐国并无私吞,而是全部归燕国所有。燕庄公实在感激不尽，一路远送齐桓公，不觉送入齐界之内五十里地。按照当时礼仪，“诸侯相送，不出境外”，齐桓公于是又将自己界内这五十里地割给燕国，以为谢礼。齐国等于为他人空忙一场，还赔了五十里土地；而燕国因此一战，北边增地五百里，南边增地五十里，由此才始为北方大国。天下可有这样的战争吗？——真有！我一直揣测，梁启超关于管仲“中国之最大政治家”的评论，依据是不是在这里？

孤竹之战是齐国孤军深入并取得胜利的战争。一个需要特别重视的情况是：此次参战的华夏方只有齐国和燕国，而燕国当时国小民弱，微不足道，又刚刚被北戎扫荡过，所以此战其实是齐国孤军作战。此次劳师远征之际，正是齐国霸业鼎盛之时，霸主齐桓公多次会盟诸侯，有战事时也必是几国联军一起打，为什么偏偏这一次无人响应呢？这个问题很值得深思。当时的华夏族被蛮夷打怕了，要知道连周天子的国都镐京也曾被异族攻破过，华夏打华夏还可以，对于野蛮异族，只有被动防守之力，毫无主动进攻之能，所以，各盟国都不愿意冒这个险！即便如此，管仲依旧强行，以管仲为代表的齐国志士表现出了殊为难得的民族大义和军事自信，终于一战成功！此战，开赴战场的是管仲改革后的齐国新军，这支队伍在冰雪茫茫的北国苦寒之地，将戎人驱逐出燕国并没有停手，而是一路穷追猛打，直至将其灭国，大长华夏志气！总指挥管仲在孤竹之战中是“狠”的，这与他在华夏大地数次内战中的“仁”形成了鲜明对比。

孤竹国的独特性。孤竹到底是一个什么国呢？孤竹是商初分封的一个诸侯国，国君姓墨胎氏，系子姓国，与商的始祖契乃是同姓之族。孤竹国在商代中期很是发达，盛极一时，后来还出了两个贤人——伯夷和叔齐，均被司马迁载入了《史记》之中。周灭商后，保留了孤竹国爵位，但在其西部建立了燕国，以为管控。再后来孤竹日衰，竟被山戎之族占为巢穴——孤竹国原是华夏之国，到管仲孤竹之战时，此孤竹已非彼孤竹了！孤竹自商初延至春秋，国祚长达940多年，可谓灭国两次，然后终于从史书中永久消失了，其中曲折，发人深思啊。

孤竹之战的深远影响。其一，燕国从此崛起，一步步强大起来，以至于后来战国七雄，燕居其一。其二，齐桓公作为春秋首霸的地位和威望更加稳固起来。“尊王攘夷”的旗帜更加令人信服,其事业在桓公之后得以延续下去,华夏族和华夏文明因此一战而得到了更好的保护。其三,在孤竹之战前,华夏族总是被动地被异族欺负,华夷之间虽然也战争不断,但均是敌强我弱,以防为主。孤竹之战是一个质的转折,开启了主动消灭异族入侵的先河,这一点至今被忽视着。此后华夏族开始自信夷狄可败,整个民族由此迅速提升了。晋献公大战狄戎,“并国十七,服国三十八”;秦穆公大灭西戎,劈地千里,无不有着孤竹之战的烙印。我们没有理由怀疑孤竹之战对整个华夏族所注入的正义能量和深远影响!

华夷之辨是一个长期的历史过程,这个过程并不是盲目的、封闭的,而是开放的、融合的,在每个关键的历史节点上,总有优秀的中华儿女挺身而出,护佑着我们这个族群。管仲关于华夷之辨的巅峰之作便是这孤竹之战。在中国漫长的可歌可泣的历史中,这次战争规模很小,遥远模糊,为史书所淡忘,然而我以为此战乃是华夏抗击异族入侵的具有里程碑意义的第一战,小觑不得!

终于将一番胸臆倾泻而出,长舒一口气。忽又颇感不安,不知自己在《管仲》中是否将管仲其人其事如是表达明白?哈哈,老话讲,丑媳妇总要见公婆的,那就交给读者朋友们评判吧。另外,不得不说由于年代久远,关于春秋史的资料还是比较匮乏的,执笔时也常常因为某些资料奇缺而苦恼不已,《管仲》里若有错误之处,敬请方家校正为盼。写作与出版过程中,本人曾得到相关朋友、老师及出版社编辑的种种关心与支持,尤其是河南一鼎图书有限公司王东明先生,慷慨解囊,资助出版,令我十分感动。在此深鞠一躬,一并向大家深表谢意!

“淄水浩渺莽莽苍,天齐故国云飞扬。临淄城头十万雪,春秋古月白如霜!”那一轮春秋古月至今照耀着我们,我们望着这轮明月,也应该能清楚地看到精彩绝伦的管仲时代吧。

方机动

2024 年 6 月 25 日于郑州工作室